DAVID DALGLISH

Der Tänzer der Scherben

Das Buch

Zwei Jahre nachdem der Wächter Haern einen Waffenstillstand zwischen den Diebesgilden und dem Trifect ausgehandelt hat, ist die Lage friedlich. Doch unter der Oberfläche brodelt es. Nur Haerns Wachsamkeit ist es zu verdanken, dass die Lage bisher nicht eskaliert ist. Bald jedoch kommt es in der Küstenstadt Engelhavn zu grausamen Morden, begangen vom jemandem, der nur »Der Schemen« genannt wird – und am Tatort das Zeichen des Wächters Haern hinterlässt. Doch nicht nur die brutalen Taten versetzen die Stadt in Aufruhr, ein zäher Kampf gegen die Elfen um das angrenzende Waldland hat die Bürger Engelhavns zermürbt. Die ohnehin angespannte Lage droht zu explodieren, als Haern in der Stadt eintrifft. Er kann die Verunglimpfung seines Namens durch den mysteriösen Schemen nicht länger auf sich sitzen lassen. Haern muss seinen brutalen Nachahmer stellen und Frieden in die Stadt bringen, um das Gleichgewicht wiederherzustellen. Denn das ganze Königreich ist in Gefahr ...

Der Autor

David Dalglish lebt mit seiner Frau und den beiden Töchtern im ländlichen Missouri. Er hat an der Missouri Southern State University seinen Abschluss im Fach Mathematik gemacht. Derzeit verwendet er den größten Teil seiner Freizeit darauf, seine Kinder die zeitlose Kunst zu lehren, wie man Mario auf einen Schildkrötenpanzer springen lässt.

Weiteres zum Autor unter: http://ddalglish.com

Von David Dalglish bei Blanvalet bereits erschienen:
Der Tänzer der Schatten
Der Tänzer der Klingen

David Dalglish

DER TÄNZER DER SCHERBEN

Roman

Aus dem Amerikanischen
von Wolfgang Thon

blanvalet

Die amerikanische Originalausgabe erschien 2013 unter dem Titel
»A Dance of Mirrors« bei Orbit, New York.

Verlagsgruppe Random House FSC® N001967

1. Auflage
Deutsche Erstveröffentlichung Juli 2016 bei Blanvalet, einem Unternehmen
der Verlagsgruppe Random House GmbH, Neumarkter Str. 28, 81673 München

Redaktion: Waltraud Horbas
Umschlaggestaltung und -illustration: © Isabelle Hirtz, Inkcraft unter
der Verwendung einer Fotografie von Katrin Diesner
JB · Herstellung: kw
Satz: Buch-Werkstatt GmbH, Bad Aibling
Druck und Bindung: GGP Media GmbH, Pößneck
Printed in Germany
ISBN 978-3-7341-6091-2
www.blanvalet.de

»Es ist ein Ruf. Du wirst gerufen, Wächter!«

Haern versuchte, die Sache zu durchdenken, aber er fühlte sich so müde, so unvorbereitet. Immer wieder blitzte das tote Gesicht des Jungen vor seinen Augen auf.

»Woher weiß ich, dass du mir keine Falle stellst?«, erkundigte er sich schließlich.

Alyssa blickte zur Seite, als würde sie beschämen, was sie als Nächstes zu sagen hatte.

»Es ist dein Verdienst, dass mein Sohn noch am Leben ist«, antwortete sie dann. »Und dank deiner konnte ich mich an der Person rächen, die versucht hat, ihn zu ermorden. Ich werde dich niemals hintergehen. Jemand hat mächtige Bürger von Engelhavn ermordet, meine Freunde und Geschäftspartner, und schreibt dir mit ihrem Blut eine Nachricht. Hilf mir, ihn zu finden. Hilf mir, ihn aufzuhalten.«

Haern seufzte.

»Also gut«, gab er zurück. »Wann brechen wir auf?«

Für Mom, die jede meiner Geschichten und jeden Preis,
den ich je gewonnen habe, aufbewahrt hat

PROLOG

Torgar taumelte aus der Taverne, das Blut eines Fremden an seinen Knöcheln.

»Ich will mein Schwert!«, knurrte er die vier stämmigen Männer an, die ihn überzeugt hatten, die Schenke zu verlassen.

»Komm zurück und hol's dir, wenn du nüchtern bist«, erwiderte einer, während er die Tür schloss.

»Verdammt, dann gebt mir wenigstens mein Bier!«

Aber sie hörten nicht auf ihn. Der Söldner fluchte und heulte, bis seine Lungen schmerzten. Danach fühlte er sich besser und ging durch die Straßen von Engelhavn nach Hause. Zu Hause bedeutete in seinem Fall natürlich das kleine Zimmer auf dem prachtvollen Familiensitz der Keenans, bei denen er Hauptmann der Söldnergarde war. Was nicht hieß, dass er noch viel zu tun hatte. Nachdem der Krieg der Diebesgilden vor nahezu zwei Jahren zu Ende gegangen war, war sein Leben deutlich ruhiger geworden. Was bedeutete, langweiliger. Und außerdem war er auch nicht mehr so jung wie früher. Damals, als er begonnen hatte, für Laurie zu arbeiten, hätte er mindestens ein Dutzend Schädel zertrümmert, bevor sie ihn aus einer Schenke hätten werfen können. Und jetzt?

»Bin alt geworden«, knurrte Torgar und stützte sich mit der Hand an einer Mauer in der Gasse ab, damit er nicht stürzte. »Wie, in Karaks Namen, ist das passiert?«

So lange war es doch noch gar nicht her, dass er ein gefürchteter Söldner gewesen war. Das Blutige Kensgold war … bei den Göttern, wie lange war es jetzt her, sieben Jahre? Er drehte sich um und spuckte aus. In jener Nacht hatte er Diebe gejagt, sich vollkommen betrunken, Madelyn Keenan aus Threns kleinem Versteck gerettet und sich dabei prächtig amüsiert. Es war eine Schande, dass diese Zeiten vorüber waren. Nur das Trinken war ihm geblieben.

Ohne sein Schwert fühlte er sich nackt, als er durch Engelhavns Straßen ging. Bei seiner Größe bezweifelte er zwar, dass irgendein Raubein so dumm wäre, ihn ausrauben zu wollen. Außerdem sah er auch nicht so aus, als hätte er viel Gold bei sich. Trotzdem trug er seine Waffe lieber bei sich. Es brauchte nicht viel, ein Schritt in eine falsche Gasse, ein Angreifer mit mehr Glück als Verstand und einem Dolch und quälendem Hunger im Bauch, dann wäre er nicht länger Laurie Keenans vertrauenswürdiger Söldnerhauptmann, sondern nur ein weiteres verfaulendes Stück Fleisch, das von der Stadtwache weggekarrt werden musste. Glücklicherweise begegnete er niemandem auf dem Nachhauseweg. Es war sonderbar still in den Straßen. Laurie hatte irgendetwas von Elfen erzählt; vielleicht war das der Grund. Die ganze Stadt stank förmlich nach Nervosität.

Am Tor des Keenan-Anwesens grüßte er den einsamen Wachposten.

»Morgen«, sagte Torgar.

»Bis dahin sind es noch vier Stunden.«

Torgar grinste. »Nimmst du's heute ganz genau?«

Der Wachposten betrachtete ihn von oben bis unten. »Du bist früh dran. Wo ist dein Schwert?«

»Verpfändet. Lässt du mich jetzt endlich durch?«

Betrunken oder nicht, Torgar war immer noch der Boss. Der Wachmann wandte sich mürrisch um und schloss das Tor auf.

»Nimm wenigstens den Dienstboteneingang«, meinte der Wachposten. »Lady Madelyn hat es satt, ständig von dir geweckt zu werden.«

»Tatsächlich?« Torgar ging geradewegs zur Haustür. »Wie schrecklich.«

Auf halbem Weg, mitten auf der ausgedehnten Rasenfläche, stimmte Torgar ein Lied an. Er hatte zwar die Hälfte des Textes vergessen, aber das kümmerte ihn nicht weiter. Als er die Hand auf den Türgriff legte, hielt er kurz inne und seufzte. Lauries Sohn Taras schlief nicht weit vom Haupteingang entfernt, und der bekam wegen seines Neugeborenen ohnehin kaum Schlaf. Es hätte ihn nicht gekümmert, wenn Madelyn in einem offenen Grab verfaulte, aber er hatte eine Schwäche für Taras.

»Also gut«, sagte er und schlug den Kopf mit einem leisen Bums gegen das dicke Holz der Tür. »Dafür schuldest du mir was, Junge.«

Er verließ den gepflasterten Hauptweg und ging auf einem kleinen Pfad um das Anwesen herum. Im Vergleich zu ihrem ersten Heim in Veldaren war es erheblich kleiner, aber es bot dennoch Platz für über fünfzig Angehörige der Familie sowie Wachen und Bedienstete. Torgar sah ein Pärchen hinter einem Baum, zweifellos ein Wachposten und eine Dienstmagd, die sich vergnügten. Er sang weiter, um sie zu erschrecken, und grinste, während er sich ihre Überraschung ausmalte. Aber sie reagierten nicht, was ihn ein wenig enttäuschte. Schlimmer noch, irgendetwas wirkte sonderbar an den beiden, und er sah zu ihnen zurück, bevor er um die Ecke bog.

Sie bewegten sich nicht.

»Gottverdammt«, murmelte er und versuchte, mit seinem betrunkenen Hirn zu denken. »Sie schlafen, oder? Sie schlafen nur.«

Trotzdem ging er hinüber, um nachzusehen. Die beiden Wachposten lehnten an dem Baum, die Körper in einer spöttischen Umarmung verschränkt, mit durchtrennten Kehlen und blutiger Rüstung. Torgar starrte sie ganze drei Sekunden lang an, bis der Alkohol aus seinem Hirn wich und seine jahrelange Ausbildung die Kontrolle übernahm. Er schnappte sich das Schwert eines der Söldner und sah sich dann prüfend in seiner unmittelbaren Umgebung um, um sich zu vergewissern, dass der Mörder nicht noch in der Nähe lauerte. Als er niemanden sah, hastete er zur Hintertür. Bis jetzt hatte niemand Alarm geschlagen, sonst hätte der Wachposten am Tor davon gewusst. Die Leichen waren noch warm, und das Blut tropfte noch aus ihren Wunden. Wer auch immer sie ermordet hatte, konnte nicht weit sein.

Das Gelände rund um das Haus schien vollkommen verlassen zu sein, deshalb hob er den Kopf und blickte suchend über die Dächer. Jetzt bereute er heftig, dass er so viel getrunken hatte. Er sah etliche Schatten, die durchaus Männer hätten sein können, aber mit seinem benebelten Verstand und den pochenden Kopfschmerzen konnte er unmöglich erkennen, ob seine Augen oder sein Verstand ihm etwas vorgaukelten oder nicht. Aber er durfte keine Zeit verlieren. *Schlag Alarm! Alarmiere die Söldner, damit sie sich bewaffnen und das verdammte Haus auf den Kopf stellen.* Er war nicht in der Verfassung, den Helden zu spielen.

Die Dienstbotentür war verschlossen, also zog er den Schlüssel aus seinem Wams, der an einer Kette um seinen

Hals hing. Als er den Schlüssel ins Schloss schob und umdrehte, spürte er, wie sich seine Nackenhaare aufrichteten. Einer dieser Schatten …

»Verflucht!« Er sprang hastig zurück. Ein dunkler Schatten griff ihn an, eine Klinge in der Hand. Torgar konnte gerade noch rechtzeitig sein Schwert heben. Doch bevor er irgendeine weitere Bewegung machen konnte, landete sein Widersacher auf ihm und rammte ihm Ellbogen und Knie in Gesicht und Brust. Torgar stürzte rücklings zu Boden und rollte sich herum, wobei er einem Schwertstoß nach seiner Kehle nur knapp entging. Er rollte weiter und machte das Einzige, was ihm logisch vorkam. Er schrie sich fast die Lunge aus dem Leib.

»Mörder!«, schrie er. »Hier draußen ist ein Mörder! Wacht auf, verdammt nochmal!«

Er landete auf einem Knie, als sein Widersacher mit dem Schwert nach ihm schlug. Er versuchte, den Hieb zu parieren, hatte aber nur teilweise Erfolg. Blut spritzte und vernebelte sein Blickfeld, als die Spitze des Schwertes durch sein Gesicht fuhr. Die Wucht des Schlages riss ihn herum, und er landete auf dem Bauch. Mit zusammengebissenen Zähnen wartete er auf den tödlichen Hieb, der ihm den Garaus machen würde. Aber er kam nicht. Als er den Kopf drehte, sah er, dass die Tür offen stand und sein Schlüssel immer noch im Schloss steckte.

»Du hast mich am Leben gelassen?« Torgar rappelte sich hoch und presste die freie Hand auf seine schmerzende Nase. »Das war ein großer Fehler, du Mistkerl! Dafür wirst du bezahlen!«

Er spürte, wie ihm warmes Blut über Finger und Mund lief. Er blutete aus einem großen Schnitt auf seinem Nasenrücken und fragte sich, ob er ohnmächtig werden würde, bevor die

Nacht vorbei war. Fluchend schnitt er einen Stoffstreifen von seinem Hemd ab und presste ihn auf die Wunde. Sie schmerzte höllisch, aber mehr konnte er einstweilen nicht tun. Mit erhobenem Schwert stürmte er in das Anwesen.

Im Flur war es dämmrig, weil nur an den vielen Gabelungen und Kreuzungen kleinere Lampen brannten. Torgar hatte zwar keine Ahnung, wohin sein Angreifer wollte, aber er wusste, wer seinen Sold bezahlte. Daher war klar, wer ganz oben auf der Liste derjenigen stand, die er zu beschützen hatte. Er bog nach rechts ab, in Richtung von Lauries und Madelyns Schlafzimmer. Er versuchte, um Hilfe zu rufen, aber seine Nase schmerzte einfach zu sehr. Ihm traten Tränen in die Augen, was sein ohnehin beeinträchtigtes Sehvermögen noch weiter behinderte. Etliche Male stieß er gegen eine Wand, und sein sowieso schon mitgenommener Körper schmerzte noch mehr. Mittlerweile hörte er die Schreie der Wachen. Die meisten bezogen ihre Positionen und meldeten, dass alles klar war. Aber immer wieder waren verängstigte Rufe oder Todesschreie zu hören.

Als er Lauries Schlafzimmer erreichte, schöpfte er Hoffnung, weil die Tür verschlossen war. Er trat sie auf und stürmte hinein. Im nächsten Moment traf etwas Hartes, Stumpfes seinen Hinterkopf. Torgar landete bäuchlings auf dem Teppich und kotzte.

»Verflucht.« Torgar starrte wütend auf Laurie, der mit dem Dolch in der Hand neben der Tür stand. Seine Frau saß auf dem Bett, ebenfalls mit einem Messer bewaffnet.

»Ich dachte, du wärst der Eindringling«, sagte Laurie und hielt ihm die Hand hin. Torgar ignorierte sie und stützte sich an der Wand ab, um aufzustehen.

»Du bist ein Idiot, Laurie. Warum hast du den Griff benutzt?«

»Ich wollte den Eindringling lebend haben, um ihn zu verhören.«

Torgar warf einen Blick durch die offene Tür in den Gang und lauschte auf die Kampfgeräusche.

»Nimm nächstes Mal das spitze Ende«, riet er ihm. »Ihr bleibt hier und verrammelt die Tür.«

Drei Wachen kamen näher und Torgar hob zum Gruß die Hand, in der er die blutige Bandage hielt. »Habt ihr eine Ahnung, wo der Mistkerl steckt?«

»Irgendwo da vorne«, erwiderte einer der Männer. Torgar klingelten immer noch die Ohren von dem Schlag, und er nahm alles so verschwommen wahr, dass er das Gesicht des Mannes nicht erkennen konnte. Er riet einfach seinen Namen, ohne sich darum zu scheren, ob er stimmte.

»Ihr bleibt hier und bewacht sie bis zum letzten Blutstropfen«, befahl Torgar und deutete mit einem Nicken auf Lauries Tür. »Gary, du hast hier das Sagen.«

»Wohin willst du?«, fragte der Mann ganz links.

»Er wird mir dafür bezahlen«, meinte Torgar und deutete auf seine Nase. Dann tastete er sich in die vordere Hälfte des Anwesens vor und hörte schon bald Kampfgeräusche. Ihm sank der Mut. Dem Lärm nach zu urteilen, war das kein normaler Meuchelmörder, der einen schlafenden Mann ersticken oder ihm Gift in eine Weinflasche füllen sollte. Dieser Bursche hier konnte kämpfen. Torgar hörte, wie Stahl auf Stahl traf, hörte, wie Männer starben. Um ihn herum vernahm er das Klicken von Türschlössern, als die Bediensteten sich in ihren Zimmern verbarrikadierten, so wie er es ihnen beigebracht hatte. Gut. Er konnte keinen Haufen aufgescheuchter Idioten gebrauchen, die durch die Korridore rannten.

Als er sich dem Haupteingang näherte, stolperte er über

fünf Leichen seiner Wache. Ihr Blut befleckte den blauen Teppich. Torgar konnte kaum glauben, was er da sah. Das konnte doch nicht das Werk eines einzigen Mannes sein?

Dann hörte er einen Schrei.

»Taras«, flüsterte er. Das Blut gefror ihm in den Adern.

Er brauchte einen Moment, bevor er sich an den Weg erinnern konnte. Bei den Göttern, was hätte er dafür gegeben, nüchtern zu sein! Er kam an drei weiteren toten Wachen vorbei, was seinen fürchterlichen Verdacht bestätigte, zu wem der Meuchelmörder wollte. Trotz der Schmerzen, die es ihm bereitete, schrie er so laut, wie er nur konnte.

»Alle zu Taras! Zu Taras, los, bewegt eure Ärsche!«

Die Schlafzimmertür zum Gemach seines Freundes war bereits geöffnet. Ein toter Wachposten lehnte dagegen, sein Blut klebte an der weißen Farbe des Holzes. Torgar schlug das Herz bis zum Hals, als er den Raum betrat. Doch trotz all der Jahre seiner Ausbildung, der Kämpfe und der Hinrichtungen war er auf diesen Anblick nicht vorbereitet.

Der Meuchelmörder kniete mitten im Zimmer und schien mit dem Schwert etwas vor sich auf den Boden zu zeichnen. Torgar musste einen Laut von sich gegeben haben, denn der Killer sah hoch. Sein Gesicht wurde von einer schweren schwarzen Kapuze verborgen, sein Körper war in verschiedene Umhänge gehüllt. Torgar hob sein Schwert.

»Komm her«, sagte er und hätte sich gerne so hart gefühlt, wie er klang. »Komm und stirb, du perverses Arschloch.«

Der Meuchelmörder stand auf und drehte den Kopf ein wenig, sodass Torgar in dem gedämpften Mondlicht, das durch das Fenster fiel, einen kurzen Blick auf sein Gesicht werfen konnte. Er lächelte.

»Nicht heute Nacht«, sagte der Mann. Rauch quoll von

seinen Füßen hoch und erfüllte rasch den Raum. Torgar hustete, als er ihm in Augen und Kehle drang. Er schlug ein paar Mal wild um sich, aber niemand griff ihn an. Als sich der Rauch verzogen hatte, war auch der Mann verschwunden. Torgar ging in die Mitte des Raumes und hinterließ Fußabdrücke in dem Blut, das allmählich trocknete. Das Schwert zitterte in seiner Hand.

Taras und seine Frau Julie lagen tot und zerhackt da. Die Leiche ihrer Kammerzofe lehnte an der Schranktür. Der Mann hatte ihr die Kehle von einem Ohr bis zum anderen durchgeschnitten. Während Torgar fast das Herz stehen blieb, durchbrach ein schreckliches Geräusch die Stille. Das neugeborene Mädchen, Tori, weinte leise. Wächter drängten sich in den Raum, gerade als er das Kind von dem blutbefleckten Bettlaken hochhob. Die Windeln des Mädchens waren zwar blutig, aber das Kind selbst war unverletzt.

»Wo ist er hin?«, fragte ein Söldner, während die anderen vor Schreck über den Anblick nach Luft schnappten oder fluchten.

Torgar zuckte mit den Schultern. Er wusste es nicht.

»Er war wie ein verdammter Schemen«, sagte ein anderer. »Wir haben ihn gesehen und dann war er verschwunden.«

Torgar hörte einen Schrei und blickte zur Tür. Laurie fiel im Gang auf die Knie. Madelyn stand neben ihm. Ihr Gesicht war so spröde wie Glas, bis auf die Tränen, die ihr die Wangen hinunterliefen. Sie wagten nicht einzutreten. Außerdem hätten sie die zerstückelten Leichen sowieso kaum an ihre Brust drücken können. Das Gemetzel war einfach zu schrecklich. Und zu gründlich.

»Wer?«, wollte Laurie wissen. »Warum?«

Torgar blickte auf das Symbol zu seinen Füßen, das mit

dem Blut von Keenans Sohn auf den Boden gezeichnet worden war.

»Ich weiß es nicht«, erwiderte er.

»Gib sie mir!«, schrie Madelyn. Ihr plötzlicher Ausbruch erschreckte alle.

Torgar trat vorsichtig über den blutigen Boden, froh, Tori abgeben zu können. Er empfand nur grenzenlose Wut. Und es kam ihm nicht richtig vor, dabei ein Kind in den Händen zu halten.

»Ich werde herausfinden, wer das getan hat«, sagte er. »Ich verspreche, dass er tausendfach dafür bezahlen wird.«

Das war nur ein kleiner Trost für alle, aber es spielte keine Rolle. Der Meuchelmörder hatte eine Visitenkarte hinterlassen, und das würde ihn den Hals kosten. Nur wenige vergingen sich so an einem Angehörigen der Trifect und überlebten das. Während Laurie und Madelyn von dem schauerlichen Ort des Verbrechens weggeführt wurden, stach Torgar mit seinem Schwert mitten in das Symbol, das ihm irgendwie bekannt vorkam. Er hatte es schon einmal gesehen, vor Jahren, oder zumindest hatte er gehört, wie die Leute darüber redeten. Dann fiel es ihm ein.

Ein offenes Auge, gezeichnet mit dem Blut des Opfers.

»Der Wächter«, flüsterte Torgar.

I. KAPITEL

Haern zog seine Kapuze tief in die Stirn und hakte die Scheiden seiner Säbel an seinen Gurt, während sich der Anführer der Eschaton-Söldner, der Hexer Tarlak, an seinen Schreibtisch setzte und zusah.

»Brauchst du unsere Hilfe?« Tarlak klopfte ein wenig Schmutz von seiner gelben Robe.

»Nein.« Haern schüttelte den Kopf. »Es soll eine Botschaft für die Unterwelt der Stadt werden. Brann hat eine Grenze überschritten, und ich muss dafür sorgen, dass kein anderer jemals wagt, es ihm gleichzutun. Ich mache das allein.«

Tarlak nickte, als würden ihn diese Worte nicht überraschen. »Was ist mit Alyssa?«

Haern schloss seinen Umhang mit der Brosche an seinem Hals. Sie hatten gehört, dass Alyssa einen Vergeltungsschlag an den Anführern der Diebesgilden plante, obwohl der Grund dafür unklar war. Aber sie hatten diese Information von einer angesehenen Person im Haushalt der Gemcrofts; ihnen blieb keine andere Wahl, als die Nachricht ernst zu nehmen. Zu einem noch unbekannten Zeitpunkt in der Nacht sollte es ein Treffen geben, um die Umstände im Gemcroft-Anwesen zu diskutieren.

»Danach«, erwiderte Haern. »Das verstehst du sicher.«

»Allerdings«, antwortete Tarlak. »Viel Glück. Und denk daran, ich kann dich nicht bezahlen, wenn du stirbst.«

»Ich bin nicht derjenige, der heute Nacht sterben wird«, gab Haern zurück und fühlte, wie er in die kalte Rolle des Wächters des Königs schlüpfte.

Er verließ den Raum und stieg die Treppe zum Ausgang des Turms hinab. Dann legte er die kurze Entfernung zur Stadt im Laufschritt zurück. Ihm standen ein Dutzend Möglichkeiten zur Verfügung, die Stadtmauer zu überwinden, geheime Gänge, Seile und Mulden für Hände und Füße, und er ging an der Mauer entlang zum Südende, bevor er hinüberkletterte. Alyssas möglicher Konflikt mit den Diebesgilden war auf längere Sicht eine größere Bedrohung, aber Haern brachte es noch nicht über sich, sich jetzt schon darauf zu konzentrieren. Sein Ziel war ein Mistkerl namens Brann Gootfinger. Er trieb sein Unwesen im äußersten Süden der Stadt, und dorthin war Haern unterwegs.

Normalerweise empfand er Stolz, wenn er über die Dächer lief und die Operationen der verschiedenen Diebesgilden sorgfältig beobachtete. Seit der Gildenkrieg vor zwei Jahren zu Ende gegangen war, hatten die Parteien einen brüchigen Waffenstillstand geschlossen. Die ersten paar Monate waren die schlimmsten gewesen, aber Haern hatte mit seinen Säbeln Unmengen Blut vergossen. Durch bloße Brutalität hatte er beide Seiten in die Knie gezwungen. Er war die stumme Bedrohung, die alle beobachtete und keinerlei Abweichung tolerierte. Aber heute hatte die Erinnerung an seine Erfolge einen bitteren Beigeschmack. Zum ersten Mal hatte sich sein Plan gegen ihn gewendet, und zwar zutiefst grausam, fast wie eine persönliche Beleidigung.

Diebe, die die Trifect bestahlen, starben. Das wussten alle, ebenso wie sie wussten, dass Haern jede Nacht als Wächter des Königs durch die Stadt patrouillierte und dafür sorgte, dass der Waffenstillstand eingehalten wurde. Aus diesem Grund hatte Brann Kinder rekrutiert, eine kühne Herausforderung im Angesicht der Drohung des Wächters.

»Wo versteckst du dich?«, flüsterte Haern, während er flach auf einem Dach lag. Seit zwei Tagen war ihm Brann permanent entwischt, und seine Kinder waren ungestört ihren Geschäften nachgegangen. Damit war jetzt Schluss. Er erblickte eines der jüngsten Kinder, einen Jungen, der nicht älter sein konnte als sieben. Er kletterte gerade aus dem zerbrochenen Fenster eines Geschäftes, eine Handvoll Kupfermünzen an die Brust gedrückt. Der Junge lief los, und Haern folgte ihm.

Der Junge versuchte, sein Bewegungsmuster zu verändern, wozu er zweifellos ausgebildet worden war, aber für jemanden wie Haern war das eine lästige Unbequemlichkeit, nicht mehr. Er hielt sich außer Sicht, weil er den Jungen nicht auf sich aufmerksam machen wollte. Er hatte Branns Kinderdiebe zweimal verfolgt, aber einmal hatte ihn eines der Kinder bemerkt, seine geraubten Münzen weggeworfen und war geflüchtet. Das andere war von einer anderen Diebesgilde getötet worden, bevor er es hatte befragen können. Ständig starben Kinder auf den Straßen von Veldaren. Der Zorn des Wächters würde schrecklich sein.

Haern bog um eine Ecke und sah, wie das Kind in einem Lagerhaus verschwand. Er näherte sich der Tür, trat in den Schatten und warf einen Blick durch den Spalt unter den Angeln. Im Inneren brannte eine Laterne, und soweit er sehen konnte, befanden sich noch zwei weitere Kinder im Raum. Er hoffte, dass es sich um Branns Versteck handelte und nicht einfach nur um eine Bande von Waisenkindern, und zückte seine Säbel. Er würde nicht unbemerkt dort hineinkommen.

Es war nicht der richtige Moment für ein lautloses Sterben in der Nacht.

Er nahm Anlauf und rammte seine Schulter mit voller Wucht gegen die Tür, die nach innen aufflog. Ohne langsamer zu werden, orientierte er sich in dem Raum, ließ sich von seinen empfindlichen und scharfen Instinkten leiten. Das Lagerhaus war voller Kisten und Getreidesäcke, was seine Beweglichkeit einschränkte. Mindestens zwanzig Kinder bildeten einen Kreis und in der Mitte stand, das schmutzige Gesicht unter einem Bart verborgen, Brann. Er sah hoch, sein Kiefer klappte auf, und er drehte sich um, um wegzulaufen.

»Haltet ihn auf!«, schrie Brann den Kindern zu. Haern fluchte, als sie kleine Messer und Dolche zückten. Er sprang zwischen sie und wirbelte seinen Umhang durch die Luft, um sie abzulenken. Mit einem weit ausholenden Tritt schleuderte er drei von ihnen zu Boden und sprang durch die Lücke. Das Lagerhaus wurde von einer hohen Wand in zwei Bereiche unterteilt, und Brann verschwand durch eine Tür in der Mitte. Haern folgte ihm und öffnete die Tür mit seiner Schulter. Zu seiner Überraschung war Brann jedoch nicht der Feigling, für den er ihn gehalten hatte. Er stand hinter der Tür und schlug mit seinem Schwert zu. Aber Haern war zu schnell, brachte sich mit einem langen Satz aus der Reichweite des Schwertes, wirbelte auf dem Absatz herum und sprang erneut.

Brann war eine Schlange, Abschaum, Ungeziefer, das nur zuschlug, wenn es die Oberhand hatte und aus dem Schatten zustechen konnte. Haern hatte gegen Leute wie ihn gekämpft, er kannte ihre Taktik. Nach drei Schlägen fiel Brann das Schwert aus der blutenden Hand. Mit zwei Tritten zerschmetterte Haern seine Kniescheibe, und der Mann stürzte zu Boden. Haern packte ihn am Haar und hob seinen Kopf an, während er ihm den Säbel an die Kehle hielt.

»Wie kannst du es wagen?«, flüsterte Haern. Seine Kapuze war ihm tief in die Augen gerutscht, und er schüttelte den Kopf, um sie abzustreifen. Er wollte, dass Brann die Wut in seinem Blick sah.

»Du hältst dieser Stadt deine Klinge an die Kehle und fragst mich das?«

Haern schlug ihm den Griff eines Säbels auf den Mund. Als Brann einen Zahn ausspuckte, stürmten die Kinder durch die Tür und umzingelten sie beide.

»Wartet noch«, sagte Brann zu ihnen und grinste Haern an. Seine gelben Zähne waren rot von Blut. Der irre Blick in seinen Augen bereitete Haern Unbehagen. Dieser Mann hatte keinen Respekt vor dem Leben, weder vor seinem eigenen noch vor dem der anderen.

»Was ist das für ein Spiel?« Haerns Stimme war nur ein kaltes Flüstern. »Hast du gedacht, ich könnte dich nicht finden? Du benutzt Kinder, hier, in meiner Stadt?«

»Deiner Stadt?« Brann lachte. »Verdammter Narr! Die anderen mögen Angst haben, aber ich weiß, was du bist! Sie glauben, du bist genauso schlecht wie wir, aber das bist du nicht, noch nicht. Und sobald die Diebesgilden das herausfinden, werden sie deinen Kopf auf einem Spieß herumtragen.«

Er gab den Kindern ein Zeichen, und sie bereiteten sich auf einen Angriff vor. Haern wollte sich nicht einmal vorstellen, was Brann mit ihnen gemacht hatte, um so viel Macht über sie ausüben zu können.

»Bring mich um«, meinte Brann. »Mach nur, dann werden sie über dich herfallen. Du wirst nicht sterben, denn du bist viel zu gut für sie, aber du wirst auch nicht entkommen, ohne zumindest eines von ihnen zu töten. Also, wie hättest du es gern, Wächter? Kannst du mir mein Leben nehmen, wenn das bedeutet, auch das Leben eines Kindes zu beenden?«

Haern betrachtete die zwanzig Kinder. Einige waren höchstens sieben Jahre alt, andere vielleicht elf oder sogar zwölf. Es genügte, dass einer von ihnen einen Glückstreffer landete, dann könnte er, Haern, möglicherweise sogar sterben.

Er presste die Klinge seines Säbels fester gegen Branns Haut. Dann beugte er sich dichter zu ihm, damit er ihm etwas ins Ohr flüstern konnte.

»Du weißt nichts, Brann. Du weißt gar nichts über mich. Du stirbst, und sie sind frei.«

»Ich sterbe, und dann werden auch Unschuldige sterben. Das bringst du nicht fertig. Du bist nicht die Bestie, für die dich die anderen halten. Und jetzt lass mich los!«

Haern betrachtete erneut die Kinder, die geduckt dastanden und nur darauf warteten, zuzuschlagen. Er versuchte eine Entscheidung zu treffen, aber er wusste, zu welchem Leben jemand wie Brann sie verdammen würde. Ganz gleich, was geschah oder wie groß das Risiko war, er durfte das nicht zulassen.

»Die Entscheidung ist nicht schwer«, flüsterte Haern.

Er zog die Klinge über die Kehle des Mannes, und Blut spritzte über seine Kleidung. Dann wirbelte er herum und sprang über ihren Kreis hinweg, in der Hoffnung, ihrer Reaktion zuvorzukommen. Sie verfolgten ihn, nicht im Geringsten vom Tod ihres Meisters beeindruckt. Haern rollte sich auf die Füße und parierte ihre schwächlichen Angriffe mit seinen Säbeln. Mit einem raschen Blick vergewisserte er sich, dass es nur den Ausgang gab, durch den er hereingekommen war. Er bemühte sich, seine Instinkte zu beherrschen und nicht mit voller Kraft zu kämpfen, während er sich mit wirbelnden Umhängen durch die Gruppe drängte.

Dann beendete er die Drehung und sprang zur Tür. Dort stand einer der älteren Jungen. Haern verspürte einen Anflug von Panik, als er den tödlichen Winkel sah, in dem der Junge seine Waffe vorstieß. Er reagierte instinktiv, blockte den Hieb mit so viel Kraft, dass der Dolch durch die Luft segelte, und trat dem Jungen seinen Fuß gegen den Leib, sodass dieser ebenfalls durch die Luft flog. Haern rannte los, stieß sich von einem Stapel Kisten ab, sprang hoch in die Luft und erwischte mit einer Hand einen Dachbalken. Dann schwang er sich hinauf und starrte auf die Kinder herab. Etliche von ihnen hatten sich um den Körper des Jungen versammelt, den er getreten hatte.

»Hört mir zu.« Haern versuchte, seine Wut auf die Kinder zu zügeln. Sie konnten nichts dafür. Der Zorn, den er empfand, war fehlgeleitet, entsprang seiner Frustration. »Euer Meister ist tot. Und ihr könnt diesen Kampf nicht gewinnen.«

»Scheiß auf dich!«, rief eines der Kinder. Haern unterdrückte seinen Zorn über diese Respektlosigkeit. Sie hatten Angst und mussten in einer Welt überleben, die er nur allzu gut kannte. Wenn Vernunft nicht half, konnte er zu einem anderen Mittel greifen.

»Sag das noch einmal, und ich schneide dir deine Zunge heraus.«

Der Junge trat unwillkürlich zurück, als hätte die Kälte in seiner Stimme ihn körperlich gezüchtigt. Die anderen Kinder sahen zu ihm hoch, einige den Tränen nahe, andere wütend, aber die meisten herzzerreißend gleichgültig. Haern deutete auf den Leichnam von Brann Gootfinger.

»Nehmt ihm das Geld ab«, befahl er. »Geht und führt ein besseres Leben als das hier. Wenn ihr Diebe bleibt, dann werden euch die Gilden erwischen, oder ich. Ich will euch nicht töten, aber ich werde es tun, wenn ihr mich dazu zwingt. Euer Leben hier hat keine Zukunft.«

»Deins auch nicht«, sagte ein anderes Kind, aber Haern konnte nicht erkennen, wer es gewesen war. Mit geübten Händen nahmen die Kinder dem toten Brann alles Wertvolle ab und verschwanden. Haern wusste nicht, wohin sie gingen, und es kümmerte ihn auch nicht. Er empfand nur Wut. Brann war schnell gestorben, schwerlich das Exempel, das Haern hatte statuieren wollen. Und was den Jungen anging, den er getreten hatte …

Er sprang von dem Dachbalken hinab und landete geschickt auf den Füßen. Behutsam rollte er den Knaben auf den Rücken und legte ihm eine Hand auf den Hals. Kein Puls.

»Verdammt sollst du sein, Brann!«, flüsterte Haern. »Ich hoffe, dass du auf ewig brennst.«

Er konnte den Leichnam unmöglich hier zurücklassen. Das wäre unter seiner Würde gewesen. Also schulterte Haern die Leiche und trat rasch auf die Straße hinaus. Er hoffte, dass kein tollkühnes Mitglied einer Diebesgilde ihn erblickte und etwas unglaublich Heldenhaftes und Dummes versuchte. Es gab etliche Totengräber in Veldaren, und auch einen, der die Leichen verbrannte, statt sie zu begraben. Haern ging zu dem Letzteren, öffnete die verschlossene Tür mit einem Dietrich und trat ein. Der Besitzer schlief auf einer Pritsche in einem kleinen Zimmer, und Haern weckte ihn, indem er ihn mit seinem Säbel anstieß.

»Was? Wer bist … Ach, du.«

Der ältliche Mann, Willard, rieb sich die Augen und riss

sie dann auf, als Haern ihm eine Handvoll Münzen in den Schoß warf.

»Scheue keine Kosten und begrabe seine Asche.«

»Wer ist das?« Willard blickte zu dem Leichnam des Jungen hin, als Haern ihn auf den Boden legte.

»Ein Unfall.«

»Was soll ich dann auf seiner Urne eingravieren?«

»Was du willst«, gab Haern über die Schulter zurück, als er verschwand.

Er war schlecht gelaunt, während er sich beeilte, den Besitz der Gemcrofts zu erreichen. Er wünschte sich, er könnte die Ereignisse einfach aus seinem Verstand löschen, aber er wusste, dass ihm das niemals gelingen würde. Branns Tod würde immer noch eine Warnung für alle anderen sein, die versuchten, Kinder zu benutzen, um die Vereinbarung zwischen den Gilden und der Trifect zu brechen. Das hatte er erreicht, aber nicht so, wie er es sich erhofft hatte. Dieser namenlose Junge verfolgte ihn, machte ihn innerlich krank. Brann war überzeugt davon gewesen, dass Haern nicht den Mumm hatte, sich den Konsequenzen seiner Trat zu stellen. Und wie sich herausstellte, könnte er damit durchaus richtigliegen.

Es war kein Problem, den Zaun zu erklimmen, der das Anwesen der Gemcrofts umgab. Aber den Wachen aus dem Weg zu gehen war eine andere Sache. Es gab ein zweites Gebäude auf der Rückseite, wo, wie man ihm gesagt hatte, dieses Treffen stattfinden sollte. Die meisten Patrouillen hielten sich in der Nähe des Herrenhauses auf, was natürlich eine große Hilfe war. Haern lauerte neben dem Tor und lief am Zaun entlang, wenn die Patrouillen ihn nicht sehen konnten. Kamen sie vorbei, legte er sich flach auf den Boden. Endlich erreichte er das kleinere Gebäude. Da er die Patrouillen beobachtet hatte, wusste er, dass ihm etwa dreißig Sekunden blieben, um in das Gebäude hinein- und wieder herauszukommen, ohne gesehen zu werden. Im Innern leuchtete gedämpftes Licht. Er presste das Ohr an die Tür, aber er hörte keine Stimmen.

War er zu spät oder etwa zu früh? Die Tür war nicht versperrt, also öffnete er sie und schob sich ins Innere des Hauses. Der Raum war überraschend kahl, und auf dem gepolsterten Boden stand nur ein einziges Bett. Das war nicht das Dienstbotenquartier, das er erwartet hatte. Die Laterne verbreitete ein gedämpftes Licht und tauchte die Ecken in tiefe Schatten. Der Raum schien leer zu sein.

»Verdammt«, flüsterte er.

Er machte sich auf in die gegenüberliegende Ecke, weil er noch ein paar Stunden warten würde, nur für den Fall, dass die Zusammenkunft noch stattfinden sollte. Doch mitten im Zimmer blieb er stehen. Etwas in der Ecke stimmte nicht, die Schatten waren nicht glatt …

Haern sprang zur Tür, weil seine Instinkte ihm zuschrien, dass es sich um eine Falle handelte. Doch bevor er die Tür erreichte, packte ihn jemand am Mantel und zog fest an ihm. Er warf sich zu Boden, hin- und hergerissen zwischen dem Impuls, anzugreifen, und dem, seinen Mantel loszureißen und zu flüchten. Da er wegen Brann bereits wütend war, sprang er wieder auf und griff an. Zu seiner Überraschung trafen seine Säbel klirrend auf lange Klingen, die seinen Stoß perfekt geblockt hatten. Er bereitete bereits einen zweiten Angriff vor, als er die Kleidung seines Widersachers bemerkte. Lange, dunkle Tuchbahnen, die den ganzen Körper bedeckten, bis auf das im Schatten liegende Gesicht.

»Genug, Wächter«, sagte Zusa. Ihr schlanker Körper war zu einer bizarren Verteidigungsposition verrenkt. »Ich bin nicht hier, um dich zu töten.«

Haern wich rückwärts bis zur Wand zurück, die Tür neben sich.

»Weshalb dann?«

»Weil ich es wünschte«, antwortete eine Stimme von der Tür. Haern drehte sich um und neigte dann den Kopf zu einem spöttischen Gruß.

»Mylady Gemcroft«, sagte er. »Schön dich zu sehen, Alyssa.«

Das Oberhaupt der Gemcroft-Sippe lächelte ihn an, nicht im Geringsten von seinem spöttischen Tonfall beeindruckt. Zusa schob ihre Dolche in die Scheiden, ließ aber die Hände auf den Griffen. Sie stellte sich neben Alyssa, ohne ihn aus den Augen zu lassen. Alyssa wirkte entspannt, erheblich entspannter, als Haern sie bei ihrem letzten Zusammentreffen erlebt hatte. Allerdings hatte er damals auch versucht, sie zu töten, weil Alyssa die Straßen der Stadt mit Söldnern überschwemmte. Sie trug unter ihrer Robe ein eng anliegendes Kleid, und ihr rotes Haar fiel ihr offen über die Schultern. Haern fühlte sich fast geschmeichelt, dass sie sich für ihn so festlich gekleidet hatte, als wäre er ein Edelmann oder ein Diplomat.

»Man sagte mir, es würde ein Treffen wegen der Diebesgilden stattfinden«, meinte Haern. »Stimmt das?«

»Ich versichere dir, dass Terrance mir gegenüber loyal ist, und zwar nur mir gegenüber«, erwiderte sie.

Ein Muskel zuckte in Haerns Wange. Terrance war natürlich sein Informant gewesen. Er fühlte sich im Nachteil, weil er keine Ahnung hatte, aus welchem Grund dieses Treffen stattfand. Das gefiel ihm nicht. Außerdem versperrten die beiden den einzigen Ausgang. Und das gefiel ihm erst recht nicht.

»Dann hat man mir eine Lüge erzählt, nur um mich hierher zu locken«, sagte er. »Warum, Alyssa?«

»Weil ich dich engagieren will.«

Haern machte eine kleine Pause und lachte dann über diese absurde Vorstellung.

»Ich bin kein Bauer, dem du deinen Willen aufzwingen kannst. Und wenn das, was du sagst, stimmt, warum dann diese Geheimniskrämerei und List?«

»Weil ich nicht will, dass irgendjemand davon erfährt, weder die Gilden noch die Trifect. Ich reise nach Engelhavn, und ich möchte, dass du mich und Zusa begleitest.«

Haerns Hände zuckten, während er seine Säbel umklammerte. Auf ein solches Ersuchen zu antworten, während eine so gefährliche Person wie Zusa seinen Weg nach draußen blockierte, entsprach nicht seiner Vorstellung von einer fairen Verhandlungsposition.

»Welchen Grund könntest du dafür haben?«, wollte er wissen. »Ich versichere dir, dass Zusa durchaus in der Lage ist, dein Leben zu beschützen.«

Endlich zeigte sich so etwas wie Ungeduld unter Alyssas gelassener Fassade.

»Jemand ist in Laurie Keenans Haus eingedrungen und hat seinen Sohn und seine Schwiegertochter sowie ein Dutzend Wachen abgeschlachtet. Ich nehme an der Beisetzung teil, wie es sich gehört. Ich will, dass ihr beide, Zusa und du, diesen Mörder jagt und ihn der Gerichtsbarkeit übergebt, während ich dort bin.«

Haern schüttelte den Kopf. »Ich kann Veldaren nicht verlassen«, antwortete er. »Der Friede, den ich mit so viel Mühe geschaffen habe …«

»Ist kein echter Friede«, fiel Alyssa ihm ins Wort. »Die Diebesgilden überfallen sich gegenseitig, töten sich in endlosem Streit über das Gold, das wir ihnen zahlen. Und die wenigen, die uns bestehlen, werden häufiger von ihresgleichen erwischt als von dir. Niemand wird erfahren, dass du verschwunden bist. Keiner wird deine Abwesenheit bemerken, für Wochen nicht. Dieser sogenannte Friede dauert jetzt zwei Jahre, und du hast so viel Blut vergossen, dass man die ganze Stadt damit rot färben könnte. Jene, die übrig geblieben sind, haben sich mit ihrem bequemen Leben abgefunden, sie leben von Bestechung und leichtem Geld, das weißt du. Du bist eine Galionsfigur geworden, ein Wächter, der nur die rücksichtslosesten Angehörigen der Unterwelt beobachtet. Die Stadt hat sich verändert. Sie wird dich nicht vermissen, solange du weg bist.«

Das wusste Haern selbst, aber das hieß noch lange nicht, dass es ihm auch gefiel.

»Das ist dein Problem«, erwiderte er. »Ich hatte mit der Trifect genug zu schaffen, das reicht für ein ganzes Leben. Such deinen Mörder alleine. Und jetzt lasst mich durch.«

Alyssa sah Zusa an und nickte. Sie traten auseinander. Als Haern sich anschickte hinauszugehen, drehte sich Alyssa zu ihm herum.

»Sie haben ein Zeichen gefunden!«, rief sie ihm nach. »Geschrieben mit ihrem Blut.«

Haern blieb stehen. »Was für ein Zeichen?«

»Ein Auge.«

Haern drehte sich um. Ärger stieg in ihm auf. »Du willst mich dieses Verbrechens bezichtigen?«

»Nein.« Alyssa folgte ihm nach draußen. »Ich habe die Angelegenheit bereits untersucht, und ich weiß, dass du in Veldaren gewesen bist, sowohl in der Nacht, als es geschah, als auch in den Nächten davor und danach. Laurie hat die Sache bisher verheimlicht und sie nur jenen erklärt, die während des Mordes im Haus waren. Er weiß, dass du diese Tat nicht begangen hast; dennoch fürchtet er, dass du irgendwie darin verwickelt sein könntest ...«

Haern knirschte mit den Zähnen, während er zu enträtseln versuchte, was das bedeuten könnte. Er war ratlos.

»Das ergibt überhaupt keinen Sinn, Alyssa«, sagte er. »Warum sollte mir jemand so weit entfernt von Veldaren ein derartiges Verbrechen in die Schuhe schieben wollen? Ich bin niemals in Engelhavn gewesen, und ich habe dieses Symbol auch schon seit Jahren nicht mehr benutzt. Nicht mehr, seit der Krieg zwischen der Trifect und den Diebesgilden zu Ende gegangen ist.«

»Das ist kein Versuch, dich zu beschuldigen«, erklärte Zusa, als wäre die Sache ganz einfach. »Es ist ein Ruf. Du wirst gerufen, Wächter!«

Haern versuchte, die Sache zu durchdenken, aber er fühlte sich so müde, so unvorbereitet. Immer wieder blitzte das tote Gesicht des Jungen vor seinen Augen auf.

»Woher weiß ich, dass du mir keine Falle stellst?«, erkundigte er sich schließlich.

Alyssa blickte zur Seite, als würde sie beschämen, was sie als Nächstes zu sagen hatte.

»Es ist dein Verdienst, dass mein Sohn noch am Leben ist«, antwortete sie dann. »Und dank deiner konnte ich mich an der Person rächen, die versucht hat, ihn zu ermorden. Ich werde dich niemals hintergehen. Jemand hat mächtige Bürger von Engelhavn ermordet, meine Freunde und Geschäftspartner, und schreibt dir mit ihrem Blut eine Nachricht. Hilf mir, ihn zu finden. Hilf mir, ihn aufzuhalten.«

Haern seufzte.

»Also gut«, gab er zurück. »Wann brechen wir auf?«

*

»Heute?« Tarlak lehnte sich in seinem Stuhl zurück, sichtlich verwirrt. »Du reist heute noch ab? Aber wir haben immer noch diesen Vertrag mit den Heshans, und ich habe diesen verdammten Prostituiertenmörder noch nicht aufgespürt, für dessen Ergreifung uns Antonil bezahlt hat. Wie soll ich diesen Mistkerl ohne deine Hilfe finden?«

»Verbring einfach Zeit mit Prostituierten. Ich meine, mehr Zeit.«

Tarlak hob eine Braue und lachte dann. Er war immer noch nur in sein Nachthemd gekleidet. Jetzt stand er auf und deutete mit einer ausholenden Handbewegung auf sein Büro, in dem das reinste Chaos herrschte.

»Dieses Haus wird zweifellos ohne dich auseinanderfallen«, sagte er. »Aber geh nur und tu, was du tun musst. Schließlich geht es nicht an, dass jemand deinen Namen mit Schmutz bewirft.«

Sie umarmten sich, und Tarlak schlug ihm aufmunternd auf die Schulter.

»Aber lass dich nicht umbringen«, sagte er.

»Ich gebe mein Bestes.«

Haern ging hinaus auf die Wendeltreppe des Turms. Er stieg ein Stockwerk höher und trat in seinen kahlen Raum. Nachdem er sich bis auf die Unterwäsche entkleidet hatte, legte er sich ins Bett und schlief. Er wachte auf, weil ihm jemand gegen die Schulter stieß. Er sah kurz hin, stöhnte und rollte sich dann herum.

»Du riskierst dein Leben, Brug«, murmelte er.

»Du bist derjenige, der sich auf die Jagd nach jemandem machen will, der tapfer oder dumm genug ist, dich zu verspotten«, sagte der kleine stämmige Schmied. »Außerdem neigt sich der Tag bereits dem Ende zu. Schwing deinen Hintern aus dem Bett. Ach so, ich habe noch etwas für dich.«

Haern rieb sich die Augen und sah dann wieder hin. Brug stand neben seinem Bett, ein paar Schuhe in der Hand.

»Schuhe?«, fragte er.

»Nicht einfach nur Schuhe!« Brug warf sie ihm zu, und sie landeten auf Haerns Brust. »Ich habe zwei Monate darauf verwendet, sie für dich zu machen, also solltest du, verdammt noch mal, etwas mehr Dankbarkeit zeigen.«

Haern setzte sich auf und untersuchte die Schuhe. Sie waren aus grauem, weichem Tuch, das an der Sohle dicker wurde. Sie würden jeden Schritt dämpfen, obwohl er sich fragte, wie lange der Stoff seine Sprints über die Dächer aushalten würde.

»Die hast du gemacht? Ich wusste nicht, dass du nähen kannst.«

Brug bekam vor Verlegenheit rote Flecken am Hals.

»Darum geht es nicht«, sagte er. »Ich habe mit Tarlaks Hilfe ein bisschen Magie beigefügt. Sie verschleißen nicht, aber das wirklich Tolle daran ist, dass diese Magie deine Schritte noch leiser macht als die einer Maus … Vergiss es, ich brauche dir das alles gar nicht zu erzählen. Finde es einfach selbst heraus.«

Er stürmte zur Tür und blieb erst stehen, als Haern ihn rief.

»Ich vermisse dich auch, Brug.«

»Von mir aus«, brummte Brug, aber er zögerte, bevor er

verschwand. Als er weg war, kleidete Haern sich an, zog seine weiche Lederrüstung über und bereitete alles für seine Abreise vor. Dann ging er die Treppe des Turms hinab, in das behaglich eingerichtete und erleuchtete Erdgeschoss. Niemand war da. Das Feuer im Kamin brannte nur schwach, die gepolsterte Couch war leer. Haern runzelte die Stirn, unterdrückte seine Enttäuschung und ging hinaus.

Delysia wartete draußen auf ihn. Sie lehnte an den dicken Steinen des Turms und lächelte. Ihre weiche weiße Robe war makellos, und sie hatte ihr rotes Haar zu einem Pferdeschwanz zusammengebunden.

»Hattest du vor abzureisen, ohne dich zu verabschieden?«

Er zuckte mit den Schultern. »Ich dachte, du würdest drinnen auf mich warten.«

»Trotzdem bist du gegangen, als ich nicht da war.«

Darauf hatte er keine Antwort. Also lächelte er sie nur an und trat zu ihr, damit sie ihn umarmen konnte. Als er von ihr wegtreten wollte, hielt sie ihn fest, und es überraschte ihn, wie kühn sie plötzlich war.

»Sei vorsichtig«, befahl sie ihm. »Tarlak hat mir alles erzählt. Vor jemandem, der zu dem imstande ist, was dieses … diese gespenstische Person getan hat, und dich dann mit seinen Taten verspottet, solltest du auf der Hut sein.«

»Fürchtet da etwa jemand um meine Sicherheit?« Haern versuchte ihre Sorge zu verharmlosen, ebenso wie er zu ignorieren versuchte, wie sein Herz klopfte, weil sie ihre Arme um seinen Hals geschlungen hatte.

»Ich fürchte jede Nacht um dich, wenn du losziehst und ich auf dich warte. Aber diesmal werde ich nicht da sein, falls du verletzt wirst. Bitte, sei vorsichtig.«

Diesmal wollte er ihre Worte nicht auf die leichte Schulter

nehmen. Er schlang seine Arme um ihre Taille und drückte seine Stirn an ihre. Ihre Nasenspitzen berührten sich.

»Ich verspreche es dir«, sagte er und lächelte. »Es braucht mehr als einen feigen Nachahmer, um mich zu Fall zu bringen.«

»Gut.«

Sie drückte ihre Lippen auf seine, und nach einem kurzen Augenblick des Erstaunens erwiderte er den Kuss. Schließlich trat sie hastig zurück und senkte den Kopf, sodass ihr Haar um ihr Gesicht fiel und ihr Erröten verbarg. Als sie erneut das Wort ergriff, klang ihre Stimme vollkommen ruhig und normal.

»Ist das alles, was du mitnimmst?« Sie deutete auf seine Garderobe, seine Säbel und die Umhänge, die er in den Händen hielt.

»Schon«, meinte er zögernd. »Warum? Stimmt etwas nicht damit?«

»Immer ganz der arme Junge«, erwiderte sie lachend. »Viel Glück, und sorg dafür, dass du zurückkommst.«

Er verbeugte sich tief vor ihr. »Es würde mir nicht einmal im Traum einfallen, etwas anderes zu tun«, antwortete er. »Behalte Tarlak im Auge, während ich unterwegs bin.«

»Ich versuche mein Bestes.«

Er ging beschwingten Schrittes den Pfad zur Hauptstraße nach Süden entlang. Bei diesem hellen Tageslicht fühlte er sich unbehaglich und ungeschützt, aber er bemühte sich, dieses Gefühl zu unterdrücken. Als er die Hauptstraße erreichte, wartete Alyssas Karawane bereits an der verabredeten Stelle. Sie bestand nur aus drei geschlossenen Wagen, weit weniger, als er erwartet hatte. Alyssa hatte ihm gesagt, dass sie möglichst unauffällig aufbrechen wollte, in der Hoffnung, dass die Diebesgilden nichts davon bemerken würden. Wie sich herausstellte, hatte sie das nicht nur so dahingesagt. Sie saß im ersten Wagen, Zusa an ihrer Seite. Beide neigten den Kopf, als er einstieg, und ihm wurde bewusst, dass sie ohne seine Kapuze und im hellen Sonnenlicht sein Gesicht ganz klar erkennen konnten.

»Wächter?«, erkundigte sich Alyssa, als wollte sie sich nur für alle Fälle vergewissern.

»Haern«, antwortete er, als er vor ihnen stand. »Das genügt einstweilen.«

Zusa reichte ihm die Hand, und er nahm sie.

»Nach Engelhavn?«, fragte er, als er sich ihnen gegenüber auf die Bank setzte.

»Allerdings«, erwiderte Alyssa und gab dem Fahrer den Befehl zum Aufbruch.

2. KAPITEL

Eravon nutzte den Schutz der Dunkelheit, um die Stadt zu verlassen und die Mauern von Engelhavn hinter sich zu bringen. Mittlerweile war es Frühling, aber die Luft war immer noch kalt, und er hüllte sich fester in seinen dünnen Umhang, während er dem Pfad nach Norden folgte. Obwohl er schon seit Jahrhunderten lebte, empfand er jetzt zum ersten Mal das Gefühl, das die Menschen »sich alt fühlen« nannten. Seine Gelenke schmerzten in der Kälte, und die Tage schienen immer schneller zu verstreichen. Wenngleich die Haut des Elfen auch noch glatt war, wusste er, dass er in weiteren hundert Jahren ein paar Falten mehr im Gesicht haben würde und dass seine Zeit unter den Menschen sich dem Ende zuneigte.

Nicht dass er sie vermissen würde.

Das Zeichen war sehr unauffällig, es bestand lediglich aus ein paar Blättern, die auf eine besondere Art und Weise angeordnet waren, mit ein paar Kieselsteinen darauf, damit sie nicht vom Wind verweht wurden. Eravon verließ den Pfad und stieg einen nahe gelegenen Hügel hinauf. Auf der anderen Seite der Kuppe befand sich ein Zelt, an dem weder eine Fackel noch ein Feuer brannten, die seine Position verraten hätten. Eravon zog den Umhang fester um sich und trat näher. Das Zelt war sehr groß und die Eingangsplane zurückgeschlagen. Als er eintrat, verbeugte er sich vor den beiden Elfen, die dort bereits auf ihn warteten.

»Schön, dich wiederzusehen«, sagte der erste, ein junger Elf, kaum hundert Jahre alt. Sein Haar war kurz und goldfarben, seine Augen leuchteten grün. Eravon akzeptierte seine Umarmung.

»Dich auch, Maradun«, antwortete er, bevor er sich zu dem zweiten Elfen umwandte, der sitzen geblieben war. »Bereitet dir dein Bein so viel Verdruss, dass du nicht stehen kannst, Sildur?«

Der silberhaarige Elf hob seine Krücke, das einzige Zeichen dafür, dass er humpelte und noch älter war als Eravon.

»Wir haben viel zu besprechen und nur sehr wenig Zeit«, meinte Sildur und deutete auf einen freien Hocker. »Setz dich und erzähle uns, was die verdorbenen Kinder der Gottesbrüder zu sagen haben.«

Eravon setzte sich und nahm den Becher und den Krug, den Maradun ihm reichte. Er trank und ließ sich Zeit, ehe er mit dem Bericht begann. Sildur mochte ihm in Quelnassar übergeordnet sein, aber jetzt waren sie auf dem Territorium der Menschen, und Eravon war ihr Botschafter. Deshalb konnte man seine Bedeutung nicht leugnen. Außerdem war Sildur immer mürrisch, als hätte Celestia ihn mit Schlamm in den Adern erschaffen statt mit Blut.

»Die Gespräche haben noch nicht offiziell begonnen«, meinte Eravon schließlich, nachdem er seinen Becher abgesetzt hatte. »Ich habe bis jetzt nur Prahlereien und Versprechungen gehört, wozu die Menschen eine unendlich große Neigung zu besitzen scheinen. Aber ich habe das Gefühl, dass sie in diesem Punkt nicht nachgeben werden. Entweder, wir gewähren einigen der Menschenlords Zutritt zu unseren Wäldern, damit sie dort jagen und Holz fällen können, oder wir müssen uns auf Blutvergießen einstellen.«

»Es wurde bereits Blut vergossen«, erinnerte ihn Sildur.

»Dann eben noch mehr Blut.«

»Können wir nicht irgendeinen Kompromiss schließen?« Maradun blickte zwischen den beiden hin und her. »Sicherlich gelüstet es sie doch nicht nach Krieg.«

»Die Menschen verlangt es immer nach Krieg!«, widersprach Sildur nachdrücklich. »Ihr wisst ja, was sie unseren Brüdern von Dezrel angetan haben. Sie haben sie über den halben Kontinent gejagt und Dezerea niedergebrannt. Ihr Wunsch nach Krieg ist tief in ihnen verwurzelt. All unsere Gespräche waren nichts anderes als Zeitverschwendung.«

Eravon seufzte. Sildur sprach die Wahrheit, wenn auch mit harten Worten. Er wiederholte nur, was sie alle wussten.

»Ich sehe wenig Alternativen«, sagte er. »Wir müssen ihnen Teile des Waldes zur Verfügung stellen. Es sollte genügen, um ihren Wunsch nach Abbitte zu befriedigen und ihren Lord zu besänftigen.«

»Ingram ist ein Narr, der schon bei unserem Anblick erblasst«, widersprach Sildur. »Er wird keine Ruhe geben, bis wir tot und aus ganz Dezrel vertrieben worden sind.«

»Aber was bleibt uns sonst übrig?«, wollte Maradun wissen. »Ich habe selbst etliche Menschen getötet, die mit Äxten in unsere Wälder kamen. Und dennoch nimmt ihre Zahl von Woche zu Woche zu. Was soll ich meinen Herren in Quelnassar sagen? Wir beobachten auch weiterhin ihre Streifzüge in unseren Ländereien, in der Hoffnung, jegliche Eskalation zu vermeiden, aber wir müssen bald eine Vereinbarung treffen. Die Menschen können nicht unablässig unsere Grenzen verletzen, nicht ohne Konsequenzen.«

»Es gibt noch einen anderen Weg.« Sildurs Augen funkelten. »Anstatt vor dem Krieg wegzulaufen wie verängstigte

Kinder, heißen wir ihn willkommen. Wir greifen ihre Städte mit unseren Bögen und Klingen an. Die Menschen sind wie Tiere. Sie lernen nur, wenn man sie schlägt.«

Die drei verstummten. Eravon legte seine Hände auf den Tisch und zwang sich dazu, ruhig zu bleiben. Alles, was Sildur sagte, hatte er im letzten Jahrzehnt bereits tausendmal gehört. Und gegen diesen Vorschlag hatte er nur denselben, abgenutzten Einwand, der jedoch wahr blieb, ganz gleich wie strapaziert er auch sein mochte.

»Wir werden vielleicht zehnmal so viele von ihnen abschlachten, wie von uns fallen mögen«, meinte er. »Aber unsere Zahl schwindet, während sich die Menschen wie Insekten vermehren. Wir dürfen die Lektion von Blutfels niemals vergessen, wo unsere Größten gefallen sind. Trotz der Tausende, die unsere Bannwirker töteten, haben die Menschen sich davon erholt, während wir zu unseren Lebzeiten diese zehn niemals ersetzen können. Ganz gleich, wie fähig wir sein mögen, wir können nur sehr wenig ausrichten, wenn sie mit Feuer und Pech kommen und uns an Zahl hundertfach überlegen sind. Du kannst einen Schwarm von Ameisen nicht mit einem Pfeil oder einer Klinge aufhalten. Wenn wir sie angreifen, schickt ihr König Truppen aus allen Ecken Neldars hierher. Unser Volk, unsere Familien werden umsonst sterben.«

Sildur riss die Augen auf und wollte etwas einwenden, hielt jedoch inne. Eravon spürte einen kalten Hauch auf der Haut und drehte sich um, um dem Blick seines Gefährten zu folgen. Ein Mann hockte an der Tür. Er trug dunkle Kleidung und ein langes Cape. An seinem Gürtel hing ein Schwert. Obwohl Eravon eine hervorragende Nachtsicht besaß, gelang es seinem Blick nicht, die tiefen Schatten auf dem Gesicht des

Eindringlings zu durchdringen. Nur dessen Mund und sein Kinn waren zu erkennen. Er lächelte.

»Wer bist du?« Sildurs Hand glitt zu dem Langmesser an seiner Hüfte. »Nenne deinen Namen!«

Der Eindringling lachte leise.

»Man hat mir viele amüsante Namen gegeben, aber wenn du darauf bestehst, dann suche ich einen davon für dich aus. Ich bin der Schemen.«

»Schemen.« Sildur war nicht sonderlich beeindruckt. »Was führt dich hierher, maskiert und ohne wahren Namen?«

Der Schemen sprang von der Tür auf und landete auf dem Tisch. Becher und Besteck klirrten. Eine Hand hatte er auf den Griff seines Schwertes gelegt, während er sie alle angrinste.

»Warum diskutiert ihr all dies im Geheimen?« Seine Stimme klang sonderbar weich, fast liebenswürdig, wäre da nicht dieser kalte und spöttische Unterton gewesen. »Fürchtet ihr die Ohren der Menschen? Plant ihr ihren Untergang, oder sucht ihr nach einem Weg, wie ihr ihnen die Stiefel lecken und gleichzeitig irgendwie eure Würde behalten könnt?«

Eravon legte die Hand auf sein Schwert. Er würde keine Beleidigungen von solch einem respektlosen Welpen dulden.

»Ich weiß nicht, wie du uns gefunden …«

Er unterbrach sich, als der Schemen zu ihm herumwirbelte und ihn mit unsichtbaren Augen anstarrte. Im nächsten Moment packte der Eindringling sein Gesicht so schnell, dass Eravon nicht einmal Zeit zum Reagieren hatte.

»Ich habe euch gefunden, indem ich dem Gestank der Feigheit gefolgt bin. Du hast von Engelhavn bis hierher eine Spur aus Pisse hinterlassen wie ein eingeschüchterter Köter.«

Maradun stand auf. Ein Schwert blitzte in seiner Hand.

»Lass ihn los«, sagte er.

Der Schemen lachte. »Wie du willst.«

Er stieß Eravon zur Seite und wirbelte auf dem Tisch herum. Sein Fuß schnellte vor, und der Absatz traf Maradun im Gesicht, bevor der sein Schwert heben konnte, um den Tritt abzuwehren. Eravon zückte sein Schwert und schlug zu, aber der Schemen hatte bereits seine eigene Klinge gezogen. Stahl klirrte auf Stahl, und die Elfen sprangen vom Tisch zurück. Sie bezogen Stellung am Rand des Zeltes, nur der Schemen blieb in der Mitte und drehte sich um seine Achse, sodass er keinem der drei lange seinen Rücken zukehrte.

»Fürchtet ihr mich jetzt?«, fragte er. »Gut. Dann prägt ihr euch ja vielleicht die Botschaft ein, die ich zu überbringen habe.«

»Und die lautet?« Eravon warf Maradun einen Blick zu, der seine freie Hand auf sein Gesicht drückte. Blut rann seine Finger hinab, und Eravon vermutete, dass der Schemen dem Mann die Nase gebrochen hatte.

»Frag nicht, wenn du nicht beabsichtigst zuzuhören, Eravon.«

Der Schemen griff an. Sein Körper wechselte schneller, als man wahrnehmen konnte, von Entspannung zu Anspannung. Eravon blockte den brutalen Schlag, während sein Widersacher vom Tisch sprang, aber sein Talent bestand im Reden und Pläneschmieden, nicht im Umgang mit dem Schwert. Er parierte die nächsten Schläge, doch dann geriet er aus dem Gleichgewicht, als er versuchte, einen Schlag zu blocken, der nur eine Finte war. Bevor die beiden anderen ihm zu Hilfe kommen konnten, bohrte sich das Schwert des Schemens in seine Seite. Eravon keuchte auf vor Schmerz und sank auf ein Knie. Als der Schemen seine Waffe aus der Wunde zog, spritzte Blut auf das Gras.

»Macht keine Dummheiten.« Der Schemen wandte sich an die beiden anderen. »Ich werde euch alle töten, wenn es sein muss.«

»Sprich«, sagte Sildur. »Verkünde uns deine Botschaft.«

Eravon versuchte aufzustehen, aber ihm schwindelte und seine Muskeln wollten nicht gehorchen. Er fiel auf die Seite. Das Gras unter seinem Körper fühlte sich warm an von seinem eigenen Blut. Während es langsam dunkler vor seinen Augen wurde, beobachtete er, wie der Schemen näherkam. Seine Schritte waren furchteinflößend leise.

»Du bist hier nicht erwünscht«, erklärte der Schemen, packte Eravons Haar und hob seinen Kopf an, damit sie sich in die Augen sehen konnten. »Verlasse diesen Ort noch heute Nacht. Die Menschen hier brauchen deine Einmischung nicht. Bleib nur in deinen Wäldern. Eines Tages werden sie mit Äxten und Feuer an deine Grenzen kommen. Denk daran, wenn du das nächste Mal mit dem Gedanken spielst, nach Engelhavn zurückzukehren.«

Eravon wurde allmählich schwarz vor Augen, aber er sah trotzdem, wie Maradun den Mann angriff. Der Schemen ließ Eravon los und wirbelte herum. Sein Schwert war ein undeutlicher Schatten. Eravon spürte, wie etwas Nasses über ihn spritzte, dann sank Maradun zu Boden, wobei er einen blutigen Stumpf umklammerte. Sein Unterarm war am Ellbogen abgetrennt. Eravon versuchte aufzustehen, aber er rollte nur auf den Rücken. Der Schemen stand über ihm und blickte auf ihn hinab. Immer noch lächelnd.

Er stieß mit dem Schwert zu, aber nie tief. Die scharfen Stiche waren nichts im Vergleich zu dem höllischen Schmerz in seiner Seite, aber trotzdem wuchs der Ärger in Eravon.

»Dafür werden wir dich töten«, sagte er und hustete.

»Versuchen werden es viele«, gab der Schemen zurück. Das Schwert in seiner Hand blitzte auf, und Blut spritzte durch das Zelt. »Aber nicht du.«

Die Spitze der Klinge bohrte sich in sein Auge.

»Da ist es.« Alyssa sprang vom Wagen. »Engelhavn.«

Haern folgte ihr und betrachtete die Stadt, während die anderen Reisenden ein Lager aufschlugen. Engelhavn war kleiner als Veldaren, aber nicht viel. Drei Mauern bildeten konzentrische Kreise und umschlossen die ganze Stadt. Sie alle endeten am Wasser. Ein ausgedehnter Hafen säumte die gegenüberliegende Seite, und im Licht der untergehenden Sonne dümpelten Boote auf dem Wasser. Haern schätzte ihre Zahl auf mindestens einhundert und staunte über den Anblick. Er hatte bisher noch nie ein Schiff gesehen, und es beeindruckte ihn sehr, dass so viele Schiffe in diesen Hafen kamen oder hinaussegelten, in die fernen Reiche von Dezrel.

»Warum lagern wir hier?«, erkundigte er sich. »Es ist doch nicht mehr weit bis zur Stadt.«

»Weil ich sichergehen will, dass du deine Rolle in dieser Scharade genau kennst.« Alyssa betrachtete ihn und seufzte. »Die Götter mögen mir beistehen, du könntest nicht missmutiger aussehen, selbst wenn du es versuchen würdest.«

Haern verdrehte die Augen und half den anderen beim Auspacken. Sie hatten einen kleinen Vorrat an Kienspan und Feuerholz mitgeführt, den sie während ihrer Reise je nach Bedarf auffüllten. Nachdem das Lagerfeuer loderte und die Zelte für diejenigen aufgeschlagen waren, die nicht in den Waggons schliefen, machten sich die Lakaien daran, die Mahlzeit zu kochen. Einer ging weiter über den Pfad, da er Nachricht über den Zustand der Stadt einholen sollte.

Währenddessen unterwies Alyssa Haern in der Etikette im Umgang mit Lords und Adeligen.

»Verbeuge dich, und zwar entsprechend ihrer Position dir gegenüber«, meinte Alyssa und strich ihren seidenen Rock glatt. »Da du ein entfernter Verwandter von mir bist, bedeutet das, dass nahezu jedes Mitglied des Adels und der Trifect höher steht als du. Wenn du Zweifel hast, verbeuge dich tief und wende den Blick ab, aber nur kurz. Und achte darauf, dass du einen Gemeinen und erst recht Lakaien nicht einmal mit einem Nicken grüßt. Freundliche Worte bei der Begrüßung sind angemessen, aber übertreibe es nicht.«

»Ich würde lieber weiter einfach Leute umbringen«, gab Haern zurück. »Kann ich das nicht stattdessen tun?«

Sie warf ihm einen Blick zu, den er bei ihr schon häufiger auf ihrer Reise gesehen hatte. Den ersten von diesen Blicken hatte er sich eingehandelt, als ihr aufgefallen war, dass er nur eine einzige Garnitur Kleidung eingepackt hatte, und das für Monate, nämlich sein dunkelgraues Hemd und seine dunkelgraue Hose zusammen mit seinen Umhängen. Er wünschte sich, er hätte Delysias Rat befolgt, als er eine große Auswahl an Kleidungsstücken von Alyssa bekam. Sie waren grell, aus Seide und teurer als alles, was er in seinem Leben jemals besessen hatte. Und sie scheuerten.

Alyssa folterte ihn weiter, offenbar fest entschlossen, auch nicht den leisesten Fehler zu riskieren.

»Wer regiert die Stadt?«

»Lord Ingram Murband. Aufgeblasen. Überheblich. Rechtlich für alle Ländereien südlich der Königsschneise verantwortlich, ein Gebiet, bekannt als der Ramere.«

»Und wer regiert die Stadt tatsächlich?«

»Sechs Männer, die man die Handelsbarone nennt. Im Laufe der letzten zehn Jahre haben sie allmählich Laurie Keenans Schifffahrtsimperium übernommen, und wenn er nicht die Kontrolle über den Anbau und den Verkauf von Rotblatt hätte, würde er vielleicht auch den Rest seines einst gewaltigen Vermögens verlieren. Natürlich bin ich empört über die albernen Gerüchte, dass Laurie pleitegehen könnte, da ich ein einfältiger, dummer Verwandter von dir bin, der nicht selbstständig denken kann und niemals die Vorstellung akzeptieren könnte, dass jemand wohlhabender sein oder besser dastehen könnte als wir.«

Alyssa verdrehte die Augen bei dieser übertriebenen Vereinfachung der Persönlichkeit der Rolle, die er auf ihren Wunsch hin spielen sollte.

»Wie heißt du?«

»Haern Gemcroft, angeheirateter Cousin dritten Grades.«

»Und Zusa ist ...?«

Haern rieb sich die Schläfen. »Meine Gemahlin. Zusa Gemcroft, gebürtig aus der Familie der Gandrems, die sich während eines Balls in mich verliebt hat, der zur Feier von Nathaniels sicherer Rückkehr gegeben wurde. Offenbar war ich ein sehr eleganter Tänzer.«

»Und warum bist du hier?«

Haern murmelte seine Antwort und fragte sich zum hundertsten Mal, warum er sich bereit erklärt hatte mitzugehen. Es mochte sich zwar angenehm anfühlen, den finsteren Straßen von Veldaren für eine Weile entkommen zu sein, doch hier, inmitten des Reichtums und der Traditionen der Trifect, war er vollkommen fehl am Platze.

»Es sind unsere ... Flitterwochen«, sagte er. »Du hast dich bereit erklärt, uns mitzunehmen, damit wir einmal den Hafen sehen und uns Geschenke aus fernen Ländern kaufen können.«

Alyssa setzte sich ans Feuer, ließ sich von einem Bediensteten einen Napf mit Suppe geben und sah ihn stirnrunzelnd an, während sie daran nippte.

»Ich hoffe, dass du besser schauspielerst, wenn wir in der Stadt sind.«

Haern nahm ebenfalls seinen Napf mit Suppe und aß. Alyssa war bereits fertig, und während Haern sein Essen verzehrte, ging sie zu ihrem Wagen, um nach Zusa zu sehen. Ihre Vertraute war ebenfalls nicht besonders froh über Alyssas Plan gewesen, sie unbemerkt in die Stadt zu schmuggeln. Aber Haern konnte die Nützlichkeit dieser List nicht abstreiten. Wohin auch immer Alyssa ging, sie konnten ihr folgen und hatten doch gleichzeitig eine einfache Entschuldigung dafür, wenn sie beide die Stadt unbemerkt durchstreiften. In der nächsten Nacht jedoch würde ihre eigentliche Arbeit beginnen.. Dann endlich durfte Haern seine Umhänge anziehen, während Zusa sich wieder in ihre heißgeliebten Tuchstreifen einwickeln konnte …

Alyssa trat in den Lichtschein des Feuers, und Zusa folgte ihr. Haern hätte sich fast an einem Stück Kartoffel verschluckt. Die schlanke Frau trug ein weites Kleid mit einem tiefen Ausschnitt, der bis zum Gürtel an ihrem Nabel reichte. Der Rock war lang, violett, geschlitzt und schwang um ihre Beine. Offenbar fühlte sich Zusa keineswegs so verlegen wie Haern. Sie drehte sich einmal um ihre Achse und knickste, als hätte sie ihr ganzes Leben an einem Hof verbracht.

»Das lässt … tief blicken«, sagte Haern. Im selben Moment wurde ihm klar, dass dies keineswegs wie das Kompliment klang, das er ihr hatte machen wollen.

Alyssa schien ihn mit ihren Blicken erdolchen zu wollen.

»Das ist der hiesige Stil. Er wurde von den Seeleuten aus

Ker hierher gebracht. Sei froh, dass ich dich nach der Mode von Veldaren gekleidet habe. Sonst hättest du deinen halben Körper entblößen müssen.«

Haern kratzte sich am Nacken. »Wäre das weniger bunt?«

»Mir kommen immer mehr Zweifel, ob es weise war, deine Hilfe in Anspruch zu nehmen.« Zusa fuhr sich mit den Händen durch ihr kurzes Haar. »Wenigstens siehst du gut aus. Sonst würde niemand glauben, dass ich dich geheiratet habe.«

»Das wird ohnehin niemand glauben«, gab Haern zurück. »Ich habe immer noch Narben von deinem Versuch, mich zu töten.«

»Du hast immerhin versucht, Alyssa umzubringen, schon vergessen?«

»Ach, ihr Turteltauben«, meinte Alyssa. Sie klang wie eine erschöpfte Mutter. »Manchmal frage ich mich wirklich, warum ich euch beide mitgenommen habe.«

Haern lachte. Er hatte befürchtet, dass ihr Umgang miteinander angesichts ihres Ranges und seiner Geschichte gezwungener sein würde, aber sie schien ehrlich gewesen zu sein, was ihre Dankbarkeit für Nathaniels Rettung anging. Der hielt sich zurzeit im Norden auf, unter dem Schutz von Lord Gandrem. Haern wünschte sich fast, der Junge wäre mitgekommen. Es wäre schön gewesen, ein vertrautes Gesicht um sich zu haben, obwohl Nathaniel nicht bei Bewusstsein gewesen war, als er ihn nach dem Angriff eines ehrgeizigen Liebhabers von Alyssa in Sicherheit gebracht hatte.

Zusa ging fort, um Gewänder anzulegen, die passender für die Nacht waren. Als sie verschwunden war, kam der Lakai aus der Stadt zurück. Alyssa sah seine grimmige Miene und forderte ihn auf zu sprechen. Der Bedienstete warf Haern einen kurzen Seitenblick zu und antwortete.

»Lord Keenan hat sowohl Taras als auch Julie eingeäschert und die Bestattung bis zu Eurer Ankunft aufgeschoben«, berichtete er. »Er ist sehr dankbar für Eure Anwesenheit und freut sich auf Eure Gesellschaft. Was die Stadt selbst angeht … Die Angelegenheit mit den Elfen ist deutlich schlimmer geworden. Vor kurzem erst hat ein unbekannter, mit Umhängen verhüllter Mann den früheren Elfenbotschafter ermordet und zwei weitere Elfen in seiner Gesellschaft verletzt.«

Haern richtete sich auf und wechselte einen kurzen Blick mit Alyssa.

»Dieser Mann«, mischte er sich ein. »Wissen sie, wer er war? Hat er ein Symbol, einen Namen oder irgendetwas anderes hinterlassen?«

»Er hat dem toten Botschafter ein Auge in die Brust geritzt, während die beiden anderen zusehen mussten. Er nennt sich selbst der Schemen. Mehr wollte mir niemand erzählen, obwohl es mich nicht überraschen würde, wenn Lord Keenan mehr weiß.«

Haern schluckte. Sein Mund war trocken. Alyssa schickte den Bediensteten fort, und als Zusa wieder in einem einfachen Gewand auftauchte, informierten sie die Gesichtslose über das, was sie erfahren hatten.

»Erst die Trifect, jetzt die Elfen.« Haern sprach leise und starrte ins Feuer. »Was will er von mir?«

»Hast du diesen Namen schon einmal gehört, der Schemen, meine ich?«

Haern blickte zu Zusa hoch und schüttelte den Kopf. »Nein. Ich muss mit den Elfen sprechen, die überlebt haben, und so viel wie möglich über ihn in Erfahrung bringen.«

Ein weiterer Lakai tauchte auf, einen kleinen Weinschlauch und drei Becher in den Händen. Sie nahmen die Becher entgegen, warteten, bis er sie gefüllt hatte, und dann sprach Alyssa einen Toast aus.

»Auf ein langes Leben«, sagte sie. »Das meinem Gefühl nach keiner von uns haben wird.«

Haern stieß mit ihr an. »Ein wundervoller Trinkspruch.« Er versuchte, Alyssas vornehmes Gebaren zu imitieren, indem er sich tief verbeugte.

»Laurie wird nie im Leben glauben, dass du ein Angehöriger meiner Familie bist.« Alyssa nippte an ihrem Wein. »Wir können nur beten, dass er verständnisvoll reagiert, wenn er begreift, dass du bei mir bist, um mein Leben zu schützen.«

»Und um den Mörder seines Sohnes zu finden.«

Alyssa leerte ihren Becher.

»Das auch. Gute Nacht, Haern. Wir reiten morgen früh in die Stadt. Versuche, gut zu schlafen. Es wird ein langer Tag werden.«

Sie ließ Haern und Zusa alleine zurück. Er rutschte unbehaglich auf seinem Platz hin und her. In Zusas Gegenwart fühlte er sich immer unwohl. Er war sich nie sicher, was sie dachte oder sagen würde. Sie starrte ihn oft an, auf eine völlig unbefangene Art und Weise; sie machte sich nicht einmal die Mühe, es zu verbergen.

Schließlich brach er das Schweigen. »Weißt du, wo wir mit der Suche anfangen könnten?«

»Wir fangen im Anwesen der Keenans an. Dann wenden wir uns an die Elfen. Und danach gehen wir den Gerüchten nach und suchen nach anderen, die er vielleicht ebenfalls getötet hat, ohne dass wir davon wissen. Ich habe dich gefunden, Wächter. Diesen Abklatsch von dir können wir auch finden.«

»Der Bedienstete hat gesagt, die Angelegenheit mit den Elfen wäre schlimmer geworden. Was hat er damit gemeint?«

Zusa sah zur Stadt hinüber.

»Viel weiß ich nicht, aber was ich weiß, klingt übel. Es gibt Streitigkeiten wegen Landbesitz, vor allem wegen des Quelnwaldes. Dadurch haben sich die Elfen und das Volk von Engelhavn an den Rand eines Krieges manövriert. Wir werden morgen sozusagen in einen Scheiterhaufen voller Kienspan und Öl reiten. Der kleinste Funke wird ihn in Brand setzen.«

Haern lachte leise, was ihm einen erstaunten Blick unter erhobenen Brauen einbrachte.

»Schon gut«, sagte er. »So, wie mein Leben bisher verlaufen ist, habe ich nämlich das Gefühl, dass wir genau dieser Funke sein werden.«

Zusa hob ihren Becher, und endlich lächelte sie. »Lass uns Funken schlagen.«

Haern erwiderte ihr Lächeln. »Lass uns Funken schlagen.«

3. KAPITEL

Ulrigh Braggwaser trat auf das Deck der *Flammenherz* und runzelte die Stirn.

»Wo ist Pyle?«, fragte er zwei Seeleute, die mit nackten, schweißglänzenden Oberkörpern eine Kiste nach der anderen auf die Planke wuchteten, die zur Pier herunterführte.

»Der Kapitän ist in seiner Kabine, Mylord«, sagte einer und verbeugte sich tief. »Er ist beschäftigt.«

Ulrigh bahnte sich einen Weg zwischen der Takelage, der Fracht und den Männern hindurch zur Kajüte des Kapitäns. Ohne anzuklopfen, riss er die Tür auf und trat ein. Es war eine kleine Kabine trotz der imposanten Größe der *Flammenherz,* ausgestattet lediglich mit einem Bett, einem Tisch und ein paar Landkarten, die an ein Schott geheftet waren. Auf dem Bett lag Kapitän Darrel Pyle, eine nackte Hure auf seinem Schoß. Als der Kapitän Ulrigh sah, ließ er den Kopf zurücksinken und seufzte.

»Hat man dir nicht gesagt, dass ich beschäftigt bin?«

»Vielleicht hat man das.« Ulrigh warf der Frau einen finsteren Blick zu, die daraufhin von Darrel herunterrutschte und ihre Kleidung zusammenraffte. »Verschwinde.«

»Aber lauf nicht zu weit weg, Mädchen«, sagte Darrel, als die Hure halb nackt an Ulrigh vorbei und zur Tür hinaus eilte. Darrel zog eine Decke über seine Blöße, stemmte sich hoch, lehnte sich gegen die Rückwand des Bettes und kratzte seinen Nacken. Die Haut des stämmigen Mannes war von den vielen Monaten auf See und in der Sonne tief gebräunt. Von seiner Lippe verlief eine tiefe Narbe zu seinem Kinn, die einen Spalt in seinem braunen Bart hinterließ.

»Solltest du ihnen nicht dabei helfen, die Fracht zu löschen?«, erkundigte sich Ulrigh.

»Meine Männer wissen, was sie zu tun haben.«

»Um deine Männer mache ich mir auch keine Sorgen. Sondern um meine Fracht.«

Darrel stieg aus dem Bett und zog seine Hose an.

»Deinem verdammten Wein wird schon nichts passieren«, knurrte er, während er sie zuknöpfte. »Nicht dass ich auch nur einen feuchten Furz darauf geben würde. Ich könnte in jede Flasche pissen, und trotzdem würde dieser Abschaum hier in Engelhavn den hervorragenden Jahrgang loben.«

»Es wäre mir trotzdem lieber, wenn du das Löschen der Fracht überwachst, damit deine so ehrbare Mannschaft nicht auf die Idee kommt, sich zu bedienen.«

»Willst du mir erklären, wie ich mein Schiff zu führen habe?«

»Es ist mein Schiff!« Ulrigh warf dem Mann einen finsteren Blick zu. »Du befehligst die *Flammenherz,* aber es ist mein Schiff, meine Fracht, und mein Ruf steht hier auf dem Spiel. Außerdem interessiert mich der Wein nicht im Geringsten. In deinem Laderaum befindet sich etwas, das schon bald tausendmal mehr wert sein wird, und ich muss mich darauf verlassen können, dass es sicher ist und nicht angetastet wird.«

Der Kapitän zog sich ein weißes, von Schweißflecken übersätes Hemd über den Kopf.

»Was kannst du denn schon haben, das so viel mehr wert sein soll?«

Ulrigh zog statt einer Antwort einen kleinen Beutel aus seiner Tasche und öffnete die Zugkordel. Er nahm ein Blatt heraus, riss ein kleines Stück davon ab und reichte es dem anderen Mann. Es war ein grünes Blatt mit sonderbar rötlichen Adern. Darrel brummte, während er es untersuchte.

»Was ist das?«

»Zerbeiße es, aber kau es nicht. Lass es zermalmt zwischen deinen Zähnen und konzentriere dich darauf, ruhig und tief zu atmen. Ach ja, außerdem schlage ich vor, dass du dich erst hinsetzt.«

Darrel zuckte mit den Schultern. Er kannte alle möglichen Drogen und Getränke und war nicht sonderlich beeindruckt von diesem Blattfetzen. Er ignorierte Ulrighs Rat, steckte ihn sich in den Mund und kaute. Innerhalb von Sekunden veränderte sich seine Miene, und er hörte auf zu kauen. Ulrigh sah zu, wie sich Darrels Pupillen weiteten und seine Hände zu zucken begannen. Er setzte sich an den Tisch des Kapitäns und wartete geduldig darauf, dass die Wirkung der Droge nachließ, damit sie ihr Gespräch fortsetzen konnten. Nach etwa fünf Minuten gaben Darrels Beine nach, er fiel auf den Boden und landete auf seinen Ellbogen. Obwohl er sich beim Aufprall auf die Zunge gebissen hatte, reagierte er kaum. Blut tröpfelte über seine Lippen in seinen Bart.

»Unglaublich.« Darrels Stimme klang, als würde er träumen.

Ulrigh bediente sich am Alkoholvorrat des Kapitäns und goss sich Wein ein. Der Mann hinter ihm blieb sonderbar ruhig, bis auf ein gelegentliches, erregtes Grunzen. Nachdem Ulrigh seinen dritten Becher getrunken hatte, wurde Darrel endlich wieder nüchtern.

»Wie lange hat es gedauert?« Er spuckte Blut auf den Boden.

»Etwa fünfzehn Minuten.«

»Verdammt, das war noch besser als Ficken.« Seine Augen waren blutunterlaufen, und er starrte auf die Tasche an Ulrighs Mantel, in der der Beutel mit dem Rest der Blätter verschwunden war.

»Und das war nur ein kleines Stückchen.« Ulrigh unterdrückte ein Grinsen. »Stell dir die Wirkung eines ganzen Blattes vor. Du wärst stundenlang weggetreten.«

»Wenn ich noch ein kleines bisschen …«

»Nein.« Ulrigh stand auf. »Du bekommst nichts mehr, solange du Kapitän meines Schiffes bist. In ein oder zwei Tagen ist es aus deinem Blut verschwunden, und du kannst dein Verlangen danach beherrschen. Aber solange du für mich segelst, kann ich nicht riskieren, dir noch etwas davon zu geben. Ich bin sicher, dass du das verstehst.«

Einen Moment lang schien es, als wollte Darrel ihn schlagen, dann jedoch riss er sich zusammen. »Die Götter sollen es verdammen!« Er rieb sich die Augen. »Gib mir die Flasche.«

»Es hat etliche Namen, aber am häufigsten wird es Violet genannt«, erklärte Ulrigh, während der Kapitän fast die Hälfte der Flasche in großen Zügen leerte.

»Ich habe mich noch nie im Leben so gut gefühlt«, sagte er dann und wischte sich das Kinn ab. Er blickte an seiner Hose hinunter und bemerkte die dunklen Samenflecken. Statt verlegen zu sein, lachte er nur.

»Bis jetzt haben wir nur eine kleine Lieferung, aber ich erwarte schon bald erheblich mehr.« Ulrigh warf dem Kapitän einen Lappen zu. »Wir wissen schon seit einigen Jahren von seinen Eigenschaften, aber es wurde nur unter den Lords weitergegeben, blieb immer sehr teuer und war sehr selten. Die Dinge ändern sich, Darrel. Schon bald werden wir einen hübschen, regelmäßigen Nachschub von Violet in der ganzen Welt verbreiten können. Mach dich sauber und sorg dafür, dass die restlichen Kisten ausgeladen werden. Und schaff dir alle nicht vertrauenswürdigen Seeleute vom Hals. Wenn die erste Ladung von Violet nach Norden segelt, darf nichts, und ich meine wirklich nichts, schiefgehen! Jetzt habe ich nur eine einzige Kiste in deinem Frachtraum verstaut, und das auch nur aus Gründen der Sicherheit. Du wirst sie nicht öffnen, ganz zu schweigen davon, dass du dir ein Blatt davon nimmst. Hast du verstanden?«

Darrel starrte einen Moment ins Leere, als würde er immer noch mit seiner Gier nach diesem Blatt kämpfen, dann schüttelte er den Kopf, um die Gedanken zu vertreiben.

»Damit machst du ein Vermögen«, erklärte er. »Gib mir nur ein paar Probeexemplare, dann könnte ich alle westlich der Flüsse süchtig danach machen.« Er roch an seinen Fingern. »Ist dieses Zeug überhaupt legal?«

»Im Moment ist es das noch, ja, und ich habe Schritte unternommen, dass es so bleibt. Guten Tag, Kapitän. Ich habe noch einiges zu erledigen. Bleib im Hafen und warte auf meine Befehle. Es kann vielleicht ein paar Wochen dauern, aber ich bin sicher, dass du eine Möglichkeit findest, dir die Zeit zu vertreiben. Und sorge dafür, dass die Kiste sorgfältig bewacht wird.«

Er wandte sich zur Tür um und blieb dann wie angewurzelt stehen. Sie war nur angelehnt, obwohl er sich sicher war, dass er sie geschlossen hatte.

»Das ist ein interessantes Laster.« Der Mann saß auf Darrels Bett, die Beine unter sich gekreuzt. Beide wirbelten herum, und Ulrigh zückte seinen Dolch. Die Person war in Umhänge und schwarzes Leder gehüllt; Ulrigh hatte geglaubt, sie würde nur in Gerüchten und Geschichten existieren. Das Gesicht war vom Schatten der Kapuze verborgen, aber sein Grinsen war eindeutig zu erkennen.

»Der Schemen«, sagte Ulrigh. »Das bist du doch, stimmt's?«

»Welch strahlende Weisheit«, erwiderte der Eindringling. »Andererseits lobe ich dich vielleicht ein wenig zu sehr. Denn wenn du wirklich schlau wärest, hättest du mich bereits vor zehn Minuten bemerkt.«

»Was, beim Höllenfeuer, machst du auf meinem Schiff?« Darrel trat einen Schritt zu der Wand zurück, an der sein Schwert hing. Der Schemen schnalzte missbilligend mit der Zunge und legte eine Hand auf den Griff seiner Klinge.

»Rühr dich nicht, du Seeungeziefer. Ich habe keinen Anlass, dich zu töten, außer du machst etwas ausgesprochen Dummes. Wie zum Beispiel, nach deiner Waffe zu greifen. Ich bin mit einem Geschenk für unseren teuren Händlerbaron hierhergekommen.«

Ulrigh straffte sich und versuchte, eine überlegene Haltung anzunehmen. »Nun gut, Fremder. Ich akzeptiere dein Geschenk, wenn es das wert ist, aber dann verlange ich von dir, dass du die *Flammenherz* augenblicklich verlässt.«

»Du verlangst das, hm?« Das Grinsen des Schemens wurde breiter. »Ich muss sagen, du amüsierst mich.«

Er warf ihm einen schweren Beutel zu, den er hinter seinem Rücken gehalten hatte. Er landete mit einem dumpfen Geräusch auf dem Boden. Ulrigh bückte sich langsam und öffnete ihn, um hineinzublicken. Ihm stockte der Atem, und er trat hastig zurück.

»Was hat das zu bedeuten?«

»Wie ich sagte, ein Geschenk.«

Ulrigh schob den Beutel mit dem Fuß zu Darrel, der ihn,

ohne zu zögern, öffnete. Der Kapitän holte einen abgetrennten Kopf heraus und hielt ihn an den Haaren hoch. Er war vollkommen blutleer, sodass nichts in die Kabine tropfte. Das Gesicht kam ihnen bekannt vor, trotz seiner Leichenblässe und der offensichtlichen Verstümmelungen.

»Wer …?« Ulrigh versuchte, trotz seiner zugeschnürten Kehle zu schlucken.

»Muss ich denn alles selbst machen?« Der Schemen trat vom Bett vor, und die beiden Männer zuckten zusammen. Ulrigh war sich sicher, dass der Mann sein Schwert zücken würde, aber er ließ es in der Scheide … einstweilen. Wieder blickte Ulrigh auf den abgetrennten Schädel und versuchte, das Gesicht zu erkennen. Die dicke Nase, das schmale Kinn. Irgendwie war es ihm vertraut …

Als er endlich begriff, wich er bis zur Wand zurück und streckte seinen Dolch vor.

»Jeder Angriff auf einen von uns ist ein Angriff auf uns alle.« Er wünschte sich, er klänge mutiger, und die Worte würden nicht so panisch und jämmerlich über seine Lippen kommen.

»Bitte sehr.« Der Schemen verbeugte sich elegant. »Ich freue mich bereits auf deine Vergeltung.«

Er trat die Tür auf und rannte über das Deck des Schiffes. Noch bevor einer der beiden Männer reagieren konnte, war er aus ihrem Blickfeld verschwunden. Als er weg war, ließ Darrel den Kopf wieder in den Beutel fallen.

»Was zum Teufel war das denn?«, wollte der Kapitän wissen.

»Ich weiß es nicht.« Ulrigh hatte weiche Knie. »Aber in diesem Beutel ist der Kopf von William Amour.«

Die beiden sahen sich vielsagend an. William Amour war

einer der sechs Händlerbarone von Engelhavn, zu denen auch Ulrigh gehörte.

»Stopf ihm einen schweren Stein ins Maul und wirf ihn über Bord!«, befahl Ulrigh. »Ich will nicht, dass mir jemand die Schuld dafür in die Schuhe schiebt.«

»Wird gemacht.«

Ulrigh verließ die Kabine, immer noch um Fassung ringend. Der größte Teil der Fracht war bereits gelöscht, und seine eigenen Leute befanden sich auf der Pier, wo sie die Kisten und Fässer auf Karren verteilten, die sie zu verschiedenen Geschäften, Händlern und Lagerhäusern bringen würden. Niemand schien den Schemen und seine sonderbare Kleidung bemerkt zu haben. Ulrigh redete mit einigen der Leute, hauptsächlich um sich selbst zu beruhigen, und eilte dann nach Norden. Als er das Meer hinter sich gelassen hatte mit seinem salzigen Geruch und den vulgären Rufen der Seeleute, fühlte er sich gleich viel besser. Unterwegs überprüfte er, ob er seine elegante Kleidung nicht beschmutzt hatte. Er würde zwar zu spät zu der Bestattung kommen, aber solange er gut aussah, machte ihm das nichts aus.

Normalerweise umgab sich Ulrigh nicht mit Leibwächtern, aber der Vorfall mit dem Schemen ließ ihn diese Entscheidung überdenken. Trotzdem, die Straßen von Engelhavn galten für gewöhnlich als sicher, jedenfalls wenn man eine so hohe gesellschaftliche Stellung innehatte, dass einen die Stadtwachen nicht belästigten. An etlichen Kontrollpunkten in den Ringmauern sorgten Soldaten dafür, dass der Pöbel dort blieb, wo er hingehörte. Im äußersten Ring wandte sich Ulrigh nach Süden, um seinen Bruder im Anwesen der Keenan zu treffen. Er wurde an ihrem Tor gründlich untersucht, was ihn beleidigt hätte, hätte er nichts von dem Überfall von vor etlichen Wochen gewusst. Er bemühte sich, den Schemen und den abgetrennten Kopf aus seinen Gedanken zu verbannen, und ging hinein zu der Trauerfeier.

Etwa fünfzig Menschen hielten sich in den vorderen Salons des Anwesens auf. Sie tranken Wein und unterhielten sich gedämpft. Viele Kerzen hingen von der Decke herunter, aber nur etwa ein Drittel war angezündet. Sie erzeugten eine nüchterne Atmosphäre in den Räumlichkeiten. Die Wände waren elegant bemalt, der Teppich war dunkelblau und erinnerte in dem gedämpften orangefarbenen Licht auf groteske Weise an die Farbe von Blut. Bevor irgendjemand von Ulrighs Eintreffen Notiz nahm, bemerkte er seinen Bruder Stern, der allein in einer Ecke stand. Er ging zu ihm.

»Ich nehme an, ich habe die Bestattung noch nicht versäumt«, sagte er und winkte einen Lakai heran, um sich ein Glas Wein zu nehmen. Er wusste, dass er zu viel trank; er hatte bereits in Darrels Kabine zu trinken begonnen. Aber ohne die Hilfe des Alkohols schaffte er es nicht, ruhig zu bleiben.

»Lady Gemcroft ist gerade eingetroffen«, erwiderte Stern. »Es wird eine Weile dauern, bis diese sinnlose Vorstellung beendet ist und wir endlich anfangen können. Wenigstens streiten die Conningtons immer noch darüber, wer was beherrschen soll. Ein paar unbedeutendere Angehörige ihrer Familie sind auch hier, aber niemand so Hochstehendes, dass wir ihm den Arsch küssen müssten. Und keiner von ihnen ist so fett und ekelhaft, wie dieser feiste Mistkerl Leon gewesen ist.«

Stern betrachtete Ulrigh von oben bis unten und runzelte dann die Stirn.

»Geht es dir gut?«

Die beiden waren keine Zwillinge, aber sie sahen sich so ähnlich, dass die meisten Menschen sie dafür hielten. Sie hatten dasselbe blonde Haar, dieselbe blasse Haut und dieselben braunen Augen. Aber Stern war älter und zwei Zentimeter größer. Das war fast der einzige Unterschied. Sie kamen gut miteinander aus und hatten nach dem Tod ihres Vaters das geerbte Vermögen friedlich geteilt. Auf diese Weise waren sie beide in eine mächtige Position unter den Händlerbaronen katapultiert worden. Da sie so ähnlich waren und auch ihr Verstand ganz ähnlich funktionierte, überraschte es Ulrigh nicht, dass Stern sein Unbehagen bemerkte.

»Mach dir keine Sorgen um mich«, erwiderte er. »Schließlich bin ich deinetwegen hier. Dass du Julie auf eine solche Weise verlieren musstest …«

Stern leerte sein Glas und stellte es klirrend auf ein Regal neben sich.

»Schuld ist diese verdammte Trifect!«, stieß er hervor. »Sie sind kein bisschen besser als die Diebe, gegen die sie all die Jahre Krieg geführt haben, und meine Tochter musste sich mitten hineinstürzen. Madelyn erlaubte mir nicht einmal, meine Enkelin auf den Arm zu nehmen, kannst du dir das vorstellen? Als wenn ich hier der Gefährliche wäre. Ich wusste schon immer, dass Julie Taras nicht hätte heiraten sollen. Sie hätte nicht in diesen privilegierten, mörderischen Kreis von …!«

»Das reicht.« Ulrigh sah sich um, um sich zu vergewissern, dass niemand sie belauschte. »Du weißt genau, warum wir das zugelassen und was wir alle dadurch gewonnen haben. Ihre Ehe hat geholfen, den Frieden zu sichern. Ruiniere das jetzt nicht, indem du wie ein betrunkener Idiot während ihrer Beisetzung herumschimpfst!«

Stern holte tief Luft und nickte.

»Verzeih mir.« Tränen rannen ihm übers Gesicht und straften seine stählerne Fassade Lügen. »Ich habe seit Wochen nicht mehr richtig geschlafen. Sie war mein Ein und Alles, Ulrigh. Und jetzt ist sie von mir gegangen, und warum? Wegen der Launen eines Wahnsinnigen? Was hat er wohl gewollt?«

Ulrigh dachte an das Zusammentreffen mit dem Schemen auf der *Flammenherz,* kam aber zu dem Schluss, dass dies nicht der richtige Zeitpunkt war, um die Sache zu besprechen.

»Geh und wasch dir dein Gesicht.« Er drückte aufmunternd die Schulter seines Bruders. »Ich komme schon zurecht, während du dich wieder herrichtest.«

Stern dankte ihm und verschwand. Nachdem Ulrigh sich ein frisches Glas genommen hatte, schlenderte er durch das Anwesen und konzentrierte sich mehr auf die Kunstwerke als auf die Menschen. Die drei Familien der Trifect mochten arrogant, allzu siegessicher und verschwenderisch sein, aber sie hatten einen guten Geschmack, was Gemälde anging. Während er das Porträt eines Paladins bewunderte, dessen Leinwand an der rechten Seite absichtlich rußig und verbrannt war, hörte er, wie sich jemand hinter ihm räusperte.

»Es freut mich, dass du kommen konntest, wenn auch etwas verspätet«, sagte Laurie leise und streckte seine Hand aus, als Ulrigh sich umdrehte. Ulrigh nahm die Hand und schüttelte sie, während er den trauernden Vater betrachtete. Seine dunkle Haut wirkte bleich, und er hatte sich zum Zeichen der Trauer seinen langen Pferdeschwanz abgeschnitten. Ulrigh versuchte seinen Ärger darüber zu verbergen, dass der stets wachsame Laurie seine Verspätung bemerkt hatte. Es gab Leute, die das als Beleidigung auffassen konnten, daher ließ er sich zu einer Entschuldigung herab.

»Dringende Geschäfte haben mich aufgehalten«, erwiderte er. »Ich fürchte, jemand hat den Kopf verloren.«

Laurie zuckte zusammen und Ulrigh musste ein Grinsen unterdrücken. Er hatte das Gerücht vergessen, dass man Taras enthauptet vorgefunden hatte, den Kopf seiner Frau im Schoß. Ulrigh hatte bezweifelt, dass an diesen Gerüchten etwas Wahres wäre, aber Lauries Reaktion ließ ihn die Sache in einem neuen Licht betrachten. Das und natürlich das kleine Geschenk in dem Sack vorhin auf der *Flammenherz.*

»Ich hoffe, die Geschäfte laufen gut.« Laurie lenkte das Gespräch auf ein sichereres Terrain.

»Besser als je zuvor. Wir haben eine weitere Geschäftsmöglichkeit aufgetan, die uns ebenso reich machen sollte wie dich, Laurie. Ich frage mich, ob deiner Meinung nach noch Platz für einen vielversprechenden Händler wie mich in der Trifect sein könnte?«

Lauries Lächeln war so herablassend, dass Ulrigh sich erneut auf die Zunge beißen musste.

»Es gab in all den Hunderten von Jahren nie mehr als unsere drei Familien in der Trifect«, erwiderte Laurie. »Solltest du es aber wirklich wünschen, dann können wir eine Heirat arrangieren, vielleicht mit einer der Nichten von Jack Connington ...«

Ulrigh schnaubte. Eine Nichte? Er wollte seine ganze Familie in die Trifect einbringen und nicht Brosamen in Empfang nehmen und irgendeine Tochter irgendeines entfernten Verwandten ehelichen.

»Tut mir leid«, antwortete er. »Ich bin kein Freund von arrangierten Eheschließungen. Sie gehen nur selten gut aus.«

Dieser Seitenhieb saß. Für einen kurzen Moment geriet Lauries selbstbeherrschtes Auftreten durch seinen aufflammenden Ärger ins Wanken.

»Entschuldige mich«, erwiderte er. »Ich sollte mit dem Priester reden, bevor er mit der Zeremonie beginnt.«

Nachdem er verschwunden war, schlenderte Ulrigh weiter durch das Anwesen. Er sah nur wenige bekannte Gesichter. Sein Bruder war der einzige Grund, weshalb er hier war. Die Trifect blieb gern unter sich, außer wenn der Zeitpunkt kam, ihre Außenstände einzutreiben.

Eine entzückende Frau fiel ihm ins Auge und lenkte ihn von den Gemälden ab. Sie trug ein violettes Kleid, das viel von ihrem Körper zeigte, und im Gegensatz zu den meisten anderen Frauen von Engelhavn trug sie ihr Haar im Nacken kurz. Er fuhr sich mit der Hand durch das Haar, um dafür zu sorgen, dass es glatt anlag, und trat zu ihr.

»Möchtest du etwas zu trinken?« Er sah, dass sie kein Glas in der Hand hielt.

»Bist du ein Lakai?«

Ihre Stimme war heiser und tief. Und ihr exotisches Äußeres steigerte ihre Schönheit in seinen Augen noch.

»Selbstverständlich nicht.« Er lachte, als würde ihn dieser Irrtum amüsieren. »Ich bin Ulrigh Braggwaser, Kaufmann und Besitzer vieler wundersamer Waren aus ganz Dezrel. Ich habe nur gefragt, weil du allein zu sein scheinst, und es würde mir sehr leidtun, wenn deine Schüchternheit dich davon abhielte, dich hier zu amüsieren.«

»Ich bin nicht allein«, erwiderte sie. »Aber ich beobachte gern.«

Sie deutete mit einem Nicken auf eine elegant gekleidete Frau auf der anderen Seite des Raumes. Ulrigh betrachtete sie, aber er erkannte sie nicht. War sie vielleicht eine der weniger bedeutenden Adeligen von Engelhavn oder aus dem nahe gelegenen Omn?

Er konzentrierte sich wieder auf die Frau neben sich. »Ich habe dir meinen Namen genannt, hatte jedoch noch nicht das Vergnügen, den deinen zu hören.«

»Zusa Gemcroft.« Sie behandelte ihn immer noch kühl. Ulrigh nahm ein weiteres Glas und ließ sich nicht frustrieren. Irgendetwas an dieser Frau war anders, was sie für ihn umso interessanter machte.

»Gemcroft?« Er tat überrascht. »Du bist also mit Alyssa hier?«

»Das bin ich.«

Das erklärte, warum die Frau auf der anderen Seite des Raumes von Gästen umringt war. Es musste sich um Alyssa handeln. Zweifellos überschlugen sie sich bei dem Versuch, sich bei ihr einzuschmeicheln.

»Ich kenne die Gemcroft-Familie ein wenig und muss zugeben, dass ich deinen Namen noch nie gehört habe.«

Sie errötete leicht und deutete auf einen der Männer neben Alyssa. Allerdings konnte Ulrigh nicht genau erkennen, auf wen.

»Ich habe gerade erst in die Familie eingeheiratet.«

Ulrighs Lächeln vertiefte sich. Er liebte es, frisch verheiratete Frauen zu verführen. Sie waren so nervös, so aufgeregt. Und immer eine hübsche Herausforderung. Außerdem gaben sie ihm damit das Instrument der Erpressung in die Hand, wenn er Erfolg hatte.

»Ich bin wirklich neidisch auf diesen Glückspilz …«

»Verzeiht mir.« Einer der Lakaien unterbrach ihn und verbeugte sich sofort entschuldigend. »Die Feierlichkeiten beginnen. Wenn Ihr mir bitte in die Gärten folgen würdet.«

Zusa warf Ulrigh ein Lächeln zu, aus dem er nicht schlau wurde.

»Wir sehen uns gewiss ein andermal.« Sie knickste einmal kurz vor ihm, bevor sie zu Alyssa zurückkehrte. Ulrigh betrachtete das Wiegen ihrer Hüften, als sie davonging, und warf dann dem Lakaien einen finsteren Blick zu.

»Ich weiß, wo sich die Gärten befinden«, sagte er. »Ich komme gleich.«

»Selbstverständlich«, erwiderte der Lakai und verbeugte sich erneut.

Ulrigh hatte nicht die geringste Absicht, an den Feierlichkeiten teilzunehmen. Das dumme Gerede von Priestern und das Geflenne der Frauen interessierte ihn nicht. Er schlenderte weiter durch das Haus und hoffte, ein wenig ungestört zu sein. Nach dem Ende der Feierlichkeiten, wenn alle entlassen würden, würde er sich wieder unter die Gäste mischen, sich verabschieden und sich um wichtigere Angelegenheiten kümmern. Zum Beispiel brauchte die Amour-Familie einen neuen Kopf, nachdem sie den letzten verloren hatte.

Er lachte leise über diese finstere Pointe. Vielleicht hätte er ihn nicht über Bord werfen sollen. Es wäre vermutlich ganz amüsant gewesen, ihn Williams Gemahlin zu präsentieren. Er hatte diese alte Hexe schon immer gehasst. Als er um eine Ecke bog, stellte er zu seiner Überraschung fest, dass er nicht alleine war. Ein blonder Mann stand in der Tür eines Raumes in der Mitte des Ganges und betrachtete das Innere. Ulrigh kam er irgendwie bekannt vor, dann fiel ihm wieder ein, dass er an Alyssas Seite gewesen war. Für einen Bediensteten war seine Kleidung zu elegant. Vielleicht ein entfernter Cousin?

»Verirrt?« Er hielt es für das Beste, den anderen Mann dazu zu bringen, ihm seine Gründe für sein Hiersein zu erläutern, damit der ihn nicht selbst nach den seinen fragen konnte.

»Ich sehe mich nur um.« Er deutete auf das Zimmer. »Ist es hier passiert?«

Ulrigh warf einen Blick in das Zimmer und bemerkte erst jetzt, dass sie vor Taras' Schlafgemach standen.

»Ich glaube schon. Was führt dich her? Morbide Neugier?«

»Etwas in der Art.«

Ulrigh reichte ihm die Hand. Offensichtlich wollte dieser Fremde ebenso wenig an den Feierlichkeiten teilnehmen wie er. Damit war er ihm auf Anhieb sympathisch.

»Ulrigh Braggwaser.«

»Haern … Gemcroft.«

Ulrigh hob die Brauen. Vermehrten sich die Gemcrofts plötzlich wie die Karnickel? Das war noch ein Angehöriger ihrer Familie, von dem er noch nie etwas gehört hatte.

»Also, Haern, was führt dich nach Engelhavn?«

Der andere Mann zögerte einen Augenblick und warf dann wieder einen Blick in den Raum. »Meine Flitterwochen.«

»Tatsächlich? Na, dann ist eine Trauerfeier aber ganz sicher der falsche Ort. Oder hast du gerade nach einem freien Schlafzimmer gesucht? Ich glaube, dieses hier dürfte eine Weile nicht mehr benutzt werden.«

Er lachte, dann fiel ihm plötzlich etwas ein.

»Sag, du bist nicht zufällig mit einer Lady namens Zusa verheiratet, oder?«

Haerns Schweigen sagte ihm genug. Ulrigh schlug ihm anerkennend auf die Schulter. Es überraschte ihn, wie fest der Mann auf dem Boden stand. Es fühlte sich an, als hätte er auf einen Felsen geschlagen.

»Du Glückspilz! Bei einer so schönen Frau könnte ich dir nicht einmal Vorwürfe machen, wenn ihr das Bett eines Toten benutzen würdet.«

Haern wirkte zu verlegen für eine Antwort, was Ulrigh noch mehr amüsierte. Dieser Gemcroft war ein sehr gut aussehender Mann mit beeindruckenden blauen Augen. Zu versuchen, ihm Zusa auszuspannen, wurde dadurch zu einer noch größeren Herausforderung. Und auch wenn er den Mann mochte, würde er vielleicht Gift benutzen müssen, damit ihm Zusa zumindest einmal gehörte, bevor sie wieder nach Veldaren zurückkehrte.

»Weißt du, was hier passiert ist?« Haern trat in das Schlafzimmer. Ulrigh folgte ihm, ebenfalls neugierig.

»Ich habe nur Gerüchte gehört. Wenn man dem Gerede Glauben schenken kann, dann wurden die beiden von hundert Männern zu Tode gehackt. Ich glaube allerdings, dass es nur ein Mann gewesen ist, ein Narr, den der Pöbel den Schemen nennt. Er hat alle Wachen niedergemetzelt, Taras und Julie abgeschlachtet und ist dann in einer Rauchwolke verschwunden.«

»Rauchwolke?«, flüsterte Haern. »Verstehe.«

Das Zimmer wirkte zwar sauber, machte jedoch einen verlassenen Eindruck. Die Laken waren vom Bett abgezogen und nicht ersetzt worden. Der Teppich war so makellos sauber, dass er neu sein musste. Die Fenster schienen ebenfalls neu zu sein. Selbst an den Wänden schimmerte noch frische Farbe. Der Raum stank danach. Haern sah sich um und deutete dann nach oben.

»Verdammt!« Ulrigh hatte einen Moment gebraucht, bis er es ebenfalls sah.

Sie hatten die Laken gewechselt, den Teppich ausgetauscht und die Wände neu gestrichen, aber sie hatten ein paar Blutspritzer an der Decke übersehen.

»Das war kein Meuchelmord«, sagte Haern leise. »Und

auch keine Hinrichtung. Ich bezweifle, dass er sich überhaupt für die Leute interessiert hat. Das hier war eine Botschaft, und er wollte nur sicherstellen, dass sie einen weiten Weg zurücklegt.«

Etwas an der Art und Weise, wie er redete, bereitete Ulrigh Unbehagen. Und zum ersten Mal fiel ihm auf, dass der Mann zwei Säbel in den Scheiden an seinem Gürtel trug.

»Du machst mich neugierig. Wie kommst du darauf, dass jemand einem Menschen den Kopf abhacken, ihm seine Eingeweide herausreißen und sein Blut wie ein wild gewordener Maler überall im Zimmer verteilen kann, ohne dass ihm die Person selbst in irgendeiner Weise wichtig ist?«

Haern trat ans Fenster und überprüfte das Schloss.

»Er hat das Baby am Leben gelassen. Ich habe gesehen, dass Madelyn es auf dem Arm hielt.«

Ulrighs Augen verengten sich. Dieser Mann war ein sehr scharfer Beobachter.

»Wie ist noch mal dein verwandtschaftliches Verhältnis zu Alyssa?«

Haern sah zu ihm zurück. »Ich bin ein Cousin zweiten Grades.«

»Wer ist dein Vater?«

»Willst du mich überprüfen?«

Ulrighs Hand wanderte zu seinem Dolch.

»Das ist keine befriedigende Antwort.«

Haern drehte sich langsam auf der Stelle um, und plötzlich veränderte er sich auf eine sonderbare Art und Weise. Sein Gesicht wurde dunkler, und die blauen Augen blickten hart. Er verlagerte das Gewicht, während sich die Muskeln in seinem Körper entspannten und doch bereit waren, sofort zu reagieren. Er ließ die Hände an den Seiten seines Körpers, aber seine Finger streiften die Griffe seiner Säbel. Er war eindeutig bereit, sie augenblicklich zu zücken.

»Ich bin Gast im Haus der Familie Keenan«, erwiderte Haern. »Mir war nicht bewusst, dass ich mich dafür rechtfertigen muss. Schon gar nicht vor dir.«

Ulrigh wurde nervös, als er bemerkte, dass jede seiner Handlungen mit einer tödlichen Intensität beobachtet wurde. Plötzlich durchfuhr ihn die Erkenntnis, dass er sich in der Gegenwart des Schemens genauso gefühlt hatte.

»Verzeih mir, wenn ich dich beleidigt habe.« Ulrigh ließ seinen Dolch wieder los. »Aber nach allem, was passiert ist, herrscht hier eine gewisse Nervosität, was Meuchelmörder angeht.«

Haerns Augen schienen bei seinen Worten zu funkeln. »Ich habe keine Angst vor Meuchelmördern.«

»Das kann ich mir vorstellen.«

Haern verließ den Raum und ging nicht einmal eine Elle entfernt an Ulrigh vorbei. Den durchzuckte der Gedanke, ob er nicht seinen Dolch ziehen und ihm dem Mann in den Rücken rammen solle, aber er reagierte nicht auf diesen Impuls. Er spürte, dass die Selbstsicherheit des anderen Mannes nicht leichtfertig war. Dieser Haern hatte ihn eingeschätzt und als nicht bedrohlich abgetan. Dieser Gedanke verletzte seinen Stolz und brannte wie Feuer in seinem Leib. Schließlich glättete Ulrigh sein Hemd und kehrte in den Hauptsalon des Anwesens zurück, um auf seinen Bruder zu warten, und ertrug die vielen beleidigenden Blicke der Lakaien.

Nach einer gefühlten Ewigkeit kehrten die ersten der vielen Gäste zurück. Ulrigh blieb sitzen und stand erst auf, als Stern schließlich ebenfalls auftauchte. Das lange Warten hatte ihn in eine gereizte Stimmung versetzt, und er brannte darauf, seine dringenden Geschäfte zu erledigen, statt weiter Sympathie und Tränen zu heucheln.

»Stimmt etwas nicht?« Stern bemerkte das offenkundige Missvergnügen seines Bruders.

»Wir müssen gehen«, erklärte Ulrigh. »Wir haben schon genug Zeit vertrödelt.«

»Vertrödelt? Was meinst du damit?«

»Vor noch nicht allzu langer Zeit hat man William Amour den Kopf abgehackt und in den Ozean geworfen.«

Stern sah aus, als hätte er eine Ohrfeige bekommen, und seine Wut durchdrang seine Trauer.

»Wer würde eine solche Tat …?« Er hielt inne und schüttelte den Kopf, als er die Antwort in Ulrighs Miene las. »Er war es, richtig? Dieser Schemen. Was haben wir getan, um seinen Zorn auf uns zu ziehen?«

»Sprich leiser.« Ulrigh packte seinen Bruder am Arm und führte ihn zum Ausgang. »Ich weiß es nicht. Beraume für morgen ein Treffen aller Händlerbarone ein. Wir lassen den Amours einen Tag Zeit, um seine Bestattung vorzubereiten und einen von Williams Söhnen als seinen Nachfolger zu bestimmen.«

»Und weshalb hast du es so eilig?«

»Das geht dich nichts an.«

Die Keenans warteten an der Tür, und Madelyn hielt tatsächlich das neugeborene Mädchen auf den Armen, genau wie Haern es gesagt hatte. Die beiden Brüder verabschiedeten sich und gingen. Auf der Straße trennten sie sich und gingen jeder zu seinem eigenen Heim. Ulrigh vertraute darauf, dass Stern die Nachricht weiterleitete, vorausgesetzt, die anderen Händlerbarone hatten bis jetzt noch nicht davon erfahren. Ulrigh ging durch sein geräumiges, aber leeres Haus in seine Privatgemächer. Keine Kinder, keine Frau, keine Familie, so wie Ulrigh es liebte. Er legte sofort seine unbequeme Kleidung ab und verschloss die Tür. Dann zog er den Beutel aus seinem abgelegten Hemd. Aber zuerst zog er die schweren Vorhänge vor das große Fenster. Hinterher schmerzte die Sonne immer in seinen Augen.

Er legte sich ein ganzes Blatt in den Mund, zerbiss es und holte tief Luft. Als der Schwindel einsetzte und das Blut durch seine Adern rauschte, stellte er sich vor, wie Zusa nackt aussehen mochte. Mitten in der Euphorie spürte er eine Gewissheit, die die nächsten zwei Stunden anhielt. Ganz gleich, was es ihn auch kosten mochte, er würde sie besitzen und dann dafür sorgen, dass dieser arrogante Mistkerl Haern es erfuhr. Aber meistens dachte er an Zusa, stellte sich vor, wie er sie gegen ihren Willen nahm, bis schließlich die Wirkung des Violet nachließ und er einschlief, seinen Samen auf der Hand.

4. KAPITEL

Alyssa spielte den freundlichen Beistand, nachdem die Trauerfeier zu Ende gegangen war und die Gäste einer nach dem anderen das Haus verließen. Sie ertrug Hunderte von Grüßen und behandelte alle, als wären es alte Freunde.

»Schaffst du es?«, wollte Zusa wissen, als Alyssa die Augen schloss und sich die Schläfen rieb.

»Es geht mir gut«, erwiderte sie. »Es ist nur … Aus irgendeinem Grund vermisse ich nach alldem hier Nathaniel.«

»Wir suhlen uns in dem Leid anderer. Es ist selbstverständlich, dass du dich um deine geliebte Familie sorgst.«

»Das soll nicht heißen, dass es mir gefällt oder ich auch nur daran denken möchte.«

»Dann trink.« Zusa schob ihr ein Glas hin. »Wein hilft hervorragend beim Vergessen.«

Alyssa lachte leise. »Wenigstens ein bisschen.« Sie hoffte, dass das Brennen des Alkohols in ihrer Kehle die Müdigkeit verscheuchen würde. Während sie trank, tauchte einer von Lauries Bediensteten auf und informierte sie, dass ihre Gemächer bereit waren.

»Was ist mit Zusa und Haern?«, erkundigte sie sich.

»Sie haben ein eigenes Zimmer, aber es liegt in der Nähe der Dienstbotenquartiere. Ich hoffe, das ist keine Beleidigung.«

»Das ist ausgezeichnet«, gab Zusa zurück. »Ich hoffe nur, dass wir die Dienerschaft nicht die ganze Nacht wach halten.«

Der Bedienstete, ein junger, glattrasierter Mann, errötete und eilte wortlos davon.

»Wirklich amüsant.« Zusa zupfte an ihrem Dekolleté. »Ich sollte meinen Körper öfter zeigen. Dadurch werden die Männer so viel fügsamer und dümmer.«

»Bei deinem Körper überrascht es mich, dass du deine Haut nicht ab dem Augenblick gezeigt hast, als deine Brüste gewachsen sind«, erwiderte Alyssa und zuckte sofort zusammen. »Es tut mir leid, Zusa. Ich habe nicht daran gedacht.«

Als Alyssa Zusa kennenlernte, war Letztere eine Angehörige der Gesichtslosen gewesen, einer Sekte, die als Bestrafung für die Priesterinnen des Karak ins Leben gerufen worden war, welche die Gesetze der Sexualität gebrochen hatten. Sie bedeckten ihren Körper mit Tuchbahnen und verbargen ihr Gesicht hinter einem dünnen Schleier. Zusa trug die Tuchbahnen immer noch, obwohl Alyssa den Grund dafür nur vermuten konnte. Wenigstens verbarg sie ihr Gesicht nicht länger, es sei denn, es war absolut notwendig.

»Ich mache den Wein dafür verantwortlich, nicht dich.« Zusa lächelte.

Alyssas Kopf fühlte sich benebelt an, und sie stellte das Glas beiseite. Das genügte. Sie erlaubte sich nur selten eine solche Schwäche, und sie würde sich nicht mit Alkohol betäuben, nur weil sie eine liebeskranke Mutter war. Sie sah sich um, ob jemand sie belauschte, und beugte sich dann dichter zu Zusa.

»Was werdet ihr als Erstes tun, Haern und du?«, flüsterte sie dann.

»Wir ziehen durch die Straßen«, antwortete ihre Vertraute. »Jede Stadt hat ihre eigene Persönlichkeit. Wir müssen Engelhavn kennenlernen und dann jedes Versteck ausfindig machen, in dem sich irgendjemand verbergen könnte.«

»Viel Glück. Aber sorgt dafür, dass ihr beide morgen früh wieder zurück seid. Es wird niemanden überraschen, wenn ihr länger schlaft.«

Zusa verbeugte sich und machte sich dann auf die Suche nach Haern. Alyssa fühlte sich ein bisschen unsicher auf den Beinen, also ging sie zu einem Sessel vor dem Kamin. Es war ein gepolsterter, mit einem schrecklichen roten Stoff bezogener Sessel, aber als sie hineinsank, entpuppte er sich als ziemlich bequem. Alyssa seufzte. Sie konnte sich nicht mehr daran erinnern, wann sie zuletzt etwas gegessen hatte. Es war dumm, auf leeren Magen Alkohol zu trinken.

»Geht es dir nicht gut?«

Sie hob den Kopf. Madelyn setzte sich in den Sessel ihr gegenüber. Sie nahm die kleine Tori vom linken in den rechten Arm und streichelte ihr Gesicht. Tori war wach, aber offensichtlich müde, denn ihre Augen öffneten und schlossen sich langsam, während sie sich behaglich an Madelyn schmiegte.

»Es war eine lange Reise«, antwortete Alyssa. »Sie hat mich wohl mehr angestrengt, als ich erwartet habe.«

»Ich habe diese Reise zu jedem Kensgold angetreten. Ich bin mir sehr wohl bewusst, welchen Tribut sie verlangt.«

»Ihr könntet nach Veldaren zurückkehren.«

Madelyn schüttelte den Kopf. Für Alyssa war sie schon immer unglaublich schön gewesen, und sie schien mit den Jahren noch schöner geworden zu sein. Als sie jetzt das Baby in den Armen hielt, verstärkte sich dieser Eindruck noch. Aber als sie den Kopf hob und den Namen der Stadt aussprach, wirkte sie plötzlich erschreckend hässlich.

»Veldaren? Nein, Mädchen, ich werde nicht an diesen schrecklichen Ort zurückkehren. Du kannst gerne mit den Dieben gemeinsame Sache machen, wenn du willst, aber ich werde nicht mit ihnen ins Bett gehen. Dort ist es nicht sicher.«

»Hier genauso wenig.« Alyssa wusste, dass sie eine Grenze überschritt, aber es kümmerte sie nicht. Madelyn drückte das Baby fester an ihre Brust, so fest, dass Tori anfing zu weinen.

»Dieser Schurke, mit dem du dich eingelassen hast, dieser Mörder, der Wächter des Königs? Mithilfe seiner Klingen raffst du deinen Reichtum von den Straßen, und wofür? Es war sein Siegel, das er im Blut meines Sohnes hinterlassen hat. Du hast das Chaos über Veldaren heraufbeschworen, du hast geholfen, ihn zu erschaffen. Meiner Meinung nach bist du genauso verantwortlich für seinen Tod.«

»Das reicht, Weib.« Laurie trat zwischen sie. Sie waren so aufeinander fixiert gewesen, dass keine von ihnen gehört hatte, wie er sich näherte. Er warf seiner Frau einen finsteren Blick zu und verbeugte sich dann vor Alyssa. »Verzeih ihr. Die Trauer spricht aus ihr.«

»So wie aus mir«, log Alyssa.

»Tori sollte noch gestillt werden, bevor sie einschläft.« Madelyn stand auf. »Entschuldigt mich. Ich hole die Amme.«

Laurie hielt seine Frau am Arm fest. Ihre Augen blitzten, und Alyssa hatte den Eindruck, sie hätte ein wildes Tier vor sich, keine Edelfrau. Madelyn stand da und starrte ihren Mann an, bis er sie endlich losließ, ohne ein Wort zu sagen. Er schien nicht beleidigt zu sein, sondern seufzte nur, als er sich in ihren Sessel gegenüber von Alyssa an den Kamin setzte.

»Sie wird nicht damit fertig.« Laurie klang erschöpft und viel älter, als er war. »Manchmal glaube ich, das Baby ist der einzige Grund, warum sie überhaupt noch weitermacht.«

»Verzeih mir, Laurie. Ich wollte sie nicht provozieren. Ich habe ihr nur vorgeschlagen, nach Veldaren zurückzukehren. Es würde ihr vielleicht guttun, aus diesem Haus und von den … Erinnerungen wegzukommen.«

»Ich habe ihr bereits dasselbe vorgeschlagen.« Laurie lehnte sich zurück und schnippte mit den Fingern. Ein Lakai eilte hastig zu ihm, ein Getränk in der Hand. Er leerte das Glas in schnellen Zügen, ließ es sich dann erneut füllen und schickte den Bediensteten mit einer Handbewegung weg. »Aber sie hört nicht auf mich. Für sie wird Veldaren immer der Ort sein, an dem sie von Thren während des Blutigen Kensgolds als Geisel genommen wurde, und solange diese Spinne lebt, wird sie niemals dorthin zurückkehren.«

»Laurie, ich wollte schon früher darauf zu sprechen kommen. Meine Gäste …«

»Du meinst, deine, wie hast du sie noch genannt, Cousins?« Laurie lachte. »Ich habe jeden bewussten Augenblick meines Lebens in der Gesellschaft von Frauen und Männern verbracht, die mit goldenen Löffeln aufgewachsen sind. Es dauert nicht lange, bis einem klar wird, dass keiner von beiden den Namen Gemcroft schon lange trägt, wenn überhaupt. Wer sind die beiden wirklich? Leibwächter?«

Alyssa biss sich auf die Lippen, während sie versuchte, sich eine angemessene Antwort auszudenken. »In gewisser Weise«, sagte sie schließlich.

Laurie rutschte auf seinem Sessel hin und her, und seine Hand fuhr zu seinem Nacken, bevor er sie wieder auf die Armlehne legte. Zweifellos vermisste er seinen langen Zopf, der ihm immer über die Schulter gefallen war. Es war ein nervöser Tick von ihm gewesen, diesen Zopf zu berühren, und jetzt war er ab.

»Ich verstehe, dass du besonderen Wert auf deine Sicherheit legst angesichts dessen, was geschehen ist. Ich nehme an, sie werden die ganze Zeit bei dir sein.«

»Nicht ganz …«

Alyssa hätte gerne ebenfalls etwas zu trinken gehabt, sie schluckte und redete weiter. Laurie war sehr viel älter als sie, und nach Leons Tod vor zwei Jahren war er jetzt der älteste Anführer der Trifect. In seiner Gegenwart fühlte sie sich immer ein wenig eingeschüchtert, so sanftmütig er auch wirken mochte. Er schien eine sehr verletzliche Seite zu haben, was in ihr den Wunsch erweckte, ihm zu vertrauen. Aber sie konnte die brutalen Geschichten nicht vergessen, die sie in ihrer Jugend gehört hatte. Aufgrund seiner Taten hatten die Diebesgilden ihn wirklich gefürchtet. Andererseits wollte sie ihren Gastgeber nicht belügen, schon gar nicht, da er ihr Verbündeter und Freund war.

»Ich habe Haern und Zusa mitgebracht, damit sie die Person zur Strecke bringen, die Julie und Taras getötet hat, diesen Mann, den du den Schemen nennst.«

Laurie stellte sein Glas so hart ab, dass ein Stück vom Fuß abbrach. Er saß lange da, vornübergebeugt in seinem Sessel, und dachte nach. Alyssa bemühte sich, weder nervös noch unsicher zu wirken. Schließlich sah er zu ihr hoch. Sein Blick war verärgert, und er hatte die Lippen missbilligend verzogen.

»Diese letzten Wochen waren eine Qual«, sagte er. »Jeder Augenblick zieht sich hin, als wäre er ein ganzer Tag. Ich kann dir bis auf die Stunde genau sagen, wie lange es her ist, dass mein Sohn diese Welt verlassen hat. Und ich versichere dir, dass ich in jeder dieser quälenden Sekunden meine Männer durch Engelhavn geschickt habe, um den Mörder zu suchen. Wir haben nichts anderes gefunden oder gehört als noch mehr Namen von Menschen, die ihm angeblich zum Opfer gefallen sind. Es spielt keine Rolle, wen du mitgebracht hast. Und es spielt auch keine Rolle, wie viel du ihnen zahlst oder für wie gut du sie hältst. Sie werden ihn nicht finden. Wenn das das Geschenk ist, das du mir anbieten willst, dann verschwendest du nur deine Zeit.«

Er stand auf und wollte gehen, aber Alyssas Worte hielten ihn auf.

»Ich habe den Wächter mitgebracht.«

Er drehte sich um. Ein gefährlicher Ausdruck lag in seinen Augen.

»Wen, Alyssa?«

»Den Wächter des Königs.« Sie ließ sich nicht einschüchtern. »Der Mann, den ich mitgebracht habe ... Das ist seine wahre Identität.«

»Du hast ihn mitgebracht, ausgerechnet ihn?« Lauries Stimme klang gepresst, und er hatte die Fäuste geballt. »Du hast ihn in mein Haus geholt, er ist innerhalb meiner Mauern? Es war sein Symbol, mit dem dieser Schemen mich verhöhnt hat, und du hast ihn hierhergebracht?«

»Er war es nicht, dessen bin ich sicher«, erwiderte sie. »Die Entfernung zwischen unseren Städten ist zu groß, Laurie, und der Wächter wurde in der Woche vor dem Tod deines Sohnes mehr als ein Dutzend Mal gesehen. Wer immer dieser Schemen ist, er hat das Symbol aus einem bestimmten Grund benutzt. Es ist eine Herausforderung, Laurie, eine Herausforderung an den Wächter, und ich kann mir niemanden vorstellen, der besser dafür geeignet wäre, diesen Mann zur Strecke zu bringen und dir seine Leiche vor die Füße zu legen.«

»Du bedienst dich eines Mörders, um einen anderen Mörder zu erledigen.« Er schüttelte den Kopf. »Du warst schon immer bereit, dich des Abschaums zu bedienen, um deine Probleme zu lösen, Alyssa. Eines Tages wirst du feststellen, dass jeder, der sich bei den Hunden bettet, ihre Flöhe bekommt.«

»Ich tue, was notwendig ist«, sagte sie und richtete sich auf. »Darin sehe ich keine Schande.«

Laurie lachte leise. Plötzlich schien diese fürchterliche Intensität zu verpuffen, und er entspannte sich in seinem Sessel. Wieder war er ganz der charmante Mann, den sie kannte.

»Wenn du darauf bestehst, dann lass uns abwarten, wie dein Wächter sich hier in unserer Stadt schlägt. Ich werde Torgar befehlen, ihn kommen und gehen zu lassen, wie es ihm beliebt, natürlich innerhalb vernünftiger Grenzen. Ich schlage allerdings vor, Madelyn zu verschweigen, dass der Wächter unter ihrem Dach schläft. Die Konsequenzen, wenn sie es erfahren würde, wären wahrscheinlich wenig … erfreulich.«

Er lächelte, und Alyssa erwiderte das Lächeln unwillkürlich. Trotz seiner geröteten Augen sah sie wieder einen Hauch seines alten Selbst in diesem Mann. Eine Spur von dem Mann, der er gewesen war, bevor sein Sohn in seinem Schlafzimmer so brutal ermordet worden war.

Er stand auf. »Ich wünsche dir eine angenehme Nacht, Lady Gemcroft«, sagte er und verbeugte sich. »Und angenehme Träume.«

Als sie allein war, entspannte Alyssa sich endlich. Sie war froh, dass sie diese Konfrontation hinter sich hatte. Seine Überzeugung, dass der Schemen nicht zu fassen war, beunruhigte sie ein wenig, aber sie schob den Gedanken entschlossen beiseite. Es gab sehr viele Leute, die die Trifect vergeblich gejagt hatte. Thren Felhorn war das beste Beispiel dafür. Er entging seit mehr als einem Jahrzehnt der Gefangenschaft. Aber ihr stand der Wächter zur Verfügung, derjenige, der all jene aufgespürt hatte, die sie nicht hatte finden können, der all jenen Furcht eingeflößt hatte, die keine Angst empfanden, und der allein mit seinen blutigen Säbeln einen ganzen Krieg beendet hatte.

Wenn irgendjemand diesen Schemen aufspüren konnte, dann er.

»Wir werden diesen Kerl nie finden.« Haern band die Kapuze fester zu. »Ein geschickter Meuchelmörder in seiner Heimatstadt, dazu noch einer, der kühn genug ist, einen Angehörigen der Trifect zu töten? Er kennt mit Sicherheit jeden Winkel und jede Ecke, in der er sich verstecken kann, Nischen und Löcher, von denen wir nicht das Geringste wissen.«

»Du jammerst herum wie ein Baby.« Zusa band sich ihre dunkelroten Tuchbahnen um den Hals. Sie war halb nackt gewesen, als er ihr gemeinsames Zimmer betreten hatte, deshalb kleidete er sich mit dem Rücken zu ihr an, während sie ihren Körper langsam bedeckte.

»Es muss ja ewig dauern, das alles anzulegen«, meinte er, nachdem er sich mit einem Blick überzeugt hatte, dass sie einigermaßen bekleidet war.

»Das gehörte zu unserer Strafe.« Zusa nahm die nächste Tuchrolle und drückte sie gegen ihr Kinn. »Dahinter steckt die Idee, dass wir wegen der Zeit, die es kostet, uns an- und auszuziehen, besser in der Lage wären, unseren weiblichen Gelüsten zu widerstehen.«

»Funktioniert es?«

Die Tuchbahnen bedeckten ihr Gesicht, ihre Wangenknochen und ihre Stirn und ließen nur einen langen Spalt über ihren Augen frei.

»Es gibt viele Möglichkeiten, Befriedigung und Lust zu empfinden, auch voll bekleidet. Vertrau mir. Wir Gesichtslosen kennen sie alle.«

Haern errötete und wechselte rasch das Thema.

»Wohin gehen wir zuerst?«, erkundigte er sich.

»Zum Hafen.«

»Aus einem besonderen Grund?«

Zusa lächelte ihn an. Auch wenn ihre Lippen bedeckt waren, sah er es am Funkeln ihrer Augen.

»Das erkläre ich dir, wenn wir dort eingetroffen sind. Jetzt sollten wir uns beeilen. Alyssa sagte zwar, dass wir kommen und gehen dürften, wie wir wollen, aber ich halte es immer noch für das Beste, wenn nicht allzu viele Leute von unserer Anwesenheit hier erfahren.«

Haern öffnete die Tür einen Spalt und warf einen Blick hinaus. Der Flur war dunkel und leer. Das ganze Haus war zur Ruhe gegangen, da die Sonne schon lange untergegangen war. Er nickte Zusa zu, wickelte sich in seine Umhänge und ging voraus. Sie blieben im Dienstbotenflügel, da sie hier näher am Ausgang waren. Als sie gerade hinausgehen wollten, sahen sie einen Mann, der auf der anderen Seite der Tür stand. Er hatte die Arme verschränkt. Eine üble Narbe lief quer über seine Nase. Er hatte seine besten Jahre bereits hinter sich, aber er sah immer noch so aus, als könnte er Haern mit bloßen Händen in zwei Stücke reißen.

»Du stehst im Weg.« Haern sprach leise, während er vor ihm stehen blieb. »Gehst du nun zur Seite?«

»Du bist dieser Wächter, richtig? Laurie hat gesagt, dass du kommen würdest und dass ich dich gewähren lassen sollte.«

»Wie nett von ihm. Und möchtest du seinen Anordnungen Folge leisten?«

Statt zur Seite zu treten, zog der Mann ein gewaltiges Schwert aus der Scheide auf seinem Rücken. Es musste sehr schwer sein, aber das Gewicht schien ihn nicht im Geringsten zu beeinträchtigen.

»Man hat mir gesagt, du wärst nicht derjenige, der Taras getötet hat«, sagte er. »Aber ich habe das Symbol gesehen. Du hast es vielleicht nicht selbst gezeichnet, aber das bedeutet noch lange nicht, dass du unschuldig bist. Ich habe gegen diesen Schemen-Mistkerl gekämpft. Selbst wenn die Gerüchte über dich auch nur zur Hälfte der Wahrheit entsprechen, ist dieser Kerl noch besser als du.«

»Wir haben für so etwas keine Zeit«, flüsterte Zusa hinter ihm.

Der Mann brüllte laut auf, als wollte er sie einschüchtern. Haern zuckte zusammen, aber nur, weil der nach Alkohol stinkende Atem des Mannes in seine Nase drang.

»Wer bist du?«

»Torgar. Ich bin der Hauptmann von Lauries Söldnern und für die Sicherheit seiner Familie verantwortlich. Wenn es nach mir ginge, dann würde ich dich draußen an den …«

Er zuckte zusammen und öffnete vor Staunen den Mund. Zusa stand vor ihm. Im nächsten Moment rammte sie ihr Knie in seine Lenden und hielt ihn mit der linken Hand am Nacken fest, damit er nicht umfiel. Ihre Rechte hielt den Dolch, dessen Spitze sich unmittelbar unter seiner Lederrüstung gegen seinen Unterleib presste.

»Zur Seite«, hauchte sie ihm ins Ohr, sprang zurück und trat im gegen den Kopf. Torgar landete unsanft auf dem Hintern und heulte vor Wut laut auf.

»Miststück!«

Zusa warf ihm einen Handkuss zu, als sie an ihm vorbeilief. Haern folgte ihr und zuckte ein wenig mitleidig mit den Schultern, als er den Söldner passierte.

»Das war ein bisschen hart«, meinte er, als sie über die Mauern des Keenan-Anwesens sprangen.

»Dieser Ochse denkt mit seinen Eiern und steht unter Alkoholeinfluss. Für beides habe ich keine Geduld.«

»Ich werde daran denken.«

Sie hielten sich in den Schatten, als sie über die Straße zu einer großen Kreuzung liefen, die zum Hafen führte. Das erste Hindernis war eine der drei Mauern, welche die Stadt teilten. Ihre Tore waren gut beleuchtet und sorgfältig bewacht. Sie schlichen zur Seite eines Hauses und spähten um die Ecke.

»Ich bezweifle, dass sie uns durchlassen«, sagte Haern. »Nicht, wenn wir so bewaffnet und gekleidet sind.«

»Wir könnten sie außer Gefecht setzen. Ich meine nicht für immer. Sieh mich nicht so an.«

Haern betrachtete die Mauer. Sie war nicht so hoch, und da so viele Häuser direkt daran errichtet worden waren, bestand vielleicht die Möglichkeit …

»Folge mir.« Zusa unterbrach seine Gedanken. Sie lief an der Mauer entlang, bis sie vom Tor aus nicht mehr zu sehen waren, dann drehte sie sich um und sprang hoch in die Luft. Haern konnte es kaum glauben. Sie landete auf dem Dach eines Hauses, ohne sich irgendwo festhalten oder hochziehen zu müssen. Ohne langsamer zu werden, lief sie zwei Schritte weiter, sprang erneut und erwischte den Rand der Mauer mit ihren Fingern. Jetzt zog sie sich hoch, rollte sich herunter und reichte ihm die Hand.

»Spring oder klettere«, sagte sie.

Er nahm selbst Anlauf, erwischte das Dach mit einer Hand und zog sich daran hoch. Vor der Mauer rannte er auf sie zu, trat sich mit einem Fuß an der Mauer ab und erwischte ihre Hand. Ohne die geringste Anstrengung zog sie ihn zu sich hinauf. Sie standen nebeneinander und blickten über den Hafen.

»Du musst mir unbedingt zeigen, wie man das macht.« Er schüttelte immer noch verblüfft den Kopf.

»Schnell laufen und dann springen. Ich sehe nicht, was daran schwierig sein soll.« Sie streckte den Arm aus. »Dort.«

»Wonach suche ich?«

»Das erkennst du, wenn du es siehst.«

Haern folgte ihrem Finger und sah dann drei Männer, die in einer Gasse lauerten. Sie hatten eindeutig nichts Gutes im Sinn. In der Nähe flackerten Fackeln an gut besuchten Schänken.

»Wie sieht dein Plan aus?«, erkundigte sich Haern. »Willst du willkürlich irgendeinen Schläger angreifen und hoffen, dass einer von ihnen den Schemen kennt?«

Zusa seufzte. »Manchmal frage ich mich, wie es dir gelungen ist, so viel zu erreichen.«

»Ich habe immer viel Glück gehabt.«

Sie zückte ihre Dolche und ließ sie durch die Luft wirbeln.

»Dieser Schemen hat dir diese Nachricht aus einem bestimmten Grund geschickt. Ich würde sagen, wir schicken ihm ebenfalls eine. Er soll wissen, dass wir hier in Engelhavn sind. Soll er dich finden, statt dass wir ihn suchen.«

Haern grinste. Diese Art zu denken war ihm vertraut.

»Diese Halunken«, er deutete auf die Männer in der Gasse, »werden eine üble Nacht erleben, stimmt's?«

Zusa zwinkerte ihm zu.

»Geh voran, Wächter.«

Haern ließ sich von der Mauer auf ein Dach fallen, rollte sich auf die Straße und schüttelte sich nach der harten Landung kurz. Gefolgt von Zusa lief er geduckt zu den Schänken. Er hielt sich dicht an den Häuserwänden und spähte immer wieder um die Ecke, um sicherzugehen, dass sie ihn nicht kommen sahen. Die drei Männer waren von Kopf bis Fuß tätowiert, am auffallendsten jedoch war ein eintätowiertes Schwert über ihrem rechten Auge, das vom Kinn bis zur Stirn reichte.

»Weißt du, was das bedeutet?«, flüsterte Haern.

Zusa schüttelte den Kopf.

Haern zuckte mit den Schultern und beobachtete sie dann weiter. Die Männer achteten nach wie vor nur auf die nächstgelegene Schänke. Sie warteten, und Haern war geduldig genug, um abzuwarten, worauf genau sie warteten. Er würde niemanden einfach nur deshalb angreifen, weil er in einer dunklen Gasse stand, trotz der Kurzschwerter, mit denen sie bewaffnet waren. Er brauchte einen Beweis für ihre bösartige Absicht.

»Sie warten auf ein Opfer«, erklärte Zusa. »Vielleicht sollten wir ihnen eins in die Arme treiben?«

Haern zuckte mit den Schultern. »Warte hier.«

Er ging zurück und schlug einen Bogen, sodass die drei nicht sahen, woher er kam. Dann zog er seine Kapuze tief in die Stirn und bog um eine Ecke. Für die drei musste es so aussehen, als wäre er gerade aus einer der Schänken gekommen. Er ging ein wenig schwankend und stolperte in Richtung ihrer Gasse, wobei er sorgfältig darauf achtete, dass seine Säbel von seinen Umhängen verborgen wurden. Seine Kleidung würde ihn als Fremden verraten, und er hoffte, dass dies Anlass genug für die drei sein würde zu reagieren.

Und richtig, die drei Männer traten aus der Gasse und zückten ihre Kurzschwerter.

»Kommst wohl nicht von hier«, sagte der größte der drei. Haern drehte seinen Kopf weg, damit sie sein Gesicht nicht erkennen konnten. Als sie sich ihm näherten, zog er seine Kapuze tiefer in die Stirn, als hätte er Angst.

»Ich besuche einen Freund, das ist alles.« Er gab sich Mühe, ängstlich zu klingen.

»Dann komm her und gib uns, was du hast«, sagte ein anderer und trat rasch vor, um Haern den Rückweg abzuschneiden. »Du musst bezahlen, wenn du dich sicher durch diese Stadt bewegen willst, Fremder.«

»Ich habe nicht viel zum Leben«, gab Haern zurück.

»Dein Freund wird dir ganz bestimmt aushelfen.«

Haern lachte. »Das wird sie allerdings.«

Zusa fiel vom Himmel und landete hinter dem Mann, der ihm den Rückweg versperrte. Ihre Dolche durchtrennten seinen Nacken, bevor er überhaupt bemerkte, dass sie da war. Haern fuhr herum und zückte seine Säbel. Die beiden anderen Männer fluchten, auf diesen brutalen Angriff waren sie nicht vorbereitet. Nur einer von beiden schaffte es, sich mit seinem Schwert zu verteidigen. Haern schlug seine schwache Parade mühelos zur Seite. Dann schlitzte er ihm den Bauch auf und trat ihm gegen den Kopf, sodass er auf den Rücken fiel und starb. Der andere wendete sich zur Flucht, aber Haern war schneller. Mit dem Säbel durchtrennte er ihm die Fußsehnen, und der Mann stürzte zu Boden. Er rollte weiter und kam erst zum Halten, als er an eine Mauer prallte.

»Das könnt ihr nicht machen!«, sagte er und drehte sich zu ihnen herum. »Ihr werdet hängen, alle beide!«

Haern drückte die Spitze seines blutigen Säbels unter das Kinn des Mannes und hob seinen Kopf an, sodass sie sich in die Augen blicken konnten.

»Wenn du auch nur ein bisschen Hirn in deinem Schädel hast, hältst du jetzt den Mund, bevor ich dir deine Zunge herausschneide«, sagte er und achtete darauf, dass sein Gesicht im Schatten lag, da in der Nähe Fackeln loderten.

Der Mann schluckte und nickte, sehr vorsichtig.

»Ein kluges Köpfchen. Erzähl es allen, die du kennst, egal ob sie dir glauben oder nicht. Sag ihnen, der Wächter des Königs ist nach Engelhavn gekommen. Eure Zeit geht zu Ende. Jeder Dieb riskiert den Tod, wenn er sich im Schatten aufhält. Denn im Schatten lebe ich. Sag es ihnen.«

Der Tätowierte lachte und hörte erst auf, als Haern die Spitze seines Säbels so fest unter sein Kinn presste, dass Blut aus einer kleinen Wunde tropfte.

»Diebe? Bist du vollkommen verrückt?«

»Du kannst meine Nachricht überbringen, oder aber ich schreibe sie mit deinem Blut auf die Mauer hinter dir. Du entscheidest.«

Der Mann schluckte. »Ich mache es«, sagte er. »Verschone mich.«

Haern zog seine Klinge zurück und bedeutete ihm zu verschwinden. Der Mann gehorchte und humpelte weg. Zusa trat neben ihn und wischte ihre Dolche am Hemd eines der Toten sauber.

»Man kann ihm nicht trauen«, sagte sie.

»Was schlägst du vor?«

Sie kniete sich vor eine der Leichen und tauchte ihre Finger in die klaffende Wunde in seinem Bauch. Als ihre Hand mit Blut bedeckt war, ging sie zur Wand und schrieb.

Ich bin hier, stand da. Unterschrieben war es mit *Wächter.*

»Nur um jeden Zweifel zu zerstreuen«, sagte sie und schmierte mit dem Rest des Blutes an ihrer Hand einen ovalen Ring um die Botschaft.

Haern blickte auf die beiden Toten. Irgendwie war ihm unbehaglich. Etwas war faul an dieser Geschichte. Vielleicht hätte er doch abwarten sollen, dass sie zuerst angriffen oder zumindest bewiesen, dass ihre Absichten tödlich waren und sie nicht einfach nur ein paar Münzen wollten. Diese Tätowierung … ganz bestimmt war sie ein Zeichen für ihre Gildenzugehörigkeit. Veldaren war zwar nicht Engelhavn, aber es fiel ihm schwer zu glauben, dass die Städte so unterschiedlich sein sollten.

Trotzdem, diese spöttische Art, wie der Mann gelacht hatte, als er ihn Dieb nannte … Sie machte ihm Kopfzerbrechen.

»Wir sind hier fertig«, sagte er und schob seine Säbel in die Scheiden. Dann sah er sich um, aber weder Stadtwachen noch betrunkene Arbeiter hatten beobachtet, was sie getan hatten.

»Wir haben gerade erst angefangen.«

»Such weiter, wenn du willst. Nach diesem kleinen Ausflug hier brauche ich etwas Schlaf. Wir haben die Nachricht hinterlassen, so wie du es verlangt hast. Was willst du noch?«

Zusa warf ihm einen enttäuschten Blick zu, und er gab sich alle Mühe, sich nicht davon erweichen zu lassen.

»Die Nachricht hinterlassen, immer und immer wieder.«

Haern dachte daran, noch mehr Diebe zu töten, und hatte plötzlich einen schlechten Geschmack im Mund.

»Das ist nicht meine Stadt«, sagte er. »Ich habe genug getan.«

Er ging zurück, aber Zusa folgte ihm nicht. Nachdem er das Anwesen der Keenans erreicht hatte, ging er leise in sein Zimmer, zog seine Kleidung aus und stieg ins Bett. Etliche Stunden später hörte er, wie die Tür sich öffnete. Zusa kam herein. Er rückte zur Seite, damit sie Platz im Bett hatte, aber sie kam nicht zu ihm. Ohne Kissen oder Decke legte sie sich auf den Boden und schlief ein, immer noch in den Tuchbahnen, die mit Blut besudelt waren.

5. KAPITEL

Ingram Murband, Herr von Engelhavn und Lord des Ramere, hörte sich mit wachsender Wut den Bericht des Befehlshabers der Stadtwache an.

»Du bist sicher, dass das nicht dieser Schemen-Kerl ist, über den ich Gerüchte gehört habe?«, wollte er wissen.

Der Hauptmann der Stadtwache schüttelte den Kopf.

»Sie wurden mit anderen Waffen getötet, und außerdem gibt es da einen anderen Namen. Es hat nur eine Wache überlebt, die ihn gesehen hat, aber er hat auch Kleider beschrieben, die nicht zu dem passen, was die Söldner in Laurie Keenans Anwesen gesehen haben.«

Ingram lehnte sich auf seinem Stuhl zurück. Sie befanden sich in seinem bescheidenen Thronsaal, denn anders als die meisten Lords hatte er keine eigene Burg. Die Mauern und das Meer, die seine Stadt beschützten, genügten für seine Sicherheit. Sein Haus jedoch war recht beeindruckend. Es war von einer Mauer umringt, deren Steine den langen Weg von Ker transportiert worden waren. In der Mitte des Anwesens befand sich sein Thronsaal, der nur einem einzigen Zweck diente, nämlich den Zusammenkünften mit unterschiedlichen niederen Adeligen und Gemeinen, die hier ihre einfachen Vorstellungen von Gerechtigkeit diskutierten und Streitfälle vorbrachten. Die Wände waren aus dunklem Stein und bar jeden Schmucks. Ingram fand, dass dies erheblich deutlicher sein

Selbstbewusstsein zeigte, als die Wände mit den Köpfen von Tieren und Kriegstrophäen zu verhängen, um seine Kühnheit übertrieben darzustellen.

»Ich werde das nicht zulassen«, sagte er. »Ich will, dass diesem Treiben sofort Einhalt geboten wird, und zwar mit allen Mitteln. Aus welchem Grund er auch hier sein mag, wir müssen die gesamte Stadt gegen ihn aufbringen, bevor er irgendwelche Leute auf seine Seite zieht.«

»Was schlagt Ihr vor?«, erkundigte sich der Hauptmann.

»Wir lassen die Gefangenen dafür büßen, zehn für jeden einzelnen Soldaten der Stadtwache. Und zwar öffentlich. Ich werde ihren Hass ohne Probleme ertragen können. Die Frage ist, er auch?«

»Ausgezeichnet.« Der Hauptmann verbeugte sich tief. »Soll ich jetzt Eure ersten Gäste hereinschicken?«

»Wenn es sein muss.«

Als der Soldat hinausgegangen war, rieb sich Ingram die Augen. In letzter Zeit war alles so ermüdend. Erst machte ihm dieser Schemen das Leben zur Qual, und jetzt war dieser geheimnisvolle Wächter von Veldaren in seine Stadt gekommen. Als wenn ihm die Elfen nicht schon genug Schwierigkeiten machten. Als er an die Elfen dachte, fragte er sich, wann ihr neuer Botschafter wohl endlich eintreffen würde. Man hatte ihm gesagt, er könnte ihn heute erwarten. Es war ihm sehr wichtig, die Gespräche mit den Elfen fortzusetzen.

Die Doppeltüren wurden geöffnet, und zwei der wohlhabendsten und mächtigsten Lords des Ramere kamen herein: Yorr Warren, groß und dünn, mit ovalem Gesicht und Bart, und Edgar Moss, muskulös, dunkelhäutig und mit zwei eleganten Rapiers am Gürtel. Diese beiden Männer kontrollierten mehr als die Hälfte aller Ländereien von der südlichen

Küste bis hoch zur Königsschneise. Es gab noch andere Lords, niederen Adel und Gutsbesitzer, aber Ingram wusste, dass Yorr und Edgar sie alle in der Tasche hatten. Beide Männer verbeugten sich vor Ingram, der sie zu sich winkte.

»Wir sind deinem Geheiß gefolgt und gekommen«, sagte Yorr. »Haben die Elfen endlich Vernunft angenommen und unsere Vorschläge akzeptiert?«

»Nicht ganz.« Ingram erhob sich von seinem Thron. Die drei Männer setzten sich an einen der beiden Tische, die sich in dem Raum befanden. Rasch eilten Diener herbei, die ihnen Getränke einschenkten und kleine Teller mit Fleisch und Brot servierten.

»Was sollen wir tun?« Edgars Finger spielten beiläufig mit den Griffen seiner Rapiers, als hätte er einen Tick. »Ich muss jede Woche Männer ersetzen, weil sie von Pfeilen gespickt wurden, und das nur, weil diese Elfen nicht wollen, dass wir ein paar Bäume fällen oder einen Fuß auf ihr geheiligtes Land setzen. Heilig! Ein Witz!«

»Dabei geht es dir immer noch besser als mir«, ergriff Yorr das Wort. »Wenn meine Bauern sich dem Erzeholz auch nur innerhalb der Schussweite ihrer Bögen nähern, bekommen sie einen Pfeil in die Kehle.«

»Ich verstehe die schwierige Lage.« Ingram seufzte. »Aber König Edwin weigert sich, den Elfen den Krieg zu erklären. Diesbezüglich sind uns die Hände gebunden. Wir müssen eine vernünftige Vereinbarung mit den Elfen erreichen, denn sollten wir einen Krieg provozieren, wird uns der König nicht zu Hilfe kommen. Er wird nur reagieren, wenn die Elfen als Aggressor erscheinen. Edwin weiß um die aggressive Verteidigung ihrer Länder, aber bis jetzt unternimmt er nichts.«

»Wahrscheinlich glaubt er, es wäre unsere eigene verdammte Schuld«, murrte Yorr.

Edgar trank einen Schluck Wein, bevor er sprach. »Angesichts dessen, was diese spitzohrigen Mistkerle in Mordan erdulden mussten, wundert mich das auch nicht. Trotzdem müssen diese aggressiven Handlungen bestraft werden. Sie sind in unser Land gekommen, haben sich in unseren Wäldern heimisch gemacht, und jetzt erklären sie diese Wälder für heilig und wollen niemanden hineinlassen. Aber wie sollen wir ohne Holz unsere Häuser und unsere Schiffe bauen?«

»Ihr Botschafter sollte heute ankommen«, teilte ihnen Ingram mit. »Wir müssen Stärke zeigen und dürfen keinen Handbreit nachgeben. Der Wohlstand unserer Stadt hängt von den Ressourcen ab, die sie so eifersüchtig bewachen. König Edwin ist ein junger Mann, der leicht einzuschüchtern ist. Er wird darauf bestehen, dass wir die Sache selbst regeln, und uns unserem Schicksal überlassen. Aber wenn die Elfen beginnen, ihre Wälder zu verlassen und Felder und Dörfer niederzubrennen, wird er keine andere Wahl haben, als einzuschreiten.«

»Wir spielen da ein sehr gefährliches Spiel«, wandte Yorr ein. »Woher sollen wir wissen, dass Edwin uns nicht lieber unserem Schicksal überlässt, als Neldar in einen Krieg zu verwickeln?«

Ingram lachte und schüttelte aufrichtig amüsiert den Kopf. »Weil unser König ein Mensch ist, Edgar. Kein Mensch würde sich gegen seine eigene Rasse mit einer verlogenen, hinterhältigen und wertlosen Rasse von Elfen verbünden. Nicht wenn er eine Chance auf Sieg hat. Und so sollte es auch sein. Genau in diesem Sinne müssen wir handeln, wenn wir es mit diesen heidnischen Kreaturen zu tun haben. Sollen sie doch die Sterne und die Bäume wie Narren anbeten. Wir dienen den wahren Göttern. Unser Aufstieg ist unaufhaltsam. König Baedan hat das begriffen, als er Dezerea bis auf die Grundmauern niedergebrannt und die Elfen aus Dezrel nach Osten vertrieben hat, zu uns, in unsere Länder. Wenn wir stark bleiben, werden wir eines Tages einen Sieg erringen, der noch viel größer ist.«

Mit einem leisen metallischen Schlag öffnete sich eine Seitentür, und der Hauptmann der Stadtwache trat ein.

»Der Botschafter der Elfen steht vor den Toren der Stadt«, sagte er und salutierte. »Soll ich ihn einlassen?«

»Schick ihn zu uns.« Ingram schob seinen Teller zurück und stand auf. »Bleibt entschlossen, ihr beiden, und verbergt euren Ärger nicht, wenn wir unsere Forderungen stellen. Die Elfen sind sehr stolz und können es nicht ertragen, so behandelt zu werden, wie man sie behandeln sollte. Nutzen wir das zu unserem Vorteil.«

Sie warteten, richteten ihre Kleidung und sorgten dafür, dass sie an den richtigen Stellen standen. Als sich die Doppeltüren öffneten, ging Ingram dem Botschafter entgegen, um ihn zu begrüßen.

»Willkommen in unserer Stadt.« Er lächelte strahlend.

Der Elf war schlank und sehr groß für seine Rasse. Eine fließende smaragdgrüne Robe schleifte über den Steinboden, als er den Raum betrat. Als er sich elegant verbeugte, fielen seine weiten Ärmel tief herunter. Er hatte langes goldblondes Haar und strahlend grüne Augen.

»Seid gegrüßt, Lord und Herrscher von Engelhavn«, sagte der Botschafter. »Mein Name ist Graeven Tryll, und ich bin von Quelnassar gekommen, um Frieden mit den Menschen zu schließen.«

»So wie auch wir nach Frieden streben.« Ingram verbeugte sich nicht und hoffte, dass der Botschafter diese Beleidigung registrieren würde. »Bitte, ich möchte Euch meine Gefährten vorstellen. Das hier ist Lord Yorr Warren, der die nördlichen Gefilde unseres Landes beherrscht. Links von mir seht Ihr Lord Edgar Moss, der den Westen regiert. Die beiden haben die meisten Erfahrungen mit Eurer … Rasse gemacht.«

Graeven verbeugte sich ein zweites Mal. »Eure Namen sind mir bekannt«, erwiderte er. »Ich grüße Euch und empfehle Euch Celestias Wohlwollen.«

»Ich bin geschmeichelt«, erwiderte Yorr trocken.

»Eure Reise war gewiss sehr anstrengend.« Ingram verschärfte subtil seinen Ton. »Aber angesichts der vielen Toten unter unseren loyalen Untertanen, die durch Eure Pfeile starben, wohlgemerkt, möchte ich so schnell wie möglich mit den Verhandlungen beginnen.«

»Dem stimme ich zu«, sagte Graeven. »Aber ich spreche nicht für alle Elfen, sondern bin nur gekommen, um den Weg für die Lady zu bereiten, die das tun wird. Unser Neyvar hat Laryssa Sinistel zu Euch entsandt und ihr die Autorität verliehen, in seinem Namen zu sprechen.«

Ingram fuhr ein Stich durchs Herz. »Laryssa?« Er bemühte sich, seine Gefühle nicht zu zeigen. »Euer König hat seine Tochter geschickt?«

»Es heißt Neyvar, nicht König«, verbesserte ihn Graeven. »Und ja, sie sollte in ein paar Stunden ankommen, und ich bin hier, um Eure Erlaubnis zu erbitten, dass sie und ihre Eskorte Eure Stadt betreten darf.«

»Einen Moment«, mischte sich Yorr ein. »Eine Eskorte? Wie groß ist sie?«

»Ziemlich groß«, erwiderte Graeven. »Sie kommt in Begleitung von Sildur Kinstel, Maradun Fae und deren jeweiligen eigenen Begleitern. Das versteht Ihr sicherlich, angesichts unserer Sorge um unsere Sicherheit.«

Ingram wäre vor Wut fast explodiert. Dieser verdammte Schemen hatte den letzten Elfenbotschafter ermordet, und war Ingram anfangs auch amüsiert gewesen, hätte er diesen merkwürdigen Meuchelmörder jetzt am liebsten erwürgt. Eine so wichtige Persönlichkeit wie Laryssa möglicherweise in seine Gewalt zu bringen, konnte ein entscheidender Vorteil sein. Aber so viele Leibwächter in die Stadt zu lassen, die zweifellos alle höchst wachsam waren, machte ihn krank. Die Elfen würden ungehindert innerhalb der Mauern seiner Stadt umherschweifen können und grenzenlosen Schaden mit ihren Klingen, ihren Bögen und ihrem Gift anrichten. Bei den Göttern, wenn sie jetzt ihren Samen unter den leichtfertigen Metzen und Huren am Hafen verbreiteten? Welche Mischlingskinder würden eines Tages seine Stadt erben?

»Könnt Ihr die Sicherheit meines Volks garantieren?« Aber seine Frage fühlte sich hohl an. Als wenn das Versprechen eines Elfen irgendetwas zu bedeuten hätte.

»Ich kann nichts versprechen«, erwiderte Graeven. »Aber ich kann Euch sagen, dass sie nur zu unserem Schutz hier sind, zu nichts sonst. Ich möchte mir nicht einmal ausmalen, welche Konsequenzen es hätte, wenn einem unserer weisen Führer etwas zustoßen würde.«

Es brauchte allerdings auch nicht sonderlich viel Fantasie, um sich die Konsequenzen eines solchen Vorfalls auszumalen.

»Wo werdet Ihr absteigen?«, erkundigte sich Ingram.

»Einer der Vornehmen Eurer Stadt hat uns freundlicherweise eine Örtlichkeit zur Verfügung gestellt. Ich nehme an, dass dies kein Problem darstellt?«

»Selbstverständlich nicht.« Obwohl Ingram nach diesen Worten einen sehr schlechten Geschmack im Mund hatte, lächelte er und verbeugte sich. »Setzen wir unsere Gespräche morgen fort. Und schickt auf jeden Fall jemanden zu uns, damit wir erfahren, wo Ihr abgestiegen seid. Dann kann ich Euch einen Boten schicken, der Euch wissen lässt, wann wir uns zur Beratung versammeln. Wir werden uns hier treffen, Eure Vertreter, meine und die Händlerbarone.«

Graeven machte wortlos auf dem Absatz kehrt und ging zur Tür. Nachdem sie sich hinter ihm geschlossen hatte, ging Ingram wütend zu seinem Thronsessel zurück, ließ sich darauf fallen und brüllte nach einem Becher Wein.

»Das war alles andere als die wütende Begrüßung, die ich Euren Worten nach erwartet hätte.« Edgar konnte seinen Sarkasmus nicht unterdrücken.

»Halt das Maul, du Narr!« Ingram leerte den Becher in großen Zügen. »Das ändert alles. Laryssa ist nicht grundlos hierhergekommen. Ceredon spielt mit uns, und wir müssen herausfinden, worauf er abzielt. Ich hebe mir meinen Ärger für morgen auf, wenn sie alle dabei sind. Außerdem, falls ihr etwas zustoßen sollte, etwas, wofür man uns nicht die Schuld geben kann ... Doch genug davon. Benachrichtigt eure Leute, ihr beide. Ich will, dass es in ihren Wäldern von Menschen nur so wimmelt. Es ist mir gleichgültig, wie viele sterben, solange die Elfen begreifen, dass wir niemals aufhören werden. Oh, und findet heraus, wer dieser verdammte Verräter ist, der sich bereit erklärt hat, den Elfen Unterschlupf zu gewähren.«

Die beiden Lords verbeugten sich, und Ingram schickte sie mit einer Handbewegung weg. Erst als sie verschwunden waren, wurde ihm klar, dass Graeven sich nicht verbeugt hatte, bevor er hinausgegangen war. Diese Respektlosigkeit machte ihn wütend, und während er nach Wein schrie, wünschte er sich, dass er doch seinem Zorn vor dem Botschafter freien Lauf gelassen hätte.

Am selben Morgen leistete Haern Alyssa und Zusa Gesellschaft, als sie an den Hunderten von Geschäften und Buden vorbeischlenderten, die die Straßen nördlich des Hafens säumten.

»Mir wären ein paar Stunden Schlaf lieber gewesen«, bemerkte Haern, während er diese sonderbare Sammlung von Kleidern betrachtete, über deren Preis er nicht einmal hätte spekulieren können. Aber was bedeuteten schon Preise? Haern konnte nicht einmal erkennen, wo an diesen Kleidern vorne und hinten war. Noch nie zuvor war ihm so deutlich bewusst geworden, welch ein abgeschiedenes Leben er führte. Hier in Engelhavn war er von den verschiedenen Stilrichtungen und Sitten aller vier Nationen umgeben, er sah Tätowierungen in grellen Farben und Tiere in Käfigen, von denen er nur flüchtig gehört hatte. Sein ganzes Leben lang hatte er in der Unterwelt von Veldaren verbracht, ohne die größere Welt jenseits der Mauern der Stadt wahrzunehmen.

Trotzdem, es änderte nichts daran, dass er lieber geschlafen hätte, als die Fassade des frisch verheirateten Ehemannes von Zusa aufrechtzuerhalten.

»Komm schon, mein Gemahl.« Zusa lächelte ihn strahlend an. Sie sah in dem roten Kleid, das ihre Schultern entblößte, wunderschön aus. »Du behandelst mich so kalt. Ist deine Leidenschaft denn so rasch erloschen?«

Haern ging rasch an einem Händler vorbei, der einen bunten Vogel mit einem silberfarbenen Schnabel feilbot. »Das kann ich mir nicht vorstellen. Unsere Ehe ist für die Ewigkeit.«

Sie kicherte und nahm seine Hand. »Nur für die Leute«, sagte sie augenzwinkernd.

Haern schüttelte den Kopf und lachte. »Du kannst von Glück sagen, dass du so schön bist.«

Zusas Lächeln verlor plötzlich das Strahlen, und er sah, wie sie einen Blick mit Alyssa wechselte.

»Sicher«, sagte sie. »Da hatte ich Glück.«

Haern verstand nicht, worauf sie hinauswollte, aber Zusa erklärte sich nicht weiter, sodass Haern nicht länger darüber nachdachte. Stattdessen achtete er auf die Diebe. Sie waren überall, lauerten an Ecken, in Türen und an den Seiten der Buden. Sie hatten eine ganz besondere Ausstrahlung, eine Vorsicht, die sie vor jemandem, der so vertraut mit ihrem Verhalten war wie Haern, nicht verbergen konnten. Zweimal erwischte er einen Mann, der durch die Menge schlich, und sah, welches Opfer sich der Dieb ausgesucht hatte. Dann stellte er sich ihm in den Weg. Das erste Opfer fragte er nach der Richtung und manövrierte die vornehme Dame unauffällig zu einer belebteren Stelle auf der Straße. Beim zweiten Mal packte er einfach nur den Arm des Diebes und lächelte.

»Lass mich los!« Der Dieb riss seinen Arm frei.

»Entschuldigung.« Haern grinste, während er dem Mann immer noch den Weg versperrte. »Ich dachte, du wärst jemand anderes.«

Als er zur Seite trat, war das Opfer des Diebes verschwunden. Zusa tadelte ihn und nannte ihn kindisch.

»Du kannst nicht jedes Verbrechen verhindern.« Sie drückte seine Hand. »Die Welt ist größer als du.«

»Aber ich kann zumindest die verhindern, die ich kommen sehe.«

»Selbst das wird dich eines Tages umbringen. Wir sind

nicht in Veldaren, und im Augenblick bist du nicht der Wächter. Entspann dich. Schließlich sind wir beide ineinander verliebt, schon vergessen?«

Er lachte leise, spürte jedoch, wie er errötete. »Na klar, wie konnte ich das vergessen?«

Sie gingen wieder zu Alyssa und bummelten weiter an den Buden vorbei. An einer fand Haern schließlich etwas, das sein Interesse weckte. Eine große Auswahl an Schwertern. Sie waren von hervorragender Qualität. Er hielt eins davon in der Hand und untersuchte gerade den Griff, als er einen lauten Schrei von den Stadtwachen hörte.

»Was war das?«, fragte Haern den Budenbesitzer.

»Klingt so, als würde dort jemand gehängt«, erwiderte der stämmige Schmied. »Ihr scheint hier fremd zu sein, also geht nur hin und riskiert einen Blick. Schade nur, dass ich den ganzen Spaß verpasse, weil ich auf meine Waren aufpassen muss.«

Haern legte das Schwert zurück, neigte den Kopf respektvoll, wie Alyssa es ihm gezeigt hatte, und trat dann zu Zusa. Die beiden Frauen hatten sich bereits nach Norden in Bewegung gesetzt, in Richtung eines großen, freien Platzes.

»Hörst du es auch?«, fragte sie ihn.

»Ich habe Schreie gehört.«

Zusa warf ihm einen Seitenblick zu. »Sie rufen nach dem Wächter.«

Alyssa verschränkte die Arme und beugte sich dichter zu den beiden hinüber, damit sie trotz des Lärms nicht belauscht werden konnten.

»Mischt euch nicht ein«, befahl sie. »Seht zu, aber macht nichts anderes. Wenn einer von euch beiden entdeckt wird, muss ich die Verantwortung dafür übernehmen, dass ich euch hierhergebracht habe. Und ich habe nicht die Absicht, meine Zeit hier im Verlies zu verbringen.«

»Wächter!«, schrie die Stadtwache erneut. Es war ein einzelner Mann. Er stand auf dem Podest eines Galgens und brüllte über die Menge hinweg, während hinter ihm fünf Henkerschlingen baumelten. Haern bekam plötzlich einen trockenen Mund, als eine Reihe von schmutzigen, unterernährten Männern die kurze Treppe hinaufstieg. Ihre Arme waren ihnen auf dem Rücken gebunden. »Wächter von Veldaren, zeige dich!«

»Was geht hier vor?«, erkundigte sich Haern.

»Ist das nicht offenkundig?«, flüsterte Zusa.

Es mochte offenkundig sein, aber Haern wollte es einfach nicht glauben. Die Zuschauer wurden leiser, als der Mann von der Wache seinen Ruf wiederholte. Schlimmer jedoch war die Tätowierung, die Haern auf dem Gesicht der Stadtwache sah. Es war dieselbe Tätowierung, die fast alle Angehörige der Stadtwache trugen: ein Schwert, das sich über das rechte Auge erstreckte.

»Mörder, Feigling und Schlächter, auch bekannt als Wächter von Veldaren, wisse, dass Engelhavn kein Ort für dich ist. Wir werden deine Anwesenheit nicht akzeptieren. Letzte Nacht hast du zwei Männer unserer Stadtwache ermordet und einen dritten verletzt. Für jeden unschuldigen Mann, den du tötest, werden zehn Gefangene aus unseren Kerkern hängen. Auf Befehl von Lord Ingram Murband.«

Die Menge jubelte, als der von einer Kapuze verhüllte Henker auftauchte. Als er einem Gefangenen nach dem anderen die Schlinge um den Hals legte, zitterten Haern die Hände.

»Wie können sie es wagen?«, flüsterte er.

Zusa drückte fest seine Hand. »Es sind Verbrecher«, erklärte sie. »Gesetzlose. Ihr Leben bedeutet nichts.«

Nachdem man den fünf Gefangenen Säcke über die Köpfe gestülpt hatte, trat der Henker von dem Podest und ging auf die Rückseite der Plattform. Darunter hingen Seile, die mit viereckigen Brettern verbunden waren. Zog man an einem dieser Seile, klappte das Fallbrett herunter, sodass die Person, die darauf stand, in das Loch stürzte. In der Zwischenzeit trat der Soldat der Stadtwache von einer Person zur nächsten und verkündete schreiend, welche Verbrechen sie begangen hatte. Mörder, Dieb, Vergewaltiger. Die Menge jubelte, als der Henker das erste Seil packte und es um seinen kräftigen Arm wickelte.

Er zog, und der Gefangene fiel in das Loch.

»Nicht in meinem Namen«, flüsterte Haern. »Verflucht, nicht in meinem Namen!«

Der Henker zog ein Seil nach dem anderen, bis die fünf Gefangenen tot waren.

»Wir haben Soldaten der Stadtwache getötet.« Haerns Magen schien zu brennen. »Es waren keine Diebe. Es waren Stadtwachen.«

»Das wussten wir nicht«, erwiderte Zusa.

Aber es spielte keine Rolle. Zwei tote Wachen, und den dritten hatten sie am Leben gelassen, damit er seine Nachricht überbrachte. Dafür würden dreißig Frauen und Männer sterben. Haerns Zorn wuchs, und er versuchte, sich aus ihrer Hand zu befreien. Aber Zusa weigerte sich und zog ihn stattdessen dichter an sich. Alyssa warf den beiden einen Blick zu. Ihre Miene war kalt und unbeteiligt, und sie sagte kein Wort.

»Nein«, flüsterte Zusa. »Nimm die Schuld nicht auf dich, Haern. Bleib hier und sieh zu. Dies ist der Pfad, den wir beschritten haben, und wir werden die Konsequenzen unseres Fehlers zusammen ertragen.«

Die nächsten fünf Gefangenen wurden auf das Podest geführt und ihre Verbrechen laut deklamiert. Die Menge jubelte, der Henker vollzog sein Werk, und dann hingen sie. Die Leichen wurden weggekarrt und die nächsten fünf hinaufgeführt. Haern hörte sich an, was sie verbrochen hatten.

Sie hatten keine Steuern gezahlt. Sie hatten einen Mann von der Stadtwache geschlagen. Sie hatten Lebensmittel gestohlen. Sie hatten schlecht über Lord Murband geredet.

Sie wurden gehenkt, wie der Rest. Und die Menge jubelte immer noch.

»Ich werde dem ein Ende machen«, erklärte Haern. Er trug seine Säbel am Gürtel, und jede Faser seines Körpers schrie danach, dass er sie zückte. »Ich kann sie alle töten.«

»Du wirst auch sterben«, meinte Zusa.

»Das spielt keine Rolle. Ich könnte es trotzdem … Nein! Ashhur steh uns bei, sie können doch nicht …!«

Die nächsten fünf Opfer waren Kinder. Keines von ihnen war älter als zehn Jahre alt. Der Henker musste sie auf Hocker stellen, die über den Falltüren platziert waren. Sie hatten sich des Verbrechens des Diebstahls schuldig gemacht, wie verkündet wurde, als man ihnen die blutigen Säcke über die Köpfe zog. Als die erste Falltür aufklappte, trat Haern einen Schritt vor. Es spielte keine Rolle, dass er seine Umhänge nicht trug. Und es war ihm auch gleichgültig, ob hier Hunderte von Stadtwachen herumlungerten. Das nächste Kind stand noch mit der Schlinge um seinen Hals auf dem Hocker.

»Nein!«, zischte Zusa ihn an. Sie trat Haern in den Weg und packte seinen Kopf mit beiden Händen. Er umklammerte ihre Handgelenke, aber sie war sehr stark. Sie starrten sich an, von Angesicht zu Angesicht. Haern war außer sich vor Wut. Aber ihr Blick bannte den seinen, und ihre Willenskraft war unglaublich.

»Uns beiden gehört die Nacht«, flüsterte sie drängend und presste ihre Stirn gegen seine. »Wir sind diejenigen, an deren Händen Blut klebt. Sieh mich an, nur mich. Ignoriere alle anderen. Wir sind die Schnitter, die Dämonen, die dunklen Schatten, die den Stahl führen. Wir werden unsere Vergeltung bekommen, aber jetzt ist nicht der Zeitpunkt dafür.«

Die Menge jubelte, aber er nahm sie nicht mehr wahr, fühlte sich in einem Meer aus schmutzigen Gesichtern und finsteren Herzen verloren. Doch Zusas Augen waren wunderschön, und er wünschte sich, er könnte sich in ihnen verlieren. Aber selbst in ihnen sah er, wie das Kind fiel, wie das Henkerseil sich straffte, und dann tauchte das Bild eines anderen verlorenen Kindes in Veldaren vor ihm auf. *Es ist nicht meine Schuld,* hatte er sich in diesem Moment eingeredet. *Es ist nicht meine Schuld,* sagte er sich auch jetzt. Aber es war seine Schuld. Der Tod gehörte zu ihm.

»Wann dann?« Er versuchte seine Wut zu beherrschen. »Und wie sollen wir bewerkstelligen, was wir tun müssen, wenn für jeden Schuldigen, den ich töte, zehn Unschuldige ermordet werden?«

Darauf konnte Zusa ihm nicht antworten.

Alyssa trat zwischen sie und bedeutete ihnen, den Platz zu verlassen.

»Ich weiß, was ihr denkt«, sagte sie, als das Podest mit den Galgen hinter ihnen lag. »Aber ihr dürft euch von Ingrams Wahnsinn nicht abschrecken lassen. Der Schemen muss gefunden und getötet werden.«

»Und was ist mit Ingram?«, erkundigte sich Haern.

»Glaubst du wirklich, dass ich eine solche Tat ungesühnt lasse?«

»Er hat Diebe und Kriminelle getötet, um eine Botschaft zu senden, genau wie du. Du bist kein bisschen unschuldiger als er, Haern. Setz nicht dein Leben aufs Spiel, um etwas anderes zu beweisen.«

Ihre Worte trafen ihn tiefer, als sie auch nur ahnen konnte. Haern löste sich aus Zusas Griff und stürmte davon. Zusa rief ihm etwas nach, aber er ignorierte sie.

»Siehst du zu, Wächter?«, schrie die Stadtwache hinter ihm. »Siehst du die Früchte deines Tuns?«

Das tat er, jedenfalls hatte er genug gesehen. Er wollte sich so weit wie möglich von diesem Ort entfernen und ging nach Norden, zum Stadttor von Engelhavn. Unterwegs trat ein Dieb zu ihm, der noch nicht einmal zwanzig Jahre sein konnte, und griff nach der Geldbörse in seinem Wams. Haerns erster Impuls war es, nach seinen Säbeln zu greifen und Blut zu vergießen, aber als dieser Instinkt in sein Bewusstsein drang, wurde ihm eiskalt. Stattdessen schlug er die Hand des Diebes weg, fuhr herum und packte den Jüngling an der Kehle.

»Du solltest tot sein!«, zischte Haern. »Und jetzt verschwinde.«

»Scheiß auf dich, Herr!«, erwiderte der Dieb und riss zwei Kinder um, als er rücklings zu Boden fiel. Aber seine trotzige Haltung verpuffte, als er die Wut in Haerns Blick sah. Ohne ein weiteres Wort zu sagen lief er davon. Haern blickte auf seine Kleidung, auf die feine Seide und die weiche Baumwolle, und er begriff, dass er wie ein Edelmann aussah. Sein Wunsch zurückzugehen, seine alte Kleidung anzulegen und in der Menge von Veldaren unterzutauchen, war fast übermächtig. Da er nicht in der Nähe des Keenan-Anwesens sein wollte, schritt er durch ein zweites Tor. Die Stadtwachen ließen ihn durch und grüßten ihn nur. Bei den Leuten, deren Kleidung schmutzig und deren Hände mit Schwielen von der Arbeit am Hafen bedeckt waren, verhielten sie sich allerdings anders.

»Eine brave Frau«, sagte einer der Stadtwachen, als er die Hälfte der Münzen aus dem Geldbeutel einer Mutter in seine Handfläche schüttelte, bevor er ihr den verschlissenen Ledersack vor die Füße warf. »Selbst Huren müssen ihre Steuern zahlen, stimmt's?«

Die Frau nickte, ganz offensichtlich nicht mutig genug, um zu widersprechen. Haern schluckte, und es juckte ihn in den Fingern, seine Eisen zu ziehen. Aber der Gedanke, dass dafür zehn Unschuldige am Galgen baumeln würden, trieb ihn weiter. Schließlich kam er zu den Stadttoren und hörte Lärm von dort. Neugierig schlenderte er näher. Als er herankam, teilte sich die Menge und bildete eine Gasse auf der Straße. Da Haern nicht auffallen wollte, tat er dasselbe. Eine Fanfare erklang, und dann sah er die ersten Elfen.

Sie gingen hoch erhobenen Hauptes, und ihre elegante Kleidung glänzte in der Sonne. Sie trugen hauptsächlich Erdfarben, grün und braun, aber der Stoff war von goldenen Säumen eingefasst, auf ihren Gürteln schimmerten silberne Schließen und Schnallen, und in ihren Ohren funkelten smaragdgrüne Ringe. In dem Tross marschierten auch Krieger. Ihre Lederharnische waren geölt und reich verziert. Auf dem Rücken trugen sie große Schwerter, andere hatten ihre Bögen über die Schultern geschlungen. Auch Reiter gab es, männliche und weibliche. Das waren ihre Herren und Führer, die allesamt von Kriegern flankiert wurden.

Haern stand da und bewunderte das Spektakel. Er konnte

nur Vermutungen anstellen, aus welchem Grund sie gekommen waren. Er zählte mindestens einhundertfünfzig Elfen, eher zweihundert. Zuerst sahen die Menschen nur zu, ebenfalls voller Ehrfurcht vor dem Reichtum und der Majestät, die da an ihnen vorüberschritt. Dann jedoch kamen die Rufe, zuerst zögernd und aus den hinteren Reihen, aber Ärger und Hass verbreiteten sich so schnell wie ein Lauffeuer.

»Mörder!«, schrien sie. »Ungläubige! Schlächter!«

Haern konnte kaum glauben, was er da hörte. Sie beschimpften die fremden Elfen, erklärten sie zu Mördern, während ihr eigener Herr dreißig Menschen für ein Verbrechen hängte, das sie nicht einmal begangen hatten? War dies hier das wahre Gesicht der Stadt?

»Warum protestiert ihr?«, fragte er einen Mann neben sich. Der war ruhig geblieben, im Gegensatz zu den meisten anderen.

»Sie töten unsere Freunde und Verwandten«, antwortete der Mann. »Aber sie können sich jetzt nicht länger in ihren Wäldern verstecken, nicht wenn wir haben wollen, was sie dort hüten.«

»Bist du nicht wütend wie die anderen?«

»Das ist zwecklos. Ihre Zeit ist vorbei. Sie mögen hier in all ihrem Prunk hereinreiten, aber das wird nichts ändern. Außerdem schaden sie meinem Geschäft ganz und gar nicht.«

»Was ist das für ein Geschäft?«

Der Mann lachte, als er sich zum Gehen wandte. »Ich fertige Särge«, erklärte er. »Und dafür gibt es immer genug Holz.«

Einige besonders mutige Zuschauer warfen die ersten Steine. Die Elfen ignorierten sie, jedenfalls so lange, bis einer ihnen zu nahe kam. Dann griffen die Krieger nach ihren Schwertern und bewegten sich mit einer derartigen Präzision, dass sich die Menge rasch zerstreute. Haern hörte die Schreie, sah die blauen Flecke und Wunden auf den Gesichtern der Krieger, als die Steine so dicht wie Hagelkörner flogen, und er spürte einen beißenden Ekel in sich aufsteigen. Er sah in ganz Engelhavn wenig Freundlichkeit und nur sehr wenig, das zu beschützen sich gelohnt hätte.

Schlimmer noch war seine Erkenntnis, dass Veldaren nicht anders war. Er war dort aufgewachsen, und diese Vertrautheit hatte ihn blind gemacht. Hier jedoch sah er die Scheußlichkeiten, die Grausamkeiten, und diese Einstellung dem Leben gegenüber, die der Haltung in seiner Stadt so sehr ähnelte, versetzte ihm einen Stich ins Herz. Das waren die Menschen, die er sich zu beschützen mühte? Das waren dieselben Menschen, für die er Jahre geopfert hatte, um sie vom Krieg seines Vaters gegen die Trifect zu befreien? Was hatte er denn tatsächlich erreicht? Hatte er überhaupt etwas bewerkstelligt? Wenn er starb, würde alles in sich zusammenbrechen. Überall waren die Menschen gleich, und er kannte ihr Wesen nur zu gut.

Schlimmer jedoch waren die Worte von Alyssa, die ihn in ein Licht gesetzt hatte, vor dem er bisher zurückgescheut war, die ihm ein Selbst gezeigt hatte, dass er niemals hatte sehen wollen.

Er hat Diebe und Kriminelle getötet, um eine Botschaft zu senden, genau wie du.

War er wirklich so? War dies das Gemetzel, das er ausgelöst hatte, unter dem Jubel der Bevölkerung, als er all die Leichen in ihren Gossen zurückgelassen hatte, damit sie so tun konnten, als wären sie sicher und der Gerechtigkeit wäre Genüge getan? Früher einmal hatte er sich selbst für ein Monster gehalten, für das Monster, das seine Stadt gebraucht hatte. Aber nachdem sich dieser rücksichtslose Friede in Veldaren breitgemacht hatte, war er der Verlockung erlegen, sich für etwas anderes zu halten, für mehr. Für den Wächter des Königs. Was für ein Witz! Er trug eine Kapuze, genau wie der Mann auf dem Galgenpodest. Des Königs Henker. Das war der Name, den er annehmen sollte.

»Nein«, flüsterte er, als die Elfen um eine Ecke verschwanden, aus den Augen des Mobs. »Ich bin nicht genauso. Ich kann nicht so sein. Ich bin diesem Schicksal entkommen.«

Es waren bloße Worte, die seine Erregung allerdings nicht dämpfen konnten. Was ihm jedoch Erleichterung verschaffte, war der Gedanke, dass er in der nächsten Nacht Lord Ingram einen Besuch abstatten und ihm zeigen würde, wie gefährlich ein Monster wie der Wächter wirklich sein konnte.

6. KAPITEL

Ulrigh trank ein Glas Whisky, um die letzten Auswirkungen des Violet zu vertreiben. Er hatte am Morgen ein halbes Blatt genommen, mehr als das viertel Blatt, das er sich für gewöhnlich erlaubte. Seine Vorräte waren zwar begrenzt, aber wenn in den nächsten Wochen alles gut lief, würde er schon bald in den Blättern dieser seltenen Pflanze baden. Als er sein Anwesen verließ, wartete sein Bruder vor dem Tor auf ihn.

»Wird auch Zeit, dass du endlich kommst«, begrüßte ihn Stern.

»Was bist du? Unsere Mutter?«

»Mutter ruht in einem tiefen Grab. Ich beabsichtige, noch sehr lange nicht so zu sein wie sie.«

Ulrigh lachte, dann merkte er, dass ihm sein Bruder in die Augen blickte. »Was ist?«

»Ich bin kein Narr«, erwiderte Stern. »Ich sehe das Gelbe in deinen Augen. Du bist süchtig nach Violet.«

»Unsinn!« Ulrigh stieß seinen Bruder zur Seite. »Behalte deine verfluchte Meinung gefälligst für dich. Was ich mit meiner Zeit mache, ist meine Angelegenheit und geht dich nichts an. Und du bist ein Narr, wenn du glaubst, dass ich so schwächlich wäre, der Sklave einer Pflanze zu werden.«

»Wie du meinst.«

Ulrigh hörte die Verachtung in der Stimme seines Bruders, was ihn entsetzlich ärgerte.

Sie gingen durch die Straßen und passierten eins der inneren Stadttore, ohne aufgehalten zu werden. Als sie zum Hafen kamen, betraten sie ein unauffälliges Gebäude, an dem ein Schild verkündete: *Hafen und Heuer.* Sie schritten durch die Tür in einen kleinen Torgang, der von zwei mit Kettenhemden gepanzerten Männern bewacht wurde.

»Die anderen warten bereits auf Euch, Mylords«, sagte einer der Männer.

Stern nickte und warf einen Blick auf Ulrigh. »Wenn es dunkel im Raum ist, sollte es ihnen nicht auffallen«, bemerkte er und spielte erneut auf die Augen seines Bruders an.

»Ich weiß, dass du immer noch erregt bist wegen Julie«, erwiderte Ulrigh, der sich eine scharfe Antwort verkniffen hatte. »Aber bleib stolz. Wir Braggwasers zeigen nie Schwäche. Und sie könnten versuchen, deine Meinung zu beeinflussen, wenn sie glauben, dass du immer noch trauerst.«

»Wie du eben so beredt dargelegt hast, behalte deine verfluchte Meinung für dich.«

Ulrigh packte seinen Arm und hinderte ihn daran, die Tür aufzustoßen.

»Das hier ist ernst.« Er erwiderte den Blick seines Bruders. »Da Tori eines Tages von Madelyn das Vermögen der Keenans erben wird, werden sich die anderen fragen, wem gegenüber du jetzt loyal bist. Uns oder ihr?«

»Die Trifect ist eine Seuche.« Stern riss seinen Arm los. »Tori von ihrem Einfluss zu befreien ist das Beste, was ich jemals für sie tun könnte. Jeder, der meine Absichten anzweifelt, macht das auf eigene Gefahr. Und im Augenblick würde es auf geradezu wundersame Weise meine Laune heben, wenn ich jemandem mein Schwert in den Wanst rammen könnte. Und jetzt komm.«

Stern betrat den Versammlungsraum, gefolgt von Ulrigh.

Der Saal war riesig und wie ein Oval geformt, mit einer Menge freien Raumes. An den Wänden hing das Gemälde einer Karte der bekannten Welt. Die Meere waren sehr schön ausgearbeitet und mit vielen Seeungeheuern und Fischen bevölkert, sowohl realen als auch fantastischen. In der Mitte des Raumes befand sich ein runder Tisch, an dem trotz seiner Größe nur sechs Stühle im genau gleichen Abstand voneinander standen. Die Braggwaser-Brüder nahmen ihre Plätze ein und grüßten die anderen vier Händlerbarone. Im Gegensatz zu echten Lords besaßen sie kein Land, und es war ihnen vom König auch keine offizielle Macht zuerkannt worden. Aber der größte Teil aller Schiffe, welche die Meere befuhren, gehörte ihnen. Seit etlichen Jahrzehnten hatten sich ihre Familien zusammengeschlossen, um sich gegen einen gemeinsamen Feind zu vereinen: die Trifect.

Der älteste Händlerbaron und offizielle Vorsitzende der Versammlungen war Warrick Sunn, ein übellauniger alter Mann, der sein halbes Leben auf dem Meer verbracht hatte. Die andere Zeit hatte er auf dem Land die Früchte seiner beeindruckenden Flotte genossen, die unter dem Banner einer aufgehenden Sonne segelte. Er hatte seinen weißen Bart zu Zöpfen geflochten, in die Gold und Silberfäden eingearbeitet waren. Warrick stand zur Begrüßung auf, und die anderen folgten seinem Beispiel. Neben ihm stand Flint Amour, ein Jüngling, der ein wenig deplatziert wirkte. Er war der erstgeborene Sohn des verstorbenen William Amour. Er war gerade erst zwanzig Jahre alt und trug einen dünnen und wenig beeindruckenden Bart, aber seine Haut war von den vielen Stunden, die er auf seinen Schiffen verbrachte, gebräunt. Ulrigh war froh, dass er Williams Nachfolger geworden war.

Flint war angeblich der Zäheste und Härteste der ganzen Familie, und genau solche Leute brauchten sie in ihren Reihen.

»Wie erfreulich, dass ihr euch endlich zu uns gesellt«, begrüßte Arren Goldensegel Ulrigh, als die beiden Brüder eintraten. Er lächelte sie ernst an. Seine lange Erfahrung mit diesem Mann hatte Ulrigh gelehrt, wie falsch dieses Lächeln war. »Ich hatte bereits vermutet, dass ihr weibliche Gesellschaft vorzieht, statt an diesem Treffen teilzunehmen.«

Arren war dünn und bleich und hatte noch kein einziges Mal mit einem Schiff das Meer befahren. Aber er war ein exzellenter Kaufmann und besaß die Fähigkeit, seinem Gegenüber die doppelte Summe von dem abzuknöpfen, was er hatte ausgeben wollen, und ihm dennoch das Gefühl zu geben, er hätte den besseren Handel gemacht. Während die anderen allesamt Flotten kontrollierten, verfügte Arren über Kontakte zu allen vier Nationen von Dezrel und hatte ein Netz aus Handelsrouten gesponnen.

»Es braucht Zeit, so viele Ladys zu erfreuen.« Ulrigh ließ sich einen Becher von einem der vielen Lakaien geben, die an den Wänden bereitstanden. »Habe ich nicht recht, Durgo?«

Der letzte Handelsbaron am Tisch verdrehte die Augen. Durgo Flynn war ein dunkelhäutiger Hüne und hatte eine für seine Statur sehr weiche Stimme. Ulrigh hatte etliche Jahre lang Gerüchte verbreitet, dass der Mann die Gesellschaft von kleinen Jungen der von erwachsenen Frauen vorzog. Er hatte keine Ahnung, ob das stimmte oder nicht, aber es amüsierte ihn, und es verdross Durgo ungeheuerlich.

Diese sechs Männer waren die Handelsbarone von Engelhavn. Da ihre Macht aus ihrem Wohlstand und ihren Schiffen stammte und nicht von ihrer gesellschaftlichen Stellung oder dem Geburtsrecht herrührte, hatte jeder Einzelne von ihnen den unbändigen Wunsch, seinen Einfluss und seine Macht unter Beweis zu stellen, wie Ulrigh wusste. Er selbst bildete da keine Ausnahme. Jedes Treffen der Handelsbarone war ein gewaltiges Aufeinandertreffen von noch gewaltigeren Egos. Für jemanden wie Ulrigh war es gleichzeitig jedoch auch ein unglaublich amüsantes Spiel.

»Seit unserer letzten Zusammenkunft hat sich die Lage verändert«, ergriff Warrick das Wort. Er kam immer schnell zur Sache. »Doch zunächst und als wichtigsten Punkt begrüßen wir einen neuen Mann an unserem Tisch. Hör gut zu, Flint, und stell deine Fragen, wenn es sein muss. Wir wissen nicht, wie viel dein Vater dir von unseren Geschäften erzählt hat. Aber uns ist es lieber, wenn du kluge und überlegte Entscheidungen triffst, statt rasch und überstürzt zu handeln, nur um deine Unwissenheit zu verbergen.«

»Danke.« Flint neigte respektvoll den Kopf. »Ich werde mein Bestes tun, um ein wertvolles Mitglied dieses Konzils zu werden.«

»Pass einfach auf, dass dir deine Säfte nicht das Hirn verkleistern, dann bist du allemal ein besserer Mann als dein Vater«, erwiderte Durgo. Ulrigh verbarg sein Grinsen hinter vorgehaltener Hand. Flint errötete und sagte nichts. William war ein eher unbedarfter Händler gewesen und bei den anderen fünf nicht sonderlich angesehen. Sein Tod wurde von ihnen als kein großer Verlust betrachtet.

»Lasst uns nicht respektlos über die Toten reden!« Sterns barscher Ton schreckte die anderen auf. »Denn wegen seines Todes sind wir hier. Zweimal hat dieser Mann, den wir als den Schemen kennen, gegen uns zugeschlagen. Zuerst hat er meine Tochter getötet und jetzt William. Was wollen wir diesbezüglich unternehmen?«

»Was können wir gegen ihn unternehmen?« Arren säuberte einen seiner Fingernägel. »Die Keenans haben bereits eine gewaltige Belohnung auf seinen Kopf ausgesetzt, und Ingrams Söldner haben jeden Pflasterstein auf den Straßen umgedreht. Wenn dieser Schemen bisher noch nicht gefunden wurde, dürften wir in dieser Angelegenheit kaum etwas ausrichten können.«

»Wir sind die Herren von Orten in Engelhavn, von deren Existenz die Trifect nicht einmal weiß«, wandte Durgo ein. »Ich schlage vor, wir setzen selbst ein Kopfgeld aus und entsenden auch unsere eigenen Leute. Ich habe nicht vor, als Nächster den Kopf zu verlieren.«

»Wir übersehen die entscheidende Frage.« Warrick blinzelte im Licht der Kerzen. »Warum hat er uns alle aufs Korn genommen? Ich hatte gedacht, die Trifect hätte ihn möglicherweise angeheuert, aber warum hat er dann Lauries Sohn getötet?«

»Was ist mit Ingram?«, erkundigte sich Flint. Die anderen Händlerbarone seufzten oder verdrehten die Augen. Nur Warrick widmete sich dem Jüngling geduldig.

»Lord Murbands Herrschaft über Engelhavn ist im besten Falle brüchig«, erklärte der alte Mann. »Er würde es nicht wagen, sich sowohl uns als auch die Trifect zum Feind zu machen. Selbst wenn wir nur kurzfristig zusammenarbeiten würden, könnten wir ihn absetzen, ohne auch nur einen Tropfen Schweiß zu vergießen. Der König mag Ingram Ländereien zum Lehen gegeben haben, aber wir sind es, die das Geld und den Handel kontrollieren.«

»Und die Elfen?«, fragte Ulrigh. »Beabsichtigen sie vielleicht, unsere Entschlossenheit aufzuweichen?«

»Möglicherweise«, räumte Arren ein. »Aber warum sollten

sie dann ihren eigenen Botschafter ermorden und zwei andere Elfen vor der Stadt verletzen?«

Ulrigh zuckte mit den Schultern. »Elfen sind Lügner. Wir verfügen nur über sehr spärliche Beweise, dass die Ereignisse tatsächlich so abgelaufen sind, wie sie behaupten.«

Warrick schüttelte den Kopf und hob die Hand, um die anderen zum Schweigen zu bringen.

»Nein«, sagt er schließlich. »Ich fürchte, dass wir es hier mit einem Mörder zu tun haben, der niemandem gegenüber loyal ist. Er tötet Elfen, Trifect und Handelsbarone gleichermaßen. Dadurch ist er eine größere Bedrohung als jede andere, der wir uns bislang gegenübergesehen haben. Er hat keine Forderungen gestellt, keine Zahlungen verlangt und lässt uns über seine Motive im Dunkeln. Wir müssen ihn jagen und hinrichten. Ich schlage vor, wir engagieren für diese Aufgabe geeignete Männer, die dieser Bedrohung ein Ende bereiten. Hat jemand Einwände?«

Niemand hatte einen Einwand. Denn trotz ihrer kleinen Zwistigkeiten und Fehden wusste Ulrigh, dass eine Bedrohung gegen einen von ihnen sich gegen sie alle richtete. Das durften sie nicht zulassen. Warrick rief einen Lakaien zu sich, der mit einem Stoß Pergament, einem Tintenfass und einem Gänsekiel herantrat. Er notierte sorgfältig Warricks Ausführungen und verschwand dann wieder im Schatten an der Wand. Als die Diskussion erlahmte, rief Ulrigh nach mehr Wein. Aus irgendeinem Grund war er unglaublich durstig, und der Erdbeergeschmack des Weins war ein Hochgenuss auf seiner Zunge.

»Lassen wir diesen Schemen einmal beiseite«, schloss Warrick schließlich. »Wir sehen uns noch einer anderen Herausforderung gegenüber. Unsere Männer haben den Quelnwald nach Violet abgesucht, aber unsere Verluste werden täglich höher, und die Menge, die von den Männern gesammelt wird, ist zu gering, um sie wirklich gewinnbringend exportieren zu können. Soweit ich sehe, bleiben uns drei Möglichkeiten. Entweder erreichen wir deutliche Zugeständnisse bei den Elfen, treffen ein akzeptables Handelsabkommen oder aber wir geben das Projekt vollkommen auf. Morgen treffen wir uns mit Ingram, der Trifect und den neuen Elfenvertretern. Bis dahin müssen wir uns auf den für uns profitabelsten Weg geeinigt haben.«

»Ingram ist leicht zu manipulieren«, warf Arren ein. »Diesbezüglich habe ich keine Bedenken.«

»Was ist mit der Trifect?« Durgo sah die beiden Braggwaser-Brüder an.

»Laurie ist noch von dem Verlust seines Sohnes erschüttert.« Ulrigh warf einen verstohlenen Seitenblick auf Stern. »Ich glaube, dass er sich auf die Seite schlagen wird, die diesem Unsinn am schnellsten ein Ende bereitet. Und was Alyssa angeht … Dieses Mädchen ist wie ein Blitz mit Titten. Man kann ihr Verhalten unmöglich vorhersagen.«

»Und die Elfen?«, erkundigte sich Warrick.

»Sie spielen keine Rolle.« Stern machte den Eindruck, als müsste er seine Benommenheit abschütteln. »Wenn wir die richtigen Lords weiter bestechen, wird Ingram keine Möglichkeit haben, den Krieg zu verhindern. Solange die Holzfäller und Jäger immer wieder die Grenzen ihrer Wälder verletzen, wird der Konflikt weiter eskalieren. Die Elfen werden uns entweder geben, was wir haben wollen, oder aber riskieren, nach einem langen blutigen Konflikt ausgelöscht zu werden.«

»Und wenn sie sich für den Krieg entscheiden?«, wollte Flint wissen.

»Eine gute Frage«, meinte Arren. »Zweifellos wäre es für die Elfen einfacher, einen Mittelweg zu akzeptieren. Wir brauchen das Violet nicht selbst anzubauen, wenn die Elfen es freiwillig herausgeben.«

Ulrigh schüttelte den Kopf. »Die Elfen dürfen nicht merken, dass das Violet der eigentliche Grund für diesen Konflikt ist. Forderungen nach Nahrung, um unser Überleben zu sichern, und Holz, um Schiffe und Häuser zu bauen, sind etwas, das sie nicht ablehnen können, ohne erbärmlich zu wirken. Aber ein einfaches Kraut? Wir würden von unserem Podest heruntergeholt. Wenn es zum Krieg kommen soll, dann lasst es ruhig geschehen. Wir werden davon profitieren, so wie wir stets von allem profitiert haben. Wenn ihr mir meine Kühnheit verzeiht, dann erbitte ich das Recht, uns morgen bei dem Treffen vertreten zu dürfen.«

»Du?« Warrick hob seine buschigen Brauen. »Warum du?«

Ulrigh dachte an Zusa und daran, dass sie sehr wahrscheinlich bei Alyssa war oder zumindest in ihrer Nähe.

»Weil wir jemanden brauchen, der sich von niemandem etwas gefallen lässt«, erwiderte er. »Und ihr wisst alle, dass ich dafür genau der Richtige bin.«

»Vielleicht bin ich für eine so delikate Angelegenheit besser geeignet«, warf Arren ein.

»Das glaubst auch nur du, Goldensegel«, konterte Ulrigh. »Hier geht es nicht um Verhandlungen, nicht mehr. Sondern es wird Zeit, dass wir Forderungen stellen und ihnen klarmachen, dass wir es sind, die die Stadt beherrschen. Ich will mein Violet. Haben wir es, wird alles andere unter unserem Fuß zerbröseln. Ingram, die Trifect, die Elfen. Ich will auch nicht das kleinste bisschen dieses Sieges riskieren. Lasst uns abstimmen, sofort.«

Warrick zuckte mit seinen knochigen Schultern. »Wer dafür ist, dass Ulrigh Braggwaser für die Handelsbarone spricht, hebe seine Hand.«

Flint war der Erste, was den Jüngling sofort in Ulrighs Gunst steigen ließ. Der natürlich auch für sich selbst stimmte. Noch zwei, dachte er und sah sich am Tisch um. Arren weigerte sich, ihn anzusehen, was Antwort genug war. Warrick hielt sich zurück, um als Letzter abzustimmen, wie immer. Durgo verschränkte die Arme und sah alles andere als erfreut aus. Schließlich hob Stern die Hand, und Ulrigh musste seinen Ärger über diese verspätete Geste herunterschlucken. Wie konnte es sein, dass sein eigener Bruder ihm nicht vollkommen vertraute?

»Gibt es noch andere?«, wollte Warrick wissen. »Also gut. Ich stimme ebenfalls für dich, Ulrigh, obwohl ich es nur schweren Herzens tue. Es ist eine Sache, dem Gold hinterherzujagen, und eine andere, sich davon blenden zu lassen. Das Violet bringt uns möglicherweise unvorstellbaren Wohlstand, aber es kann uns auch in den Untergang führen. Sei dir dieser Bedrohung bewusst.«

»Selbstverständlich.« Ulrigh strahlte über das ganze Gesicht.

Nachdem die wichtigen Themen geklärt waren, besprachen sie noch einige unbedeutendere Meinungsverschiedenheiten und beendeten die Zusammenkunft. Als Ulrigh hinausging – er war wie immer der Letzte, der kam, und der Erste, der ging –, beeilte sich Flint, ihn einzuholen.

»Ich habe keine Angst vor dem Krieg«, erklärte Flint, was ihm einen erstaunten Blick einbrachte.

»Tatsächlich?« Ulrigh war ein bisschen verwirrt.

»Ich habe dort nur gefragt, weil ich immer noch versuche,

etwas zu lernen. Aber ich bin nicht mein Vater. Ich habe keine Angst vor den Elfen. Ganz gleich was sie sagen, ich weiß, dass sie meinen … Ich habe nicht die Absicht, mit diesen hinterhältigen Monstern zu verhandeln. Was auch immer du benötigst, sei dir bewusst, dass die Amours hinter dir stehen.«

Ulrigh lächelte und schlug dem jungen Mann aufmunternd auf den Rücken. »Wie sicher sitzt du im Sattel, was deine Herrschaft über dein Familienunternehmen angeht?«

Flint errötete. »Ich habe viele Brüder«, räumte er ein.

»Wenn dir einer zu viel Schwierigkeiten bereitet, komm zu mir. Betrachte das als einen Gefallen für deine Hilfe vorhin.«

Flint nickte und wirkte erleichtert. »Das werde ich.« Er lächelte.

Was für ein beflissener Jüngling, dachte Ulrigh. Gut, dass er ihn auf seine Seite gezogen hatte, bevor Arren das gelungen war.

»Komm mit«, sagte er und warf einen Blick zurück. Stern diskutierte mit Warrick auf der gegenüberliegenden Seite des Raumes irgendwelche Angelegenheiten. Er runzelte die Stirn, bemühte sich jedoch sofort, es zu verbergen. »Wir suchen uns einen schönen Ort, um heute Nacht deine neue Position als Vorstand des Familienunternehmens zu feiern.«

»Begleitest du mich nicht?« Haern zog seine Kapuze tief in die Stirn. Zusa schüttelte den Kopf und wickelte sich die Tuchbahnen über das Gesicht.

»Die Rache an Ingram ist deine Angelegenheit. Wir haben unsere Botschaft ausgeschickt, und ich will herausfinden, ob der Schemen antwortet.«

»Und wenn du ihn findest?«

Zusa zwinkerte ihm zu. »Ich bin durchaus fähig, jemanden zu töten, ebenso wie du. Achte du auf dein eigenes Leben, Haern.«

Er verließ den Raum, während sie sich noch ankleidete. Es erleichterte ihn, dass er alleine unterwegs sein würde. Das kannte er, und darin war er am besten. Torgar stand am Dienstbotenausgang und trat zur Seite, als er Haern kommen sah.

»Versuch, nicht allzu schmerzhaft zu sterben«, brummte der Hüne.

Haern verzog spöttisch das Gesicht. »Zusa wird mir bald folgen. Versuch, dich zu benehmen.«

Dann war er draußen, kletterte über die Mauer und lief los.

Die Stadt Engelhavn lag auf einer Ebene, aber vom Hafen erhob sich ein von Menschen geschaffener Hügel, von dem aus man die Bucht und den Hafen überblicken konnte. Darauf stand ein großes und ziemlich neu anmutendes Herrenhaus, in dessen zahlreichen Nischen und Ecken viele Statuen standen. Die Mauern waren aus einem weißen Stein, den er nicht kannte. Es überraschte ihn, wie schlecht das Außengelände bewacht war. Es war ein Kinderspiel, eine Lücke zwischen den Patrouillen zu finden. Haern kletterte über den Arm einer Statue auf eine zweite, einen großen Vogel, der seine Flügel spreizte, als wollte er vom Haus auffliegen. Als Haern dort oben saß, betrachtete er die Fenster des Hauses.

Er wusste nicht, wie dieser Ingram aussah, aber er kannte die Verhaltensweisen der Privilegierten. Kein anderer Raum würde so groß sein, so reich geschmückt wie der von Ingram. Hinter dem dritten Fenster sah er ein prachtvolles Himmelbett mit roten Seidenvorhängen an den Seiten. Das Fenster war nicht verschlossen, was ebenfalls nicht gerade für sorgfältige Sicherheitsmaßnahmen sprach. Haern schob es auf, glitt in das Zimmer, zückte seine Säbel und sprang auf das Bett. Bei dem Aufprall wurde der Mann wach.

»Warte!«, sagte er, als sich die Spitze eines Säbels gegen seine Kehle presste.

»Bist du Ingram?« Haerns Stimme war ein kaltes Flüstern.

Der Mann war groß und korpulent, und als er nickte, zitterten seine Wangen. Ein dünner Blutfaden sickerte über seinen Hals. Sein langes dunkles Haar fiel ihm in das verschwitzte Gesicht.

»Weißt du, wer ich bin?«, erkundigte sich Haern.

»Das weiß ich«, antwortete Ingram. Es gelang ihm bemerkenswert gut, die Ruhe zu bewahren. »Du bist der Schemen, richtig?«

Haern war in seiner Berufsehre gekränkt. Mit einem anderen verwechselt zu werden? Das war ein sehr unerfreuliches erstes Mal.

»Nein«, antwortete er und drückte die Spitze fester gegen die Haut, damit der Mann nicht etwa um Hilfe rief. »Ich bin der Wächter. Du hast mir eine Botschaft übermittelt. Ich bin gekommen, um dir meine Antwort zu geben.«

»Tatsächlich?« Ingram schluckte, und bei der Bewegung seiner Gurgel scheuerte die Spitze des Säbels über seinen Hals. Er erschauerte unwillkürlich. »Das würde ich mir gut überlegen. Glaubst du wirklich, dass ich dich provozieren würde, ohne Vergeltung zu erwarten?«

Haerns Haut kribbelte. Ingram versuchte, die Situation unter seine Kontrolle zu bringen, und redete, als wäre er derjenige, der mehr wusste. Das war nicht die Art und Weise, wie er diese Situation handhaben wollte.

»Jeder weiß, dass er sterben muss«, flüsterte Haern. »Aber

trotzdem ist er deshalb nicht besser darauf vorbereitet. Du hast unschuldige Menschen in meinem Namen abgeschlachtet.«

»Und du hast meine Wachen getötet«, konterte Ingram.

»Gauner, die nichts anderes im Sinn hatten, als andere auszurauben und zu verprügeln. Eine groteske Imitation von Stadtwachen.«

»Und die, die ich habe hinrichten lassen, waren keinen Deut besser. Meine Verliese sind ohnehin schon überbelegt. Du hast mir einen ausgezeichneten Vorwand geliefert, sie ein wenig auszudünnen, Wächter.«

Haerns Ärger flammte auf und er holte mit dem Säbel aus, um zuzustoßen.

»Töte mich, und Hunderte mehr werden sterben.« Ingram biss die Zähne zusammen und starrte Haern in die Augen, während er sich gegen den tödlichen Stoß wappnete. Haern hätte fast zugestoßen. Fast.

»Wieso?«, fragte er stattdessen. »Wieso werden so viele sterben?«

Ingram seufzte erleichtert. »Ich habe viele Gerüchte über dich gehört, Wächter, aber das Sonderbarste war, dass dir das Wohl der gemeinen Leute am Herzen liegt. Ich habe den Befehl an alle Stadtwachen weitergegeben und meine Adeligen haben ausnahmslos zugestimmt, ebenfalls diesem Befehl zu folgen, weil ich ihnen sonst die Möglichkeit genommen hätte, meine Position zu beerben. Sollte ich von deiner Hand oder der des Schemens sterben, wird jeder meiner Gefangenen augenblicklich exekutiert, ungeachtet seines Verbrechens.« Ingram lächelte. »Nach der letzten Zählung sitzen mehr als vierhundert Menschen in meinen Zellen, abzüglich der dreißig, die wir gestern herausgeholt haben.«

Haern schlug ihm den Griff seines Säbels ins Gesicht. Doch statt Angst oder Furcht zu zeigen, lachte Ingram nur.

»Du bist wirklich ein Schwächling, hab ich recht? Du lässt dir dein Handeln von gesichtslosem Abschaum diktieren. Schändlich!«

»Warum hast du das gemacht?«, erkundigte sich Haern. »Was sollte dieses Schauspiel?«

»Das fragst du mich?« Ingram verdrehte die Augen. »Du tauchst in meiner Stadt auf und ermordest zwei meiner Stadtwachen. Und dann fragst du mich, warum ich das getan habe? Wie wäre es, wenn du mir verraten würdest, was du in Engelhavn willst? Oh, und nimm gefälligst deinen verdammten Säbel von meiner Kehle, wenn du nicht die Absicht hast, ihn zu benutzen.«

Haern beugte sich zu Ingram hinunter. »Du sagtest, deine Befehle würden nur für den Fall gelten, dass du getötet würdest«, flüsterte er ihm ins Ohr.

Dann bohrte er seinen Säbel durch Ingrams Schulter und nagelte ihn damit aufs Bett. Ingram schrie auf vor Schmerz, aber Haern dämpfte den Schrei mit der Hand.

»Ich bin nur hier, weil ein anderer es gewagt hat, mich herauszufordern«, antwortete Haern, als Ingrams Gegenwehr nachließ. »Dieser Narr, der sich selbst der Schemen nennt, wird sterben, und ich werde ihn töten. Ich habe letzte Nacht geglaubt, Diebe zu töten, nicht Stadtwachen, aber dennoch bereue ich die Tat nicht. Sie haben die Schwachen beraubt und haben es verdient, dafür zu sterben. Bis der Schemen tot ist, werde ich nachts durch deine Stadt schleichen. Versuche nicht, mich aufzuhalten oder mir in die Quere zu kommen. Solltest du es dennoch wagen, noch mehr Unschuldige an den Galgen zu knüpfen …«

Er riss das Schwert heraus und ließ das Blut auf Ingrams Stirn tropfen.

»Ich habe keine Angst vor dir«, sagte Ingram, obwohl er bleich geworden war und seine Arme zitterten. »Du bist ein Feigling. Ich werde die Galgen mit Hälsen füttern, ganz gleich, wen du tötest. Und sollten meine Verliese leer sein, hole ich mir die Leute von der Straße, auf dass sie am Galgen baumeln.«

»Keine weiteren Toten«, sagte Haern und schüttelte den Kopf. »Nicht, wenn du am Leben bleiben willst.«

Ingram lachte. »Komm schon, das hier ist ein Ehrenhandel. Du weißt, was dich dein Handeln kosten wird. Die Frage ist, bist du auch bereit, den Preis dafür zu zahlen?«

Er trat mit dem linken Fuß zu und betätigte einen Klingelmechanismus, den Haern unter den Decken nicht hatte sehen können.

»Und ansonsten schlage ich vor, dass du die Beine in die Hand nimmst«, meinte Ingram. »Ich erwähnte ja, dass ich vorbereitet bin, schon vergessen?«

Wachposten stürzten durch die Tür, alle mit Armbrüsten bewaffnet. Haern drehte sich um und sprang durch das Fenster, wütend über seinen Leichtsinn. Er rollte sich über das Dach, während die Bolzen an ihm vorbeipfiffen. Die Schreie der Soldaten drangen aus dem Fenster, und er drehte sich um seine Achse, um einen geeigneten Platz zum Springen zu finden. Plötzlich wimmelte es auf dem Boden von Stadtwachen. Es war eine sehr riskante Falle, wenn man bedachte, wie gefährlich sie für Ingram selbst war, aber sie hatte genau so funktioniert, wie es sich der Lord erhofft hatte. Armbrustbolzen schlugen dumpf neben ihm ein, und als er flüchtete, folgten ihm unablässig Fackeln.

Sein Puls rauschte in seinen Ohren, als er zum rückwärtigen Teil des Anwesens lief und auf einen Fluchtweg hoffte. Doch je länger es dauerte, desto mehr Stadtwachen schienen aufzutauchen. Er hielt den Kopf gesenkt und spreizte seine Umhänge, um so viel wie möglich von seinem Körper zu verdecken. Der Himmel war bewölkt und es war sehr dunkel. Er brauchte nur ein paar Sekunden, um in der Dunkelheit zu verschwinden, dann konnte er entkommen.

»Hier entlang!« Die Stimme kam vom Dach, nicht von den Stadtwachen, die ihm über dem Boden nachjagten. Er blickte hoch und sah eine schattigere Version seiner selbst. Sie trug ganz ähnliche Gewänder, nur etwas dunkler. Sie waren eher schwarz als grau. In der Hand hielt die Gestalt ein leicht gebogenes Schwert. Das Gesicht des Mannes wurde von seiner Kapuze verdeckt. Sie war so dunkel, dass nur seine Lippen und sein Kinn zu sehen waren. Er lächelte, als würde Haerns Notlage ihn ungeheuer amüsieren.

»Folge mir!«

Der Schatten, dieses Spiegelbild, drehte sich um und lief über das Dach des Anwesens hinauf zu seinem höchsten Punkt. Von dort sah er sich um und winkte ihm. Trotz des Wahnsinns und trotz seiner Befürchtungen, um wen es sich bei diesem Fremden handeln konnte, folgte ihm Haern. Der Mann reichte ihm die Hand, und Haern ergriff sie.

»Greif zum Himmel«, sagte er, bevor er sich umdrehte und mit unglaublicher Geschwindigkeit losrannte. Haern folgte ihm, aber nur mit Mühe. Armbrustbolzen gruben sich klackend neben sie in das Dach. Sie rannten das geneigte Dach des Anwesens hinunter auf ein zweiköpfiges Monster zu, das sich über der Tür erhob. Der Fremde stieß sich mit einem Fuß ab und sprang. Haern folgte ihm und hob seine Hände hoch, wie man es ihm gesagt hatte. Der Zaun des Anwesens war direkt unter ihnen, und als sie ihn überflogen, sah Haern in diesem Augenblick, wie der Mann ein Seil umklammerte. Im nächsten Moment musste er diese Aktion nachahmen. Das Seil schlug gegen seine Ellbogen, und er schlang einen Arm darum. Dann glitt er daran hinunter.

»Schnell«, sagte der Fremde. Er schwang sich über die Mauer und ließ sich auf der anderen Seite herunterfallen. Haern hielt einen Moment inne, während er Luft holte. Auf der gegenüberliegenden Seite der Mauer wuchsen große Bäume. Das Seil war an zwei Zweigen befestigt. Statt jedoch dem Mann zu folgen, kletterte Haern auf einen der Bäume und ging in Deckung, als eine weitere Salve Armbrustbolzen in seine Richtung zischte.

»Ich sagte, spring!«, schrie der Fremde.

»Sag mir deinen Namen!«

»Du solltest ihn kennen, andernfalls hätte ich dich erheblich überschätzt.«

Haern überlegte, was er tun sollte, aber letzten Endes konnte er nicht hierbleiben, jedenfalls nicht, während bewaffnete Stadtwachen aus dem Anwesen auf ihn zu rannten. Er stieß sich ab, sprang über die Mauer, rollte sich ab, um die Landung abzufedern, und fand sich dann nur einen Schritt von dem Mann entfernt, den zu töten man ihn nach Engelhavn gebracht hatte.

»Geh voran, Schemen«, sagte er.

Das Lächeln des Schemens vertiefte sich. »Wie du befiehlst … Wächter.«

Sie rannten los, zwei tödliche Schatten, und ließen die Stadtwachen schon bald weit hinter sich.

7. KAPITEL

Zusa beabsichtigte keineswegs, den Schemen zu suchen. Es gefiel ihr zwar nicht, Haern zu belügen, aber noch konnten Alyssa und sie ihm nicht trauen, obwohl er bisher zu seinem Wort gestanden hatte. Außerdem hatte sie eine andere Aufgabe zu erledigen. Sollte sich der Wächter des Königs mit unberechenbarem Vieh wie dem Schemen abgeben. Auf Alyssas Befehl hin ging Zusa zum Hafen.

»Wo hast du es versteckt?«, flüsterte sie, während sie die vielen vertäuten Schiffe betrachtete, sowohl die großen als auch die kleinen. Als sie näherkam, erkannte sie die Schiffe wieder, die sie bereits in der Nacht zuvor überprüft hatte. Als Haern dachte, sie wäre unterwegs gewesen und hätte Diebe ermordet, um den Schemen von ihrer Anwesenheit in Kenntnis zu setzen. Trotz ihres Unbehagens, was diese Täuschung anging, hatte es zumindest den Vorteil, dass sie nicht zufällig noch mehr Stadtwachen getötet hatte. Die Vorstellung, dass weitere Menschen wegen ihrer Taten am Galgen baumeln sollten, gefiel ihr ebenso wenig wie Haern.

Sie ging über eine Pier nach der anderen, geschützt vom Schatten der Wolken, die die Sterne verhüllten. Sie achtete nicht auf die Schiffe, die nicht den Händlerbaronen gehörten, auch wenn es davon nur wenige gab. Und sie glitt auch an den Schiffen vorbei, die bewacht waren. Zusa wollte niemandes Aufmerksamkeit erregen. Ihre Blicke streiften Kisten und andere Ladung, aber während die Nacht fortschritt, suchte sie vergeblich nach dem, worauf sie aus war.

Nachdem sie zwanzig Schiffe überprüft und nichts Bemerkenswertes gefunden hatte, überlegte sie, wie sie ihre Suche eingrenzen konnte. Wenn die Händlerbarone tatsächlich dieses Violet nach Engelhavn gebracht hatten, dann würden sie es zweifellos gut bewachen. Also beschränkte sie ihre Suche auf größere Schiffe mit sichtbaren Wachposten und machte weiter.

Ihre nächste Wahl fiel auf die *Flammenherz,* eines der Schiffe der Braggwaser-Brüder. Alyssas Meinung nach waren die Braggwasers diejenigen Händlerbarone, die man am schärfsten ins Auge fassen musste. Drei Männer standen am oberen Ende der Planke, die zum Boot hinaufführte. Zwei schliefen auf ihren Posten, während der dritte mit verschränkten Armen am Mast lehnte und zusah, wie das Wasser gegen die Pier schlug. Zwei brennende Fackeln waren am Pfosten auf halber Höhe der Planke befestigt. Zusa lächelte, als sie das sah. Zweifellos glaubten sie, die Anwesenheit so vieler Wachposten würde Diebe abschrecken. Sie wünschte sich fast, diese Leute hätten eine Weile in Veldaren verbracht, in der Gegenwart von wirklichen Dieben. Dann wäre ihnen klar gewesen, wie unbedeutend diese Wache war. Aber wegen der Querelen zwischen Laurie Keenan, den Händlerbaronen und Lord Murband hatten alle wirklich guten Diebe die Stadt verlassen und besseres Territorium aufgesucht.

Zusa liebte so leichte Ziele.

Sie ließ sich etwa hundert Meter vom Schiff entfernt ins Wasser gleiten und schwamm vorsichtig und geduldig auf das Schiff zu. Das Wasser war zwar kalt, aber nicht so kalt, dass es ihr schaden konnte, es sei denn, sie wäre zu lange darin geblieben. Unbemerkt von den Wachen erreichte sie das Schiff und streckte die Hände aus, um nicht unter das Schiff getrieben zu werden. Sie hörte, wie oben jemand schnarchte. Sie packte ihre Dolche, schloss die Augen und wartete. Durch ihr lebenslanges Training hatte sie die Fähigkeit entwickelt, durch Schatten hindurchzugehen wie durch eine Verbindungstür. Es kostete sie viel Kraft, und es fiel ihr schwerer, nachdem sie sich von ihrem Gott Karak abgewendet hatte. Aber noch gelang es ihr, und auf dem Schiff waren viele dunkle Ecken.

»Ich verleugne dich«, flüsterte sie. Der Gedanke amüsierte sie, dass Karak sie möglicherweise tatsächlich hören könnte. »Aber dennoch bediene ich mich deiner Macht.«

Sie tauchte unter, schwamm unmittelbar unter das Schiff und stieß sich dann mit den Füßen zur Oberfläche ab. Statt jedoch gegen das glatte Holz unter dem Schiff zu prallen, fiel sie nass und etwas benommen auf das Deck. Sie sah sich rasch um und sprang aus der Deckung einer Kiste auf den einzigen aufmerksamen Wachposten zu. Er hatte sich umgedreht, weil er das Geräusch gehört hatte, mit dem sie gelandet war, aber noch hatte er nicht begriffen, dass jemand an Bord gekommen war. Zusa stürzte sich mit ihren Dolchen auf ihn. Der eine durchbohrte seine Kehle und verhinderte seinen Todesschrei, der andere durchbohrte seine Rippen und grub sich in sein Herz. Der Mann zuckte ein paar Sekunden und fiel ihr dann schlaff vor die Füße.

Die beiden schlafenden Seeleute starben dort, wo sie lagen. Sie schnitt ihnen die Gurgel durch. Danach hielt sie inne und lauschte, ob jemand Alarm geschlagen hatte. Sie hörte nichts, also setzte sie ihren Weg in den Frachtraum fort.

Es hätte kaum offensichtlicher sein können. Der Frachtraum war bis auf eine einzige Kiste leer. Zusa versuchte, den

Deckel anzuheben, aber er war zugenagelt. Sie hatte kein Werkzeug, um ihn zu öffnen. Sie sah sich um, und ihr Blick fiel auf einen Vorschlaghammer. Er musste genügen. Niemand würde ein paar Geräusche im Frachtraum des Schiffes hören, nicht durch die dicken Holzplanken. Sie hob den Hammer und schlug damit ein Loch in die Seite der Kiste. Dann griff sie hinein. Die Kiste war voller kleiner, glatter Behälter. Sie zog einen heraus und untersuchte ihn. Es war ein einfacher Lederbeutel. Neugierig öffnete sie die Zugkordel.

»Du bist also das Violet?« Sie war nicht sonderlich beeindruckt. Das war also das geheimnisvolle Blatt, das den Rotblatt-Handel der Keenans gefährdete? »Ein verdammtes Kraut, nicht mehr.«

Sie zog die Kordel zusammen und band sie sich um das Handgelenk. Nachdem Alyssas Auftrag erfüllt war, überlegte Zusa, was sie mit dem Rest des Violets anfangen sollte.

Sie fand Lampenöl in einer Ecke des Frachtraums und goss es in die Kiste, bis alles durchtränkt war. Dann ging sie wieder hinauf und nahm eine Fackel aus der Halterung der Gangway. Mit fast kindlicher Freude warf sie die Fackel in die Kiste, die sofort in Flammen aufging. Aber ihre Freude verwandelte sich in Verwirrung, als der Rauch ihr ins Gesicht schlug und sie den bitteren Geruch einatmete. Er traf sie wie der Vorschlaghammer, mit dem sie die Kiste geöffnet hatte. Sie keuchte trotz der Tücher vor ihrem Mund und kroch die Leiter zum Deck hoch. Ihr Magen verkrampfte sich, und ihr war schrecklich schwindlig. Die Sprossen zu überwinden war eine Herausforderung, denn immer wenn sie eine Sprosse losließ, zitterte ihre Hand heftig. Sie atmete dabei immer mehr von dem Rauch ein, der rasend schnell dichter wurde.

Weg hier, dachte sie und versuchte, den Nebel zu durchdringen, der ihren Verstand lahmzulegen drohte. *Beweg dich! Weiter!*

Als sie es an Deck geschafft hatte, riss sie sich die Tücher vom Gesicht und sog in tiefen Atemzügen die saubere Luft ein. Dann erbrach sie sich über die Reling.

Was hast du mit mir gemacht?, fragte sie sich und warf einen kurzen Blick auf den Beutel an ihrem Handgelenk. Mittlerweile quoll der Rauch aus dem Frachtraum des Schiffes, und ihr wurde klar, dass ihr nur noch wenig Zeit blieb, bis jede Menge Seeleute und Stadtwachen auftauchen und gegen das Feuer kämpfen würden. Es gab eine Art von Zusammenhalt unter den Seeleuten; niemand ließ das Schiff eines anderen verbrennen, wenn er es verhindern konnte. Sie musste flüchten, aber wohin? Beinahe wäre sie wieder ins Wasser gesprungen, weil sie überlegte, dass sie an einen unbeobachteten Ort schwimmen könnte, bevor sie wieder an Land ging. Aber im letzten Moment unterließ sie es. Ihr ganzer Oberkörper zuckte krampfhaft, und sie hatte Angst vor dem, was passieren könnte, wenn sie versuchte zu schwimmen.

Sie taumelte wie eine Betrunkene die Planke hinunter. Und es kam bereits eine Stadtwache auf sie zugelaufen, um nachzusehen, was hier vorging.

»Brennt es da?« Er fragte sie, als hielte er Zusa für ein Opfer und nicht für die Ursache des Feuers. Doch als er näherkam und ihre sonderbare Kleidung bemerkte, blieb er stehen und zog sein Schwert. Zusa hätte ihn zu jedem anderen Zeitpunkt einfach niedergestreckt, aber das ging jetzt nicht. Panik durchströmte sie, als ihre Muskeln in einem Gefühl zuckten, das fast Lust glich. Ihr Verstand war umnebelt, und schimmernde Linien schoben sich vor ihre Augen, als würden sie von ihrem Hals emporwachsen. Sie hätte sich fast an Ort und

Stelle niedergelegt, um sich diesem Gefühl hinzugeben. Stattdessen jedoch schluckte sie, versuchte, sich zusammenzunehmen, und taumelte weiter. Sie duckte sich unter dem halbherzigen Schlag des Mannes hindurch.

»Halt!«, schrie er. »Feuer!«

Sie lief schneller und schneller. Ihr Herz schlug so heftig in ihrer Brust, dass sie fürchtete, es könnte zerspringen. Jedes Mal wenn sie sich im Schatten verstecken wollte, sah sie dort Dinge, vage, formlose Dinge. Ihre Kleidung, die ihre Gestalt normalerweise in der Dunkelheit hervorragend verbarg, brandmarkte sie jetzt nur, weil sie anders war als die der anderen. Sie atmete keuchend, rannte durch Gassen und Straßen und bog ab, wann immer jemand auf sie zukam. Ihre Beine fühlten sich taub an, aber sonderbarerweise pochten ihre Füße vor Schmerz. Sie hörte häufig die Schreie der Männer, die sie jagten, und einmal nahm sogar ein Rudel Hunde ihre Witterung auf.

Nein, dachte sie. *Das ist nicht real. Denk nach, Zusa. Denke!*

Aber es ging nicht. Die letzten Reste der Lust waren blankem Entsetzen gewichen, das sie überwältigen würde, wenn sie nicht mehr weiterrannte. Ihre Haut juckte, als würden Spinnen unter ihren Tüchern über ihren Körper krabbeln. Sie hatte keine Ahnung, wo sie war und wie weit sie gelaufen war. Irgendwann hätte sie sich am liebsten ihre ganze Kleidung vom Leib gerissen und jedem, der sie gefunden hätte, erlaubt, mit ihr zu machen, was er wollte, solange sie keine Angst vor ihm haben musste. Dann wieder hätte sie fast die erste Gestalt getötet, die ihr in die Quere kam. Sie hatte schon ihre Dolche gezückt, aber sie waren mit Blut besudelt. Aus irgendeinem sonderbaren Grund verstärkte das ihre Angst noch. Es war, als wären ihre Sinne hundertmal empfindlicher geworden, und alles um sie herum schien von einer verborgenen Gefahr durchdrungen zu sein.

Schließlich kam sie an einem Geschäft vorbei, vor dessen Schaufenster eine kleine Veranda gebaut war. Sie war niedrig und eng, aber Zusa rollte sich trotzdem darunter. Endlich lag sie an einem umschlossenen, sicheren Ort und konnte versuchen, zu Atem zu kommen. Ihr Herz hämmerte wie verrückt, und sie zitterte in ihrer nassen Kleidung. Sie rollte sich auf die Seite, zog die Knie an die Brust, schlang ihre Arme darum und wartete. Zeit wurde bedeutungslos. Mit jedem Moment ließ das Entsetzen nach und wurde von einem nahezu überwältigenden Gefühl der Euphorie ersetzt. Trotz der wenig einladenden Umgebung musste sie gegen den Impuls ankämpfen, sich überall zu berühren. Sie biss die Zähne zusammen, umklammerte ihre Ellbogen und ertrug das Gefühl, betete, dass es Morgen würde.

Als die Sonne aufging, hatte sie nicht eine Sekunde geschlafen. Ihr ganzer Körper fühlte sich taub an, und ihr Mund war trocken. Ihr Verstand war leer, als hätte jemand ihr Inneres mit einem Löffel ausgeschöpft. Sie konnte nur daran denken, endlich die Augen zu schließen und zu hoffen, dass die folgende Dunkelheit diese Gefühle vertreiben würde. Aber das konnte sie nicht. Möglicherweise suchte die Stadtwache immer noch nach der Person, die das Schiff in Brand gesetzt hatte, und wenn sie erwischt wurde, wie sie sich in ihrer seltsamen Kleidung unter einer Veranda versteckte, würde sie sofort verdächtigt werden. Sie kroch heraus. Ihre Tuchbahnen waren mit getrocknetem Schlamm überzogen. Sie sah sich um, um sich zu orientieren. Obwohl sie das Gefühl gehabt hatte, eine Ewigkeit gelaufen zu sein, war sie nicht einmal eine Viertelmeile vom Hafen entfernt.

Die Stadt erwachte erst langsam, aber in der Nähe des Hafens herrschte bereits rege Betriebsamkeit. Zusa rannte zum Anwesen der Keenans, frustriert darüber, wie steif ihre Gelenke waren. Der Beutel mit Violet baumelte an ihrem Handgelenk, und sie betrachtete ihn jetzt erheblich respektvoller. Falls jemand gesehen hatte, wie sie zurückgerannt kam, so sagte zumindest niemand etwas. Aber das überraschte sie nicht. Die Paranoia lauerte immer noch in ihrem Hinterkopf, aber sie konnte sie jetzt beherrschen, sie in Schach halten. Am Tor zum Anwesen riss sie den Rest ihrer Tuchbahnen vom Gesicht und verlangte, eingelassen zu werden. Die beiden Wachen waren über ihre Anwesenheit informiert worden und beeilten sich, das Tor zu öffnen, damit niemand sie sah.

Sie nahm den Dienstboteneingang und ging direkt in ihr Zimmer. Dann warf sie sich auf ihr Bett. Sie hoffte, dass sie gleich einschlafen würde, hörte dann jedoch gereizt, wie sich die Tür öffnete und Alyssa eintrat.

»Geht es dir gut?«, erkundigte sich Alyssa.

»Nein«, erwiderte Zusa und lachte. Sie wusste nicht, was sie sonst hätte sagen sollen.

»Du bist vollkommen durchnässt.« Alyssas Miene verfinsterte sich, und sie legte eine Hand auf Zusas Stirn. »Und du hast Fieber. Raus aus dem Bett. Ich helfe dir, dich auszukleiden.«

Zusa fühlte sich wie ein krankes Kind und setzte sich auf den Rand des Bettes, während Alyssa ihre Tuchbahnen eine nach der anderen abwickelte. Als sie nackt war, zog Alyssa ihr ein einfaches weißes Nachtgewand über den Kopf. Es fühlte sich wunderbar warm an. Erst dann erlaubte sie Zusa, sich wieder ins Bett und unter die Decken zu rollen.

»Ich habe es gefunden.« Zusa deutete mit einem Nicken

auf den Beutel, der jetzt auf dem Boden lag. »Ich habe das Violet gefunden.«

Alyssa hob den Beutel auf und schob ihn in eine Tasche ihres Kleides, ohne hineinzusehen. »Ruh dich jetzt aus«, sagte sie. »Ich höre mir an, was passiert ist, wenn du wieder gesund bist.«

Zusas Körper zuckte immer noch krampfhaft, aber sie seufzte, ließ den Kopf auf das Kissen sinken und versuchte zu ruhen.

»Warte«, sagte sie, als Alyssa gerade gehen wollte. »Wo ist Haern?«

Alyssa runzelte die Stirn und wandte den Blick ab. »Wir reden, wenn du wieder wach bist«, sagte sie, schloss die Tür und ließ Zusa in wohliger Dunkelheit zurück.

Als sie Ingrams Anwesen hinter sich gelassen hatten, wuchs Haerns Unbehagen. Vor ihm rannte der Schemen, sein düsterer Zwilling. Der Mann, den zu töten er gekommen war. Er hatte Ingram dasselbe gesagt. Und doch, warum ließ er seine Säbel in den Scheiden? Warum folgte er dem Mann, statt ihn anzugreifen?

»Du bleibst zurück!«, rief der Schemen, als er sich umsah. Trotz ihres anstrengenden Laufs atmete er nicht einmal schneller, und er lächelte immer noch. Haern fühlte sich herausgefordert und beschleunigte seine Schritte. Er sollte den anderen angreifen, das wusste er, aber zwei Dinge bereiteten ihm Kopfzerbrechen. Warum hatte der Schemen ihm geholfen, ihm dort praktisch das Leben gerettet, und warum hatte er ihm aus so weiter Ferne eine Herausforderung geschickt? Haern wollte Antworten. Er hatte erwartet, sie mithilfe seines Säbels zu erhalten, aber wenn er ihn dazu bringen konnte, erst zu reden …

Sie näherten sich dem Hafen. Hier standen die Gebäude dichter zusammen, und der Schemen sprang von einem Dach auf das andere. Er zog sich hinauf, wenn er den Rand gepackt hatte, und wurde dabei nicht einmal langsamer. Haern tat es ihm nach und wünschte sich dabei, er wäre so beweglich wie Zusa. Bei ihr hatte er immer den Eindruck, sie könnte den unausweichlichen Sturz zurück zum Boden einfach ignorieren. Sie rannten über die Dächer, als sich die Häuser aneinanderschmiegten. Die Dächer waren ziemlich flach und nur leicht zum Ozean hin geneigt. Als sie eine große Kreuzung erreichten, die den Rest der Stadt von den Schänken und Hafenanlagen trennte, blieb der Schemen stehen.

»Du bist gekommen.« Er grinste fast von einem Ohr bis zum anderen.

Haern nickte und bemühte sich, wieder zu Atem zu kommen. Aber er versuchte, seiner Stimme nichts anmerken zu lassen.

»Welche Wahl hatte ich denn?«, antwortete er ruhig und langsam.

Der Schemen lachte. »Es gibt immer eine Wahl. Ist das nicht Sitte bei den Menschen? Du hättest mich ignorieren können. Du hättest in Veldaren bleiben können. Stattdessen bist du hierhergereist. Warum?«

»Du tötest Unschuldige, nur, um mir eine Botschaft zu schicken. Das konnte ich nicht zulassen.«

»Unschuldig?« Wieder lachte der andere. »Was weißt du von dieser Stadt, Wächter? Nichts. Du weißt nichts, und um dir das zu zeigen, bin ich gekommen. Veldaren ist ein Tempel voller Kinder im Vergleich mit dieser Stadt.«

Er deutete auf die Straße unter ihnen. Haern befürchtete eine Falle, beugte sich behutsam zum Rand des Daches und sah hinab. Vier Männer standen in der kleinen Gasse. Sie alle hatten die Schwerttätowierungen auf ihren Gesichtern. Zu ihren Füßen lag eine Leiche, die sie durchsuchten und der sie alle Wertsachen abnahmen. Haern zückte seine Säbel, wütend über diesen Anblick.

»Diese Männer beschützen die Stadt?«, sagte er ungläubig.

»Ingram hat jeden Verbrecher mit einer Klinge angeheuert, für ihn zu arbeiten. Davor waren sie Piraten, Söldner und Diebe. Jetzt sind sie die Beschützer der Unschuldigen. Das erinnert dich an jemanden, oder?«

Haern hatte das Gefühl, eine Klammer würde sich um seine Brust legen. »Du weißt nichts von mir, Schemen. Ich vergieße nicht das Blut von Unschuldigen.«

»Glaubst du das wirklich? Wenn das zutrifft, dann tue ich es auch nicht. Wie viel weißt du wirklich über die Trifect und ihre Taten? Oder wie ist es mit den Händlerbaronen? Du bist in ein Feuer marschiert, Wächter, blind und taub. Ich muss schon sagen, dass ich größere Hoffnungen in dich gesetzt hatte.«

Er deutete auf die Wachposten unter ihnen.

»Nur zu. Diese Männer berauben einen Ermordeten. Gib ihnen, was sie verdienen.«

Der Schemen legte den Kopf schief und sah in seine Richtung. Er schien ihn aus dieser sonderbar dunklen Kapuze anzustarren. Haern dachte an die vier Wachposten und an die vierzig Menschen, die am Galgen baumeln würden, wenn er sie tötete. In Veldaren hätte er keine Sekunde gezögert. Aber jetzt, hier …

»Wenn ich den Unschuldigen Gerechtigkeit widerfahren lasse, werden noch mehr Unschuldige sterben«, sagte Haern. »Hast du mich hierhergeholt, damit ich das lerne?«

Der Schemen schüttelte den Kopf, und sein Seufzer klang eine Spur enttäuscht.

»Ich habe dich für besser gehalten. Lass den Unschuldigen Gerechtigkeit widerfahren, ohne Furcht und ohne Reue. Unschuldige werden immer sterben. Die Frage ist: Lässt du zu, dass sich die Mächtigen für immer hinter ihnen verbergen können?«

Er sprang von dem Gebäude zu Boden. Sein schwarzer Umhang flatterte hinter ihm durch die Luft. Haern beugte sich über den Rand. Ihm war klar, dass er nur den Bruchteil einer Sekunde Zeit hatte, sich zu entscheiden. Die vier Stadtwachen unter ihm bereiteten sich darauf vor, den Leichnam so zu beseitigen, dass er ihnen keinen Ärger machen konnte. Würden sie sterben, würde Ingram Dutzende von Menschen hängen. Er würde Unschuldige töten. Kinder.

Es war nur der Bruchteil einer Sekunde, ein winziges Zögern, dann sprang Haern dem Schemen mit gezückten Säbeln hinterher.

Als der Schemen landete, spritzte Blut. Mit seinem Schwert durchbohrte er den Rücken der ihm nächststehenden Stadtwache. Die Spitze drang aus seiner Brust heraus. Nachdem er gelandet war, wirbelte er herum und riss die Klinge aus der Leiche, um den zweiten Mann zu töten. Die Schneide durchtrennte seine Kehle. Der Mann fiel auf die Knie und presste seine Hände auf den Hals, während das Blut herausspritzte. Der Schemen drehte sich weiter um seine Achse und richtete seine Klinge auf den dritten Mann. Er hätte seine Brust durchbohrt, aber Haern war da und blockte mit seinen Säbeln den Schlag ab.

»Verschwindet!«, schrie er die beiden letzten Stadtwachen an, die keine weitere Ermunterung brauchten. Sie flüchteten, während sie laut nach Verstärkung schrien.

Das Lächeln war aus dem Gesicht des Schemens gewichen.

»Du beschützt Schuldige, und das nur, weil du die Taten anderer Schuldiger fürchtest«, sagte er und nahm Kampfhaltung ein. »Das ist eine Schande.«

Haern beobachtete die Bewegungen des Mannes sehr genau. Er hatte bereits genug von ihm gesehen und wusste, dass er unglaublich schnell und effizient bei seinen Angriffen war. Der Schemen hob das Schwert, verlagerte sein Gewicht und griff an. Haern keuchte auf, trotz allem überrascht von der Geschwindigkeit des Angriffs. Er blockte den Schlag nach seinem Hals mit seinem linken Säbel, während er mit dem rechten zustieß. Der Schemen trat zur Seite, drehte sein Schwert in der Hand und stieß erneut zu. Als Haern versuchte, den Schlag zu parieren, stellte er fest, dass das längere Schwert seines Widersachers sein Ziel verändert hatte. Durch eine subtile Bewegung des Handgelenks, die Haerns Verteidigung vollkommen sinnlos machte. Er wich hastig zurück und schlug den Angriff mit beiden Säbeln zurück. In der Ferne konnten sie hören, wie sich die Stadtwache sammelte.

»Sag mir warum«, sagte Haern, der sich langsam von einer Seite auf die andere wiegte, um den Schattentanz mit seinen Umhängen zu beginnen. »Warum hast du mich gerufen? Warum bin ich hier?«

»Ich glaubte, du könntest mir helfen«, antwortete der Schemen. »Aber wie es aussieht, bist du nicht der Mann, für den ich dich gehalten habe.«

Haern wirbelte herum und ließ seine Umhänge flattern. Er hatte diese Technik im Laufe der Jahre perfektioniert, sodass dieser Tanz so vertraut für ihn war wie Atmen. Der graue Stoff verbarg seine Bewegungen, versteckte die Bewegungen seiner Hände und verhüllte, wo genau seine Säbel waren. Sein

Schattentanz hatte nur ein einziges Risiko, und das war der winzige Moment, in dem er den Schemen bei seiner Drehung aus den Augen verlor. Nach der dritten Drehung sah er eine große Rauchwolke an der Stelle, wo der Schemen gewesen war. Haern zögerte, und im nächsten Moment begriff er seinen Fehler. Ein Absatz landete krachend in seinem Rücken, und er stieß einen Schmerzensschrei aus. Er rollte sich über den Boden und blockte verzweifelt die Schläge, als der Schemen ihn angriff. Er schlug immer wieder auf seine Säbel, sodass er sie nie richtig positionieren konnte.

Die Bewegungen des Schemens wurden immer schneller, und Haern wehrte sich rein instinktiv. Er lauerte auf die Gelegenheit, den Schattentanz wieder einsetzen zu können. Dann täuschte ihn eine Finte, und erneut traf der Schemen ihn mit dem Fuß. Diesmal auf der Brust, sodass Haern keine Luft mehr bekam.

»Du hast erreicht, dass eine ganze Stadt deinen Namen fürchtet«, sagte der Schemen, während er unablässig zuschlug. Nichts an ihm verriet seine Absichten, und seine gesamte Haltung und seine Reaktionen waren vollkommen fremd. Haern konnte keinen Rhythmus finden. Die wenigen Male, in denen er versuchte, zurückzuschlagen oder zu kontern, zischten seine Säbel nur durch die Luft. Oder er unterbrach den Angriff, damit der Schemen ihm nicht die Kehle durchtrennte. Das Klirren ihrer Schwerter klang wie ein Chor, und Haern wusste, dass er dieses Lied nicht mehr lange singen konnte.

»Und ich dachte, du wärst der Beste!«

Die Schwertspitze riss seine Haut am Arm auf, gerade so weit, dass er blutete. Haern wich instinktiv zurück und prallte im nächsten Moment mit dem Rücken gegen die Mauer. Der Schemen stellte sich ihm direkt gegenüber, bereit zum Angriff.

Diesmal würde er ihm nicht entkommen. Sein Schwert wirbelte verschwommen durch die Luft, aber dennoch gelang es Haern, die ersten vier Schläge abzuwehren. Der fünfte jedoch durchbohrte seine Schulter, und er schrie auf.

»Ich habe mich geirrt«, sagte der Schemen und drehte die Klinge in der Wunde. Erneut schrie Haern. »Sehr schade, dass du nicht an meiner Seite bist, wenn ich diese Stadt in Brand setze.«

Drei Pfeile zischten durch die Luft, und einer bohrte ein Loch in die Kapuze des Schemens. Der Mann riss sein Schwert aus der Wunde und wich zurück, als Dutzende von Stadtwachen auf sie zu rannten. Haern versuchte, ihn zu verfolgen, aber plötzlich sprang der Schemen zu ihm zurück und trat ihm mit voller Wucht gegen die Stirn. Haern verschwamm alles vor Augen, er fiel zu Boden, und seine Säbel rutschten ihm aus den betäubten Händen. Als er am Boden lag, sah er, wie Füße sich ihm näherten. Dann drehten ihn Hände grob auf den Rücken und rissen ihm die Kapuze vom Kopf. Haern schrie auf. Er hatte das Gefühl, als würde sein ganzer Körper schmerzen, ohne dass er eine Stelle besonders wahrnahm. Durch die Tränen sah er, wie Männer ihn betrachteten. Er erkannte die Tätowierungen auf ihren Gesichtern.

»Bist du sicher, dass er es ist?«, fragte einer.

»Verdammt sicher. Ich wäre tot, wenn er nicht gewesen wäre.«

»Schon mal daran gedacht, dass er es auf Ingram abgesehen haben könnte?«

Die anderen schwiegen. Haern wollte um Wasser bitten, aber er brachte nur ein dumpfes Murmeln über die Lippen.

»Schafft ihn in die Verliese«, sagte der größte der Männer. »Wir haben genug Zeit, das herauszufinden.«

Sie packten Haern an Armen und Beinen. Als sie ihn anhoben, schien seine Schulter vor Schmerz fast zu explodieren. Er kannte zehn verschiedene Litaneien gegen die Schmerzen, Techniken, die es ihm erlaubten, bei Bewusstsein zu bleiben, ganz gleich wie schrecklich die Verletzung auch sein mochte. Haern jedoch benutzte keine davon, sondern überließ sich der Ohnmacht.

8. KAPITEL

Als Ingram aufwachte, war er äußerst übel gelaunt. Seine Schulter schmerzte trotz des Tonikums, das sein Heiler ihm gegeben hatte. Und dieser Schmerz hatte verhindert, dass er nach dem Verschwinden des Wächters wirklich hatte ruhen können. Nachdem er aus dem Bett gestiegen war, badete er in einer Wanne mit heißem Wasser, das seine Bediensteten vorbereitet hatten, während er sich bemüht hatte zu schlafen. Nach dem Bad kam der Heiler und wechselte die Verbände.

»Eine saubere Wunde«, sagte der alte Mann, während er sie untersuchte. »Ihr werdet wieder vollkommen genesen.«

»Sorg vor allem dafür, dass sie sich nicht infiziert«, brummte Ingram.

Nachdem der Heiler verschwunden war, trat der Hauptmann seiner Wache in sein Schlafgemach und salutierte.

»Was willst du?«

»Wir haben ihn«, antwortete der Hauptmann. »Den Wächter.«

Den Rest seiner morgendlichen Rituale erledigte Ingram mit einem Lächeln auf den Lippen. Obwohl das erste bedeutende Treffen mit den Elfen bevorstand, konnte Ingram es kaum erwarten, ins Verlies zu kommen. Er trat aus seinem Haus und verließ in Begleitung einer kleinen Eskorte von Wachen das Gelände seines Hauses. Da diese mörderischen Elfen überall in seiner Stadt herumliefen, würde er nirgendwo ohne Schutz hingehen. In den Hang des Hügels, auf dem er sein Anwesen errichtet hatte, war Engelhavns Kerker gegraben. Er hatte nur einen Eingang, der verschlossen und Tag und Nacht bewacht war.

»Er hat bis jetzt kein Wort gesagt«, merkte der Hauptmann an, als sie das schwere Tor öffneten. »Allerdings haben wir ihn auch nicht besonders nachdrücklich verhört.«

»Sehr gut«, erwiderte Ingram. »Ich will ihn für mich haben. Wie haben wir ihn gefangen?«

Der Hauptmann trat sichtlich unbehaglich von einem Fuß auf den anderen. »Er hat zwei unserer Stadtwachen vor dem Schemen beschützt. Er hat ihnen das Leben gerettet.«

Ingram runzelte die Stirn. »Interessant«, erwiderte er. »Ich werde daran denken. Dieses Verhalten sollte ihm zumindest einen ehrenvollen Tod sichern.«

»Wie Ihr meint, Mylord.«

Der dunkle Gang wurde von einigen wenigen Öllampen beleuchtet. Die Zellen selbst bekamen Luft und ein bisschen Licht durch ein Loch, das man in den Fels geschnitten hatte. Die meisten waren mit acht oder zehn Menschen belegt, trotz der geringen Zellengröße. Ganz hinten befand sich der Wächter in einer kleinen Einzelzelle. Er war mit absurd vielen Ketten an die Wand geschmiedet. Der Schließer hatte ganz offenbar Angst, dass der Mann entkommen könnte. Eine Kette war mit einer Schelle an seinem Hals befestigt, die wiederum mit einer dicken Kette zu einer Stelle um seine Taille führte, die wiederum mit einer Kette an der Wand befestigt war. Eine weitere Kette hielt seine Arme hoch über seinem Kopf, die Handgelenke zusammengeschmiedet, und führte dann durch einen zweiten Ring an der Decke. Er kniete, konnte sich weder hinlegen noch stehen. Man hatte ihm die Kapuze abgenommen, und Ingram sah einen gut aussehenden Mann mit blondem Haar und blauen Augen vor sich. In der Mitte seiner Stirn schimmerte dunkelrot ein Striemen.

»So trifft man sich wieder.« Ingram grinste. »Ich muss zugeben, dass ich nicht erwartet habe, dass es so schnell passieren würde. Hast du noch mehr von meinen Stadtwachen getötet, Wächter? Oder möchtest du mir vielleicht deinen wirklichen Namen verraten, nachdem ich jetzt dein Gesicht gesehen habe?«

Der Wächter sah zu ihm hoch, und Ingram trat unwillkürlich einen Schritt zurück. In seinem Blick lag ein bedrohlicher Ausdruck, eine Gewissheit, dass er Vergeltung üben würde und dass Ingram alle Ketten dieser Welt nicht würden schützen können. Kein Wunder, dass der Schließer ihn so übertrieben gefesselt hatte. Der Lord rang um Fassung, glättete sein Hemd und gab dem Wächter dann eine fast beiläufige Ohrfeige.

»Du hast nichts zu sagen? Nun, wenn du mir deinen Namen nicht verraten willst, wie wäre es dann mit einem Grund? Der Hauptmann meiner Wache sagte, dass du zwei meiner Leute vor dem Schemen beschützt hast. Warum?«

»Du weißt warum.« Die Stimme des Wächters klang nüchtern und müde. Er deutete mit einem Nicken auf die anderen Zellen, in denen Frauen und Männer in ihrem eigenen Dreck hockten. »Wer von ihnen hätte dafür am Strick geendet?«

Ingram kratzte sich am Kinn. »Zwanzig von ihnen werden ohnehin baumeln«, erwiderte er. »Zwei meiner Stadtwachen sind schließlich gestorben. Ich stehe gern zu meinem Wort.«

»Und ich zu meinem«, erwiderte der Wächter. »Noch eine Leiche, und ich werde dafür sorgen, dass du leidest.«

Ingram lachte. »Das wäre wohl ein Meisterstück. Du bist hier, Wächter, angekettet und gefangen. Nach allem, was man mir erzählt hat, konntest du nicht einmal den Schemen besiegen. Das bedeutet, dass du für mich nutzlos bist.«

Diese Bemerkung schien den anderen Mann mehr zu treffen, als Ingram erwartet hatte. Also bohrte er weiter.

»Es ist wirklich eine Schande. Sich vorzustellen, dass dein Ruf in Veldaren in meiner schönen Stadt nur so wenig bedeutet.«

Der Wächter warf sich gegen seine Ketten, konnte sich jedoch nicht einmal einen Zentimeter vorwärtsbewegen. Aber er machte viel Lärm. Ingram zog sich diesmal weder zurück, noch zeigte er Furcht. Endlich hatte er die Kontrolle.

»Es kommt mir nur angemessen vor. Du hast meine Schulter durchbohrt, ein anderer die deine. Aber im Gegensatz zu mir wirst du nicht die Chance bekommen zu genesen. Du wirst am Galgen baumeln, und zwar vor den Augen meiner ganzen Stadt. Ich will, dass der Schemen weiß, was ihn erwartet, wenn wir ihn erwischen, genau wie wir dich gefangen genommen haben.«

»Du wirst ihn nicht fangen.« Die Stimme des Wächters war ein bloßes Flüstern. »Er ist dir und deinen Männern weit überlegen.«

Ingram stellte seinen Fuß auf die verletzte Schulter des Knienden und trat zu. Trotz des Schmerzes zeigte der Wächter nicht die kleinste Reaktion.

»Ich bin sicher, dass viele Menschen in Veldaren dasselbe von dir gesagt haben«, meinte Ingram und schickte sich an zu gehen. »Aber mach dir keine Sorgen. Ich werde die Narbe, die du mir hinterlassen hast, voller Stolz tragen. Im Laufe der Zeit wird die Erinnerung verblassen, und dann werde ich es sein, der dich zur Strecke gebracht hat, keine namenlose Stadtwache. Ich danke dir, Wächter. Welchen Ruf auch immer du hattest, durch deine Gefangennahme hast du gerade meinen Namen gestärkt.«

Ingram trat aus der Zelle und blieb kurz neben dem Schließer stehen.

»Verdunkle seine Zelle«, befahl er. »Er soll im Dunkeln sitzen. Und die Stadtwache soll den Galgen vorbereiten. Er hängt bei Sonnenuntergang.«

Nachdem diese Angelegenheit erledigt war, verließ er den Kerker, wurde jedoch am Ausgang von einer großen Menschengruppe überrascht. Es schien keinen Ärger zwischen ihnen und den Wachen zu geben, aber die Stimmung war offensichtlich angespannt. Schließlich trat eine Lady aus der Gruppe der Söldner hervor und knickste vor ihm. Ingram hatte sie noch nie zuvor gesehen, aber es konnte sich nur um eine einzige Person handeln.

»Seid gegrüßt, Lady Gemcroft«, begrüßte er sie. »Aus welchem Grund seid Ihr zu einem so trostlosen Ort wie meinem Verlies gekommen?«

»Gerüchte haben mich hierhergeführt, Lord Murband.« Ihre gute Laune wirkte ein wenig gezwungen. »Erfreuliche Gerüchte, wenn sie denn der Wahrheit entsprechen. Wie ich gehört habe, habt Ihr den Mann gefangen genommen, den wir in Veldaren den Wächter nennen.«

Ingram runzelte die Stirn. »Es scheint, einer meiner Männer hatte eine lose Zunge.«

»Ihr habt dreißig Menschen gehenkt, um ihn zu provozieren, und ihn dann auf offener Straße gefangen genommen«, erwiderte Alyssa. »Es kann Euch schwerlich überraschen, dass die Leute reden.«

»Vielleicht. Wollt Ihr mich vielleicht in meinen Salon begleiten, damit …«

»Nein. Wir können die Angelegenheit auch auf der Stelle besprechen. Der Wächter ist ein Verbrecher aus Veldaren, wo er Hunderte niedergemetzelt hat. Ich möchte ihn in meine Obhut übernehmen, damit wir ihn zur Bestrafung dorthin zurückschicken können.«

»Ich versichere Euch, ein Mann, der in Engelhavn gehenkt wird, ist genauso tot wie jemand, der in Veldaren am Galgen baumelt, Missy.«

Alyssas Augen blitzten bei diesen Worten.

»Wer sagt denn, dass wir ihn hängen wollen? Er hat sehr viel Blut vergossen, Ingram. Und wir möchten dafür sehr viel von seinem Blut vergießen. Ich verlange, dass er mir sofort übergeben wird. Ich bin keine ›Missy‹, die Angst davor hat, ihr Gewand zu beschmutzen, und ich habe auch keine Angst vor dem Exempel, das mit seinem Tod statuiert werden muss.«

»Ihr verlangt?« Ingram konnte kaum glauben, was er da hörte. »Ihr kommt in meine Stadt, auf mein Land und stellt Forderungen an mich? Warum sollte ich auf Euch hören?«

Alyssa trat näher an ihn heran und senkte die Stimme. »Nur ein Narr würde sich die Trifect vorsätzlich zum Feind machen.«

Ingram schüttelte den Kopf und grinste, obwohl glühende Wut in seiner Brust loderte.

»Ich habe Euch gefürchtet, früher einmal.« Er deutete auf die vielen Stadtwachen um sich herum. »Aber die Lage hat sich verändert, hab ich recht? Die Macht der Trifect ist geschwunden, während die der Händlerbarone im letzten Jahrzehnt ständig angewachsen ist. Ihr habt Euer Gold dafür verschwendet, den Abschaum auf der Straße zu bekämpfen, und während Laurie seine ganze Aufmerksamkeit nach Norden gerichtet hat, haben die Händlerbarone ihm Seeleute und Handelsrouten weggenommen und nahezu alles unterminiert, was er aufgebaut hat. Ihr beherrscht mich nicht, Ihr flößt mir keine Angst ein, und wenn Ihr nicht aus dieser Stadt verbannt werden wollt, dann fangt Ihr besser an, mir den Respekt zu erweisen, den ein vom König ernannter Lord des Reiches verdient. Dieser Hundesohn hängt bei Sonnenuntergang, habt Ihr verstanden?«

Alyssa trat einen Schritt zurück. Ihre Söldner reagierten empört über diesen Ausbruch. Doch statt wütend zu werden, knickste sie nur erneut.

»Verzeiht mir«, sagte sie. »Da Ihr ihn mir nicht übergeben wollt, bitte ich Euch, mich ihn wenigstens zuerst verhören zu lassen. Er weiß vielleicht etwas über den Schemen, der Lauries Sohn getötet hat, und ich würde gerne alles von ihm erfahren, was ich aus ihm herausbekommen kann, bevor er stirbt.«

Ingram holte tief Luft, um sich zu beruhigen, und nickte dann.

»Ihr könnt ihn gerne befragen, wie es Euch beliebt. Aber Ihr geht alleine dort hinein, ohne Eure Söldner. Wenn Ihr ihn nachdrücklicher befragen wollt, Missy ...« Er warf ihr einen anzüglichen Blick zu. »Ich bin sicher, dass es Euch nichts ausmacht, Eure Röcke zu beschmutzen.«

Sie errötete bei dieser Bemerkung, ging jedoch nicht weiter darauf ein. Stattdessen knickste sie erneut und bat dann einen der Schließer des Verlieses, sie hineinzuführen.

»Haltet Euch nicht zu lange bei ihm auf«, rief Ingram ihr nach, als sie im dunklen Verlies verschwand. »Es wäre zu schade, wenn Ihr unser kleines Treffen mit den Elfen versäumt.«

»Seid unbesorgt«, erwiderte sie und sah zu ihm zurück.

»Ich werde da sein. Es wäre zu schade, wenn ein Krieg Engelhavn zerstören würde.«

Ingram runzelte die Stirn, als sie verschwunden war, tat dann aber ihre Bemerkung mit einem Schulterzucken ab. Er würde sich seine gute Laune nicht von ihr verderben lassen. Der Wächter war gefasst, und der Schemen würde zweifellos bald folgen. Ihre Bemerkung über den Krieg war nur ein billiger Seitenhieb, und zudem war sie schlecht informiert. Sicher, seine Holzfäller verletzten die Grenzen zum Elfenreich, aber die Elfen waren Feiglinge. Wenn die Sache hart auf hart kam, dann würde er die Oberhand haben, um den Frieden herzustellen. Dessen war sich Ingram sicher.

Aber wenn die Elfen nun doch Krieg wollten? Ingram zupfte sich unwillkürlich am Kragen seines Hemdes, als er zu seinem Anwesen zurückging. Ihm war plötzlich unbehaglich. Bisher war stets die Menschheit der Aggressor gewesen, aber was würde passieren, wenn die Elfen plötzlich ihre Meinung änderten? Nahezu zweihundert von ihnen hielten sich bereits in den Mauern seiner Stadt auf, und wer konnte schon wissen, wie viele sich im Schutz der Dunkelheit noch hineinschlichen? Wenn Laryssas Eintreffen keineswegs der verzweifelte Versuch war, Frieden zu schließen, wie er zunächst geglaubt hatte, sondern stattdessen ein geschicktes Manöver, um Truppen auf feindliches Territorium zu bringen?

Plötzlich schien er Alyssas Bemerkung nicht mehr so ohne weiteres abtun zu können. Ein Krieg mit den Elfen wäre ein Desaster. In diesem Punkt hatte er die anderen Lords des Ramere nicht belogen. Ingram konnte sich nur aufblasen, sich in die Brust werfen und so tun als ob. Es würde eine ganze Armee brauchen, um die vereinigte Macht der Elfen zurückzuschlagen, und dazu eine Armee, die viel zu lange brauchen würde, bis sie aus dem Norden in Engelhavn eingetroffen wäre.

»Wo sind Yorr und Edgar?«, fragte er seinen Hauptmann, der ihm gefolgt war.

»In ihren Häusern, glaube ich.«

»Hol sie.«

Ingram studierte ein paar Landkarten des Ramere, während er in seinem Arbeitszimmer wartete. Wohin er auch sah, die Karten zeigten ungeschütztes Ackerland, das die Elfen verwüsten konnten. Es gab zwar ein paar Burgen in der Nähe der Ländereien von Dezren und dem Quelnwald, aber dort würden nur die Menschen Unterschlupf finden. Das Getreide würde nicht gerettet werden können. Bei einer massiven Belagerung würden ihre Lagerhäuser die Menschen nur für kurze Zeit ernähren können. König Edwin würde zweifellos aus Veldaren heraneilen, nur: Kam er rechtzeitig?

Oder würden die Elfen sein geliebtes Engelhavn plündern und bis auf die Grundmauern niederbrennen, sodass Edwin nur Ruinen retten konnte?

Während er noch darüber nachdachte, öffnete sich die Tür, und Lord Edgar kam herein.

»Bist du allein?« Der Lord sah sich mit einem Anflug von Nervosität im Arbeitszimmer um.

»Yorr sollte schon bald eintreffen«, erwiderte Ingram. »Sag, hast du herausgefunden, wer den Elfen die Räumlichkeiten gestellt hat?«

Der Lord verschränkte seine muskulösen Arme und lehnte sich gegen ein Bücherregal.

»Wer auch immer es war, er war extrem vorsichtig. Die Besitzer der Unterkünfte bekamen Besuch von einem Söldner, der ihnen einen Beutel Gold brachte und die Häuser entweder kaufte oder mietete, sodass sie den ganzen Monat zur Verfügung stehen. Sobald sie geleert und gesäubert worden waren, engagierten sie eine einzelne Person, eine pro Gebäude, um sie sauber zu halten.«

»Wissen sie denn irgendetwas? Wenigstens einen Namen?«

Edgar schüttelte den Kopf. »Die Söldnergilde weigert sich zu kooperieren. Es gefällt ihnen nicht, wenn jemand sich nach ihren Auftraggebern erkundigt.«

Ingram verdrehte die Augen. »Hol ihren Gildemeister und wirf ihn in den Kerker. Bis morgen haben wir einen Namen aus ihm herausgeprügelt.«

»Bist du sicher, dass das klug ist?«

Ingram warf dem Mann einen finsteren Blick zu. »Wenn ich es nicht für klug hielte«, erwiderte er wütend, »würde ich es dir nicht befehlen.«

Edgar verbeugte sich, um dem anderen zu zeigen, dass er ihn nicht hatte beleidigen wollen. Ingram ging zu seinem Schreibtisch, setzte sich dahinter und goss sich einen Becher Wein ein. Während er das tat, schlenderte Edgar näher und betrachtete die Karten, die auf dem Tisch lagen.

»Was erwartest du von den Händlerbaronen?«, erkundigte er sich. »Die Absichten der Elfen sind ziemlich eindeutig, ebenso wie unsere und die der Trifect. Wir wollen Nahrung und Holz, die Trifect will verhindern, dass die Händlerbarone mit irgendetwas Erfolg haben, und die Elfen würden uns gerne mit ihren Pfeilen beschießen. Aber was ist mit den Händlerbaronen, was hat jemand wie Warrick Sunn mit alldem zu tun?«

Ingram lehnte sich auf seinem Stuhl zurück und genoss das Gefühl, wie der scharfe Alkohol brennend seine Kehle hinunterlief. »Die Händlerbarone?« Er seufzte. »Sie bestehen darauf, dass die Elfen Zugeständnisse machen, was das Land angeht, als Entschädigung dafür, dass so viele ihrer Arbeiter gestorben und die Kosten für neue in die Höhe geschnellt sind. Ich weiß nicht genau, ob ich auch nur ein Wort davon glauben soll. Gewiss, sie behaupten, das Land würde Engelhavns Wachstum weiter fördern, und jede Störung des Holzhandels würde ihren ach so kostbaren Geldstrom versiegen lassen, wenn sie keine neuen Schiffe bauen können. Trotzdem, es gibt einfachere Möglichkeiten, Holz zu schlagen, Möglichkeiten, bei denen man nicht über Dutzende von Leichen klettern muss. Mir ist klar, warum du und Yorr mit ihrer Aggressivität Schwierigkeiten habt, aber die Händlerbarone haben nur sehr wenig damit zu tun …«

Edgar verschränkte die Hände hinter seinem Rücken und wandte den Blick ab. Ingram bemerkte das, und seine Miene verfinsterte sich.

»Willst du etwas dazu sagen?«

Edgar sah ihm in die Augen und nickte. »Es ist das Violet.«

»Das was?«

»Das Violet«, wiederholte Edgar. »Diese Pflanze wächst in den Elfenwäldern. Wenn du ein Blatt in den Mund steckst und zubeißt, berauscht es dich, und zwar erheblich schneller als selbst der stärkste Schnaps und weit intensiver als selbst das beste Rotblatt.«

Ingram brauchte nicht lange, um eins und eins zusammenzuzählen.

»Sie wollen das Land, damit sie dieses Violet anbauen und verkaufen können«, schlussfolgerte er.

»Dessen bin ich mir ziemlich sicher«, bestätigte Edgar. »Und aus diesem Grund ist unsere Position auch so heikel. Ich habe gestern Abend etwas von dem Violet ausprobiert, und ich kann dir versichern, dass sie genug davon verkaufen könnten, um sich ein ganzes Königreich zusammenzuraffen, sollte diese Droge die Massen erreichen. Aber wenn wir die Händlerbarone beschuldigen, dass dies der einzige Grund für sie wäre, sich in die Angelegenheit mit den Elfen einzumischen, dann könnten sie behaupten, wir würden uns kleinlich zeigen und ihre Sorgen wegen der Verluste an Menschenleben durch die Pfeile der Elfen ignorieren.«

Ingram warf einen Blick in seinen leeren Becher und wünschte sich, er könnte einfach frischen Schnaps hineindenken. »Warum hast du mir das nicht schon früher mitgeteilt?«

Edgar zuckte mit den Schultern. »Ich hatte das Violet bis jetzt noch nicht ausprobiert. Es war nur so eine Ahnung, aber nachdem ich die Wirkung dieser Pflanze selbst erfahren habe … Jeder, der diese Blätter in großen Mengen verkaufen kann, wird ein gewaltiges Vermögen aufhäufen. Ich bezweifle jetzt nicht mehr, dass die Händlerbarone genau das vorhaben, und ebenso wenig, dass die Elfen sich dessen nicht bewusst sind. Was auch das Beste ist.«

»Also kennen wir jetzt wenigstens ihre Beweggründe.« Ingram stellte den leeren Becher ab. »Die Frage ist, wie wir diese Situation zu unserem Vorteil ausnutzen können.«

»Die Elfen müssen Konzessionen machen«, meinte Edgar. »Ich habe entschieden zu viele Jäger und Holzfäller verloren, um die Sache einfach auf sich beruhen zu lassen. Aber zumindest wissen wir jetzt Bescheid. Wenigstens können wir so die Händlerbarone beobachten und vielleicht sogar ihren nächsten Schachzug vorhersehen. Bis dahin würde ich sagen, wir bilden eine gemeinsame Front mit ihnen.«

»Allerdings.« Ingram rieb sich die Hände. »Sollte es zu einem Krieg kommen, werden sie nachgeben, vor allem dann, wenn sie den Eindruck gewinnen, dass wir nicht vor einem bewaffneten Konflikt zurückschrecken. Sollen diese Händlermistkerle doch toben und wüten und vornehm und mächtig tun. Wenigstens weiß ich jetzt, warum sie mir die ganze Zeit über auf die Nerven gegangen sind …«

»Allerdings«, wiederholte Edgar und grinste.

Es klopfte zweimal, die Tür öffnete sich, und Lord Yorr trat ein.

»Verzeiht mir meine Verspätung«, sagte er und verbeugte sich.

»Verziehen.« Edgar trat von der Tür zurück und verbeugte sich ebenfalls. »Ich bin froh, dass du dich zu uns gesellst.«

»Ja.« Ingram zwang sich zu einem Lächeln. »Sehr froh. Wir diskutieren gerade das bevorstehende Treffen mit den Elfen und vor allem mit den Händlerbaronen …«

Die Luft stank nach Urin, Kot und abgestandenem Wasser. Obwohl Alyssa sich ein Taschentuch vor die Nase hielt, drang der Geruch zu ihr durch. Links und rechts von ihr streckten Männer ihre Arme durch die Stäbe, johlten, schrien anzügliche Bemerkungen und Anschuldigungen.

»Ignoriert sie einfach«, riet ihr der Hauptschließer.

Das war nicht ganz so leicht, angesichts der wachsenden Unflätigkeit der Rufe. Einer schimpfte sie eine Hure, die ihn als Kind ausgespien hätte. Daraufhin spuckte der Schließer in seine Richtung.

»Holt ihn raus und prügelt ihn durch!«, sagte er zu einem seiner Wächter.

Am anderen Ende des Verlieses, in einer dunklen Zelle, wartete Haern auf sie, in Ketten eingewickelt wie in einen Kokon.

»Ich möchte allein mit ihm sprechen«, sagte Alyssa.

»Ich bin mir nicht sicher, ob ich Euch mit ihm alleine lassen sollte«, erwiderte der Hauptschließer. Er deutete mit dem Kinn auf Haern. »Dieser Bursche da hat einen ganzen Haufen Menschen getötet. Mir ist klar, dass Ihr das wisst. Aber er kann Euch auch anders als mit seinen Händen töten.«

»Ich habe meine Wünsche klar geäußert, Schließer. Willst du dich in meine Angelegenheiten mischen?«

Der stämmige Mann schüttelte den Kopf. »Es ist Euer Leben, Mylady. Aber erwartet nicht, dass ich die Schuld auf mich nehme, wenn er Euch etwas antut.«

Er schloss die Zelle auf und bedeutete ihr mit einer Handbewegung einzutreten. Nachdem sie die Zelle betreten hatte, schloss er die Tür hinter ihr. Das Klacken des Schlosses war so laut, dass ihr das Herz bis zum Hals schlug.

»Nur aus Gründen der Sicherheit.« Der Schließer lächelte gehässig. Alyssa gab ihm nicht die Genugtuung, seine Bemerkung mit einer Reaktion zu würdigen. »Wenn Ihr raus wollt, schreit. Ich bleibe in der Nähe«, fuhr der Mann fort.

»Danke.« Ihre Stimme klang kalt. Sie kehrte ihm den Rücken zu und trat einen Schritt zu Haern. Er wirkte erschöpft und hatte dunkle Ringe unter den Augen. Auf seiner Stirn hatte sich eine dunkle Beule gebildet, und aus dem Verband an seiner Schulter sickerte Blut.

»Was machst du hier?« Sein Blick war unfokussiert, und er sah sie nicht an.

»Ich bin deinetwegen hier. Was ist letzte Nacht passiert? Wie bist du hier hineingeraten? Ich habe nur Gerüchte gehört, dass man dich gefangen genommen hätte, und da du am Morgen nicht zurückgekehrt bist …«

»Ich habe gegen ihn gekämpft.« Jetzt sah Haern sie endlich an. In seinem Blick schien der Tod zu lauern, was ihr Angst einflößte. »Ich habe gegen den Schemen gekämpft und kenne ihn jetzt. Er will irgendetwas erreichen und wird jeden Mann, jede Frau und jedes Kind töten, um es zu bekommen. Schaff mich hier heraus, Alyssa. Um das Leben aller willen muss der Schemen sterben.«

»Ich weiß nicht, ob ich das kann«, erwiderte sie.

Sein Blick wurde härter, und sie trat unwillkürlich einen Schritt zurück. »Hol mich hier raus!«, wiederholte er. »Wie du es anstellst, ist mir egal. Niemand außer mir kann es mit dem Schemen aufnehmen. Ich bin der Einzige, und selbst ich bin vielleicht nicht stark genug.«

Sie sah sich in der dunklen Zelle um und trat dann dichter zu ihm. Licht aus einer schmalen Öffnung fiel auf ihr Gesicht. »Du hast Nathaniel gerettet«, sagte sie. »Ich verspreche dir, dass ich alles tun werde, was in meiner Macht steht. Das schulde ich dir, mindestens das.«

Er lächelte und sein ganzer Körper entspannte sich. Trotz der Ketten machte er den Eindruck, als wäre ihm plötzlich ein Gewicht von den Schultern genommen worden. »Danke.«

Sein Gesicht war zerschlagen, aber er sah noch immer gut aus. Sie beugte sich vor und küsste ihn sanft auf die Wange.

»Gib die Hoffnung nicht auf«, flüsterte sie ihm ins Ohr. »Selbst wenn sie dir die Schlinge um den Hals legen, gib die Hoffnung nicht auf. Du wirst nicht auf diese Art und Weise sterben.«

Sie kehrte zur Zellentür zurück und rief nach dem Schließer. Während sie wartete, betrachtete sie Haern und unterdrückte ein Lächeln.

»Ich habe dir doch gesagt, du sollst dich von Ingram fernhalten.«

Trotz seiner Ketten und seiner Erschöpfung lachte Haern.

Alyssa kehrte zu ihren Söldnern zurück, die von einem eher zögerlichen Torgar angeführt wurden.

»Bring mich nach Hause«, befahl sie ihm.

»Wie Ihr wünscht«, knurrte Torgar. »Was wird mit ihm passieren?«

»Er wird nicht sterben«, erwiderte sie, als sie den Hügel zur Straße hinabgingen.

»Irgendwann muss jeder sterben.«

Sie schüttelte den Kopf. »Er verdient etwas Besseres als das hier.«

Torgar lachte leise und packte unwillkürlich sein riesiges Schwert, das er auf dem Rücken trug, als wäre es ein Reflex.

»Vielleicht auch nicht.« Er warf einigen Bettlern, die Alyssa gierig beobachteten, einen finsteren Blick zu. »Vielleicht verdient er sogar noch viel Schlimmeres, da er schließlich Hunderte von Menschen getötet hat. Es können nicht alles Diebe oder Mörder gewesen sein. Niemand ist so perfekt, und ganz gewiss nicht er.«

»Das spielt keine Rolle.« Alyssa dachte an ihren Sohn. »Ich werde einen Weg finden, wie ich ihm helfen kann. Aber behalte das für dich, Torgar. Diese Angelegenheit geht nur mich etwas an, weder Laurie noch Madelyn.«

Der Söldner grinste. »Ich stehe zu meinem Wort, Lady, aber ich gebe es nur, wenn Geld mit im Spiel ist.«

Sie griff in ihre Tasche und warf ihm ein paar Münzen zu. Er fing sie mit seinen großen Händen, und sein Grinsen verstärkte sich.

»Das ist mal ein gutes Mädchen«, erklärte er.

»Ich brauche mehr von dir als nur dein Schweigen«, gab sie zurück.

Nachdem sie in das Anwesen zurückgekehrt waren, ging

Alyssa in ihr Zimmer und zog sich rasch aus. Zwei Dienstmädchen von Keenan kamen und wollten ihr helfen, aber sie scheuchte sie weg. Sie hatte nichts gegen ihre Hilfe, aber sie wollte nicht, dass diese Bediensteten sie sahen, nachdem sie sich umgezogen hatte. Je weniger Menschen sie sahen, desto besser. Sie legte ihre teure Kleidung, die Diamanten und den Schmuck ab. Stattdessen zog sie eine einfache Hose an, ein weißes Hemd und einen kleinen, dreieckigen Hut, wie er zur Zeit Mode war. Sie hatte diese Kleidungsstücke am Vortag gekauft unter dem Vorwand, dass sie ihren Bediensteten ein paar einfache Geschenke machen wollte.

Als sie fertig war, schob sie sich eine kleinere Summe von Silberstücken in die Tasche, gürtete einen Dolch um ihre Taille und ging in Zusas Zimmer. Es war immer noch dunkel darin, und sie hörte angestrengtes Atmen vom Bett her. Alyssa eilte rasch zu ihrer Gefährtin und legte ihr die Hand auf die Stirn. Sie war immer noch glühend heiß. Alyssa schüttelte den Kopf. Was auch immer die Gesichtslose in der Nacht zuvor erlebt hatte, es hatte einen sehr hohen Tribut gefordert. Sie konnte sich auf keinen Fall darauf verlassen, dass Zusa bis zu der folgenden Nacht genas, und selbst wenn sie wieder bei Bewusstsein war …

Haern war ein Freund und hatte ihren Sohn gerettet. Aber Zusa war noch etwas mehr. Etwas, was Alyssa auf keinen Fall aufs Spiel setzen wollte. Trotzdem musste sie irgendwie ihr Versprechen dem Wächter gegenüber halten, und das ließ ihr nur noch eine Option. Sie schloss die Tür, zog ihren Hut tiefer ins Gesicht und ging zum Hintereingang der Bediensteten.

Torgar wartete dort, wie sie es von ihm verlangt hatte.

»Wollt Ihr unentdeckt irgendwohin?«, erkundigte er sich.

»Bring mich einfach zum Tor«, erwiderte sie kalt. »Und denk daran, wie viel ich dir bezahlt habe.«

Er klopfte auf seine Tasche, in der die Goldmünzen klimperten.

»Das zu vergessen dürfte mir schwerfallen, jedenfalls für viele glorreiche Nächte des Trunks und der Hurerei. Meine Zunge gehört Euch, Mylady.«

Sein lüsternes Lächeln widerte sie an, aber sie senkte nur den Kopf und bedeutete ihm, voranzugehen. Sie folgte ihm, als wäre sie eine einfache Dienstmagd auf einem Besorgungsgang, hielt den Kopf gesenkt und sah keinen der anderen Wachposten an, die in diesem Gebiet patrouillierten.

»Passt auf Euch auf«, sagte Torgar, als sie auf der Straße stand und er die Tore hinter ihr schloss. »Die Stadt ist ein gefährlicher Ort für einsame Ladys, vor allem für solche, die nicht so aussehen, wie sie aussehen sollten.«

Alyssa ignorierte ihn und eilte so schnell sie konnte, ohne Verdacht zu erregen, in die Außenbezirke der Stadt. Je weiter sie sich vom Hafen entfernte und in die Elendsgebiete von Engelhavn vordrang, desto weniger belebt waren die Straßen. Die meisten Passanten ignorierten sie. Nur ein paar warfen ihr sonderbare Blicke zu. Als sie an sich hinunterblickte und ihre makellose, saubere Kleidung bemerkte, wurde ihr klar, wie naiv sie gewesen war. Nur weil sie einfache Kleidung trug, sah sie noch lange nicht aus wie eine Gemeine. Sie wünschte sich sehnlichst, sie hätte Zusa geweckt, ging aber weiter und biss die Zähne zusammen, um ihre wachsende Furcht zu unterdrücken.

Ihr Ziel war ein einfaches Gebäude, dessen hölzerne Wände von den salzigen Winden des Ozeans verwittert waren und das ein steiles Giebeldach hatte. Als sie es sah, seufzte sie, froh darüber, dass sie offenbar niemand erkannt hatte. Sie klopfte zweimal, wartete und klopfte dann noch zweimal. Sie hörte ein Klicken auf der anderen Seite der Tür, dann schwang sie auf. Alyssa trat in das kleine Gebäude, setzte ihren Hut ab und verbeugte sich.

»Sieh an, sieh an.« Graeven verbeugte sich seinerseits. Die Elfen in seiner Gesellschaft sahen sie alle an. »Seid Ihr sicher, dass es klug ist, uns zu besuchen, Lady Gemcroft? Lord Ingram hat sich außerordentlich bemüht herauszufinden, wer uns diese Räumlichkeiten direkt vor seiner Nase beschafft hat.«

Alyssa sah sich um und zählte die Elfen in dem kleinen Haus, das nur zwei Schlafzimmer hatte. Es waren mindestens dreißig, wenn nicht sogar mehr.

»Denkt nicht an ihn.« Alyssa glättete ihr Hemd, das durch den kurzen Fußweg bereits zerknittert war. Die Baumwolle hatte längst nicht die Qualität, die sie gewöhnt war. »Ist die Unterbringung ausreichend?«

»Es ist ein bisschen eng, aber wir können uns nicht beklagen«, erwiderte Graeven. »Ich bezweifle, dass Lord Ingram uns auch nur etwas annähernd Akzeptables gestellt hätte. Verlauste Betten und von Ratten verseuchte Böden sagen mir nicht zu, ebenso wenig, wie als unwillkommene Invasoren außerhalb der Stadt warten zu müssen.«

»Auch wenn wir unwillkommen sind.« Eine Elfe kam herein und knickste elegant vor Alyssa. Sie hatte ein schmales, glattes Gesicht, und ihr Haar war zu einem aufwendigen Zopf geflochten, der ihr bis zur Taille reichte. »Ihr seid Alyssa, richtig?«

»Das bin ich.« Alyssa knickste ebenfalls, auch wenn sie kein Kleid trug. »Würdet Ihr mir freundlicherweise Euren Namen nennen?«

»Laryssa Sinistel.« Die Stimme der Elfe war sonderbar und

wunderschön, wie der leise Klang von einem gläsernen Glockenspiel. Sie trug ein grünes Kleid, auf dem Smaragde glänzten, die wie Hunderte von Regentropfen geformt waren. Alyssa musste ihr Erschrecken verbergen, als sie den Namen der Elfenprinzessin hörte.

»Hoheit.« Sie verbeugte sich tief. »Ich fühle mich durch Eure Gegenwart geehrt.«

»Ihr seid eine der wenigen in dieser Stadt, die sich davon geehrt fühlen«, erwiderte Laryssa. »Euer Volk hat uns nicht gerade mit Worten des Willkommens begrüßt, als wir die Stadt betreten haben.« Sie warf einen Blick auf Graeven, der eine Platzwunde über dem rechten Auge hatte. »Stattdessen haben sie Steine und Flüche auf uns geschleudert. Früher habe ich geglaubt, mein Volk würde die Menschen voreilig verurteilen, weil es so stark nach einem reinigenden Krieg verlangte. Mittlerweile kommen mir Zweifel.«

»Die Menschen haben Angst«, mischte sich Graeven ein. »Für gewöhnlich glauben sie, was man ihnen sagt. Wir müssen die Führer der Menschen überzeugen, und sie werden den Rest der Bevölkerung dazu bringen, ihnen zu folgen.«

»Vielleicht.« Laryssa lächelte Alyssa wieder an. »Aber wir werden das schon bald mit Lord Ingram und seinen diversen Marionetten besprechen. Wir wollen uns nicht jetzt den Kopf darüber zerbrechen. Warum seid Ihr gekommen, Lady Gemcroft?«

Alyssa schluckte und versuchte, sich an alle Lektionen zu erinnern, die sie jemals zu diesem Thema erhalten hatte. Sie würde nur eine Chance bekommen. Ursprünglich hatte sie die Absicht gehabt, ihr Ansinnen dem Botschafter der Elfen zu unterbreiten, aber da nun Laryssa anwesend war, war klar, wer hier das Sagen hatte.

»Ein Freund von mir wurde ungerechtfertigterweise von Ingram inhaftiert«, begann sie.

»Wer ist es?«, fiel ihr Graeven ins Wort.

»Ein Freund«, wiederholte sie und musste sich zusammenreißen, um dem Elf keinen bösen Blick zuzuwerfen. »Ich habe versucht, Ingram dazu zu bringen, ihn mir zu übergeben, aber er weigert sich. Er will ihn heute Nacht hinrichten, und ich fürchte, ich kann nichts tun, um ihn daran zu hindern. Ich weiß um die Geschicklichkeit Eurer Krieger, die für uns Menschen beinahe legendär ist. Ich bitte Euch, meinen Freund zu befreien und ihn zu mir zu bringen, damit er in Sicherheit ist.«

Laryssas ovales Gesicht blieb vollkommen ausdruckslos, während sie zuhörte, und der Blick ihrer blauen Augen war starr auf Alyssa gerichtet. Alyssa fühlte sich wie ein kleines Kind, was sie neben dieser uralten Elfe auch war. Als sie schließlich ihre Bitte vorgetragen hatte, verschränkte sie die Hände hinter dem Rücken und senkte den Kopf. Das war die deutlichste Geste von Demut, die sie sich vorstellen konnte. Laryssa strich sich ein paar Strähnen ihres fast weißblonden Haares zurück.

»Worum Ihr uns ersucht, könnte einen Krieg auslösen«, stellte sie fest. »Dieser Freund muss Euch sehr viel bedeuten.«

»Er hat einmal das Leben meines Sohnes gerettet. Ich muss alles für ihn tun, was in meiner Macht steht.«

»Wie ehrenwert.« Graeven klang amüsiert.

»Und närrisch.« Laryssa deutete auf die vielen anderen Elfen, die auf Stühlen und mit verschränkten Beinen auf dem Boden saßen. »Wir sind gekommen, um einen Krieg zu verhindern, und doch bittet Ihr uns, ihn ganz offen zu erklären? Leugnet nicht, dass Ihr das Risiko Eurer Bitte sehr wohl kennt. Sollte irgendjemand merken, dass wir für die Flucht Eures Freundes verantwortlich sind, riskieren wir einen offenen Kampf. Meine Freunde und meine Familie, Gefährten, die ich schon seit Hunderten von Jahren kenne, könnten vor meinen Augen sterben. Ist Euer Freund das wert? Für Euch vielleicht, da Euer Leben so kurz ist, wie eine Kerze brennt. Aber für mich ist er nicht so viel wert. Wir sind Euch für Eure Gastfreundschaft dankbar, Lady Gemcroft, aber wir werden dafür nicht mit einem solchen Wahnsinn bezahlen.«

»Das Risiko ist ganz bestimmt nicht so groß.« Graeven wandte sich zu seiner Prinzessin um. »Wir könnten mit Leichtigkeit eine Handvoll Schließer erledigen, und wenn wir es richtig machen, wird niemand jemals erfahren, dass die Elfen in die Angelegenheit verwickelt waren.«

»Und was sagen wir, wenn wir doch erwischt werden?«, wollte Laryssa wissen. »Dass wir es auf die Bitte eines Freundes hin getan haben? Wir kennen diesen Mann nicht und haben auch kein Interesse an ihm. Jede Lüge, die wir benutzen, wird hohl klingen, und ich weigere mich, mich in eine solche Lage bringen zu lassen. Es tut mir leid, Alyssa, aber wir können Euch nicht helfen.«

Alyssa nickte. Zuerst zögernd, dann entschlossener. »Ich verstehe«, antwortete sie. »Vergebt mir, dass ich Eure Zeit verschwendet habe.«

»Zeit mit Euch ist niemals verschwendet.« Graeven verbeugte sich tief.

»Geht jetzt rasch nach Hause«, erklärte Laryssa. »Unser erstes Zusammentreffen mit Ingram findet schon bald statt, und ich würde mir wünschen, dass Ihr daran teilnehmt, um uns zu helfen, wie Ihr es versprochen habt.«

»Selbstverständlich.« Alyssa knickste, setzte ihren Hut wieder auf und verließ das Haus. Aber sie hatte kaum drei Schritte gemacht, als sich die Tür wieder öffnete und Graeven ihr folgte.

»Gebt die Hoffnung noch nicht auf«, sagte er, als er neben ihr ging. »Ihr seid eine mächtige Frau mit vielen Möglichkeiten. Ich bedaure Laryssas Zögern, aber wir können vielleicht trotzdem helfen, wenn auch nur im Geheimen. Solltet Ihr Euren Freund retten können und einen Platz für ihn suchen, um ihn zu verstecken …«

»Ich werde daran denken«, sagte sie und versuchte, ihre Ungeduld zu verbergen. »Aber bitte, ich will keinen Verdacht erregen …«

»Sagt nichts weiter«, fiel der Botschafter ihr ins Wort und blinzelte ihr zu. »Eine angenehme Nacht, Mylady.«

Nachdem er verschwunden war, eilte Alyssa durch die Straßen. Diesmal war sie bereit zu laufen. Sie war schon viel zu lange fort, und sie musste sich so schnell wie möglich auf dieses Treffen vorbereiten. Als sie Lauries Anwesen erreichte, wartete Torgar bereits am Tor. Er grinste sie erfreut an.

»Ist jemandem meine Abwesenheit aufgefallen?«, erkundigte sie sich.

»Alle Lippen sind versiegelt«, sagte der Söldner und öffnete das Tor, damit sie eintreten konnte. »Und jetzt beeilt Euch. Laurie muss jeden Moment zu der Zusammenkunft aufbrechen, und ich glaube, er wäre sehr unglücklich, wenn Ihr ihn nicht begleiten würdet.«

9. KAPITEL

Die dunkle Leere von Zusas Schlaf füllte sich allmählich mit Träumen. Erst waren es ruhige Träume, dann furchteinflößende. Sie rannte durch die Straßen von Veldaren, verfolgt von Löwen. Feuer verzehrte ihre gewaltigen Leiber, und ihr Brüllen dröhnte in ihren Ohren. Hoch über ihr leuchtete ein blutroter Mond. Zweimal drehte sie sich um, um gegen die Löwen zu kämpfen, aber sie war vollkommen nackt und unbewaffnet. Schließlich stolperte sie und wusste mit absoluter Sicherheit, dass die Bestien über sie herfallen würden. Sie schrie auf, hoffte verzweifelt, dass jemand sie rettete, als die dunkelrote Welt plötzlich strahlend hell wurde.

Zusa öffnete die Augen und sah, dass sich ihre Zimmertür einen Spalt öffnete und ein Lichtstrahl über ihr Gesicht fiel. Sie setzte sich auf und bemerkte plötzlich, dass ihre Blase voll war.

»Wer ist da?«

Die Tür öffnete sich weiter und Alyssa trat ins Zimmer.

»Lass mich eine Lampe anzünden«, sagte sie, ging wieder hinaus und schloss die Tür. Zusa nutzte den Moment, um sich zu erleichtern, und schob den Nachttopf dann unter das Bett. Alyssa kehrte mit einem dünnen, glimmenden Zunder zurück, mit dem sie zwei Lampen entzündete. Ihr goldener Schein erhellte das Zimmer. Nachdem sie die Tür wieder geschlossen hatte, setzte sie sich neben Zusa auf das Bett.

»Wie lange habe ich geschlafen?« Zusa rieb sich mit beiden Händen das Gesicht. Normalerweise war sie vollkommen geistesgegenwärtig, wenn sie erwachte, aber diesmal hatte sie das Gefühl, als würde sich der Schlaf hartnäckig an ihrem Verstand festklammern.

»Etwa zehn Stunden«, erwiderte Alyssa. »Es ist später Nachmittag.«

Etwas nagte an ihr, und schließlich kam Zusa dahinter, was es war.

»Wo ist Haern?«

»In Gefangenschaft«, erwiderte Alyssa. Zusa spürte, wie sich ein Kloß in ihrem Hals bildete, und dann sah sie, dass die Hände ihrer Herrin zitterten. »Ingram hat ihn in seinem Kerker eingesperrt. Er hat vor, ihn heute bei Sonnenuntergang hinzurichten.«

Zusa versuchte nachzudenken und biss sich auf die Zunge, um sich durch den Schmerz besser fokussieren zu können. Es mussten die Nachwirkungen des Violet sein. Als sie bemerkte, wie besorgt Alyssa war, überlegte sie, was sonst noch passiert sein mochte. Zehn Stunden ... Das bedeutete ...

»Was ist mit der Zusammenkunft?«, erkundigte sie sich. »Ist sie gut gelaufen?«

Alyssa seufzte. »Es waren so viele Parteien anwesend. Laryssa und die Elfen, Ingram, seine niederen Lords und natürlich die Händlerbarone, die dafür sorgen wollten, dass man ihre Gegenwart auch bemerkt. Eine Stunde lang haben sie sich angeschrien und beschuldigt. Zweimal habe ich fast geglaubt, dass es zu Blutvergießen kommen würde. Mir dröhnt immer noch der Kopf nach all dem Unsinn.«

»Wurde irgendetwas geklärt?«

Diese Frage amüsierte Alyssa offenbar ungeheuerlich, denn

sie lachte wie jemand, der kurz davor ist, den Verstand zu verlieren.

»Lord Yorr hat verlangt, dass das Töten aufhört, Ulrigh und der Rest der Händlerbarone haben darauf bestanden, dass die Elfen Land-Zugeständnisse machen sowie freien Zugang zum Wald gewähren, Ingram hat angedeutet, dass er beiden Forderungen zustimmen würde, ohne es jemals deutlich auszusprechen, und die Elfen haben mit Krieg gedroht, sollte man versuchen, ihnen auch nur einen einzigen Morgen Land wegzunehmen. Laurie und ich waren offenbar die Einzigen, die das Wort Kompromiss überhaupt kannten. Vielleicht geht es morgen besser. Ich hoffe es jedenfalls ...«

»Denk nicht an morgen.« Zusa schlang ihre Arme um Alyssa und zog sie an sich. Sie legte ihr Kinn auf Alyssas Scheitel und starrte in die flackernden Schatten des Zimmers. »Haern wird heute Nacht gehängt, und ich weiß, dass dir das Kummer bereitet. Sag nur ein Wort, dann gehe ich.«

»Das kann ich nicht. Ich werde nicht zulassen, dass du dein Leben bei dem Versuch verlierst, in Ingrams Kerker einzubrechen.«

Zusa ließ sie los und zog dann ihr Nachtgewand aus. Sie fühlte sich immer noch schwach, und es hätte sie nicht überrascht, wenn sie noch leichtes Fieber gehabt hätte. Aber das spielte keine Rolle. Sie saß nackt auf dem Bett und begann, ihre dunklen Tuchbahnen um sich zu wickeln. Alyssa sah ihr eine Weile zu, als würde sie einen inneren Kampf ausfechten, dann stand sie auf.

»Lass mich dir etwas zu essen holen«, sagte sie.

»Danke.«

Als Alyssa mit einem Tablett, beladen mit Brot und Fleisch, zurückkehrte, hatte Zusa bis auf ihr Gesicht ihren ganzen

Körper bedeckt. Sie stürzte sich auf das Brot, genoss den Geschmack von Butter auf ihrer Zunge. Als sie aufgewacht war, hatte sich ihr Bauch verkrampft und schmerzhaft angefühlt, und sie hatte nicht geglaubt, dass sie viel würde essen können. Als sie jedoch das Fleisch roch und das Brot schmeckte, war ein Hunger in ihr erwacht, der sie fast erschreckt hatte. Sie verzehrte die gesamten Speisen, wischte sich die Lippen mit dem Handrücken ab und bedeckte dann ihr Gesicht mit dem Rest des Tuches.

»Sieh zu, dass du nicht getötet wirst«, sagte Alyssa schließlich, trat hinter Zusa und nahm ihr das Tuch aus der Hand. »Ich würde mich auf ewig hassen, wenn das passiert.«

»Aber du würdest dich noch viel mehr hassen, wenn wir nichts unternehmen würden.« Zusa lächelte unter ihrer Maske. Als Alyssa schließlich die letzte Bahn um sie gewickelt hatte, küsste sie ihre Vertraute und Leibwächterin auf die Stirn.

»Wachposten sind keine Gegner für mich«, erklärte Zusa. »Ruh dich aus und bring so viel über das Violet in Erfahrung, wie du kannst. Ich bin sicher, dass diese Pflanze der wahre Grund für alles ist, wonach die Händlerbarone streben. Und was Haern angeht, ich werde ihn dir lebend zurückbringen. Das verspreche ich dir.«

»Ich werde das Violet Laurie zeigen«, erwiderte Alyssa. »Und ich verlange von dir, dass du dein Versprechen hältst.«

Zusa zwinkerte ihr zu, als sie ihren Umhang überwarf. »Ich habe dunkle Paladine von Karak und Söldner besiegt, und sogar dem Wächter Paroli geboten. Ich fürchte weder Verliese, Alyssa, noch Schließer. Wenn ich zurückkehre, dann mit Haern und getreu meinem Versprechen.«

Ohne ein weiteres Wort zu sagen, nahm sie ihre Dolche und lief in den Flur hinaus.

Haern saß in tiefster Dunkelheit und lauschte dem schwachen Stöhnen der anderen Gefangenen. Er konnte ihre undeutlichen Umrisse zwischen den Gitterstäben erkennen. Sie wurden von dem spärlichen Licht erhellt, das durch eine schmale Öffnung in ihre Zellen fiel, einem Licht, das man ihm genommen hatte. Kurz nachdem Alyssa gegangen war, war der Schließer mit ein paar Ziegelsteinen gekommen und hatte das Fenster damit verstopft.

»Du kannst dich glücklich schätzen«, hatte der Schließer gesagt. »Man will es nur dunkel für dich haben. Keine Stöcke, Nägel oder Nadeln. Eine verdammte Schande. Ich hätte dich zu gerne zum Singen gebracht.«

Haern gab ihm keine Antwort, denn er hatte keine Angst vor Folter. Er war der Wächter des Königs von Veldaren und Sohn von Thren Felhorn. Zu glauben, dass ein gemeiner Schließer ihn in nur einem Tag brechen könnte, war fast schon eine Beleidigung.

Die Zeit verstrich, Stunde um Stunde. Haern versuchte, zu Ashhur zu beten, aber jedes Mal dachte er dabei an all jene, die am Galgen gebaumelt hatten, während der Henker seinen Namen rief. Seine Gebete verstummten stammelnd. Schlimmer noch war der Verlust von Senkes Amulett des Goldenen Berges. Sie hatten es ihm abgenommen, bevor sie ihn an die Wand gekettet hatten. Er hätte alles darum gegeben, wenn dieser karge Trost um seinen Hals gehangen hätte. Der Gedanke an Senke riss alte Wunden auf, und er versuchte die Erinnerung zu unterdrücken, was in dieser erstickenden Dunkelheit nicht leicht war. Und die ganze Zeit pochte die Wunde in seiner Schulter schmerzhaft.

Er wusste nicht, ob er geschlafen hatte, aber so musste es gewesen sein. Denn irgendetwas drückte gegen seine Schulter und weckte ihn mit einem Ruck auf. Er sah nichts in der Nähe, doch plötzlich flüsterte eine Stimme in sein Ohr. Das Geräusch ließ das Blut in Haerns Adern gefrieren und zwang ihn zum ersten Mal, sich einzugestehen, wie verletzlich und hilflos er war.

»Sei gegrüßt, Wächter«, flüsterte der Schemen. Haern konnte das Grinsen in der Dunkelheit neben seinem Gesicht förmlich sehen. »Ich muss zugeben, dass es mich zutiefst enttäuscht, dich so angekettet vorzufinden.«

»Warum bist du hier?« Haern flüsterte ebenfalls. Er zweifelte keinen Augenblick daran, dass der Schemen ihn augenblicklich töten würde, sollte er versuchen, die Schließer zu rufen.

»Um mit dir zu plaudern, selbstverständlich. Warum sonst? Ich habe über unser letztes Gespräch nachgedacht und bin zu dem Schluss gekommen, dass ich dich voreilig beurteilt habe. Nach deiner Herrschaft über Veldaren kann ich dich nicht so gründlich missverstanden haben. Verstehst du, Wächter, du wurdest in ein hochkomplexes Spiel hineingezogen, und doch bist du dir immer noch nicht über die Position der Spielsteine auf dem Brett im Klaren. Es gibt nur sehr wenig Regeln, und du hast bereits eine gebrochen.«

»Und welche Regel wäre das?«

»Lass dich nie, niemals durch Mitleid blenden, so dass du die Wahrheit nicht mehr sehen kannst.«

Der Schemen lachte leise. Dann spürte Haern etwas Dünnes, Scharfes an seinem Hals. Doch auch als es seine Haut ritzte, zuckte er nicht einmal zusammen.

»Sag mir, Wächter, weißt du, warum die Elfen hier sind? Und was ist mit der Trifect? Glaubst du tatsächlich, dass Alyssa ausschließlich meinetwegen hierhergekommen ist? Und die

Händlerbarone? Hast du dich jemals gefragt, welche Rolle sie dabei spielen, oder weißt du auch nur, wer diese Händlerbarone sind? Du willst mich verurteilen, weil ich Angehörige aller beteiligten Gruppen töte, und doch weißt du so wenig. Du hast Anführer der Trifect und der Diebesgilden umgebracht. Die Frauen und Männer, die ich töte, sind nicht weniger schuldig.«

Er schlug mit der Schneide seines Messers gegen Haerns Gesicht, der spürte, wie ihm das Blut aus einem weiteren Schnitt über die Wange lief.

»Sag mir, inwiefern sollte ich anders sein als du?«

»Ich habe es nie genossen zu morden.«

»Und ich schon? Nun, du irrst dich.« Das Flüstern des Schemens klang eisig. »Dieses Töten bereitet mir weder Vergnügen noch Freude. Vielleicht amüsiert es mich, einige von ihnen sterben zu sehen, aber nur bei den wahrhaft Erbärmlichen. Du kannst doch wohl nur schwerlich abstreiten, dass du Ähnliches empfunden hast, als du den Abschaum von Veldaren vernichtet hast.«

Haern drehte sich zu dem Schemen um und glaubte in der Dunkelheit schwach den Umriss der Kapuze des Mannes zu erkennen. »Und warum grinst du dann?«

»Was willst du im Angesicht eines solchen Wahnsinns anderes tun, als zu grinsen?«

»Und zu töten.«

Der Schemen lachte. »Ja, und zu töten. So zu töten, wie du getötet hast. Angst zu verbreiten, wie du sie verbreitet hast. Letzte Nacht habe ich dieselbe Gerechtigkeit walten lassen, wie du es getan hast, Hunderte von Malen. Warum hast du diese Männer verteidigt, Wächter? Ich habe versucht, eine Antwort darauf zu finden, aber nichts, was ich mir denken konnte, schien mir zufriedenstellend. Hast du wirklich die Wahrheit gesagt?«

»Unschuldige wären gestorben. Ich hatte keine Wahl.«

»Es sterben immer Unschuldige. Glaubst du tatsächlich, deine kleinen Spielchen in Veldaren hätten nur die Schuldigen getroffen?«

»Aber keine Kinder!«

Eine Hand legte sich über seinen Mund.

»Still, Narr!«, flüsterte der Schemen. »Keine solchen lauten Ausbrüche! Und warum sprechen wir von Kindern? Oder meinst du etwa diese Hinrichtungen auf dem Stadtplatz, die da in deinem Namen stattfanden? Ja, das war verabscheuungswürdig, aber ich habe von dem Abschaum in diesem Land nichts anderes erwartet. Leidet dein Gewissen? Hält dich das davon ab, klar zu denken? Kinder leiden durch die Handlungen ihrer Väter und Herrscher. Daran wird nichts etwas ändern. Willst du zulassen, dass die Makel dieser Welt dich daran hindern, das zu verbessern, was verbessert werden kann? Du hast deine Schwerter mit Blut befleckt, um den Kampf zwischen den Gilden und der Trifect zu beenden. Warum zögerst du, dasselbe noch einmal zu tun?«

Haern schloss die Augen und versuchte nachzudenken. Aber zu viel von dem, was der Schemen gesagt hatte, klang sinnvoll. Hatte er wirklich geglaubt, er wäre etwas Besseres, als er die Angehörigen der Diebesgilden niedergemetzelt hatte? Doch er hatte es im Namen von Frieden und Sicherheit getan. Was war mit dem Schemen? Was trieb ihn zu seinen Handlungen? Der Mann hatte recht; er wusste viel zu wenig von dem Spiel, welches die Adeligen und die Händlerbarone in Engelhavn trieben. Er schluckte seinen Stolz und seinen

Zorn hinunter und sprach die Worte aus, die bitter auf seiner Zunge schmeckten.

»Was hoffst du zu erreichen? Wenn ich dir helfen soll, dann muss ich wissen, zu welchem Ende.«

»Genau das suche ich, ein Ende. Du bist in ein Kartenhaus gegangen, Wächter. Ich werde es zum Einsturz bringen. Jeder Einzelne dieser Spieler beabsichtigt, Neldar mit Drogen und Krieg zu überziehen. Stelle Fragen! Öffne die Augen! Wenn ich es dir sagen würde, würdest du es mir nicht glauben, also höre es aus ihrem eigenen Mund. Und dann komm zu mir und sag mir, dass ich falschliege.«

Haern sah es zwar nicht, aber er spürte, wie der Schemen sich zur Tür seiner Zelle umdrehte. Am schwachen Licht der Fackeln konnte er erkennen, dass sie nur angelehnt war.

»Deine Freunde kommen, um dich zu retten«, flüsterte der Schemen. »Der größte Teil der Schließer … Sagen wir, sie schlafen fest. Ich gehe jetzt und überlasse es deinen Rettern, dich ohne Probleme aufzuspüren. Ebenso gut kann ich allerdings gehen und Alarm schlagen. Dann überfluten die restlichen Wachen Ingrams das Verlies. Was ist dir lieber, Wächter? Besteht Hoffnung für dich, oder sollte ich zulassen, dass der Galgen den Dorn deiner Gegenwart aus meiner Seite entfernt?«

Haern holte tief Luft und dachte über all das nach, was er gehört und gesehen hatte. Schließlich erinnerte er sich an das, was er Ulrigh in Lauries Anwesen gesagt hatte. Der Schemen hatte Tori, Taras' Kind, am Leben gelassen. Irgendwo in ihm war ein Gefühl für Kontrolle und Anstand, trotz der Kälte, die Haern in der Gegenwart dieses Mannes empfand und die diesem Eindruck zu widersprechen schien. Ganz gleich, wie sehr Haern sich auch etwas anderes einzureden versuchte, er konnte nicht einfach hier im Verlies sitzen bleiben und behaupten, er wäre unschuldiger als der Schemen. Er hatte die Kanalisation von Veldaren mit Blut überflutet, um seine Ziele zu erreichen, wie hochtrabend sie auch gewesen sein mochten. Wenn er jetzt den Schemen dafür verurteilte, dass er dasselbe tat, ohne zuvor die Angelegenheit genauer zu untersuchen, wäre er nur unerträglich heuchlerisch.

»Ich verspreche nichts«, flüsterte Haern. »Aber ich werde die Wahrheit über diese Stadt herausfinden, so oder so. Sollte ich zum Narren gehalten worden sein, ganz gleich von wem …«

»Also gut. Vielleicht besteht tatsächlich noch Hoffnung für dich.«

Es wurde still in der Zelle, bis auf das leise Klicken, mit dem sich die Tür schloss. Haern machte die Augen zu, ließ den Kopf hängen und fragte sich, ob er den Verstand verloren hatte. Er dachte an die Wut, die er empfunden hatte, als Alyssa gekommen war, und wie er ihr versprochen hatte, diesen Mann für seine Taten zur Rechenschaft zu ziehen. Er empfand noch immer so, aber jetzt wusste er nicht mehr, ob dies der bessere Teil von ihm fühlte oder nur sein angeschlagenes Ego.

Eine Hand legte sich über seinen Mund, und er fuhr erschrocken zusammen.

»Still.« Es war eine flüsternde Frauenstimme. »Jemand ist vor mir hier gewesen.«

»Der Schemen«, flüsterte Haern, als sie die Hand wegnahm.

»Wird er uns aufhalten?«

Er schüttelte den Kopf. »Nein. Ich glaube nicht.«

»Dann sollten wir uns beeilen.«

Er hörte ein Klicken über seinem Kopf, als Zusa sich daranmachte, die Schlösser seiner Ketten zu lösen. Haern atmete regelmäßig und ruhig, während sein Pulsschlag sich beschleunigte. Ganz gleich, wie viele Schließer Zusa und der Schemen auf ihrem Weg in die Verliese auch ausgeschaltet haben mochten, eine Flucht würde auf keinen Fall eine leichte Aufgabe sein. Allein schon die Tatsache, dass immer noch helllichter Tag war, würde ihnen Probleme machen. Mit einem lauten Rasseln löste sich eine der Ketten und landete auf dem Boden. Am anderen Ende des Ganges schrien etliche Gefangene spöttische Bemerkungen.

»Wie schwer ist deine Verletzung?«, erkundigte sich Zusa.

Eine weitere Kette löste sich, aber diesmal ließ Zusa sie vorsichtig zu Boden gleiten. Haern bewegte prüfend die Schulter und musste sich auf die Zunge beißen, um einen Schmerzensschrei zu unterdrücken.

»Ziemlich schlimm. Meiner Schulter geht es nicht besonders gut«, presste er zwischen den Zähnen hervor.

»Kannst du laufen?«

»Habe ich eine Wahl?«

»Nicht, wenn du hier rauswillst.«

»Dann kann ich laufen.«

Die letzten Ketten lösten sich von seinem Körper. Trotz Zusas Sorgfalt klang ihr Rasseln wie Donner in den steinernen Zellen.

»Wen hast du da bei dir?«, schrie jemand aus der Nachbarzelle. »Hast du dir eine Hure bestellt?«

Zusa packte Haerns Hand und zog ihn auf die Füße. Seine verletzte Schulter pochte vor Schmerz, und er berührte sie vorsichtig. Als er die Finger an die Nase hielt, waren sie klebrig, und er roch den Gestank des Eiters. Sehr wahrscheinlich hatte die Wunde sich infiziert. *Fantastisch,* dachte Haern.

»Wo sind meine Sachen?«, erkundigte er sich.

»Vorne, glaube ich. Sie werden immer noch bewacht. Wir holen sie auf dem Weg nach draußen. Bist du bereit?«

»Ich bin bereit.«

Zusa rannte los wie ein Blitz und umklammerte dabei fest Haerns Handgelenk. Sie liefen von den dunkelsten Ecken des Verlieses in den Bereich, der von Fackeln erhellt wurde. Die anderen Gefangenen veranstalteten einen Heidenlärm, als sie an ihnen vorbeirannten. Sie johlten und brüllten. Haern sah einen Schließer, der mit dem Rücken an einer Wand kauerte. Blut bedeckte seinen Hals und seinen Brustpanzer. Zusa blieb kurz stehen, um zu lauschen, ob sich weitere Schließer näherten.

»Warst du das?«, erkundigte sich Haern.

»Er war bewusstlos, als ich auf ihn gestoßen bin.« Zusa warf einen Blick auf den toten Schließer. »Ich habe ihm nur noch die Kehle durchgeschnitten.«

Selbst wenn die Wachen den Lärm hörten, machte sich keiner die Mühe nachzusehen, was da vorging. Haern wagte es, erleichtert zu seufzen.

»Weiter.« Zusa zog ihn mit sich. Sie kamen an zwei weiteren Leichen vorbei, und Haern brauchte nicht zu fragen, was mit ihnen passiert war. Der eine lag auf der Seite, der andere auf dem Rücken, und beide hatten klaffende Wunden am Hals. An der größten Kreuzung des Verlieses blieben sie erneut stehen. Links und rechts von ihnen erstreckten sich Gänge mit Zellen, während vor ihnen helles Tageslicht den Ausgang anzeigte. Hinter ihnen schrien immer mehr Gefangene, entweder aufmunternd, wütend oder neidisch.

»Die Stadtwachen haben ihre Posten nicht verlassen«, flüsterte Zusa.

»Wie bist du an ihnen vorbeigekommen?«

Sie deutete auf einen der Nebengänge. »Schatten sind meine Passage, aber ich kann dich nicht mit hindurchnehmen.«

Haern gefiel die Vorstellung nicht, noch mehr Stadtwachen zu töten, ebenso wenig wie er sich ausmalen mochte, dass dafür weitere Gefangene gehenkt werden würden. Aber die Worte des Schemens schienen ihn zu verspotten. Würde er tatsächlich zu einem Feigling werden, Angst davor haben, jemanden zu töten, und das nur wegen einer Drohung, die jemand wie Ingram ausgestoßen hatte?

»Holen wir meine Säbel und meine Umhänge«, sagte er. »Dann schlagen wir uns durch.«

Er bemerkte ihren Seitenblick zu seiner Schulter und schüttelte den Kopf.

»Ich kann auch mit Schmerzen kämpfen. Und jetzt los!«

Sie ging voraus und ließ seine Hand los, um ihre beiden Dolche zu zücken. In der Tür kam ihnen ein Schließer entgegen, zweifellos weil er überprüfen wollte, warum seine Kameraden die Gefangenen nicht endlich zum Schweigen brachten. Zusa erwischte ihn völlig unvorbereitet. Mit einem Dolch schlitzte sie ihm den Bauch unmittelbar unter seinem Brustpanzer auf, und mit dem anderen erstickte sie seinen Todesschrei, als sie seine Luftröhre durchbohrte. Sie trat den Toten zur Seite und lief weiter. Haern folgte ihr.

Drei weitere Stadtwachen saßen um einen kleinen Tisch. Hinter ihnen stand ein Regal mit Waffen und Armbrüsten in dem kleinen Raum, darunter befand sich eine schwere Truhe. Zusa fegte wie ein Wirbelwind zwischen sie, durchtrennte ihnen die Kehle und durchbohrte ihre Brust, bevor sie auch nur ihre Waffen ziehen konnten. Die Leichen stürzten zu Boden, ohne dass die Männer hätten Alarm schlagen können. Zusa lehnte sich an eine Wand und deutete auf die Truhe.

»Da drin«, erklärte sie.

Haern kniete sich vor die Truhe, öffnete den Deckel und fand seine Habseligkeiten. Als sich seine Umhänge um ihn wickelten und er die Kapuze tief ins Gesicht zog, spürte er, wie seine Zuversicht wuchs, vor allem als er sich den Gürtel mit den Säbeln umschnallte. Sein Hemd war immer noch blutbefleckt, und ihm war klar, dass er in einer Welt der Schmerzen landen würde, sobald seine Kampflust abgeebbt war. Aber jetzt konnte er kämpfen. Er drehte sich zu Zusa herum und stellte überrascht fest, dass sie immer noch an der Wand lehnte. Als er näher trat, sah er die Schweißperlen auf der nackten Haut um ihre Augen.

»Wurdest du getroffen?« Er blickte an ihr herunter, sah jedoch keine Wunden.

»Alles in Ordnung«, erwiderte sie und stieß sich von der Wand ab. »Mir geht es gut.«

Sie ging zu dem eisernen Portal, dem letzten Hindernis zwischen ihnen und der Freiheit. Doch statt eines Schlosses oder eines Schlüssels auf der Innenseite wurde sie von einem Querbalken auf der Außenseite versperrt. Zusa fluchte.

»Können wir durchbrechen?«, erkundigte sich Haern, als er sich die Situation näher angesehen hatte. Er sah draußen vor dem Tor zwei Stadtwachen, die an der Tür lehnten, als würden sie schlafen. Es genügte, dass sie einer einzigen Patrouille auffielen, dann würde es hier von Wachen nur so wimmeln.

»Das geht nicht«, meinte Zusa. »Sie besteht aus Metall. Ich muss dort drüben hinaus.«

»Wie?«

Sie legte ihr Gesicht an die Gitter des Portals und sah sich um.

»Du erinnerst dich? Schatten sind meine Passage.«

Zusa verschwand wieder im Kerker und außer Sicht. Haern vertraute darauf, dass sie wusste, was sie tat. Er wartete am Eingang und fühlte sich sonderbar hilflos. Da stand er nun, der tödliche Wächter, und wurde von einer einfachen, verrammelten Tür aufgehalten?

»Wie tief die Hochmütigen fallen«, murmelte er. Er ging auf und ab, um seinen Kreislauf in Gang zu halten.

Auf der anderen Seite des Tores fiel Zusa wie vom Himmel herab und landete schwer auf der Seite.

»Zusa?«, fragte er leise, als sie liegen blieb und sich nicht rührte. »Zusa!«

»Ich wurde entdeckt.« Sie lag immer noch mit dem Rücken zu ihm. »Ich war leichtsinnig …«

Er hörte Schreie aus der Ferne, und sein Pulsschlag verdoppelte sich.

»Beeil dich«, drängte er sie. »Wir müssen hier verschwinden, und zwar sofort!«

Zusa schien so schwach zu sein, dass sie nicht einmal stehen konnte, geschweige denn den schweren Balken anzuheben vermochte, der das Tor versperrte. Sie schloss die Augen, und in dem Moment sah er die erste Stadtwache den Hügel hinauflaufen, in Richtung des Zugangs zum Eingang des Verlieses.

»Zusa! Steh auf, Zusa! Konzentriere dich auf den Schmerz, bediene dich seiner und steh auf!«

Sie zwang sich, sich auf die Knie aufzurichten. Jetzt erst sah Haern den Armbrustbolzen in ihrer Seite. Ein Anflug von Panik stieg in ihm auf. Er drehte sich von der Tür weg, schnappte sich eine der Armbrüste der Wachen und eine Handvoll

Bolzen. Bevor der erste Soldat der Stadtwache sie erreichte, erschoss Haern ihn durch die Lücken zwischen den Steinen. Ein zweiter Angehöriger der Stadtwache tauchte auf, und obwohl sein erster Schuss ihn verfehlte, bohrte sich der zweite Bolzen in die Kehle des Mannes.

Zusa packte den Balken vor der Tür und zog sich daran hoch. Haern spannte die Armbrust erneut und griff dann zwischen den Stäben hindurch, um ihr Gesicht zu umfassen.

»Du schaffst es«, sagte er beschwörend. »Kümmere dich nicht um sie. Kümmere dich um gar nichts. Hebe einfach nur den Balken an. Befrei mich, und ich schwöre dir, dass ich dich beschützen werde.«

Sie riss das Tuch von ihrem Mund und lehnte dann die Stirn gegen die Gitterstäbe. »Zu heiß«, sagte sie. Sie atmete schwer und hatte die Augen immer noch geschlossen.

Haern sah, wie eine Gruppe von Stadtwachen aus einem Seiteneingang von Ingrams Anwesen heranstürmte.

»Los jetzt!«, fuhr er sie an. »Sofort, verdammt, sonst sind wir beide erledigt!«

Er feuerte einen Bolzen über ihren Kopf hinweg auf die Stadtwachen, ließ dann die Waffe fallen und griff zu seinen Säbeln. Zusa schrie vor Anstrengung, als sie ein Ende des Balkens packte und ihn anhob. Als er aus dem Haken rutschte, ließ sie ihn zu Boden fallen. Haern stürmte durch das Tor. Der Schmerz in seiner Schulter war nicht mehr als eine ferne Erinnerung, als er sich, wie ein Verrückter heulend, auf die sechs Stadtwachen stürzte. Seine Säbel tanzten, und seine Widersacher hatten nicht die geringste Chance, seiner Wut irgendetwas entgegenzusetzen. Die beiden ersten fielen zu Boden. Ihr Angriff wirkte ungeschickt gegen seine Hiebe. Dann wirbelte er zwischen die restlichen Männer, zerfetzte einem die Rückseite des Beins und sprang dann auf einen anderen los. Sie prallten zusammen und der Mann stürzte zu Boden, während Haerns Knie sich in seine Brust gruben. Der Zusammenprall erschütterte beide, aber Haerns Säbel durchbohrte den Brustkorb des anderen Mannes und tötete ihn. Die beiden letzten wandten sich zur Flucht, aber das wollte er nicht akzeptieren. Er bohrte seine Waffe einem in den Rücken, während er dem anderen ein Bein stellte und ihm die Kehle durchtrennte, als er zu Boden stürzte.

Dann ging er zurück, mit bluttriefenden Säbeln, und kam an dem Mann vorbei, dem er die Sehnen durchtrennt hatte. Die Stadtwache flehte um ihr Leben.

»Nicht, bitte!«, schrie der Mann, als Haern ihm einen Säbel an die Kehle setzte. Haern spürte, wie seine Wut verrauchte, und im gleichen Moment kehrte der Schmerz in seiner Schulter mit voller Wucht zurück. Er ließ den Säbel sinken und schlug dann dem Mann mit der flachen Seite ins Gesicht.

»Fang etwas Nützliches mit deinem Leben an!«, riet er ihm und schob seine Säbel in die Scheiden. Dann rannte er zu Zusa zurück, die an dem Tor lehnte und mit beiden Händen den Bolzen an ihrer Seite umklammerte. Als Haern sich ihr näherte, stieß sie den Bolzen tiefer in ihren Körper, bis das mit einem Widerhaken versehene Ende auf der Rückseite herauskam. Haern konnte kaum glauben, was er sah, und fing sie auf, als sie ihm in die Arme fiel.

»Zieh ihn heraus«, bat sie ihn, als er sie hielt. Haern packte den blutigen Schaft, biss die Zähne zusammen und zog. Zusa keuchte nur kurz auf. Er presste ihren Umhang auf die blutende Wunde und wickelte ihn fest um ihren Leib.

»Lass mich zurück«, sagte sie. »Sonst kannst du nicht entkommen. Und sag Alyssa, dass es mir leidtut …«

»Das kannst du ihr selbst sagen.«

Er stützte ihr Gewicht mit seiner Schulter und machte einen Schritt vorwärts, dann noch einen, trotz der Schmerzen. Sie lehnte ihren Kopf gegen ihn. Die Hitze auf ihrer Stirn erschreckte ihn. Sie beschleunigten ihre Schritte, und Zusa fand ihr Gleichgewicht wieder. Mit jedem Schritt konnte sie ihr Gewicht besser tragen. Humpelnd und blutend eilten sie den Pfad vom Hügel hinab. Der ganze Komplex war von einer Mauer umgeben, und der Weg, über den sie gingen, führte zu einem Seiteneingang. Davor stand eine Abteilung von Stadtwachen. Als die Männer Haern und Zusa kommen sahen, zückten sie ihre Waffen.

»Es sind zu viele.« Zusa betrachtete die Soldaten. »Lass mich einfach hier und verschwinde.«

»Eher sterben wir zusammen.«

Knapp zehn Schritte von den Stadtwachen entfernt blieben sie stehen, und Haern ließ Zusa los. Sie standen da, die Waffen in den Händen. Haern lachte auf, weil ihm klar war, dass sie wirklich ein erbärmliches Mörderpärchen abgaben. Mittlerweile waren sie von fast zwanzig Stadtwachen umzingelt.

»Lasst uns durch.« Haern deutete mit seinem blutigen Säbel auf den Mann, der der Anführer der Abteilung zu sein schien. »Sonst werdet ihr zuerst sterben.«

»Legt eure Waffen nieder, sofort«, befahl der Mann und ignorierte Haerns Forderung.

»Erst wenn wir tot sind, Soldat.«

Die Männer gingen in Position, und Haern wurde klar, dass sie jeden Moment angreifen würden. Zusa duckte sich, die Arme gespreizt, fast als wäre sie eine Spinne, aber er sah das Fieber in ihren Augen. Selbst wenn sie in Bestform gewesen wären, hätten sie Schwierigkeiten mit so vielen Bewaffneten gehabt, aber in ihrem momentanen Zustand … Haern zog die Kapuze tiefer ins Gesicht und lächelte grimmig. Er würde im Kampf sterben, ganz gleich, wie wenig Hoffnung sie auch haben mochten. Der Schemen hatte recht. Was konnte man angesichts eines solchen Wahnsinns auch sonst tun?

Doch bevor der Anführer der Soldaten den Befehl zum Angriff geben konnte, ertönte eine Stimme über dem Tor. Als Haern hochsah, bemerkte er den Schemen, der mit gezücktem Schwert auf der Mauer hockte.

»Lasst sie gehen!«, sagte er.

»Sie sind Gefangene von Lord Ingram«, erwiderte der Anführer der Abteilung. »Geh deines Weges, es sei denn, du willst ihnen im Verlies Gesellschaft leisten.«

»Ich befehle dir, lass sie gehen!«

Die Soldaten flüsterten, als ihnen klar wurde, wer da oben über ihnen stand, in seinen schwarzen Gewändern und dem langen Umhang.

»Wer glaubst du, dass du bist, dass du uns Befehle geben kannst?«

Der Schemen grinste. »Das hier ist meine Stadt. Lasst sie gehen, oder ihr alle werdet sterben.«

Haern sah, wie sich Furcht unter den Soldaten breitmachte. Der Schemen sprach gebieterisch und zeigte trotz ihrer zahlenmäßigen Übermacht keinerlei Furcht. Es spielte keine Rolle, dass sie ihn letztendlich besiegen konnten. Sie wussten, dass sie bei diesem Versuch schreckliche Verluste würden hinnehmen müssen. Wieder glaubte Haern, ein Spiegelbild seiner selbst zu sehen, von der Furcht, die er mit so viel Mühe in Veldaren erzeugt hatte. Doch wenn man es von außen betrachtete, fühlte es sich so täuschend falsch an.

»Tritt zur Seite«, sagte Haern ruhig. »Es muss niemand sterben.«

Der Anführer der Abteilung trat einen Schritt zurück, als wollte er ihm den Weg freimachen. Dann jedoch schlug er nach Haerns Kehle und schrie gleichzeitig seinen Männern zu, sie sollten angreifen. Haern wehrte den Hieb ab, während um ihn herum das Chaos losbrach. Zusa wich den beiden ersten Schlägen aus, die ihr galten, dann war Haern bei ihr und deckte ihre Seite. Keiner von ihnen griff an; sie beschränkten sich darauf, die Hiebe der Soldaten zu blocken und gegen jene zurückzuschlagen, die sie angriffen. Nachdem Zusa einen Soldaten getötet hatte, der ihr zu nahe gekommen war, sank sie auf die Knie. Haern gab sein Letztes, um sie zu beschützen. Doch nach ein paar Augenblicken nahm die Zahl der Angreifer rapide ab, denn der Schemen war zwischen sie gesprungen. Sein Schwert war ein stählerner Wirbel des Todes. Die Soldaten fielen wie Halme vor dem Schnitter, weil sie weder mit seiner Geschwindigkeit noch seiner Geschicklichkeit mithalten konnten. Der Schemen schlug sich eine blutige Gasse durch die Stadtwachen und tauchte schließlich vor Haern auf. Er lächelte immer noch.

»Manchmal frage ich mich wirklich, wie nützlich du mir tatsächlich sein kannst«, erklärte er, bevor er seine Aufmerksamkeit auf die Handvoll Stadtwachen richtete, die noch lebten und die zurückgewichen waren. »Kommt her! Stellt euch! Oder seid ihr Feiglinge und Narren, die nur die Armen und Schwachen angreifen können?«

Haern achtete nicht auf seine Beleidigungen. Zusa lag vor ihm auf dem Boden, und er nahm sie in seine Arme. Mit dem Fuß hob er den schweren Schlüsselring des Anführers der Abteilung vom Boden hoch und trat ihn in die Luft, sodass er ihn mit der Hand fangen konnte. Kampfgeräusche ertönten hinter ihm, als er das Tor aufschloss und die Tür aufstieß.

»Bleib bei mir«, flüsterte er Zusa zu. »Wir müssen eine Weile untertauchen. Du musst laufen. Kannst du laufen?«

»Ich habe wohl … keine große … Wahl.« Sie lächelte ihn schwach an. Aus einem Impuls heraus küsste er sie auf die Lippen, dann stützte er sie mit seiner Schulter.

»Schöne Flitterwochen«, sagte er. »Bleib stark. Und bleib bei mir.«

Sie liefen los und hinterließen ab und zu Blutflecken auf dem Boden. Angesichts ihrer Kleidung und ihrer Wunden folgten ihnen viele befremdete Blicke, aber niemand trat ihnen in den Weg. Stadtwachen schrien in der Ferne, aber je länger sie liefen, desto schwächer wurden die Rufe. Ob es nun ihre Schnelligkeit gewesen war, die Menschenmenge oder die Hilfe des Schemens, es gelang ihnen jedenfalls, Ingrams Verlies hinter sich zu lassen. Mit jeder Minute aber wurde Zusa schwächer, bis er sie schließlich in die Arme nehmen und tragen musste. Jetzt lief er nicht mehr, sondern machte nur einen schmerzenden Schritt nach dem anderen. Er spürte, wie sein eigenes Fieber anstieg in dieser fremden und unbekannten Stadt. Er versuchte, eine grobe Richtung zu erkennen, zwang sich, durch den Schmerz hindurch zu denken, und ging weiter. Je weiter sie sich vom Gefängnis entfernten, desto mehr Menschen blieben bei ihrem Anblick stehen. Einige von ihnen fragten sogar, ob sie Hilfe brauchten. Haern ignorierte sie jedoch, weil es ihn bereits all seine Konzentration kostete, einen Fuß vor den anderen zu setzen.

Schließlich sank Haern in die Knie. Zusa lag bewusstlos in seinen Armen. Vor ihm befand sich ein großes Tor. Haern hätte nie gedacht, dass er bei Torgars Anblick jemals so große

Erleichterung verspüren könnte, als dieser die Türflügel aufriss und ihn begrüßte.

»Hast du vollkommen den Verstand verloren?«, erkundigte sich der Hüne.

Haern hätte die Frage gerne bejaht. Stattdessen jedoch lachte er, während ihm die Tränen über das Gesicht strömten und wenigstens ein Dutzend Passanten sahen, wie Haern und Zusa in Laurie Keenans Anwesen gebracht wurden.

10. KAPITEL

Madelyn küsste Toris glatte Stirn und wickelte die Decke fester um das Kind, als der Lärm draußen lauter wurde. Ihr Ehemann war in seinem Arbeitszimmer gewesen, als die ersten Schreie an der Haustür ertönten. Er war zweifellos dorthin gelaufen, um nachzusehen, was los war, während sie sich tiefer in das Haus zurückzog und das Baby an ihre Brust drückte. Ihr Heim war ihr Heiligtum, ein Ort mit verschlossenen Türen und sicheren Mauern. Der Schemen hatte dieses Refugium bereits verletzt. War etwa noch jemand anders widerwärtig genug, um es ebenfalls zu versuchen?

»Geh und sieh nach, wer diesen Lärm verursacht«, befahl sie der Amme, Lily.

»Gewiss.« Lily eilte davon. Zwei weitere Bedienstete waren bei ihr, die eine kümmerte sich um das Feuer im Kamin, die andere wartete auf ihre Befehle. Sie versuchte, jeden Gedanken an die beiden aus ihrem Kopf zu verdrängen, und sang stattdessen leise ein Schlaflied, obwohl das Baby bereits schlief. Nach drei Zeilen hielt sie inne, denn der Lärm hatte weiter zugenommen. Dann kehrte Lily zurück. Sie wirkte verwirrt, versuchte es jedoch zu verbergen.

»Und?«

»Es sind Alyssas Gäste«, erwiderte die Amme. Allein bei der Erwähnung des Namens schien ihr ein Stein im Magen zu liegen. »Die frisch Vermählten. Sie bluten beide.«

Madelyn stand auf, verärgert, weil man sie nicht gerufen hatte. Gäste in ihrem Haus waren verletzt worden, und doch hielt niemand es für nötig, sie darüber in Kenntnis zu setzen? Dennoch, irgendwie verhielt Lily sich sonderbar. Es erinnerte sie daran, wie sich die Amme verhalten hatte, als sie mit einem der Söldner geschlafen hatte. Dieses schwache Zögern, ihre Weigerung, ihr in die Augen zu sehen.

»Was ist ihnen zugestoßen?«, erkundigte sich Madelyn. »Haben sie es dir erzählt?«

»Nein, aber … sie tragen sonderbare Kleidung. Ich kann es nicht erklären.«

Seltsame Kleidung? Was sollte dieser Unsinn?

»Lily«, Madelyn verfiel in den Tonfall, der, wie sie wusste, all ihren Bediensteten Angst einflößte. »Was verheimlichst du mir?«

Die Amme biss sich auf die Unterlippe und drückte die Arme gegen ihren Leib. Sie war noch recht jung, obwohl der letzte Rest ihres mädchenhaften Äußeren schon in ein oder zwei Jahren verschwunden sein würde. Aber sie war noch jung genug, dass sie einer mütterlichen Person instinktiv gehorchte. Madelyn schlug einen anderen Ton an.

»Lily, niemand macht dir Vorwürfe. Und jetzt erzähl mir, was du verschweigst.«

»Man hat uns befohlen, Euch nichts davon zu sagen.«

»Wer?«

»Euer Gemahl, Mylady.«

Madelyn holte tief Luft, um eine scharfe Erwiderung zu unterdrücken. Wenn Laurie etwas vor ihr verbarg …

»Sein Ärger wird sich gegen mich richten, nicht gegen dich. Und jetzt sprich!«

Lily sah zu dem anderen Dienstmädchen hinüber, und Madelyns Ärger wuchs. Dieser Blickwechsel verriet ihr, dass sie beide Bescheid wussten. Wie viele ihrer Lakaien hüteten dieses Geheimnis vor ihr?

»Die beiden haben sich nachts aus dem Haus geschlichen«, antwortete schließlich das dritte und älteste Dienstmädchen, das neben dem Kamin stand. Ihr Gesicht war runzlig. Sie war die Hebamme und hatte hier im Haus die Aufgabe, dafür zu sorgen, dass es der kleinen Tori gut ging. »Wir haben gesehen, wie sie sich aus dem Dienstboteneingang geschlichen haben. Sie kleiden sich sonderbar und sind bewaffnet, wenn sie hinausgehen.«

»Sonderbar?«, hakte Madelyn nach. »Was meinst du damit? Wie sind sie gekleidet?«

Lily sah die anderen hilfesuchend an und senkte dann ihre Stimme, als würde sie einen Fluch flüstern. »Wie Diebe.«

Madelyn sprang so hastig auf, dass sie Tori weckte. Das Baby seufzte leise, als es wach wurde. Die Dienstmädchen folgten Madelyn, als sie durch das Haus eilte zu dem Raum, den sie Haern und Zusa für die Dauer ihres Aufenthaltes zugewiesen hatte. An der Tür herrschte bereits Gedränge, als sie ankam. Torgar stand davor, und etliche Bewaffnete drängten sich in dem Gang daneben.

»Ist mein Ehemann in diesem Zimmer?« Madelyn deutete mit einem Nicken auf die Tür.

»Das ist er.«

»Mach sie auf.«

»Sie ist verschlossen, Mylady.«

»Ich sagte, mach sie auf.«

Torgar zuckte mit den Schultern und zog sein gewaltiges Schwert. Er benutzte es als Keil, um das schwache Schloss zu zerbrechen. Die Tür öffnete sich einen Spalt. Sie sah ihren Ehemann, der im gedämpften Licht einer Lampe finster zu ihr hinsah. Alyssa stand neben ihm. Seine Miene war hart, und ihr war klar, dass er sich auf die Entdeckung durch sie vorbereitet hatte. Was sie nur noch wütender machte.

»Werden sie es überleben?«, fragte sie, als er zu ihr nach draußen trat.

»Ich glaube schon«, sagte er.

»Bedauerlich.«

Laurie sah sie böse an. »Sie sind Gäste in unserem Haus, Madelyn. Diese kaltschnäuzige Haltung ist unangebracht.«

»Tatsächlich? Woher sind sie gekommen, Laurie? Was hätte sie fast umgebracht? Wer?«

Ihr Ehemann streifte die versammelten Söldner mit einem Blick und schüttelte den Kopf.

»Reden wir unter vier Augen weiter.« Sie folgte ihm in sein Arbeitszimmer. Nur Lily blieb da, als er die Tür hinter sich schloss. Madelyn drückte ihr Tori in die Arme. Dann setzte sich die Amme in einen der gepolsterten Sessel, öffnete ihre Bluse und gab dem Baby die Brust. Selbst wenn die Kleine gestillt wurde, wollte Madelyn Tori nicht aus den Augen lassen. Laurie starrte sie mürrisch an, war jedoch klug genug, nicht auch noch diesen Kampf auszufechten angesichts des größeren Problems, das Haern und Zusa darstellten. *Falls das überhaupt ihre wirklichen Namen sind,* dachte Madelyn. Sie bezweifelte, dass die beiden überhaupt mit den Gemcrofts verwandt waren.

»Was weißt du?«, verlangte sie zu wissen. »Sag mir alles, lüge mich nicht an. Die Götter mögen dir beistehen, wenn du Tori in Gefahr bringst.«

»Wir sind nicht in Gefahr!«, schrie Laurie sie an. Sein unerwarteter Ausbruch erschreckte Madelyn, und sie trat einen

Schritt zurück. Ohne Tori in den Armen fühlte sie sich nackt. Finster und trotzig setzte sie sich neben Lily. Laurie wandte den Blick ab, und sie sah die Wut in seinem Blick. Gut. Es war nur gerecht, dass er ebenso wütend war wie sie.

»Jedenfalls glaube ich das nicht«, fuhr er fort, nachdem er sich beruhigt hatte. »Aber die Lage verändert sich sehr schnell, und ich hätte nicht gedacht, dass der Wächter so dumm sein würde.«

Madelyn blieb vor Schreck der Mund offen stehen. »Der Wächter? Du hast *ihn* hierhergebracht?« Sie hatte das Gefühl, als würde ihr Gemahl ihr einen perversen Streich spielen. »Aber er … Ich habe Ingrams Ankündigung gehört. Der Wächter sollte heute Nacht gehängt werden.«

Plötzlich ergaben die Verletzungen von Haern und Zusa Sinn. Sie wurde fast von ihrer Wut überwältigt und grub ihre Fingernägel so tief in ihre Arme, dass Blutstropfen aus ihrer Haut sickerten. Ihr kostbares Haus, ihr einziger sicherer Ort, beherbergte einen der berüchtigtsten Mörder?

»Er ist ausgebrochen«, stellte sie fest. Ihr Ehemann widersprach ihr nicht. »Und nachdem er aus dem Gefängnis entflohen ist, ist er hierhergekommen. Verdammt, Laurie, hat irgendjemand gesehen, wie wir einen gesuchten Verbrecher aufgenommen haben?«

Laurie seufzte. »Torgar hat gesagt, dass sie wahrscheinlich gesehen wurden.«

Die Worte trafen sie wie ein Schlag vor die Brust. »Er wird es herausfinden.« Sie meinte Ingram. »Noch vor Einbruch der Nacht wird die halbe Stadtwache unser Haus umstellen. Wir dürfen uns nicht dabei erwischen lassen, wie wir ihnen Zuflucht gewähren, Laurie. Wir müssen sie Ingram übergeben!«

»Alyssa wird das nicht zulassen, das weißt du genau.«

»Dann liefere Alyssa eben auch aus!«

Er schlug ihr hart ins Gesicht. Sie lehnte sich auf ihrem Stuhl zurück und presste ihre zitternden Finger auf ihre blutende Lippe.

»Alyssa Gemcroft ist das Oberhaupt einer der Trifect«, sagte Laurie. »Die Trifect liefert die Ihren nicht aus, nicht einmal dem König. Es interessiert mich nicht, wie viele Soldaten Ingram hierherschickt. Sie werden unser Heim nicht betreten.«

Panik stieg in Madelyn hoch, und sie war machtlos dagegen. »Wir haben nicht genug Männer.«

»Torgar hat bereits Botenläufer ausgeschickt, um jeden verfügbaren Söldner in der Stadt zu engagieren, ganz gleich wie viel es kostet.«

»Aber die Söldner sind alle in der Hand der Händlerbarone. Wir dürfen sie nicht in unser Haus lassen! Sie sind unseren eigenen Wachen zahlenmäßig überlegen!«

»Verdammt, Weib, das reicht! Hältst du mich für einen Idioten? Ich habe bereits genug Probleme, diese verdammten Händlerbarone daran zu hindern, uns zu ruinieren. Da brauche ich nicht auch noch Ärger mit dir. Was glaubst du, wird passieren, wenn das Violet an Popularität gewinnt, und das wird es zweifellos? Wenn sie jemals genug Geld haben, um uns herauszufordern und ihre Macht über Engelhavn hinaus auszudehnen, dann ist nichts mehr gewiss, nichts mehr sicher!«

Er betonte das letzte Wort nachdrücklich, weil er ihre Paranoia und ihre Phobien kannte. Der offene Himmel war eine Folter. Verschlossene Türen waren eine Gefahr. Seine laute Stimme erschreckte Tori, die Lilys Brustwarze losließ und zu weinen anfing. Die Amme summte leise und wiegte sich hin und her, während sie das Baby an die andere Brust legte. Madelyn beobachtete, wie sie den anderen Nippel über Toris

Oberlippe rieb, und dachte, dass dies alles nur passiert war, weil Alyssa diesen Wächter und seine Hure aus Veldaren mit hierhergebracht hatte. Sie stellte sich vor, was die Stadtwache einem so hilflosen Wesen antun würde, wenn sie die Türen mit Gewalt einschlugen. Sie brach in Tränen aus.

»Warum?«, fragte sie. »Warum sind sie überhaupt hier?«

»Wer? Die beiden? Alyssa hat sie mitgebracht, um den Schemen zur Strecke zu bringen. Es war ein Geschenk; sie wollte Rache an Taras' Mörder üben.«

»Sie verabreicht uns ein Gift und nennt es ein Geschenk, und doch genießt sie ebenso viel Ansehen in der Trifect wie du. Das ist Wahnsinn, Laurie. Vollkommener Wahnsinn.«

Er ging zu ihr und schlang seine Arme um ihre Taille. Als er sie auf den Mund küsste, erwiderte sie den Kuss aus einem Reflex heraus. Aus keinem anderen Grund. Sie schmeckten beide Blut.

»Ich verspreche dir, dass nichts passieren wird«, sagte er. »Auch Ingrams Macht ist begrenzt. Er braucht uns, sosehr er sich auch dagegen wehrt, das zuzugeben. Ohne uns, ohne unsere Söldner, unseren Handel und unseren Einfluss wird Engelhavn leiden. Drastisch leiden. Ohne uns kann er auch nicht Ulrigh in seinem Wahnsinn aufhalten, der einen Krieg beginnen will, den er niemals gewinnen wird. Er wird bluffen und sich aufplustern, aber der Mann ist ein abergläubischer Feigling. Hab keine Angst vor ihm. Wenn er begreift, dass wir nicht nachgeben, wird Ingram einlenken.«

»Ich bete, dass du recht hast.« Sie wich vor ihm zurück, um sich neben Lily zu setzen. Nachdem Tori aufgestoßen und die Amme das bisschen erbrochene Milch abgewischt hatte, nahm Madelyn das Baby wieder in ihre Arme. Lily zog ihre Bluse zurecht und verließ den Raum. Nachdem die beiden alleine waren, sahen sie sich an, als hätten sie sich nichts mehr zu sagen.

»Ich sollte gehen und sehen, was der Heiler macht«, sagte Laurie.

»Dann geh.«

Als er weg war, wiegte sie Tori in den Armen, bis das Baby langsam wieder eindöste.

»Ich werde dich beschützen«, flüsterte sie dem kleinen Mädchen zu. »Immer und ewig.«

Sie kehrte in ihre eigenen Gemächer zurück und rief ihre Zofen. Ihr waren die Arme müde geworden, also gab sie Tori dem Kindermädchen und wartete auf das Unausweichliche. Nach einer nahezu unerträglich langen Zeit kam eine ihrer Zofen zurück, wie befohlen.

»Sie sind da«, sagte sie.

Madelyn ging zum Empfangssalon, gefolgt von ihren Dienerinnen. Aus dem Fenster konnte sie den gesamten vorderen Garten überblicken, einschließlich des Tores. Mindestens fünfzig Söldner standen an der Mauer rechts und links neben dem Tor, und viele von ihnen waren ihr unbekannt. Ihnen gegenüber stand eine Abteilung der Stadtwache. Die Männer schienen nicht sonderlich überrascht zu sein, als Torgar sich weigerte, das Tor zu öffnen. Madelyn befahl einer Zofe, das Fenster zu öffnen, damit sie den Wortwechsel hören konnte.

»Mach ich nicht.« Torgars tiefe Stimme drang problemlos bis zum Haus. Es half natürlich ein wenig, dass er so laut brüllte, als wollte er ganz Engelhavn darüber informieren, dass ihm die Stadtwache vollkommen egal war. »Ein paar geldgierige Bauern tauchen hier auf und behaupten etwas, und Lord Keenan von der Trifect sagt etwas ganz anderes. Wem würdet ihr da wohl glauben?«

Der Anführer der Stadtwache schien beleidigt zu sein und versuchte, Torgar sowohl an Lautstärke als auch an Selbstsicherheit zu überbieten. Er schaffte beides nicht.

»Wir sind nur hier, um das Anwesen nach Mördern abzusuchen, die Lord Ingram ergreifen will. Selbst wenn dein Herr nicht in die Sache verwickelt ist, könnten sich die Gesuchten auf dem Anwesen verstecken.«

»Für eine einfache Durchsuchung hast du aber einen Haufen Schwerter mitgebracht.«

Der Anführer der Stadtwache sah ihn verächtlich an. »Es ist ein großes Haus.«

Aber Torgar ließ sich so leicht nicht ausmanövrieren. »Na, dann will ich dir helfen. Mein Arschloch ist auch ziemlich groß. Glaubst du, dass sie sich da drin verstecken?« Er zog seine Hose herunter. »Sieh genau hin. Siehst du irgendwas Verdächtiges? Steck ruhig deine Hand rein und such ein bisschen herum; du siehst so aus, als hättest du Spaß an sowas. Oder du schickst einfach stattdessen Ingram hierher. Möglicherweise will er ja gerne einen wegstecken.«

Selbst vom Haus aus konnte Madelyn erkennen, dass das Gesicht des Anführers der Stadtwache puterrot anlief. Eine der Zofen hinter ihr errötete ebenfalls und wandte den Blick ab. Madelyn dagegen hätte den großen Idioten am liebsten erwürgt. Sie wollte, dass die Soldaten der Stadtwache ohne Zwischenfall abrückten, nicht, dass sie zu einem unnötigen Kampf provoziert wurden.

»Du wagst es, die Stadtwache zu beleidigen …?«, begann der Anführer der Männer, aber Torgar unterbrach ihn sofort.

»Nun hör schon auf! Du willst hier rein? Schön. Du kommst aber nicht rein, es sei denn, du kommst mit einer ganzen Ladung mehr Männer zurück als mit diesem jämmerlichen Haufen. Wir haben Mauern, Tore und genug Schwerter, um euch alle in ein paar Herzschlägen niederzustrecken, sobald ihr versucht, euch mit Gewalt Zutritt zu verschaffen. Also entweder ziehst du jetzt dein Schwert und unternimmst was, oder du verpisst dich!«

Ohne auch nur auf eine Antwort zu warten, kehrte Torgar dem Anführer der Abteilung den Rücken zu und ging zum Haus zurück. Unterwegs gürtete er sich die Hose zu. Die Stadtwachen blieben hilflos hinter ihm zurück. Madelyn hielt den Atem an und wartete auf ihre Reaktion. Etliche von ihnen fluchten, und keiner sah besonders glücklich aus, aber schließlich stellten sie sich in Formation auf und marschierten zurück zu Ingrams Burg.

Als Torgar durch die Haustür trat, wartete Madelyn bereits auf ihn. Sie gab ihm eine schallende Ohrfeige. Er lächelte sie an und fletschte die Zähne.

»Das würde ich nicht noch einmal tun, Mylady«, sagte er.

»Hast du den Verstand verloren?« Sie hoffte, dass ihr barscher Tonfall ihr Unbehagen über seinen Blick kaschierte. Torgar zuckte mit den Schultern, als Laurie auftauchte. Er hatte den Vorfall aus einem anderen Zimmer heraus beobachtet.

»Ingram hat ihnen nicht den Befehl gegeben, sich mit Gewalt Zutritt zu verschaffen«, erklärte der Söldnerhauptmann und warf Laurie einen Seitenblick zu. »Sie sind nur gekommen, um sich aufzublasen. Aber sie haben keine Zähne im Maul. Ich dachte, ich fühle ihnen mal auf den Zahn, und sie sind genau so abgezogen, wie ich es mir vorgestellt habe, mit eingeklemmtem Schwanz.«

»Sie werden wieder zurückkommen«, meinte Laurie. »Und du hast Ingram beleidigt.«

»Er wird darüber hinwegkommen. Jetzt liegt es an dir, uns aus dieser Sache herauszureden.«

»Und wenn ich das nicht kann?«

Torgar deutete mit einem Nicken zum Fenster. »Dann werden die Jungs da draußen einen ganzen Haufen Soldaten der Stadtwache umlegen. Ihr habt nicht einmal einen Bruchteil der Söldner gesehen, die uns schon bald zur Verfügung stehen. Wie ich höre, hat Ingram den Gildenmeister der Söldner in seinen Kerker geschafft. Und nach allem, was ich weiß, hat sich die Hälfte der gedungenen Schwerter in der Stadt freiwillig in die Schlange gestellt, um gegen Kost und Logis die Möglichkeit zu bekommen, es ihm heimzuzahlen.«

Madelyn stellte sich vor, wie bei einem derartigen Kampf ihre Gärten verwüstet würden und Leichen auf ihren Pfaden lägen. Und wie das Blut in Strömen über die Teppiche ihres Anwesens floss.

»Wie Veldaren«, sagte sie. »Genau wie in Veldaren. Sie hat das zu verantworten. Sie hat die beiden hierhergebracht, und jetzt erleben wir denselben Wahnsinn.«

Laurie schluckte schwer. »Tu, was notwendig ist«, sagte er zu Torgar. Dann sah er Madelyn an. »Ich bin müde und werde mich ausruhen.«

Sie wusste, was das bedeutete. Sie würden heute Nacht in getrennten Zimmern schlafen, was ihr sehr gelegen kam. Ihr war klar, dass jetzt der beste Zeitpunkt war zu handeln, und so machte sie sich auf die Suche nach Alyssa. Sie fand sie im Zimmer der beiden Störenfriede, wo sie neben Zusas Bett saß. Madelyn lächelte sie zuckersüß an.

»Wie geht es deinen Cousins?«

»Es geht.« Alyssa stand auf. »Kann ich etwas für dich tun?«

»Das kannst du allerdings. Du kannst verschwinden. Geh

zurück nach Veldaren, wo du hingehörst. Mein Ehemann braucht deine Hilfe nicht, um mit Leuten wie Ingram und den Händlerbaronen fertigzuwerden. Und nimm diese beiden Halunken mit.«

»Hüte deine Zunge …«

»In meinem eigenen Haus rede ich, wie es mir beliebt. Ihr seid Gäste, und es ist bereits sehr zuvorkommend von mir, euch auch nur so zu nennen. Die Stadtwache ist abgerückt, aber die Männer werden zurückkommen. Geht nach Veldaren, wo ihr sicher vor Ingram seid. Behandle mich nicht wie eine Närrin, Alyssa. Ich weiß, dass kein Gemcroft-Blut in den Adern dieser beiden fließt. Ich werde nicht zulassen, dass du mein Haus zerstörst, nur weil du irgendeine sonderbare Verpflichtung deinen Lieblingsmördern gegenüber hast.«

Alyssa wich jedoch nicht zurück, und was Madelyn noch mehr schockierte, war, dass die andere Frau eine Hand auf den Griff ihres Dolches legte, der an ihrem Gürtel steckte.

»Versteige dich nicht dazu, mir Befehle zu geben«, erwiderte sie kalt. »Ich werde nicht weglaufen wie ein Feigling und ebenso wenig den Schutz ablehnen, den dein Ehemann mir angeboten hat. Und jetzt, wenn du so freundlich wärst, Haern und Zusa müssen ruhen.«

Madelyn ging zur Tür, konnte sich jedoch eine letzte boshafte Bemerkung nicht verkneifen.

»Du solltest die Verantwortung für deine Handlungen allein übernehmen, ebenso wie für deine eigenen Irrtümer. Schon viel zu oft wurden die anderen Trifect mit dir in den Schlamm gezogen.«

»Du dummes Weib!«, konterte Alyssa. »Ich bin diejenige, die sich den Dieben gestellt hat, als ihr anderen geflüchtet seid. Es waren meine Bediensteten, die starben, mein Geld, mit dem die Söldner bezahlt wurden, um sich gegen die Diebe zu stellen. Ich habe uns diesen Frieden mit Blut und Gold erkauft, während ihr hier in Engelhavn gesessen seid, wo ihr euch in Sicherheit wähntet und euch angemaßt habt, mir meine Fehler vorzuhalten. Warum, glaubst du wohl, bin ich hier, Madelyn? Eure einzige Aufgabe war es, die Händlerbarone in Schach zu halten. Du und dein Ehemann, ihr habt auf spektakuläre Weise versagt. Einst gehörten euch alle Schiffe, die den Hafen von Engelhavn verließen, jetzt führt kaum noch ein Schiff eure Flagge. Die Händlerbarone haben euch die Schiffe genommen, euren Handel, und jetzt nehmen sie auch noch das letzte lukrative Geschäft aufs Korn, das euch geblieben ist. Ich bin hierhergekommen, um euch zu helfen, diese Schweinerei zu bereinigen. Und jetzt wagst du es, mir zu sagen, ich wäre der Grund dafür?«

Sie griff in ihre Tasche und warf ihr einen kleinen Beutel zu. Madelyn fing ihn, aus einem reinen Reflex heraus, aber erst, nachdem er gegen ihre Brust geprallt war. Sie fühlte es kaum, so erschüttert war sie.

»Versuch etwas von dem Violet«, sagte sie. »Es ist stärker und viel wirkungsvoller als selbst das beste Rotblatt, das eure Bauern anbauen können. Beiß auf ein Blatt und atme tief ein, und wenn du das tust, dann stell dir vor, was passieren wird, wenn der Wert eures Rotblatt-Handels wegen dieser Pflanze ins Bodenlose fällt. Wenn ich meine Schatztruhen öffne, um eure Familie über Wasser zu halten, werden wir noch einmal darüber reden, wer wen in den Abgrund zieht.«

Madelyn zerdrückte den Beutel mit zitternden Händen und hörte das Knistern von Blättern.

»Ihr drei verdient nichts anderes als das Seil des Henkers«, stieß sie hervor. »Eines Tages wird mein Ehemann dafür sorgen, dass du auch daran baumelst.«

Alyssa schlug ihr die Tür vor der Nase zu.

Zuerst überlegte Madelyn, ob sie zu Tori gehen und sie an ihre Brust drücken sollte, um sich ihren Ärger und ihre Frustration aus dem Leib zu weinen. Aber sie wusste, dass sie das nicht tun konnte. Noch nicht. Obwohl Laurie ihr zu verstehen gegeben hatte, dass er nicht gestört werden wollte, ging Madelyn in ihr gemeinsames Schlafzimmer. Es war dunkel darin, denn die dicken Vorhänge hielten das Licht der untergehenden Sonne ab. Laurie lag halb nackt auf dem Bett und starrte an die Decke. Er sah sie nicht an.

»Ich möchte alleine sein.«

»Ich weiß.«

Ihr Kleid fiel zu Boden. Als sie auf das Bett kletterte, versuchte er, ihr zu widerstehen. Sie packte seine Handgelenke, presste ihren Mund auf den seinen und setzte sich rittlings auf ihn, was seinen Protesten ein Ende machte. Sie ließ sich von dem lodernden Feuer in sich treiben und ritt ihre Wut aus ihrem Leib, während ihr Ehemann stöhnte. Als er kam, blieb sie auf ihm liegen und legte ihre Lippen an sein Ohr.

»Wir verlieren die Kontrolle«, flüsterte sie im Dunkeln.

»Ich weiß.«

»Wie konnte das passieren? Du wurdest selbst innerhalb der Trifect gefürchtet. Deine Grausamkeit war legendär.«

»Zwölf lange Jahre sind passiert. Es tut mir leid, Madelyn. Ich bedaure es wirklich. Die Händlerbarone waren immer lästig, eine Bande von ordinären Gemeinen, die mit ihrem Reichtum und ihrer Macht auf vornehm taten. Aber ich habe ihnen zu viele Freiheiten gegeben. Ich habe ignoriert, dass sie eine Bedrohung für uns darstellen, und meinen Blick nach Veldaren gerichtet statt auf mein eigenes Heim. Ihr Einfluss ist immer größer geworden, unsere Flotte ist nur noch ein Schatten ihrer ehemaligen Pracht, und nur unser Handel mit Rotblatt hält uns noch über Wasser. Ich habe versagt, ich habe uns alle enttäuscht.«

Sie schmiegte sich enger an ihn und legte eine Hand auf seine Brust. »Es ist noch nicht zu spät. Deine Grausamkeit war ein Werkzeug, und wir müssen es wieder einsetzen. Alle sind gegen uns: Ingram, die Händlerbarone, die Elfen, dieser mörderische Schemen. Sogar Alyssa. Wir können ihnen nicht vertrauen, keinem von ihnen. Uns ist es bestimmt zu herrschen. Du bist dazu bestimmt zu herrschen. Kannst du das nicht wieder tun?«

Laurie seufzte, und sie spürte, dass er an die Decke starrte und nach den richtigen Worten suchte. Allein das schon verriet ihr, dass ihr nicht gefallen würde, was sie gleich zu hören bekam.

»Alyssa ist eine der Letzten, denen wir vertrauen können, Madelyn. Und die Elfen helfen uns, so wie wir ihnen helfen. Wusstest du das nicht?«

Madelyn spürte, wie ihr das Blut in den Adern gefror. »Wir helfen den Elfen? Wie?«

»Alyssa hat für die Unterkünfte bezahlt, aber ich habe die Orte für die Elfen gesichert, damit sie sich innerhalb der Stadtmauern aufhalten konnten. Wir brauchen ihre Hilfe, um zu verhindern, dass sich das Violet über ganz Dezrel ausbreitet. Sollten die Händlerbarone jemals Zugang zu ihren Wäldern bekommen und anfangen, es im großen Stil anzubauen, dann …«

Madelyn überlief es kalt, als sie sich vorstellte, was Ingram tun würde, wenn er ihre Beteiligung an dieser Sache jemals herausfand. Flüchtlinge aufzunehmen war eine Sache, aber den Elfen zu helfen? Ingram würde es ihnen niemals verzeihen und nie vergessen. Täglich töteten die Pfeile der Elfen unschuldige Männer, so viele, dass ein Krieg unmittelbar bevorzustehen schien. Was sie jetzt hier taten, konnte als Verrat gelten. Sie spielte mit dem Gedanken, Laurie deshalb zur Rede zu stellen, biss sich dann jedoch auf die Zunge. Ihre Hand glitt unter das Kissen, wo sie ihren Dolch aufbewahrte.

»Du bist nicht mehr der Mann, den ich geheiratet habe.«

»Wahrscheinlich nicht. Aber du bist auch nicht mehr die Frau, die ich einst liebte.«

Sie stieß ihm den Dolch in die Kehle. Er erwischte ihre Handgelenke, als die Klinge einen Zentimeter in seine Haut eingedrungen war. Blut quoll um die Spitze. Er spannte den Hals an und riss die Augen weit auf, während er gegen sie ankämpfte.

»Gib einfach auf«, sagte Madelyn, als sie ihr ganzes Gewicht hinter den Dolch brachte. Tränen rannen ihr über das Gesicht. »Bitte, hör auf, hör einfach auf, lass einfach los.«

Die Spitze drang weiter in seinen Hals. Er versuchte zu schreien, aber alles, was er herausbekam, war ein leises Gurgeln, als er erstickt nach Luft rang. Er verlagerte sein Gewicht, aber wenn etwas an ihr stärker war als an ihrem Ehemann, dann waren es ihre Schenkel. Sie setzte sich rittlings auf ihn, wie sie es vor wenigen Augenblicken getan hatte. Sein ganzer Körper begann heftig zu zittern. Sein Blick bohrte sich in ihren, und sie weigerte sich wegzusehen, trotz des Entsetzens und der schrecklichen Enttäuschung über ihren Verrat, den sie da sah.

»Es tut mir leid«, flüsterte sie, als seine Kräfte schwanden und er nicht mehr verhindern konnte, dass die Klinge einen weiteren Zentimeter in seine Kehle drang. Sie streifte mit den Lippen sein Ohr, während sein Blut ihre nackten Brüste verschmierte. »Aber du bist nicht mehr stark genug, um uns zu retten. Tori braucht jemand, der besser ist. Ich brauche jemand, der besser ist.«

Sie stach immer und immer wieder zu, zerfetzte seine Haut. *Ich mache das für Taras,* dachte sie. *Ich mache es für sein Kind.* Als der Dolch schließlich den Knochen freilegte, hörte sie auf. Plötzlich schien es schrecklich still im Zimmer zu sein. Nur ihr Atmen störte die Ruhe, ihre Atemzüge und das leise Tröpfeln von Blut, das von den durchtränkten Laken auf den Boden sickerte. Madelyn hatte das Gefühl, dass irgendetwas Schweres über ihr lauerte, wie ein Tier, das bereit war, anzugreifen, aber sie konnte jetzt nicht aufhören. Sie musste stark sein, stärker als Laurie es jemals gewesen war. Sie wappnete sich, nahm den Dolch, kniete sich auf den Boden und begann zu zeichnen.

Taras, dachte sie, während sie das Symbol kritzelte, das sein Mörder zurückgelassen hatte. *Für dich, Taras.*

Es war nicht schwer, das Symbol zu zeichnen. Es hatte sich in ihre Erinnerung eingebrannt, verfolgte sie jedes Mal, wenn sie das kleine Mädchen ansah, das in ihrer Obhut zurückgeblieben war.

Im Vergleich dazu war es eine mühseligere Angelegenheit, Lauries Leiche in Stücke zu schneiden, vor allem da sie nur einen Dolch dafür zur Verfügung hatte. Aber es musste passen, es musste perfekt sein. Irgendwie hatte sie das Gefühl, als wäre sie vollkommen distanziert, als würde eine Fremde tun, was sie tat. War das wirklich sie, die seinen Arm drehte und zog, bis ein Ellbogenknochen brach und sie den blutigen Unterarm losreißen konnte? War es wirklich sie, Madelyn, die einen Dolch in die Augenhöhlen ihres Mannes rammte? Ihr liefen Tränen über das Gesicht und tropften auf die Innereien, die sich über den Teppich ausgebreitet hatten, und nur diese Tränen ließen sie daran festhalten, dass sie immer noch ein Mensch war.

Schließlich stand sie mitten im Schlafzimmer, ihr nackter Körper vollkommen blutverschmiert, und ihre Arme bis hoch zu den Ellbogen mit Fleisch, Haut und Knochen besudelt. Stunden waren verstrichen, und jede einzelne davon drohte sie vollkommen zu zerschmettern. Das Schwere über ihr schien näher gerückt zu sein, drückte sie nieder, wirkte gefährlicher. Es lag auf ihren Schultern, zerrte an ihren Armen und drohte ihr die Augenlider herauszureißen, sodass sie alles sah, was sie in diesem entsetzlichen Raum getan hatte. Das distanzierte Gefühl war verschwunden, auch wenn sie sich wünschte, es wieder zu bekommen. Oh ja, es war ihr Ehemann, der da vor ihr lag.

Noch bin ich nicht fertig, dachte sie, als die Panik ihr den Hals zuzuschnüren drohte. Sie glitt unter das Bett, stach ein Loch in die Daunenmatratzen und schob den Dolch hinein. In dem dämmrigen Licht der einen Lampe, die sie entzündet hatte, konnte sie kaum etwas erkennen. Sie nahm sie vom Haken an der Wand und stellte sie auf den Boden, sodass das Licht auch unter das Bett fiel. Dann tauchte sie die Hände ins Waschbecken, um sich zu säubern, nahm eine Nadel und einen Faden aus ihrem Schrank, kroch unter das Bett und begann mühsam, die Matratze wieder zuzunähen.

Niemand konnte es herausfinden. Niemand würde es jemals erfahren.

Nachdem sie fertig war, räumte sie alles weg. Sie nahm das Schwert ihres Ehemanns von dem eleganten Halter über ihrer Kommode, umklammerte die Scheide und holte tief Luft.

Mit drei Schlägen zerschmetterte sie ein Fenster und legte das Schwert dann wieder an seinen Platz zurück. Endlich war sie frei. Endlich konnte sie die Qual zulassen, konnte sich bewusst machen, was sie getan hatte, eine Erkenntnis, die sie in einem lodernden Feuer zu verzehren drohte. Immer und immer wieder schrie sie, ließ ihre ganze Trauer, ihre Wut und die Gram über den Verlust heraus.

Wenige Augenblicke später flog die Tür auf.

»Er sagte, er würde mich töten, wenn ich auch nur einen Mucks von mir gebe«, schluchzte Madelyn. Sie hielt Lauries entsetzlich entstellte Leiche liebevoll in ihren nackten Armen. »Er sagte ... Er sagte ...!«

Ihr Wehklagen hallte durch das Haus, als die Wachen in den Raum strömten, erneut vollkommen erstaunt und wütend darüber, dass sie nicht imstande gewesen waren, den Schemen am Töten zu hindern.

11. KAPITEL

Die Kapitänskajüte auf der *Rabenfeder* war noch kleiner als die auf der *Flammenherz,* aber es gab trotzdem ein richtiges Bett, und das genügte Darrel. Licht strömte in den Raum, als die Huren die Tür öffneten und hinausgingen. Statt sie jedoch zu schließen und ihm endlich ein wenig Ruhe zu gönnen, wurde die Tür weit aufgestoßen und Lord Ulrigh Braggwaser kam herein.

»Wenigstens hast du diesmal gewartet, bis ich fertig bin«, knurrte Darrel.

»Zwei?« Ulrigh sah den Frauen nach.

»Die letzten Tage waren ziemlich anstrengend. Ich dachte, ich hätte es verdient, mich ein wenig verwöhnen zu lassen.«

Ulrigh lachte leise.

»Was ist daran komisch?«, wollte Darrel wissen. »Glaubst du etwa, dass ich keine zwei Frauen schaffe?«

»Mich amüsiert nur, dass du das Wort *verwöhnen* kennst.«

Der Kapitän grinste. »Ulrigh, wenn es auf dieser hässlichen Welt ein Wort gibt, mit dem ich gut Freund bin, dann dieses.«

»Wirklich faszinierend. Und jetzt zieh dir deine verdammte Hose an, damit wir reden können. Ich warte an Deck.«

Er schloss die Tür hinter sich. Darrel kratzte seinen Bart und wartete, bis sein vom Alkohol umnebeltes Hirn sich erinnerte, wo er seine Hose hingeworfen hatte, bevor die beiden Frauen ihre Magie an seinem Schwanz gewirkt hatten. Schließlich fand er sie hinter sich auf dem Bett, zog sie an, schnürte sie zu und schnappte sich das nächstbeste Hemd. Er schob gerade die Arme hindurch, als er auf das Deck seines neuen Schiffs trat – allerdings nur neu für ihn; das relativ kleine Schiff hatte bereits viele Jahre die Ozeane befahren und war erst kürzlich als Ersatz für die *Flammenherz* erworben worden.

»Sie ist eine richtige Schönheit, hab ich recht?«, sagte er, als er sah, wie Ulrigh das Schiff betrachtete.

»Sie war das Beste, was ich in der kurzen Zeit bekommen konnte«, erwiderte der Händler. Der Sarkasmus des Kapitäns beeindruckte ihn offenbar nicht. »Du kannst von Glück sagen, dass du überhaupt noch ein Schiff führen darfst, nach dem, was mit meiner Fracht geschehen ist.«

»Du weißt verdammt gut, dass das nicht meine Schuld gewesen ist. Ich habe drei Seeleute als Wache eingeteilt, und sie wurden abgeschlachtet wie naive Schiffsjungen. Jeder Einzelne von ihnen wusste, wie man tötet, Ulrigh, das kann ich dir versichern. Irgendjemand war darüber informiert, dass wir das Violet hatten, und dieser Jemand wollte nicht, dass wir es verkaufen. Könnte es dieser Schemen gewesen sein?«

»Vielleicht.« Ulrigh biss sich auf die Lippen, und der Kapitän bemerkte, dass seine Hände zuckten.

»Brauchst du etwas zu trinken?«

»Mir geht es gut.« Ulrigh zog irgendetwas Grünes aus seiner Tasche, legte es sich auf die Zunge und kaute.

»Also, weshalb bist du hier?« Darrel verschränkte die Arme. Er hatte nicht vor zuzusehen, wie sein Herr in aller Ruhe Violet kaute, jedenfalls nicht, wenn er selbst keins nehmen durfte. Selbst das letzte Blättchen war mit der *Flammenherz* verbrannt; die Flammen hatten ein Vermögen vernichtet und ihn beinahe im Schlaf getötet. Er war durch die

Warnschreie aufgewacht und in letzter Sekunde ins Wasser gesprungen.

»Laurie Keenan ist letzte Nacht gestorben«, sagte Ulrigh und schniefte vernehmlich. »Er wurde vom Schemen ermordet.«

»Tatsächlich? Und wer übernimmt jetzt die Geschäfte der Familie?«

»Seine Frau.«

»Verflucht! Und was hat das mit mir zu tun?«

Ulrigh wirkte entschieden zu gelassen, als er Darrel angrinste.

»Die Dinge entwickeln sich sehr schnell, mein teurer Kapitän, aber wir müssen sicherstellen, dass alles so läuft, wie wir es wünschen. Madelyn engagiert im Augenblick jeden verfügbaren Söldner in der Stadt und verteilt genug Gold, um die ohnehin brüchige Loyalität auch unserer Männer zu kaufen. Wir müssen Gegenmaßnahmen ergreifen. Ich will, dass du meine Befehle an meine anderen Schiffe weitergibst, sowie auch an die meines Bruders.«

»Welche Befehle?«

»Kein einziges Schiff verlässt Engelhavn. Es kümmert mich nicht, wenn die Piers und Molen überbelegt sind. Wenn es sein muss, sollen sie vor der Küste ankern.«

Darrel versuchte die Zahl der Schiffe zu überschlagen, aber er wusste, dass es viel zu viele waren, um es im Kopf ausrechnen zu können.

»Damit ordnest du eine riesige Verschwendung und jede Menge Kopfschmerzen an«, antwortete er. »Sämtliche Nahrungsmittel werden verderben. Und ist dir klar, welchen Mist wir uns in jedem Hafen anhören müssen, den wir zu spät anlaufen? Vorausgesetzt, dass wir dort überhaupt ankommen. Sind die anderen Händler damit einverstanden?«

»Sie werden einwilligen. Wir brauchen so viel kampfbereite Männer wie möglich, vor allem solche, die uns gegenüber loyal sind. Es wird Zeit, dass diese Stadt erfährt, wer hier wirklich das Zepter in der Hand hat. Hol alle deine Freunde an Bord. Viele Männer, die sich selbst nicht für Söldner halten, werden trotzdem für ein bisschen Gold bluten und sterben. Ich will sie alle unter meiner Fahne haben.«

»Und wenn trotzdem jemand ausläuft?«

Ulrigh lächelte ihn liebenswürdig an. »Dann sollen ihm alle Schiffe in unmittelbarer Nähe den Weg versperren, das Schiff entern, die Mannschaft fesseln und sie mitsamt ihrem Schiff verbrennen. Niemand verlässt Engelhavn, Darrel. Niemand.«

Darrel zuckte mit den Schultern. »Du bist der Herr, also gebe ich den Befehl weiter. Was machst du in der Zwischenzeit?«

»Selbstverständlich gehe ich zu Madelyn Keenan und spreche ihr mein zutiefst empfundenes Beileid aus, was sonst?« Ulrigh schlug dem Kapitän auf die Schulter, bevor er beschwingt die Planke zur Pier hinunterschritt.

Sie durchsuchten das gesamte Anwesen von oben bis unten, aber selbstverständlich fanden die Söldner keine Spur vom Schemen. Madelyn hatte die Nacht zwischen ihren Bediensteten verbracht, mit vom Weinen rot geränderten Augen und schlaflos. Alle glaubten, sie stände unter Schock, und zum Teil lagen sie damit auch richtig. Aber eine Sache beschäftigte sie, und die konnte sie mit niemandem besprechen: Was sollte sie am nächsten Morgen mit Alyssa Gemcroft machen?

Als endlich die Morgensonne durch das Fenster schien, badete sie, kleidete sich an und traf sich vor der Tür ihres Gemachs mit Torgar. Er grunzte bei ihrem Anblick.

»Du siehst aus wie ein Stück Scheiße«, erklärte er.

»Das Gleiche könnte ich von dir sagen!«, fuhr sie ihn an. Das stimmte. Trotz seiner scheinbaren Gleichgültigkeit war der Söldnerhauptmann wie ein Dämon durch das Haus gefegt, hatte die Wachen und Söldner herumgescheucht und zu ihrem Entsetzen sogar zwei Männern den Bauch aufgeschlitzt, als die gewagt hatten, sich seinen Befehlen zu widersetzen. Sie beide sahen mitgenommen aus und hatten dunkle Ringe unter den Augen; Madelyn von ihren Tränen, er wegen seines Schlafmangels.

»Entschuldigung«, murmelte Torgar.

Sie begriff, dass er offenbar endlich registrierte, dass sie jetzt das Oberhaupt der Familie war.

»Er kann nicht mehr in der Nähe sein«, fuhr Torgar fort, »aber wir werden weiter suchen. Ich werde herausfinden, wie er hereingekommen ist und Laurie getötet hat. Das verspreche ich.«

Die Sicherheit, mit der er diese Worte äußerte, jagten ihr einen Schauer über den Rücken, und sie verbarg ihr Zittern mit einem halbherzigen Schluchzen.

»Verzeih mir«, sagte sie. »Ich habe viel zu tun.«

»Was denn?«

Madelyn holte tief Luft. »Zum Beispiel muss ich unsere Gäste über Lauries Tod informieren.«

Sie ging durch den Flur, und Torgar blieb neben ihr. Er griff nach ihrem Ellbogen, um sie aufzuhalten, zog die Hand jedoch im letzten Moment zurück.

»Entschuldige meine Kühnheit, Madelyn, aber du solltest dich ausruhen. Alyssa ist ganz gewiss bereits darüber unterrichtet worden, was passiert ist, das versichere ich dir. Wahrscheinlich weiß es sogar schon die ganze verdammte Stadt.«

Vor ihrem finsteren Blick wich er unwillkürlich einen Schritt zurück.

»Hüte deine Zunge!«, sagte sie. »Ich mache, was ich für richtig halte, hast du das verstanden?«

Er nickte langsam und betrachtete sie, als sähe er sie zum ersten Mal. Mit finsterer Miene ging sie weiter. Sie hatte das Gefühl, auf Messers Schneide zu balancieren. So ein Ausbruch wie eben war ein gefährlicher Fehler. Wenn sie die trauernde Witwe nicht überzeugend spielte, dann würden die Leute anfangen, Fragen zu stellen, würden vielleicht bestimmte Schlussfolgerungen ziehen, und das konnte dazu führen, dass ihr Kopf auf der Spitze einer Lanze endete oder sie in Ketten vor die anderen Häupter der Trifect geführt wurde. Angesichts des Respekts, den Laurie unter ihren Wachen genossen hatte, konnte es sein, dass selbst die sich gegen sie wendeten, falls sie jemals die Wahrheit erfuhren.

»Verzeih mir.« Madelyn versuchte, die Wogen zu glätten. »Ich habe mich noch nicht an den Gedanken gewöhnt, Laurie ersetzen zu müssen, vor allem dann nicht, wenn es darum geht, mit anderen Angehörigen der Trifect zu reden.«

»Sicher.« Torgar klang allerdings alles andere als verständnisvoll. Madelyn schob den Gedanken an den Hünen beiseite und ging zu Alyssas Zimmer weiter. Ihr Ärger wuchs, als sie die Tür aufstieß. Diese drei Personen hatten das alles verursacht, hatten sie gezwungen, ihrem Ehemann solch … schreckliche Dinge anzutun. Als sie das Zimmer betrat, war Alyssa bereits wach. Sie saß auf der Kante ihres Bettes neben ihrer Dienerin. Diese hatte die Decken bis zum Hals hochgezogen, und Madelyn sah schon an der Röte ihrer Wangen und ihrer blassen, verschwitzten Stirn, dass sie Fieber hatte.

»Madelyn.« Alyssa stand auf, als sie hereinkam. »Ich habe es schon gehört … Bitte, es tut mir so schrecklich leid. Laurie war ein großartiger Mann.«

Madelyn nickte, weil sie nicht wusste, was sie sagen sollte. War ihr Ehemann ein großartiger Mann gewesen? Vielleicht früher einmal. Aber sie hatte keinen großartigen Mann erstochen und in Stücke geschnitten. Dieser Mann war nur noch eine leere Hülle gewesen, eine Schande, und nicht mehr der starke Mensch, den sie einst geheiratet hatte. Während sie unschlüssig dastand, bemerkte sie Haern, der an einer Wand lehnte. Sein Arm und seine Schulter waren bandagiert. *Das ist er,* dachte sie. Er war der Verbrecher, der Mörder. Mehr als alle anderen trug er die Schuld an der Wut des Schemens auf ihre Familie. Das hatte doch sein Symbol in Taras' Zimmer bewiesen, oder nicht?

»Lord Ingram wird immer noch nach dir suchen«, sagte sie zu ihm.

»Soll er doch.«

Seine gleichgültige Respektlosigkeit verärgerte sie. Sie hätte die drei am liebsten hinausgeworfen, aber sie musste vorausschauend planen. Sie musste die Rolle der trauernden Witwe weiterspielen, und das bedeutete, sie musste den Willen des Toten respektieren.

»Ich lasse euch nur bleiben, weil es der Wunsch meines Ehemannes gewesen ist«, erklärte sie. »Er hat versucht, euch zu beschützen, und das werde ich achten, ganz gleich, wie krank es mich macht. Engelhavn ist ein gefährlicher Ort, aber zumindest hier seid ihr sicher.«

»Sicher?« Alyssas Gesicht wirkte äußerlich gelassen, aber Madelyn wusste, dass hinter dieser Fassade ihr Verstand auf Hochtouren arbeitete, während sie zu begreifen versuchte, was hier vor sich ging. Sie würde nicht lange brauchen. Innerhalb der Trifect wurde nicht getötet. Dieses Gesetz hatten alle drei Häuser jahrhundertelang befolgt. Aber das hieß nur, dass man sie dabei auf keinen Fall erwischen durfte. Man konnte auch subtilere Methoden anwenden. Methoden, die Madelyn benutzen wollte, und zwar schon bald.

»Ja, sicher. Ihr drei solltet hier in Sicherheit sein.«

»Nach letzter Nacht musst du mir verzeihen, wenn ich das bezweifle«, meinte Haern. »Außerdem müssen wir einen Heiler für Zusa holen.«

Für seine Bemerkung hätte Madelyn ihn am liebsten erwürgt, aber sie verkniff sich eine Reaktion darauf.

»Ich werde jemanden holen lassen«, sagte sie stattdessen. »Und jetzt entschuldigt mich, ich muss gehen.«

»Ich auch«, erklärte Alyssa. »Ich habe genügend Gold bei mir und bin sicher, dass ich jemanden finde, der uns nicht verraten wird …«

»Nein«, sagte Madelyn entschlossen. Torgar hinter ihr griff nach seinem Schwert, als könnte er ihre Gedanken lesen. »Nein, du musst bleiben. Ich werde nicht zulassen, dass du dich auf den Straßen der Stadt in Gefahr begibst. Nicht, solange Ingram nach einer Möglichkeit sucht, um uns zu schaden. Ihr müsst alle drei hierbleiben. Ich verspreche euch, dass euch der Schemen hier nichts anhaben kann.«

»Tatsächlich? Wie überaus beruhigend«, erwiderte Alyssa.

»Torgar, stelle jemanden ab, der sie bewacht.« Der Befehl schien ebenso Alyssa wie auch dem Söldner zu gelten. »Ich will nicht, dass ihnen irgendetwas passiert.«

»Ist es mir denn noch erlaubt, mich frei im Anwesen zu bewegen?«, fragte Alyssa. Ihre Worte troffen förmlich vor falscher Höflichkeit.

Madelyn lächelte, und sie unterdrückte den Hauch von Triumph in ihrer Stimme nicht. »Das halte ich für keine gute Idee.«

Sie schloss die Tür und Torgar folgte ihr hinaus.

»Sie sind gefährlich«, sagte er mit einem Blick zurück zu dem Zimmer.

»Alyssa ist nur ein Kind, und die beiden anderen sind verletzt.«

»Verwundete Tiere sind für gewöhnlich die gefährlichsten.«

Sie wirbelte zu ihm herum. »In dem Fall erwarte ich, dass deine Männer ihre Arbeit tun! Sie dürfen auf keinen Fall das Haus verlassen! Allein die Götter mögen wissen, warum ich ihnen nicht einfach den Kopf abschlage und sie alle drei erledige.«

Torgar trat dichter zu ihr und senkte die Stimme. »So also achtest du den Willen deines Ehemannes«, sagte er.

Madelyn begriff, dass sie sich auf gefährlichem Terrain bewegte, aber sie konnte daran nichts ändern. Nicht, wenn es um diese Hure Alyssa ging.

»Er ist tot und ich trage die Verantwortung«, sagte sie leise. »Und Alyssa ist eine Seuche, die das Mark der Trifect verfaulen lässt. Sie werden diesen Raum bis heute Abend nicht verlassen, ganz gleich, welchen Grund sie haben mögen. Habe ich mich deutlich genug ausgedrückt?«

»Vollkommen deutlich.« Torgar grüßte, aber seine Bewegungen wirkten abgehackt und ungelenk. »Darf ich fragen, wie lange sie dieses Zimmer nicht verlassen sollen?«

»Sie werden diesen Raum nur als Leichen verlassen«, antwortete Madelyn. »Und ich erwarte von dir, dass dies heute Nacht passiert.«

Ein Söldner kam ihnen von der Haustür entgegen und blieb stehen, während er darauf wartete, dass sie ihn ansprachen.

»Was?« Torgar fuhr zu dem Mann herum, ohne eine Reaktion auf Madelyns Befehl zu zeigen.

»Ein Mann am Tor will mit dir sprechen«, sagte der Söldner.

»Geh nur!«, befahl Madelyn dem Söldnerhauptmann. »Und denk daran, ich will, dass diese drei in ihrem Zimmer ständig bewacht werden.«

»Ich kümmere mich darum.« Torgar grinste sie plötzlich an. Es war ein so bösartiges Grinsen, so widerlich, dass sie unwillkürlich erschauerte. »Vertrau mir, ich habe die ganze Geschichte unter Kontrolle. Was ist mit den ganzen feinen Pinkeln, die dir ihr Mitgefühl ausdrücken wollen? Ich habe sie in den vorderen Salons zusammengetrieben.«

»Lass sie warten«, erwiderte sie. »Ich habe keine Zeit für ihre Heuchelei.«

Froh, dem Söldnerhauptmann endlich den Rücken zukehren zu können, eilte Madelyn wieder in Taras' altes Zimmer, wo ihre Bediensteten auf sie warteten. Mehr als alles andere wollte sie Tori in die Arme nehmen, die Augen schließen und die letzten Erinnerungen an ihren Ehemann mit ihren Tränen wegspülen, bis nichts mehr in ihr zurückblieb als ein verblasster Schatten.

Das ganze Anwesen schien abgeriegelt zu sein, als Ulrigh am Eingangstor ankam.

»Lass mich durch«, sagte er zu einem der fünf Söldner, die auf der anderen Seite des Tores Wache hielten.

»Niemand kommt hier herein.«

»Ich bin Ulrigh Braggwaser, und ich bin kein Gemeiner,

den du einfach abweisen kannst. Hol jemanden, mit dem ich reden kann, wenn du darauf bestehst, dass ich hier draußen warte.«

Der Wachposten schickte jemanden ins Haus, und ein paar Minuten später kehrte der mit einem Hünen im Schlepptau zurück.

»Ulrigh, du Mistkerl, was willst du denn hier?«, fragte Torgar.

»Ich habe die schrecklichen Neuigkeiten gehört«, erwiderte Ulrigh. »Ich bin gekommen, um mein Beileid auszusprechen.«

Torgar drehte sich um und spie aus. »Wie lange habe ich für dich gearbeitet?«

»Drei Jahre, wenn ich mich recht erinnere. Es ist schon so lange her …«

»Genau, drei Jahre. Und was glaubst du, wie oft ich in diesen drei Jahren erlebt habe, dass du für irgendjemanden Mitgefühl gezeigt hättest, außer für dich selbst? Du hättest eher wegen eines verschütteten Bieres eine Träne vergossen als wegen eines toten Kindes vor deinen Füßen.«

Ulrigh biss die Zähne zusammen, aber seine Miene blieb gelassen. »Ich werde dir diese Unverschämtheit verzeihen, wenn du mich hineinlässt. Es wäre unhöflich von mir, einem Mann wie Laurie meinen Respekt zu versagen.«

Torgar verdrehte zwar die Augen, brummte jedoch seinen Wachen einen Befehl zu. Die entriegelten das Tor und schlugen es hinter Ulrigh zu.

»Mach es kurz«, riet ihm Torgar. »Wie du sehen kannst, sind wir nicht in der richtigen Stimmung, Gäste zu empfangen.«

»Das habe ich bemerkt.« Ulrigh musterte die Wachen, als Torgar ihn zum Haupteingang begleitete. Sämtliche Abschnitte der Mauer waren mit Söldnern besetzt, von denen viele bis vor kurzem noch in seinem Sold gestanden hatten. Die Haustür wurde von zwei Männern mit gezückten Schwertern flankiert. Und selbst als er zu den Fenstern hinaufblickte, hätte er schwören können, dort Männer mit Armbrüsten zu sehen. Kein Wunder, dass Lord Ingram seine Stadtwache abgezogen hatte. Allein die Verluste, die sie schon bei dem Versuch, das Tor zu überwinden, erlitten hätten …

»Fürchtet ihr eine Invasion?« Er tat, als würde er den Grund für diese Sicherheitsmaßnahmen nicht kennen. Er hatte zwar Darrel gesagt, dass die Keenans alle Söldner in ihren Lohn nahmen, die sie finden konnten, aber die Sache mit eigenen Augen zu sehen, war etwas ganz anderes. Es wimmelte hier förmlich von bezahlten Schwertern.

»Etwas in der Art. Da wir es mit Lord Ingram und dem Schemen zu tun haben, brauchen wir so viele Schwerter, wie wir bekommen können.«

Sie betraten das Haus, und Ulrigh sah sich etlichen kleineren Adeligen gegenüber, die sich im vorderen Salon versammelt hatten und ihn mit finsteren Blicken musterten. Er verbeugte sich tief.

»Edle Herren.« Er grinste spöttisch.

»Du hast nicht das Recht, hier zu sein«, stieß einer hervor. Der Mann war mittleren Alters und hatte einen graumelierten Bart. »Abschaum wie du ist dafür verantwortlich, warum uns der Schemen so zusetzt.«

»Tatsächlich?«, fragte Ulrigh. »Ich wusste gar nicht, dass du mit diesem so schwer fassbaren Schlächter geplaudert hast. Aber bitte, erzähl mir doch, was der gute Mann noch über mich zu berichten hatte!«

»Klappe halten!«, befahl Torgar. Es machte den Eindruck,

als würde er zu beiden reden. »Madelyn ist in Taras' altem Zimmer. Folge mir.«

Der Söldnerhauptmann ging voraus und schob mit seinen breiten Schultern die vornehm gekleideten Adligen zur Seite, die ihm nicht rechtzeitig Platz machten. Ulrigh folgte ihm und zwinkerte dem bärtigen Mann zu, der ihn eben angesprochen hatte. Der sah aus, als hätte er ihn am liebsten mit dem Schwert durchbohrt, wenn er denn eines gehabt hätte. Das amüsierte Ulrigh nur noch mehr.

Sie gingen durch den Flur, um ein paar Ecken, und blieben vor einer offenen Tür stehen. In dem Zimmer saß Madelyn auf einem Bett, in einem einfachen schwarzen Kleid, das hochgeschlossen war. *Das muss ich ihr lassen,* dachte Ulrigh, *es gelingt ihr tatsächlich, Trauerkleidung aufreizend wirken zu lassen.* Sie hatte ein Baby in den Armen, Taras' Kind, wenn er sich recht erinnerte. Um sie herum standen ergebene Lakaien, bereit, selbst auf den leisesten Wink hin zu reagieren. Ulrigh sah Spuren von Tränen in ihrem Rouge und bemerkte auch ihre bleiche Haut. Das überraschte ihn. Er hätte erwartet, dass eine so eiskalte Frau wie sie eine derartige Situation besser ertragen hätte.

»Mylady.« Ulrigh verbeugte sich elegant. »Es schmerzt mich, dich schon wieder in Trauer zu sehen. Die Götter sind wahrhaft grausam, dass sie dir ein solches Schicksal auferlegen.«

»Man sagt ja, dass in jeder Grausamkeit auch ein Funken Liebe läge.« Madelyn winkte ihn in den Raum. »Glaubst du das auch?«

»Grausame Menschen können Liebe machen«, antwortete Ulrigh. »Ich bin nicht sicher, ob das umgekehrt ebenfalls gilt.«

Torgar winkte Madelyn zu, bevor er das Zimmer verließ. »Ruf mich, wenn du mit ihm fertig bist«, sagte er.

Ulrigh blieb vor ihr stehen und ließ das Schweigen andauern, während er überlegte, was er sagen sollte. »Wie steht es um deine Gesundheit?«, erkundigte er sich schließlich, obwohl er sehen konnte, dass sie krank wirkte.

»Ich werde mich wieder erholen«, erwiderte sie. »Nun, du bist nicht gerade für dein Mitgefühl bekannt. Gibt es noch Geschäfte mit meinem Ehemann, über die du gerne reden würdest?«

Ulrigh tat beleidigt. »Selbstverständlich nicht. Laurie war ein Konkurrent, kein Feind. Ich kann über seinen Tod trauern, oder etwa nicht?«

Sie nickte, aber Ulrigh fühlte sich von dieser nichtssagenden Geste nicht beleidigt. Denn natürlich hatte sie recht. Er war nicht gerade für sein Mitgefühl bekannt, aber sein Ego war längst nicht so aufgeblasen, dass er sich von der Wahrheit beleidigt gefühlt hätte. Und was seine Geschäfte anging ... Er hatte tatsächlich etwas, worüber er reden wollte. Er war nicht nur gekommen, um das Anwesen zu inspizieren, seine Verteidigungsanlagen zu überprüfen und zu sehen, ob sie tatsächlich so viele Söldner engagiert hatte. Und um sein Beileid zu bekunden, natürlich.

»Wir treffen uns in ein paar Stunden mit Ingram und den Elfen.« Er setzte sich neben sie und tätschelte ihre Hand. Ihre Haut fühlte sich feucht und kalt an. »Ich werde dafür sorgen, dass die anderen den Grund für deine Abwesenheit erfahren.«

»Meine Abwesenheit?« Sie entriss ihm ihre Hand und rieb sie, als hätte sie sich verbrannt.

»Nun, ich dachte ...«

»Nein.« Madelyn schüttelte den Kopf. »Verschiebt dieses

Treffen. Wie kann jemand von mir erwarten, dass ich heute daran teilnehme?«

»Eine Verschiebung kommt nicht infrage.« Ulrigh sorgte dafür, dass seine Worte einen Hauch verächtlich klangen. »Es herrscht jetzt schon Unruhe in der Stadt wegen des Besuchs der Elfen. Wenn es nicht anders geht, dann soll Alyssa für die Trifect sprechen.«

»Nein!«

Der Nachdruck, mit dem sie diesen Vorschlag ablehnte, überrumpelte Ulrigh. Er lachte leise, weil er nicht wusste, wie er sonst hätte reagieren sollen.

»Auch gut. Laurie hat die Position der Trifect sehr deutlich gemacht. Wir dürften also auch ohne jemanden von …«

»Ich werde teilnehmen«, fiel Madelyn ihm ins Wort. »Ich werde nicht zulassen, dass mein Haus nicht vertreten ist. Ohne unsere Zustimmung geschieht nichts derartig Wichtiges in Engelhavn.«

Nur die Millionen von Dingen, die jeden Tag unter deiner Nase ablaufen, dachte Ulrigh.

»Du bist eine tapfere Frau«, sagte er laut. Er schwieg einen Moment und brachte dann aus purem Übermut das Gespräch wieder auf Lauries Tod. »Was hat diesen Schemen provoziert?«, fragte er. »Was hat Laurie getan, um seinen Zorn zu erregen?«

»Er war schwach.« Madelyn wiegte das schlafende Baby in ihren Armen. »Aber ich bin nicht schwach. Guten Tag, Ulrigh. Wir sehen uns in Ingrams Burg.«

Ulrigh stand auf und verbeugte sich. Doch bevor er ging, musste er noch eine Frage stellen. »Verzeih meine Aufdringlichkeit, aber ist Zusa Gemcroft zufällig hier? Wir hatten uns neulich sehr angeregt unterhalten, wurden aber unterbrochen.«

Madelyns Gesicht schien zu versteinern, und Ulrigh entging diese bizarre Reaktion nicht.

»Zusa ist mit ihrem Ehemann nach Veldaren abgereist«, erwiderte sie.

»Wie schade.« Das war so ziemlich die einzig aufrichtige Reaktion von Ulrigh in dem ganzen Gespräch. »Kehrt sie möglicherweise bald nach Engelhavn zurück, vielleicht wenn sich die Lage hier beruhigt hat?«

»Das bezweifle ich. Auf Wiedersehen, Ulrigh.«

»Mögest du genug Kraft haben in diesen schweren Zeiten«, erwiderte Ulrigh. Er trat aus dem Raum und sah Torgar, der mit einem Weinschlauch in der Hand an der Wand des Ganges lehnte.

»Hast du etwa unsere Unterhaltung belauscht?«

»Natürlich nicht«, erwiderte Torgar. »Ich hatte keine besonders interessante Unterhaltung erwartet. Nur Tränen auf der einen Seite, und Schmeicheleien auf der anderen.«

Ulrigh zog die Tür hinter sich zu. »Mir wurde gesagt, du würdest mich zu Zusas Raum führen. Sie soll bald nach Veldaren reisen, und ich möchte mich von ihr verabschieden.«

Der Söldner hob eine Braue. »Ach ja?«

»Ach ja.«

Torgar zuckte mit den Schultern. »Von mir aus.«

Er ging mit Ulrigh in den hinteren Teil des Anwesens, und das Herz des Händlers hämmerte, während er dem Söldner folgte. Das war wirklich ganz einfach gewesen. Hatten sich die Frischvermählten mit Madelyn zerstritten? Waren sie vielleicht verletzt? Und was würde passieren, wenn Torgar merkte, dass er getäuscht worden war? Ulrigh sah sich um, und plötzlich kam ihm ein weit finsterer Gedanke. Was würde passieren, wenn Torgar auf die Idee käme, ihm, Ulrigh, dieses gigantische Schwert in die Brust zu rammen? Angesichts all ihrer Söldner und ihres Reichtums hätte das Anwesen der Keenans auch eine fremde Nation sein können. Gewiss, sein Bruder würde versuchen, Rache zu nehmen, wenigstens das, aber das war nur ein schwacher Trost, wenn er im tiefen kalten Grab lag …

In der Nähe der Dienstbotenquartiere blieben sie an einer Tür stehen. Torgar bedeutete ihm mit einer Handbewegung, einzutreten.

»Es ist nicht abgeschlossen«, sagte er. »Ich habe das Schloss zerstört.«

Noch eine Absonderlichkeit. Er stieß die Tür auf und trat ein. Das Zimmer war leer, die Bettlaken zerknüllt und mit Blut befleckt. Torgar folgte ihm, sah dasselbe und zog sein Schwert.

»Verflucht!«

Erst jetzt bemerkte Ulrigh den toten Söldner in der Ecke zu seiner Rechten. Seine Haut war von einem fahlen Weiß und sein Kopf seltsam abgewinkelt. An seinem Gürtel hing noch eine leere Scheide.

Plötzlich begriff Ulrigh, dass das hier nicht einfach nur eine Absonderlichkeit war.

»Zeit zu gehen.« Torgar packte seine Schulter und zerrte ihn aus dem Zimmer. Normalerweise hätte Ulrigh beleidigt reagiert, aber er wusste, dass er sich in einer außerordentlich gefährlichen Lage befand.

»Selbstverständlich«, sagte er. »Ich muss mich sowieso auf das Treffen vorbereiten.«

»Ja, klar.« Torgar hörte ihm gar nicht zu. Statt ihn jedoch zur Haustür zu führen, schob ihn der Söldnerhauptmann zur

Rückseite des Hauses. Am ersten Nebengang, den sie erreichten, sah Torgar eine Wache und brüllte los.

»Wo sind sie?«, schrie er. Der Söldner wurde bleich und trat einen Schritt zurück. Selbst Ulrigh war eingeschüchtert.

»Wer?«, fragte der Mann verwirrt.

»Wer wohl? Alyssa und ihre Schätzchen! Bei den Göttern, was gäbe ich nicht für jemanden, der verflucht noch mal ein Hirn im Schädel hat!«

Während Torgar den Männern befahl, Alarm zu schlagen, überlegte Ulrigh, aus welchem Grund Alyssa wohl wie eine entflohene Gefangene behandelt wurde. Er wusste zwar, dass die Trifect gelegentlich untereinander stritten, aber er hatte noch nie gehört, dass sie sich gegenseitig als Geiseln nahmen.

Torgar trat die Hintertür auf und stieß Ulrigh mehr hindurch, als dass er ihn führte. Die beiden Wachen an der Tür, je einer rechts und links, lagen blutend am Boden. Ulrigh konnte nicht erkennen, ob sie tot oder nur bewusstlos waren, aber es sah eher so aus, als wäre es Ersteres. Bei diesem Anblick schien Torgar explodieren zu wollen. Ulrighs Verlangen, so schnell wie möglich zu verschwinden, wurde stärker denn je.

»Ich finde selbst den Weg hinaus«, erklärte er.

Torgar richtete den Blick auf ihn. Seine Augen waren weit aufgerissen und hatten einen wilden Ausdruck. Ulrigh schnürte sich der Hals zusammen, und er fühlte sich auch nicht besser, als der Söldner ihn plötzlich angrinste.

»Hast du Angst, dir die Hände mit Blut zu besudeln?«

»Ich habe Angst«, räumte Ulrigh ein, »dass es mein eigenes Blut sein könnte, ja.«

Die Rückseite des Hauses war längst nicht so gut bewacht wie die Vorderseite, denn dort befand sich weder ein Durchgang noch ein Tor in der Mauer, die das ganze Anwesen umringte. Aber ein Stück weiter entfernt lagen neben der Mauer drei weitere Leichen. Ihr Blut sickerte ins Gras und hatte die Ziegelsteine befleckt.

»Nicht mal ein Schrei«, murmelte Torgar. »Sie konnten nicht einmal Alarm schlagen, verflucht!«

Er brüllte los, und von beiden Seiten des Hauses rannten Söldner auf sie zu. Ulrigh folgte Torgar zu den Leichen, weil er nicht genau wusste, ob er gehen durfte oder nicht. Bis jetzt hatte der Söldnerhauptmann noch keine direkte Drohung ausgestoßen, aber trotzdem konnte der Händlerbaron das Gefühl nicht abschütteln, dass sein Leben an einem dünnen Faden hing.

»Sie sind hinübergeklettert«, erklärte Torgar, als sie den Ort des Geschehens erreichten.

»Verdammt!«, fluchte einer der Söldner. »Wie ist das passiert?«

»Das wüsste ich auch gern. Ihr drei«, befahl Torgar, »bildet Abteilungen, und zwar sofort. Sucht das gesamte Gebiet außerhalb des Hauses ab. Ich will, dass die drei gefunden werden.«

»Welche drei?«, erkundigte sich ein anderer Söldner.

»Alyssa!«, brüllte Torgar. »Von wem sonst rede ich denn die ganze Zeit? Und jetzt setzt euch gefälligst in Bewegung!« Die Söldner gehorchten, und Torgar packte Ulrigh an der Schulter und zog ihn zur Vorderseite des Hauses. Auf halbem Weg, außerhalb der Sicht- und Hörweite jedes möglichen Zeugen, zog das gedungene Schwert den Händler so dicht zu sich, dass Ulrigh den Wein in seinem Atem riechen konnte.

»Und jetzt hör mir gut zu, du Scheißkerl. Du verlierst kein einziges Wort über das, was hier passiert ist, verstanden? Wenn doch, dann weiß ich, wer geredet hat. Und ich habe nichts für Leute übrig, die ihre Nasen in Dinge stecken, die sie nichts angehen. Normalerweise sind sie bald darauf tot. Habe ich mich klar ausgedrückt?«

»Das hast du.« Ulrigh versuchte sich aufzurichten, obwohl das neben dem hünenhaften Söldner lächerlich wirken mochte. »Aber du solltest daran denken, dass ich nicht sonderlich freundlich mit Leuten umspringe, die mich bedrohen.«

»Bedrohen? Ich spreche keine Drohungen aus, Braggwaser. Ich stelle einfach nur eine Tatsache fest. Und jetzt verschwinde von hier. Ich bin verdammt noch mal beschäftigt.«

Er stieß Ulrigh in Richtung des Eingangstores, und der Händlerbaron, der alles andere als ein Narr war, eilte davon. Die Wachen am Tor musterten ihn einmal von oben bis unten und ließen ihn dann passieren. Als er auf der Straße stand, glättete Ulrigh seine Kleidung und blickte finster zum Haus zurück. Kaum einen Herzschlag später tauchten die ersten Söldnerabteilungen auf, die alle in unterschiedliche Richtungen davonmarschierten, um ihre Suche zu beginnen. Ihre Eile amüsierte ihn, und er schlenderte durch eine der Seitenstraßen, die zu der Gasse führte, die hinter dem Besitz der Keenans vorbeilief. Dort lehnte er sich an die Mauer und beobachtete feixend, wie zwei weitere Abteilungen auftauchten und wieder verschwanden. Sie machten eine Menge Lärm, entdeckten jedoch nur wenig.

Sein Feixen verwandelte sich in ein ausgewachsenes Grinsen, als er, nachdem die Abteilungen verschwunden waren, einen ihm bekannten blonden Mann sah, der plötzlich weiter unten auf der Straße auftauchte, sich umdrehte und winkte. Ulrigh versuchte, nicht zu auffällig zu wirken, während er in ihre Richtung schlenderte, nachdem Haern wieder verschwunden war. Alyssa tauchte als Nächste auf, und wie es aussah, stützte sich Zusa schwer auf sie. Sie konnte offenbar nicht alleine stehen. Als die beiden Frauen aus seinem Blickfeld verschwunden waren, lief er so schnell, wie seine Beine ihn trugen.

Er blieb immer mindestens einen Block hinter ihnen und folgte ihnen, während sie durch die Seitengassen von Engelhavn schlichen. Sobald sie weit genug von Madelyns Haus entfernt waren, gingen sie über die Hauptstraßen und mischten sich unter die Menschenmenge. Aber Ulrigh wusste, wer sie waren, trotz ihrer einfachen Kleidung, die sie zweifellos als Verkleidung angelegt hatten. Er folgte ihnen, bis sie ein Haus erreichten, das ihnen sicher genug zu sein schien, und eintraten.

Ulrigh konnte seine Freude kaum unterdrücken. Er kannte dieses Gebäude, und vor allem wusste er, wer darin lebte.

»Die Elfen?« Er hätte beinahe laut aufgelacht. »Meine liebe Alyssa, du hättest es mir nicht einfacher machen können, selbst wenn du es versucht hättest.«

Er eilte zu seinem Haus zurück, begierig darauf, sich umzuziehen und dann mit seinem Bruder zu sprechen. Sie hatten vieles zu diskutieren.

12. KAPITEL

Haern brach auf dem Boden neben dem Bett zusammen, in das die Elfen Zusa gelegt hatten. Er ließ das Schwert fallen, das er dem Wächter in Keenans Haus abgenommen hatte. Es schlug mit einem lauten Knall auf dem Holz auf. Dann betastete er vorsichtig seine Schulter und spürte frisches Blut. Die Wunde hatte sich wieder geöffnet. Sie war bei dem Kampf mit den drei Söldnern an der Mauer aufgerissen. Aber da es so wichtig war, dass sie unentdeckt blieben, hatte er den Schmerz einfach unterdrückt.

»Danke, dass Ihr uns aufgenommen habt«, sagte Alyssa zu Botschafter Graeven, der sie anlächelte und ihr sanft die Hand tätschelte.

»Unsere Türen stehen Euch immer offen, denn das ist auch Euer Heim«, erwiderte er.

»Ganz so einfach liegen die Dinge nicht.« Eine elegante Elfe in einem grünen Kleid war zu ihnen getreten, nachdem sie gehört hatte, wie sie hereingekommen waren. »Wer sind diese beiden, und warum hast du sie mitgebracht?«

Haern wäre von ihrer Schönheit zweifellos mehr beeindruckt gewesen, wäre er nicht so entsetzlich müde. Angesichts ihrer Erscheinung und der Art und Weise, wie Alyssa den Kopf neigte – was sie niemals vor jemandem getan hätte, der gesellschaftlich unter ihr stand –, vermutete er, dass es sich um die Prinzessin handelte, Laryssa. Alyssa hatte auf dem Weg hierher nur wenig von ihr erzählt, aber eines hatte sie immer wieder betont: Ganz gleich was Haern tat, er musste sie mit allergrößtem Respekt behandeln.

Angesichts ihrer heiklen Lage wollte Haern nicht riskieren, dass Alyssa seinetwegen eine Lüge erzählen musste.

»Ich bin der Wächter, den Lord Ingram hängen will«, sagte er. »Zusa hat mich gerettet und wurde dabei verletzt. Ich wurde grundlos eingekerkert, und das schwöre ich bei meinem Leben.«

Laryssa wirkte alles andere als erfreut, ebenso wenig wie die vielen Elfen, die sich um sie versammelt hatten. Sie diskutierten aufgeregt in ihrer eigenen Sprache. Nur der Botschafter wirkte unbesorgt.

»Warum sind sie dann hier?«, fragte die Prinzessin Alyssa. »Warum habt Ihr sie nicht bei Euch behalten und tragt das Risiko selbst?«

»Weil sich Madelyn Keenan nach Lauries Tod gegen mich gewendet hat. Sie hat mich in meinem Zimmer unter Arrest gestellt, unter dem Vorwand, nur so für meine Sicherheit sorgen zu können. Sie hätte mich zweifellos demnächst exekutieren lassen. Dessen bin ich mir sicher.«

»Exekutieren lassen?« Graeven klang bestürzt. »Das doch wohl nicht, oder? Immerhin gehört sie zur Trifect.«

»Madelyn scheint sich weder um Geschichte noch um Respekt noch um Allianzen zu scheren«, erwiderte Alyssa. »Wenn es nach ihr geht, wird die Trifect zerbrechen.«

»Das ist für mich nicht von Bedeutung, Lady Gemcroft«, ergriff Laryssa wieder das Wort. »Unser Konflikt mit Engelhavn ist erheblich wichtiger als jeder unbedeutende Zwist zwischen Euch und Euren Geschäftspartnern. Wir können nicht riskieren, dass man diese beiden Flüchtigen bei uns findet. Ihr müsst gehen.«

»Sie können doch gewiss bleiben, bis sie sich erholt haben.« Graeven sah Haern an. »Wie schwer sind deine Verletzungen, Wächter?«

»Einfach nur Haern«, erwiderte er. »Mir geht es gut. Ich mache mir Sorgen um Zusa.«

Zusa lag hinter ihnen regungslos auf dem Bett. Das Einzige, was man von ihr hörte, war ihr angestrengtes Atmen. Mit Alyssas Hilfe war es ihr gelungen zu laufen, obwohl Haern angeboten hatte, sie den letzten Rest der Strecke zu tragen. Aber die Gesichtslose hatte ihre Stärke bewiesen und sich geweigert. Dennoch, jetzt schien sie den Preis dafür zu zahlen, denn sie atmete flach und keuchend.

»Verletzt oder nicht, wir sind nicht in der Lage, ein solches Risiko auf uns zu nehmen«, sagte die Elfenprinzessin. »Der kleinste Fehler unsererseits, und wir befinden uns im Krieg. Ich würde mich nicht darauf verlassen, dass der Lord dieser Stadt angemessen reagiert, wenn er die Flüchtigen hier findet.«

Während sie redete, beugte sich Graeven dichter über Zusa. Seine Miene verdüsterte sich, als er ihren Atemzügen lauschte.

»Ihr Blut ist von den Blättern des *Nyecoa*-Busches vergiftet worden«, erklärte er und legte seine Finger an ihren Hals, um ihren Puls zu fühlen. Dann zog er ihre Augenlider zurück, sodass die anderen das Gelbe in den Adern ihrer Augäpfel sehen konnten.

»Nyecoa?«, fragte Alyssa.

»Es ist eine Pflanze, die aus den Wurzeln unserer Bäume wächst. Ihr Menschen nennt es das Violet.«

»Vergiftet?« Haern überkam ein Anflug von Panik. »Was meint Ihr mit vergiftet? Wird sie wieder gesund?«

»Ohne unsere Fürsorge?« Graeven warf einen Blick zu Laryssa. »Ohne entsprechende Behandlung wird es schlimmer werden. In dem Fall wird sie in zwei, höchstens drei Tagen sterben.«

Es wurde still, bis auf das leise Murmeln von ein paar männlichen Elfen. Laryssa stand mitten im Raum und wechselte einen Blick mit dem Botschafter. Es schien, als könnten die beiden ihre Gedanken lesen und bräuchten kein gesprochenes Wort, um sich zu verständigen. Schließlich sprach die Elfenprinzessin wieder.

»Wir danken Euch für Eure Freundlichkeit, Alyssa, aber wir wissen auch, dass Ihr dabei Eure eigenen Ziele im Sinn hattet. Solltet ihr bleiben, müssen wir gehen. Dann ist unser letztes Wort an Engelhavn Krieg, sollten sie weiterhin unsere Grenzen verletzen. Das Leben einer einzelnen menschlichen Dienerin ist nicht das der Tausenden wert, die sterben könnten, sollte Ingram herausfinden, dass wir euch geholfen haben.«

»Diener?«, erwiderte Alyssa. »Sie ist keine Dienerin, sie ist meine Freundin, und Ihr müsst ihr helfen!«

»Trefft Eure Entscheidung, Lady Gemcroft.«

Haern beobachtete ihren Kampf und wünschte sich, er hätte einen Rat für sie. Sie waren zu den Elfen gekommen, um ihre Hilfe zu erbitten, da Alyssa behauptet hatte, der Botschafter hätte sie ihr angeboten. Bedauerlicherweise schien es, als hätte er erheblich weniger Einfluss als die Prinzessin. Aber wohin sonst sollten sie gehen? Die wenigen Bediensteten und Söldner, die sie mit nach Engelhavn gebracht hatten, waren noch auf Madelyns Anwesen, und sie hatten keine Ahnung, welches Schicksal sie dort erlitten. Sie waren allein und auf sich gestellt.

»Ihr weist mich ab?« Alyssas Stimme war kalt. »Ist das Euer letztes Wort?«

Laryssa nickte, ohne zu zögern. Hinter ihr äußerten die männlichen Elfen ihre Zustimmung. Der Schmerz in Alyssas Augen war nicht zu übersehen.

»Werdet Ihr anderen sagen, dass ich hierhergekommen bin?«, fragte sie. »Misstraut Ihr meiner Freundschaft so sehr, dass Ihr tatsächlich annehmt, ich hätte keine anderen Motive als blanke Gier?«

»Ich werde keine Lügen von mir geben«, antwortete Laryssa. »Es wäre unwürdig, meine Ehre auf diese Weise zu beschmutzen. Unser Volk steht zu seinem Wort, Alyssa. Es wäre besser, wenn ihr Menschen das allmählich begreifen würdet.«

Sie warteten, während sie alle Alyssa ansahen. Haern wäre gern wütend geworden, aber er war zu erschöpft und von dem Schmerz in seiner verbundenen Schulter zu abgelenkt. Er kniete sich neben Zusas Bett und nahm ihre Hand in seine. Sie glühte von Fieber, und diese Hitze schien etwas tief in ihm zu entzünden. Er drehte sich zu den Elfen um, stand auf und spürte, wie die kalte Wut des Wächters ihn überwältigte.

»Feiglinge«, sagte er. »Ihr maskiert eure Furcht und nennt sie Vorsicht. Ihr benutzt das Wort ›Krieg‹, um zu verbergen, dass ihr unfähig seid zu handeln. Wir sind gekommen, weil wir Hilfe brauchen, und doch weist ihr uns ab, weil ihr nur eure eigenen Ziele verfolgt. Und dann werft ihr uns genau das vor, um euer Handeln zu rechtfertigen? Allein eure Gegenwart in dieser Stadt bedeutet, dass Menschen sterben könnten. Beißt ruhig in die Hand, die euch einst Hilfe angeboten hat; es ist eure Entscheidung. Aber ihr solltet wissen, dass die wilden Hunde dieser Stadt Blut riechen können, und ihr werdet euch nicht lange verstecken können; nicht vor ihnen. Und nicht vor mir.«

»Sei still, Haern.« Alyssa warf ihm einen finsteren Blick zu.

»Ist das eine Drohung?« Laryssa stand vollkommen regungslos da. Nur ihr Mund bewegte sich. »Ist es eine Drohung, Wächter?«

»Nicht, solange Zusa nicht wegen eurer Feigheit stirbt.«

»Das genügt!«

Alyssa trat zwischen Haern und Laryssa. »Ich werde mich nicht für ihn entschuldigen«, sagte sie. Haern sah mit Stolz, wie groß und königlich sie neben der Elfenprinzessin wirkte. »Denn er spricht meine Gedanken aus. Aber ich weiß, wie viele Leben auf dem Spiel stehen, und ich weiß auch, wofür Zusa sich entscheiden würde. Ich werde gehen in der Hoffnung, dass Ihr tatsächlich einen Weg findet, Frieden zu schließen und Tausende von Leben zu retten. Aber betrachtet mich nicht mehr als Euren Freund und Verbündeten.«

Der Botschafter trat neben Laryssa und sprach auf Elfisch mit ihr, aber etliche andere Elfen hinter ihnen schrien ihn nieder. Laryssa schüttelte den Kopf, und die Trauer in ihrem Blick stachelte Haerns Wut nur noch mehr an.

»Geht«, sagte sie. »Und achtet auf Euch, Lady Gemcroft. Wie es scheint, erleiden alle Vereinbarungen zwischen unseren Rassen eines Tages das gleiche Schicksal, und das stimmt mich traurig.«

»Es ist Eure Entscheidung.« Alyssa schüttelte den Kopf, bevor sie sich zu Haern umdrehte. »Kannst du sie tragen?«

Haern hob Zusa in seine Arme und verlagerte ihr Gewicht, so gut es ging, auf seine gesunde Schulter. Der Schmerz war trotzdem fast unerträglich. *Wenigstens,* dachte er, *sind all diese*

Jahre der Ausbildung unter den Lehrern meines Vaters für irgendetwas gut. Er verschloss den Schmerz in einer entlegenen Ecke seines Verstandes und zwang sich dazu, ihn nicht zu fühlen. *Es ist nur Schmerz,* dachte er. *Nur ein dumpfer Schmerz.*

»Ich kann laufen«, murmelte Zusa.

»Klar kannst du das.« Haern lachte. »Aber das wirst du nicht tun.«

Sie verließen das Haus, begleitet von den kalten Blicken der Elfen. Nachdem sie hinausgegangen waren, warf Alyssa noch einmal einen Blick zurück, als erwartete sie, dass jemand ihnen folgte. Aber es kam niemand. Haern fühlte sich verletzlich, als er so plötzlich wieder auf der Straße stand, denn es schien ihm, als würde sie jeder, der ihnen entgegenkam, beobachten. Das stimmte nicht, jedenfalls nicht ganz, aber er war daran gewöhnt, sich im Schatten zu verbergen und nur des Nachts zu reisen. Wenigstens trugen sie einfache Kleidung. Und solange sie den Stadtwachen aus dem Weg gehen konnten, hatten sie vielleicht eine Chance.

»Also«, sagte er, während Zusa ihre Arme um seinen Hals schlang und ihr Gewicht verlagerte, damit er es bequemer hatte. »Wohin gehen wir jetzt?«

Alyssa sah sich rechts und links auf der Straße um und seufzte. »Ich habe nicht die leiseste Ahnung, Haern. Ich wünschte, ich wäre zu Hause.«

Das wünschte er sich auch. Er hätte alles dafür gegeben, die anderen Eschaton-Söldner bei sich zu haben. Tarlak hätte ein paar Feuerbälle gezaubert, um die Elfen von ihrer Dummheit zu überzeugen. Brug hätte wunderbar gewütet und getobt, und natürlich wäre Delysia anschließend aufgetaucht, um mit freundlichen Worten die angespannte Atmosphäre …

Er blinzelte. »Ich habe eine Idee. Es ist eine verzweifelte

Idee, aber vielleicht funktioniert sie, zumindest für ein paar Tage, bis wir uns etwas Besseres überlegt haben.«

»Dann geh du voran«, erwiderte Alyssa. »Ich vertraue dir.«

»Hoffen wir, dass dein Vertrauen in mich gerechtfertigt ist.«

Als sie die Stadt in der Verkleidung der frisch Vermählten erkundet hatten, hatten Zusa und er sich etliche Örtlichkeiten eingeprägt, Märkte, Hafenanlagen und die Häuser der Händlerbarone. Ein Gebäude war ihm dabei aufgefallen, und zwar nicht wegen seiner Größe, sondern weil es so klein war. Das einzige Problem war, dass sie, um dorthin zu gelangen, durch eines der drei Tore mussten. Das bedeutete, dass sie von den Stadtwachen überprüft wurden, selbst wenn das nur flüchtig geschah.

»Wenn man uns fragt, erzählt einfach die Wahrheit«, sagte er den beiden Frauen, als sie über die Straße gingen. »Unsere Freundin ist krank und wir suchen Hilfe.«

»Bist du sicher?«

»Hör auf, dich zu grämen.« Zusa öffnete müde ein Auge. »Du wirst das durchhalten.«

Alyssa errötete und ging dann rasch weiter, um mit Haern Schritt zu halten.

Sie erreichten das stark befestigte Tor, an dem zwei Stadtwachen die Passanten beobachteten. Ab und zu wiesen sie jemanden ab, gewöhnlich Leute, die zu arm waren, um das Bestechungsgeld zu zahlen. Sie hatten Haern durchgelassen, ohne ihn auch nur eines zweiten Blickes zu würdigen, als er seine vornehme Kleidung getragen hatte. Adlige konnten sich ohne weiteres und ohne Angst vor Repressalien der Stadtwachen erwehren. Die anderen jedoch …

»Moment«, sagte der Dickere der beiden Soldaten, als sie versuchten, durch das Tor zu gehen. »Was ist mit dir los?«

»Sie hat Fieber.« Haern vermied es, den Blick des Mannes zu lange zu erwidern. Er wollte nicht, dass er sich an ihn erinnern konnte.

»Fieber?« Der andere Mann schlenderte zu ihnen. »Wir brauchen keine Seuche hier in der Nähe des Hafens. Wie schlimm ist es?«

»Sie wird bald sterben«, sagte Alyssa und trat zu den Männern.

»Bist du seine Ehefrau, Mädchen?«

»Ja«, erwiderte Alyssa, ohne mit der Wimper zu zucken. »Bitte, sie ist unsere Freundin.«

Sie griff in ihre Tasche und zog eine Handvoll Münzen heraus. Haern zuckte unwillkürlich zusammen und war nicht sonderlich überrascht, als die Stadtwachen Alyssa argwöhnisch musterten. Es waren alles Goldmünzen, und dazu frisch geprägt. Niemand, der solch einfache Kleidung trug wie sie, war so vermögend.

»Bitte«, wiederholte Alyssa und bot jedem der beiden Männer drei Münzen an. »Wir haben es sehr eilig.«

Der zweite Mann nahm das Gold, aber der Dickere kratzte sich das Kinn. Haern fühlte, wie er ihn mit seinem Blick prüfend musterte. Er spannte sich an und wartete darauf, dass der Mann ihn erkannte. Er beugte sich zu seinem Kameraden und flüsterte etwas.

»Sei nicht so dumm«, meinte der zweite Soldat. »Das ist er nicht.«

»Woher willst du das wissen?«

»Weil ich es weiß.« Der zweite Soldat starrte Haern geradewegs in die Augen. »Er hat mein Leben gerettet. Wie sollte ich dieses Gesicht vergessen?«

Der dickere Mann zuckte mit den Schultern und steckte

die drei Münzen in seine Tasche. »Wir schätzen eure Freundlichkeit sehr«, sagte er. »Es ist harte Arbeit, diese Straßen sicher zu halten.«

»Das kann ich mir vorstellen«, erwiderte Haern.

Die drei gingen weiter und bogen dann nach rechts in eine Gasse ab.

»Beim nächsten Mal genügt eine Handvoll Kupfermünzen«, erklärte Haern, als sie außer Hörweite waren.

Alyssa errötete. »Die kleinsten Münzen, die ich habe, sind ein paar Silberstücke …«

Haern verdrehte die Augen. »Schon gut. Du würdest ohnehin niemals als Gemeine durchgehen. Du bist einfach nicht schlampig genug.«

Alyssa wollte protestieren, aber sie sah, wie Zusa trotz ihrer Schmerzen lächelte. Sie errötete und hielt den Mund. Sie folgten der Straße weiter, bis Haern schließlich vor ihrem Ziel stehen blieb.

»Ein Tempel?«, erkundigte sich Alyssa.

»Sie gewähren uns vielleicht Zuflucht«, sagte Haern. »Und zumindest können sie Zusa helfen. Das ist im Augenblick das Wichtigste.«

»Selbstverständlich.« Alyssa klang beschämt. »Ich hätte früher daran denken sollen.«

Sie näherten sich dem Eingang, einer einfachen Tür ohne jeden Schmuck. Der Tempel war schlicht und höchstens ein Drittel so groß wie Ashhurs Tempel in Veldaren. Die Wände bestanden aus Holz statt aus Stein. Haern fragte sich, ob Karaks Tempel prachtvoller war und besser besucht wurde, oder ob die Menschen von Engelhavn einfach keine Zeit für Götter hatten. Keiner der beiden Gedanken war sonderlich tröstlich. Ein Klopfer aus Bronze war an die Mitteltür genagelt, und Alyssa betätigte ihn zweimal. Kurz darauf wurde die Tür einen Spalt geöffnet, und ein Jüngling von zwölf oder dreizehn Jahren begrüßte sie.

»Kann ich euch helfen?«, erkundigte er sich mit einstudierter Höflichkeit.

»Wir suchen Beistand«, sagte Haern und deutete mit einem Nicken auf Zusa. »Und unsere Freundin braucht dringend einen Heiler.«

»Einen Moment.«

Die Tür wurde geschlossen, und sie hörten, wie auf der anderen Seite ein Schloss klickte. Haern begann eine neue Litanei in seinem Kopf, um den Schmerz in seiner Schulter weiter ignorieren zu können. Etwas Warmes lief seinen Arm hinunter, und er wusste, dass die Wunde unter der Bandage blutete. *Es dauert nicht mehr lange,* dachte er. Er musste nur noch eine kleine Weile durchhalten. Eine Minute später schwang die Tür weit auf, und der junge Mann winkte sie herein.

»Entschuldigt, dass ihr warten musstet. Bitte, folgt mir.«

Sie betraten gleichzeitig den Altarraum, in dem Bänke aus zusammengestückeltem Holz vor einem Podest mit einer Stufe aufgereiht waren. Der Jüngling deutete auf eine der Bänke. »Legt sie dorthin.«

»Gewiss, junger …«

»Oh.« Der Jüngling schien kurz aus seiner Routine gerissen zu werden. »Logan. Verzeiht.«

Haern bemerkte, dass er etwas vor ihnen verbarg, erst an seiner Brust, als er sie hereingeführt hatte, und jetzt auf seinem Rücken. Er legte Zusa auf die Bank und blickte verstohlen zu dem Jüngling, als der gerade nicht auf ihn achtete. Es sah aus wie eine Waffe, ein Prügel aus Metall vielleicht.

»Bist du hier der Priester?« Alyssa sah sich in dem einfachen Raum um.

»Ich?« Logan schüttelte den Kopf und lächelte. »Nein. Nole ist der Priester. Ich helfe ihm nur. Er ist bei einer Familie, kommt jedoch bald zurück. Bitte bleibt hier, ja?«

»Gewiss.« Haern drückte Zusas Hand. »Könntest du uns vielleicht ein paar Decken bringen, bevor du gehst?«

Logan errötete. »Selbstverständlich.«

Er verschwand durch eine Tür hinter dem Altar und kehrte kurz darauf mit mehreren Decken auf den Armen wieder zurück.

»Ich wusste nicht, wie viele ihr brauchen würdet«, sagte er, als Alyssa sie ihm abnahm. »Danke.« Sie legte zwei der Decken auf Zusa, die bereits zitterte. Logan warf einen Blick über ihre Schulter und trat zurück, als er bemerkte, dass Haern ihn beobachtete.

»Was hat sie denn?«, erkundigte er sich.

»Sie ist krank«, antwortete Haern. »Ist das nicht offensichtlich?«

Logan nickte zweimal hastig und verschwand dann wieder in dem Raum hinter dem Altar, nachdem er seine Bitte wiederholt hatte, hierzubleiben.

»Ein nervöser Jüngling«, murmelte Haern.

»Sei nett zu ihm.« Alyssa setzte sich neben Zusa auf die Bank und streichelte sanft die Stirn ihrer Freundin.

Die Minuten verstrichen. Haern setzte sich auf eine Bank gegenüber den beiden Frauen und hielt sein gestohlenes Schwert mit beiden Händen. Aus Langeweile bohrte er die Spitze in den Boden. Er hasste das Gefühl, hilflos zu sein, hasste den Schmerz, der einfach nicht aus seiner Schulter weichen wollte, hasste das Blut, das bis zu seinem Handgelenk lief, bevor es zu Boden tropfte. Vor allem jedoch hasste er das glühende Verlangen nach Vergeltung, das sein Herz erfüllte. Es fühlte sich in einem solchen Tempel unpassend an, ganz gleich wie klein und einfach er auch sein mochte.

Aber er wollte es auch nicht abstreiten. Madelyn. Ingram. Die Elfen. Besser als jemals zuvor verstand er den Wunsch des Schemens, all das zum Einsturz zu bringen. Was hatte er noch einmal gesagt? Er hatte gesagt, dass Haern in ein Kartenhaus getreten wäre. Wer hatte nun Recht? Konnte er überhaupt Alyssa trauen?

Die Tür hinter ihnen öffnete sich knarrend, und er wandte sich um. Ein Mann mittleren Alters betrat den Tempel. Er hatte langes Haar, war jedoch glatt rasiert. Er trug die weißen Roben seines Ordens, die einen starken Kontrast zu seiner dunklen Haut bildeten. Als er sie sah, lächelte er.

»Wie ich sehe, haben wir Gäste«, sagte er. »Willkommen. Ich bin Nole, Priester und Vorstand dieses heiligen Tempels.

Haern stand auf, um sich zu verbeugen, während Alyssa neben Zusa sitzen blieb und weiter die Hand der Gesichtslosen hielt. Hinter dem Altar öffnete sich die Tür, und Logan kam eilig heraus.

»Hast du es unseren Gästen bequem gemacht?«, fragte Nole den Jüngling.

»Er hat uns gut behandelt«, antwortete Haern für ihn. »Allerdings habe ich befürchtet, dass er uns jeden Moment mit seinem Knüppel niederschlagen könnte.«

Logan errötete und trat verlegen von einem Fuß auf den anderen.

»Es ist nur, ihr wisst schon, Räuber …«

»Es gab viele, die unter dem Vorwand kamen, Vergebung zu suchen, und in Wirklichkeit unser letztes Kupferstück stahlen«, erklärte Nole. »Ich lasse ihn nicht gerne alleine hier, aber irgendjemand muss auf den Tempel aufpassen, wenn ich unterwegs bin. Und wer seid ihr drei?«

»Mein Name ist Haern. Dies hier ist Alyssa, und die kranke Lady ist Zusa.«

Nole runzelte die Stirn, als er zu Zusa trat. Alyssa sah ihn erwartungsvoll an.

»Kannst du ihr helfen?«, erkundigte sie sich. »Ich kann dich gut bezahlen, das verspreche ich dir.«

Sie zog bereits Münzen aus ihrer Tasche, als der Priester abwehrend mit der Hand winkte. »Was ist mit ihr passiert?« Er kniete sich neben die Bank.

»Ich bin nicht sicher, ob ich das sagen kann. Sie hat vor ein paar Tagen Fieber bekommen, und obwohl sie sich zuerst rasch zu erholen schien, hat sie einen schlimmen Rückfall erlitten.«

Nole legte seine Hände auf Zusas Gesicht, drückte dann seine Stirn an ihre und schloss die Augen. Während er betete, lag Haern auf seiner Bank, unfähig, sich länger zu konzentrieren. Der Schmerz in seiner Schulter wurde immer schlimmer, und er biss die Zähne zusammen, um es zu ertragen. Mittlerweile zuckte weißes Licht um die Hände des Priesters und erlosch dann wieder.

»Ich habe das schon einmal erlebt«, meinte er und stand auf. »Aber noch nie so extrem. Kaut sie Rotblatt?«

»Nein«, antwortete Alyssa. »Warum?«

»Weil mich ihre Symptome daran erinnern. Manchmal nehmen die Leute zu viel auf einmal, und dann wird es wie eine Krankheit. Normalerweise macht es sie nur ein oder zwei Tage krank, bis ihr Körper das Gift ausscheidet, aber dies hier …«

»Das Violet«, sagte Alyssa. »Das muss der Grund sein.«

»Violet?«

»Es ist dem Rotblatt ähnlich, nur erheblich stärker. Aber viel mehr kann ich dazu nicht sagen, Priester.«

Nole zuckte mit den Schultern. »Ich werde tun, was ich kann. Logan, hilf mir, sie in mein Zimmer zu tragen. Sie braucht ein Bett, nicht diese harte Bank.« Alyssa trat zurück, damit die beiden Zusa anheben konnten. Sie sah ihnen nach, und ihr Blick verriet ihre Sorge. Haern betrachtete sie, auf dem Rücken liegend. Er fühlte sich unglaublich müde.

»Du liebst sie, hab ich recht?«

»Wie eine Schwester. Vielleicht sogar mehr.«

»Ich weiß nicht, wie sich das anfühlt. Ich hatte nur einen Bruder, und ich habe ihn kaum gekannt.«

Sie sah ihn an. »Was ist mit ihm passiert?«

Haern lächelte, obwohl die Trauer und die Scham ihn übermannten. »Ich habe ihn getötet, auf den Wunsch meines Vaters hin. Ich habe schon seit Jahren nicht mehr an ihn gedacht.«

Alyssa schien nicht zu wissen, was sie darauf antworten sollte. Sie starrte auf die Tür, hinter der Zusa verschwunden war. Dann rang sie die Hände, setzte sich auf die Bank und zog eine Decke über sich.

»Ich habe das Richtige getan, oder nicht?«, fragte sie. »Dass ich es den Elfen ermöglicht habe, hier zu bleiben?«

»Du fragst den Falschen.« Haern schloss die Augen. »Ich tappe immer noch im Dunkeln. Warum hast du ihnen überhaupt geholfen? Was hast du mit ihnen zu schaffen? Und was genau ist dieses Violet?«

Er hörte, wie Alyssa seufzte.

»Laurie Keenans Vermögen ist zusammengeschmolzen, bis

seine einzige Einnahmequelle nur noch von seiner Kontrolle über den Handel mit Rotblatt herrührte, das auf den fruchtbaren Ebenen des Ramere wächst. Aber in letzter Zeit haben wir Gerüchte über diese neue Pflanzendroge gehört, die die Händlerbarone Violet nennen. Alle Gerüchte besagten das Gleiche, und nachdem Zusa mir etwas gestohlen hat, habe ich es selbst ausprobiert, um es zu bestätigen. Diese Pflanze ist hundertmal stärker als Rotblatt. Das Problem ist, dass es nur im Quelnwald wächst. Es muss etwas mit den dortigen Bäumen zu tun haben oder den Elfen, das weiß ich nicht. Zwei Jahre lang haben die Händler versucht, es irgendwo anders anzubauen, ohne Erfolg. Also haben sie jetzt eine neue Strategie gewählt.«

»Die Elfen«, sagte Haern. »Das ist es also, was die Konflikte auslöst?«

»Teilweise jedenfalls. Ingrams Hass auf die Elfen ist allgemein bekannt, und er schürt gerne Ärger. Diesmal jedoch ist er zu weit gegangen. Er hat keine Ahnung, wie übel die Händler ihn manipuliert haben. Er will Landzugeständnisse von den Elfen und glaubt, dass es um seine Holzfäller und seine Schiffe geht. Da die Elfen so viele Arbeiter getötet haben, hält er das für eine angemessene Entschädigung und auch für einen Weg, das Blutvergießen zu beenden. Sobald die Elfen das Land an Ingram übergeben haben, wird er es an seine unterschiedlichen kleineren Lords verteilen. Dann ist es nur noch eine Frage der Zeit, bis sie es für eine obszöne Summe an einen der Händlerbarone verkaufen.«

»Nur dass die Elfen diesmal nicht zurückweichen«, sagte Haern, als er an den Ausdruck auf Laryssas Gesicht dachte. »Oder geben sie nach?«

Alyssa seufzte. »Nein, das glaube ich nicht. Es gibt einige

unter ihnen, die einen Krieg vermeiden wollen und vielleicht darüber nachdenken, ein paar Morgen Land abzugeben. Aber es gibt sehr viele Elfen, die genau das Gegenteil erhoffen. Lord Ingram hat keine Ahnung, was den Grund für die plötzliche Veränderung des Verhaltens der Elfen angeht. Für ihn sind sie Feiglinge, nichts weiter …«

»Deshalb bist du hierhergekommen, um den Elfen zu helfen … und im Grunde nur, um Lord Keenans Geschäfte zu schützen?«

»Das denkst du von mir?« Die kalte Wut in ihrer Stimme veranlasste ihn, die Augen zu öffnen. »Dass mich nur mein Wohlstand und der der Trifect interessiert? Ich habe einen Krieg kommen sehen, Wächter, einen Krieg, den Laurie nicht von sich aus hat verhindern können. Ich wollte einen Weg finden, um ihn aufzuhalten. Ich weiß, dass wir viele Sünden begangen haben, aber die Händlerbarone sind noch schlimmer. Für sie steht nichts auf dem Spiel, kein Land, kein Erbe. Sie haben ihre Schiffe, ihr Gold und ihre Laster. Violet ist eine sehr gefährliche Droge, und doch werden sie ganz Dezrel damit überfluten, um ihre Schatztruhen zu füllen. Wir haben immerhin ein Imperium aus Minen, Bauernhöfen und Dörfern errichtet. Ulrigh und seinesgleichen werden Neldar niederbrennen, wenn es ihnen gefällt. Und sie werden ihre Schiffe durch ein Meer von Leichen lenken, wenn das ihre Gier befriedigt.«

Haern erwiderte ihren scharfen Blick ungerührt. »Warum bin ich hier?«, wollte er wissen. »Warum bin ich wirklich hier?«

»Weil Taras Keenan ein wohlwollender, würdiger Erbe des Vermächtnisses seines Vaters gewesen ist, und weil dieser Schemen ihn abgeschlachtet und sein neugeborenes Kind weinend in dem Gemetzel zurückgelassen hat. Ich habe dich hierhergebracht, damit du Vergeltung übst.«

»Und ich bin nur eine Waffe zu deiner freien Verfügung?«

»Selbstverständlich«, erwiderte sie. »Denn ist es nicht das, was du bist? Dezrels größter Mörder?«

Er ließ sich wieder auf die Bank zurücksinken und drehte sich zur Seite, damit seine verletzte Schulter bequem lag. Dann dachte er an die beeindruckenden Fähigkeiten, die der Schemen in ihrem Kampf gezeigt hatte. Und daran, mit welcher Leichtigkeit er ihn besiegt hatte.

»Dessen bin ich mir nicht mehr so sicher«, flüsterte er.

13. KAPITEL

Was, in Karaks Namen, passiert mit meiner Stadt? Ingram nahm langsam seinen Platz in dem großen Sitzungssaal seiner Burg ein und wartete darauf, dass die anderen ebenfalls eintrafen. Rechts neben ihm saß Edgar, aber der Platz zu seiner Linken war leer. Yorr verspätete sich, wie immer.

»Lauries Widerstand gegen unsere Stadtwachen hat einen gefährlichen Präzedenzfall geschaffen«, meinte Edgar, während er Früchte aus einer Schale nahm, die einer der Lakaien zwischen ihn und Ingram gestellt hatte.

»Und jetzt ist er tot«, erwiderte Ingram. »Gut zu wissen, dass wenigstens einer der Götter so etwas wie einen Gerechtigkeitssinn hat.«

»Aber da ist noch die Angelegenheit mit seiner Frau und die Frage, ob sie den Wächter versteckt. Wenn die Massen erst einmal glauben, dass du nicht mehr die Kontrolle über die Stadt hast …«

»Das reicht.« Ingram wischte mit der Hand durch die Luft. »Heute Nacht wird wieder eine Reihe Verbrecher gehängt, und das alles nur, um diesen Mistkerl aus seinem Versteck zu locken. Außerdem hatte ich noch nie einen so wundervollen Vorwand, meine Verliese endlich einmal ein wenig aufräumen zu können. All diese Leichen, die vom Galgen baumeln, werden den Menschen schon deutlich machen, wer diese Stadt beherrscht.«

Edgar beugte sich vor und schüttelte den Kopf. »Trotzdem, du hättest Madelyn zwingen sollen, die Gesuchten auszuliefern oder zumindest zu erlauben, ihr Anwesen zu durchsuchen. Es ist schon schändlich genug, dass der Wächter aus deinem Verlies entkommen konnte, ganz zu schweigen davon, dass der Schemen dich öffentlich verspottet.«

»Genug!«, schrie Ingram. »Hältst du mich für einfältig? Verräter gewähren Elfen Unterschlupf, Söldner akzeptieren Gold, um gegen mich zu kämpfen, eine Bürgerwehr trotzt ungeniert meinem Befehl, und wie es aussieht, stirbt jede Nacht irgendein anderer Lord oder eine Lady in ihrem Bett. Das Schlimmste ist, ich kann noch nicht einmal meine verfluchten Soldaten auf sie hetzen. Es gibt zu viele Feiglinge unter euch allen. Wenigstens sind die Elfen ehrlich genug, ohne Umschweife zuzugeben, dass sie unsere Leute ermorden, wenn sie auch nur einen Fuß in ihre verfluchten Wälder setzen.«

Er nahm einen Becher Wein und trank, um sich zu beruhigen. Nachdem er ihn geleert hatte, hielt er ihn einem Lakaien hin, damit er ihn neu füllte. Während er das tat, traf ihr erster Gast ein, und es war nicht der, den er erwartet hatte.

»Lady Madelyn.« Ingram stand auf. »Ihr überrascht mich.«

Madelyn senkte grüßend den Kopf. Sie trug dunkle Trauergewänder, aber ihr Gesicht war unverhüllt, und sie hatte sogar einen Hauch von Rouge aufgelegt. Sie hatte sich den langen Pferdeschwanz um ihren Hals gelegt, als wäre ihr Haar eine Halskette. Sie wurde von einem hünenhaften Söldner begleitet, der gewaltige Muskeln und ein Langschwert auf dem Rücken hatte.

»Die Zeit der Trauer wird kommen, aber später«, antwortete sie und setzte sich. Der Söldner blieb hinter ihr stehen.

»Ich würde es begrüßen, wenn alle Waffen draußen vor der Tür gelassen würden.« Edgar hob eine Braue.

»Angesichts der jüngsten Ereignisse gehe ich nirgendwohin, es sei denn, Torgar begleitet mich, um mich zu beschützen«, erwiderte Madelyn.

Ingram ließ die Sache auf sich beruhen, weil er wichtigere Dinge zu diskutieren hatte.

»Ich bin über Eure Anwesenheit deshalb überrascht, weil Ihr Euch meinen ... Ermittlungen gegenüber so aggressiv verhalten habt«, antwortete er und setzte sich wieder hin.

»Ein sehr bedauerlicher Vorfall, das versichere ich Euch. Das ist ein weiterer Grund, weshalb ich mit Euch sprechen muss. Der Wächter ist zu uns gekommen und hat um Beistand ersucht, aber er ist nicht mehr bei uns. Alyssa Gemcroft hat ihn aus Veldaren mitgebracht, und es war ihr Söldner, der ihn aus Eurem Gefängnis befreit hat.«

»Tatsächlich?« Ingrams Herz schlug schneller. Ein Anführer der Trifect, der einem gesuchten Verbrecher in aller Offenheit half? Gab es einen besseren Vorwand, um diese egoistischen Mistkerle zurechtzustutzen? »Dann müsst Ihr sie mir sofort ausliefern.«

»Das würde ich tun, aber sie sind meinen Wachen entkommen, und ich weiß nicht ...«

»Mylord, Prinzessin Laryssa und ihre Eskorte«, verkündete ein Lakai an der Tür, unmittelbar bevor die Elfen hereinkamen. Diesmal standen weder Edgar noch Ingram auf. Sie hatten es satt, die Elfen mit so viel Respekt zu behandeln. Nur Madelyn erhob sich, wenn auch nur kurz.

»Willkommen«, sagte Ingram kalt. »Wir freuen uns erneut über Eure Gesellschaft.«

»Wir ebenso.« Zweifellos waren Laryssas Worte ebenfalls

gelogen. Die Elfen setzten sich. Graeven nahm links von der Prinzessin Platz, Sildur rechts von ihr. Irgendwie mochte Ingram Graeven. Dieser Elf schien wenigstens manchmal vernünftig zu sein. Dagegen zeugte jedes Wort, das Sildur sprach, von seiner Bereitschaft zum Krieg. Nur Laryssa konnte ihn im Zaum halten. Hinter den beiden standen zwei Leibwächter, reich geschmückte Dolche in ihren Gürteln. Ingram versuchte, nicht mehr an den Wächter zu denken. War diese Zusammenkunft erst vorüber, konnte er Madelyn genauer nach Alyssas Verwicklung in die Angelegenheit befragen, und auch, wohin sie möglicherweise geflüchtet sein konnte.

Die Elfen hatten gerade Platz genommen, als Ulrigh eintraf. Er vertrat die Händlerbarone, wurde diesmal jedoch von seinem Bruder begleitet, was eine leichte Überraschung war. Die beiden verbeugten sich, während ein Lakai ihr Eintreffen verkündete, dann setzten sie sich den Elfen gegenüber an den langen Tisch. Ingram begrüßte die beiden ebenso kalt, wie er die Elfen begrüßt hatte. Denn Letztere würden eines Tages nach Hause gehen und seine Stadt in Frieden lassen. Dasselbe konnte man von den Braggwaser-Brüdern nicht behaupten.

»Sprecht Ihr für Euren Ehemann?«, fragte Laryssa, als sie Madelyns Anwesenheit bemerkte.

»Mein Gemahl ist tot«, antwortete sie. »Ich spreche für mich selbst.«

»Ich bitte um Verzeihung«, meinte Laryssa. »Es stimmt mich traurig, das zu hören.«

»Uns ebenfalls«, mischte sich Ulrigh ein, als Yorr endlich auftauchte. Er setzte sich links neben Ingram. »Es ist wirklich eine Schande, aber ich bin froh zu sehen, dass du stark geblieben bist.«

Ingram ignorierte den offenkundigen Spott in seinen

Worten. Mittlerweile waren alle versammelt bis auf Alyssa, und nach allem, was Madelyn gesagt hatte, bezweifelte er, dass sie noch auftauchen und an den Gesprächen teilnehmen würde.

»Ich danke Euch allen, dass Ihr gekommen seid.« Ingram stand auf, und die anderen verstummten. »Zunächst möchte ich die traurige Nachricht weitergeben, die ich heute früh von einem Boten bekommen habe. Vor zwei Tagen wurde eine Gruppe von dreiundzwanzig Holzfällern aus dem Dorf Rothein angegriffen. Ihre Leichen wurden, von Pfeilen gespickt, vor dem Dorf abgelegt. Dreiundzwanzig. Ich hoffe, Ihr alle versteht meine Wut über eine derartige Tat. Das Leben jedes Mannes, jeder Frau und jedes Kindes im Ramere untersteht meiner Verantwortung, und die Morde, die Eure Rasse begeht, spotten meiner Herrschaft.«

»Wir haben allen Dorfbewohnern klargemacht, welches Risiko sie eingehen, wenn sie einen Fuß auf unser Land setzen«, unterbrach Sildur den Botschafter, der sich gerade angeschickt hatte, sich zu entschuldigen. »Wenn das, was Ihr sagt, stimmt, dann trägt niemand anders die Schuld an ihrem Tod als diese Menschen selbst.«

»Sicher, nur sie selbst sind schuld daran, dass all diese Pfeile in ihren Leibern stecken, die sie, dessen bin ich mir sicher, in sich selbst hineingeschossen haben.« Edgar verdrehte vielsagend die Augen. »Aber da dieses Holz ihre einzige Möglichkeit zum Überleben ist, können sie sich genauso gut ohne das Holz das Leben nehmen.«

»Ihr tut so, als wären wir Schlächter«, sagte Graeven. »Wir sind eine souveräne Nation und können unsere Grenzen schließen, wenn wir das wünschen. Ihr Menschen habt dies zuvor ebenfalls getan.«

»Aber nur in Kriegszeiten.« Nach Yorrs Worten legte sich eine düstere Stimmung über die Anwesenden.

»Wir sind nicht aus diesem Grund hierhergekommen.« Laryssa richtete sich auf ihrem Stuhl auf. »Wir wollen einen derartigen Konflikt vermeiden, sonst wären wir in Quelnassar geblieben. Unser Ziel ist es nicht, Zwietracht zu säen, und wir wollen auch keine Unruhe in Eurer Stadt auslösen.«

Bevor irgendjemand etwas sagen konnte, begann Ulrigh plötzlich laut zu lachen. Es war so absurd und deplatziert, dass alle ihn verblüfft anstarrten.

»Es ist nicht Euer Ziel, Unruhe zu schüren?« Ulrigh grinste höhnisch. »Das ist eine wirklich amüsante Aussage, wenn man bedenkt, dass Ihr einen gesuchten Mörder versteckt.«

Die Elfen erstarrten, als hätte man sie geschlagen. Ingram öffnete vor Verblüffung den Mund und brauchte einen Moment, bis er sich wieder gefasst hatte.

»Was meint Ihr damit?«, fragte er. »Erklärt Euch!«

»Ich habe es mit eigenen Augen gesehen«, sagte Ulrigh und lehnte sich auf seinem Stuhl zurück. Er wirkte unerträglich selbstgefällig. »Dieser Wächter, den Ihr hängen wolltet. Er und Alyssa sind zu den Elfen geflüchtet, und ich hatte den starken Eindruck, als wären es willkommene Gäste.«

Panik und Wut tosten durch Ingram. Wenn diese Anschuldigung der Wahrheit entsprach, dann mussten sie alle bestraft werden; er hatte keine Wahl, wenn er sein Gesicht wahren wollte. Doch das bedeutete Krieg, einen Krieg, den sie unmöglich ohne schnelle und umfassende Hilfe vom König gewinnen konnten.

»Warum sollten die Elfen Alyssa helfen?«, fragte Edgar, da es schien, dass die Elfen selbst nichts zu dieser Sache beitragen würden, es sei denn, man drängte sie.

»Weil sie diejenige ist, die ihnen ihre Unterkünfte in der Stadt besorgt hat«, meinte Madelyn. »Das weiß ich, denn es war ein Geheimnis meines Ehemannes.«

Das schien das Fass zum Überlaufen zu bringen. Alle sahen Laryssa an. Die Prinzessin schien ihre Wut kaum zügeln zu können. Ihr porzellanartiges Gesicht war wie versteinert.

»Also?«, erkundigte sich Ingram. »Wollt Ihr Euch vielleicht erklären?«

»Was Ihr sagt, entspricht der Wahrheit«, gab die Elfenprinzessin zu. »Aber wir haben Alyssa nicht geholfen, weil wir Euren Zorn nicht herausfordern wollten. Wir haben sie abgewiesen. Und wir wissen nicht, wo sie jetzt ist.«

»Ihr habt sie abgewiesen?«, hakte Madelyn nach. »Dann muss sie entsetzlich wütend gewesen sein.«

Laryssa sah sie kurz an und nickte. Ulrigh klatschte in die Hände, als würde ihn diese Vorstellung außerordentlich amüsieren.

»Hervorragend, ganz hervorragend«, meinte er. »Ich hoffe, Ihr verübelt uns nicht, dass wir Euer Wort anzweifeln. Immerhin würdet Ihr ansonsten Gefahr laufen, verhaftet zu werden. Aus diesem Grund haben wir bereits entsprechende Maßnahmen ergriffen.«

Ingram hatte das Gefühl, sein Herz würde einen Schlag aussetzen. Ulrighs Bruder Stern verschränkte die Arme und lehnte sich zurück, als würde er eine Geschichte am Lagerfeuer zum Besten geben.

»In diesem Moment«, begann Stern und wandte sich direkt an Laryssa, »haben über einhundert Männer, die mir und folglich Engelhavn gegenüber loyal sind, die verschiedenen Häuser und Zimmer umstellt, die Alyssa für Euren Aufenthalt vorbereitet hat. Sie haben nicht den Befehl, jemanden zu töten, und werden sich nur verteidigen. Sie wollen nur Eure Wohnungen nach Alyssa und diesem Wächter durchsuchen. Zweifellos werden Eure Volksgenossen dagegen nichts einzuwenden haben, oder?«

Laryssas Unterlippe zitterte vor Wut. »Ich glaube nicht, dass sie eine derartige Zumutung besonders freundlich aufnehmen werden.«

»Zu schade«, sagte Stern. »Jede Konfrontation könnte sehr ungnädige Reaktionen auslösen angesichts des derzeitigen … Klimas in Engelhavn, was Euer Volk angeht. Diese Sache mit Alyssa und dem Wächter betrifft Euch in keiner Weise. Die Elfen werden sich doch wohl nicht in die Angelegenheiten von Menschen mischen, die ihre Häuser nach Flüchtlingen durchsuchen?«

Ingram hielt sich am Tisch fest, um nicht die Beherrschung zu verlieren. Er brauchte seine ganze Kraft, um seine Wut im Zaum zu halten. Er wusste, dass ein Krieg nahezu unvermeidlich war, und diese verdammten Händlerbarone hatten ihn ganz hervorragend provoziert. Das Schlimmste war, dass er ihren Handlungen nicht widersprechen konnte, sonst würde er schwach wirken. Und die Händler wären dann die Starken, die bereit waren zu handeln. Alle verschworen sich gegen ihn. Er wollte doch nur ein paar Morgen Land, damit seine Dorfbewohner ohne Angst vor Vergeltung ihr Holz fällen konnten. Und bei der Gelegenheit wollte er die Elfen ein klein wenig demütigen, was sie auch verdient hatten. War das wirklich so schrecklich?

»Ich denke, dieses Gespräch ist beendet.« Laryssa und ihr Gefolge erhoben sich. »Wir werden in unsere angemieteten Heime zurückkehren und uns um die Sicherheit unserer Familien kümmern.«

»Ich würde auf der Straße ein wenig aufpassen«, sagte Ulrigh, als sie sich zum Gehen wandte. »Ich fürchte, sie sind im Moment nicht sonderlich sicher … für niemanden.«

Sildur tippte gegen den Griff seines Schwertes. »Wir wandeln nicht in Furcht.« Ohne sich zu verbeugen oder sich zu verabschieden, verließen die Elfen den Saal unter dem spöttischen Gelächter von Ulrigh. Nachdem sich die Tür hinter ihnen geschlossen hatte, fuhr Ingram zu den Braggwaser-Brüdern herum und schlug mit den Fäusten auf den Tisch.

»Habt ihr den Verstand verloren?«, brüllte er.

»Ihr habt noch nie ihre Einmischung geduldet«, sagte Stern. »Und jetzt, da sie einem Mörder Unterschlupf gewähren, der Euer Leben bedroht hat, werdet Ihr weich? Habt Ihr vergessen, dass der Wächter sich in Euer Schlafgemach geschlichen hat und Euch töten wollte? Die Elfen beschützen ihn, das wissen wir alle. Dieser Schutz sollte als eine Billigung seines Mordversuchs aufgefasst werden, wenn nicht sogar als kriegerischer Akt. Wo wir gerade davon reden …«

Die beiden Brüder standen auf und verbeugten sich tief. »Wir sollten nachsehen, wie sich die Dinge entwickelt haben. Ich bin selbstverständlich überzeugt davon, dass die Durchsuchungen friedlich verlaufen sind. Schließlich wollen die Elfen keinen Krieg.«

»Selbstverständlich nicht.« Ulrigh zwinkerte Ingram zu, als er mit seinem Bruder den Saal verließ.

Ingram sah, wie Madelyn mit ihrem hünenhaften Leibwächter Torgar tuschelte und dann ebenfalls aufstand.

»Wir werden keine Kompromisse eingehen, solange wir nicht wissen, wie dieser Tag endet.« Sie knickste. »Und wenn Ulrigh die Wahrheit gesagt hat, dann möchte ich gern in meinem sicheren Zuhause sein, bevor die Straßen zu gefährlich werden.«

Nachdem sie gegangen war, waren Ingram nur noch seine beiden Lords geblieben. Er sah sie beide an und schüttelte dann den Kopf.

»Was ist da gerade passiert?«

»Um es gelinde auszudrücken«, Edgar lehnte sich auf seinem Stuhl zurück und lachte, »hat man uns gerade gehörig verarscht.«

»Es besteht immer noch die Möglichkeit, dass dieser Sturm vorbeizieht«, wandte Yorr ein.

»Das wird er nicht«, widersprach Edgar.

Ingram schüttelte den Kopf. Er hatte genug. »Schickt eure Reiter aus, alle beide. Sammelt alle Soldaten, derer ihr habhaft werden könnt. Ich will, dass ihr sie in die Stadt bringt. Sagt ihnen, es ginge darum, die Aufstände niederzuschlagen.«

»Bist du sicher, dass es Aufstände geben wird?«, erkundigte sich Yorr.

Ingram führte sie aus dem Saal und zu dem Eingangsportal seiner Burg. Sie standen oben auf den Treppen und konnten von dort über die ganze Stadt blicken. In zwei unterschiedlichen Bezirken stiegen bereits Rauchwolken zum Himmel.

»Ja«, antwortete er dann. »Ich bin mir sicher.«

Laryssa hasste diese hässliche Stadt. Sie hatte nichts Schönes an sich, nichts Natürliches. Man hatte gerade Straßen erbaut, die Häuser waren viereckige Schachteln, und sie hatten selbst das kleinste bisschen Leben herausgerissen und eingestampft, das in den Spalten und Ritzen hätte wachsen können. Nur wenn sie auf die Dächer stieg, konnte sie überhaupt die Sterne sehen, wegen all der Fackeln und Lampen. Mehr als je zuvor sehnte sie sich nach dem Wald, ein Gefühl, das sich noch verstärkte, als ihre kleine Gruppe den Hügel hinabging, auf dem Lord Ingrams Burg errichtet war. In allen Blicken, denen sie begegneten, glühte Hass.

Sie waren nur zu fünft, einschließlich Laryssa, und sie alle waren bewaffnet. Die Prinzessin hatte keine Angst, dass ein Raufbold oder ein Trunkenbold sie angreifen könnte. Menschen waren nur in großen Gruppen furchteinflößend, und selbst dann hatten die Leute sie nur mit Steinen beworfen. Bis jetzt. Diese Feigheit. Laryssa hätte selbst wilde Hunde den Menschen von Engelhavn vorgezogen. Wenigstens würden sie einer Kreatur, die ihnen Angst einflößte, mit gefletschten Zähnen entgegentreten und sie offen bekämpfen.

»Vielleicht sollten wir auf der Burg bleiben, bis sich die Lage wieder beruhigt hat«, schlug Graeven vor. Aber Laryssa wollte nichts davon wissen.

»Dieser Mann ist ein Schwein, das sich in Seide hüllt«, erwiderte sie. »Ich werde weder unter seinem Dach bleiben noch werde ich die Straßen fürchten. Wir müssen herausfinden, wie es unseren Freunden ergangen ist. Wir verdienen Celestias Verdammung, wenn wir uns in einer Burg der Menschen verbergen, während sie in Gefahr schweben.«

Zuerst schien die Lage nicht sonderlich gefährlich zu sein. Die Einwohner der Stadt begegneten ihnen nicht feindseliger als zuvor. Hätte sie nicht den Rauch gesehen, der den Himmel an einigen Stellen verdüsterte, hätte Laryssa glauben können, dass die beiden Braggwaser-Brüder sie belogen hatten. Erst als sie das erste Tor erreichten, sahen sie die Folgen der Aufstände. Von den Straßen hallten ihnen wütendes Geschrei und Schmähgesänge entgegen, und die versammelten Stadtwachen warfen ihnen unter ihren Helmen ängstliche Blicke zu. Eine

Gruppe Gemeiner stand um sie herum, aber Laryssa konnte nicht erkennen, ob sie zusahen oder auf etwas warteten.

»Ihr habt einen schlechten Zeitpunkt gewählt«, sagte eine der Stadtwachen zu Laryssa, als sie sich anschickte, sich durch den Pöbel zu drängen. »Ich würde umkehren, Mylady.«

»Was geht hier vor sich?«, erkundigte sich Graeven.

»Wonach sieht es denn aus? Irgendetwas hat im Norden einen Aufruhr ausgelöst, und jetzt verbreitet er sich wie ein Lauffeuer. Ich habe mindestens zwei Abteilungen meiner Kameraden dort hinlaufen sehen, und bis jetzt ist kein Einziger von ihnen zurückgekommen. Wir sollen die Tore bewachen, jedenfalls soweit ich weiß. Aber wenn Ihr weiter in die Stadt hineingeht, geratet Ihr zweifellos in die Kämpfe und könntet sogar verletzt werden.«

»Sollen sie es versuchen.« Sildur zog sein Schwert, was jedoch die finstere Miene des Soldaten nur noch verdüsterte.

»Ihnen blanken Stahl zu zeigen ist keine gute Idee. Ihr wollt ganz sicher nicht, dass dieser Mob Blut leckt, Herr. Vertraut mir. Geht wieder zurück zu Ingrams Burg, wo Ihr in Sicherheit seid.«

»Wir können nicht einfach danebenstehen und zusehen, wie der Pöbel unsere Brüder umbringt«, mischte sich Laryssa ein. »Lass uns durch.«

»Und möge Celestia uns behüten«, murmelte Graeven, als die Soldaten eine Gasse bildeten und die Elfen die sonderbar verlassenen Straßen betraten. Wie es aussah, versteckten sich all jene, die nicht vorhatten, irgendetwas in Brand zu setzen oder zu zerstören, in ihren Häusern. Sildur ging voran und führte sie zu ihrem Haus. Ein Junge rannte an ihnen vorbei. Blut tropfte aus seiner Nase. Sie kamen an einem zweistöckigen Gebäude vorbei, aus dessen Fenstern Rauch quoll. Die

Türen von etlichen Geschäften waren zerbrochen. Eine Gruppe von drei Männern rannte auf sie zu, bog dann jedoch in eine Gasse ab, als sie sie sahen. Alle drei hatten Fackeln in den Händen. Laryssa verstand die perverse Logik der Menschen einfach nicht. Sie waren wütend über ihre Lage und darüber, dass ihrer Rasse viele Meilen entfernt Schaden zugefügt wurde, aber warum ließen sie diese Wut dann an ihren eigenen Häusern aus, an ihren Geschäften und Mauern? Natürlich war es immer noch besser, als wenn sie ihren Hass an den Elfen ausließen, jedenfalls soweit es Laryssa anging.

»Vielleicht ist es falsch von uns, dass wir eine Möglichkeit suchen, vernünftig mit solchen Wesen zu sprechen«, erklärte Graeven. Aus seinem Mund war das ein hartes Urteil. Denn der Botschafter war bisher immer einer der wenigen Elfen aus Queln gewesen, der nicht auf Krieg gedrängt hatte. Als sie an einem Soldaten der Stadtwache vorbeigingen, dessen Gesicht zu Brei geschlagen worden war, war sich Laryssa sicher, dass selbst Graevens Hoffnung auf Frieden versiegt war.

Das Geschrei wurde lauter, und dann kam aus einer anderen Gasse eine große Gruppe von Menschen auf sie zu. Nur einige von ihnen waren bewaffnet, die anderen drohten mit den Fäusten oder schwenkten Fackeln. Laryssas Hand zuckte zu dem reich verzierten Dolch an ihrem Gürtel, während die anderen Elfen um sie herum zu ihren Waffen griffen.

»Mörder!«, brüllte einer der Menschen. Viele andere nahmen den Ruf sofort auf. »Heiden! Geht nach Hause! Verschwindet!«

Es waren etwa fünfzehn Personen, bei weitem nicht genug, um wirklich ein Gefühl von Kühnheit unter ihnen zu erzeugen. Als sich die fünf Elfen ihnen näherten, wichen die Menschen zurück und bildeten eine Gasse zu beiden Seiten der kleinen Straße. Sie fluchten und brüllten, und ihre Gesichter waren rot, aber Laryssa ignorierte ihre Drohungen. Diese Menschen waren das Produkt von Unwissenheit und Armut. Was von dem, was sie sagten, hätte ihr schon etwas bedeuten sollen? Der Rest der Elfen hob einfach nur seine Waffen und hielt die Menschen damit mühelos in Schach.

»Wir haben noch einen langen Weg vor uns«, erklärte Graeven, als sie die Gruppe hinter sich ließen, die wie ein Schatten zurückblieb.

»Dann sollten wir uns beeilen«, erwiderte Laryssa.

Hinter dem nächsten Häuserblock stießen sie jedoch auf den wirklichen Mob, und zum ersten Mal empfand Laryssa Angst. Mindestens einhundert Menschen hatten sich hier versammelt, und der Rauch ihrer Fackeln legte sich wie eine erstickende Decke über sie. Sie jubelten und brüllten, während sieben oder acht von ihnen die Tür eines Hauses einschlugen. Laryssa hatte nicht die geringste Ahnung, aus welchem Grund sie das taten, aber nach dem, was sie schrien, fürchtete sie, dass einer ihrer Freunde sich im Haus verstecken könnte. Die Menschen am Rand des Mobs sahen Laryssa und ihre Eskorte, und innerhalb von Sekunden verbreitete sich die Nachricht unter den anderen. Der Pöbel drehte sich zu ihnen um und schrie nach Blut.

»Zeigt keine Furcht«, sagte Laryssa.

»Und bleibt nicht stehen, ganz gleich, was passiert«, befahl Sildur.

Der Pöbel umringte sie und machte zuerst Platz, sodass sie bis in die Mitte der Menschenmenge gelangten. Als sie vollkommen umzingelt waren, drohten die Elfen in einer Kakophonie von Hass und Schreien unterzugehen, und die Ersten wagten es, sie anzugreifen. Es war ein junger Mann, der keine

Waffe hatte, sondern nur mit blanker Faust zuschlug. Sildur duckte sich unter dem Schlag hinweg und schnitt dem Mann mit einem präzisen Hieb die Finger ab. Als Blut spritzte und die Finger auf die Pflastersteine fielen, schrie der Rest, fast besinnungslos vor Wut.

»Schlagt euch den Weg frei!«, schrie Laryssa auf Elfisch.

Das Überraschungsmoment ihres Angriffs war das Einzige, was den Elfen ihr Leben retten konnte. Sie stürzten sich auf die Menschen vor ihnen und schlugen sich mit Leichtigkeit einen Weg hindurch, denn der Pöbel hatte weder Waffen noch Rüstungen. Ihre beiden Leibwächter deckten Laryssas Rücken. Ihre langen Schwerter fuhren mit schwindelerregender Geschwindigkeit durch die Luft. Laryssa rannte los, denn als die ersten Leichen zu Boden fielen und Schmerzensschreie durch die Luft gellten, wandte sich ein großer Teil des Pöbels zur Flucht. Aber es gab auch etliche, die unbedingt elfisches Blut vergießen wollten, und diese stürzten sich wie die Wahnsinnigen auf sie. Graeven bahnte ihnen einen Weg durch eine Gruppe von fünf Menschen, indem er drei von ihnen niedermetzelte. Dann drehte er sich zu Laryssa um und drängte sie weiter. Doch bevor sie ihm folgen konnte, schloss sich der Spalt und über dreißig Menschen stürzten sich auf sie. Sie hielten sie für wehrlos.

Mit ihrem Dolch konnte sie immer nur einen Menschen töten, stach aber trotzdem zu, tötete den Ersten, der ihr zu nahe kam, während der Rest weiter vorwärtsdrängte. Fäuste landeten krachend auf ihrem Gesicht und ihrer Brust. Da sie keine andere Fluchtmöglichkeit hatte, wandte sie sich in die andere Richtung. Aber auch hier war ihr der Weg verstellt. Sildur kämpfte Rücken an Rücken mit einem ihrer Leibwächter, umringt von einem Haufen von Leichen. Die Zahl der

Angreifer wirkte endlos, und während sie zusah, spießte sich ein Mann auf Sildurs Klinge auf. Da Sildur seine Waffe nicht mehr einsetzen konnte, war er der Meute von Menschen hilflos ausgeliefert, die sich wie eine Welle über ihn warf.

Laryssa sah neben sich eine Gasse und rannte los, wünschte sich, sie könnte das Bild aus ihrem Kopf vertreiben, wie Sildurs Gesicht von einem schweren Stiefel zerquetscht wurde. Drei Männer versuchten sie aufzuhalten, aber sie wirbelte herum, und der Anblick der grünen Smaragde und des roten Blutes auf ihrem Kleid war erschütternd. Die Menschen hatten ihrer Schnelligkeit nichts entgegenzusetzen; sie schlitzte dem Ersten der drei die Kehle auf, hastete an den beiden anderen vorbei und flüchtete, so schnell ihre Beine sie trugen.

Der Lärm des Mobs hinter ihr wurde leiser, und selbst wenn jemand sie verfolgt hätte, hätte er nicht mit ihr Schritt halten können. Laryssa achtete nicht darauf, in welche Richtung sie lief, sondern rannte einfach weiter. Sie wollte vor allem eins: hinaus aus dieser Stadt, nach Hause gehen, was ja auch ganz im Sinne der Menschen von Engelhavn war. Die Stadt war eine Brutstätte für Hass, Wut und Ignoranz. Würde es nach ihr gehen, würde sie diese Stadt bis auf die Grundmauern niederbrennen, aber wenn Celestia ihr wohlgesonnen war, würden die Menschen das wahrscheinlich noch vor ihr schaffen, bevor der Tag sich dem Ende zuneigte.

Als das Getöse des Aufruhrs immer schwächer wurde, lief sie langsamer und schöpfte Atem. Tränen liefen ihr über die Wangen, aber sie würde sich nicht von ihrer Trauer überwältigen lassen. Sildur, Graeven, ihre Freunde … Sie alle lebten schon seit Hunderten von Jahren, und auf diese Weise sollte ihr Leben enden?

»Verdammt sollt ihr sein, ihr Menschen!«, zischte Laryssa

und wischte sich eine Träne aus dem Gesicht. »Ich verfluche euch, auf dass ihr in den Abgrund fahrt, den eure Götter geschaffen haben.«

Etwas Hartes krachte gegen ihren Hinterkopf, und sie stürzte mit einem Schrei zu Boden. Sie fing sich mit den Armen ab, aber dann packte eine Hand ihr Haar und hämmerte ihre Stirn in den Staub. Sie sah Sterne und erbrach sich unwillkürlich. Ihre Gliedmaßen fühlten sich taub an, und sie versuchte, sich herumzurollen. Aber etwas Schweres presste sie auf den Boden. Dann wurde ihr etwas über den Kopf gezogen, ein Tuch, ein Beutel oder etwas Ähnliches. Ihr Atem fühlte sich heiß in ihren Lungen an, und sie konnte nichts sehen.

Fäuste prasselten auf sie herab, und sie schrie bei jedem Schlag auf. Und jedes Mal schlug der Angreifer härter zu. Sie kämpfte, seltsam distanziert, und schrie.

»Das passiert, wenn man sich gegen seine Freunde stellt«, flüsterte ihr der Angreifer plötzlich ins Ohr. Ihre Seite schmerzte, und sie spürte warme Feuchtigkeit unter sich. Blut. Dann hob sich das Gewicht von ihrem Rücken, aber obwohl ihr Angreifer verschwunden zu sein schien und sie nicht mehr festhielt, konnte sie sich nicht bewegen. Ihre Arme und Beine weigerten sich, ihr zu gehorchen. Sie atmete flach, weil dieses Tuch über ihrem Kopf sie zu ersticken drohte. Die Zeit verstrich, aber sie konnte nur weinen.

Jemand berührte ihre Schulter, und sie schrie unwillkürlich auf. Aber es war nicht ihr Angreifer, der zurückgekehrt war, wie sie befürchtet hatte. Die Person zog ihr den Sack vom Kopf, und aus zusammengekniffenen Augen erkannte sie Graeven, der neben ihr kniete. Seine elegante Kleidung war blutverschmiert.

»Bleib ruhig«, sagte er und drückte seine Hände auf die

Wunde an ihrer Seite. »Atme langsam. Ich lasse dich nicht sterben. Und jetzt bleib bei mir.«

Sie nickte, während sie am ganzen Körper zu zittern begann. Ihr Kopf sackte zur Seite, und in dem Moment sah sie es, gezeichnet mit ihrem eigenen Blut. Das Symbol bedeutete ihr nichts, aber dennoch würde sie es niemals vergessen. Sie starrte auf die spöttische Signatur ihres Angreifers: ein offenes Auge.

14. KAPITEL

Vom Dach des Tempels aus sah Haern zu, wie Engelhavn im Regen versank. Das Wasser durchtränkte seine Kleidung und tropfte ihm aus den Haaren. Durch die dunklen Regenwolken wirkte es, als wäre es Nacht, und diese Dunkelheit war tröstlich. Es donnerte, und Haern fragte sich, ob der Regen möglicherweise die Brutalität der letzten drei Tage wegspülen würde. Er hatte zugesehen, wie sich die Aufstände ausgebreitet hatten, hatte jedoch nichts unternommen, um ihnen ein Ende zu bereiten. Gewiss, es widerte ihn an, aber was hätte er gegen diese Meute schon unternehmen können? Hätte er sie alle abschlachten sollen?

Die Elfen hatten katastrophale Verluste erlitten; nach allem, was er gehört hatte, waren mindestens zehn von ihnen tot. Doch noch verdammenswerter waren die Gerüchte über das, was der Elfenprinzessin Laryssa widerfahren war. Eine Weile hatten viele geglaubt, sie wäre ebenfalls gestorben. Aber erst gestern war in den Schänken die Rede davon gewesen, dass sie überlebt hatte. Man musste nicht lange raten, wohin das alles steuerte. Die Aufständischen rechtfertigten ihre Handlungen zwar mit den Hunderten von Toten, die die Elfen mit ihren Pfeilen niedergestreckt hatten, aber letztendlich spielte das keine Rolle. Wenn nicht noch in letzter Sekunde etwas Drastisches geschah, würde ein Krieg zwischen Menschen und Elfen ausbrechen. Ein Blitz zuckte über den

Himmel, und als sein Licht den Hafen erleuchtete, überlegte Haern, ob der Schemen vielleicht doch recht gehabt hatte. Vielleicht war die Welt ein besserer Ort, wenn die Fluten sie alle ins Meer spülten.

Ein lautes Bimmeln lenkte seine Aufmerksamkeit nach Süden. Die Stadtwache führte ihre Patrouille mittlerweile mit dem Läuten von Bronzeglocken durch, um ihre Gegenwart deutlicher zu machen und auch, um die Aufmerksamkeit der Bevölkerung auf ihre Proklamationen zu lenken. Meistens verkündeten sie nur neue Hinrichtungen. Lord Ingram beschäftigte den Henker Tag und Nacht, sowohl um die Aufstände niederzuschlagen als auch um den Elfen zu zeigen, dass er die Angriffe gegen sie missbilligte. Er schien allerdings nichts damit zu erreichen.

Aber als die Patrouille am Tempel vorüberging, hörte er etwas, das ihm sonderbar vorkam, und zwar so sonderbar, dass er hinunter auf die Straße lief und ihnen folgte. Ein Kopfgeld in Gold wurde ausgesetzt. Die Patrouille forderte alle Interessierten auf, zum Marktplatz zu gehen, und Haern änderte seine Richtung. Unter den Galgen versammelte sich eine Handvoll Männer. Aus ihrer Kleidung schloss Haern, dass es sich um unterschiedliche Söldner handelte und ein paar neugierige Bauern, die das, was sie hörten, mit ihren Freunden bei einem Humpen Bier besprechen wollten. Ein Herold stand auf der hölzernen Plattform im Regen und wirkte ziemlich elend. So gut er konnte, schützte er eine versiegelte Schriftrolle unter seinem Mantel vor der Nässe.

»Weiß jemand, um was es hier geht?« Haern trat neben einen der Gemeinen.

»Bis jetzt hat noch keiner etwas gesagt.« Der Mann kratzte sich den Nacken. »Aber es klingt so, als gäbe es eine große Belohnung, also muss es eine große Sache sein, stimmt's?«

»Sieht so aus.«

Zwei brennende Fackeln wurden an beiden Seiten des Galgenpodests befestigt, aber beide erloschen zischend, als ein Windstoß über den Marktplatz fuhr. Der Herold fluchte, hatte aber schon Mühe, auch nur die Schriftrolle festzuhalten. Schließlich schien er genug zu haben, öffnete sie und schrie so laut er konnte.

»Angesichts der Beweislage erklärt Mylord Ingram Murband Alyssa Gemcroft zu einem Feind der Elfen und der Stadt Engelhavn. Sie wird für die höchst bedauerlichen Angriffe auf Laryssa Sinistel von Quelnassar verantwortlich gemacht. Eine Belohnung von zwanzig Morgen Land aus dem Besitz von Lord Ingram wird der Person zur freien Verfügung übergeben, die Alyssa Gemcroft der Stadtwache aushändigt. Ist sie tot, verfällt die Belohnung. Weitere zehn Morgen Land werden für den Mann geboten, der als Wächter bekannt ist. Er dient Alyssa und hat einen Mordversuch gegen Lord Ingram unternommen. Zudem hat er den Angriff auf Laryssa Sinistel ausgeführt. Die Belohnung wird auch ausgehändigt, wenn nur seine Leiche beigebracht wird. So befiehlt unser Lord, mögen die Götter seinen Namen beschützen.«

Haern klappte die Kinnlade herunter, als sich diese Nachricht wie ein Lauffeuer in der Menge herumsprach. Was für ein Wahnsinn war das denn? Er verschwand in den dunklen Gassen und lief so schnell er konnte zum Tempel zurück. Logan wartete bereits an der Tür auf ihn. Er ließ ihn herein und gab ihm einen trockenen Umhang.

»Lässt der Regen nach?«, erkundigte sich der Jüngling.

»Sieht nicht so aus.« Haern sah sich nach Alyssa um. Sie

saß auf einer Bank ganz vorne in der Kirche. Neben ihr lag Zusa, in Decken gehüllt. Sie schlief. Logan folgte ihm und machte sich in ihrer Nähe zu schaffen, polierte den Altar und das Podest. Alyssa begrüßte Haern mit einem Nicken.

»Die Krämpfe haben aufgehört«, sagte sie, als er sich neben sie setzte. »Ich glaube, das Violet hat allmählich ihren Körper verlassen.«

Haern nickte. Er war froh darüber, konnte jedoch an nichts anderes denken als an das, was er gerade gehört hatte. »Alyssa«, sagte er. »Ingram hat gerade ein Kopfgeld von zwanzig Morgen Land auf dich ausgesetzt.«

Sie biss die Zähne zusammen, ansonsten aber beherrschte sie sich. »Das überrascht mich nicht«, erwiderte sie. »Ich bin schon davon ausgegangen, dass Madelyn irgendwie versuchen würde, ihn gegen mich aufzubringen.«

Haern schüttelte den Kopf und riss sich zusammen, um seine Wut zu kontrollieren.

»Das ist es nicht. Es geht um Laryssa. Er behauptet, du wärst für den Angriff auf sie verantwortlich.«

»Aber warum ...? Nein, sie kann unmöglich glauben, dass ich mich an ihr rächen würde, nicht einmal angesichts dessen, was sie getan hat.«

»Ganz offensichtlich glaubt sie das aber, und es wird außerdem behauptet, ich wäre derjenige gewesen, der sie auf deinen Befehl hin angegriffen hätte. Auf unsere beiden Köpfe ist eine Prämie ausgesetzt.«

Alyssa ließ sich fassungslos zurücksinken und packte instinktiv Zusas Hand. »Was machen wir jetzt?« Sie flüsterte nur noch. »Was können wir machen?«

Haern schüttelte den Kopf. »Diese ganze Stadt ist bis ins Mark verdorben. Lass uns von hier verschwinden. Vergiss die

Rache an dem Schemen. Sobald wir wieder in Veldaren sind, bist du vor Madelyns Wahnsinn und Ingrams Schergen sicher. Soll diese Stadt sich doch ihrem Schicksal allein stellen.«

»Selbst wenn dieses Schicksal Krieg bedeutet?«

»Diese Stadt wird Krieg führen, ganz gleich was wir tun! Sie rennen mit offenen Armen und offenen Augen darauf zu. Glaubst du tatsächlich, wir könnten die Elfen dazu bringen, den Lynchmob zu ignorieren, der ihre Familien und Freunde ermordet hat? Oder glaubst du, es wird uns gelingen, die Händlerbarone von ihrer Gier abzubringen? Meinst du, wir können Ingram davon überzeugen, dass er sich vor den Elfen erniedrigen und sich in diesem Streit auf ihre Seite stellen müsste?«

»Irgendetwas müssen wir aber tun!« Alyssa sprang auf, als hielte ihr Zorn sie nicht mehr auf ihrem Platz. »Ich werde nicht zulassen, dass der Ramere im Chaos versinkt. Tausende werden sterben, und du kannst mich gierig schimpfen, wenn du möchtest, aber ich kann es mir nicht leisten, den Handel, die Schiffe und alles Ackerland zu verlieren ... Krieg im Süden wird der Trifect einen nicht wiedergutzumachenden Schaden zufügen, und wir sind jetzt bereits stark angeschlagen. Wir sind mitverantwortlich für dieses Chaos, und wir werden es beenden. Und jetzt denk nach! Warum sollten Laryssa oder Ingram glauben, dass du die Schuld an diesem Vorfall trägst?«

»Das Auge.« Zusa setzte sich langsam auf. »Und dein Geschrei ist schlecht für meine Kopfschmerzen.«

Bei ihren Worten hatte Haern das Gefühl, ein Eiszapfen bohre sich in sein Herz. »Der Schemen«, sagte er. »Eine andere Erklärung gibt es nicht. Er will, dass sich die ganze Sache zuspitzt, und jetzt hat er einen Weg gefunden.«

Alyssa wollte sich um Zusa kümmern, aber die stieß sie zurück.

»Er hat die Elfen schon einmal angegriffen«, erklärte Zusa. »Du musst ihn finden, Haern. Liefere ihn den Elfen aus und lass ihnen alle Zeit, die sie brauchen, um ihm ein Geständnis zu entlocken. Wenn wir Alyssas Namen reinwaschen können, besteht vielleicht noch die Chance, das alles aufzuhalten.«

So wie sie es ausdrückte, klang es einfach, aber Haern wusste, dass es das ganz sicher nicht war. Den Schemen zu finden war nahezu unmöglich, und ihn zu besiegen …

»Und was ist mit dir?« Er weigerte sich, die Beherrschung zu verlieren.

»Die Händlerbarone haben eine Grenze überschritten«, erwiderte Zusa. »Wir müssen dafür sorgen, dass sie uns fürchten, dass sie das Schicksal fürchten, das sie erwartet, wenn sie Engelhavn in einen Krieg treiben.«

Unsicher schwankend stand sie auf. Alyssa zog sie wieder auf die Bank zurück, und die Gesichtslose konnte sich ihr nicht widersetzen.

»Du bist immer noch schwach«, erklärte Alyssa. »Ruh noch einen Tag aus. Hier sind wir sicher.«

»Kann die Stadt denn noch einen Tag warten?«

Haern runzelte die Stirn und schwang seinen Arm in einem Kreis. Nole hatte seine Schulter ausgezeichnet behandelt, und jetzt hatte er endlich das Gefühl, dass er wieder mit ganzer Kraft kämpfen konnte. Vielleicht konnte die Stadt warten, ebenso wie die Händlerbarone, aber der Schemen …

»Ich werde ihn finden«, sagte er. »Selbst wenn ich Engelhavn dafür vollkommen auseinandernehmen muss.«

Das war ein recht großes Versprechen, denn die Stadt war riesig, aber er hatte das Gefühl, dass der Schemen nach ihm suchen würde. Er würde herausfinden wollen, ob er sich auf seine Seite stellen wollte. Ein Teil von Haern wollte das auch noch. Aber wenn sie Frieden haben und seinen Namen reinwaschen wollten, musste er ihn zur Strecke bringen.

Haern griff in Alyssas Tasche und nahm eine Handvoll Goldmünzen heraus.

»Wohin gehst du?«, wollte sie wissen, als er zur Tür eilte.

»Neue Säbel kaufen.«

Botschafter Graeven wartete draußen vor der Stadt, an derselben Stelle, an der Eravon getötet worden war. Das schien nur angemessen zu sein. Diesmal gab es keine Zelte. Stattdessen hatte er nur ein kleines Feuer entzündet, um seinen Aufenthaltsort anzuzeigen. Es hatte aufgehört zu regnen, aber noch immer hingen dicke Wolken am Himmel, was dem Elfen sagte, dass der Regen nur eine kurze, wenn auch sehr willkommene Pause gemacht hatte. Die Stunden verstrichen, und geduldig wie immer wartete er, bis sein Gast endlich zu ihm ans Feuer trat.

»Sei gegrüßt, Meisterspäher.« Graeven verbeugte sich. »Wo ist dein prachtvolles Ross?«

»Ich hatte die Befürchtung, dass Sonowin zu viel Aufmerksamkeit erregen würde.« Der andere Elf verbeugte sich ebenfalls tief, um seinen Respekt zu zeigen. Er hatte langes braunes Haar, das sorgfältig geschnitten und zu Zöpfen geflochten war, damit es ihm nicht in die Augen fiel. Seine Kleidung bestand aus grünen und braunen Stoffen, die ihn hervorragend in dieser Umgebung tarnten. Wenn er ging, machte er kein Geräusch, und es schien, als würde nicht einmal das Gras unter seinen Schritten niedergedrückt. Das war Dieredon, der Meisterspäher der Elfen aus Queln, und einer ihrer besten

Fährtenleser. Er hatte einen sehr großen, schweren Bogen über den Rücken geschlungen, und seine Fertigkeit im Umgang mit dieser Waffe war legendär.

»Ich bin froh, dass du gekommen bist«, meinte Graeven. »Die Stadt ist in letzter Zeit sehr gewalttätig geworden, und ich brauche dich und deine Fähigkeiten.«

»Das habe ich bereits gehört. Wo ist Laryssa jetzt?«

»Wir haben sie zu ihrer eigenen Sicherheit aus der Stadt geschmuggelt. Ceredon hat ihre Rückkehr nach Quelnassar befohlen, nur zu ihrem Besten. Ich werde unsere Verhandlungen weiter leiten, und damit komme ich zu dem Grund, warum ich dich brauche.«

Sie setzten sich einander gegenüber ans Feuer, auf kleine Grashügel, die Graeven während der langen Wartezeit sorgfältig über einem brennenden Zweig getrocknet hatte. Er bot Dieredon ein gebuttertes Stück Brot an, aber der andere Elf lehnte ab.

»Ich habe nicht viel für menschliche Nahrung übrig«, erklärte er.

»Ich habe mich daran gewöhnt.«

Dieredon blickte zu der Stadt in der Ferne. Seine scharfen Augen erkannten problemlos Hunderte von Einzelheiten, die nicht einmal Graeven wahrnehmen konnte.

»Ich bin nicht alleine gekommen«, sagte der Späher dann. »Viele andere von unserer Rasse sind ebenfalls hier, und es ist nicht schwer, ihre Absichten zu erraten. Wir haben bereits begonnen, die Stadt zu infiltrieren. Ende der Woche werden wir zweihundert verkleidete Elfen unter ihre Bevölkerung geschmuggelt haben, wenn nicht sogar doppelt so viele. Die Reaktion auf den Aufruf war überwältigend.«

»Deshalb habe ich dich gerufen.« Graeven legte das Brot

zur Seite, ohne abgebissen zu haben. »Ich soll für unsere Rasse sprechen, die sich darüber einig zu sein scheint, dass sie Krieg will. Ich habe mein Bestes getan, aber seit dem Angriff auf Laryssa scheue ich mich, auch nur ein Wort über einen möglichen Frieden zu verlieren, weil ich Angst habe, zurechtgewiesen zu werden.«

»Warum hast du mich dann gerufen?«

»Weil du nicht so bist wie der Rest von uns. Du hast ein ganzes Jahrhundert in der Wildnis verbracht, zwischen Orks, Wölfen und Menschen. Wenn es jemanden gibt, der die Welt so erlebt hat, wie sie ist, jemand, auf den ich mich in dieser Angelegenheit verlassen kann, dann bist du das.«

Dieredon verschränkte die Arme. »Ich bin kein Freund der Menschen, trotz meiner Bemühungen. Aber ein Krieg gegen Engelhavn ist Wahnsinn. Wir sollten über so primitiven Bedürfnissen wie Rachsucht und Stolz stehen, und doch ist es genau das, was so viele von uns in ihre Stadt treibt. Wenn ich dabei helfen kann, einen solchen Wahnsinn zu verhindern, dann sag es mir. Ich werde tun, was ich kann.«

Graeven lächelte. »Trotz seiner Prahlerei glaube ich nicht, dass Lord Ingram wirklich einen Krieg will. Er ist ein Feigling, und es ist wirklich beeindruckend, wie groß seine Furcht vor uns ist und wie wenig er über uns weiß. Er hat getan, was er konnte, um uns zu beschwichtigen, und er hat sogar ein großes Kopfgeld auf diejenigen ausgesetzt, die er für verantwortlich für den Angriff auf Laryssa hält. Damit will er uns zeigen, dass er nichts mit der Sache zu tun hatte. Ich dagegen habe wenig Vertrauen in sein Kopfgeld und auch nicht in seine Soldaten. Nein, ich traue dir, Dieredon. Wenn du diejenigen zur Rechenschaft ziehen kannst, die für den Angriff auf Laryssa verantwortlich sind, und wenn du beweisen kannst, dass sie nicht im Auftrag von irgendjemandem gehandelt haben, dann haben wir vielleicht eine Chance. Natürlich muss ich noch mit den Händlerbaronen fertig werden, aber ich vermute, dass Ingram ihren Einfluss ebenso sehr fürchtet wie unseren. Vielleicht ergibt sich da von allein eine Lösung, aber einstweilen müssen wir uns um eine Angelegenheit nach der anderen kümmern.«

»Wissen wir denn, wer dafür verantwortlich ist?«, erkundigte sich Dieredon. »Ich habe Gerüchte gehört ...«

»Ich bin sicher, dass Alyssa Gemcroft den Befehl gegeben hat. Ich habe gesehen, wie wütend sie war, als wir sie abgewiesen haben.« Er reichte Dieredon ein kleines, viereckiges Stück Pergament, auf dem er mit Holzkohle ein grobes Porträt von Alyssa gezeichnet hatte. »Sie versteckt sich und muss gefunden werden. Aber ich glaube nicht, dass sie körperlich in der Lage ist, diesen Angriff selbst auszuführen.«

»Wer war es dann?«

»Ich habe die Angelegenheit bereits untersucht, also kannst du mir vertrauen. Der Mann wird der Wächter genannt. Es ist ein Mörder aus Veldaren, der mit Alyssa nach Süden gekommen ist. Sein Zeichen ist das offene Auge, das er mit Laryssas eigenem Blut neben ihr an die Wand geschrieben hat. Er hat nicht nur unsere Prinzessin angegriffen, er war auch noch so anmaßend, seine Signatur zu hinterlassen.«

»Wie sieht dieser ... dieser Wächter aus?«

Graeven reichte ihm ein zweites Stück Pergament. »Es ist nur eine primitive Zeichnung, ich weiß, aber etwas Besseres konnte ich nicht bewerkstelligen. Er ist sehr fähig und ein ausgezeichneter Kämpfer, weit besser als Menschen normalerweise sind. Nimm ihn nicht auf die leichte Schulter. Ich frage mich, wie gut er sich wohl gegen dich behaupten kann.«

»Wie finde ich ihn?« Dieredon verstaute beide Zeichnungen in einem Beutel an seinem Gürtel.

»Wenn du Alyssa findest, findest du ihn. Er scheint sie zu beschützen, vielleicht weil sie ihn engagiert hat, vielleicht aber auch, weil sie ein Liebespaar sind. Das spielt keine Rolle. Sollte Alyssa gefunden werden, wird er versuchen, ihr zu helfen, falls er nicht bereits bei ihr ist.«

»Ich werde tun, was ich kann, aber ich muss mich verkleiden. Das wird mich ein wenig aufhalten.«

»Aber zögere nicht zu lange.« Graeven stand auf. »Denk daran, alles was ich tue, tue ich für Quelnassar. Wir dürfen den Menschen nicht das kleinste Fleckchen Land geben, das ist mir jetzt klar. Denn sobald sie einmal die Macht geschmeckt haben, werden sie süchtig danach. Sie werden niemals aufhören, nach mehr zu verlangen. Ebenso wenig aber dürfen wir einen Krieg anfangen, auf den wir nicht vorbereitet sind und den wir so nicht gewinnen können.«

»Es liegt vielleicht nicht in unserer Macht, das zu verhindern.«

Graevens Augen funkelten, und er lächelte in der Dunkelheit. »Hier im Land der Menschen, Dieredon, ist alles möglich. Wir kontrollieren diese Ereignisse. Bring du mir Alyssa und den Wächter, den Rest erledige ich.«

Dieredon nickte und wandte sich wieder zur Stadt um. »Ich muss vielleicht töten, um meinen Auftrag durchzuführen«, sagte er.

»Unsere Sache ist gerecht. Celestia wird das verstehen und dir ihren Segen geben. Die Tausende, die du rettest, zählen mehr als die wenigen, die du tötest. Vergiss nicht, wenn du unsere verkleideten Brüder siehst, sprich nicht über deine Aufgabe. Sie sind fest zum Krieg entschlossen und werden kein Verständnis haben für den Versuch, den Frieden zu wahren.«

»Ich verstehe. Geh in Frieden, Botschafter, und möge Celestia über dich wachen.«

»Und über dich.«

Dieredon zertrat das Feuer mit seinem Fuß und setzte sich dann in Richtung Stadt in Bewegung. Graeven sah ihm nach und hatte kurz Zweifel, ob es klug gewesen war, den Meisterspäher auf den Wächter zu hetzen. Schließlich zuckte er mit den Schultern und kam zu dem Schluss, dass es das Risiko wert war.

15. KAPITEL

Niedergeschlagen kehrte Haern kurz vor Tagesanbruch zum Tempel zurück. Er hatte die ganze Stadt abgesucht, zweimal einen Diebstahl unterbunden und einmal eine Vergewaltigung verhindert. Dabei hatte er immer darauf geachtet, die Schuldigen nur zu verwunden, nicht zu töten. Aber vom Schemen war nichts zu sehen gewesen. Wenigstens hatte der Regen aufgehört, und es waren keine neuen Aufstände ausgebrochen, was sehr erleichternd war.

Als er auf die Tür des Tempels zuging, wurde sie geöffnet. Logan schrak zusammen, als er Haern unmittelbar vor sich stehen sah.

»Du gehst aus?«, erkundigte sich Haern.

»Besorgungen.« Logan huschte eilig davon.

Haern ging hinein. Alyssa schlief immer noch auf einer der Bänke, in einen Kokon aus Decken gehüllt. Zusa saß neben ihr und nickte ihm zu. Haern erwiderte den Gruß, und als er sich setzte, tauchte Nole aus seinem Zimmer auf.

»Wieder zurück?«, fragte der Priester.

»Das bin ich.« Haern sprach leise, um Alyssa nicht zu wecken. »Leider habe ich nur wenig vorzuweisen, obwohl ich die ganze Nacht unterwegs war.«

»Komm. Du kannst mein Bett nehmen«, bot Nole ihm an. »Es liegt sich darin weicher als auf den Bänken, und ich brauche es nicht.«

Haern wollte niemandem zur Last fallen, erst recht nicht angesichts der Freundlichkeit, die ihnen der Priester in den letzten Tagen erwiesen hatte. Trotzdem, die Bänke waren alles andere als gemütlich, selbst mit Decken als Polstern. Er legte den Schwertgurt ab, schlug seine Kapuze zurück und folgte dem Mann. Das Zimmer des Priesters war klein und karg eingerichtet, aber es hatte ein richtiges Bett. Haern setzte sich auf den Rand. Die Matratze war mit Daunen gefüllt und fühlte sich himmlisch an, nachdem er so viele Stunden auf den Dächern von Gebäuden gehockt, beobachtet und gewartet hatte.

»Es tut mir leid, dass ich nicht mehr tun kann.« Nole räumte rasch den kleinen Schreibtisch auf und rollte etliche Schriftrollen zusammen. »Du musst Besseres gewöhnt sein, da du schließlich aus Veldaren stammst. Hast du den dortigen Tempel gesehen?«

Haern legte seine Schwerter in eine Ecke und ließ dann den neu erstandenen Umhang darauf fallen. »Ich war einige Male dort«, meinte er, während er seine Stiefel abstreifte. »Es ist ein sehr schönes Gebäude.«

»Schön?« Nole lachte. »Das trifft es wohl kaum. Diese großartigen Pfeiler, die Wände von Marmor aus fernen Steinbrüchen. Ich habe gehört, sie hätten begonnen, Buntglas in ihre Fenster einzusetzen, damit das Licht wie ein Regenbogen schimmert, wenn es in den Tempel fällt.«

Der Priester sah sich in seinem Zimmer um. Die Wände bestanden aus Holz. Dann deutete er durch die Tür auf das Kirchenschiff, wo die einfachen Bänke auf dem blanken Steinboden standen.

»Leider muss ich mit erheblich weniger auskommen.«

»Ich nehme an, die Gläubigen von Engelhavn trennen sich

nicht so leicht von ihrem Geld?« Haern legte sich auf das Bett. Die Knochen in seinem Rücken knackten.

»Ich glaube, Wohlhabende und Arme sind in jeder Stadt gleich, Haern. Jedenfalls, wenn es um ihr Geld geht. Aber nein, die Götter sind für die Seeleute und Arbeiter von Engelhavn offenbar nicht sehr wichtig. Ich versammle alle sechs Tage eine kleine Gemeinde in meiner Kirche, aber was sie geben, genügt gerade, um Logan und mich zu ernähren und die Schuldner für ein weiteres Jahr ruhig zu halten. Vielleicht beeindrucken wir sie nicht genug, vielleicht bin ich ein nicht sonderlich inspirierender Diener Ashhurs, aber wenigstens ist Karak hier ebenso schwach vertreten.«

»Immerhin etwas. Danke für das Bett.«

»Gern geschehen. Ich lasse dich jetzt ruhen.«

Der Priester löschte die kleine Lampe und schloss die Tür. Dunkelheit umfing ihn. Es war sehr warm in dem Zimmer, sodass Haern auch sein Hemd auszog und es zu seinen Schwertern und dem Umhang in die Ecke warf. Er schloss die Augen, um zu ruhen, aber dann öffnete sich die Tür erneut, und Zusa schlüpfte herein.

»Stimmt etwas nicht?«, erkundigte er sich.

»Ich möchte dir Gesellschaft leisten, wenn es dir recht ist.«

Er runzelte die Stirn. »Aber es ist schon fast Morgen.«

»Ich konnte heute Nacht nicht schlafen, weil ich so viele Tage geschlafen habe. Aber jetzt bin ich müde. Wenn ich dich störe, kann ich ja wieder gehen …«

»Nein, schon gut. Das Bett ist groß genug.«

Er rückte zur Seite, und sie glitt unter die Decken. Er drehte sich um und spürte, wie sie ihren Rücken an seinen drückte. Dass sie ihm so nahe kam, überraschte ihn.

»Wir sind wirklich ein trauriges Ehepaar«, flüsterte sie.

»Das sind wir wirklich.« Haern lachte. »Aber wie es aussieht, ist diese Tarnung ohnehin nicht mehr nötig. Wahrscheinlich ist das auch besser so. Ich glaube nicht, dass wir beide die Frischvermählten besonders überzeugend gespielt haben.«

Sie schwieg einen Moment, und er versuchte, sich auf seine Atmung zu konzentrieren, statt dem Gefühl ihrer Haut auf seiner nachzuspüren.

»Du hast ihn nicht gefunden, hab ich recht?«, fragte sie schließlich leise.

»Nicht einmal eine Spur von ihm.«

»Das habe ich mir gedacht. Ich fürchte, wir sind in dieser Farce bloße Marionetten.«

Er fühlte, wie die Decken neben ihm sich bewegten, dann schob Zusa ihren Arm unter seinen und presste ihr Gesicht an seinen Nacken. Unwillkürlich verspannte er sich. Ihre plötzliche Nähe, der Druck ihrer Brüste auf seinem Rücken weckten fast so etwas wie Entsetzen in ihm. Was wollte sie von ihm? Und als sich in der Dunkelheit Delysias Gesicht vor seine Augen schob, fragte er sich, ob es richtig wäre, es ihr zu geben.

»Keine Sorge.« Zusa schien seine Gedanken lesen zu können. »Ich führe ein einsames Leben, Wächter. Als ich das letzte Mal mit einem Mann zusammen war, hat mich das ins Exil geführt und zu einer Gesichtslosen gemacht. Lass mich einfach den Trost deines Körpers genießen, bitte. Du musst mir nichts zurückgeben.«

Haern nickte und war gleichzeitig verlegen, weil er überhaupt an etwas anderes gedacht hatte. Er schloss die Augen und atmete langsamer. Ihren Atem an seiner Wange und ihre weichen Arme um seinen Körper zu spüren war ein sonderbares, aber sehr willkommenes Gefühl. Sie sprach von Einsamkeit, und er konnte ihren Schmerz nachfühlen, wenn er an die fünf langen Jahre dachte, die er auf den Straßen von Veldaren verbracht hatte. Einsamkeit war eine gemeine Bestie, und obwohl er jetzt im Eschaton-Turm unter Freunden lebte, spürte er die Narben noch immer.

Zusa und er waren sich so ähnlich. Als Haern das begriff, entspannte er sich endlich. Er ergriff vorsichtig ihre Hände, drückte sie an seine Brust und bewegte den Kopf ein bisschen, sodass sie ihr kurzes Haar als Kissen für ihre Wange benutzen konnte. Er schlief ein, und es war ein friedlicher Schlaf. Wenn auch kein langer.

»Haern?«

Er regte sich, und Zusas besorgter Tonfall machte ihn schlagartig wach. Er setzte sich auf und bemerkte, dass er alleine im Bett lag. Zusa kniete neben der Tür und hatte sie einen Spalt geöffnet. Ein schmaler Lichtstreifen fiel hindurch.

»Was ist da los?«

»Zieh dich an und hol deine Schwerter«, erwiderte sie und schloss die Tür, sodass der Raum wieder in Dunkelheit getaucht wurde. Sie sprach sehr leise, als hätte sie Angst, belauscht zu werden. »Ich fürchte, wir wurden verraten.«

»Verraten?«

Er hatte bereits Hemd und Umhang übergeworfen, die er ohne lange Suche in der Ecke gefunden hatte. Metall sang, als Zusa ihre Dolche zückte.

»Ja, verraten. Ich weine um diese Stadt, Haern. Selbst die Gläubigen sind treulos.«

Während er seinen Gurt zuschnallte, hörte er gedämpften Lärm. Beim zweiten Mal erriet er, worum es sich handelte. Ihm schnürte sich die Kehle zu.

Von draußen vor dem Tempel drangen Stimmen herein.

»Alyssa?«

»Sie ist tot oder schläft, nach allem, was ich sehen konnte. Beeil dich.«

Die Tür wurde wieder einen Spalt geöffnet, dann geschlossen, und plötzlich pressten sich zwei Lippen auf Haerns Mund. Er brauchte eine ganze Sekunde, bis er den Kuss erwiderte, so verblüfft war er.

»Lass dich nicht umbringen«, flüsterte Zusa ihm dann ins Ohr. »Vielleicht zeige ich dir ja irgendwann, warum Karaks Priester mich zu einer Gesichtslosen gemacht haben.«

Haern lachte leise und zog die Kapuze tiefer ins Gesicht. »Also los.«

Sie stürmten mit gezückten Waffen durch die Tür. Nach wenigen Sekunden hatte Haern die Szenerie erfasst, aber die Lage war keineswegs so, wie er erwartet hatte. Alyssa lag vollkommen regungslos auf der vordersten Bank. Neben ihr saß Nole, der sehr müde aussah. Logan war nirgendwo zu sehen, und der Rest des Gebäudes war leer. Zusa stürzte sich auf den Priester, packte seine Kutte und zerrte ihn zu Boden. Haern hielt ihm die Klinge an den Hals.

»Untersuch sie!«, befahl Haern Zusa, während draußen jemand schrie, Alyssa und der Wächter sollten herauskommen. Zusa legte ihre Finger an Alyssas Hals, während Nole langsam den Kopf schüttelte.

»Sie wird jetzt nicht aufwachen«, sagte der Priester. »Sondern erst in vielen Stunden. Ich habe ihr das Blatt einer bestimmten Pflanze in den Tee gestreut. Ich versichere euch, dass sie keinen dauerhaften Schaden verursacht.«

»Warum?« Haern versuchte ruhig zu bleiben, obwohl die Wut über den Verrat des Priesters in ihm brannte.

»Das verstehst du nicht.« Nole blieb ruhig, trotz der Waffe, die sich an seinen Hals drückte. »Ich mache das für Ashhur, und nur für ihn.«

Zusa schüttelte und ohrfeigte Alyssa, aber die Frau wurde nicht wach. Haerns Knöchel wurden weiß, so fest umklammerte er den Griff seines Säbels. Er dachte an Robert Haern, seinen Mentor, der sein Leben geopfert hatte, um den jungen Aaron Felhorn vor dem Zorn seines Vaters zu beschützen. Die beiden zu vergleichen kam ihm irgendwie mies vor, aber Nole war ein Priester, ein heiliger Mann, wohingegen Robert einfach nur … Robert gewesen war. Und doch war dieser alte Mann so viel stärker und mutiger gewesen.

»Der Tempel ist umstellt«, unterbrach Nole leise Haerns Gedanken. »Sie werden nicht eindringen, aus Respekt, jedenfalls einstweilen. Stellt euch. Erspart uns das Blutvergießen. Wenn ihr unschuldig seid und euer Herz rein ist, habt ihr nichts zu befürchten, denn selbst im Tod geht ihr in Ashhurs Güldene Ewigkeit ein.«

»Aus welchem Grund hast du uns wirklich verraten?« Zusa ließ Alyssa wieder auf die mit Decken gepolsterte Bank sinken. »Wegen Geld? Respekt? Du bist eine Schande.«

»Ich mache nur, was notwendig ist!«

Haern schüttelte den Kopf. »Ich habe gesehen, wie ein Mann sein Leben geopfert hat, um andere zu beschützen, und das war alles andere als notwendig.« Er zog seine Säbel zurück. »Ich muss töten. Ich stecke bis zu den Ellbogen im Tod. Das ist mein Schicksal, meine Sünde, und wenn Ashhur mich deshalb an seinem Tor abweist, dann sei dem so. Aber ich würde niemals einen Mann oder eine Frau hintergehen, denen ich Beistand angeboten habe, und diesen hinterhältigen Verrat dann als Akt des Glaubens ausgeben. Sei verflucht, Nole! Bist du tatsächlich so blind?«

Er ließ ihm keine Gelegenheit zu einer Antwort, weil er sie nicht hören wollte. Stattdessen hämmerte er dem Priester den Griff seines Schwertes an den Schädel, so fest, dass Nole bewusstlos zusammensackte. Dann ließ er ihn zu Boden fallen und sah Zusa an. Aber er wusste auf ihren besorgten Blick hin nichts zu sagen.

»Wir können sie nicht mitnehmen«, erklärte sie. »Nicht, wenn wir entkommen wollen.«

»Wir können es versuchen.«

»Wenn wir sterben, helfen wir Alyssa damit auch nicht.«

»Was dann, Zusa? Was?«

Wieder schrien die Stadtwachen, sie sollten herauskommen, aber diesmal schrien alle, nicht nur einer. Ihre Stimmen peitschten wie Donner gegen die Mauern. Es mussten mindestens einhundert Stadtwachen dort draußen warten. Sie konnten nicht gegen sie kämpfen, schon gar nicht, wenn sie dabei versuchten, die ohnmächtige Alyssa zu tragen. Ebenso wenig konnten sie die Portale des Tempels verteidigen, nicht gegen so viele. Ihnen blieb keine andere Möglichkeit, jedenfalls keine offensichtliche. Entweder sie starben, oder sie überließen Alyssa ihrem Schicksal. Keine der beiden Möglichkeiten war Haern besonders willkommen. Er konnte sie nicht hier zurücklassen, wo sie für ein Verbrechen sühnen würde, das sie nicht begangen hatte.

»Was sollen wir tun?« Er fühlte sich so hilflos.

»Wir werden leben«, erwiderte Zusa leise. »Wir machen weiter, und dadurch werden wir sie zu unseren Bedingungen retten.«

»Du sagst, wir sollen weglaufen. Du sagst, wir sollen warten.« Er schüttelte den Kopf. »Du hast dasselbe schon einmal gesagt, und deswegen habe ich zusehen müssen, wie Kinder gehenkt wurden! Nur weil ich nichts dagegen unternommen habe. Das mache ich nicht noch einmal. Ich würde lieber kämpfen und in dem Wissen sterben, dass ich kein Feigling gewesen bin. Wie kannst du überhaupt vorschlagen, sie zurückzulassen?«

Zusa streichelte Alyssas Gesicht. Aber die Zärtlichkeit ihrer Berührung war weder in ihrer Stimme noch in dem vernichtenden Blick zu spüren, den sie Haern zuwarf.

»Verdammt, begreifst du denn nicht? Sie zurückzulassen ist das Schwerste, das ich je getan habe, aber trotzdem mache ich es, weil ich keine Närrin bin. Ich habe dich aus deinem Gefängnis gerettet. Ich kann auch sie retten. Also, bleibst du hier oder kommst du mit mir?«

Haern warf einen letzten Blick auf Alyssa. Er hasste die Stadt Engelhavn so sehr wie noch nie zuvor.

»Geh voraus.« Die Worte blieben ihm fast im Hals stecken.

»Bleib auf keinen Fall stehen«, befahl Zusa, während sie sich zu einem der länglichen Fenster herumdrehte. Das Milchglas verhinderte, dass sie draußen irgendetwas anderes erkennen konnten als das gelbliche Licht der Morgensonne. »Kämpfe weiter, lauf weiter, und falls wir getrennt werden, warte in der kommenden Nacht am Hafen auf mich.«

Sie zog ihren Dolch über ihre Handfläche, umklammerte ihren Umhang und ließ das frische Blut hineinsickern. Dann flüsterte sie mit geschlossenen Augen sonderbare Worte. Das Rot färbte den gesamten Umhang, der sich plötzlich auf eine sehr unnatürliche Weise bewegte. Dann lief sie auf das Fenster zu und sprang. Sie drehte ihren Körper zur Seite. Ihre Fäuste zerschmetterten das Glas, aber ganz gewiss hatte sie sich dabei starke Schnittwunden zugezogen. Haern zögerte. In dem Moment gaben die Portale des Tempels krachend nach. Er wäre fast zurückgeblieben, hätte beinahe die gepanzerten Stadtwachen angegriffen, die durch den Gang stürmten, aber er hatte Zusa versprochen, ihr zu folgen, also tat er es auch. Die spitzen Zacken des Glases rissen an seiner Kleidung, und er spürte einen heftigen Ruck an seinem linken Arm, als er sich über den Boden rollte. Aber das spielte keine Rolle. Er sprang hoch, sah Zusa und folgte ihr.

Die Stadtwache hatte einen Kreis um das Gebäude gebildet, aber die meisten Soldaten hatten sich in der Nähe des Haupteingangs versammelt. An der Seite war der Kreis nur zwei Reihen tief und zudem weit ausgedehnt. Haern wusste, dass sie ihn durchbrechen konnten, wenn sie mit genug Wucht angriffen. Zusa sah das wohl ebenfalls so, denn sie hatte bereits mit dem Angriff begonnen. Ihre Dolche blitzten, während sie in ihrem blutigen Tanz herumwirbelte. Ihr Umhang schlug zu, als hätte er einen Verstand. Der Saum des Tuchs war scharf wie Klingen. Als Haern ihr zu Hilfe eilte, sah er, wie der Umhang auf einen Soldaten zu zuckte und ihm die Kehle aufschlitzte.

Haern stieß den Soldaten zu Boden und sprang auf die Leiche. Im selben Moment hörte er Zusas Schrei. »Links!« Er reagierte ohne nachzudenken und griff zusammen mit ihr ein Trio von Soldaten an, die mit Speeren nach ihnen stießen. Zusa bog ihren Körper, glitt zwischen die Speerspitzen, und Haern schlug den letzten Speer zur Seite, der auf seine Brust zielte. Zusas Füße berührten kaum den Boden. Sie durchbohrte den Soldaten zu ihrer Linken mit ihrem Dolch, drehte die Klinge herum und riss sie so schnell heraus, dass sie sie zusammen mit ihrem rechten Dolch dem anderen Soldaten in die Brust rammen konnte. Der Kettenpanzer hielt zwar das Eisen ab, aber der Schlag war so heftig, dass er dem

Mann die Luft nahm. Dann trat Zusa ihm gegen den Kopf, und die Wache brach auf dem Boden zusammen.

Haern war mittlerweile an dem Soldaten vor ihm vorbeigerannt und schlug ihm den Säbel gegen den Hals. Der Mann stürzte auf ein Knie und presste eine Hand gegen die Seite seines Halses, um den Blutfluss einzudämmen. Im nächsten Moment rannten die beiden über die Straße davon und ließen einen Haufen von toten und blutenden Soldaten zurück.

»Schnell!« Haern packte Zusas Handgelenk und zerrte sie zu Boden. Er hatte zurückgeblickt und gesehen, wie sich etliche Soldaten mit Armbrüsten hinter ihnen aufbauten und zielten. Die Bolzen zischten über ihre Köpfe hinweg, und einer von ihnen bohrte sich in den Schenkel einer Frau, die gerade vor einem Geschäft mit einem Kaufmann feilschte. Ihr gellender Schrei versetzte die Menge der morgendlichen Käufer in Panik. Haern und Zusa waren wieder aufgesprungen und woben sich mit Leichtigkeit durch das Chaos, während die Stadtwache sich jeden Schritt durch die Masse ängstlicher Menschen erkämpfen musste.

Sobald sie weit genug weg waren, bogen sie in eine Gasse ab. Haern schlug seine Kapuze zurück und betrachtete Zusa. Ihre Kleidung war zwar blutverschmiert, aber er wusste nicht, wie viel davon ihr eigenes Blut war und wie viel von den Stadtwachen stammte. Ihr Umhang war nicht mehr rot, was bedeutete, die Magie, mit der sie ihn getränkt hatte, war erloschen.

»Du brauchst neue Kleidung.« Er deutete mit einem Nicken auf das Blut.

»Du ebenfalls.« Sie zeigte auf die lange Schramme an seinem Arm. Die Wunde war nicht tief, aber er würde zweifellos eine Narbe davontragen.

»Wenigstens warst du nicht in deine Tuchbahnen gewickelt«, meinte er.

Keiner von beiden lachte, denn ihnen war nicht danach zumute. Sie gingen langsam zu dem belebteren Marktplatz, der noch weiter von der Stelle entfernt war, wo die Stadtwachen nach ihnen suchten. Zusa blieb zurück, während Haern mit seinem letzten Geld neue Kleidung kaufte, in einfachen grauen Brauntönen.

»Ein Kleid?«, erkundigte sich Zusa, als er zurückkehrte.

»Das Beste, was ich finden konnte.« Er hielt es ihr hin.

»In einem Kleid kann ich nicht kämpfen.«

»Das schaffst du schon.«

Die Gasse, in der sie sich versteckt hatten, endete an einer rissigen Steinmauer. Haern baute sich mit dem Rücken zu Zusa auf, als sie sich umzog, um sie so gut wie möglich vor neugierigen Blicken von der Straße zu schützen. Als sie fertig war, drehte er sich um und lachte, wenn auch halbherzig. Sie bot einen komischen Anblick mit ihrem kurzen Haar, ihren exotischen Gesichtszügen und ihrer schlanken Gestalt, an der das einfache graubraune Kleid wie ein Sack herunterhing.

»Vielleicht sollten wir doch lieber blutverschmiert herumlaufen.«

Dann zog er sich selbst um. Sie wickelten ihre blutige Kleidung in ein Bündel, das sich Haern über die Schulter werfen konnte. Zusa versteckte ihre Dolche in dem unförmigen Kleid, während Haern seine Säbel in das Bündel schob.

»Also gut«, sagte sie. »Wir sind wieder ein einfaches Pärchen. Wohin gehen wir jetzt?«

Haern nahm ihre Hand und führte sie auf die Straße. »Wir suchen Alyssa.«

Sie gingen rasch zu Ingrams Burg, in der Hoffnung, den

Wachen zuvorzukommen. Haern hatte befürchtet, dass es sie zu viel Zeit gekostet hätte, sich umzuziehen, aber er hatte sich geirrt. Als sie näher kamen, versammelte sich gerade eine große Gruppe von Gaffern rechts und links neben der Straße. Die Menschen sahen zu, wie eine Eskorte von fast fünfzig Stadtwachen Alyssa in den Kerker schleppte.

»Was geht da vor sich?«, erkundigte sich Zusa, als sie sich nach vorne drängten, damit sie etwas sehen konnten. »Jubeln sie etwa?«

»Schon.« Er spürte, wie ihre Wut hochkochte, schüttelte jedoch den Kopf. »Aber es ist nicht so, wie du glaubst.«

Die Männer und Frauen der Stadt jubelten tatsächlich, und viele hoben ihre Arme oder schrien, so laut sie konnten. Aber sie feierten nicht Alyssas Gefangennahme oder die Tüchtigkeit der Stadtwache, sondern sie verfluchten die Elfen und beklatschten Alyssas Mut.

»Das ist unglaublich«, flüsterte Haern Zusa ins Ohr. Die Meute machte Platz, als Alyssa auf das Gelände der Burg geführt wurde, wohin ihr die Menschen von Engelhavn nicht folgen konnten.

»Hassen sie die Elfen denn so sehr?«, fragte Zusa leise.

Genauso schien es. Die beiden sahen, plötzlich verunsichert, zu, wie die Stadtwache die neue Heldin der Stadt in den schwer bewachten Kerker brachte, während die Menschen jubelnd ihren Namen schrien.

16. KAPITEL

Madelyn saß in ihren Gemächern, wo ihre Bediensteten endlich damit fertig wurden, ihr die Kleidung anzulegen, die Bänder ihres Korsetts zu schnüren und verschiedene Puder auf ihr Gesicht und ihre Lippen aufzutragen. Als Letztes widmeten sie sich ihrem Haar und flochten es zu vier Zöpfen, die sich wie eine Halskette um ihren Nacken schmiegten. Die Enden verschwanden in ihrem Dekolleté. Sie beobachtete ihre Zofen in dem ovalen Spiegel, der an einer der Wände hing. Das Holz glänzte, und das Glas war makellos sauber. Nichts mehr war von dem Blut zu sehen, das ihr Ehemann noch am Tag zuvor hier vergossen hatte. Wenn sie nur den Abschaum von Engelhavn ebenso leicht entfernen könnte, wie sie mit einem Poliertuch über diese Glasfläche fahren konnte …

Ihre Laune trübte sich, als Torgar hereinkam und sich mit verschränkten Armen gegen den Rahmen des Spiegels lehnte.

»Ich bin nicht sicher, ob das eine so gute Idee ist«, sagte er. »Die Straßen sind immer noch nicht besonders sicher.«

»Wenn du und deine Leute ihre Arbeit tun, habe ich nichts zu befürchten.«

»Wir können keinen aufgebrachten Mob aufhalten.«

Sie warf ihm einen finsteren Blick zu, achtete jedoch darauf, nicht den Kopf zu bewegen, um die Arbeit der beiden Zofen nicht zu stören, die immer noch ihr Haar flochten.

»Es wird keinen Mob geben. Warum sollte irgendjemand mir etwas Böses wollen?«

Der Hüne zuckte wortlos mit den Schultern, obwohl er ganz eindeutig anderer Meinung war. Eine der Zofen zog zu fest an ihrem Haar, und sie fuhr das Mädchen wütend an.

»Pass gefälligst auf!«

Als die Zofen fertig waren, war sie froh, endlich aufstehen zu können. Sie sah aus wie eine königliche Herrscherin, die sie ja tatsächlich auch war, und fühlte sich auch so. Laurie mochte sich in seinen letzten Jahren etwas mehr in Bescheidenheit geübt haben, aber sie hatte andere Pläne. Sie war wunderschön, und sie würde es der Stadt zeigen. Ganz sicher würde sie nach einer Weile einen wohlhabenden Mann finden, den sie heiraten konnte, einen, der angesichts ihres Ranges seine untergeordnete Rolle akzeptieren würde.

»Vergiss nicht, Tori in einer Stunde zu wecken und sie zu füttern«, sagte sie zu Lily. Die nickte, während sie das Baby in die Arme nahm.

»Fertig?«, erkundigte sich Torgar.

»Das bin ich.« Sie richtete sich hoch auf. Der Söldner schnaubte verächtlich, sagte aber nichts.

Mit acht zusätzlichen Wachen marschierten sie auf die Straßen hinaus. Es überraschte sie zu sehen, wie verlassen sie waren. Irgendwie lag eine gedämpfte Atmosphäre über der Stadt, und Madelyn war nervös, obwohl sie erst einige Schritte von ihrem Tor entfernt war. Es beunruhigte sie immer, wenn sie ihr Heim verließ, aber jetzt nagte die Furcht erheblich stärker an ihr als sonst.

»Geht es dir gut, Mylady?«, erkundigte sich Torgar, immer noch spöttisch.

»Mir geht es gut. Die Stadt ist ein bisschen … sonderbar,

das ist alles«, erwiderte sie. »Vermutlich hätte ich das nach all diesen Aufständen erwarten sollen. Der Pöbel muss sich sicherlich erst einmal erholen.«

»Er erholt sich nicht. Er hält nur die Luft an und wartet auf den nächsten Schlag. Und der kommt diesmal nicht von den gemeinen Leuten.«

Sie warf ihm einen gereizten Blick zu, als sie nach Süden gingen, in Richtung von Ingrams Burg.

»Du glaubst, die Elfen werden angreifen? Unsinn. Ich bin sicher, dass sie nur wilde Drohungen ausgestoßen haben. All jene, die in der Nähe ihrer Wälder leben, sollten natürlich ihre Türen verschlossen halten, aber hier in der Stadt?«

Torgar deutete nach vorn, die Straße hinauf. »Siehst du diesen Mann da?«

Sie sah hin und erhaschte gerade noch einen kurzen Blick auf eine Person, die in einer Gasse verschwand. Ihre Kleidung war von einem einfachen Braun, und sie hatte eine Kapuze in einer ganz ähnlichen Farbe auf dem Kopf.

»Warum? War das ein Elf?«

»Nein. Aber es hätte einer sein können. Jeder Mann und jede Frau, die in den Schatten lauern, könnten etwas spitzere Ohren haben, als sie eigentlich haben sollten. Und vergiss ihre raffinierte Magie nicht. Ich frage mich, wie viele Arme und hungrige Reisende, die in diese Stadt strömen, Masken über ihren Gesichtern tragen und ein bisschen Baumharz in ihren Adern haben …«

Madelyn versuchte seine Worte mit einem Schulterzucken abzutun. Er erzählte ihr einfach nur Schauergeschichten, wilde Verschwörungstheorien, die einfache Menschen wie er so liebten. Für seine Behauptungen gab es keinerlei Beweise. Sie waren einfach nicht wahr.

»Hüte deine Zunge«, erwiderte sie. »Ich will von deinen Übertreibungen nichts wissen.«

»Er sagt nur das, was man überall hört«, mischte sich einer der anderen Söldner ein. Sie wurde wütend, weil der Mann es für notwendig hielt, seinen Hauptmann zu verteidigen.

»Dann habt ihr eben alle Unsinn gehört, der genauso wenig stimmt wie die Geschichte von den Störchen, welche die Babys bringen, und den Trollen, die sich unter Kinderbetten verstecken.«

»Hier in Engelhavn gibt es keine Trolle.« Torgar zwinkerte ihr zu. »Und unter den Betten liegen nur Elfen und Schemen.«

Bei seiner Bemerkung gefror ihr das Blut in den Adern. Sie hatte Gewissensbisse wegen des Todes ihres Ehemannes, aber sie biss sich auf die Zunge. Der Hauptmann lachte nur über ihren bösen Blick. Sie war sehr erleichtert, als sie endlich Ingrams Burg erreichten. Die Wachen öffneten ihnen oben auf dem Hügel die Tore und hießen sie willkommen.

»Hier entlang«, sagte einer der Soldaten. Madelyn befahl Torgar, am Tor zu warten.

»Wie du wünschst.« Es schien ihn nicht zu kümmern, dass sie nur von Ingrams Männern bewacht wurde. Sein Mangel an Sorge um ihre Sicherheit hätte sie vielleicht verärgert, aber sie war viel zu froh, dass sie endlich von ihm wegkam. Sie folgte dem Soldaten durch die Gänge der prachtvollen Burg und hörte beiläufig zu, was er sagte.

»So wie die Dinge im Moment stehen, ist er sehr beschäftigt, also fühlt Euch nicht beleidigt, wenn er sich kurz fasst«, sagte der Soldat.

»Ich verstehe.«

»Ich habe das von Eurem Ehemann gehört. Es kann einem

wirklich Angst machen, dass jemand so einfach irgendwo einbrechen kann. Man sollte glauben, dass es wenigstens noch ein paar sichere Orte hier in der Stadt gibt.«

»Wir werden nie in Sicherheit sein, nicht, solange unsere Feinde leben«, erwiderte sie, während sie in Ingrams privates Arbeitszimmer trat. »Mein Ehemann hat diese Lektion zu spät gelernt.«

Ingram drehte sich zu ihr herum und lächelte müde. Er saß in einem kleinen gepolsterten Sessel, ein Buch in der Hand. Die Wand vor ihm war von einem Regal mit Schriftrollen und kostbaren, gebundenen Büchern bedeckt, deren Titel auf den Buchrücken in weichem Gold oder glänzendem Silber leuchteten. Ingram legte das Buch zur Seite und verbeugte sich. Madelyn erwiderte seinen Gruß mit einem eleganten Hofknicks. Sie sah, dass er von ihrem Äußeren beeindruckt war, und holte tief Luft, um ihre Lungen zu füllen, während sie knickste. Dadurch konnte sie ihre Brüste weiter herauspressen. Laurie hatte ihr einmal gesagt, sie hätte ein Dekolleté, bei dessen Anblick einen Mann der Schlag treffen könnte. Sein Pech, dass er niemals auf die Idee gekommen war, dass ihre Hände genauso tödlich sein konnten.

»Willkommen, Lady Madelyn.« Er nahm die Hand, die sie ihm entgegenstreckte, und küsste ihre Finger. »Freut mich zu sehen, dass Ihr Eure Weiblichkeit trotz Eurer Trauer nicht verloren habt.«

Der Kommentar war eine Spur bissig, also lächelte sie zuckersüß. »Habt Ihr bereits Fortschritte gemacht«, fragte sie, »was die Ergreifung der Person angeht, die mich in diese Trauer gestürzt hat?«

Ein Schatten flog über Ingrams Gesicht, so schnell wie ein Flügelschlag, aber sie sah ihn trotzdem.

»Der Schemen erweist sich als äußerst schwierig zu fassen«, antwortete er.

»Ich habe gehört, er hätte Eure Stadtwache verspottet, als er dem Wächter bei der Flucht geholfen hat, indem er behauptete, die Stadt gehöre ihm. Angesichts einer solchen Arroganz werdet Ihr ihn zweifellos schon bald ergreifen können. Es würde mich sehr erleichtern zu erfahren, dass der Mörder meines Ehemannes gefunden wurde und die Bestrafung bekommt, die er verdient.«

»Selbstverständlich.« Ingram deutete auf einen Tisch, auf den Lakaien rasch einige Erfrischungen gestellt hatten.

»Weißwein«, sagte sie. Ein Diener brachte ihr ein Glas.

»Also, was führt Euch her?«, fragte Ingram, während sie trank. Sie ertappte ihn dabei, wie er ihr in den Ausschnitt starrte, und nippte noch langsamer an ihrem Getränk. Die Vorstellung, dass er sie berührte, war ekelhaft, aber angesichts seines ungeheuren Landbesitzes und der Macht, die er als vom König ernannter Herrscher des Ramere, des südlichen Bereiches von Neldar, besaß, verfügte er vielleicht doch über genug positive Eigenschaften, dass sie die Augen schließen und es ertragen konnte.

»Ich bin natürlich wegen Alyssa gekommen.«

Ingram seufzte. »Ich nehme an, Ihr seid hier, um ihre Freilassung zu fordern. Schließlich ist sie ein Mitglied Eurer Trifect.«

Madelyn musste sich beherrschen, um nicht zu lächeln. Sie hatte Maynard Gemcroft nie gemocht, und von seiner leichtfertigen Brut, seiner Tochter, war sie noch weniger beeindruckt. Allein die Vorstellung, dass sie ihren Einfluss und ihren Reichtum dafür einsetzen würde, Alyssas Freilassung zu erreichen, war lächerlich.

»Ganz im Gegenteil.« Madelyn musste sich bemühen, liebenswürdig zu lächeln. »Nein, Ingram. Ich bin gekommen, um mich davon zu überzeugen, dass Ihr den Mut habt, sie entsprechend ihrer Verbrechen zu bestrafen. Selbst wir von der Trifect stehen nicht über dem Gesetz des Königs.«

Ingram hob eine Braue. »Bemerkenswert, da Euer Gemahl eine vollkommen andere Meinung vertrat, wann immer Taras in Schwierigkeiten geriet.«

Die Erwähnung des Namens ihres Sohnes traf sie wie ein Dolchstich, und sie zupfte diskret ihr Korsett etwas höher. »Ich bin nicht Laurie, und ich wäre Euch dankbar, wenn Ihr diese beiden Namen nicht mehr erwähnen würdet. Die Wunden sind noch zu tief.«

Der Lord verbeugte sich und entschuldigte sich rasch. »Ich vergesse einfach manchmal, meine Zunge im Zaum zu halten. Bitte, verzeiht mir. Was nun Alyssa angeht … Die Lage ist alles andere als einfach. Ich habe nur sehr wenig Beweise, dass sie tatsächlich ein Verbrechen begangen hat, bis auf diese ziemlich vernichtende Aussage von Laryssa. Allerdings ist das Wort einer Elfe vor jedem Gericht vollkommen wertlos, ganz gleich wie vertrauenswürdig sie sich auch gibt. Und dann ist da noch dieser Unsinn mit dem Pöbel …«

Madelyn wusste, worüber er redete, und schon der Gedanke widerte sie an. Weil die Leute Alyssa für den Angriff auf Laryssa verantwortlich hielten, hatten sie sie zur Heldin verklärt; der Meinung des Pöbels nach war sie die erste Adelige und Angehörige der Führungsschicht, die entschlossen etwas gegen die Elfen unternommen hatte, die ihre Verwandten und Freunde am Rand der Wälder abschlachteten. Bei dieser Vorstellung ekelte es Madelyn förmlich.

»Also werdet Ihr sie den Elfen übergeben?«, erkundigte sie sich.

Ingram trat an den Tisch mit den Getränken, scheuchte den Lakaien weg und schenkte sich etwas zu trinken ein. Er leerte das Glas in einem langen Zug.

»Nein.« Er stellte das Glas klirrend zurück. »Das kann ich nicht.«

»Warum nicht? Ich versichere Euch, niemand von der Trifect wird Euch das verübeln, nicht einmal Alyssas Nachfolger …«

Zu ihrer Überraschung brach Ingram in schallendes Gelächter aus.

»Ihr? Ihr glaubt, ich mache mir Euretwegen Sorgen? Werft einen Blick aus dem Fenster, Madelyn, auf die Reste der Feuer, die dieser Pöbel in den letzten Nächten entzündet hat. Er hat fast die Hälfte meiner Stadt in Schutt und Asche gelegt und siebzehn meiner Stadtwachen getötet. Und jetzt hat eben dieser Pöbel Alyssa auch noch zur Heldin verklärt. Aber selbst damit würde ich fertigwerden. Mit etwas Zeit könnte ich politische Gründe anführen, oder die Notwendigkeit eines Unterpfandes, oder was auch immer ich sagen muss, um sie daran zu erinnern, dass ich in solchen Dingen besser bin als sie. Aber die Händlerbarone spinnen ebenfalls an dieser Geschichte mit, Madelyn. Jeder Einzelne von ihnen verkündet lauthals, ich wäre ein schlechter Herrscher, und statt meiner sollten sie die Geschicke der Stadt lenken. Sie sagen weiter, dass sie nie im Leben daran denken würden, Alyssa vor Gericht zu stellen oder gar hinzurichten. Wenn ich also Alyssa den Elfen ausliefere, wird schon sehr bald der Pöbel meinen Besitz umstellen und versuchen, mich bei lebendigem Leib zu verbrennen.«

Er trank ein zweites Glas.

»Die Götter sollen verdammt sein, wie konnte das passieren? Wisst Ihr, was ich gestern tun musste? Ich musste wie ein verdammter Bauer katzbuckeln und betteln, um Graeven, den verfluchten Botschafter der Elfen, davon zu überzeugen, dass ich seinem Volk nichts Böses will. Und er behauptet, er wäre einer der wenigen Elfen, die keinen Krieg wollen. Ha!«

Madelyn zwang sich zu lächeln. Hier bot sich genau die Gelegenheit, auf die sie gewartet hatte. Sie trat dichter zu ihm und schenkte ihm ein drittes Glas ein.

»Also stacheln die Händlerbarone den Pöbel auf?«

Ingram zuckte mit den Schultern. »So wie es aussieht, gießt wohl jeder Öl ins Feuer, aber sie sind besonders eifrig. Unternehme ich jedoch Schritte gegen sie, wird Engelhavn leiden. Wir sind vollkommen von ihren Schiffen abhängig, das wisst Ihr, und die Götter mögen mir und uns allen beistehen, wenn die Elfen unsere Stadt tatsächlich belagern. Ich kann mir nicht einmal in meinen schlimmsten Träumen vorstellen, wie sehr diese verfluchten Händler uns übervorteilen würden, wenn wir uns wegen Nahrung und Nachschub an sie wenden müssten. Verzeiht meine derbe Ausdrucksweise.«

Als er nicht trank, nahm sie das Glas und leerte es selbst. Der Alkohol brannte in ihrer Kehle, und ihr traten Tränen in die Augen, aber sie zwang sich dazu, sich nichts anmerken zu lassen. Er sollte wissen, dass sie genauso hart sein konnte wie ein Mann, vor allem angesichts dessen, was sie ihm jetzt vorschlagen wollte.

»Diese Händlerbarone sind mir schon ebenso lange ein Dorn im Fleisch wie Euch«, erklärte sie. »Mein Ehemann hat es versäumt, sie rechtzeitig zurechtzustutzen, aber diesen Fehler werde ich nicht machen. Sagt nur ein Wort, dann befehle ich meiner Armee von Söldnern, ihre Häuser zu stürmen, ihre Piers, ihre Lagerhäuser niederzubrennen. Erlaubt mir, sie unter meinem Absatz zu zerquetschen wie Insekten. Sie sind Abschaum, Bodensatz, Söhne von Huren und Seeleuten. Sie glauben, ihr Geld würde ihnen Macht verleihen, aber ich werde ihnen zeigen, was wahrhaftiger Adel und wirklicher Reichtum bewirken können. Sie haben schon viel zu lange Lords gespielt. Lasst mich ihnen zeigen, welches Schicksal all jene erwartet, die es wagen, ihren Herren Befehle zu geben.« Sie legte ihre Hand auf seine und hörte, wie sich seine Atmung beschleunigte.

»Es würde monatelang Chaos herrschen«, sagte er. »Wir müssten versuchen, die Schiffskapitäne auf unsere Seite zu bringen, müssten neue Handelsabkommen treffen ...«

»In dieser Stadt herrscht bereits das Chaos, und außerdem, wenn Ihr etwas Neues erschaffen wollt, müsst Ihr ein bisschen Blutvergießen und auch ein bisschen Schmerz ertragen. Das ist eine Lektion, die wir Frauen bereits sehr früh lernen.«

Sie spürte, dass er weich wurde. Noch ein kleines bisschen, dann bekam sie das Blutbad, nach dem es sie verlangte. Alyssa hatte es gewagt, ihren Ehemann einen Versager zu nennen, und was noch schlimmer war, sie hatte recht gehabt. Madelyn dagegen würde nicht den Rest ihres Lebens mit dem Gefühl des Scheiterns fristen. Nein, sie würde dieses Scheitern in einer einzigen blutigen Nacht in ein Massaker verwandeln, denn das war etwas, von dem Torgar mehr verstand als jeder andere.

»Ich habe über fünfhundert Männer zu meiner Verfügung.« Sie senkte die Stimme. »Wenn ich scheitere, könnt Ihr mich öffentlich denunzieren, mich ein bisschen bedrohen, und dann übergebe ich Euch ein paar von meinen Söldnern, damit Ihr sie hängen könnt. Habe ich aber Erfolg ...«

Sie dachte an das, was Torgar gesagt hatte, und wusste, dass Ingram zweifellos dieselben Gerüchte zu Ohren gekommen waren. Vielleicht konnte sie sich dessen bedienen.

»Wenn ich Erfolg habe, werde ich diese Stadt vor den Hunderten von Elfen retten, die sich bereits innerhalb Eurer Mauern aufhalten.«

Er zuckte zusammen, als hätte sie ihm ihre Fingernägel durch das Gesicht gezogen. »Woher wisst Ihr das?«

»Es sind nur Gerüchte«, erwiderte sie. »Aber manchmal entsprechen solche Geschichten der Wahrheit. Gebt mir Eure Erlaubnis. Macht der Sache ein Ende. Wenn die Händlerbarone erst zerschmettert sind, werden sie nicht mehr Druck auf Euch ausüben können, dass Ihr Land von den Elfen verlangt. Dann können wir mit ihnen Frieden schließen.«

Ingram trat ans Fenster und starrte auf seine Stadt hinab. Madelyn wartete ruhig, die Hände hinter dem Rücken verschränkt.

»Also gut, macht es. Aber seid Euch bewusst, dass Ihr alleine die Konsequenzen tragen werdet. Von mir könnt Ihr keine Hilfe erwarten.«

»Danke.« Sie sank in einen Knicks. Er winkte sie weg, und der Lakai an der Tür trat zu ihr, um sie zu Torgar zurück zu eskortieren.

»Wie ist es gelaufen?«, erkundigte sich der Hüne.

»Bereite alle Söldner vor, auszurücken, bis auf einige wenige, die das Haus bewachen«, befahl sie ihm, als sie zur Straße eilten. »Ingram hat mir freie Hand gegeben, mit den Händlerbaronen nach Gutdünken zu verfahren. Ich hoffe, du hast dir deine erbärmlichen Fähigkeiten als Schlächter nicht gänzlich weggesoffen!«

Torgar grinste sie an. »Ein Haufen fetter Händlerbarone, die auf ihren Schlächter warten? Madelyn, wenn du glaubst, dass ich nicht mit ihnen fertigwürde, beleidigst du mich zutiefst.«

Ulrigh lag mit nacktem Oberkörper auf dem Bett, die Augen geschlossen, damit er den Empfindungen besser nachspüren konnte. In seiner linken Hand hielt er die kümmerlichen Reste des Violet, die er noch besaß. Frustrierender als die geringe Menge war, dass er es seinem Bruder hatte stehlen müssen. Die Elfen hatten jeglichen Anschein von Zivilisiertheit fallen lassen. Jeder Tag brachte Nachricht von neuen Verlusten. Bis jetzt hatten die Menschen aus den Lagern noch nicht zurückgeschlagen, aber es war nur eine Frage der Zeit, wann sie mit ihren Fackeln anrücken würden. Ulrigh fragte sich, ob Violet auch in der Asche der Wälder gedeihen würde. Wenn ja, sollten sie vielleicht ihre Taktik ändern.

Er nahm das letzte Blatt aus dem Beutel, das nicht einmal die Größe seines Daumens hatte. Er zerrieb es zwischen den Fingern und hielt es sich, aus einer Laune heraus, unter die Nase. Er wusste, dass die Wirkung von dem Aroma kam, das freigesetzt wurde, wenn man es zwischen den Zähnen zermahlte. Er erwartete nicht viel, angesichts der kleinen Menge von Violet, aber als er durch die Nase einatmete, war die Wirkung doppelt so stark, wie man es bei der so kleinen Menge eigentlich hätte vermuten sollen. Er schnappte instinktiv nach Luft, und plötzlich war sein ganzer Körper von dem Gefühl durchdrungen. Er ritt auf dieser Sensation wie auf einer Welle, und die Zeit verlor jegliche Bedeutung. Als die Wirkung abebbte, kam ihm eine Erkenntnis, so stark, dass er sich vom Bett rollte.

Wenn man das Aroma durch die Nase einatmete, verstärkte das die Macht des Violet ungeheuerlich. Sie brauchten nicht einmal ein Fünftel der Menge, die sie berechnet hatten, um ganz Dezrel mit dieser Pflanze zu überfluten.

»Stern!« Er schrie voller Aufregung, weil er es kaum erwarten konnte, es seinem Bruder zu sagen. Aus irgendeinem Grund hatte er seinen Bruder in der Ecke stehen sehen, wartend. Aber es war nur eine Täuschung der gedämpften Beleuchtung, die Schatten über seinen Umhang warf. Ulrigh lachte und kleidete sich hastig an. Als er mit zitternden Fingern mit den Knöpfen seines Hemdes kämpfte, hörte er plötzlich Schreie von unten. Zuerst glaubte er, es wären die anderen Händler, die von seiner Entdeckung begeistert waren. Dann fiel ihm ein, dass er es ihnen ja noch gar nicht gesagt hatte. *Denk nach!*, befahl er sich. *Denk nach! Was ist das für ein Lärm?*

Das Klirren von Stahl auf Stahl drang durch den Nebel in seinem Kopf. *Kämpfe? Schreie? Aber warum?*

Er öffnete die Tür und trat auf die Empore. Von dort blickte er hinab und sah, wie gepanzerte Männer durch die Eingangstür in sein Haus stürmten. Es waren mindestens fünfzig. Seine wenigen Wachen kämpften tapfer, aber sie waren zahlenmäßig hoffnungslos unterlegen.

»Verflucht.« Ulrigh sprach so ruhig, dass es ihn selbst überraschte.

Er stürzte zurück in sein Schlafgemach, schlug die Tür zu und schob den Riegel vor. Dann hämmerte er seine Stirn gegen das Holz und versuchte zu denken, versuchte zu begreifen, was da vor sich ging. Niemand konnte ihm etwas anhaben. Der König? Die Trifect? Wer würde es wagen, gegen ihn vorzugehen? Unwillkürlich griff er nach dem Beutel mit dem Violet, aber er war leer. Mit einem wütenden Schrei schleuderte er ihn gegen das Holz der Tür. Seine Truppen, seine loyalen Männer, die Darrel in seinem Auftrag engagiert hatte, waren in der ganzen Stadt verteilt und warteten dort auf seine weiteren Befehle. Aber, bei den Göttern, er brauchte sie hier! Sie mussten ihn hier beschützen!

Doch nein, er war allein und hilflos und hörte die Schreie seiner sterbenden Wachen und Lakaien. Er hatte nur wenige Minuten Zeit, bevor sie in sein Schlafzimmer stürmen würden. Vielleicht sogar nur Sekunden. Die Wirkung des Violet ließ allmählich nach, aber ohne die Hilfe der Droge fiel es Ulrigh so verflucht schwer nachzudenken.

»Tief atmen, Ulrigh, atme tief!«

Er schloss die Augen, zwang sich, das wilde Hämmern seines Herzens zu ignorieren, zwang sich zu denken. Sein Anwesen wurde überrannt. Er hörte bereits das Poltern schwerer Stiefel auf der Treppe. Er musste flüchten, er musste so lange überleben, dass er seine Kämpfer sammeln konnte, nur, wie sollte er das anstellen?

Er öffnete die Augen, wirbelte herum und presste den Rücken an die Tür, sodass er die schweren Vorhänge vor seinem Schlafzimmerfenster sah.

»Warum nicht?« Er rannte dorthin, als hinter ihm eine Faust gegen die Tür hämmerte. Das Schloss hielt zwar, aber es klapperte. Der Bolzen war nicht sonderlich stark. Ulrigh schlug das Herz bis zum Hals, als er den Vorhang herunterriss und seine Nase am Glas plattdrückte. Er befand sich im ersten Stock, und direkt unter dem Fenster war ein Mauervorsprung, breit genug, um sicher darauf stehen zu können. Er riss sein Schwert von der Halterung an der Wand und zerschlug das Fensterglas mit dem Griff. Dann trat er hinaus. Blut lief über seinen Arm, als er sich den Ellbogen an einem Splitter aufriss. Er spürte es nicht, als er auf das Dach kletterte.

Von dort oben aus konnte er besser sehen, was da vor sich ging. Das Tor zu seinem Anwesen war aufgebrochen worden, und er sah die niedergetrampelten Leichen seiner Wachen neben den Trümmern. Eine Abteilung Bewaffneter bewachte den

Ausgang, während der Rest in sein Anwesen strömte. Nur ein paar von ihnen patrouillierten draußen auf dem Gelände. Ulrigh spürte, wie seine Panik wuchs, versuchte jedoch, sie zu ignorieren. Er fürchtete, dass sie ihn bereits bemerkt hatten, aber nein, bis jetzt hatte ihn noch keiner gesehen. Er lief über das Dach zur Rückseite des Hauses, weg von der Gruppe am Tor, und suchte nach einem anderen Ausweg.

Er hörte Schreie hinter sich, und mit einem kurzen Blick registrierte er, dass der erste von mehreren Söldnern auf das Dach kletterte. Offenbar hatten sie die Tür zu seinem Schlafgemach aufgebrochen. Ulrigh fluchte und trat hastig an den Rand des Daches, aber es gab keinen Weg hinab, außer er sprang, was einem sehr schmerzhaften Sturz gleichkam. Schlimmer noch, war er erst einmal unten, musste er über den schmiedeeisernen Zaun klettern, der sein Anwesen umgab. Möglicherweise schaffte er es, aber genauso groß war die Wahrscheinlichkeit, dass er starb, weil einer der Söldner ihm eine Klinge in den Rücken rammte, während er verzweifelt versuchte, hinaufzuklettern.

Ulrigh zog sein Schwert, schleuderte die Scheide in die Tiefe und hielt seine Waffe mit beiden Händen, während er sich umdrehte.

»Kommt schon!«, schrie er und wischte sich mit dem Unterarm den Schweiß aus den Augen. »Ich kann immer noch einen ganzen Haufen von euch umbringen, bevor ich sterbe!«

Vier Söldner waren auf das Dach geklettert und blieben jetzt stehen. Einen Moment lang wähnte Ulrigh, seine Drohung hätte sie verunsichert, doch dann erkannte er, dass sie nicht ihn ansahen, sondern auf eine Stelle hinter ihm blickten. Hin- und hergerissen zwischen seiner Neugier und dem sicheren Tod, biss er die Kiefer zusammen und weigerte sich, sich umzudrehen.

»Angst?«, spottete er. Verblüffenderweise schien genau das der Fall zu sein.

Im nächsten Moment sprang der Schemen über seinen Kopf und landete geschickt auf dem leicht abfallenden Dach. Sein Schwert blitzte auf und tötete den ersten Söldner. Die drei anderen stürzten sich auf ihn, aber der Schemen tanzte zwischen ihren Schlägen hindurch, und sein Umhang wirbelte durch die Luft, verbarg, wo er gerade stand. Der nächste Söldner starb. Die beiden letzten versuchten wegzulaufen, aber als sie ihre Waffen senkten, griff der Schemen sie an, zerfetzte sie mit seinem Schwert und stieß ihre Leichen vom Dach in die Tiefe.

Dann drehte er sich zu Ulrigh herum, der abwehrend sein Schwert hob. »Bleib zurück!«

»Nein.«

»Ich sagte, bleib weg von mir!«

Der Schemen lachte. Bis auf seinen lächelnden Mund wurde sein Gesicht von dem tiefen Schatten seiner Kapuze verborgen, ein Schatten, der blieb, ganz gleich wo die Sonne oder das Licht der Fackeln hinfiel. Ganz egal wohin er sich drehte, man sah nur dieses Lächeln, dieses fast manische Grinsen.

»Wenn du leben willst, leg das Schwert weg und folge mir.«

Ein Pfeil zischte über ihre Köpfe, und beide gingen in die Knie. Ulrigh kaute auf seiner Unterlippe. Er konnte einfach nicht klar denken, nicht, nachdem die Wirkung des Violet nachließ und Kampflust durch seine Adern pulsierte, aber wie es aussah, schien er keine Wahl zu haben. Trotz des Kopfgeldes, das auf ihn ausgesetzt war, und obwohl er William Amour getötet hatte, schien der Schemen bereit zu sein, mit ihm gemeinsame Sache zu machen. Aber warum?

»Geh voraus«, sagte Ulrigh. »Wenn du mich in Sicherheit

bringen kannst, werde ich dich reicher belohnen, als du dir in deinen wildesten Träumen ausmalen kannst.«

»Du hast nicht die Macht, mir zu geben, wonach es mich verlangt. Aber ich werde deine Hilfe in kleineren Angelegenheiten akzeptieren. Und jetzt beeil dich!«

Wieder flogen Pfeile über sie hinweg, aber die Männer, die sie abgefeuert hatten, konnten nur raten, wo die beiden tatsächlich standen. Der Schemen rannte geduckt über das Dach und führte Ulrigh zur Südseite des Anwesens. Sie lag dem Hafen gegenüber. Von dort aus sah er, wie Rauch in den Abendhimmel stieg.

»Was geht da vor sich?«, wollte Ulrigh wissen. »Geht die ganze Stadt unter?«

»Du bist nicht der Einzige, der in Gefahr schwebt«, antwortete der Schemen. »Es sieht so aus, als würde Madelyn versuchen, alle Händlerbarone von Engelhavn zu vernichten. Allerdings bezweifle ich, dass sie damit Erfolg haben wird, dieses dumme Weib. Wie kann sie es wagen zu glauben, sie könnte so etwas durchführen, ohne dass es mir auffällt?«

Den Schreien aus dem Haus nach zu urteilen, hatten die restlichen Söldner ganz offensichtlich begriffen, dass Ulrigh auf das Dach geflüchtet war. Er fühlte sich in der Falle, aber da dieser so fürchterlich effektive Kämpfer ihn beschützte, begann er zu glauben, dass sie vielleicht doch eine Chance hatten. Der Schemen warf einen Blick über den Rand des Dachs, rollte sich auf den Rücken und legte das Schwert auf seine Brust.

»Spring hinab«, befahl er mit einem Seitenblick. »Roll dich ab, wenn du landest, und fange dich unbedingt mit den Armen ab, nicht mit den Beinen. Besser, du kannst kein Schwert halten, als dass du nicht mehr laufen kannst.«

Ulrigh nickte, dann rollte sich der Schemen vom Dach hinab in die Tiefe. Drei Söldner gingen gerade unter ihnen entlang, und Ulrigh sah zu, wie sie in einem Blutbad verendeten. Als sie tot waren, bedeutete ihm der Schemen mit einer Handbewegung, ebenfalls zu springen. Ulrigh hatte keine Wahl. Er senkte sich an den Händen vom Dach herunter und ließ dann los. Er landete hart auf dem Boden, und sein rechtes Knie knackte. Doch bevor er vor Schmerz aufschreien konnte, war der Schemen bereits bei ihm und riss ihn hoch.

»Lauf, du Narr!«

Der Mann zerrte ihn mit sich, und er musste dafür seine ganze Kraft einsetzen. Jedes Mal wenn Ulrigh sein rechtes Knie belastete, durchzuckte ihn ein scharfer Schmerz, und als sie schließlich den Zaun erreichten, stolperte er mehr, als dass er rannte. Er sah zu den eisernen Stacheln hoch, die er vor langer Zeit auf dem Zaun hatte anbringen lassen und fragte sich, wie er da hinüberkommen sollte.

»Hier.« Der Schemen verschränkte die Hände, sodass Ulrigh seinen Fuß hineinsetzen konnte. »Tritt mit deinem gesunden Bein hinein und spring. Denk nicht nach, sondern mach es einfach!«

Mehr als zehn Bewaffnete bogen in diesem Moment um die Ecke und schlugen Alarm, als sie die beiden am Zaun sahen. Einer feuerte einen Pfeil ab, der nur eine Armlänge entfernt gegen die Gitter prallte. Das genügte als Aufmunterung. Ulrigh setzte seinen linken Fuß in die Hände des Schemens und stellte überrascht fest, dass es sich anfühlte, als träte er auf einen Stein. Als er Anstalten machte, sich abzustoßen, fühlte er, wie er angehoben wurde, und im nächsten Moment segelte er mit dem Kopf voran über den Zaun. Er schlug einen Salto und landete flach auf dem Rücken. Bei dem Aufprall wich sämtliche Luft aus seinen Lungen. Ihm liefen die Tränen über das Gesicht, als er aufzustehen versuchte. Sein rechtes Knie schmerzte höllisch, und als er einen Schritt gehen wollte, gab es unter seinem Gewicht nach.

Bevor die Söldner sie erreichen konnten, sprang der Schemen ebenfalls über den Zaun. Er brauchte keine Hilfe. Ulrigh konnte kaum glauben, was er da sah. Der Mann starrte finster auf ihn herab, und diesmal lächelte er nicht.

»Ich sagte dir doch, du sollst dich mit den Armen abfangen.«

»Ich weiß.«

Der Schemen zerrte ihn wieder hoch und stützte einen Teil seines Gewichts mit seiner Schulter. »Beweg dich schnell und halte meinen Rhythmus. Wir müssen dich zu deinem Bruder bringen, weil dort der Kampf immer noch tobt.«

Im Gleichschritt rannten sie zum Hafen. Ulrigh kam sich vor wie überflüssiger Ballast. Als sie sich den Hafenanlagen näherten, sah er eine große Rauchwolke, und ihm schnürte sich die Kehle zusammen.

»Das ist das Haus meines Bruders«, sagte er.

»Bleib ruhig. Er ist früher geflüchtet als die meisten anderen, und er hat seine Männer um sich geschart. Seinetwegen werden die anderen vielleicht überleben.«

»Warum unternimmt die Stadtwache nichts, um dem Einhalt zu gebieten?«

Der Schemen lachte. »Weil Ingram diesem Komplott zugestimmt hat, du dummes Stück Vieh. Madelyn und er haben gemeinsam gewürfelt und hoffen, dich und deine Gefährten ein für alle Mal auszulöschen. Es ist ein sehr verzweifeltes Manöver, das dir zeigen dürfte, wie viel Angst sie tatsächlich vor euch haben.«

Ulrigh humpelte neben ihm her, so schnell sein Bein das zuließ. Die Wut brannte in seiner Brust, als er sich vorstellte, dass Madelyn sie angriff. Vielleicht tat sie das, um Alyssa zu beschützen? Die Trifect hielt immer zusammen, und ihr gemeinsamer Wohlstand und ihre Macht machten sie nahezu unangreifbar. Vielleicht hatte Ingram versprochen, Alyssa freizulassen, wenn Madelyn sie angriff …

Sterns Haus war kleiner als das von Ulrigh, obwohl das Vermögen seines Bruders mindestens genauso groß war wie sein eigenes, wenn nicht sogar größer. Aber auch, wenn er es nicht offen zeigte, bedeutete das noch lange nicht, dass es in seinem Haus keine Verteidigungsmaßnahmen gab. Er hatte ebenfalls eine hohe Mauer um sein Anwesen gezogen, aus dickem Stein und gekrönt von stählernen Speerspitzen. Das Gebäude selbst stand in Flammen. Seeleute und Gemeine kämpften gegen die Söldner und waren ihnen zahlenmäßig fast zwei zu eins überlegen. Eigenartigerweise waren Madelyns Männer hinter der Mauer zwischen dem Mob und dem Feuer des Hauses gefangen, nicht die seines Bruders.

»Stern ist um das Haus herumgeschlichen und hat sie von hinten angegriffen«, erklärte der Schemen. »Sehr gut.«

Etwas durchbohrte Ulrighs Rücken, und er schrie, als er zusammenbrach. Der Schemen ließ ihn sofort los, um sich der neuen Bedrohung zu stellen. Ulrigh rollte auf die Seite und erhaschte einen Blick auf einen Armbrustbolzen, der unter seinem Schulterblatt im Rücken steckte. Auf der Straße sammelten sich etliche Söldner, und einer von ihnen lud seine Armbrust neu. Ob sie Ulrigh von seinem Haus aus verfolgt hatten oder ob sie von anderswoher gekommen waren, um den Söldnern hier zu helfen, wusste er nicht, aber es spielte auch keine Rolle. Der Schemen sprang von einer Seite zur anderen, als er auf sie zu rannte, und wich einem zweiten Bolzen aus, der nicht einmal in seine Nähe kam.

Warmes Blut sammelte sich unter ihm, während Ulrigh zusah, wie die Söldner vergeblich versuchten, der unglaublichen Geschicklichkeit des Schemens standzuhalten. Ihre Schwerter wirkten im Vergleich zu seinem langsam, und jede Verteidigung schien immer gerade die falsche zu sein. Der Schemen täuschte einen Schlag auf einen Mann an, und schlug dann einem anderen den Kopf ab. Er parierte einen verzweifelten Angriff und wirbelte herum. Blut spritzte auf den Boden, als zwei weitere Söldner fielen. Er hatte ihnen die Kehle aufgeschlitzt. Ulrigh schlug das Herz bis zum Hals, als der Armbrustschütze erneut feuerte. Diesmal schien er besser gezielt zu haben.

Aber der Schuss konnte ihn nicht aufhalten, und der Bolzen, der im Fleisch des Schemens steckte, schien seine Wut nur anzustacheln. Die beiden restlichen Söldner starben unter seinen wütenden Hieben. Er trennte ihnen mit seinem unglaublich scharfen Schwert die Arme ab und zerfetzte ihr Fleisch. Als der letzte tot war, sank er auf ein Knie, packte den Schaft des Bolzens und riss ihn heraus. Er gab nicht einmal einen Schmerzensschrei von sich. Als er das blutige Geschoss zu Boden fallen ließ und sich umdrehte, lächelte er bereits wieder.

Ulrigh hatte bislang keine Sekunde an der Sterblichkeit dieses Mannes gezweifelt, doch als er dieses Lächeln sah …

»Kannst du stehen?«, fragte ihn der Schemen, während er näherkam. »Wir müssen uns beeilen, wenn wir die Schlacht zu deinen Gunsten wenden wollen.«

Ulrighs Rücken pochte vor Schmerz, und sein rechtes Knie fühlte sich fast genauso schlimm an. Vorsichtig stand er auf und verlagerte das Gewicht auf sein linkes Bein. Der Schemen beugte sich zu ihm hinab, um ihm zu helfen. In dem Moment nahm Ulrigh wahr, dass die dunkle Kapuze nur wenige Zentimeter vor seinen Augen war. Selbst aus dieser Nähe war die Dunkelheit undurchdringlich. Dem Händler wurde klar, dass Magie im Spiel sein musste. Er sah ganz eindeutig das Kinn, seine lächelnden Lippen, aber auch der Rest war da, ein schwacher Umriss, den selbst die undurchdringliche Finsternis nicht vollkommen verbergen konnte. Als Ulrigh die Hand hob, um sich aufhelfen zu lassen, streifte er wie zufällig die Seite der Kapuze, gerade genug, damit er das Gesicht erkennen konnte. Er hatte beabsichtigt, es subtil zu machen und wie einen Zufall aussehen zu lassen, aber seine Überraschung war zu groß, als dass sein von Drogen umnebeltes Hirn damit hätte fertigwerden können. Vor Staunen riss er den Mund auf.

»Du! Aber …?«

Ein Schwert bohrte sich durch seine Kehle. Sein ganzer Körper versteifte sich, und seine Arme und Beine zuckten krampfhaft. Ihm wurde schwarz vor Augen, dann blitzte plötzlich ein grelles Licht auf. Wäre dieser entsetzliche Schmerz nicht gewesen, hätte es Ulrigh vielleicht sogar amüsiert, wie sehr das Gefühl des Sterbens der Wirkung einer starken Dosis Violet ähnelte. Als ihn der Tod mit sich riss, hörte er wie aus weiter Ferne die körperlose Stimme des Schemens.

»Du verdammter Narr! Du hättest leben können! Du warst nützlich …«

17. KAPITEL

Haern kauerte sich auf das Dach, während er zusah, wie Ulrigh Braggwasers Haus wie ein gewaltiger Scheiterhaufen in der Nacht brannte.

»Was ist das für ein Wahnsinn?«, fragte er laut. »Hast du dein Maß an Verrat immer noch nicht erfüllt, Madelyn?«

Er trug seine Meuchelmörder-Farben, die grauen Umhänge, und hatte die Kapuze tief in die Stirn gezogen. In den Schatten, die das Feuer warf, spürte er, wie er wieder zum Wächter wurde. Wenigstens hatte ihm diese verfluchte Stadt das nicht auch noch geraubt, auch wenn sie viele Zweifel in ihm geweckt hatte.

Zusa landete neben ihm. Ihr langer Umhang flatterte hinter ihr.

»Das Haus des anderen Braggwaser-Bruders ist beschädigt, aber nicht zerstört«, erklärte sie. »Zwei weitere Häuser wurden von dem Feuer beeinträchtigt, aber beide stehen noch. Männer patrouillieren davor, aber es sind nicht Madelyns Söldner.«

»Sie ist also gescheitert.« Haern presste die Knöchel seiner Faust an die Lippen, während er nachdachte. »Jetzt ist die Frage, wie die Händlerbarone reagieren werden.«

»Sie sind nicht gerade für ihre Nachsicht bekannt. Zweifellos versteckt sich Madelyn in ihrem Anwesen, bewacht von den Söldnern, die sie noch zur Verfügung hat. Angesichts ihrer starken Befestigungen kann sie alles zurückschlagen, was diese Händler gegen sie ins Feld führen, vorausgesetzt, dass Lord Ingram sich nicht einmischt.«

»Dieser Mann hat die Kontrolle über die Stadt längst verloren. Wenn es so weitergeht wie bisher, herrscht hier schon bald Anarchie.«

Zusa zuckte mit den Schultern. »Diese Anarchie wird uns nur in die Hände spielen. Ich glaube, es wird Zeit, dass wir die Machthaber lehren, uns zu fürchten.«

Haern blickte auf die langsam erlöschenden Flammen. »Wen nimmst du dir vor?«

Zusa grinste. Die Leidenschaft, die sich auf ihrer Miene abzeichnete, war sowohl furchteinflößend als auch berauschend. Sie hatte ihr Gesicht nicht bedeckt, denn mittlerweile war es nicht mehr sinnvoll, ihre Identität zu verstecken.

»Ingram hatte ein Ultimatum gestellt, aber von mir weiß er nichts. Alyssa hat lange genug in seinem Kerker gesessen. Entweder er lässt sie frei, oder ich schlitze ihm die Kehle auf.«

»Er sagte, er hätte seinen Wachen den Befehl gegeben, sämtliche Gefangenen zu exekutieren, wenn er stirbt. Das schließt Alyssa ein.«

»Ingram ist ein Feigling.« Sie zückte ihre Dolche. »Und Feiglinge werden stets jedes Versprechen brechen, das sie gegeben haben, um ihr Leben zu retten. Das hättest du mittlerweile lernen müssen, Wächter.«

Dann drehte Zusa sich um und rannte los. Sie sprang von einem Dach zum anderen, während sie zu der Burg auf dem Hügel lief. Haern sah ihr nach und hätte gern ihre rücksichtslose Hingabe geteilt. Aber er hatte seinen eigenen Mann, den er suchen musste, einen Schemen, der ihm einen hinterlistigen Mordversuch angehängt hatte. Er war zuversichtlich, dass

Zusa Alyssa ohne seine Hilfe befreien konnte. Doch auch wenn sie entkam, brauchten sie einen Beweis für ihre Unschuld, sonst würden sie sich immer verstecken müssen. Und um ihre Unschuld zu beweisen, musste er den Schemen finden. Haerns Instinkte sagten ihm, dass er ihn in der Nähe der Feuer finden würde, weil er die Aufstände zweifellos beobachtete. Er konnte nicht behaupten, Engelhavn wäre seine Stadt, und dann das Blutvergießen auf den Straßen ignorieren.

Haern ließ sich zu Boden fallen und umkreiste das Gelände. Jeder Nerv in seinem Körper war angespannt, und mit den Blicken erforschte er selbst die dunkelsten Schatten. Zweimal ging er um das brennende Haus herum und wandte sich dann zu dem nächsten Ort, den Madelyns Männer angegriffen hatten. Von seinen früheren Erkundungsgängen durch Engelhavn wusste er, dass es Arren Goldensegel gehörte. Hier hatten die Attacken gegen die Händlerbarone den größten Schaden angerichtet. Als Haern von dem Angriff erfahren hatte, war er schon fast vorbei gewesen. Zusa und er hatten dem Kampf bis zum Ende zugesehen, nicht bereit, einer der beiden Seiten zu helfen. Arren war aus seinem Anwesen herausgezerrt und mit den Füßen am Ast eines nahe gelegenen Baumes aufgehängt worden, dann hatte man ihm den Bauch aufgeschlitzt. Sie hatten ihm die Eingeweide um den Hals gewickelt, bevor er schließlich starb.

Nachdem Haern das gesehen hatte, war ihm klar, dass es sich tatsächlich nur um eine Frage der Zeit handeln konnte, bis die Händlerbarone zurückschlagen würden, auch wenn Zusa zweifellos recht hatte mit ihrer Behauptung, dass Madelyn in ihrem Anwesen jeden Angriff abwehren konnte. In Anbetracht seiner Abscheu gegen beide Parteien war es Haern vollkommen gleichgültig, wer wen tötete, aber es stand außer

Frage, dass schon sehr bald Unschuldige ihr Leben verlieren würden. Haern hatte nicht die Absicht, den Tod von jemandem wie Arren Goldensegel zu beklagen, aber seine Lakaien und seine Bewaffneten waren alle ebenfalls gestorben. Verdienten sie dasselbe Schicksal wie ihr Herr?

Natürlich nicht, das wusste Haern. Aber er konnte nichts tun, um das Gemetzel zu verhindern. *Konzentriere dich auf die Aufgabe, die vor dir liegt,* sagte er sich. Als er gedankenverloren die Ruinen des Goldensegel-Hauses betrachtete, spürte er plötzlich ein Kribbeln im Hinterkopf. Er warf einen Blick über die Schulter und sah einen zusammengekauerten Schatten, der in der Dunkelheit nahezu unsichtbar war. Jemand folgte ihm.

»Spielen wir ein wenig«, flüsterte Haern. Er sprang unvermittelt nach rechts. Da er vermutete, dass es sich um den Schemen handelte, rannte er so schnell er konnte durch die verlassenen Straßen und bog dann in eine Gasse ab. Ein Blick zurück sagte ihm, dass niemand ihn verfolgte, aber er wusste, dass das nicht stimmte. Also blieb nur noch ein Ort, wo er sein konnte. Haern bremste abrupt ab und änderte die Richtung, lief direkt auf eine Mauer zu. Er sprang dagegen, zog die Knie gegen die Brust und schlug einen Salto rückwärts in die Luft. Wie er vermutet hatte, sprang im selben Moment sein Verfolger von den Dächern und schlug mit seiner Klinge zu. Aber er traf nur Steine, weil er mit Haerns Manöver nicht gerechnet hatte. Als Haern auf dem Boden gelandet war, zückte er seine Schwerter und musterte seinen Widersacher kritisch.

Wer auch immer dieser Angreifer war, es war nicht der Schemen.

»Warum verfolgst du mich?« Haern hatte sich geduckt und war bereit anzugreifen, die Säbel in der Faust.

Der Angreifer drehte sich um und streifte seine Kapuze ab. Spitze Ohren lugten unter seinem langen braunen Haar hervor, das er im Nacken zusammengebunden hatte, damit es ihm nicht in die Augen fiel. Er war mit zwei mit Intarsien geschmückten Langmessern bewaffnet, auf denen das Silber hell glänzte. Sein kalter Blick war auf Haern gerichtet, der spürte, wie jede Faser seines Körpers analysiert wurde.

»Bist du der Wächter von Veldaren?«, fragte dieser sonderbare Elf.

»Wenn ich es bin, greifst du mich dann erneut an?«

Der Elf war sichtlich nicht amüsiert. »Ich habe nur sehr wenig für menschlichen Sarkasmus übrig.«

»Und ich für unberechtigte Attacken. Verschwinde. Ich will dich nicht verletzen.«

Der Elf gab ein leises Lachen von sich, während seine Mundwinkel zuckten. »Das wirst du auch nicht.«

Er griff erneut an, und Haern wollte die Schläge abblocken. Er merkte zu spät, dass es nur eine Finte gewesen war. Dann schlug der Elf erneut zu und beugte dabei ein Knie, sodass sein ganzer Körper in einem fast schon grotesken Winkel gekrümmt war. Haern blockte den ersten Schlag ab, und als die Klinge des Elfen mit einem lauten Kratzen über die Schneide seines Säbels rutschte, wehrte er mit seiner anderen Waffe den zweiten Angriff ab. Aber der Elf hatte sich wieder aufgerichtet, bevor die beiden Schwerter sich berührten, und bog die Klinge so, dass Haerns Parade ins Leere ging. Reiner Instinkt rettete ihm das Leben. Als die Waffe des Elfen nach seiner Kehle schlug, wurde er schlaff und ließ sich fallen, sodass sie nur unmittelbar über seinem Kopf durch die Luft zischte. Als er auf dem Boden aufkam, rollte er sich ab und trat sich dann mit den Füßen weg. Dadurch entging er einem Stoß mit beiden Schwertern, die ihn ansonsten zweifellos aufgespießt hätten.

Er landete, sprang hoch und duckte sich sofort wieder, während er den Elf mit wachsendem Respekt betrachtete. Er mochte nicht der Schemen sein, aber er war genauso gut. Wenn Haern diesen Kampf überhaupt überleben wollte, dann musste er den Mann mit einem Angriff überwältigen und beten, dass der Elf einen Fehler machte, bevor er es selbst tat. Sein Widersacher wartete ebenfalls einen Moment, als würde auch er die Fähigkeiten seines Gegners neu einschätzen.

Dann griff Haern an und kämpfte so gut wie nie. Er ließ sich vollkommen von den zahllosen Lektionen seiner Kindheit leiten, ließ seine Säbel tanzen, als wären sie bewusste Wesen. Der Elf blockte die ersten drei Schläge, und jedes Mal wenn Haern sich zur Seite drehte, gelang es ihm nur knapp, den tödlichen Hieben zu entgehen. Seine Säbel zuckten wie Blitze, er schlug mit dem einen zu, stieß mit dem anderen vor, und das auch, als eine Klinge nur einen Zentimeter an seiner Wange vorüberzuckte. Der Elf wehrte einen Schlag ab, war aber nicht schnell genug, um dem anderen auch zu entgehen. Die Spitze des Säbels durchbohrte seine Schulter, aber er gab dem Stoß nach, sodass die Wunde nur oberflächlich blieb.

Als der Elf einen Schritt zurückwich, blieb Haern abwartend stehen. Er musterte seinen Widersacher unter dem Rand seiner Kapuze hervor und bemühte sich, seine Atmung unter Kontrolle zu behalten. Die Geschwindigkeit, mit der sie fochten, strengte ihn ungeheuer an, und er wusste, dass dieser Kampf noch lange nicht vorbei war. Der namenlose Elf wirkte nicht weiter angestrengt, und wäre da nicht das kleine blutige Rinnsal gewesen, das ihm über die Brust sickerte, hätte man meinen können, er hätte gar nicht gekämpft.

»Höchst erstaunlich für einen Menschen«, bemerkte der Elf.

»Wer bist du?« Es frustrierte Haern, dass seine Worte so atemlos klangen.

»Du hast eine Antwort auf diese Frage verdient. Mein Name ist Dieredon, und ich wurde geschickt, um dich zu töten.«

Bevor Haern auch nur protestieren konnte, griff der Elf an. Haern unterdrückte seinen ersten Impuls, zurückzuweichen, und erwiderte stattdessen den Angriff. Ihre Waffen flirrten, und die beiden tanzten, wanden ihre Körper, sodass keiner einen Vorteil erringen konnte. Die Lücken, die Dieredon ihm gewährte, waren Fallen, auf die Haern jedoch nicht hereinfallen wollte. Er spürte, wie ihm der Schweiß über die Stirn lief, und sein Blickfeld schien sich zu verengen, bis er nur noch seinen Widersacher und die dunkle Straße um sie herum sah. Trotzdem spürte er, wie er langsam die Kontrolle über den Kampf verlor. Dieredon griff unaufhörlich an, und mit seinen Klingen konnte er Haern ein Dutzend kleinerer Wunden beifügen. Der Wächter blutete zwar, aber noch war er nicht besiegt.

Endlich machte der Elf einen Fehler. Haern wich einem Hieb gerade noch so aus, dann sprang er zurück. Als sein Körper durch die Luft flog, streckte er ein Bein vor und erwischte mit dem Fuß Dieredons Kinn. Der Kopf des Elfen schlug nach hinten. Ihm verschwamm alles vor den Augen und er ging einen Schritt rückwärts, während er mit seinen beiden Schwertern blindlings um sich schlug. Aber Haern hatte nicht die Absicht, ihn anzugreifen.

Stattdessen rannte er los. Ein kurzer Blick über die Schulter sagte ihm, dass sie wenigstens fünfzig Schritte Abstand hatten, und das genügte ihm. Nach den Nächten, in denen er nach dem Schemen gesucht hatte, war er davon überzeugt, dass er die Stadt besser kannte als jeder auswärtige Elf. Er lief durch die Gassen, schlug Haken, machte sogar manchmal einen Bogen wieder zurück und legte einige Abschnitte der Strecke auf den Dächern zurück. Schließlich, als er sich dem Hafen näherte, fühlte er sich sicher. Er ließ sich hinter drei Fässern nieder, die aufeinandergestapelt waren, und sank an die Wand einer Schänke. Er keuchte, seine Brust schmerzte, und seine zahlreichen Wunden bluteten und brannten.

»Erst der Schemen, und jetzt du.« Er dachte an die verblüffende Geschwindigkeit, mit der Dieredon seine Waffen geschwungen hatte. »Warum nur hasst mich die ganze Welt, Ashhur?«

Ashhur gab ihm keine Antwort. Haern hat es mit zwei Widersachern zu tun, von denen jeder ein weit besserer Kämpfer war als alle anderen Widersacher, mit denen er bisher zu tun gehabt hatte. Und beide erklärten nicht, warum sie ihn verfolgten. Frustriert kehrte Haern in das kleine Zimmer zurück, das Zusa und er gemietet hatten. Er war nicht in der Verfassung, gegen den Schemen zu kämpfen, und er wollte sich nicht vorstellen, was passierte, wenn Dieredon ihn erneut fand. Nachdem er seine Wunden versorgt hatte, legte er sich auf das schäbige Strohbett, schloss die Augen und hoffte, dass es Zusa besser ergangen war.

»Ich will Wachen, die sich in drei Schichten ablösen!«, befahl Torgar. Madelyn drückte Tori an ihre Brust und sah zu, wie ihre Söldner Position in ihrem Innenhof und an der Mauer bezogen. Etliche Männer waren verwundet, alle sahen müde aus, aber kein einziger beschwerte sich. Selbst Torgar hatte eine frische Schnittwunde auf seinem ohnehin hässlichen Gesicht, aber sie schien ihn nicht weiter zu beeinträchtigen.

»Sie können die Mauer doch nicht überwinden, oder?«, fragte Madelyn ihn, als seine Leutnants sich verteilten und die Schichten organisierten. Torgar zuckte mit den Schultern und bedeutete Madelyn mit einer Handbewegung, wieder ins Haus zu gehen.

»Das ist nicht zu erwarten, nicht bei den vielen Männern, die unser Tor bewachen. In diesem Punkt kannst du mir vertrauen.«

»So wie ich dir vertraut habe, dass du die Händlerbarone erledigst?«

Torgars Gesicht verfinsterte sich, und er legte ihr seine schwere Hand auf die Schulter. »Geh wieder rein!«, knurrte er. »Sofort!«

Sie hätte vielleicht widersprochen, aber sie hielt Tori in den Armen und hatte Angst, dass dem Baby etwas zustoßen könnte. Also gehorchte sie, und zu ihrer Überraschung folgte Torgar ihr. Er schlug die Tür mit einem lauten Knall hinter sich zu.

»Nimm das Baby!«, befahl Torgar Lily, die wartend neben der Tür stand. Die Amme wirkte nervös, als wüsste sie nicht, ob sie dem Befehl des Söldners Folge leisten sollte. Madelyn reichte ihr das Kind und flüsterte beruhigende Worte, während sie den Kopf des Babys streichelte. Sie sah Lily kurz an.

»Hol meine Leibwache«, flüsterte Madelyn der Amme zu, bevor sie sich wieder zu Torgar herumdrehte.

»Wir müssen reden«, erklärte der Söldner. »Entweder hier oder unter vier Augen. Mir ist das vollkommen gleichgültig.«

»Und worüber, wenn ich fragen darf? Was kann so wichtig sein, dass du dir anmaßt, mir Befehle zu geben?«

Torgar grinste, und als er antwortete, schwang unverhohlener Spott in seiner Stimme mit. »Über den Schemen und wie er Laurie getötet hat.«

Sie schluckte und zwang sich dazu, keine Reaktion zu zeigen. »Dann gehen wir in das alte Arbeitszimmer meines Gemahls«, erklärte sie. »Geh voraus.«

»Oh nein, du zuerst«, erwiderte er. »Ich bestehe darauf.«

Madelyn ging zu dem Arbeitszimmer, und jeder Muskel in ihrem Körper schien sich zu verkrampfen. Sie redete sich unaufhörlich ein, dass er es auf gar keinen Fall wissen und erst recht nicht beweisen konnte, aber sein Grinsen ... Im Arbeitszimmer lehnte sie sich mit dem Rücken an eine Wand und verschränkte die Arme vor der Brust. Torgar folgte ihr gelassen, die Hand auf den Griff seines riesigen Schwertes gelegt. Er trat die Tür mit dem Fuß hinter sich zu, und sie schrak bei dem lauten Geräusch zusammen.

»Ich weiß nicht, was du dir einbildest, aber ich kann dir versichern ...«

»Halt den Mund.«

Sie gehorchte, und das allein machte ihr Sorgen. Der Söldner ging vor ihr auf und ab und tippte sich nachdenklich mit dem Finger gegen die Lippen. Dabei ließ er sie keine Sekunde aus den Augen.

»Du sagtest, du wolltest reden«, meinte sie, nachdem sie ihre Fassung wiedererlangt hatte. »Wir sind hier, also rede.«

»Ich habe über diese Nacht nachgedacht«, sagte Torgar. Er blieb stehen und lehnte sich mit dem Rücken an die Tür, als wollte er sie daran erinnern, dass sie nirgendwohin konnte. »Der Schemen ist gut und er ist verstohlen, daran hege ich keinerlei Zweifel. Ich habe gegen ihn gekämpft und erlebt, wozu er in der Lage ist. Aber dass er es unbemerkt in dein Schlafzimmer geschafft hat, ohne auch nur einen einzigen Wachposten zu töten? Das kommt mir ein bisschen sehr viel vor, findest du nicht?«

»Ich weiß nicht, wie er hereingekommen ist, Torgar. Als ich aufwachte, war Laurie tot und eine Hand lag über meinem Mund. Vielleicht durch das Fenster?«

»Das Klirren des Glases hat uns alarmiert, Madelyn. Wenn er hereingekommen ist, dann ist er durch die Tür gekommen. Er ist durch das Fenster geflüchtet ... jedenfalls sah es so aus, hab ich recht? Ich habe mir allerdings das Fenster etwas genauer angesehen, und so ganz scheint das nicht zu passen. Das Loch hat nicht die Form, die es eigentlich haben müsste. Ich bin natürlich nicht der Klügste, zugegeben, aber dann habe ich etwas gesehen, das mir wirklich gar nicht gefallen hat.«

Er trat näher an sie heran, und als sie versuchte, zurückzuweichen, legte er eine Hand gegen die Wand und hielt sie mit seinem Arm auf. Er überragte sie bei weitem, beugte sich zu ihr herab und grinste. Aber dieses Grinsen war nur vorgetäuscht, denn jeder hätte die Wut sehen können, die in seinem Blick brannte.

»Ich sah das Blut in deinem Waschbecken.«

»Da war überall Blut.« Ihre Unterlippe zitterte, und es kostete sie alle Willenskraft, die sie aufbringen konnte, allein seinen Blick zu erwidern.

»Das stimmt, aber es konnte nicht so weit spritzen. Sicher, möglicherweise sind sogar ein paar Tropfen bis dorthin gekommen ... oder aber jemand hat anschließend sauber gemacht. Das klingt nicht sonderlich logisch, oder? Trotzdem gab es mir zu denken. Ich frage mich, wie er wohl hereingekommen ist. Und wie er entkommen konnte. Wie es sein kann, dass niemand ihn gesehen hat. Das Einzige, was wir haben, ist dein Wort, und, Mylady, darauf gebe ich einen Scheißdreck.«

»Dafür lasse ich dich hängen«, sagte sie leise.

»Ach wirklich? Das glaube ich nicht.«

Er griff in die Tasche seines Wamses. Als sie den Dolch in seiner Hand sah, wurden ihre Knie weich. Der Griff war vergoldet und die scharfe Klinge immer noch mit getrocknetem Blut befleckt.

»Den erkennst du wieder, oder?«, erkundigte er sich.

»Sollte ich das?« Sie versuchte, Ahnungslosigkeit vorzutäuschen.

»Ich habe dein verdammtes Schlafzimmer auseinandergenommen, Madelyn, und habe diesen Dolch in deine Matratze eingenäht gefunden. Sieh ihn dir an! Sieh ihn dir genau an! Es ist nicht schwer zu erraten, wessen Blut da auf der Klinge getrocknet ist.«

»Was willst du?« Für gewöhnlich hätte sie unter solchen Umständen ihren Körper eingesetzt, ihn dafür benutzt, seinen Ärger zu zerstreuen und sich unter seinen Schutz zu begeben. Aber etwas an Torgar hatte ihr schon immer Unbehagen bereitet, und sie wusste instinktiv, dass es ihr nur einen Schlag ins Gesicht einbringen würde, wenn sie versuchte, ihre sexuellen Reize einzusetzen.

Torgar hämmerte den Dolch in die Wand. Ihr stockte der Atem. Dann beugte er sich noch dichter zu ihr, und sie wusste, dass er den Sieg witterte.

»Laurie ist tot, also bist du jetzt diejenige, die über das Gold verfügt. Wir wollen versuchen, fair zu bleiben, einverstanden? Ich habe weit mehr Verantwortung übernommen als früher, da ich jetzt die Händlerbarone und die Stadtwache bekämpfen muss. Oh, und vergessen wir meinen Spaß mit dieser Elfenschlampe nicht. Also werden wir meine Bezahlung drastisch erhöhen, und zwar wirklich astronomisch, hast du verstanden?«

»Das kann ich arrangieren.« Ihre Stimme klang heiser.

»Das ist nicht das Einzige. Ich will nicht, dass du auf dumme Gedanken kommst, wie zum Beispiel, mich zu töten, um dein kleines Geheimnis zu schützen. Also machen wir Folgendes. Mir ist klar, dass du mich niemals in deine Familie aufnehmen würdest. Falls du also willst, dass ich den Mund halte, musst du mich zu Toris Vormund erklären.«

Die Tür flog auf und ein Dutzend Söldner stürmte herein. Sie sagten nichts, sondern blickten sich nur um, als wären sie verwirrt.

»Geht es Euch gut, Mylady?«, wollte einer wissen.

»Ihr geht es ausgezeichnet.« Torgar grinste und drehte sich dann wieder zu ihr herum. »Also, wie hättest du es gerne? Oder soll ich mich mit dem Conningtons unterhalten oder mit demjenigen, der nach Alyssas Tod ihre Familie leitet?«

»Ich bin einverstanden.« Sie konnte sich Hunderte von Möglichkeiten ausdenken, wie sie eine solche juristische Vereinbarung hinauszögern konnte. »Und ich vertraue darauf, dass du zu deinem Wort stehst.«

Torgar lachte und ging zwischen den Söldnern hindurch zur Tür, vollkommen unbekümmert über ihre Gegenwart.

»Ich würde sagen, nicht du bist diejenige, die sich Sorgen machen muss, dass man ihr ein Messer in den Wanst rammt!«, warf er über die Schulter zurück. Madelyn spürte, wie ihr das Blut in den Adern gefror, und sie hätte fast ihrer Leibwache den Befehl gegeben, ihn auf der Stelle zu töten. Nur der Ausdruck auf den Gesichtern der Männer hielt sie davon ab. Einige wirkten verwirrt, die meisten jedoch waren wütend oder zweifelten. Wie viele von ihnen wussten es oder bezweifelten zumindest ihre Darstellung von Lauries Tod? Bei den Göttern, wenn Torgar es ihnen schon gesagt hatte? Vielleicht war seine Gegenwart das einzige, was die Männer noch zurückhielt.

Als sie sah, wie einige von ihnen Blicke zu dem Dolch in der Wand warfen, gab das den Ausschlag. »Es geht mir gut«, sagte sie. »Geht zurück auf eure Posten.«

Sie verließen den Raum, und als sie verschwunden waren, riss sie den Dolch aus der Wand. Das Arbeitszimmer hatte einen Kamin, und sie warf den Dolch mitten in die Kohlen. Es kümmerte sie nicht, ob er verbrennen würde oder nicht. Sie wollte ihn nur einfach nicht mehr sehen.

»Verdammt sollt ihr sein, ihr alle!« Sie dachte an Torgar, ihren verstorbenen Gemahl, die Händlerbarone. Jeder perverse Einwohner von Engelhavn schien Vernichtung und Blutvergießen zu genießen. Die Flammen knackten, und sie sah die Spitze des Dolches hervorragen. Als das Blut darauf schwarz wurde, fragte sie sich, wie sie Torgar töten konnte, ohne den Verdacht auf sich zu lenken oder Argwohn zu erregen. Es musste eine Möglichkeit geben, und sie würde sie finden. Denn jetzt endlich verfügte sie frei über das ganze Vermögen und die Macht der Keenans. Niemand würde ihr das entreißen.

Keiner, nicht einmal dieser brutale Söldner, der ihr finsterstes Geheimnis kannte.

18. KAPITEL

Zusa übte sich in Geduld, als sie langsam auf das Gelände von Ingrams Burg schlich. Sie wusste, dass selbst der kleinste Fehler ihr den Tod bringen konnte. Angesichts des Pöbels, der Elfen und der Händlerbarone würden sämtliche Wachen außerordentlich aufmerksam sein, und dabei war noch nicht einmal der zusätzliche Schutz mit eingerechnet, den Ingram sich aus Angst vor dem Schemen oder wegen Haerns früherem mitternächtlichen Besuch leistete. Dennoch, sie war eine der Gesichtslosen, wenn nicht sogar die letzte. Nichts würde sie daran hindern, in die Burg zu gelangen. Ihre Geduld war unerschöpflich, und die Schatten waren ihre Freunde.

Aus der Burg herauszukommen war freilich eine vollkommen andere Angelegenheit. Unwillkürlich dachte sie an die verheerende Flucht von Haern und ihr selbst. Wäre der Schemen nicht gewesen, wären sie beide tot oder, schlimmer noch, würden sie immer noch im Bauch von Ingrams Kerker gefoltert werden.

Als sie das Tor erreichte, presste sie sich mit dem Rücken an eine Mauer und duckte sich in die langen Schatten, die die Sterne warfen. Trotz ihrer beeindruckenden Fähigkeiten überlegte sie, wie viel Geduld sie wohl brauchen würde, als sie sah, wie viele Bewaffnete an der Mauer patrouillierten. Alle fünfzehn Meter hatte man Fackeln aufgestellt, zweifellos um jede

Möglichkeit auszuschließen, dass jemand wie Haern oder sie selbst sich heimlich hineinschleichen konnte. Sämtliche Fenster waren erleuchtet, und die Patrouillen hatten ebenfalls Fackeln dabei. Sie bezweifelte, dass es irgendwo in Engelhavn selbst tagsüber heller war als in dieser Nacht auf Lord Ingrams Burg.

Während sie darüber nachdachte, wie sie hineinkommen sollte, fiel ihr etwas ins Auge. Es war ein Schatten, der nicht ganz richtig zu sein schien, der erheblich länger war als die Mauer, die ihn warf. Außerdem bewegte er sich. Neugierig sah Zusa zu, wie eine schattige Gestalt sich der Burgmauer näherte. Als sie dichter herankam, riss Zusa vor Staunen die Augen auf. Denn ihr folgten sechs weitere Gestalten, die sowohl mit unglaublicher Geschwindigkeit als auch mit beeindruckender Geräuschlosigkeit über die Straße rannten.

Elfen, dachte Zusa. Es mussten Elfen sein. Die Frage war nur, sollte sie sie als Freunde oder Feinde betrachten?

Wie dem auch sei, sie musste ihnen folgen und sie im Auge behalten. Sie würde nicht zulassen, dass sie Alyssa in Gefahr brachten, ganz gleich, welches Ziel sie haben mochten. Während sie sich in Bewegung setzte, kletterten die sieben Elfen mühelos über die Mauer und stürzten sich dann auf eine Patrouille, die gerade vorüberging. Zusa rannte über die Straße und drückte den Rücken flach an die Steinmauer. Sie wartete auf Alarmrufe oder Kampfgeräusche, aber sie hörte keine. Die Elfen hatten eine ganze Patrouille fast geräuschlos niedergemacht. Ihr Respekt vor den Elfen wuchs gewaltig. Von ihren Beobachtungen wusste sie, dass es etwa eine Minute dauerte, bevor die nächste Patrouille auftauchte. Die Elfen mussten sich also sehr schnell weiterbewegen, wenn sie ihr Ziel erreichen wollten, ganz gleich welches es sein mochte. Zusa sprang hoch, packte den oberen Rand der Mauer und katapultierte sich dann hinüber.

Sie landete zwischen den Leichen. Die fünf Soldaten der Patrouille waren alle tot. Sie lagen mit sauber durchtrennten Kehlen im Gras. Zusa blickte zu der Burg weiter oben auf dem Hügel hinauf, aber sie sah niemanden. Sie runzelte die Stirn. Ganz gleich wie schnell sie waren, sie sollte doch noch irgendwelche Bewegungen sehen. Es sei denn …

Zusa sprintete an der Mauer entlang, während sich ein Kloß in ihrem Hals bildete. Und richtig, hinter dem nächsten Bogen fand sie eine andere Patrouille, ebenfalls tot, mit aufgeschlitzten Kehlen und Stichen im Rücken, die durch die Lunge gedrungen waren. Diese sieben Elfen waren tödliche Killer, und ihr Ziel war keineswegs Ingram in seiner Burg. Sie waren unterwegs zum Verlies.

Sie wollten Alyssa.

»Aber die bekommt ihr nicht«, flüsterte sie. Sie überlegte, ob sie Alarm schlagen konnte, aber es war jetzt keine Patrouille mehr in der Nähe, und die Burg war zu weit entfernt, als dass sie ein Fenster mit einem Stein hätte einwerfen und so die Wachen alarmieren können. Außerdem hätte zu viel Lärm auch die Elfen auf sie aufmerksam gemacht, und sie würden sie erheblich schneller erreichen als jeder Soldat der Stadtwache. Also zückte sie die Dolche und bereitete sich darauf vor, gegen diese unglaublichen Widersacher zu kämpfen. *Es wird ebenso schwierig sein, wie gegen Haern zu kämpfen,* sagte sie sich. Sie hatte mit ihm auf ihrer Fahrt nach Engelhavn sehr viel geübt. Dieselbe Schnelligkeit musste sie erwarten, mit derselben Geschicklichkeit im Kampf musste sie rechnen.

Nur waren es diesmal nicht einer, sondern sieben Gegner.

Am Eingang zum Verlies lagen die beiden Wächter zusammengesunken neben dem Portal. Lange Pfeile ragten unter ihren Helmen hervor. Das riesige Portal stand gähnend offen, und sie hörte aus dem Innern Schreie und Kampflärm. Da der größte Teil des Verlieses unterirdisch war, drang der Lärm nur gedämpft nach draußen, und solange keine Wache hinauskam, würde auch niemand Alarm schlagen. Sie packte ihre Dolche fester, als ihr klar wurde, dass es viel zu spät sein würde, wenn es jemand tat.

Ihre Rettungsaktion hätte fast geendet, noch bevor sie richtig angefangen hatte. Als sie durch die Tür trat, schien jede Faser ihres Körpers ihr eine Warnung zuzuschreien. Sie reagierte instinktiv und sank auf ein Knie, duckte sich und riss beide Dolche zu einer verzweifelten Verteidigungsposition hoch. Im nächsten Moment sprang ein Elf von der Wand über dem Eingang hinab, und seine Klinge prallte mit einem lauten Klirren gegen ihre Dolche. Zusa rollte sich ab. Ihr war klar, dass er versuchen würde sie zu erledigen, bevor sie wieder auf den Beinen stand. Und richtig, sie hörte das Kratzen von Schneiden auf Stein, als die Schläge nur Zentimeter hinter ihr auf den Boden prallten.

Sie hatte eine Mauer erreicht, wirbelte herum und presste ihren Rücken dagegen. Der Elf griff an. Sein Schwert zielte auf ihre Brust. Sie wehrte den Schlag mit beiden Dolchen ab. Aber bevor sie weiter reagieren konnte, setzte er seinen Angriff fort, obwohl sein Schwert auf den Stein neben ihr prallte. Er trat ihr mit dem Fuß in den Bauch, und als sie mit einem Dolch zustieß, drehte er sich zur Seite. Seine Faust landete mitten in ihrem Gesicht. Zusas Nase blutete, und ihr Bauch schmerzte, aber sie hob die Dolche und versuchte zu lächeln.

»Komm schon«, sagte sie. »Das kannst du doch sicher besser.«

Das Gesicht des Elfen war eine Maske aus schwarzen und grauen Farbtönen, in der sich seine braunen Augen deutlich abhoben. Er grinste, und seine weißen Zähne leuchteten hinter seinen schwarzen Lippen.

»Du bist eine sehr geschickte menschliche Kämpferin«, erklärte er. »Aber nichts im Vergleich zu uns.«

Er schwang sein Schwert in einem komplexen Muster, um sie zu verwirren, aber sie beobachtete nicht die Klinge, sondern nur die Bewegungen seiner Arme und die Position seiner Füße. Als er sich anspannte um sie anzugreifen, ließ sie sich rückwärts durch die Schatten der Wand fallen und tauchte auf der anderen Seite des Eingangs wieder auf. Sein Schwert traf mit solcher Wucht auf die Mauer, dass die Funken stoben, und Zusa stürzte sich auf ihn. Sie rammte ihm die Knie in den Rücken und durchbohrte mit ihren Dolchen seine weiche Lederrüstung.

»Ganz wie du meinst«, zischte sie ihm ins Ohr, als sie die Klingen in seinem Leib drehte.

Zusa ließ ihn los, und als der Leichnam des Elfen zu Boden fiel, kämpfte sie gegen den Schwindel an. Sie konnte sich nicht allzu sehr auf diese Reisen durch die Schatten verlassen, weil sie hinterher immer vollkommen ausgelaugt war. Sie wischte sich mit dem Handrücken die Nase, und als sie darauf blickte, sah sie das klebrige Blut. *Gebrochen,* dachte sie. Na wundervoll. Ihr Bauch schmerzte ebenfalls, und sie hörte, wie die Kampfgeräusche tief unten im Verlies verebbten.

Ein Elf war erledigt, sechs hatte sie noch vor sich.

Nachdem sie gesehen hatte, welch herausragende Kämpfer sie waren, und nachdem sie die Verachtung in der Stimme des mittlerweile toten Elfen gehört hatte, war sie überzeugt, dass die anderen keinen Angriff vom Eingang erwarteten. Das hieß, das Überraschungsmoment war ihre beste Waffe und bot ihr vielleicht sogar die einzige Chance, gegen sie zu bestehen. Sie lief durch den Kerker, und schon am ersten Kreuzweg sah sie tote Schließer überall in den Gängen.

Mist!

Es gab drei Hauptflügel im Kerker, und Alyssa konnte in jedem dieser Flügel sein. Sie war sicher, dass sich die Elfen aufgeteilt hatten, um alle drei Flügel zu durchsuchen. Also hatte sie keine Zeit, lange nachzudenken, sondern musste sofort reagieren.

Sie lief geradeaus weiter in der Hoffnung, dass man Alyssa in dieselbe Zelle gesteckt hatte, in der man vorher Haern eingesperrt hatte. Die Gefangenen in den Zellen, an denen sie vorbeikam, machten einen höllischen Lärm. Die meisten schien das Massaker an den Schließern und Stadtwachen, das sie mit angesehen hatten, zu amüsieren.

»Du bist so gut wie tot, Mädchen!«, schrie einer, als sie an ihm vorbeikam. Ihr schlug das Herz bis zum Hals, denn vor ihr eilten zwei Elfen durch den Gang. Jeder überprüfte die Zellen auf seiner Seite und suchte nach Alyssa. Aber sie hatten offenbar nicht auf den Schrei geachtet, und Zusa warf sich mit aller Wut, die sie empfand, auf die beiden Elfen. Ihre Dolche zuckten vor wie die scharfen Krallen einer wilden Bestie. Sie konzentrierte sich zunächst nur auf einen, weil sie wusste, dass sie, wenn sie zu gierig wurde und nicht beide gleichzeitig töten konnte, in der Unterzahl war und damit tot. Blut spritzte über ihre Hände, und sie trat die Leiche zur Seite, damit sie ungehindert kämpfen konnte.

Der überlebende Elf war eine Frau, die ihr Haar zu einem festen Zopf geflochten auf dem Rücken trug. Blut lief ihr über die Stirn von einem Schnitt, den Zusa ihr hatte versetzen können, nachdem sie den anderen Elf getötet hatte. Die Elfe schwang ein langes, geschwungenes Schwert in der einen und einen Dolch in der anderen Hand. Die beiden zischten in perfektem Einklang durch die Luft. Zusa weigerte sich jedoch, zurückzuweichen oder sich von der Geschwindigkeit, mit der die Elfe ihre Waffen schwang, beeindrucken zu lassen. Im Vergleich mit Haern war diese Elfe sogar tatsächlich etwas langsamer, und im Gegensatz zu ihm hatten ihre Klingen zudem eine geringere Reichweite.

Zusa fiel in einen Rhythmus und blockte und parierte die Schläge der Elfe gut zehn Sekunden lang. Sie sah, dass die Frau zunehmend verwirrter wurde, weil Zusa sogar den Nahkampf mit ihr aushielt. Diesen Augenblick wählte Zusa für ihren Angriff. Sie sprang zwischen einem Schlag mit beiden Klingen vor, nachdem sie die Waffen ihrer Kontrahentin weit zur Seite weggeschlagen hatte. Aber die Elfe wich zurück und schlug mit ihren Eisen erneut zu. Also musste Zusa zu dem einzigen Mittel greifen, dass noch Wirkung zeigen würde: Sie trat der Elfe ins Gesicht. Der Treffer brachte ihre Widersacherin kurz aus dem Gleichgewicht. Zusa ließ sich auf ein Knie fallen und trat mit dem anderen Bein der Elfe die Füße unter dem Leib weg.

Statt jedoch hart auf dem Boden zu landen, sodass ihr möglicherweise der Atem wegblieb, rollte sich die Elfenfrau ab. Zusas Dolche verfehlten ihr Ziel und trafen stattdessen nur Stein. Sie fluchte und setzte nach. Die Elfe sprang hoch, landete geschmeidig auf den Füßen und parierte ihren Angriff. Vier Klingen tanzten in einem tödlichen Tanz, parierten und blockten Schläge in einem schemenhaften Wirbel, der nur von den besten Kämpfern erzeugt werden kann. Aber Zusa war die Bessere. Sie musste es sein. Sie dachte an Alyssa und daran, was die Elfen ihr antun würden. Die Wut verlieh ihr Kraft. Als sie angriff, hämmerte sie die Klingen der Elfe zur Seite, als wären es Spielzeuge. Ihre Widersacherin versuchte zu flüchten, aber das ließ Zusa nicht zu. Sie spürte das Zögern der Elfe, täuschte einen Schlag an und zertrümmerte ihr dann mit einem wuchtigen Tritt das Knie. Als die Elfe zu Boden stürzte, zerfetzte ihr Zusa mit einem doppelten Schlag ihrer Dolche die Kehle.

Elfenblut spritzte über die kalten Steine.

»Alyssa?«, rief Zusa, als sie zum Ende des Gangs lief. Sie erreichte dieselbe dunkle Zelle, in der Haern gewesen war, und sah in dem dämmrigen Licht, dass sie leer war. Sie hatte falsch geraten. Sofort rannte sie zum Eingang zurück und betete, dass sie noch irgendwie rechtzeitig käme. Es kümmerte sie nicht, ob Karak sie hörte oder Ashhur ihr Gebet beantwortete. Wichtig war nur Alyssa. Die Zellen glitten an ihr vorüber, und die anzüglichen Schreie und Rufe der Gefangenen klangen wie das Zirpen von Insekten in ihren Ohren.

Als sie die erste Kreuzung erreichte, sah sie sie; vier Elfen, die zu zweit durch die Gänge liefen. Einer hatte sich Alyssa über die Schulter geworfen, gefesselt und geknebelt. Sie kehrten ihr den Rücken zu, aber sie hatten offenbar das Fehlen der anderen Elfen bemerkt und waren sehr wachsam. Einer drehte sich zu ihr herum. Sein bemaltes Gesicht schien vor Wut zu glühen, als er seine lange Klinge hob. Die anderen riefen etwas auf Elfisch und liefen zum Ausgang.

»Hast du Celias und Treyarch getötet?«, fragte der Elf sie in ihrer Sprache, während sie ihre Dolche hob.

»Vergiss nicht den an der Tür.« Sie warf ihm ein Lächeln zu, das von Erschöpfung und Verzweiflung gespeist wurde.

In dem dämmrigen Licht der Fackeln sah sie, wie sein Gesicht sich verhärtete. »Ich werde dafür sorgen, dass dein Tod sehr schmerzhaft wird.«

Er schlug zu, fast ansatzlos, und die Klinge zischte kaum einen Zentimeter an ihrem Gesicht vorbei und schnitt einige Haarsträhnen ab. Dieser Elf war schneller, und sie hatte das Gefühl, langsamer zu werden, weil ihre Kampflust allmählich versiegte. Zusa zog sich zurück, aber der Elf folgte ihr mit jedem Schritt. Ihre Dolche zuckten nach links und nach rechts, blockten seine geschmeidigen Schläge. Sein Schwert war ein undeutlicher Nebel, und sie musste schon alle Kraft zusammennehmen, um überhaupt konzentriert zu bleiben. *Ich habe keine Zeit dafür,* dachte sie, aber sie spürte, wie sie sich bereits mit ihrer Niederlage abfand. Die Elfen würden entkommen und Alyssa mitnehmen. Sie hatte versagt.

Schließlich trieb der Elf sie in eine Ecke, und sie spürte die Hitze einer Fackel neben ihrem Gesicht.

»Du hast das Leben von Wesen beendet, die schon seit Hunderten von Jahren über diesen Boden wandeln«, sagte er. »Keine größere Sünde vergiftet diese Welt als deine Rasse.«

Sein Schwert tanzte, und sie war eine armselige Gegnerin. Da sie kaum Platz hatte, konnte sie nicht richtig ausweichen, und seine Geschwindigkeit war einfach unglaublich. Jedes Mal wenn sie konterte, sprang er zurück, schlug ihre Waffe beiseite und griff dann erneut an, verließ sich auf seine längere Reichweite. Und mit jedem Moment, den dieser Kampf dauerte, verlangsamte die Erschöpfung ihre Reflexe. Er versetzte ihr einen Treffer nach dem anderen, und wenigstens einmal sah sie, wie er absichtlich das Schwert zur Seite kippte, damit es sich nicht in ihren Körper bohrte.

Der Elf spielte mit ihr, wollte ihren Körper mit Dutzenden von kleinen Wunden bedecken. Diese Beleidigung war einfach unerträglich. Sie sank kraftlos gegen die Wand, Tränen in den Augen.

»Mach dem einfach ein Ende«, forderte Zusa ihn auf.

Die Miene des Elfen verfinsterte sich vor Enttäuschung. Er trat vor und zielte mit der Spitze seiner Waffe auf ihre Kehle. Diesmal sagte er nichts, verspottete sie nicht. Er spannte die Muskeln an zum Stoß, und sie sah ihren Tod in seinen Augen.

Als er zustieß, wehrte Zusa die Klinge nach links ab und schrie auf, als die Spitze ihre Wange streifte. Sie holte mit der anderen Hand aus, der Elf wollte ausweichen, aber sie stach nicht zu. Sie schleuderte ihren Dolch. Und sie traf. Die Klinge bohrte sich in seine Seite. Es war keine tödliche Verletzung, aber selbst dieser kurze Moment, den ihr ihre Attacke verschaffte, genügte. Sie riss die Fackel von der Wand und schlug damit nach ihm. Er blockte den Hieb ab, aber die Flammen waren direkt vor seinen Augen. Sie schlug immer und immer wieder zu, zielte immer wieder auf sein Gesicht. Schließlich ließ sie die Fackel fallen und sah, wie sich seine Pupillen weiteten. In diesem kurzen Moment, als die Fackel auf dem Boden landete und er nur helle Punkte und Schemen sehen konnte, überwand sie den Abstand zwischen sich und ihm und schlang ihren Arm um ihn, als wollte sie ihn umarmen. Mit der anderen Hand rammte sie ihm ihren Dolch durch die Rippen ins Herz.

Sie ließ ihn fallen und spuckte auf seine Leiche.

»Erzähl du mir nichts von Sünde!«, zischte sie.

Zusa warf einen Blick zum Ausgang, wo das Licht der Sterne den leeren Pfad vor dem Verlies erleuchtete. Schon sehr bald würden Wachen hier auftauchen, aber sie würden weder die Elfen erwischen noch sie, Zusa. Sie lief los.

Haern wachte auf, als die Zimmertür sich öffnete. Er hob den Kopf und war schlagartig vollkommen wach, als er Zusa dort stehen sah. Ihre Tuchbahnen waren zerschnitten und zerfetzt, und jeder Zentimeter ihres Körpers schien von Blut bedeckt zu sein.

»Zusa?« Er sprang aus dem Bett. Sie machte einen taumelnden Schritt auf ihn zu und brach in seinen Armen zusammen.

»Sie haben sie geholt«, sagte sie.

»Wer hat wen geholt? Alyssa? Wer?«

Zusa grub ihre Finger in die Haut seiner Brust. Sie zitterte am ganzen Körper. Zuerst dachte er, es wäre Schwäche, vielleicht wegen ihres Blutverlustes. Doch als sie ihm in die Augen sah, wurde ihm klar, dass es Wut war, die sie kaum noch beherrschen konnte.

»Die Elfen haben Alyssa entführt«, sagte sie. »Sie werden sie töten. Ich weiß es. Sie werden sie töten, aber dafür werden sie bezahlen. Sie alle, diese ganze verdammte Stadt wird mit Blut dafür bezahlen.«

Er drückte sie an sich, und sie legte ihre blutige Stirn an sein Kinn.

»Es ist mir völlig gleichgültig, ob diese Stadt brennt.« Ihre Stimme wurde plötzlich leise. »Ich will sie nur zurückhaben. Bitte, mehr will ich ja nicht. Aber ohne sie …«

Haern schlang seine Arme fester um sie, und in dem Moment fühlte sie sich so zerbrechlich an. »Wir werden sie finden«, sagte er. »Es ist noch nicht alles verloren. Wir werden sie finden und sie retten. Das verspreche ich dir.«

Sie trat zurück. »Versprich nichts, was du nicht halten kannst!« Sie begann, sich auszukleiden. »Und jetzt hilf mir, meine Wunden zu bandagieren, und zwar schnell. Wenn wir handeln wollen, haben wir nicht mehr viel Zeit. Es gibt nur einen einzigen Ort, an den die Elfen sie bringen werden.«

»Und wo ist der?«

Sie warf ihm einen Blick zu, als wäre er ein Einfaltspinsel. »In ihren Wald natürlich«, antwortete sie. »Sie werden sie nach Quelnassar bringen, und wenn sie erst einmal dort ist, könnte nicht einmal die größte Armee der Menschen sie vor den Klingen der Elfen retten.«

19. KAPITEL

Alyssa wachte auf, weil sie sich übergeben musste. Ihr Magen verkrampfte sich, und ihr ganzer Unterleib zog sich schmerzhaft zusammen. Dann schwindelte ihr, und sie hatte das Gefühl, als befände sich der Boden über ihr. Sie schloss die Augen und spürte, dass sie über der Schulter von jemandem lag. Sie hörte Geflüster in einer Sprache, die, wie sie vermutete, elfisch war. Dann wagte sie es, die Augen noch einmal zu öffnen, und sah, dass sie rannten. Es bereitete ihr eine perverse Freude zu sehen, dass sie sich auf die Stiefel ihres elfischen Häschers erbrochen hatte.

Als sie versuchte den Kopf zu heben, spürte sie Druck auf ihrem Nacken und ihren Handgelenken. Sie waren in einem höchst komplizierten Knoten zusammengebunden. Sie versuchte, ihre Handgelenke auseinanderzuziehen, mit dem Effekt, dass sich die Seile um ihre Kehle zuschnürten. Gegenwehr war sinnlos. Stattdessen versuchte sie, sich zu entspannen, und blickte so gut sie konnte hoch, ohne sich zu erwürgen. Sie hegte die vage Hoffnung, dass sie vielleicht ihre Umgebung erkannte. Aber es gab weder Gebäude noch andere Wahrzeichen. Stattdessen sah sie nur Hügel, Gras und ab und zu Bäume.

Ihr sank der Mut. Die Elfen hatten sie aus dem Gefängnis geholt, sie bewusstlos geschlagen und sie dann aus Engelhavn hinausgeschmuggelt. Selbst die fragwürdige Sicherheit ihrer Zelle war jetzt verschwunden.

»Wohin bringt ihr mich?«

Der Elf, der sie trug, spannte sich an, und die Übelkeit erregende Bewegung seines Laufs kam zum Stillstand. Der Boden vor ihren Augen drehte sich, und dann landete sie mit einem Rums im Gras. Er hatte sie einfach ohne viel Federlesens fallen lassen. Sie rollte sich herum und musste sich auf die Hände setzen, weil sie hinter ihrem Rücken zusammengebunden waren. Drei getarnte Elfen versammelten sich um sie, zwei Männer und eine Frau. Ihre Gesichter waren in verschiedenen Schwarz- und Grautönen bemalt, und sie trugen dunkle, weite Kleidung. Aber sie hatten ihre Kapuzen zurückgeschlagen, und ihre spitzen Ohren waren eindeutig zu erkennen.

»Du hast kein recht, Fragen zu stellen«, sagte der Elf, der sie getragen hatte. Er war der größte der drei, und sein langes goldenes Haar reichte ihm bis zur Taille.

»Warum nicht?« Sie wusste, dass sie sie dazu bringen musste zu reden, wenn sie überhaupt Hoffnung haben wollte zu überleben.

»Verrät der Schlachter dem Schwein den Weg zur Schlachtbank?«, fragte die Elfe.

»Ich bin kein Schwein.«

»Ich weiß, dass dem etliche widersprechen würden.«

Der dritte Elf fuhr die beiden in ihrer Sprache an, und sie verstummten. Er war kleiner als die Frau und hatte smaragdgrüne, faszinierende Augen. Alyssa zuckte zusammen, als er sich vor sie kniete und ihr Kinn mit den Fingern packte. Er hob ihren Kopf, sodass sie direkt in sein Gesicht blicken konnte.

»Du wirst ein Publikum bekommen, das kein Mensch verdient«, erklärte er. »Du wirst vor unserer Prinzessin knien, und wir werden von ihr hören, welches Urteil dich für deine

Verbrechen erwartet. Du hast deinen Kettenhund auf sie gehetzt, aber wir sind keine Narren. Wir wissen, dass das Böse im Herzen der Menschheit lauert. Andere sind vielleicht so naiv und wollen Frieden mit euch schließen, wir jedoch nicht. Du wirst sterben, Alyssa. Deine Leiche wird verbrannt werden, und wenn deine Asche das Leben in unseren Wäldern nährt, wirst du für deinen Verrat sühnen können.«

Er beugte sich dichter zu ihr, fast als wollte er sie küssen. »Vorausgesetzt natürlich, dass wir deinen Kopf nicht einfach zu den Lords von Engelhavn schicken, auf dass sie erfahren, dass Celestías Kinder ihre Dummheit und ihre Gier nicht länger dulden werden.«

Alyssa schluckte. Ihr ganzer Hochmut, den sie aufgrund ihrer gesellschaftlichen Stellung im Lauf ihres Lebens angesammelt hatte, stieg jetzt in ihr hoch und schützte sie mit einer Maske der Stärke.

»Sollte eure Prinzessin tatsächlich so dumm sein und mich hinrichten lassen, dann stellt euch darauf ein, dass ihr die letzten Kinder Celestias seid. Denn dann gibt es Krieg, und macht euch keine Illusionen, es ist eure Rasse, die ausgelöscht wird.«

Er legte sanft seine Hand auf ihre Wange und lächelte. »Starke Worte«, sagte er. »Starke, leere Worte. Steh auf.«

Sie gehorchte langsam und verzog das Gesicht, weil ihr Rücken und ihre Beine schmerzten. Unauffällig sah sie zurück. Die verblassenden Lichter von Engelhavn waren wenigstens eine Meile entfernt. Sie versuchte, sich ihre Enttäuschung darüber, dass sie so weit von der Stadt weg war, nicht anmerken zu lassen. Doch trotz der Entfernung würden Zusa und Haern herausfinden, dass sie aus dem Gefängnis entführt worden war, und nach ihr suchen. Die Frage war nur, war sie dann noch am Leben?

Der Elf mit den grünen Augen durchtrennte die Seile an ihren Knöcheln, ließ die anderen Fesseln aber unangetastet. »Versuch zu fliehen, wenn du willst«, erklärte er. »Ich würde das mit Freuden als Anlass nehmen, dich zu töten.«

Alyssa richtete sich so gerade auf, wie ihre Fesseln es zuließen, und weigerte sich, sich unterwürfig zu verhalten. »Geht voraus«, sagte sie. »Ich fürchte weder eure Prinzessin noch das Los, das sie mir bestimmt hat.«

Der große Elf lachte, und die Elfe nahm das abgeschnittene Seil, das zu Alyssas Füßen lag. Sie schlang es ihr um den Hals und nahm die beiden Enden in die Hand.

»Komm, Hund«, sagte sie. »Tu nur stolz, wenn du magst. Trotzdem wirst du angeleint vor sie treten.«

Sie führten sie weiter von Engelhavn weg, zu einem Hain aus Bäumen, der um einen Weiher zu wachsen schien. Bei jedem Geräusch spannte Alyssa sich an. Von jedem Schatten hoffte sie, dass Zusa darin lauerte. Das Rascheln der Blätter und des Grases im Wind waren für sie die Schritte des Wächters. Aber sie gingen weiter und weiter, und niemand kam. Als sie sich schließlich diesem Wäldchen näherten, bemerkte Alyssa, dass der Weiher nur eine Illusion war, und mit jedem Schritt, den sie näher kamen, verblasste diese Illusion. Stattdessen sah sie ein großes Zelt, vor dem ein Scheiterhaufen brannte.

Etliche Elfen standen darum herum, aber eine der Gestalten fiel Alyssa besonders ins Auge. Es war Laryssa, die in einem eleganten Kleid neben dem Feuer saß. In dem gelben Schein konnte Alyssa sehen, dass die Prellungen auf ihrem Gesicht bereits abklangen, ebenso wie sie eine Ausbuchtung an der Seite des Kleides bemerkte, die zweifellos von ihren Verbänden stammte. Ihre Haut war blass, und sie sah krank aus. Alyssa empfand Mitgefühl, als sie die Prinzessin in diesem Zustand sah. Eine wunderschöne Frau von edler Geburt auf eine solche Weise zerschlagen und entwürdigt zu sehen schien ihr gegen die Ordnung der Dinge zu verstoßen. Sie konnte den Ärger der Elfen verstehen, die sie jetzt zum Feuer führten, aber auch das konnte ihre Stimmung nicht ändern. Ihr Leben hing davon ab, dass sie ihre Haltung bewahrte und sie von ihrer Unschuld überzeugte.

»Seid gegrüßt, Lady Laryssa Sinistel!«, rief sie, als sie die Wärme des Feuers auf ihrer Haut fühlte. »Ich hörte, Ihr wäret nach Quelnassar zurückgekehrt. Ihr seht mich überrascht und erfreut, Euer Gast zu sein, so wie Ihr einst mein Gast wart.«

An Laryssas Miene sah sie, dass ihre Worte getroffen hatten. Alyssa wusste, dass sehr viele Sitten und höfische Gebräuche der Menschen und vor allem des Adels auf der Kultur der Elfen beruhte, und in irgendeiner Weise unwürdig zu erscheinen beleidigte ihr Empfinden.

»Nehmt ihr die Fesseln ab!«, befahl Laryssa. »Sie stellt keine Bedrohung dar, und sie muss erst ihre Aussage machen, bevor ich ein Urteil spreche.«

Alyssa starrte sie an, während die Elfen ihre Fesseln durchtrennten. Zerstreut rieb sie sich die Kehle, deren Haut von dem Seil wundgescheuert war. Dann blickte sie an sich herab, auf ihr schmutziges, zerrissenes Kleid, dasselbe, das sie getragen hatte, als sie vor etlichen Tagen aus dem Tempel weggeschleppt worden war. Zweifellos wirkte sie zwischen den elegant gekleideten Elfen ärmlich. Selbst diejenigen, die sie entführt hatten, wirkten in ihrer Lederrüstung besser gekleidet als sie.

Laryssa fragte einen der Elfen etwas in ihrer eigenen Sprache, und als sie die Antwort erhielt, runzelte sie die Stirn. Alyssa konnte den Grund nur erraten.

»Kennst du eine Frau mit dunkler Haut?«, wollte die Elfenprinzessin wissen. »Sie hat schwarzes, kurz geschnittenes Haar und trägt sonderbare Tuchbahnen um ihren Körper. Ist sie vielleicht eine deiner Dienerinnen?«

Alyssa wunderte sich zwar, warum sie das wissen wollte, aber sie konnte auf keinen Fall eine Lüge riskieren, so viel war klar. Die Elfen waren dafür bekannt, dass sie Lügen hervorragend wittern konnten, und außerdem hatte sie keine Ahnung, welche Magie sie um das Lager gewirkt hatten. Soweit sie wusste, konnte jede Lüge eine große Rauchwolke aufpuffen lassen.

»Die Beschreibung dieser Frau klingt nach einer Gefährtin von mir namens Zusa. Warum fragt Ihr?«

Erneut sprach Laryssa mit den drei Elfen, die sie hierhergebracht hatten. Ihre Miene verfinsterte sich weiter. »Weil sie anscheinend vier meiner Krieger getötet hat. Deine Verbrechen gegen mich werden immer größer, Alyssa.«

»Zweifellos wollte sie mich beschützen«, erwiderte Alyssa. »Was hätte sie auch sonst denken sollen, als sie Elfen sah, die durch die Nacht schleichen, in ein menschliches Gefängnis einbrechen und mich durch die Stadt und durch das Land schleppen zu einem Femengericht? Ich habe Euch keine Loyalität geschworen, Laryssa. Ich beuge mich nur der Gerichtsbarkeit des Königs, und nur er kann über mich zu Gericht sitzen. Ihr besitzt hier keine Autorität, nicht auf unserem Land und nicht über einen Untertan des Königs.«

Das erzeugte Unruhe unter den Elfen, und noch verblüffender war, dass ihre Worte offensichtlich nicht nur Ärger auslösten. Ein Funke Hoffnung flammte in ihr auf. War es möglich, dass selbst an diesem dunklen Hof Elfen anwesend waren, die ihren Worten tatsächlich zustimmten? Menschen waren selten einer Meinung, wenn es um ein wichtiges Thema ging. Es war nur logisch, dass es sich bei den Elfen genauso verhielt, wenn auch vielleicht nicht ganz so stark. Erneut wünschte sie sich mehr als alles andere, sie hätte die Sprache der Elfen erlernt. Ihr alter Ratgeber hatte das mehrmals vorgeschlagen, aber sie hatte es abgetan, weil sie die Notwendigkeit nicht einsah. Als sie jetzt die vielen Gespräche um sich herum hörte, von denen sie kein Wort verstand, sah sie die Sache in einem anderen Licht. Jetzt war es natürlich zu spät dafür. Aber so verhielt es sich mit solchen Dingen immer.

»Wir haben versucht, Gerechtigkeit vor deinen Gerichten zu bekommen«, sagte Laryssa schließlich und beendete damit die Meinungsverschiedenheiten. »So wie wir auch versucht haben, den Frieden zu wahren. Ingram hat Männer gehenkt, die angeblich Sildur getötet haben, aber ich weiß, dass er nur spekuliert hat, dass er gehofft hat, wir würden dieses armselige Unterpfand akzeptieren. Engelhavn krankt an Verrat, ist von Wut durchsetzt und wird von feigen und gierigen Männern regiert. Nein, hier draußen, in der Wildnis, werden wir unser Urteil fällen und Gericht abhalten. Du magst vielleicht keinen anderen Gerichtshof als den deines Königs akzeptieren, aber alle Verbrechen haben längst die Grenzen des menschlichen Reiches verlassen und sind in unseres gedrungen. Und was deinen Krieg angeht …«

Laryssa stand auf und stützte sich schwer auf ihren Stuhl. Obwohl ihr Arm zitterte, ließ sie die Lehne los und richtete sich auf, ohne dass jemand ihr hätte helfen müssen. Sie blickte auf Alyssa hinab und schüttelte den Kopf.

»Wir fürchten weder die Klingen noch das Feuer der Menschen. Wir sind Celestias Kinder. Mein Vater wandelte schon über dieses Land, als eure Götter dem Staub Leben einhauchten und sich euch als mangelhafte Diener schufen. Wir sahen, wie ihr euch aus dem Staub erhoben habt, und wir werden hier sein, wenn ihr wieder zu Staub werdet, ohne dass ihr in der Zwischenzeit auch nur das Geringste gelernt oder bewerkstelligt hättet. Nur Zerstörung. Das ist alles, wovon ihr Menschen etwas versteht.«

Die Elfen um sie herum jubelten, und alle Hoffnung, die Alyssa gehegt haben mochte, erstarb. Nicht nur sie stand hier vor Gericht. Hier im Licht der Sterne stand sie da und repräsentierte die Verbrechen ihrer ganzen Rasse. Ihre persönliche Unschuld spielte keine Rolle. Und auch wenn sie sich verteidigte, würde das nichts ändern. Die Elfen wollten Blut, um Laryssas Wunden zu sühnen und auch um ihre Toten zu rächen, die vom Pöbel ermordet worden waren. Willkürlich ausgesuchte, gemeine Bauern, die an Stricken baumelten, würden sie nicht zufriedenstellen. Sie wollten das Blut der Hochgeborenen, der Adligen. Sie wollten den Tod von jemandem, der wichtig war. Jemandem wie Alyssa.

Sie betete, dass ihre Exekution möglichst schnell und schmerzlos vonstattengehen würde.

»Sieh mich an.« Laryssa riss Alyssa aus ihren Gedanken. »Ich habe die Worte gehört, die man mir zuflüsterte, als ich sterbend dalag, einen Sack über dem Kopf. Ich habe das Auge gesehen, das mit meinem eigenen Blut neben mir in den Staub gezeichnet wurde. Du hast mir den Wächter nachgeschickt, deinen kleinen Kettenhund aus Veldaren. *Das passiert, wenn du dich gegen deine Freunde stellst,* sagte er zu mir. Welchen weiteren Beweis brauche ich noch? War dein Ärger darüber, dass wir deinetwegen nicht unser Leben riskieren wollten, wirklich so groß?«

Alyssa stand hoch aufgerichtet da und weigerte sich, sich demütigen zu lassen, ungeachtet ihrer Kleidung oder des Schmutzes aus dem Verlies, der auf ihrer Haut klebte.

»Als der Pöbel Euch angegriffen hat, habe ich mich in einem Tempel von Ashhur versteckt. Ich habe Euch den Wächter nicht nachgeschickt. Selbst jetzt noch lasst Ihr Euch von eben den Narren manipulieren, die Ihr in der Öffentlichkeit verlacht. Glaubt Ihr tatsächlich, Ihr hättet es überlebt, wenn ich Euch den Wächter auf den Hals gehetzt hätte? Glaubt Ihr, er wäre so dumm gewesen, auch noch sein Zeichen zu hinterlassen? Ihr glaubt die Lügen, die man Euch einflüstert, weil Ihr nach Rache giert, und ich entspreche all den falschen Behauptungen, die Ihr über meine Rasse ausgießt. Ihr wollt uns für Betrüger und Mörder halten, für eine Rasse ohne Hoffnung und ohne die Möglichkeit, sich zu bessern. Ihr wollt glauben, dass selbst jene, die Euch geholfen haben, sich gegen Euch stellen. Ihr müsst das glauben, damit Ihr das Blutvergießen rechtfertigen könnt, nach dem es Euch so verlangt.«

Sie drehte sich um und spie aus. Sie wusste sehr genau, dass es eine schwere Beleidigung war, so etwas vor der Prinzessin der Elfen zu tun.

»Ich habe damit nichts zu schaffen und werde die Schuld dafür nicht auf mich nehmen. Ich habe Euch niemals betrogen. Sondern Ihr habt mich betrogen. Ich habe mich niemals gegen Euch gewendet. Ihr wart es, die mich verfolgt hat und alle ermordete, die Euch im Weg waren. Ich habe versucht, diesen Krieg zu verhindern, Ihr jedoch habt ihn mit jedem Wort, das Ihr gesprochen habt, begrüßt, mit jedem Pfeil, den Ihr abgefeuert habt. Richtet mich hin, wenn es Euch beliebt, aber ich werde unschuldig sterben, und der Krieg, den Ihr so unbedingt herbeiführen wollt, wird die letzte Hoffnung auf Frieden zwischen unseren Rassen zerstören. Macht nur, Laryssa. Tötet mich! Lasst mich den Hass, die Ignoranz und die Blutgier in Euren Augen sehen, damit ich weiß, dass Elfen und Menschen in jeder Hinsicht gleich sind.«

Es wurde still im Lager. Sie spürte die Stimmung, die sie umgab; es war eindeutig eisig geworden. Sie lächelte sarkastisch, und jetzt war es ihr wirklich gleichgültig. Sie hatte so lange den Elfen geholfen und versucht, einen Kompromiss zu finden, der sowohl der Trifect nützte als auch die Verluste an Leben minimieren konnte. Wenn sie sie deshalb töten wollten, dann sollten sie es tun. Ihr Herz tat weh, als sie an Nathaniel dachte, und sie hätte ihn gern in den Armen gehalten, um sich von ihm zu verabschieden, aber die Welt war nun einmal ein grausamer Ort. Das hatte sie schon vor langer Zeit erfahren, als sie zitternd vor Kälte im Kerker ihres eigenen Vaters gesessen hatte.

»Auf die Knie«, sagte Laryssa. Als Alyssa sich weigerte, traten zwei Elfen zu ihr, packten ihre Schultern und zwangen sie zu gehorchen. Einer von ihnen grub seine Finger in ihr Haar, damit sie den Kopf respektvoll senkte.

»Alyssa Gemcroft, ich befinde dich der Verbrechen, die man dir vorwirft, für schuldig. Du hast dich an meiner Rasse versündigt, du hast den Pöbel ermutigt, sich zu erheben, und du hast mir fast das Leben genommen. Du hättest zwar eine lange, schmerzhafte Hinrichtung verdient, aber wegen deines gesellschaftlichen Ranges und deiner Zusammenarbeit in der Vergangenheit werde ich dir einen schnellen und schmerzlosen Tod gewähren.«

Der Elf mit den smaragdgrünen Augen zog sein Schwert.

Die Klinge glitt geschmeidig aus der geölten Scheide. Dann zog er Alyssa am Haar zurück und hob den Kopf, sodass sie Laryssa ansehen konnte. Die scharfe Schneide seines Schwertes presste sich gegen ihren Hals, und die Elfen um sie herum hielten die Luft an.

»Hast du noch ein paar letzte Worte, die ich jemandem ausrichten soll?«, erkundigte sich die Elfenprinzessin. »Ein letztes Lebewohl an deinen Sohn vielleicht?«

Alyssa zuckte vor Schmerz zusammen, als der Elf an ihrem Haar zog.

»Kein Lebewohl«, sagte sie, als sie eine Bewegung außerhalb des Kreises von Elfen bemerkte. »Noch nicht.«

Zusa sprang hinter einem der Bäume hervor, und bevor einer der Elfen reagieren konnte, presste sie ihren Dolch an Laryssas Kehle. Die Elfen zogen ihre Waffen und griffen nach ihren Bögen, aber Laryssa befahl ihnen innezuhalten.

»Kluges Mädchen«, flüsterte Zusa der Prinzessin ins Ohr. »Und jetzt lass Alyssa los, bevor ich dir die Kehle durchschneide.«

»Nein«, erwiderte Laryssa. Alyssa spürte, wie sich das Schwert an ihrem Hals etwas drehte und sich tiefer in ihre Haut bohrte. Blut tröpfelte über die Klinge. »Sobald sie in Sicherheit ist, wirst du mich töten.«

»Ich werde dich töten, wenn sie hierbleibt. Darüber verhandle ich nicht.«

Alyssa spürte die Anspannung auf der Lichtung. Sie war so stark, dass selbst das Atmen schwer zu sein schien. Zusa hatte sich perfekt herangeschlichen und ihr Plan war einfach, nur hatte Laryssa offensichtlich nicht die Absicht, mitzuspielen.

»Ich bin nicht allein«, rief Zusa den anderen zu. Sie zog die Prinzessin dichter an sich, hielt mit einem Arm ihren Kopf und mit dem anderen den Dolch an ihren Hals. »Eine falsche Bewegung, dann stirbt Laryssa, und ihr bekommt es mit dem Wächter zu tun.«

»Dafür wirst du büßen«, sagte Laryssa. »Man kann mich nicht als Geisel nehmen. Lass mich los, sonst stirbt Alyssa.«

Zusa sah den Elfen an, der Alyssa festhielt, und schien nur zu ihm zu sprechen. »Wenn Alyssa stirbt, verliere ich meine Arbeitgeberin. Wenn Laryssa stirbt, verlierst du deine Prinzessin. Ich frage mich, wer von uns beiden mehr Probleme bekommt, wenn wir in unsere Heimat zurückkehren.«

»Hör nicht auf sie«, erklärte Laryssa. »Wir haben viel zu lange unserer Angst vor ihnen nachgegeben!«

Alyssa spürte die Unsicherheit ihres Häschers. Er zerrte zwar fester an ihrem Haar, aber sein Schwert schnitt nicht mehr in ihre Haut. Zusa ließ ihren Blick über das Lager gleiten. Sie waren natürlich hoffnungslos unterlegen, und auch wenn die Bedrohung, die sie für Laryssa darstellte, die Elfen davon abhielt, sie anzugreifen, hatte sie bisher keinen Fluchtweg für sich und Alyssa ausgehandelt. Und die Aussicht, gegen Haern kämpfen zu müssen, schien ebenfalls nicht sonderlich bedrohlich für sie zu sein.

Ein schwacher Schrei ließ Alyssa zusammenzucken. Sie spürte einen scharfen Schmerz in ihrer Kehle, als die Schneide des Schwertes ihre Haut ritzte. Sie hätte sich gern umgedreht und hingesehen, aber das konnte sie nicht. Stattdessen hörte sie, wie ein Körper zu Boden fiel. Dann ertönte Haerns Stimme.

»Er wollte einen Pfeil abschießen«, erklärte der Wächter. »Eine schlechte Entscheidung.«

Haern stand auf einer Seite, Zusa auf der anderen, und Alyssa war in der Mitte gefangen. Beide Seiten waren begierig darauf zu kämpfen, aber keiner war bereit, den Tod seiner Geisel zu riskieren. Alyssa suchte nach einer Lösung, fand jedoch keine. Am liebsten wäre sie einfach nur geflohen, hätte überlebt. Aber sie sah keine Möglichkeit, dies hier lebend zu überstehen. Doch das brauchte sie auch nicht.

»Laryssa!«

Alyssa erkannte die Stimme. Der Botschafter stürmte ins Lager; seine Miene war aufgewühlt. Er schrie etwas auf Elfisch, während er sich um seine eigene Achse drehte und viele Elfen gleichzeitig beschimpfte. Laryssa widersprach, jedenfalls klang es so, aber Graeven ließ sie nicht einmal ausreden. Er drehte sich zu Alyssa um und verbeugte sich.

»Vergebt uns diese schreckliche Darbietung«, bat er sie. »Ich kann Euch versichern, dass diese Elfen Quelnassar in keiner Weise repräsentieren.«

»Das ist wirklich schwer zu glauben«, gab Zusa zurück.

»Wenn Ihr am Leben bleiben wollt, müsst Ihr das aber tun. Sie werden Euch nichts antun, aber zuerst müsst Ihr Laryssa freilassen.«

Alyssa warf Zusa einen Blick zu. Die zuckte mit den Schultern. Der Elf mit den smaragdgrünen Augen wollte protestieren, aber Graeven schrie ihn in ihrer eigenen Sprache nieder. Dann verbeugte er sich erneut vor Alyssa.

»Bitte, Alyssa. Ihr müsst mir vertrauen. Es gibt keinen anderen Weg, lebend hier herauszukommen.«

Alyssa schluckte, schickte ein Stoßgebet zum Himmel, dass sie die richtige Entscheidung treffen möge, und befahl Zusa, die Prinzessin loszulassen. Laryssa trat hastig von der Gesichtslosen weg und brach in den Armen eines anderen Elfen zusammen. Blut sickerte aus den Verbänden an ihrer Seite und färbte ihr Kleid rot. Der Elf, der Alyssa hielt, versteifte sich, aber Graeven senkte die Stimme und sprach mit unwiderstehlicher Autorität zu ihm. Der Elf ließ die Klinge sinken und Alyssa spürte, wie der Zug an ihrem Kopf nachließ, als er auch ihr Haar freigab. Sie akzeptierte Graevens ausgestreckte Hand.

»Kommt mit, ihr alle.« Er sah Haern und Zusa an. »Keine Sorge, es wird uns niemand folgen.«

Dieser letzte Kommentar schien jedoch eher an Laryssa gerichtet zu sein, die den Botschafter unverhohlen finster anstarrte. Zusa trat rasch neben Alyssa und packte ihre Hand, als sie zusammen in das grüne Dickicht gingen.

»Ich bin froh, dich unversehrt wiederzusehen«, sagte sie.

Alyssa rang sich zu einem Lächeln durch. »Ich auch.«

Haern trat an ihre andere Seite und drehte unablässig den Kopf, um die Elfen im Lager im Auge zu behalten. »Das ist viel zu leicht«, sagte er, als zweifelte er daran, dass ihre Flucht tatsächlich gelang.

»Du hast recht.« Graeven führte sie auf einen Pfad, der irgendwann auf der Hauptstraße mündete, die gen Süden nach Engelhavn führte. »Ihr seid nur in meiner Gegenwart sicher. Die anderen werden euch jagen, dessen könnt ihr gewiss sein.«

»Wie kommt es, dass Ihr sogar die Anweisungen einer Prinzessin überstimmen könnt?«, wollte Alyssa wissen.

»Weil ihr befohlen wurde, nach Quelnassar zurückzukehren und alle Verhandlungen mit den Menschen meiner Diskretion zu überlassen. Hätte Laryssa dieser Aufforderung keine Folge geleistet und einen Krieg verursacht, wäre sie möglicherweise sogar verbannt worden, vorausgesetzt, es hätte genug Empörung deshalb gegeben.«

»Und? Hätte es das?«

Graeven fuhr herum, so schnell, dass alle drei Menschen

zusammenzuckten. »Nicht dass wir uns missverstehen. Mein Verhalten gefährdet meinen Ruf aufs schwerste. Ich habe sehr viel Druck ausgeübt, um Eure Freilassung zu verlangen, und meine Haltung ist dem Rest unseres Adels sehr gut bekannt. Es gibt etliche unter ihnen, die glauben, dass Euer Tod einen Krieg abwenden würde. Sie stellen meine Loyalität infrage. Ihr seid zwar in meiner Gegenwart sicher, aber in dem Moment, in dem ich verschwunden bin, werden sie trotzdem ihr Urteil vollstrecken, weil sie wissen, dass ich sie so gut wie nicht bestrafen kann.«

Er drehte sich um und ging weiter. »Ingram hat sich geweigert, Euch auszuliefern, weil er genau weiß, dass die derzeitigen Aufstände nichts sind im Vergleich zu der Wut, mit denen sich der Pöbel gegen ihn erheben würde, sollte sich die Nachricht von Eurem Tod herumsprechen. Viele meiner Kameraden in Quelnassar haben eine ähnlich harte Linie eingeschlagen, und sie werden gegen Engelhavn marschieren, wenn sie die von ihnen gewünschte Gerechtigkeit nur so erlangen können. Ob Ihr es nun verdient habt oder nicht, Ihr seid ein Brennpunkt geworden, ein Symbol menschlicher Aggression gegen die Elfen. Es werden noch sehr viel mehr sterben, bis Ingram seine Stadt wieder unter Kontrolle hat und meine eigenen Volksgenossen die Wahrheit akzeptieren, die ihnen ungeschminkt ins Gesicht starrt.«

»Und welche Wahrheit wäre das?«, erkundigte sich Haern.

Der Botschafter drehte sich um und warf ihm einen Blick zu, den Alyssa nicht entschlüsseln konnte. »Dass wir allmählich vergehen«, antwortete er. »Unsere Herrschaft über Dezrel ist schon lange vorüber. Unsere Zahl schwindet, und jeden Tag wächst die Macht der Menschen an unseren Grenzen. Einer Eurer Könige hat bereits die Elfen aus Dezrel durch das ganze Land getrieben und sogar ihre geliebte Stadt zu Asche verbrannt.« Graeven schüttelte den Kopf. »Und eines Tages werden die Menschen mit ihren Fackeln auch zu uns kommen. Ich muss alles tun, was in meiner Macht steht, um das zu verhindern oder zumindest hinauszuzögern. Ich werde nicht mit ansehen, wie jene, die ich liebe, ausgelöscht werden. Ich werde nicht zulassen, dass sich die Tragödie von Dezerea erneut ereignet.«

Sie hatten die Straße erreicht, und Alyssa sah sich zusammen mit Haern um.

»Ihr werdet sie nicht sehen«, erklärte Graeven. »Aber sie folgen uns. Das kann ich Euch versichern. Wir haben nur sehr wenig Zeit.«

»Es muss doch etwas geben, das ich tun kann«, meinte Alyssa. »Es muss doch eine Möglichkeit geben, all das zu verhindern.«

»Die gibt es«, erwiderte Graeven und sah nach Engelhavn. »Ihr verschwindet. Mein Volk wird natürlich nach Euch suchen, und sie werden glauben, dass Ingram Euch versteckt hält. Aber trotzdem bietet mir das mehr Möglichkeiten, etwas zu erreichen, als wenn mein Volk ganz sicher weiß, dass Ihr in seiner Obhut seid. Ingram wird zweifellos sehr überzeugend argumentieren und uns beschuldigen, dass wir unsererseits lügen, da wir in seinen Kerker eingebrochen sind. Das alleine ist schon ein Umstand, der nur schwer zu erklären ist. Aber solange Ihr verschwunden und ein Geheimnis bleibt, kann ich wohl verhindern, dass sich die Dinge verschlimmern.«

»Wir müssen nach Veldaren zurückkehren.« Haern legte seine Hände auf die Griffe seiner Säbel. »Nur dort bist du in Sicherheit.«

»Nein.« Graeven blieb hartnäckig. »Das werdet ihr nicht

schaffen. Sie werden die Straßen bewachen und Euch ohne Probleme aufspüren. Eure Körper würden von einem Dutzend Pfeile durchbohrt, lange bevor ihr Veldaren erreicht hättet. Kommt mit mir nach Engelhavn. Ich kenne einen Ort, an dem ihr euch verstecken könnt, und die Mauern der Stadt werden sie so lange aufhalten, bis ihr verschwinden könnt. Und wenn die Götter uns gewogen sind, werden wir sogar herausfinden, wer Laryssa angegriffen hat.«

Alyssa kaute auf ihrer Unterlippe und sah die beiden anderen fragend an. Haern zuckte mit den Achseln, und Zusa legte ihr eine Hand auf die Schulter.

»Tu, was du für richtig hältst«, erklärte die Gesichtslose.

Alyssa nickte, als sie an das Lager dachte und den entscheidenden Augenblick, in dem der Botschafter die Spannung aufgelöst hatte. »Geht voran«, sagte sie zu Graeven. »Und lasst uns beten, ganz gleich zu welchen Göttern, dass wir einen Weg finden, uns einen Krieg zu ersparen.«

Graeven lächelte und verbeugte sich tief. »Selbstverständlich, Mylady. Folgt mir.«

20. KAPITEL

Im *Hafen und Heuer* traf sich Warrick Sunn mit den letzten Überlebenden der Händlerbarone. Sie überschlugen ihre Verluste an Leben und Gold. Der Tisch, um den sie herumsaßen, war schwer beladen mit hochprozentigem Alkohol, als sie sich zuprosteten und tranken. Keiner der Männer kümmerte sich darum, dass die Sonne vor kaum einer Stunde aufgegangen war. Dies war nicht die rechte Zeit für Nüchternheit.

»Ich selbst kann von Glück reden, dass ich meinen Wohlstand stets auf dem Wasser habe«, erklärte Warrick, lehnte sich zurück und verschränkte die Hände in seinem Schoß. »Madelyns Söldner haben mein Haus niedergebrannt, aber das ist kein schwerer Verlust. Allerdings ist es schade um meine Gemälde. Die Provisionen waren ziemlich happig.«

»Ich bin sicher, Arren würde sich wünschen, so billig davongekommen zu sein.« Stern kippte den nächsten Schnaps. »Habt ihr gesehen, was sie mit seiner Leiche angestellt haben? Sie haben ihm eine verdammte Halskette aus seinen eigenen Gedärmen gemacht. Diese Mistkerle! Ich bin nur froh, dass ich ebenso gut ausgeteilt habe, wie ich einstecken musste, wenn es ums Töten ging.«

»Das liegt nur daran, dass du das Glück eines Dämons hast«, mischte sich Durgo Flynn ein. »Ich habe fünf Schiffe im Feuer verloren und verdammt viele gute Seeleute. Aber mein Heim wurde ja auch nicht vom Schemen beschützt.«

Die Männer rutschten unruhig hin und her, als der Name des Schemens erwähnt wurde.

»Das Glück eines Dämons?«, erkundigte sich Stern. »Ich bin in einer verfluchten Gasse über den blutigen Leichnam meines Bruders gestolpert, und das nur eine Woche, nachdem ich meine eigene Tochter beerdigt habe, und du beschuldigst mich, dass ich verfluchtes Glück gehabt hätte?«

Neben ihm rutschte Flint Amour unruhig hin und her. »Wir sind geflüchtet, als wir die Söldner kommen sahen«, erklärte er. »Wir hätten ohnehin nicht viel tun können. Außerdem haben sie meine Brüder ermordet, allesamt.«

»Ja, klar.« Stern verdrehte die Augen. »Das kommt dir sicher ausgesprochen ungelegen.«

Flint errötete und widmete sich seinem Getränk, statt zu antworten.

»Aber das ist schon eine sonderbare Sache, diese Hilfe des Schemens.« Warrick kratzte sich mit seinen faltigen Händen die Nase. »Vorher hat er uns angegriffen, und jetzt beschützt er uns, trotz des vollkommen wirkungslosen Kopfgeldes, das wir auf ihn ausgesetzt haben. Welches Spiel spielt dieser Mensch?«

»Wenn es ein Spiel ist, würde ich gerne dabei mitmachen.« Stern schleuderte seinen Becher gegen eine Wand, nur eine Handbreit über den Kopf eines Lakaien. »Wir haben Nachschub und Waren im Wert von mehreren hunderttausend Goldmünzen verloren, dazu unsere Häuser, zwei unserer Lords, und doch unternimmt Ingram nichts! Madelyn hockt sicher hinter ihren hohen Mauern, und unser verdammter Stadtlord rührt keinen Finger, um der Gerechtigkeit zum Sieg zu verhelfen.«

»Gerechtigkeit in Engelhavn wurde schon immer durch unsere Hände durchgesetzt«, erklärte Warrick, der sich bemühte, geduldig zu bleiben. Stern war für gewöhnlich besonnener, aber der Verlust seiner Tochter und jetzt seines Bruders Ulrigh hatte ihn aufgewühlt und machte ihn unberechenbar. »Außerdem haben wir immer noch sehr viele Bewaffnete zu unserer Verfügung. Hätten wir vorher von Madelyns Angriffsplänen gewusst, hätten wir sie an unseren Toren zurückschlagen können. Leider war sie uns einen Schritt voraus, aber das dürfen wir nicht mehr zulassen. Wir müssen sie uns vom Hals schaffen, denn sie ist eine Bedrohung. Nur wie?«

»Sie hat zu viele Söldner auf ihrer Lohnliste, als dass wir ihr Anwesen angreifen könnten«, erwiderte Stern. »Und wenn wir trotzdem einen offenen Angriff riskieren, könnte es sein, dass wir es auch noch mit der Stadtwache zu tun bekommen. Die Götter wissen, dass Ingram diesen Vorwand nur zu gerne aufgreifen würde.«

»Unsere Aufstände haben ihm Angst gemacht«, stellte Warrick fest. »Sie haben ihren Zweck erfüllt. Wenn er jetzt noch einen einzigen falschen Schritt tut, wird er als Herrscher abgesetzt, und seine eigenen Leute spielen uns die Stadt in die Hände. Er wird sich auf keinen Fall einmischen.«

Durgo stand auf und hämmerte seine gewaltige Faust auf den Tisch. Dieser überraschende Ausbruch, der seinem sonst so sanften Wesen widersprach, verärgerte Warrick noch mehr als alles andere.

»Wir können uns nicht länger wie Feiglinge benehmen«, meinte Durgo und sah sie alle der Reihe nach finster an. »Verdammt sei Ingram, verdammt sei Madelyn, und verdammt sei die ganze Stadt! Es wird Zeit, dass wir aufhören, ihre Reaktionen und ihre Pläne zu fürchten, und tun, was uns beliebt. Madelyn muss sterben, ganz gleich was Ingram davon hält.

Ich sage, wir sammeln unsere Bewaffneten, alle, die wir haben, und greifen an. Wir hängen ihre Leiche am Hafen aus und zeigen damit jedem Lord und jedem Adligen, was ihnen blüht, wenn sie sich uns widersetzen.«

Jemand klatschte, langsam und spöttisch nach dieser Rede, und sie alle drehten sich um. Eine Gestalt mit einer großen Kapuze betrat den dunklen Raum. Sie lächelte strahlend.

»Wohl gesprochen«, sagte der Schemen. »Tapfer, aber dumm, und nicht anders, als ich es von euch Händlerbaronen erwartet habe.«

Stern sprang auf, und seine Hand fuhr an den Griff seines Schwertes. Durgo bewaffnete sich ebenfalls, Flint blieb regungslos stehen. Warrick dagegen war nur milde amüsiert über diesen Versuch eines großartigen Auftritts.

»Du!« Flint klang zutiefst verängstigt. »Wie bist du an den Wachen vorbeigekommen?«

Der Schemen sprang auf den runden Tisch, duckte sich und grinste Flint an. »Na, ich habe sie umgebracht, natürlich.«

»Wir wollen hier keinen Ärger!«, presste Stern hervor.

Der Schemen drehte sich zu ihm herum. »Sonderbar, angesichts des lächerlichen Kopfgeldes, das du auf mich ausgesetzt hast. Bist du immer noch empört, weil ich William umgebracht habe? Sein Vertreter ist zwar noch ein wenig jung, aber er scheint erheblich kompetenter zu sein. Ich dachte, du würdest dich über diese Verbesserung vielleicht freuen.«

Warrick erwartete, dass Flint nach einer solchen Boshaftigkeit über seinen Vater wütend reagieren würde, aber der junge Mann saß einfach nur da und wirkte elend. *So viel also zu seiner Tollkühnheit,* dachte Warrick. Wenigstens hätte sich William nicht in die Hose gepisst, wenn er seinem Mörder ins Gesicht starrte. Die anderen waren zwar ganz froh darüber gewesen, dass William verschwunden war, aber sie hatten dessen Stärken nie wirklich begriffen, seine Fähigkeit, Abmachungen zu treffen, ohne sich von seinem Stolz behindern zu lassen.

»Warum bist du hier?«, wandte sich Warrick an den Schemen. »Ich bin zu alt für Spiele und nicht dumm genug, um zu glauben, dass wir eine Chance gegen dich hätten, wenn du unseren Tod wolltest. Also sprich oder zieh dein Schwert.«

Der Schemen verbeugte sich, und Warrick unterdrückte ein Lächeln. Also war der Mann nicht hier, um sie zu töten. Und wenn es darum ging zu verhandeln, wer in Engelhavn war darin besser als er?

»Zu eurem Glück habe auch ich nicht viel Zeit zu verschwenden. Eure Rachepläne sind amüsant, das muss ich zugeben, aber sie sind bedeutungslos. Über Madelyn Keenan solltet ihr euch nicht den Kopf zerbrechen. Lord Ingram dagegen sollte euch Sorgen machen; er ist derjenige, den ihr an den Knöcheln am Hafen aufhängen solltet.«

»Er hat jede Menge Bewaffneter um sich geschart«, erwiderte Stern. »Sie sind sehr gut ausgebildet, und viele von ihnen waren Mörder und Schläger, lange bevor sie in seine Dienste getreten sind. Selbst mit unseren vereinten Kräften können wir ihn nicht herausfordern, schon gar nicht ohne einen handfesten Grund. König Edwin wäre sehr wütend auf uns, wenn wir einen seiner von ihm ernannten Lords einfach abschlachteten.«

Das Grinsen des Schemens wurde stärker. »Ihr einfachen Menschen mit euren einfachen Vorstellungen. Ich will nicht, dass ihr Ingram stürzt. Ich will, dass ihr ihn rettet.«

Stern runzelte verwirrt die Stirn, und Warrick legte den Kopf schief, während er mit dem Finger gegen seine Lippen tippte.

»Und wie?«, wollte er wissen.

Der Schemen sprang vom Tisch und ging zu einer Wand, die mit einem Gemälde des Hafens geschmückt war. Auf dem Wasser dümpelten majestätische Schiffe, und sonnengebräunte Schauerleute schufteten auf den Piers.

»Heute Nacht wird eine große Gruppe von Elfen die Stadt angreifen«, sagte er, während er den Kopf schief legte und das Gemälde betrachtete. »Macht euch keine Sorgen um eure Mauern … Die Elfen sind bereits in der Stadt. Sie werden jeden in Ingrams Burg töten, in seinen Kerkern, und sie werden auch auf euch Jagd machen. Das ist ihr letzter, verzweifelter Versuch, den Krieg zu gewinnen, bevor er überhaupt ausbricht.«

Warrick lehnte sich auf seinem Stuhl zurück und stützte sein Kinn auf die Hand, während die Zahnräder in seinem Kopf zu arbeiten begannen.

»Warum kommst du zu uns?« Stern betrachtete die anderen Händlerbarone, als wollte er ihre Meinung abschätzen. »Und warum sollten ausgerechnet wir Ingram helfen?«

»Meine Pläne sind meine Angelegenheit«, erwiderte der Schemen. »Und ich bin zu euch gekommen, weil die Elfen auf keinen Fall gewinnen dürfen. Bereitet euch und eure Bewaffneten vor, aber nicht auf eine Schlacht! Sollen die Elfen in einen Hinterhalt laufen, statt selbst einen für fette Händler und hilflose Lakaien zu legen. Ansonsten …«

Er zog etwas aus seiner Tasche, rieb die Finger gegeneinander und berührte dann das Gemälde. Das Feuer lief rasend schnell über die Leinwand, verzehrte die Hafenanlagen und verwandelte die Schiffe in Asche. Dann drehte sich der Schemen zu ihnen herum. Sein Grinsen wirkte im roten Schein der Flammen gespenstisch.

»Bekämpft sie. Tötet sie oder seht zu, wie der letzte Rest eures Wohlstandes verbrennt.«

»Danke für deine Warnung«, ergriff Warrick das Wort, während er langsam aufstand. »Du hast uns viel Stoff zum Nachdenken gegeben, viel, worüber wir reden müssen.«

Der Schemen verbeugte sich tief. »Ich helfe gern.« Er warf Flint ein letztes Grinsen zu und ging zur Tür. Kurz bevor er hinausging, drehte er sich noch einmal um. »Ah, und solltet ihr kooperieren, habe ich ein sehr schönes Geschenk für euch, eines, das ihr zweifellos zu schätzen wisst. Ich lasse euch eine Stunde Zeit für die Diskussion, dann kehre ich zurück, um mir eure Antwort anzuhören.«

Mit diesen Worten verließ er den Raum, ohne auch nur sein Schwert berührt zu haben. Sofort ließ die Spannung nach, und Stern fiel wieder auf seinen Stuhl zurück. Die anderen sahen sich um, als wüssten sie nicht, was sie sagen sollten.

»Also?« Stern hob die Hände. »Vertrauen wir ihm?«

Durgo schüttelte den Kopf. »Er hat zu viele ermordet. Sehr wahrscheinlich lügt er.«

»Nein«, widersprach Warrick. »Ich glaube, dass er die Wahrheit sagt.«

Stern nickte, und auch wenn er frustriert wirkte, schien er dem alten Händler zuzustimmen. »Die Elfen wissen um unsere hartnäckigen Versuche, große Gebiete ihrer Ländereien in unseren Besitz zu bringen. Wenn sie mit Ingram fertig sind, werden sie sich auf uns stürzen. Sollen wir uns vorbereiten und tun, was der Schemen sagt?«

Warricks runzliges Gesicht verzog sich zu einem Lächeln. Die anderen um ihn herum bemerkten, dass seine Augen funkelten, vor Belustigung, jemanden manipulieren zu können, der sich selbst für unmanipulierbar hielt.

»Tun, was er sagt?« Warrick schüttelte den Kopf. »Nein, nicht ganz.«

Darrel saß im Hinterzimmer der Schänke, Schaum vom Bier in seinem Bart. Er war weder in der Stimmung zu jubeln, noch zu reden, und sein finsterer Blick machte das auch den Frauen klar, die sich ihm näherten. An jedem anderen Tag hätte er eine oder zwei oder drei mit auf sein Schiff genommen …

»Verflucht!« Er verschüttete Bier, als er nach seinem Krug griff. Als die Flüssigkeit auf den Boden klatschte, bemerkte er, dass sich ein Mann zu ihm an den Tisch gesetzt hatte.

»Was in Karaks Namen willst du?«, fuhr Darrel ihn an.

»Ich will einen nüchternen Mann, mit dem ich etwas zu besprechen habe.« Stern sah ihn finster an. »Obwohl es aussieht, als würde ich da zu viel erwarten.«

»Verschwinde!«

Er winkte mit der Hand einem der Serviermädchen, ihm einen frischen Krug zu bringen, aber Stern schickte die junge Frau mit einem Blick wieder an die Bar zurück. Darrel saß auf dem Trockenen und war unglücklich.

»Wir haben einige Dinge zu besprechen«, erklärte Stern. »Und ich würde es vorziehen, wenn deine Aufmerksamkeit mir gilt und nicht deinem Krug.«

»Soweit ich weiß, gibst du mir keine Befehle!«, erwiderte Darrel unbeeindruckt. »Das durfte nur dein Bruder. Wie geht's dem Kerl eigentlich? Ach ja, richtig. Er ist tot. Dieser Mistkerl. Hat er mir das Schiff überschrieben? Natürlich nicht. Ich habe kein Gold und keine Mannschaft und alles nur deshalb, weil er wollte, dass wir hierbleiben und kämpfen, statt unsere verdammte Arbeit zu tun und mit der Fracht in See zu stechen.«

»Der größte Teil von Ulrighs Besitz gehört jetzt mir.« Stern lehnte sich auf seinem Stuhl zurück. »Das bedeutet, ich kann dich wieder zum Kommandanten der *Rabenfeder* machen, wenn ich das für eine kluge Entscheidung halte.«

Durch den Alkoholnebel in Darrels Hirn kämpfte sich eine Erkenntnis. Er richtete sich auf und kam zu dem Schluss, dass er vielleicht ein bisschen netter zu Stern sein sollte.

»Ich bin seit meinem neunten Lebensjahr auf Schiffen unterwegs«, erklärte er und versuchte, sich das Bier aus dem Bart zu wischen. Ein hoffnungsloses Unterfangen. »Ich kenne meine Mannschaft, mein Schiff und jeden Trick, den das Meer auf Lager hat. Einen besseren Kapitän als mich findest du nicht.«

Stern lächelte verächtlich, aber Darrel versuchte, nicht zu zeigen, dass ihm das auffiel.

»Keine Sorge, die *Rabenfeder* gehört dir«, erwiderte Stern. »Aber zuerst musst du etwas für mich tun. Mein Bruder hat dir vertraut, und du hast ihn niemals hintergangen. Ich hoffe, dass ich dir ebenfalls vertrauen kann.«

»Meine Lippen sind versiegelt«, verkündete Darrel. »Ich flüstere selbst meinen Huren keine Geheimnisse zu. Ich verzeihe viel, aber Eidbrüchige verdienen es, an den Zehen aufgehängt und mit Prügeln totgeschlagen zu werden. Wenn du willst, dass etwas erledigt wird, dann bin ich dein Mann.«

Stern kratzte sich am Nacken und betrachtete den Mann. »Vielleicht.« Er winkte ein Serviermädchen heran. Darrel grinste, als die Kellnerin zwei große Krüge vor ihnen abstellte, auf denen eine Schaumkrone saß.

»Was also willst du?« Darrel nahm einen der Krüge in die

Hand. »Eine besondere Fracht? Soll eine Botschaft überbracht werden? Oder eine Leiche verschwinden?«

Stern lächelte. »Du musst jemanden für mich umbringen.«

Ingram marschierte durch die Flure seiner Burg und murmelte vor sich hin. »Wo ist dieser verdammte Elf?«, fragte er laut.

»Vielleicht kommt er gar nicht.« Yorr lümmelte sich in einem Sessel, eine Schüssel mit Kirschen auf einem Tisch neben sich. Immer wenn er eine gegessen hatte, spuckte er den Kern aus und legte ihn auf das glänzende Eichenholz.

»Das sollte er aber! Er ist ihr Botschafter, und seine Elfen sind in mein Gefängnis eingedrungen und haben meine Schließer ermordet. Graeven sollte hier sein, auf den Knien, bereit, meinen Arsch von Sonnenaufgang bis -untergang zu küssen.«

Edgar lehnte an der Wand Yorr gegenüber, die Arme vor der Brust verschränkt. »Wenn er es nicht tut, bedeutet das vielleicht, dass die Elfen sich für den Krieg entschieden haben.«

Ingram warf erneut einen Blick zur Tür, und seine Geduld näherte sich merklich ihrem Ende. »Das haben sie nicht«, widersprach er. »Noch nicht.«

Edgar zuckte mit den Schultern, schwieg jedoch. Yorr aß weiter Kirschen, und schließlich gab Ingram nach und schenkte sich einen Schnaps ein. Er hatte das Glas zur Hälfte geleert, als die Tür sich vorsichtig öffnete und ein Lakai eintrat.

»Botschafter Graeven von den Elfen bittet um eine Audienz.«

»Das wird auch Zeit. Führ ihn herein!«

Wenige Augenblicke später flog die Tür auf, und der Botschafter trat ein. Er wirkte überraschend mitgenommen, jedenfalls für einen Elfen. Seine Roben waren zerknittert, und das Haar hing ihm in Strähnen ins Gesicht. Er verbeugte sich tief, und sein unbekümmertes Lächeln strafte seine Erscheinung Lügen.

»Seid gegrüßt, Mylords«, sagte er. »Ich wünschte sehr, ich könnte unter besseren Umständen zu Euch kommen.«

»Das kann ich mir vorstellen«, erwiderte Ingram, während Yorr aufstand und seine Schüssel zurückschob. »Ich habe keine Zeit für Unsinn, also bitte, sagt mir, welchen Grund Ihr anführen könnt, dass Elfen meine Tore übersteigen, meine Soldaten töten und meine Gefangenen entführen?«

Graeven seufzte und verschränkte die Hände hinter dem Rücken. »Eine kleine Fraktion von Elfen war gar nicht glücklich darüber, wie es unserer Delegation ergangen ist, und ich kann es ihnen nicht verübeln. Sie haben es selbst in die Hand genommen, Alyssa vor Gericht zu stellen.«

»Ihr gebt es also zu?« Yorr klang erstaunt.

»Ich gebe gar nichts zu, sondern spreche nur die Wahrheit aus. Das Verhalten dieser Gruppe repräsentiert nicht die Meinung aller Elfen, und schon gar nicht die vorherrschende Meinung in Quelnassar. Ich versichere Euch, ich bin ebenso bestürzt darüber wie Ihr.«

»Ganz sicher.« Edgar fuhr sich mit der Hand durch seine Locken. »Wisst Ihr zufällig, wer diese Elfen sind? Werdet Ihr sie uns ausliefern, damit wir sie bestrafen können?«

Graeven trat unbehaglich von einem Fuß auf den anderen. »Sie wurden bereits in den Quelnwald zurückgeschickt, wo man angemessen mit ihnen verfahren wird.«

Edgar lachte, und auch Ingram machte aus seiner Verachtung keinen Hehl.

»Selbstverständlich«, erklärte der Lord der Stadt. »Ihr schickt die Mörder meiner Soldaten nach Quelnassar, damit sie dort vor Eure Gerichte gestellt werden, während Ihr gleichzeitig verlangt, dass Alyssa ausgeliefert wird, statt sich vor einem hiesigen Gericht zu verantworten. Wir Menschen sind zweifellos nicht perfekt, aber wenigstens beherrschen wir die Heuchelei nicht so gut wie die Elfen.«

Graeven trat einen Schritt näher, und seine Frustration war ihm deutlich ins Gesicht geschrieben. »Das verstehe ich, wirklich, aber ich versuche das Beste, was ich unter diesen Umständen bewirken kann. Angesichts des Pöbels, der Laryssas Eskorte so brutal ermordet hat, sind im Augenblick die menschenfeindlichen Empfindungen vorherrschend.«

»Ihr habt erheblich mehr Menschen mit euren Pfeilen ermordet«, erwiderte Yorr. »Jeden Tag kommen Familien hierher in der Hoffnung, ein besseres Leben zu führen und eine Arbeit zu finden, bei der sie nicht von euren Patrouillen abgeschlachtet werden, die jeden Bauern und jeden Holzfäller ermorden, der einen Fuß in eure Wälder setzt.«

»Diese Todesfälle würden aufhören, wenn ihr eine Vereinbarung mit uns treffen und endlich aufhören würdet, diese großen Landforderungen mit Gewalt durchsetzen zu wollen!«

Ingram kehrte dem Elf den Rücken zu, um sich zu beruhigen, und füllte sein Glas erneut. »Was ist dann mit Alyssa?«, erkundigte er sich. »Werdet Ihr sie wieder meiner Obhut überlassen?«

»Das würde ich einrichten, wenn ich es könnte.«

Ingram drehte sich um. Er war keine Spur überrascht. »Und warum könnt Ihr es nicht?« Seine Stimme troff vor Verachtung.

»Das kann ich nicht sagen. Ich kann Euch nur mitteilen,

dass sie im Augenblick in Engelhavn in Sicherheit ist. Ich habe das selbst zu ihrem Schutz organisiert.«

»Einen Haufen Mist tut Ihr!«, warf Yorr ein. »Ihr benutzt sie irgendwie, hab ich recht?«

Die Tür öffnete sich knarrend. Das Geräusch unterbrach ein wenig die Spannung.

»Mylord ...« Der Lakai wirkte ziemlich nervös. »Ich ... Würdet Ihr bitte Eure Aufmerksamkeit dem Hafen widmen? Ich halte es für das Beste, wenn Ihr selbst einen Blick hinauswerft.«

Ingram hob eine Braue, aber die beiden anderen Lords zuckten nur mit den Schultern. Er ging zu den Vorhängen vor einem der Fenster und zog sie mit einer schweren Kordel auf. Das Sonnenlicht flutete herein, und von ihrer erhöhten Position aus konnten sie den Hafen unter ihnen überblicken. Bei dem Anblick klappte Ingram der Mund auf.

»Was bei allen Feuern geht da vor?«, fragte er laut.

Fast jedes Schiff, ungeachtet seiner Größe, hatte den Hafen von Engelhavn verlassen. Die Bucht und das Meer waren voll von ihnen, aber anstatt nach Nordosten zur Verlorenen Küste zu segeln oder gen Westen nach Ker, blieben sie in der Nähe, als würden sie irgendeine sonderbare Wache halten. Die wenigen Schiffe, die noch im Hafen lagen, waren in Brand gesetzt worden, und der Rauch verdunkelte den Himmel.

»Wessen Schiffe brennen da?«, wollte Ingram wissen.

»Sie sind zu weit weg, um das zu erkennen«, antwortete Edgar. »Was ist das für ein Spiel, Ingram?«

»Ich weiß es nicht.« Ingram warf dem Elfen einen finsteren Blick zu. »Was ist mit Euch? Hättet Ihr Lust, uns mit Eurer berühmten elfischen Weisheit zu erleuchten?«

Graeven schüttelte den Kopf. »Ich ... Das kommt unerwartet, gelinde gesagt. Ich kann mir nur zwei Dinge vorstellen. Entweder erwarten sie einen Angriff, oder sie beabsichtigen, selbst einen zu führen.«

Ingram knirschte mit den Zähnen. Der Anblick all dieser Schiffe vor dem Hafen erfüllte ihn mit glühender Wut.

»Geht!«, sagte er zu dem Botschafter. »Geht zurück zu Euren Elfen. Und sagt ihnen, dass ich im Namen von König Edwin Vaelor den Krieg gegen das Königreich Queln erklären werde, sollte auch nur ein einziger Elf noch eine aggressive Handlung gegen meine Stadt durchführen. Es interessiert mich nicht, welche Gründe Ihr dafür anführt oder wie viele Entschuldigungen Ihr Euch ausdenkt. Ihr habt unsere Geduld zur Genüge strapaziert, und wärt Ihr ein menschliches Königreich, dann hätten wir längst unsere Soldaten zu Euren Grenzen geschickt. Das hier ist Eure letzte Chance auf Frieden. Verschwendet sie nicht. Und was die Händlerbarone angeht …«

Er deutete mit einem Nicken zu den Schiffen.

»Sie und ich haben offenbar viel zu diskutieren. Betrachtet ihre Forderungen nach Euren Ländereien als abgelehnt. Ich will keine Zugeständnisse und keine Entschädigungen. Beendet einfach das Töten. Wir müssen eine Vereinbarung wegen unserer Holzfäller ausarbeiten, aber das verschieben wir auf ein andermal. Ich will keinen Krieg. Ich meine es ernst, wirklich. Also, hört dieses Mal auf mich und tut, worum ich Euch bitte.«

Graeven wirkte einen Augenblick wie betäubt, dann lächelte er und verbeugte sich.

»Danke«, sagte er. »Ich versuche mein Bestes.«

Als er gegangen war, schlug Ingram mit der Faust gegen das Fensterglas, verkniff es sich jedoch, noch einmal zum Hafen hinabzusehen.

»Was machen wir jetzt?«, erkundigte er sich.

»Ich bin noch nicht ganz glücklich mit dem, was ich gerade gehört habe.« Edgars Miene war finster. »Weißt du, wie viele meiner Dorfbewohner diese Elfen ermordet haben? Und doch werden wir Frieden mit ihnen schließen, ohne dass sie sich auch nur dafür entschuldigen?«

»Genug davon! Wir kümmern uns erst einmal um meine Stadt. Warrick und seine Händlerbarone scheinen gerade eine verdammte Revolte anzetteln zu wollen! Da interessieren mich ein paar hinterwäldlerische Dorfbewohner nicht im Geringsten! Noch einmal, was machen wir jetzt?«

»Wir fliehen.«

Ingram und Edgar starrten Yorr fassungslos an.

»Würdest du das wiederholen?«, forderte Edgar ihn auf.

»Ich sagte, wir fliehen.« Yorr deutete auf das große Fenster. »Sie haben ihre Leute versammelt, und ihre Schiffe sind bereit. Wenn wir Engelhavn mit einem Apfel vergleichen, könnte man sagen, die Händlerbarone sind die Würmer, die sich bis ins Gehäuse durchgefressen haben. Wir müssen uns aus ihrer Reichweite bringen. Sie haben keine richtigen Armeen, und ihre Leute sind nicht ordentlich ausgebildet. In einem Monat könnte ich etliche tausend Bewaffnete sammeln, die kampfbereit sind, und ich weiß, dass du dasselbe kannst, Edgar. Es spielt keine Rolle, was die Händlerbarone tun. Wenn wir zurückkehren, dann zerschmettern wir sie in tausend Stücke, nehmen ihnen die Schiffe weg und machen der Bedrohung durch sie ein für alle Mal ein Ende.«

»Bist du verrückt geworden?«, fuhr Ingram ihn an. »Du verlangst von mir, wie ein Feigling davonzulaufen?«

»Eine Rebellion von Bauern und Händlern sollte man nicht auf die leichte Schulter nehmen«, beharrte Yorr. »Schick

Nachricht nach Veldaren und auch zu den anderen Lords im Norden. Ein Aufstand der Gemeinen gegen unsere Herrschaft ist für uns alle eine Bedrohung und muss mit aller Härte niedergeschlagen werden.«

Edgar trat einen Schritt näher. Die Anspannung war ihm deutlich anzusehen. »Du willst, dass wir fliehen«, erklärte er. »Wir sollen das Kronjuwel des Meeres aufgeben und mit eingezogenem Schwanz zum König laufen und um seine Hilfe bitten?«

Yorr zuckte mit den Schultern. »Wenn du es so unverblümt ausdrücken willst, ja.«

Edgar machte noch einen Schritt auf ihn zu. »Wie viel bezahlen die Händlerbarone dir dafür, damit du das vorbringst?«

Yorr riss vor Staunen den Mund auf, und seine Verwirrung wuchs noch, als Edgar sein Schwert zog. Bevor er etwas sagen konnte, rammte der andere Lord ihm das Schwert durch die Kehle. Yorr zuckte zusammen, Blut spritzte über sie beide und tropfte auf den Boden. Edgar drehte die Klinge einmal herum, riss sie heraus und wischte sie mit einem Tuch aus seiner Tasche sauber.

Ingram hatte das alles fassungslos verfolgt. »Hast du deinen verdammten Verstand verloren?« Er war immer noch schockiert.

»Dieser Mann hat uns praktisch angefleht, Hochverrat zu begehen.« Edgar schüttelte das restliche Blut von seinem Schwert. »König Edwin hat dir den Ramere als Lehen gegeben, damit du ihn regierst, und Engelhavn ist dein Regierungssitz. Und jetzt sollst du ihn aufgeben und den Händlerbaronen ausliefern? Es interessiert mich nicht, ob sie einen Tag oder einen Monat oder ein Jahr regieren, während wir uns auf einen Gegenschlag vorbereiten. Diese Demütigung alleine wird uns den Garaus machen, uns allen, und das darf nicht passieren. Wir bleiben, und wir kämpfen. Die Worte, die Yorr gesagt hat, haben ihm die Händlerbarone mit Gold aufgewogen, darauf würde ich mein Leben verwetten.«

Ingram warf einen Blick auf die Leiche und nickte. »Du hast recht. Wie viele Bewaffnete hast du bei dir?«

»Etwa einhundert ausgebildete Soldaten.«

»Bring sie her!« Ingram eilte zur Tür und rief nach dem Hauptmann seiner Wache. »Wenn sie mit ihren Schiffen anlegen, sind wir bereit. Ich will, dass jeder Bewaffnete, über den wir verfügen, hierherkommt in meine Burg. Und es kümmert mich auch nicht, welchem Gesindel sie ein Schwert in die Hand gedrückt haben. Sie werden an unseren Mauern zerbrechen.«

»Und der Rest der Stadt?«

Ingram zuckte mit den Schultern. »Soll von mir aus brennen. Wenn sie vergeblich versucht haben, die Macht zu übernehmen, werden wir aus der Burg stürmen. Wir werden ihre Schiffe beschlagnahmen und jeden Händlerbaron an den Knöcheln aufhängen, allesamt. Und wenn wir schon einmal dabei sind, werden wir auch ein paar deutliche Worte mit Madelyn reden angesichts ihres Versagens, was ihren Kampf gegen die Händlerbarone angeht. Diese Familien, die Trifect, und diese Händler, diese Lords von Gold und Handel, haben schon viel zu lange die Mächtigen gespielt. Mit deiner Hilfe werden wir all das zurückerobern!«

»Selbstverständlich.« Lord Edgar verbeugte sich tief. »Ich mache mich sofort ans Werk.«

21. KAPITEL

Haern saß rastlos in dem kleinen Haus, in das Graeven sie gebracht hatte. Es lag in einem ruhigen Viertel von Engelhavn, an eine der inneren Mauern geschmiegt. Das Innere des Hauses war schlicht gehalten, mit schmucklosen Wänden und einem Lehmboden, der immer feucht zu sein schien, ganz gleich welche Tageszeit herrschte.

»Ich war nicht davon ausgegangen, dass Ihr uns eine Unterkunft zur Verfügung stellen würdet«, hatte der Elf zu Alyssa gesagt, als er sie im Schutz der Nacht in die Stadt geschmuggelt hatte. »Ich hatte deshalb einen uns wohlgesonnenen Menschen gebeten, diese Bleibe für unsere Zwecke anzumieten. Als Ihr eingewilligt habt, uns Unterkünfte zu besorgen, hielt ich es für das Beste, das Haus zu behalten, nur für den Fall, dass irgendetwas schiefgeht.«

»Was ja auch passiert ist«, hatte Alyssa geantwortet.

Die Fenster waren mit Vorhängen zugehängt, sodass es im Inneren des Hauses trotz der Mittagssonne dämmrig war. Sie hatten wenig zu essen, nur einen kleinen Laib Brot, den Haern auf dem Markt gekauft hatte. Aber keiner von ihnen schien so richtig Appetit zu haben.

»Es ist sehr schmerzhaft, dazusitzen und einfach nur zu warten.« Zusa hatte sich auf dem Bett ausgebreitet. Alyssa saß am Fußende. Sie wirkte sehr müde. Sie trug ein sehr schönes Kleid elfischer Fabrikation aus schimmerndem silbernem

Stoff, das ihre schmutzige, zerfetzte Kleidung aus dem Verlies ersetzte.

»Was bleibt uns zu tun?«, erkundigte sie sich. »Ingram will mich in den Kerker stecken, die Händlerbarone wollen mich töten, und die Elfen würden mich in einer Farce von Prozess zum Tode verurteilen und hinrichten. Wir müssen abwarten, was Graeven herausfindet.«

»Es gefällt mir nicht, dass ich mich auf andere verlassen soll, wenn es um dein Überleben geht.« Haern spähte aus dem Fenster auf die triste Straße. Der Vorhang fühlte sich kratzig an, ebenso widerspenstig wie seine eigene Stimmung. »Wir sollten dich noch heute Nacht aus Engelhavn hinausbringen.«

»Graeven hat gesagt, sie würden uns aufspüren.«

Haern zuckte mit den Schultern. »Ich habe keine Angst vor Elfen, und Zusa zweifellos ebenso wenig. Wir sind die besten Leibwächter, die du bekommen kannst. Und da wir nur zu dritt sind, könnten wir unbemerkt nach Veldaren zurückgelangen.«

Alyssa legte sich ebenfalls auf das Bett. Zusa rückte zur Seite, um Platz zu machen. Das Oberhaupt der Gemcroft-Familie legte die Hand über die Augen und seufzte.

»Ich weiß, und du hast recht. Ich muss wieder nach Veldaren zurück, wo ich mich angemessen um Madelyn kümmern kann. Außerdem vermisse ich meinen kleinen Jungen. Warten wir wenigstens auf Graeven. Ich will nicht einfach so verschwinden, weil er sich dann bestimmt Sorgen macht. Und außerdem möchte ich seine Freundlichkeit nicht mit einer solchen Unhöflichkeit vergelten.«

Haern zuckte mit den Schultern. »Wenn du darauf bestehst.« Er stand auf und ging zur Tür.

»Wohin gehst du?«, wollte Zusa wissen.

»Ich gehe aus.«

Er verbarg die Säbel unter seinem Umhang, hielt den Kopf gesenkt und setzte seine Kapuze nicht auf, sodass er wie ein x-beliebiger armer, müder Arbeiter in der Stadt aussah. Zuerst wusste Haern nicht genau, wohin er eigentlich gehen wollte, und ließ sich von seinen Instinkten leiten. Irgendwann hatte er dem Schemen versprochen, dass er die Stadt erkunden wollte, um ihre Geheimnisse in Erfahrung zu bringen. Aber es gab nichts bemerkenswert Auffallendes oder Geheimnisvolles in dieser Stadt. Alle wollten Macht. Jeder wollte irgendjemanden mit dem Absatz zertreten. Selbst Alyssa war nicht gänzlich unschuldig, obwohl ihre Absichten durchaus edlerer Natur waren, als es in dieser verfluchten Stadt sonst die Norm zu sein schien.

Als er aus seinen Gedanken erwachte, befand er sich zu seiner Überraschung vor dem bescheidenen Tempel des Ashhur. Ärger durchströmte ihn kurz, und beinahe gegen seinen Willen trat er dort ein. Logan stand an der Tür und wollte ihn begrüßen, bis er Haern erkannte. Er wurde bleich und ließ den Lappen fallen, mit dem er den Boden sauber gemacht hatte.

Haern legte einen Finger auf die Lippen. »Keinen Mucks«, befahl er. »Geh in Noles Raum, schließ die Tür hinter dir ab und verlasse das Zimmer eine Stunde lang nicht. Verstanden?«

Der Jüngling schluckte und nickte dann rasch.

»Gut.«

Logan verschwand hastig im hinteren Teil des Tempels, und Haern folgte ihm. Nole kniete hinter den Bänken vor dem Altar, den Kopf im Gebet gesenkt. Normalerweise hätte es Haern bekümmert, einen so privaten Akt der Versenkung zu stören, aber diesmal hatte er keine Nachsicht mit der Frömmigkeit des Mannes. Während Logan hastig an ihnen vorbeilief, sprang Haern hinter Nole auf eine Bank und verlagerte sein Gewicht auf die Absätze. Bei dem Geräusch öffnete der Priester die Augen und blickte hoch. Seine Reaktion war um keinen Deut besser als die von Logan.

»Du!« Er erschrak so sehr, dass er auf den Hintern fiel. »Bitte nicht, töte mich nicht!«

Haern spürte, wie sein Blut kalt wurde, aber gleichzeitig war er so müde und so erschöpft, dass er nicht einmal die Wut aufbringen konnte, die dieser Mann verdient hatte.

»Sag mir«, fragte er, »schläfst du gut in der Nacht?«

Nole atmete geräuschvoll durch die Nase und sah sich um, als wüsste er nicht genau, ob diese Frage nur ein Trick war.

»Nein«, gab er zu. »Nicht mehr seit … Du weißt schon.«

»Seit du uns verraten hast?«

Nole schluckte. »Ja.«

Haern starrte ihn an, als versuchte er, durch die Kutte, die Furcht und seinen eigenen Ärger den eigentlichen Mann zu erkennen. »Warum hast du es getan?«, wollte er wissen. »Wir haben dir vertraut.«

»Logan hat mir von dem Kopfgeld berichtet«, seufzte Nole. »Ich dachte, wenn ich all diese Morgen Land verkaufte, die als Belohnung ausgesetzt waren, könnte ich mit dem Geld diesen Tempel neu errichten, prachtvoller als vorher. Damit die Menschen Stolz empfinden, wenn sie ihn betreten. Und ihr wart nichts weiter als Verbrecher; ich brauchte nichts weiter zu tun, als euch auszuliefern.«

»Du wolltest einen Tempel mit Blutgeld neu aufbauen?«

»Verstehst du denn nicht? Sieh dich doch um! Dieser Tempel ist leer, unbedeutend. Jeden Tag bete ich zu Ashhur, doch alles, was ich fühle, ist Isolation. Die Last einer ganzen Stadt ruht schwer auf meinen Schultern, und dieses Mal, nur dieses eine Mal, glaubte ich, einen Ausweg zu sehen. Ich habe es für die Seelen von Tausenden getan, Haern! Was zählt schon ein geflüstertes Wort an einen Soldaten der Wache, wenn man es mit der Güldenen Ewigkeit für so viele vergleicht?«

Haern ballte die Fäuste. »Du hast deinen Eid als Priester gebrochen und Ashhurs Ideale geschändet, nur um ihm zu dienen?«

»Na und? Bist du denn besser? Ich habe von dir gehört. Ich kenne die Geschichten, die die Leute sich erzählen, seit du zu uns nach Engelhavn gekommen bist. Du hast die Diebesgilden in Veldaren in Schach gehalten. Du tötest nur, um das Morden zu verhindern? Wessen Blut klebt an meinen Händen? Wessen Leben habe ich genommen? Und doch sehe ich in deinem Blick, dass du bereit bist, deine Klinge zu ziehen und mir die Kehle durchzuschneiden.«

Haern empfand in der Tat diesen Drang, aber er schüttelte nur den Kopf. »Die Stadt hat etwas Besseres verdient als dich.«

Nole lachte leise. »In diesem Punkt sind wir uns einig.«

Haern ging zur Tür, blieb aber plötzlich stehen und drehte sich zu dem Priester um. »Hat Ingram dir denn diese versprochenen Morgen Land gegeben?«

Nole schüttelte den Kopf, während er langsam aufstand. »Nein, hat er nicht. Aber was ist mit dir? Hast du Veldaren Frieden gebracht? Oder plagen immer noch Diebe und Mörder des Nachts die Stadt?«

Haern hätte gern eine bessere Antwort gegeben, aber stattdessen dachte er an das tote Kind, das er dem Totengräber gebracht hatte. »Nein, es sterben immer noch Unschuldige.«

Nole deutete mit einer ausholenden Handbewegung auf die Halle der Anbetung. »Es ist uns nicht bestimmt, in der

Nacht ruhig zu schlafen«, erklärte er. »Und wenn es dir etwas bedeutet, ich wünschte, ich könnte meine Entscheidung ungeschehen machen, und auch, dass du mir meinen Augenblick des Hochmuts vergeben würdest. Selbst wenn ich den seltensten Marmor heranschiffen ließe und die feinste Seide von der Decke hinge, bliebe es doch ich, der in seiner Schwäche zu einer kleinen Gruppe von Gläubigen predigt. Ich allein bin für mein Scheitern verantwortlich, und das könnte nicht einmal das schönste Bauwerk verbergen.«

»Warum machst du dann immer noch weiter, obwohl du so kläglich gescheitert bist?«

»Weil ich auf diese Weise möglicherweise wenigstens ein Leben rette«, erwiderte Nole. »Darauf kommt es doch an, stimmt's? Außerdem ... Es gibt niemand anders, der meine Stelle einnehmen würde.«

Haern legte die Hand auf die Türklinke, und das Schweigen im Tempel lag wie eine schwere Bürde auf seinen Schultern. »Das zumindest kann ich verstehen«, sagte er.

Er verließ den Tempel und fühlte sich kein bisschen besser als zu dem Zeitpunkt, wo er ihn betreten hatte. Er wandte sich nach Süden und blieb wie angewurzelt stehen, als ihm Rauch in die Augen drang. Seine Kehle wurde trocken, und er ballte die Fäuste, als er auf die Schiffe sah, die von den Piers ablegten. Es waren alle, bis auf die, die brannten.

»Was ist das für ein Wahnsinn?« Er rannte durch die Straßen. Unter normalen Umständen wären die Frauen und Männer von Engelhavn zum Hafen gerannt, um dabei zu helfen, die Flammen zu löschen. Aber die Umstände waren alles andere als normal. Nach den Aufständen, den Hinrichtungen und den Angriffen auf die Häuser der Händlerbarone lebten die Menschen in Angst, und diese Angst hielt sie in ihren

Heimen. Haern dagegen rannte so schnell zum Hafen, wie ihn seine Beine trugen.

Die hölzernen Planken der Pier dröhnten unter seinen Schritten, als er sich dem letzten Schiff näherte, das noch nicht brannte. Etliche Männer standen daneben und schleuderten Fackeln auf das Schiff, während sie aus Eimern Öl darauf kippten. Haern zückte sein Schwert, als er das Symbol sah, das am Bug eingeritzt war. Das Schiff gehörte der Keenan-Familie. *Also schlagen die Händlerbarone endlich zurück,* dachte er, als er die Männer angriff.

Nur einer schrie alarmierend auf, die anderen waren zu sehr damit beschäftigt, das Schiff in Brand zu setzen. Haern rammte ihm sein Schwert in den Leib, drehte die Klinge in der Wunde und riss sie heraus. Noch während der Mann tot zu Boden fiel, stürzte er sich auf die drei anderen. Er schlug auf sie ein, bevor sie auch nur begriffen, dass sie angegriffen wurden. Zwei fielen seinen Hieben schnell zum Opfer, aber den Dritten ließ er unberührt. Der Mann hatte einen nackten, muskulösen Oberkörper und war tief gebräunt. Er zog ein schweres Messer und schlug damit nach Haern. Es waren linkische Schläge, die der Wächter kaum beachtete. Er tanzte kurz von rechts nach links, nutzte die Verwirrung seines Widersachers und zog ihm seinen Säbel über das Handgelenk, um ihn zu entwaffnen.

Er trat ihm zweimal ins Gesicht, dann zog er ihm den Säbel über den Unterschenkel, sodass der Mann zu Boden stürzte. Haern ließ sich auf ihn fallen und presste ihm die Säbel an die Kehle.

»Wohin segeln die anderen?« Sein Gesicht war nur Zentimeter von dem des anderen Mannes entfernt.

»Ich erzähl dir einen Scheiß!«, gab der Mann zurück.

Haern drückte fester zu, und Blut lief über den Hals des am Boden Liegenden.

»Du stirbst wie die anderen, wenn du nicht redest. Was haben deine Freunde vor? Wollen sie später zurückkehren wie eine Eroberungsarmee?«

Der Mann lachte, obwohl er eindeutig Schmerzen hatte. »Eine Armee? Du hast gar nichts kapiert, du Missgeburt! Wir sind nicht hier, um heute Nacht zu kämpfen! Wir versuchen nur, uns vor den Kämpfen in Sicherheit zu bringen.«

Haern stand auf, ließ aber den Säbel an der Kehle des Mannes. Furcht brannte tief in seinem Bauch, aber er stellte die Frage trotzdem. »Wenn nicht deine Herren dahinterstecken, wer dann?«, fragte er. »Wessen Armee kommt dann im Schutze der Nacht?«

Der Mann spuckte blutigen Schleim auf die Planken neben sich, sah Haern finster an und gab ihm die Antwort.

Als Graeven zurückkehrte, sank Alyssa bei seinem Anblick der Mut. Der Elf wirkte nervös und schien es sehr eilig zu haben.

»Was ist denn los?« Sie setzte sich auf dem Bett auf und lehnte ihren Rücken an die Wand.

»Nichts«, antwortete Graeven. Es war ganz offensichtlich eine Lüge.

»Also gut. Welches ›Nichts‹ bekümmert Euch dann?«, warf Zusa ein, die gerade angefangen hatte, Dehnübungen zu machen, um in dem beengten Raum nicht verrückt zu werden. Der Elf war dabei, irgendwelche Regale zu durchwühlen und persönliche Gegenstände auszuräumen, die Alyssa nicht erkannte.

»Die Händlerbarone haben etwas … sehr Interessantes gemacht, und ich muss jetzt versuchen, damit entsprechend umzugehen. Sie haben all ihre Boote in See stechen lassen und die wenigen Schiffe verbrannt, die den Keenans gehörten.«

»Und was bedeutet das?«, wollte Alyssa wissen.

»Das weiß ich nicht, aber ich muss es herausfinden. Bitte bleibt noch hier. Ich habe das Gefühl, es wird heute Nacht für niemanden besonders sicher auf den Straßen sein.«

Er sah sich um. »Wo ist der Wächter?«

Zusa zuckte mit den Schultern. »Unterwegs.«

Graeven trat zu Alyssa ans Bett und nahm ihre Hände. Seine Hände waren weich, und sie spürte, dass sie verschwitzt waren.

»Bitte«, wiederholte er. »Versprecht mir, dass ihr bleibt. Ich bin jetzt für Eure Sicherheit verantwortlich, und ich könnte die Schande nicht ertragen, wenn Euch etwas passieren würde, vor allem nach all dem, was ich dafür ertragen habe.«

Alyssa überlegte, wie sie, insbesondere angesichts ihrer gefährlichen Situation, reagieren sollte. »Ich bleibe«, erwiderte sie schließlich. »Aber nur, weil Ihr so freundlich gewesen seid. Viel Glück, Graeven.«

Der Elf lächelte. »Ich werde Euer Glück nicht brauchen, Alyssa.« Dann verbeugte er sich und verschwand.

Zusa kam zu ihr, schob sich hinter sie und umschlang sie mit ihren Armen, während sie beide aus dem Fenster starrten. »Hier ist es nicht sicher«, flüsterte die Gesichtslose.

»Du meinst hier im Haus oder auf den Straßen?«

»Beides.«

Alyssa seufzte. »Ich weiß. Aber was soll ich sonst tun? Es wundert mich jetzt nicht mehr, dass Laurie so große Schwierigkeiten hatte, die Dinge hier in Engelhavn zu kontrollieren. Mir ist es nicht besser ergangen. Ich hätte aus meinem Besuch hier kein Geheimnis machen dürfen. Ich hätte mit tausend

Söldnern einmarschieren und jeden töten sollen, der sich uns in den Weg stellte. Wie es aussieht, hat hier jeder seine eigene Leibgarde oder Söldner oder Bewaffnete. Und was habe ich?«

Zusa lachte leise direkt hinter ihrem Ohr. »Du hast mich und den Wächter. Sind wir denn so schrecklich?«

Alyssa legte ihre Hand auf die von Zusa. »Nein. Aber ich würde lieber tausend Bewaffnete verlieren als dich.«

Die Tür öffnete sich, und Haern trat herein. Seine Miene war finster, und er hatte Blut an den Stiefeln.

»Stimmt etwas nicht?« Alyssa rückte von Zusa ab.

»Der Hafen«, antwortete er. »Alle Schiffe sind aufs Meer geflüchtet, bis auf die wenigen, die Madelyn Keenan gehörten. Die wurden verbrannt.«

»Das wissen wir«, antwortete Zusa. »Graeven hat es uns erzählt.«

»Hat er euch auch gesagt, aus welchem Grund das geschieht?«

Alyssa schüttelte den Kopf. »Ich kann nur annehmen, dass sie vorhaben …«

»Sie haben gar nichts vor«, fiel Haern ihr ins Wort. Er zog einen Säbel und zeigte ihnen das Blut auf der Klinge. »Ich habe ein paar Männer überfallen, die Schiffe in Brand gesetzt haben. Die Händlerbarone beabsichtigen keineswegs einen Angriff. Sie versuchen nur, sich auf dem Wasser in Sicherheit zu bringen, bevor heute Nacht das Blutvergießen losgeht.«

Alyssa verstand sofort, was das bedeutete, dennoch musste sie die Frage stellen, wollte die Antwort hören. »In Sicherheit? Vor wem?«

Haerns Miene verfinsterte sich noch mehr. »Vor den Elfen. Sie werden heute Nacht angreifen.«

Der Raum, in dem sie sich versteckten, schien plötzlich so

klein zu sein, und das Stadtviertel weit weniger sicher, als es ihnen am Anfang vorgekommen war. Alyssa schlang die Arme um sich und dachte an das Chaos, das ihnen bevorstand.

»Diese Männer haben dich ganz sicher angelogen«, behauptete sie. »Wenn die Elfen Ingram töten, wird es Krieg geben, sobald König Edwin davon erfährt.«

»Der Mann hat nicht gelogen«, widersprach Haern. »Und außerdem herrscht vielleicht bereits Krieg. Was können wir gegen eine solche Unverfrorenheit ausrichten?«

Zusa deutete auf ihre Dolche, die in ihren Scheiden auf dem Boden lagen. »Wir können sie aufhalten.«

Haern sah sie an und nickte.

»Ich weiß nicht, wie viel Hoffnung wir uns machen sollten«, sagte Alyssa. »Und ich weiß ebenso wenig, was ihr von mir haltet oder von meinen Gründen hierherzukommen. Aber glaubt mir, wenn ich euch sage, dass ich vor allem anderen das Leben Hunderttausender retten wollte, die wahrscheinlich heute Nacht sterben werden. Tut, was ihr könnt, ihr beiden. Rettet uns vor uns selbst.«

Die beiden gürteten sich mit ihren Waffen, überprüften sie, legten ihre Umhänge an, verhüllten ihre Gesichter und verschwanden auf den Straßen von Engelhavn, während gerade die Sonne unterging.

22. KAPITEL

Gregory stand an der Mauer, die das Anwesen umgab, die Hand am Schwertgriff. Er ließ die Waffe in der Scheide, aber es war beruhigend zu wissen, dass sie da war. Das kalte Metall unter seinen Fingern tröstete ihn irgendwie. Denn schon bald heute Nacht würde er sie benutzen müssen.

»Glaubst du, dass diese Händler-Mistkerle wirklich dumm genug sind, uns anzugreifen?«, wollte der Mann neben ihm wissen, ein großer mürrischer Soldat der Stadtwache namens Turk. Er lehnte die übliche Waffe der Soldaten ab, das Schwert, und hatte stattdessen eine große Streitaxt auf dem Rücken, die ein Familienerbstück war, wie er behauptete.

»Ich hoffe nicht«, erwiderte Gregory. »Andererseits ist ihr Verhalten ansonsten eher nicht logisch. Sie sind losgesegelt und haben die anderen Schiffe verbrannt. Ihnen muss klar sein, dass wir sie nicht gerade mit offenen Armen empfangen werden, wenn sie wieder anlegen, ganz gleich, was sie sagen.«

Turk kratzte sich den Bart. »Mag sein. Aber wir sind bereit. Nur, warum greifen sie an, wenn wir bereit sind?«

Gregory zuckte mit den Schultern. Jeder Soldat hatte einen Partner zugewiesen bekommen, mit dem gemeinsam er kämpfen sollte, damit sie sich gegenseitig den Rücken frei halten konnten. Turk war sein Partner. Er war mit dieser Lösung recht zufrieden, denn Turk war ein ziemlich guter Kämpfer.

Allerdings war er nicht besonders schnell im Kopf, und ein Gespräch mit ihm verlief meist eher mühselig.

»Vielleicht weil sie glauben, dass sie trotzdem gewinnen.«

Turk lachte. »Na, dann sind sie dumm. Sieh dir an, wie viele Bewaffnete wir haben.«

Allerdings, dachte Gregory. Er ließ seinen Blick über das Gelände des Anwesens schweifen. Die äußeren Stadtmauern waren nur noch mit einer Notbesetzung bemannt, und fast jeder Soldat der Stadtwache, der auch nur ein Schwert in der Hand halten konnte, war abgezogen worden, um Ingram und seine Burg zu beschützen. Tausend Männer in bunt zusammengewürfelten Rüstungen drängten sich auf dem Gelände, und wenigstens hundert von ihnen patrouillierten an der äußeren Burgmauer. Das schöne Gras war zu Schlamm getrampelt worden, und die Pflanzen der Gärten waren von gepanzerten Stiefeln zertreten. Viele Fenster hatte man verrammelt, alle, die nicht von Bogenschützen bemannt wurden. Um die Ecke, am Tor, wo die Kämpfe am heißesten brennen würden, warteten Lord Edgars Leute, mehr als einhundert schwer gepanzerte, gut ausgebildete Soldaten.

Dort, wo Gregory stand, versperrte die Mauer den Blick auf den Hafen. Aber sie hatten im Laufe des Tages hastig Leitern zusammengezimmert, und man hatte ihm und Turk eine davon gegeben. Jetzt stieg Gregory drei Sprossen der Leiter empor und blickte über die Mauer zum Hafen in der Ferne.

»Es rührt sich immer noch nichts«, erklärte er. Die Schiffe lagen wie große dunkle Flecken auf dem vom Mondlicht beschienenen Wasser. Während er die Szenerie beobachtete, hörte er im Westen Alarmrufe und blickte in diese Richtung. In weiter Ferne, in der Nähe des Haupttores der Stadt, hatte ein Gebäude Feuer gefangen.

»Was ist da los?«, fragte Turk von unten.

»Es brennt.«

»Das ist nicht gut. Sollen wir zum Löschen ausrücken?«

Gregory zuckte mit den Schultern, aber er bezweifelte es. Und richtig, nach kaum einer Minute wurden Befehle aus der Burg gebrüllt, die von verschiedenen Hauptleuten wiederholt wurden. Niemand verließ seinen Posten. Es blieb den Bauern überlassen, das Feuer selbst zu löschen. Das überraschte Gregory nicht sonderlich. Nach allem, was er über Ingram wusste, würde der Lord vor allem dafür sorgen, dass er selbst überlebte, auch wenn das hieß, dass er die Stadt den Flammen überließ. Allerdings stellte sich die Frage, wer das Feuer gelegt hatte.

Rauch von einem zweiten Brandherd, diesmal dichter am Zentrum der Stadt, stieg in den Himmel und verdeckte die Sterne.

»Scheiße«, murmelte Gregory.

»Was ist denn jetzt?«

Gregory trat von der Leiter herunter, sodass Turk hinaufsteigen konnte. Als der massige Soldat die Flammen sah, fluchte er lange und laut.

»Wohnst du da in der Nähe?«, erkundigte sich Gregory.

»Nein. Ich mache mir nur Sorgen, dass sie den *Stutenschädel* niederbrennen. Diese miesen kleinen Dreckskerle. Das ist meine Lieblingsschänke. Gibt es wieder Aufstände?«

Als der Rauch noch höher in den Himmel stieg, diesmal von einer dritten Brandstelle, stellte sich Gregory dieselbe Frage, ebenso wie viele andere Soldaten, die um die Burg patrouillierten.

»Sind die Schiffe immer noch draußen auf dem Meer?«, wollte er wissen.

Turk sah auf das Meer hinaus und nickte. »Sind sie.«

»Was bei allen Feuern geht denn dann …?«

Er unterbrach sich, als vom gegenüberliegenden Ende des Burggeländes Alarmrufe zu ihnen drangen. Instinktiv griff er nach seinem Schwert und sah sich aufmerksam nach Feinden um.

»Was ist da los?« Turk drehte sich auf der Leiter herum.

»Still«, befahl Gregory, während er versuchte, es herauszufinden. Er hörte weitere Rufe, in die sich auch Schmerzensschreie mischten. Sie wurden angegriffen.

»Wie sind sie zurückgekommen?«, überlegte Turk. »Die Schiffe sind doch immer noch da draußen.«

Plötzlich zuckte er heftig zurück und verlor den Halt auf der Leiter. Er stürzte herunter und landete krachend auf dem Rücken. Gregory war augenblicklich neben ihm und zuckte zusammen, als er den dicken Schaft des Pfeils sah, der aus der Brust des Soldaten herausragte.

»Diese verfluchten Schweine!« Turk blickte finster auf den Pfeil. »Sie haben mich abgeschossen.«

Im selben Moment brach draußen vor der Mauer die Hölle los. Die Männer, die Patrouille gingen, schrien vor Schmerz, und es klirrte laut, als Eisen auf Eisen schlug. Die Männer an den Toren zogen ihre Waffen, und plötzlich war die Luft von Gebrüll und Kampflärm erfüllt.

»Wir müssen dich hineinschaffen.« Gregory streckte die Hand aus, um Turk die Rüstung abzunehmen, damit er die Wunde untersuchen konnte.

»Das kannst du vergessen«, sagte Turk und schlug seine Hand weg. »Ich lasse mich nicht von einem Elfen töten.«

Elf? Gregory trat zurück. Erst als Turk den Schaft des Pfeiles abbrach, fiel ihm auf, dass der Pfeil erheblich länger war als ihre eigenen. Fast, als wollte er Turks Worte abstreiten, hastete er die Sprossen der Leiter hoch und warf einen Blick über die Mauer.

Über dreißig Leichen lagen auf dem Boden, fast alles Soldaten der Stadtwache. Zwanzig weitere Männer standen noch, aber sie waren umzingelt und wurden mit dem Rücken an die Mauer gedrängt. Gegen sie kämpfte eine Abteilung von fünfzehn Elfen. Sie hatten ihre Gesichter und Hände bemalt, um sich zu tarnen, und ihre langen, gebogenen Schwerter schnitten sich durch die Rüstungen, als wären sie aus einfachem Tuch. Einer weiter hinten bemerkte, dass Gregory zusah, und zog einen Bogen von seinem Rücken. Gregory duckte sich, und als kaum einen Lidschlag später ein Pfeil über seinen Kopf hinwegzischte, konnte er kaum glauben, wie schnell er flog.

Plötzlich kamen ihm ihre Mauern und die Zahl der Stadtwachen vollkommen bedeutungslos vor.

»Kannst du stehen?« Er reichte Turk die Hand. Der Mann nahm sie und knurrte laut, als er sich aufrappelte.

»Tut weh.« Mehr sagte er nicht, als Gregory ihn fragte.

Befehle wurden gebrüllt. Die Soldaten sollten Aufstellung nehmen. Gregory sah ein, dass das nötig war. Gegen einen solchen Feind war ihre zahlenmäßige Überlegenheit ihr einziger Vorteil. Nach allem, was er bei seinem kurzen Blick auf das Gemetzel vor der Mauer gesehen hatte, wusste er, dass sie in einem offenen Kampf Mann gegen Mann nicht gewinnen konnten. Turk konnte nicht weglaufen, also humpelten sie langsam zum Haupttor, während die Soldaten ringsum dasselbe taten.

Auf halbem Weg hörten sie das Klirren von Eisen. Als Gregory zurücksah, bemerkte er, wie ein Seil über die Mauer flog, an dessen Ende ein schwerer Greifhaken befestigt war. Sekunden später sprangen die Elfen mühelos über die Zinnen.

»Bewegt euch!«, schrie Gregory und stieß Turk weiter. Sie erreichten eine Abteilung von etwa fünfzig Stadtwachen, die alle von den Mauern geflüchtet waren. Gregory zog sein Schwert, und Turk nahm seine Axt vom Rücken. Ein Hauptmann schrie ihnen zu, die Stellung zu halten und nicht zurückzuweichen. Gregory gab sein Bestes, als zehn Elfen auf sie zu rannten. Sie bildeten keine Schlachtreihe und hielten keine Formation, sondern stürmten nur in einem kühnen, blitzschnellen Angriff vor, offenbar in der Hoffnung, sie zu überrumpeln. Gregory straffte sich und schwor sich, nicht wegzulaufen. Er wollte nicht in Panik geraten. Die Armbrustschützen hoch über ihm feuerten ihre Bolzen aus den Fenstern auf die Angreifer. Als würden die Elfen ihre Gedanken lesen können, sprangen sie zur Seite und entkamen nahezu jedem einzelnen Schuss.

»Haltet die Stellung!«, schrie ihr Hauptmann. »Kämpft wie Männer, ihr Mistkerle, und mäht sie alle nieder!«

Sie waren zahlenmäßig überlegen, und gegen jeden anderen Widersacher wäre der Kampf nach wenigen Augenblicken zu Ende gewesen. Die Elfen jedoch tanzten in einem Wirbel aus Stahl und Blut durch ihre Formation. Als einer näherkam, hielt sich Gregory zurück und ließ Turk mit seiner Axt zuschlagen. Der Elf duckte sich unter dem Schlag weg, und als er sich wieder aufrichtete, um Turk sein Schwert in die Seite zu rammen, griff Gregory an. Seine Klinge grub sich in sein Fleisch, und er stieß einen Jubelschrei aus. Der Elf drehte sich instinktiv um und riss die Wunde in seiner Seite noch weiter auf. Im selben Moment brüllte Turk und schwang seine Axt.

Der verletzte Elf konnte diesmal nicht mehr rechtzeitig zur Seite springen. Die schwere Schmetterlingsklinge grub sich in seine Schulter und spaltete ihn fast wie ein Holzscheit.

»Zurück!«, schrie Gregory. Turk hörte ihn und gehorchte. Er hastete zur Seite der Burg. Die Klinge eines Elfen verfehlte ihn knapp, und der Angreifer drehte sich um seine eigene Achse, um erneut zuzuschlagen. Turk konnte den ersten Schlag mit seiner Axt blocken, aber der zweite überwand seine Abwehr und grub sich in seine Seite. Gregory hoffte, dass die Wunde nicht tödlich war, griff den Elfen von der Seite an und zielte nach seinem Rückgrat. Doch der Widersacher sprang vor und zurück, blockte und parierte sowohl die Schläge der Axt als auch des Schwertes mit erstaunlicher Geschwindigkeit.

Gregory versuchte, mit ihm mitzuhalten, aber er konnte seine Klinge nicht richtig positionieren. Was ein tödlicher Stoß hatte sein sollen, war nicht mehr als ein schwaches, ungezieltes Hacken, und plötzlich griff der Elf ihn an. Er schlug sein Schwert mit Leichtigkeit zur Seite. Gregory war wehrlos und hob seinen linken Arm, um sich zu schützen. Ein schwacher Schutz.

Im nächsten Moment zuckte der Elf zusammen, taumelte und fiel dann zur Seite. Aus seinem Hals ragte ein Bolzen, und Gregory hörte einen Armbrustschützen in einem der Fenster jubeln. Turk hämmerte dem sterbenden Elf die Axt in die Brust, nur um sicherzugehen.

Die Elfen zogen sich zurück, und die übrig gebliebenen dreißig Stadtwachen wirken plötzlich desorientiert und unsicher. Von den zehn Elfen waren sechs noch am Leben. Mit geschmeidigen, fast synchronen Bewegungen nahmen sie die Bögen von ihren Rücken, nockten die Pfeile ein und feuerten. Gregory stellte sich seitlich zu ihnen, um die Zielfläche zu verringern, aber sie schossen gar nicht auf ihn. Sie zielten auf die Fenster. Zwei Salven später hatten sich die Stadtwachen so weit von ihrer Verblüffung erholt, dass sie endlich angriffen, bevor die Elfen die tödliche Präzision ihrer Pfeile gegen sie richten konnten. Gregory rannte ganz vorne mit, aber Turk kam nur ein paar Schritte weit, bevor er stolperte. Da Gregory ihn nicht zurücklassen wollte, blieb er stehen, während er den Kampf mit einem Auge und seinen Kameraden mit dem anderen beobachtete.

»Dieser gottverdammte Pfeil.« Turk hustete Blut. Er sank auf ein Knie und konnte sich trotz Gregorys Hilfe nicht erheben. Als er wieder zum Kampf hinblickte, sah er, dass die Elfen die erste Reihe der Stadtwachen niedergemacht hatten. Ohne ihre Phalanx sank die Chance der Stadtwachen, in diesem Gemetzel die Oberhand zu behalten, noch weiter. Gregory verließ der Mut, als er zusehen musste, wie ihre Disziplin nachließ und sich schließlich auflöste. Diejenigen, die sich umdrehten, um zu flüchten, wurden von Schwerthieben im Rücken niedergestreckt. Schlimmer war, dass von der Rückseite der Burg mindestens zwanzig Elfen herankamen, die sich mit den sechs vereinigten und sich, wie die Schnitter durch das Getreide, durch die restlichen menschlichen Kämpfer schlugen.

»Verschwinde ins Haus!« Turk stieß Gregory von sich. »Da hast du eine Chance.«

»Ich will nicht …«

»Sofort!« Turk schlug ihm mit dem Handrücken ins Gesicht, und das genügte, dass Gregory ihn endlich losließ. Er warf einen letzten Blick auf die aufgelösten Schlachtreihen der Stadtwachen und wusste, dass er allein ihnen nicht helfen konnte. Er grüßte Turk ehrerbietig, und dann rannte er zum

Haupteingang der Burg. Turk hatte sich hinter ihm aufgerichtet und hob trotzig seine Axt, als die Elfen auf ihn zuliefern. Gregory weigerte sich, das folgende Gemetzel mit anzusehen, und hoffte nur, dass der Hüne in der Welt, die nach dieser auf ihn wartete, eine Menge Spaß hatte.

Während er über das Gelände rannte, kam er an zahllosen Leichen vorbei, und er fühlte sich plötzlich sonderbar alleine auf dem Schlachtfeld. An der Tür fand er den größten Teil der Stadtwache versammelt, mindestens zweihundert Soldaten. Sie waren vom Tor hierhergekommen, denn die Elfen hatten das Tor vollkommen ignoriert. Das Tor selbst stand offen, und dieser Anblick flößte Gregory unfassbares Entsetzen ein. Lord Edgars Männer, ausgebildete, gut bewaffnete Soldaten, die der Mittelpunkt ihrer Verteidigung hätten sein sollen, waren nirgendwo zu sehen.

»Wo ist Edgar?«, schrie er, als er die anderen Soldaten erreichte.

»Abgehauen, dieser miese Hurenbock!«, antwortete ihr Hauptmann. »Wie viele sind es?«

Gregory deutete mit einem Nicken hinter sich. »Fünfundzwanzig, vielleicht dreißig.«

»Verflucht!«

Plötzlich kamen von beiden Seiten Elfen heran. Gregorys fünfundzwanzig und weitere vierzig aus der anderen Richtung. Sie hätten eigentlich eine leichte Beute sein sollen, weil sie den Menschen im Verhältnis eins zu vier unterlegen waren, stattdessen jedoch rückten die Soldaten der Stadtwache enger zusammen und machten sich auf ein fürchterliches Gemetzel gefasst.

»Nur Mut!« Der Ruf wurde von etlichen Soldaten aufgenommen, aber als die Elfen ihre Bögen spannten, wusste Gregory, dass sie in einer nahezu ausweglosen Situation waren. Entweder brachen sie ihre Formation und griffen an, oder aber sie wurden von den Pfeilen niedergestreckt. Beides bedeutete den Tod. Diesmal jedoch lösten die Stadtwachen ihre Formation nicht auf, und diejenigen, die über Schilde verfügten, gaben ihr Bestes, um die anderen zu schützen. Die Pfeile schwirrten heran, jeder Einzelne mit tödlicher Präzision. Eine Salve nach der anderen prasselte auf die Soldaten der Stadtwache nieder, bis den Elfen schließlich die Munition ausgegangen war. Dann lösten sie ihre Formation auf, zogen ihre Schwerter und schrien Schlachtrufe in ihrer Sprache. Sie griffen an.

Gregory hatte sich nie für einen Mann gehalten, der Angst vor dem Tod hatte, und als die Elfen heranstürmten, versuchte er, diesem Anspruch zu genügen. Er stand in der ersten Reihe und bereitete sich darauf vor zuzuschlagen. Er konzentrierte sich eher auf das Timing statt darauf, die Bewegungen seines Widersachers zu verfolgen. Er hatte festgestellt, dass das angesichts der unglaublichen Geschwindigkeit, mit der die Elfen sich bewegten, nahezu unmöglich war. Als er zuschlug, zischte seine Klinge nur durch die Luft, aber nicht, weil sein Timing falsch gewesen wäre. Stattdessen explodierte das Gelände vor ihm plötzlich in einem Chaos aus grauen und roten Umhängen. Der Angriff der Elfen kam zum Stehen, denn zwei Feinde waren in einer Explosion aus Blut und Fleischfetzen zwischen ihnen gelandet. Gregory hatte nicht vor, einen solch ungeheuren Vorteil ungenutzt zu lassen, stürzte vor und registrierte kaum, dass er schrie, was seine Lungen hergaben.

Der Rest der Stadtwachen folgte ihm. Sie prallten in blinder Wut auf die Elfen. Viele Schläge der Soldaten wurden pariert oder abgeblockt, aber sie waren eine Welle, und selbst als einer von ihnen fiel, traten zwei mit schwingenden Schwertern vor. Gregory gelang es, einen der Elfen niederzuschlagen, weil der sich zu sehr darauf konzentriert hatte, einem Mann rechts neben sich auszuweichen. Ein zweiter drehte sich zu ihm herum und hielt ihn mit einem flachen Schlag auf Abstand, dann versuchte er zu fliehen. Doch einer ihrer unerwarteten Verbündeten, eine Frau mit einem roten Umhang und sonderbaren, fest um ihren Körper gewickelten Tuchbahnen, sprang dem Elfen auf den Rücken und bohrte ihm ihre Dolche in den Leib.

Gregory hatte keine Ahnung, um wen es sich da handelte, aber als der andere durch die Reihen der Elfen fuhr, sah er die Kleidung des Mannes. Er erkannte ihn.

»Der Wächter?«, murmelte Gregory unwillkürlich. Ohne nachzudenken, folgte er ihm. Die Frau blieb, wo sie war, und schien ihre Seite unter Kontrolle zu haben. Die andere jedoch …

Der Wächter hatte sich mitten ins blutigste Kampfgetümmel gestürzt, offensichtlich furchtlos im Angesicht der blitzenden Schwerter und der vorwärtsdrängenden Elfen. Seine Säbel tanzten durch die Luft und töteten Elfen, die von seiner Anwesenheit noch gar nichts gemerkt hatten. Er fegte wie ein hilfreiches Phantom durch sie hindurch und stieß dabei einen lauten Schrei aus. Gregory folgte ihm. Er wusste, dass dieser Mann in seinem Umhang ihre einzige Überlebenschance war, und er war bei weitem nicht der Einzige, der das dachte. Der Rest der Stadtwache stürmte ebenfalls heran, und obwohl die Elfen einen nach dem anderen töteten, bildete der Wächter ihre Speerspitze. Nur ihm war es zu verdanken, dass ihre Angriffswelle nicht zusammenbrach. Sie kamen nicht ins Stocken, und Gregory blieb dicht hinter dem Wächter in der

Hoffnung, helfen zu können. Meistens jedoch brauchte er nur Elfen zu töten, die der Mann schwer verletzt und blutend hinter sich gelassen hatte.

Ohne dass irgendein Signal zu hören gewesen wäre, sah Gregory, wie die Elfen, gegen die sie kämpften, einen geordneten Rückzug antraten. Er stieß einen lauten Schrei aus und hielt seine Waffe hoch in die Luft. Angesichts ihrer Schnelligkeit war es vollkommen sinnlos, sie zu verfolgen, und wie es aussah, hatte auch der Wächter keine Lust dazu. Er drehte sich um, und nach dem wenigen, was Gregory von seinem Gesicht erkennen konnte, schien er zu lächeln. Von den ursprünglich zweihundert Stadtwachen war noch ein gutes Drittel übrig geblieben, aber immerhin hatten sie ihre Stellung gehalten.

Gregory blickte zu der Burg und fragte sich, wie es wohl den Leuten gehen mochte, die darin waren. Dann sah er ein Aufblitzen an einem Fenster und die Tarnbemalung eines Elfen. Sein Lächeln erlosch. Ohne nachzudenken, sprang er vor. Der Pfeil grub sich in seine Brust, und er keuchte laut auf. Als er auf dem Boden landete, brüllten die anderen Stadtwachen und donnerten mit lauten Schritten in die Burg. Offenbar waren die Elfen durch die Fenster und den Hintereingang eingedrungen. Gregory hatte den Impuls zu husten, aber der Schmerz war zu groß, und er unterdrückte ihn.

Der Wächter beugte sich über ihn, und Gregory sah, dass sich seine Lippen bewegten, als er eine Frage stellte, aber er konnte plötzlich nicht mehr hören. Gregory versuchte etwas zu erwidern, wollte ihm sagen, dass der Wächter sein Leben vor vielen Nächten vor dem Schemen gerettet hatte, aber die Worte kamen nicht über seine Zunge. Seine Muskeln verkrampften sich, ohne dass er sie hätte kontrollieren können. Es wurde dunkel vor seinen Augen. Und kurz darauf verließ er diese Welt, um Turk in einer anderen Gesellschaft zu leisten.

Madelyn sah von den Fenstern ihrer Gemächer aus zu, wie sich die Brände ausbreiteten. Die schlafende Tori hatte sie an ihre Brust gedrückt. Als die Tür aufging und sie Torgar in der Öffnung sah, biss sie sich auf die Zunge.

»Unsere Mauern sind sicher.« Er lehnte sich gegen den Türrahmen. »Wie es aussieht, sind wir nicht ihr Ziel.«

»Dafür gibt es auch keinen Grund. Immerhin hat Laurie ihnen geholfen. Wir haben in den Händlerbaronen einen gemeinsamen Feind.«

Torgar knurrte. Madelyn weigerte sich, ihn anzusehen, und starrte stattdessen aus dem Fenster. Sie wiegte Tori ein wenig hin und her und versuchte, sich ihr Unbehagen wegen der Gegenwart des riesigen Söldnerhauptmanns nicht anmerken zu lassen. Als er keine Anstalten machte, wieder zu gehen, drehte sie sich um und sah ihn böse an.

»Willst du noch etwas?«

»Allerdings, aber du wirst wahrscheinlich nicht auf mich hören. Die Händlerbarone haben ihre Schiffe ablegen lassen; und zweifellos haben sie all ihre kampffähigen Männer dabei. Du weißt, was jetzt passiert, oder? Die Elfen werden Ingram töten, und sobald er tot ist, werden diese Schiffe wieder anlegen. Und schon haben wir einen neuen Herrscher in Engelhavn. Wie lange, glaubst du, werden wir überleben, wenn das passiert?«

Ihre Wut wuchs ähnlich schnell wie ihre Panik. Wie konnte er es wagen, sie so in Angst und Schrecken zu versetzen? »Sie werden es nicht wagen!«, erwiderte sie halsstarrig. »Der König wäre sehr erzürnt, wenn sie …«

»Dem König wird man erzählen, dass die Elfen für all die Toten verantwortlich sind«, unterbrach Torgar sie. »Und jeder, der etwas anderes behauptet, zum Beispiel jemand wie du oder ich, wird sehr schnell einen Kopf kürzer sein.«

»Nein«, widersprach sie. »Ingram hat viele Soldaten zur Verfügung. Sie werden ihn nicht töten, das weiß ich. Die Elfen werden diesen Kampf verlieren, und dann werden sie für ihre Dummheit bezahlen, ebenso wie die Händlerbarone für ihr feiges Verhalten.«

Torgar schüttelte den Kopf. Seine Stimme wurde härter, da er mit seiner Geduld am Ende war. »Selbst wenn Ingram diese Nacht wie durch ein Wunder überleben sollte, wird er trotzdem wissen wollen, warum wir ihm nicht geholfen haben. Warum wir hiergeblieben sind und uns versteckt haben, während der Herr unserer Stadt um sein Leben kämpfte. Wie es auch ausgeht, du riskierst, gehenkt zu werden. Wir müssen hier weg. Gib mir die Hälfte unserer Männer. Sollte der Kampf auf Messers Schneide stehen, sind wir vielleicht genug, um das Blatt zu wenden. Das Schicksal Engelhavens wird sich heute Nacht entscheiden, und wir können nicht einfach hierbleiben und nichts tun!«

»Das können wir, und das werden wir!«, fuhr Madelyn ihn wütend an. »Ich bin das Oberhaupt der Keenans, und du tust, was ich dir sage. Ich kontrolliere das Familienunternehmen, nicht du. Das Einzige, was du hast, sind Vermutungen. Du weißt gar nichts. Du bist ein dummer Söldner, der öfter betrunken ist als nüchtern!«

Statt sich über ihren Wutausbruch zu ärgern, grinste Torgar nur. »Du scheinst da ein paar Sachen zu vergessen«, merkte er an. »Wo wir gerade davon reden … Hast du mich eigentlich schon offiziell als Vormund für Tori eingesetzt?«

Unwillkürlich umklammerte sie das Baby fester. »Ich habe meinen Ratgebern befohlen, Vorbereitungen zu treffen.«

»Oh, nein.« Torgar schüttelte den Kopf. »Keine Verzögerungen mehr. Ich will, dass es jetzt gemacht wird. Noch heute Nacht.«

»Heute Nacht?« Sie sah ihn an, als hätte er den Verstand verloren.

»Ja.« Sein Lächeln erlosch. »Heute Nacht. Jetzt. Es sei denn, du willst, dass ich meinen Männern ein paar Geschichten erzähle.« Madelyn spürte plötzlich, wie alleine sie waren; nicht einmal Lily wäre als Zeugin dabei. Sie schluckte und nickte. »Wenn du darauf bestehst.«

Sie verließ das Zimmer, und Torgar folgte ihr auf dem Fuß. Im Erdgeschoss fand sie einen ihrer Ratgeber, der die Vorgänge in der Stadt von einem Fenster aus beobachtete. Sie befahl ihm, ihr einen Federkiel und Pergament zu bringen. Als er hinausgehen wollte, hielt sie ihn an der Schulter fest.

»Ich will auch einige Soldaten meiner Leibwache hier haben«, sagte sie. »Damit sie als Zeugen fungieren.«

Der Ratgeber warf ihr einen besorgten Blick zu und nickte. Zweifellos wusste er, dass das Wort dieser Söldner vor jedem königlichen Gericht wertlos war. Wenn sie trotzdem darum bat, bedeutete das, sie steckte in Schwierigkeiten. Sie gingen zum Salon am Eingang, wo Lily wartete.

»Bitte nimm Tori«, bat sie die Amme leise, während Torgar hinter ihnen in der Tür wartete. »Bring sie irgendwohin, wo sie in Sicherheit ist.«

Ihr Berater kehrte zurück. Er hatte die Unterlagen bei sich, um die sie gebeten hatte, und wurde von einer Gruppe von sechs Söldnern begleitet. Sie sammelten sich hinter ihm, die Hände auf ihren Waffen.

»Gut. Schön, dass ihr da seid.« Torgar grinste sie an. »Erledigen wir diese unangenehme Angelegenheit, einverstanden? Nur für den Fall, dass jemand auf die Idee kommt, über unsere Mauern zu klettern.«

Madelyn fühlte sich jetzt besser, da ihre Leibwächter bei ihr waren. Sie nahm den Federkiel und tunkte ihn in das Tintenfass. »Was soll ich schreiben?«

»Das Offensichtliche. Bestätige, dass ich ihr Vormund bin.«

Sie saß auf dem Boden, einen kleinen Tisch aus Hartholz vor sich. Das Licht der Fackeln war gedämpft, und sie kniff die Augen zusammen, während sie schrieb. Normalerweise hätte sie einen ihrer Ratgeber damit beauftragt, aber sie wusste, dass Torgar nur etwas akzeptieren würde, das sie selbst geschrieben hatte. Als sie fertig war, unterschrieb sie das Dokument und reichte es dem Söldner. Er nahm es ihr ab und warf einen Blick auf die Leibwächter.

»Jensan.« Er hielt einem der Männer das Pergament hin. »Du kannst lesen. Lies vor, was da steht.«

Der Leibwächter nahm das Pergament entgegen, hielt es schräg, damit das Licht der Fackeln darauf fiel, und runzelte die Stirn. »Hier steht nur, dass du den Auftrag hast, Tori zu beschützen«, erklärte er.

Torgar schnalzte mit der Zunge, schüttelte den Kopf und nahm ihm das Dokument wieder aus der Hand.

»Das ist nicht genug«, erklärte er. »Versuch es noch einmal. Und formuliere es diesmal eindeutig, für den Fall, dass irgendjemand anders auftaucht und behauptet, der wirkliche Vormund zu sein. Jemand wie, sagen wir, zum Beispiel Stern Braggwaser. Du willst doch wohl nicht, dass ein Händlerbaron Tori großzieht, oder doch?«

Besser die als du, dachte Madelyn, hütete sich jedoch, es laut zu sagen. »Verzeih mir«, meinte sie stattdessen. »Ich bin nicht daran gewöhnt, solche Dokumente aufzusetzen.«

Torgar lachte. »Natürlich nicht, Mylady. Trotzdem, versuch es noch mal.«

Diesmal verfasste sie das Dokument korrekt, weil sie sich einredete, es jederzeit widerrufen zu können. Sobald der Ärger mit den Elfen und den Händlerbaronen vorbei war, hatte dieser Störenfried von Söldner oberste Priorität. Das Risiko, das er darstellte, war einfach zu groß. Sie unterschrieb das Dokument, das ihn vor allen anderen Familienangehörigen als Vormund und Beschützer ihrer Enkelin einsetzte, und gab das Pergament dann Jensan. Der las es laut vor. Jedes Wort, das der Mann aussprach, bohrte sich wie ein Nagel in ihr Rückgrat, aber sie tröstete sich mit dem Gedanken, dass es nur vorübergehend war. Es war nur ein Spiel auf Zeit, bis sie wieder die Oberhand gewinnen konnte.

»Ausgezeichnet.« Torgar nickte, als Jensan das Ende des Dokumentes erreicht hatte. »Das genügt.«

Dann schlug er zu. Seine Faust traf sie am Kinn. Sie wirbelte herum, und ihr Kopf krachte gegen den Tisch, bevor sie zu Boden fiel. Helle Punkte tanzten ihr vor den Augen, sie hustete und spuckte Blut von ihrer aufgeplatzten Lippe auf den Boden.

»Wachen!« Ihre Stimme klang schwach. Sie blickte hoch und sah durch ihre tränenverschleierten Augen die Männer vor sich stehen. Sie unternahmen gar nichts. Torgar trat zu ihr. Jetzt grinste er nicht mehr und wirkte auch nicht mehr amüsiert. Seine Augen waren kalt. Sie wollte schreien, aber er trat ihr mit dem Fuß ins Gesicht.

»Habt ihr das gesehen?« Torgar wandte sich an ihre Leibwächter, und erst jetzt begriff sie, wie schrecklich sie sich geirrt hatte. »Wie steht es mit euch?«

Sie versuchte aufzustehen, aber er trat wieder zu. Diesmal raubte ihr sein Tritt den Atem. Sie war vollkommen machtlos.

»Es ist wieder dieser verdammte Schemen! Wie ist der bloß hier hereingekommen?«

Sein nächster Tritt schleuderte sie auf den Rücken. Tränen strömten ihr über das Gesicht, als Torgar sich bückte und ihr Haar packte.

»Unmöglich, ihn vom Töten abzuhalten, hab ich recht?«, fragte er sie. Hinter ihm lachten zwei Leibwächter. Madelyn hatte das Gefühl, sich übergeben zu müssen.

»Bitte«, flüsterte sie. »Bitte, mach das nicht.«

»Du hast jedes Recht verwirkt, um Gnade zu bitten.« Torgar starrte sie finster an. »Laurie war ein guter Mann, ein mächtiger Mann, und er hatte ein weit besseres Schicksal verdient. Dass die eigene Frau ihm die Kehle durchschneidet? Scheiße! Du kannst von Glück sagen, dass ich dafür nicht jedem Söldner hier erlaube, seinen Spaß mit dir zu haben.«

»Bitte tu Tori nichts an«, flehte sie. Sie versuchte, nicht daran zu denken, welches Schicksal auf das Baby warten könnte. »Bitte, was auch immer du tust, tu ihr nichts, tu ihr nichts …«

Torgar beugte sich zu ihr, und als sie sein Grinsen sah, wuchs ihre Furcht ins Unermessliche.

»Taras war wie ein Sohn für mich«, antwortete er. »Ich habe bei seiner Erziehung mehr mitgeholfen als du. Tori ist ebenso meine Enkelin wie deine. Ich würde ihr niemals ein Härchen krümmen. In diesem Wissen darfst du verrecken. Ich werde sie unterrichten und sie beschützen. Immerhin bin ich ihr Vormund. Und das bedeutet, bis sie alt genug ist, sind dieses Anwesen und das gesamte Vermögen der Keenans mein Eigentum.«

Die Erkenntnis traf sie wie ein Faustschlag. Sie wollte schreien, es leugnen, aber Torgar zog einen Dolch aus seinem Gürtel und rammte ihn ihr in die Brust. Als sie spürte, wie das Blut über ihre Bluse sickerte, fiel ihr Blick auf den Dolch. Es war ihr eigener. Asche vom Kamin bedeckte immer noch den Griff. Sie öffnete lautlos den Mund, schloss ihn wieder und brach dann zusammen.

Ihr letzter Gedanke galt Tori und was aus ihr werden würde, wenn ein Mann wie Torgar die Vaterrolle übernahm.

23. KAPITEL

Als Lord Edgars Männer durch die verlassenen Straßen der Stadt marschierten, eine schützende Barriere aus Schilden und Klingen, blickte Ingram zu seiner Burg zurück. Ein Gefühl von Trauer regte sich in ihm.

»Es war notwendig«, erklärte Edgar, der neben ihm ging. »Seeleute und Raufbolde sind eine Sache, aber eine ganze Armee von Elfen?«

Ingram verzog finster das Gesicht. Er verstand es, das schon, aber das bedeutete noch lange nicht, dass es ihm auch gefiel. Als der Angriff begonnen hatte, war Edgar in die Burg geeilt und hatte Ingram an einem Fenster gefunden, von wo aus er den Kämpfen zugesehen hatte. Seine Idee war ganz einfach gewesen, wenn auch etwas feige. Sie hatten Ingram einen Helm auf den Kopf gesetzt, ihm einen Kettenpanzer angezogen und ihm einen Schild gegeben. Während die Elfen über die Mauern kletterten, hatten sie die Tore geöffnet. Ingram war inmitten der einhundert Bewaffneten versteckt gewesen. Die Stadtwachen hatten sie zwar wegen ihrer Feigheit verflucht, aber sie hatten sie nicht aufhalten können.

»Sie werden weiter suchen, wenn sie feststellen, dass ich nicht in der Burg bin«, erklärte Ingram. Er musste sich zwingen, den Blick von seinem Anwesen loszureißen. Er erwartete, dass es jeden Augenblick in Flammen aufging.

»Sie können nicht so lange suchen, sie müssen schon

bald fliehen. Das Tageslicht ist nicht gerade ihr Verbündeter.«

Die Straßen waren verlassen. Jeder Mann, der auch nur einigermaßen bei Verstand war, wusste, dass er in dieser Nacht besser zu Hause blieb. So schnell sie marschieren konnten, strebten sie dem größten Stadttor zu. Ingram hatte gedacht, dass Edgar die Stadt verlassen wollte, und das, obwohl er vorhin noch eine wütende Rede gegen Hochverräter gehalten hatte. Aber im letzten Moment bogen sie ab auf einen Pfad, der an einer der Mauern endete.

»Hier herein.« Edgar deutete auf ein einfaches Haus. Es hatte nur ein Fenster, dessen Glas zerbrochen und das mit Brettern vernagelt war. »Hier solltest du sicher sein.«

Ingram machte einen Schritt auf das Haus zu, aber irgendetwas kam ihm sonderbar vor. »Was soll das?«

»Es ist ein sicheres Haus, das ich gemietet habe, als die Morde des Schemens angefangen haben. Schnell. Wir können nicht lange hier draußen herumstehen, ohne dass man uns bemerkt.«

Ingram drückte die Klinke der Tür hinunter. Sie war unverschlossen. Er stieß sie auf und betrat einen kleinen Raum. In der Mitte stand ein runder Tisch, auf dem eine Kerze in einem Glas brannte. Im Kamin loderte ein Feuer, und lange Schatten erstreckten sich bis zur gegenüberliegenden Mauer. Im hinteren Teil des Raumes führte eine Treppe in den ersten Stock. Auf einem der beiden Stühle saß ein Mann, den Ingram nicht kannte. Er griff nach seiner Waffe, dann fiel ihm auf, dass er keine bei sich hatte, sondern nur einen Schild. Er konnte sich nicht erinnern, seinen Dolch abgelegt zu haben. Hatte man ihm die Waffe weggenommen, als man ihm den Kettenpanzer angezogen hatte?

Die Tür hinter ihm fiel ins Schloss, und bei dem Geräusch überlief es ihn kalt. »Wer ist das?«, fragte Ingram. »Was geht hier vor sich?«

Der Mann stand von seinem Stuhl auf. Er hatte eine dunkle Haut, einen Bart und eine lange Narbe, die von seiner Lippe bis zu seinem Kinn reichte. Er trank Schnaps aus einer Flasche und hielt in seiner linken Hand eine lange Klinge.

»Freut mich zu sehen, dass du ein Mann bist, der zu seinem Wort steht.« Er stellte die Flasche auf den Tisch.

Ingram zog den Schild von seinem Rücken und stand einen Moment zitternd mitten im Raum. Jemand lachte sonderbar hinter ihm, als sich die Tür wieder öffnete.

»Mach kurzen Prozess mit ihm, Darrel.« Edgars Stimme klang plötzlich ganz anders, dunkler, wütender. »Wir haben noch viel zu tun.«

Die Tür schloss sich, und Ingram war mit dem Schläger alleine.

»Dieser Verräter«, murmelte er.

Das entlockte Darrel ein Lachen. »Für dich vielleicht.« Der Mann warf das Langmesser von der einen Hand in die andere und grinste so strahlend, als hätte er vor, einem Kind ein heiß begehrtes Geschenk zu übergeben. »Aber wir haben ihm sehr viel bezahlt, und zwar schon seit vielen Jahren. Ich glaube, er ist sogar einer der loyalsten Männer in der Stadt.«

Ingram hob den Schild, und seine Miene war eine Maske der Furcht. Darrel schlug mit seinem Langmesser nach ihm, und Ingram gelang es gerade noch, den Schlag abzuwehren. Der große Kapitän schüttelte den Kopf, als wäre er enttäuscht.

»Das wird viel zu leicht.«

Als er mit dem Langmesser ausholte, um zuzustechen, gab Ingram ihm keinen Anlass zu glauben, dass er sich wehren würde. Aber als Darrel dann zustieß, sprang Ingram vor. Das Langmesser traf den Schildbuckel und wurde nach außen abgelenkt. Jetzt war Ingram dicht an dem anderen Mann und rammte ihm das Knie in die Lenden. Dann versetzte er ihm mit seiner freien Hand einen Kinnhaken. Der Mann taumelte unsicher zurück.

»Scheißkerl!«, stammelte Darrel, packte die Klinge mit beiden Händen und holte aus. Ingram versuchte, den Schlag mit dem Schild abzublocken, aber er hatte sich verschätzt und hielt ihn zu hoch. Das Langmesser prallte vom unteren Rand des Schildes ab, bevor es weiterzischte und über seinen Kettenpanzer glitt. Die Waffe konnte zwar die Panzerung nicht durchdringen, aber der Schlag war so hart, dass er ihm den Atem raubte und ihn auf den Tisch zurückschleuderte. Ingram ließ den Schild fallen, rollte sich auf den Boden und entging so dem tödlichen Schlag. Stattdessen grub sich die Klinge tief in das Holz. Ingram lag neben dem Tisch, holte aus und trat mit voller Wucht gegen Darrels Knie. Als der Mann niedersank, trat er ihm erneut mit dem Fuß in die Lenden, diesmal jedoch mit dem Absatz.

Dieses zweite Mal war die Wirkung besser. Darrel stürzte auf beide Knie und musste sich am Tisch festhalten, um nicht umzufallen. Obwohl Ingram fast keine Luft bekam, weil etliche seiner Rippen angeknackst oder gebrochen waren, stürzte er sich auf den Mann und schlang ihm die Arme um den Hals. Sie fielen beide zu Boden und rollten durch den Raum. Bei dem Kampf wurde Ingram weggeschleudert, und Darrel landete bäuchlings vor dem Kamin.

»Bleib liegen!«, zischte Ingram und trat ihm in die Nieren. Darrel krümmte sich, stemmte sich jedoch wieder hoch. Ingram wusste, dass er den Kampf unmöglich gewinnen konnte, wenn er zu lange dauerte. Er kroch zu ihm hin und schlang ihm erneut den Arm um den Hals. Darrel packte seinen Arm mit seinen gewaltigen Fäusten, und sie rangen miteinander. Aber jetzt hatte Ingram die bessere Position. Er drückte Darrels Kopf Zentimeter um Zentimeter herunter, und dann, im letzten Moment, verdrehte er sich und schleuderte ihn nach vorn. Darrel krachte mit dem Gesicht in die glühenden Kohlen. Sein Schmerzensgeheul drang Ingram bis ins Mark. Er brauchte alle Kraft, um den Mann noch einen Augenblick länger festzuhalten. Als er ihn losließ, kroch er hastig zu dem Gegenstand, der neben ihm auf dem Boden lag: der Flasche, aus der Darrel getrunken hatte, als er das Haus betreten hatte.

Als Darrel sich aus dem Feuer rollte, packte Ingram die Flasche am Hals, drehte sich um und schlug mit beiden Händen zu. Die Flasche traf Darrel auf der Nase, die brach und in sein Gesicht gedrückt wurde, bevor das Glas an seinem Schädel zersplitterte. Alkohol spritzte über sein Gesicht und den Bart, und auch auf ein paar Stücke glühende Kohlen, die in seinen Haaren stecken geblieben waren. Sein Bart fing zuerst Feuer, dann der Rest des Mannes. Als Darrel heulend und um sich schlagend durch das Zimmer torkelte, taumelte Ingram zur Treppe in den ersten Stock. Edgar hatte bestimmt eine Wache am Eingang zurückgelassen, die wenigstens so lange blieb, bis er die Leiche von Ingram gesehen hatte. Aber wenn er nach oben ging, konnte er vielleicht entkommen …

Er stieg die Treppe in den ersten Stock hinauf. Der Raum war noch kleiner als der untere, und das Dach bildete steile Schrägen. In dem Zimmer befanden sich eine Kommode und ein Bett, und das einzige, vor Schmutz starrende Fenster stand offen. Auf dem Bett saß, als hätte er die ganze Zeit auf ihn gewartet, der Schemen.

»Du hast wirklich bemerkenswert lange durchgehalten«, begrüßte der Schemen ihn. »Das muss ich dir lassen.«

Sein Schwert zischte durch die Luft und durchtrennte Ingram sauber die Kehle. Der Lord von Engelhavn brach zusammen und presste die Hände auf seinen Hals, während das Blut zwischen seinen Fingern hervorspritzte. Er rang nach Luft und sah, wie sich der Schemen zu ihm beugte. Er lächelte traurig.

»Ich hätte dich vor ihrem Verrat gerettet, Ingram. Wirklich, das hätte ich getan. Aber dann bist du schwach geworden und hast es gewagt, ihnen Frieden anzubieten. Wie überaus enttäuschend.«

Das Letzte, was Ingram sah, bevor er starb, war, wie der Schemen durch das Fenster in die verfluchte Nacht sprang.

Als Dieredon sah, wie sein Volk Ingrams Burg belagerte, fühlte er sich zwischen Loyalität und Wut hin- und hergerissen. Ganz sicher war ein solch unverschämter und offener Angriff nicht von Graeven oder von Ceredon selbst angeordnet worden. Er hatte von dem Attentat im Gefängnis gehört, und soweit er wusste, war das alles von Laryssa angeordnet worden. Ein ungutes Gefühl in seinem Inneren sagte ihm, dass Laryssa auch für den Angriff heute Nacht verantwortlich war. Dieser Angriff konnte eindeutig als kriegerischer Akt und als Auftakt zu einem Krieg gesehen werden, eine Tat, für die sie keinerlei Befugnis besaß.

Doch während die Menschen sich wehrten und mit ihren Armbrüsten feuerten, sah er, wie Elfen, von denen er etliche seit Hunderten von Jahren kannte, fielen und verbluteten. Bei diesem Anblick wurde ihm schlecht. Er kniete auf dem Dach eines Gebäudes in der Nähe und konnte kaum über die Steinmauer blicken.

»Das ist dein Werk.« Dieredon schüttelte den Kopf. »Ich werde dir nicht dabei helfen, einen Krieg anzufangen, Laryssa.«

Er wollte gehen, aber er konnte sich nicht losreißen. Er beobachtete das Wogen des Kampfes, in dem die Elfen zunächst eindeutig die Oberhand hatten, trotz ihrer geringen Anzahl. Die Menschen versammelten sich am Eingangstor für einen, wie es aussah, letzten Angriff, bevor sie im Wirbel des elfischen Stahls sterben würden.

Doch dann tauchten *sie* auf.

Die Frau hatte Dieredon noch nie zuvor gesehen, aber der Mann, der mit seinen Säbeln einen tödlichen Wirbel veranstaltete, konnte niemand anders sein. Seine Bewegungen waren zu fließend und seine Geschicklichkeit viel zu groß für einen normalen Menschen. Plötzlich klärte sich etwas in Dieredons Kopf. Er half vielleicht Laryssa nicht bei ihrem Versuch, einen sinnlosen Krieg anzuzetteln, aber zuzusehen, wie jemand, der beinahe eine Prinzessin der Elfen ermordet hätte, jetzt elfische Soldaten niedermetzelte …

Er sprang vom Dach hinunter, landete auf dem Boden und rollte sich ab. Seine reich verzierten Langmesser blitzten in seinen Händen. Er wünschte sich, er hätte seinen Bogen dabei, aber er hatte die gewaltige Waffe draußen vor Engelhavn versteckt. Er wusste, dass er sie nicht mit sich herumtragen konnte, ohne sofort Verdacht zu erregen. Trotzdem, seine Eisen würden genügen, trotz der überraschenden Geschicklichkeit des Wächters. Es gab nicht viele Widersacher, die einmal gegen Dieredon gekämpft hatten und die Chance auf einen zweiten Gang bekamen.

Trotz seiner Geschwindigkeit näherte sich Dieredon geduckt und verstohlen. Er wollte nicht, dass irgendjemand, nicht einmal die anderen Elfen, etwas von seiner Anwesenheit bemerkten. Sollte Kunde nach Quelnassar gelangen, dass er diesen Kampf mit angesehen und nicht geholfen hatte, würden sehr viele Elfen ihn nur zu gerne einen Feigling und Verräter schimpfen. Er hatte nicht die Absicht, sich in diesen politischen Unfug hineinziehen zu lassen. Er hatte die Hälfte der Strecke zurückgelegt, als Rauch aus den Fenstern der Burg quoll und die Elfen in alle Richtungen flüchteten. Eine der beiden Parteien hatte das Gebäude in Brand gesetzt, obwohl Dieredon keine Ahnung hatte, wer. Er verbarg sich in einer schattigen Nische, als die Elfen flüchteten, und wartete.

Der Wächter sprang über die Mauer und machte sich an die Verfolgung. Dieredon folgte wiederum ihm. In einer Gasse wurde der Wächter langsamer, weil seine Beute ihm entkommen war. Dieredon jedoch verlangsamte seine Schritte nicht. Nur sein Ehrgefühl hinderte ihn daran, dem Mann von hinten sein Schwert in den Rücken zu bohren. Jeder, der ein so guter Kämpfer war, verdiente es, in einem fairen Kampf zu sterben.

»Wächter!«, rief Dieredon, nur Sekunden bevor er angriff. Der Mensch wirbelte herum, und seine Umhänge wehten durch die Luft. Als er ihn sah, riss er die Augen auf, und Dieredon spürte einen Hauch von Belustigung über den besorgten Blick seines Widersachers. Selbst in den Augen des Wächters hatte Dieredon einen furchteinflößenden Ruf.

Ihre Klingen prallten klirrend gegeneinander, und diesmal war Dieredon auf die Geschwindigkeit seines Gegners vorbereitet. Er verfiel in einen Kampfrhythmus und griff unaufhörlich an. Schließlich versuchte der Wächter einen Konterangriff, und Dieredon nutzte sofort die Lücke in seiner Verteidigung. Er trat zu und traf das Kinn des Menschen.

»Schlag um Schlag«, erklärte Dieredon und grinste trotz

der Schrecken, die er in dieser Nacht bereits hatte mitansehen müssen. Schon bald würden die Armeen der Menschen in Richtung ihrer Wälder marschieren, aber jetzt wenigstens konnte er gegen einen Widersacher fechten, der ihm ebenbürtig war, und zudem wusste er, dass dieser Mensch den Tod verdient hatte.

Der Wächter schien sich weniger gut zu amüsieren. Er sprang zur Seite und flüchtete zu einem nahe gelegenen Gebäude. Dort packte er den Rand eines niedrigen Daches und sprang hinauf. Dieredon wollte ihm gerade folgen, aber in dem Moment schrien ihm seine feinen Instinkte eine Warnung zu. Er ließ sich zurücksinken und wirbelte herum, seine Klingen zu einer Parade erhoben.

Die Frau in dem roten Umhang prallte gegen ihn. Ihre Dolche klirrten, als Dieredon Schlag um Schlag parierte. Sie war fast genauso schnell wie der Wächter, aber vor allem bestürzte ihn ihre Geschmeidigkeit. Als er sie angriff, damit sie ihn nicht an die Wand des Gebäudes drängen konnte, hatte er das Gefühl, als würde er gegen einen anderen Elfen kämpfen. Aber ihre Fähigkeiten im Umgang mit den Dolchen waren nicht annähernd so gut. Er parierte einen Schlag, lenkte die Dolche zur Seite ab und stach dann mit seiner rechten Hand zu. Sie bog den Körper zur Seite und hätte seinem Schlag eigentlich ausweichen müssen, aber dieser Schlag war nur eine Finte gewesen. Statt ihn auszuführen, überwand er die Entfernung zwischen sich und der Frau und schlug beide Dolche zur Seite, als sie versuchte, sie ihm in den Leib zu rammen. Ihre Verteidigung war durchbrochen, und Dieredon holte aus, um ihr den tödlichen Stoß zu versetzen.

Bevor er dazu kam, krachten die Füße des Wächters in seine Schulter. Säbel zischten durch die Luft, wo er gerade eben noch gestanden hatte, aber Dieredon hatte sich abgerollt und war zwei große Sätze zurückgesprungen, um Abstand zu gewinnen. Jetzt standen ihm der Wächter und die Frau gegenüber, die Waffen fest in ihren Händen. Dieredon spannte sich unwillkürlich an, als ihm klar wurde, dass diese beiden trotz seiner Geschicklichkeit zu gefährliche Gegner waren, wenn sie gemeinsam gegen ihn kämpften.

»Ich habe keinen Streit mit dir«, sagte er zu der Frau.

»Ebenso wenig wie ich mit dir«, antwortete sie und duckte sich. »Aber du wirst Haern nicht töten.«

Sie griff an, und der Wächter folgte ihr. Ihre Dolche tanzten und zuckten wie Schlangen, und Dieredon konnte sich nur mit seiner linken Hand gegen sie verteidigen, weil der Wächter ihn von rechts angriff. Die Kampfkunst des Elfen wurde auf die Probe gestellt wie nie zuvor, und er blieb unaufhörlich in Bewegung, während seine beiden Klingen bei jeder Bewegung, die er machte, ihre Schläge parierten. Die Frau verstärkte ihre Bemühungen, aber Dieredon täuschte einen Angriff vor und stürzte sich dann auf den Wächter. Die beiden fochten in einem atemberaubenden Wirbel aus Klingen, Tritten und Schlägen. Blut floss.

Schließlich rollte sich Dieredon zur Seite. Eine Schnittwunde auf seiner Brust brannte. Dem Wächter ging es nicht besser. Er blutete aus zwei frischen Wunden an seinem linken Arm. Dann stürzte sich die Frau auf den Elfen, weigerte sich, ihm Ruhe zu gönnen. Er wehrte die Schläge ihrer Dolche ab und schlug ihr die Griffe seiner Schwerter gegen den Leib. Als sie sich bei dem Aufprall verdrehte, landete er einen befriedigenden Tritt in ihren Bauch. Sie schrie auf und taumelte zurück. Dieredon nutzte den Moment, um Abstand zwischen sich und seine Widersacher zu bringen und Luft zu holen. Der Wächter bereitete sich auf den nächsten Angriff vor, spreizte seine Beine, um vorzuspringen.

»Warum jagst du mich?«, wollte der Mensch wissen, während er die Winkel seiner Säbel permanent veränderte, damit Dieredon seinen nächsten Zug nicht vorausberechnen konnte. »Vor heute Nacht habe ich noch nie einen Elfen angegriffen.«

»Du hast Laryssa überfallen, niedergestochen und sie halbtot zurückgelassen. Für dich gibt es kein Gericht, keine Lügen, sondern nur Gerechtigkeit.«

»Gerechtigkeit?«

Dieredon nutzte die Verwirrung des Mannes und rannte los. Als die Frau versuchte, sich ihm in den Weg zu stellen, rutschte er über den Boden und zwang sie, zurückzuspringen, um seinem tiefen Schlag auszuweichen. Er rollte einmal über den Boden, dann sprang er hoch und stieß seine Schwerter vor. Der Wächter war bereit und stellte sich furchtlos seinem Angriff. Die Schwerter und Säbel prallten klirrend aufeinander. Die Kampfgeräusche hallten laut durch die Gasse. Dieredon schlug so rasch er konnte mit seinen Schwertern zu, aber der Wächter stand ihm an Geschwindigkeit in nichts nach. Jeder von ihnen landete ein paar oberflächliche Treffer, brachte dem anderen Wunden bei, die einfach nur ein bisschen bluteten.

Dann stürzte sich diese verdammte Frau schon wieder auf ihn und zwang Dieredon, seine Aufmerksamkeit aufzuteilen. Diesmal jedoch fiel der Wächter nicht auf eine Finte herein, die der Elf anwandte, um sich von den beiden zu lösen. Dieredon war klar, dass er fliehen musste, aber jetzt drängten ihn die beiden zurück, konnten endlich Seite an Seite kämpfen, während sie unaufhörlich zustachen und schlugen. Dieredons Langmesser wirbelten durch die Luft und wehrten jeden versuchten Schlag ab. Schließlich gerieten die beiden aus dem Rhythmus, aber statt anzugreifen, versuchte Dieredon zu flüchten. Doch er hatte ihre Schnelligkeit unterschätzt. Die Frau trat zu, und während sie über den Boden rollte, rammte sie ihm einen Fuß in die Seite. Er wurde vorangetrieben, bis er gegen eine Mauer prallte und sich mit voller Wucht den Kopf stieß. Er spürte, wie er das Gleichgewicht verlor, sank auf ein Knie und versuchte, den bevorstehenden tödlichen Schlag abzublocken. Aber er kam nicht. Noch nicht.

»Gerechtigkeit«, sagte der Wächter. Er klang ziemlich atemlos. »Ich habe Laryssa niemals angegriffen, du Narr! Wie sollte es da gerecht sein, mich zu töten?«

»Dein Zeichen«, erwiderte Dieredon und stand langsam auf. Ihm drehte sich fast der Magen um vor Schmerz, aber er versuchte, gelassen zu wirken. »Du hast dein Zeichen mit ihrem Blut in den Schmutz geschrieben.«

»Mein Zeichen? Woher weißt du das, Dieredon? Wer hat dir das gesagt?«

Die offenkundige Verblüffung des Wächters gab Dieredon zu denken. Er hatte gedacht, das Symbol wäre ein allgemein bekanntes Zeichen. Worauf wollte der Mann hinaus, bevor er ihn schließlich tötete?

»Unser Botschafter.« Dieredon wollte nicht mit einer Lüge sterben. »Er sagte, das offene Auge wäre dein Symbol.«

Der Wächter warf einen Blick auf die Frau, die den Namen »Alyssa« mit den Lippen bildete. Er richtete sich auf und gab seine Kampfhaltung auf.

»Hör mir zu, Elf, und spitze deine Ohren. Ich habe dieses Symbol seit jetzt fast zwei Jahren nicht mehr benutzt, und als ich es das letzte Mal tat, war das Hunderte von Meilen von hier entfernt, in Veldaren, einer Stadt der Menschen. Hier in

Engelhavn hat nur ein einziger Mann dieses Symbol benutzt, der Mann, der sich der Schemen nennt. Sag mir, Dieredon, woher weiß dein Botschafter, dass dieses Auge mein Symbol gewesen ist? Woher weiß er das?«

Jetzt war es an Dieredon, verwirrt zu sein. Weder die Frau noch der Wächter machten Anstalten, ihn zu töten, obwohl sie so hart gekämpft hatten. Er versuchte, trotz des Schmerzes zu denken, und schüttelte den Kopf. Nein, was sie da andeuteten, das konnte nicht stimmen.

»Ich bin nicht hierhergekommen, um einen Krieg anzuzetteln«, erklärte der Wächter hartnäckig. »Ich habe Laryssa nicht angegriffen. Du musst mir vertrauen.«

»Und warum sollte ich wohl ausgerechnet einem Menschen vertrauen?«

Der Wächter blickte an ihm vorbei in die Ferne. Ganz offenbar beschäftigte ihn etwas sehr. »Weil ich meine Unschuld beweisen kann«, sagte er. Er deutete mit der Spitze seines Säbels auf ihn. »Also, wie entscheidest du dich?«

Dieredon sah sie beide an, richtete sich auf und gab ihnen seine Antwort.

24. KAPITEL

Haern lief so schnell durch die ruhigen Straßen, wie ihn seine müden Beine tragen wollten. Kurz hinter ihm folgte Zusa, die leicht humpelte, eine Nachwirkung des brutalen Tritts des Elfen. Sie liefen durch das Gewirr der Gassen und versuchten, so gut sie konnten, einen möglichst geraden Weg einzuhalten. Sie hatten nur sehr wenig Zeit, und vielleicht war es sogar schon zu spät.

Als sie an dem sicheren Haus angekommen waren, das man ihnen zugewiesen hatte, blieb Haern kurz stehen und rang nach Atem. Sein Herz schlug ihm bis zum Hals, als er die Tür öffnete und in das Haus trat. Der Schemen lehnte mit verschränkten Armen an der gegenüberliegenden Wand. Die unverhüllte untere Hälfte seines Gesichtes zeigte wie üblich ein Lächeln. Alyssa war nirgendwo zu sehen.

»Das wurde auch langsam Zeit«, begrüßte der Schemen ihn. »Ich habe euch schon viel früher hier erwartet.«

»Warum?«, fragte Haern, als Zusa neben ihm auftauchte. »Wie konntest du uns so hintergehen?«

Der Schemen schob seine Kapuze zurück. Als er antwortete, veränderte sich seine Stimme. Sie klang kräftiger und tiefer. »Das ist eine sehr ungenaue Frage.« Graeven zog sein Schwert aus der Scheide auf seinem Rücken. »Ihr müsst euch schon etwas mehr anstrengen.«

»Wo ist Alyssa?« Zusa trat einen Schritt vor. Graeven drehte sich zu ihr herum und lächelte sie an.

»So viel Sorge, so viel Liebe. Du warst ein höchst unerwartetes Ärgernis, Zusa, aber doch nicht stark genug, um mir wirklich Kopfzerbrechen zu bereiten. Wenn du Alyssa finden willst … Sie hängt an einem Duckdalben im Hafen. Es sollte nicht mehr allzu lange dauern, bis die Händlerbarone sie finden. Ich bezweifle allerdings, dass sie ein besonders angenehmes Schicksal erwartet, wenn diese Schiffe erst wieder anlegen.«

Zusa zückte ihre Dolche, die in ihren Händen zitterten.

»Ich dachte, du wolltest Frieden.« Haern zog seine Säbel. »Ich dachte, du wolltest auf keinen Fall Krieg.«

»Ignoriere die Worte, die ich in dieser Gestalt geäußert habe, Wächter, und denk an jene, die ich dir in Ingrams Gefängnis zugeflüstert habe. Diese Stadt ist verdorben, eine Eiterpustel auf Dezrels Antlitz. Sie ist voller Hass, voller Mord, und all das wird nur schlimmer werden, wenn erst Violet überall auf den Straßen erhältlich ist. Ich habe das getan, was getan werden musste, um die Dinge wieder zurechtzurücken. Jeder Schritt, den ich getan habe, selbst als unser Botschafter, hat uns dem Krieg nähergebracht. Wir werden Engelhavn dem Erdboden gleichmachen, ganz und gar. Noch ist Zeit, dich mir anzuschließen. Wir müssen keine Feinde sein.«

»Ich muss zum Hafen«, flüsterte Zusa, und Haern nickte.

»Geh«, sagte er. »Möge Ashhur uns beistehen.«

Nachdem sie verschwunden war, ging Graeven vor ihm auf und ab und beobachtete ihn spöttisch. »Du wirst ganz alleine nicht gewinnen«, sagte er.

»Das weiß ich.«

Dieredon trat im selben Moment durch die offene Tür, seine Langmesser in den Händen. Als Graeven ihn sah, schüttelte er missbilligend den Kopf.

»Du warst noch nie in der Lage, auch nur die einfachsten Aufgaben auszuführen.«

»Warum hast du mich hierhergeholt?«, wollte Dieredon wissen. »Warum hast du unser Königshaus angegriffen? Wolltest du Ceredons Tochter abschlachten, um deine Ziele zu erreichen?«

»Ich habe sie nie auch nur angerührt!« Zum ersten Mal flammte Ärger in Graeven auf. »Ich habe ihre Tragödie nur benutzt, um meine Ziele zu erreichen, und selbst das hat mich fast krank gemacht. Und was das Warum angeht ... Du hast doch selbst unter den Menschen gelebt. Du hast ihr zerstörerisches Verhalten erlebt, ihre Rebellionen, ihre Sünden. Du musst doch verstehen, was ich getan habe, und begreifen, was noch getan werden muss. All jene, die sich für den Frieden einsetzen, selbst jene von unserem eigenen Blut, müssen für ihre Illusionen bezahlen.«

Dieredon nahm Kampfhaltung ein, was Antwort genug war.

Graeven seufzte. »Du kannst mich nicht bezwingen«, meinte er und zog seine Kapuze wieder über den Kopf. Sofort umhüllten die Schatten alles bis auf seine Augen und seinen Mund, und auch seine Stimme veränderte sich. »Ich war schon immer der Bessere von uns beiden, aber meine Position hat mir nie die Gelegenheit gegeben, es zu beweisen. Außerdem wäre es eine Beleidigung für mich gewesen, jemanden von so niederer Geburt wie dich herauszufordern. Ich hatte eigentlich gehofft, der Wächter würde dich töten. Nichts hätte mir größeres Vergnügen bereitet, als zu verbreiten, wie dein Vermächtnis durch die Hände eines *Menschen* beendet wurde.«
Dieredon stürzte sich auf Graeven, und Haern wartete ab, suchte nach einer günstigen Gelegenheit, einzugreifen. Der

Raum war ziemlich eng, und es würde schwierig für sie beide sein, nebeneinander zu kämpfen. Graevens Schwert wehrte die Langmesser des anderen Elfen ab, so hart, dass Funken stoben. Die beiden kämpften, und Haern überlief es kalt. Er kannte Dieredons Fähigkeiten, nachdem er gerade eben erst eine schmerzhafte Lektion durch die Kampfkunst des Elfen bekommen hatte. Aber als jetzt die beiden Elfen miteinander fochten, wusste Haern sofort, wer der Bessere war. Graeven hatte nicht gelogen. Er war der überlegene Kämpfer. Sein Schwert fuhr durch die Luft, als wäre es tatsächlich eine Verlängerung seines Körpers. Nach jedem Stich und jedem Schlag, den Dieredon versuchte, war er nicht mehr in der richtigen Verteidigungsposition. Es war nicht viel, und er erholte sich stets oder zog seine Langmesser zurück, um einen tödlichen Schlag abzuwehren, aber wenn er auch nur einen einzigen Fehler machte, würde er auf dem Boden verbluten.

Das bedeutete, er, Haern, musste ihm helfen. Als Dieredon zurückwich, griff Haern an. Aber seine überraschende Attacke war genauso wirkungslos, wie er erwartet hatte. Graeven schlug seine Säbel zur Seite und zwang ihn, einen Hieb abzuwehren, der nur eine Finte war, bevor Graeven sich wieder um Dieredon kümmerte. Die beiden tauschten erneut eine Reihe von Schlägen, woraufhin Dieredon eine weitere leichte Fleischwunde am Arm davontrug, bevor Graeven wieder in die Defensive ging und ihre vier Klingen mit einer Fähigkeit abwehrte, die schon eine hohe Kunst war.

Trotzdem, seine Möglichkeiten waren gegen zwei so gute Widersacher in diesem engen Raum sehr begrenzt, und das wusste Graeven auch. Gerade als sie ihn in eine Ecke drängen wollten, griff der Elf Haern an und überrumpelte ihn mit seiner atemberaubenden Geschwindigkeit. Haern konnte den Schwerthieb nicht parieren, sondern nur ablenken, sodass die Klinge nicht sein Herz durchbohrte, sondern stattdessen über die Knochen in seiner Schulter glitt. Es brannte wie der Schlund selbst, und Haern wich zurück, aus Angst vor einem weiteren Hieb. Doch statt sich auf ihn zu stürzen, rannte Graeven zur Tür, dicht gefolgt von Dieredon. Haern umklammerte seine Schulter und zwang den Schmerz in die Abgründe seines Verstandes. Dann lief auch er los, obwohl er wusste, dass er mit der Geschwindigkeit der beiden Elfen nicht Schritt halten konnte. Aber er musste es versuchen.

Was auch immer geschah, der Schemen musste heute Nacht sterben.

Die salzige Luft brannte in den Wunden auf Alyssas Armen. Der Schmerz war das Erste, was sie bemerkte, als sie wieder zur Besinnung kam. Das Zweite war, dass sie an ihren Handgelenken gefesselt in der Luft hing, was schrecklichen Druck auf ihre Schultern und ihren Rücken ausübte. Und das Letzte, was ihr klar wurde, war, dass Graeven sie weit schlimmer hintergangen hatte, als jeder andere in ihrem Leben es jemals getan hatte. Er war mitten in der Nacht gekommen, als sie wach auf ihrem Bett saß, weil sie keinen Schlaf hatte finden können.

»Was geht da draußen vor?«, hatte sie ihn gefragt. Als Antwort hatte er gelächelt, ihr seine Hand angeboten und ihr, als sie ihre ausstreckte, ins Gesicht geschlagen. Nach zwei weiteren Schlägen hatte sie das Bewusstsein verloren.

Jetzt öffnete sie die Lider und sah die großen Umrisse von Schiffen, die von ein paar sorgfältig geschützten Laternen beleuchtet wurden. Die Furcht legte sich wie eine Klammer um ihr Herz, als ihr klar wurde, dass diese Schatten immer näherkamen. Die Händlerbarone liefen wieder in den Hafen ein.

»Hilfe!«, schrie sie. Ihr schwacher Schrei war kaum lauter als ein Flüstern. Sie wehrte sich gegen die Seile, drehte sich herum, um in Richtung Stadt zu blicken, vergeblich. »Hilfe!«

Der zweite Schrei war besser, aber er klang immer noch schwach in ihren Ohren. Schlimmer jedoch als die Stille um sie herum war die unnatürliche Ruhe, die sich über die Stadt gelegt hatte. Niemand war unterwegs. Niemand würde kommen, um sie zu retten. Ihr liefen die Tränen über die Wangen. Das war es also, so würde sie sterben. Sie hatte nicht die leiseste Ahnung, warum der Elf sie hintergangen hatte, aber als sich die Schiffe näherten, fragte sie sich, ob die Händlerbarone ihm möglicherweise ein Kopfgeld versprochen hatten. Vielleicht dachten die Elfen ja, wenn sie starb, wäre das genug, ganz gleich, ob es durch ihre Hände oder die der Händlerbarone geschah. Vielleicht war Graeven keineswegs so sehr von ihrer Unschuld überzeugt. Letzten Endes spielte das alles aber auch keine Rolle.

Das einzig Wichtige war jetzt das kalte, triumphierende Lächeln auf Warrick Sunns Gesicht, als er über die Gangway auf die Pier hinunterging. Bewaffnete Seeleute und Söldner begleiteten ihn. Immer mehr Schiffe legten an, und mitten in dem Lärm kam Warrick näher. Sie hing an einem dicken Duckdalben. Das Seil war sehr geschickt um ihre Handgelenke geschlungen, sodass jede Bewegung ihrerseits es nur fester zog. Der alte Mann packte ihr Gesicht mit seiner runzligen Hand, sodass sie ihm in die Augen blicken musste. Sie machte keinen Versuch, ihren Ekel über seine Berührung zu verbergen.

»Ah, Alyssa«, meinte Warrick. »Wir haben einige geschäftliche Dinge zu besprechen. Ich hoffe, Ihr habt nichts dagegen.«

Sie weigerte sich zu antworten. Von den anderen Schiffen

kamen ebenfalls Männer an Land, von denen sie einige erkannte.

»Beim Schlund!« Stern schüttelte ungläubig den Kopf. »Ich kann nicht glauben, dass der Schemen tatsächlich Wort gehalten hat. Wirklich ein sehr schönes Geschenk.«

»Schneidet sie los«, befahl Warrick einem seiner Männer.

Der Schläger zog seinen Dolch und machte sich an den dicken Tauen zu schaffen. Als sie schließlich rissen, fing er sie auf, aber nicht, weil er sie vor dem Sturz schützen wollte, sondern weil er so ihre Brüste begrabschen konnte. Dann ließ er sie auf den Boden herunter und trat zurück. Alyssa zog ihre Hände aus den anderen Seilen heraus. Sie versuchte tapfer zu sein, baute sich so aufrecht wie sie konnte vor Warrick auf und ließ die Arme an den Seiten herunterhängen.

»Was hat das zu bedeuten?« Sie schlug einen entschlossenen Ton an. »Was glaubt Ihr dadurch zu gewinnen?«

»Wir haben sehr viel zu gewinnen«, erwiderte Warrick. »Denn heute Nacht feiern wir unseren Aufstieg zu Lords und Herrschern sowohl über Engelhavn als auch über den Rest des Ramere. Und das ist noch nicht alles. Wir feiern auch die vollständige Auflösung der Trifect.«

Alyssa schluckte ihre Angst herunter.

»Mich zu töten wird euch diesem Ziel nicht näherbringen«, sagte sie. »Mein Sohn lebt immer noch, und, täuscht euch nicht, er wird euch alle jagen und abschlachten, sobald er alt genug ist.«

Stern schlug ihr mit dem Handrücken ins Gesicht. Er wirkte dabei fast gelangweilt. Sie spuckte ihn an, während sie spürte, wie ihre Wange anschwoll.

»Seid nicht so kurzsichtig«, riet er ihr.

»Und Ihr?«, fragte Alyssa zurück. »Eure Enkelin wird am

Ende wegen alldem leiden, und doch nennt Ihr mich kurzsichtig?«

»Sie wird sehr viel früher erben, als du glaubst«, gab Stern zurück. »Und wenn sie erst einmal von dir befreit ist, wird Toris Los noch viel besser sein. Denn wir sind jetzt ihre Verbündeten, nicht du oder die Conningtons. Hier in Engelhavn wird sie gedeihen, frei von deinem Einfluss, frei von den Spielen, die ihr in Veldaren spielt.«

»Wie kommt Ihr dazu, zu glauben, dass ...?«

Warrick unterbrach sie mit einem Räuspern und griff dann in seinen Mantel. Er zog eine dicke, nicht versiegelte Schriftrolle heraus, reichte sie ihr, und sie nahm sie zögernd an sich. Während die anderen zusahen, rollte sie das Pergament auf und las. In fein säuberlicher Schrift, vermutlich Warricks eigener Handschrift, standen dort einfache Worte. Das Schreiben selbst war an König Edwin adressiert. Darin erklärte sie, Alyssa, dass die Trifect nicht länger existierte, kündigte sämtliche Handelsvereinbarungen mit den anderen Mitgliedern der Trifect auf und schwor, mindestens zwanzig Jahre lang keine weiteren Allianzen zu schließen.

»Das hier hat nichts zu bedeuten, weil ihr es mit vorgehaltener Waffe von mir erpresst«, erklärte sie schließlich. »Die anderen Angehörigen der Trifect werden davon erfahren, und ihr Zorn wird schrecklich sein.«

»Schrecklich?« Warrick lächelte sie an. Es war ein hässliches Lächeln, das seine vielen Zahnlücken zeigte. »Wirklich? Aber sagt, wer sollte das schon anfechten, wenn bedeutende Adelige die Untadeligkeit des Vertrages bezeugen können?«

»Und welche Zeugen wären das?«

»Das Oberhaupt der Keenans zum Beispiel.«

Alyssas Gefühl, verraten worden zu sein, wuchs. Erst hatte

Madelyn versucht, sie zu töten, und jetzt schlug sie die Trifect in Stücke, trotz der Hunderte von Jahren, die sie schon existiert hatte? Warum? Welcher Wahnsinn war über sie gekommen? Alyssa stand da, rieb sich die schmerzenden Handgelenke und betrachtete die Straßen. Gewiss, sie sah eine große Gruppe von Söldnern, die in ihre Richtung kamen. *Wenn doch Laurie noch leben würde,* dachte sie. Er hätte niemals so etwas Schreckliches zugelassen. Sie erwartete, Madelyn in der Gruppe zu sehen, erkannte jedoch nur Torgar, der an der Spitze ging.

»Wo ist Madelyn?«, erkundigte sie sich verwirrt, als Torgar vor ihnen stehen blieb und sich verbeugte.

»Wirklich ein Jammer.« Torgar grinste. »Der Schemen hat sie ermordet, so wie er ihren Ehemann umgebracht hat. Wie es aussieht, ist jetzt die kleine Tori der Vorstand der Familie, aber da ich ihr Vormund bin, erledige ich die Dinge für sie und entscheide, bis sie das entsprechende Alter erreicht hat.«

Alyssa war fassungslos. Der gesamte Einfluss und die Macht der Keenans in den Händen dieses Saufbolds? Was hatte sich Madelyn dabei gedacht? Starr vor Staunen sah sie zu, wie Warrick ihr die Schriftrolle aus der Hand nahm und sie Torgar reichte, zusammen mit einem kleinen Federkiel. Torgar kritzelte sein Zeichen unter die Urkunde und gab dem Händlerbaron Pergament und Kiel wieder zurück.

»Wir brauchen deine Hilfe nicht«, sagte der Söldnerhauptmann zu Alyssa. »Du kannst gerne in Veldaren verfaulen, zusammen mit den Conningtons. Hier unten gibt es für uns weit bessere Freunde, hab ich recht, Stern?«

Stern verschränkte die Arme vor der Brust, und trotz Torgars Grinsen schien er nicht allzu erfreut über die Rolle dieses Schlägers zu sein. »Ich erwarte, dass man sich vor allem gut um Tori kümmert«, erwiderte er. »Und wir haben eine Menge zu besprechen, du und ich.«

»Aber sicher«, erwiderte Torgar. »Dafür haben wir später noch alle Zeit der Welt.«

Alyssa beobachtete das alles, während sie das Gefühl hatte, ihr Verstand wäre gelähmt. Ihr Blut strömte wie Eiswasser durch die Adern. Mit Alyssas erpresster Zustimmung und Torgars bereitwilliger Unterschrift akzeptierten zwei der drei Mitglieder der Trifect die Auflösung des Bundes. Selbst wenn die Connington-Familie noch rechtzeitig ein Oberhaupt für ihr Unternehmen fand, um sich dem zu widersetzen, konnte kaum jemand etwas daran ändern. Alles, was sie über die Jahrhunderte aufgebaut hatten, würde in sich zusammenfallen. Es wäre vorbei, alles, und die Händlerbarone würden sich wie die Geier auf die Reste stürzen.

»Wir haben alle Zeugen, die wir brauchen.« Warrick drehte sich wieder zu Alyssa um. »Werdet Ihr jetzt unterzeichnen, oder müssen wir Euch nachdrücklicher … zureden?«

Sie würden sie foltern, das war ihr klar. Wie lange würde es dauern, bis sie zusammenbrach? Denn das würde sie. Jeder würde unter der Folter zusammenbrechen, wenn sie lange genug dauerte und genug Schmerzen zugefügt wurden. Aber obwohl sie das wusste, brachte sie es nicht über sich nachzugeben. Nicht vor diesem Abschaum.

»Ich werde nicht unterzeichnen«, sagte sie. »Es kümmert mich nicht, was ihr alles getan habt. Ich werde nicht unterschreiben. Mein Sohn wird ein Vermögen erben und nicht das Königreich eines Bettlers, das ihr ihm hinterlassen wollt. Versteht das als Ablehnung Eures Vorschlags.«

»Eigensinnig wie immer.« Stern winkte einen seiner größeren Soldaten zu sich. »Aber Ihr werdet schon bald die Vorzüge dieser Vereinbarung erkennen. Bindet sie und bringt sie zum Wasser.«

Als der Mann ihre Arme packte und sie hinter ihren Rücken bog, weigerte sie sich, ihm die Genugtuung zu gewähren, sich zu wehren. Sie fesselten ihre Handgelenke, schlangen das Tau um ihre Taille und zerrten sie dann zum Rand der Pier. Ein heftiger Schlag zwang sie auf die Knie, und ein Tritt raubte ihr den Atem. Als sie auf dem vom Salz verwitterten Holz lag, spürte sie, wie man ihr ein Seil um die Knöchel band.

»Und jetzt schwimm schön«, knurrte der Soldat und warf sie von der Pier ins Wasser. Sie holte tief Luft, bevor das eiskalte Wasser sie umhüllte. Es war schrecklich kalt. Der Druck um ihre Taille wurde stärker, und sie war einen Moment orientierungslos, als etwas sie an den Beinen nach oben zog, aber nur halb. Ihre Beine und Füße tauchten auf, ihre obere Körperhälfte jedoch blieb unter Wasser. Die Luft brannte in ihrer Lunge und sie biss die Zähne zusammen, während sie sich hin und her wand. Ihre Haut wurde taub, bunte Farben flimmerten vor ihren Augen. Schließlich konnte sie es nicht mehr aushalten und schluckte Wasser. Ihre Lunge schmerzte höllisch, und als sie würgte und spuckte, hob man sie aus dem Wasser und legte sie auf die Pier.

»Also.« Warrick kniete sich an den Rand der Pier, während Alyssa das eiskalte Wasser hinauswürgte. »Was haltet Ihr von unserem Alternativvorschlag?«

Sie sagte etwas, aber ihre Lippen zitterten, und ihre Lungen waren zu sehr damit beschäftigt, Luft einzusaugen, als dass sie viel Lärm hätten machen können. Warrick beugte sich dichter zu ihr.

»Wie war das?«

»Mistkerl.«

»Habe ich doch richtig gehört.«

Sie warfen sie wieder ins Wasser, und diesmal konnte sie sich nicht vorbereiten. Die Kälte war fast willkommen, ein betäubendes Gefühl, das das Brennen ihrer Nerven überlagerte. In ihrem ganzen Körper, bis auf ihre Lungen. Sie schienen zu lodern, und sie musste gegen das Bedürfnis ankämpfen, ihren Mund zu öffnen und das Wasser in sich hineinströmen zu lassen, sei es auch der letzte Atemzug, den sie tat.

Sie hielt jedoch aus, und als man sie herauszog, konnte sie rasch einen tiefen, verzweifelten Atemzug nehmen, bevor man sie wieder hineinwarf. Dieses Mal war es am schlimmsten. Das Blut hämmerte in ihrem Kopf, ihre Beine zitterten in der kalten Luft, und ihre Nasenflügel schmerzten von dem Seewasser, das hineingeströmt war und sich in ihrem Rachen gesammelt hatte. Jeder Gedanke an Widerstand löste sich auf. Sie würden sie immer und immer wieder eintauchen, die ganze Nacht, wenn es sein musste, bis sie schließlich brach. Hier lag sie, ihre Lungen drohten zu platzen, und dabei war es erst das dritte Mal. Wie sollte sie weitere zehn Minuten überleben? Oder zwanzig, oder eine Stunde?

Für Nathaniel, dachte sie. Ich ertrage es für meinen Sohn. Selbst wenn das bedeutete, dass sie einen kalten, würdelosen Tod starb, würde sie dafür sorgen, dass ihm sein Vermögen erhalten blieb.

Sie wurde untergetaucht, herausgeholt, untergetaucht, und jeder Atemzug, den man ihr gönnte, war immer ein wenig zu kurz. Schließlich konnte sie kaum noch denken, spürte nichts mehr, und dann erst zog man sie hinauf auf die Pier und ließ sie dort liegen, vollkommen durchnässt und zitternd. Warrick kniete sich neben sie, und als er seine Hand auf ihre Wange legte, spürte sie sie nicht.

»Ich verlange nur das, was rechtens ist, meine teure Alyssa.« Durch das Wasser in ihren Ohren hörte es sich an, als würde er so etwas wie väterliche Zuneigung heucheln. »Die Trifect hat einfach zu viele Jahre alles und jeden dominiert, und es wird Zeit, dass auch die restlichen Bewohner von Neldar handeln, feilschen und ohne Eure eiserne Kontrolle existieren können. Ihr habt durch Eure Herkunft geherrscht, Euch auf ein Vermögen gestützt, das schon Jahrzehnte vor Eurer Geburt aufgehäuft worden ist. Aber die alte Garde muss zerfallen und sterben. Ihr mögt uns verspotten, weil wir uns selbst Lords nennen, aber obwohl wir kein Land besitzen und nicht von vornehmer Geburt sind, haben wir weit mehr Einfluss als alle anderen hier im Ramere. Es ist unsere Flexibilität, unsere Entschlossenheit und unsere Rücksichtslosigkeit, der Ihr nichts entgegenzusetzen habt. Wir gedeihen, weil wir besser sind als Ihr, nicht, weil wir in diese Position hineingeboren worden wären. Wir sind die Zukunft, Alyssa, nicht Ihr. Also, werdet Ihr jetzt unterzeichnen?«

Alyssa lag mit der Wange auf dem Holz und beobachtete mit geröteten Augen, wie ein Schatten nicht weit von ihr entfernt über ein Dach kroch.

»Ich werde nicht unterzeichnen.« Ihre Stimme krächzte. »Und Ihr werdet mich nicht dazu zwingen.«

»Tatsächlich?« Warrick beugte sich vor. »Was macht Euch da so sicher?«

»Weil Ihr sterben werdet.«

Im nächsten Moment landete Zusa zwischen ihnen. Ihre Dolche ließen eine blutige Gischt von den Männern um sie herum aufspritzen. Alyssa sah zu, unfähig, sich zu rühren. Die Gesichtslose war ein wahres Spektakel, wie sie durch diese Gruppe von fast fünfzig Männern fuhr. Alyssa hatte sie noch nie so kämpfen sehen, nicht einmal, als sie gegen den dunklen Paladin Ethric gefochten oder sie vor den zahllosen Dieben beschützt hatte, die ihr ans Leder wollten. Sie hielt sich nicht damit auf, zu blocken oder zu parieren, sondern verließ sich stattdessen auf ihre Geschwindigkeit. Sie duckte sich unter Schlägen weg, warf sich zur Seite, während ihre Dolche Kehlen zerfetzten und sich in Augenhöhlen und in Herzen bohrten.

»Haltet sie auf!«, schrie Stern neben ihr. Alyssa bewegte ihren Kopf, als sie versuchte, Zusas Weg zu folgen. Die Männer hatten sich nach dem überraschenden Angriff neu gruppiert und rückten jetzt mit ihren Waffen vor. Zusa wurde langsamer, viele ihrer Angriffe verfehlten ihr Ziel oder wurden abgewehrt. Trotzdem sammelten sich die Leichen um sie herum, und Alyssa wagte weiterhin zu hoffen.

Stern geriet in Panik, packte ihr Haar und hielt ihr einen Dolch an die Kehle.

»Das wird sie nicht aufhalten«, murmelte Alyssa, und offenbar begriff Stern das ebenfalls.

Doch langsam wandte sich das Blatt. Alyssa sah, dass Zusa blutete, dass ihre Tuchbahnen in Fetzen von ihrem Körper herunterhingen. Trotzdem kämpfte sie weiter, aber jetzt war sie in der Defensive. Die Männer umringten sie, ließen ihr keinen Ausweg, doch dann sprang sie einfach über sie hinweg, stieg in den Himmel empor, als könnte die Welt sie nicht festhalten. Sie landete so dicht neben Alyssa, dass sie am liebsten die Hand ausgestreckt hätte, um sie zu berühren und sich davon zu überzeugen, dass sie wirklich real war. Aber im nächsten Augenblick war Torgar dort. Seine riesige Faust traf Zusa an der Schläfe. Sie taumelte, und er hämmerte ihr die Faust ins Gesicht. Als die Gesichtslose zusammenbrach, zog Torgar seine Klinge und machte Anstalten, sie damit zu durchbohren.

»Nein!«, schrie Alyssa.

Torgar hielt inne und sah sie an. Dann trat er Zusas Dolche zur Seite und setzte ihr den Fuß auf die Kehle. Warrick packte Alyssa am Hals und hob sie mit für sein Alter überraschender Kraft hoch.

»Ihr wertschätzt also ihr Leben, wenn schon nicht Euer eigenes?«, fragte er. »Unterzeichnet den Vertrag. Sofort, sonst lasse ich Euch zusehen, wie dieser Söldner ihre Haut in Streifen schneidet. Und dann werde ich Euch zwingen, sie zu tragen, Alyssa, so wie diese Lady da sich in Tuchbahnen hüllt.«

Zusa blickte benommen in den Himmel. Alyssa liefen die Tränen über das Gesicht. Torgar grinste sie an und setzte die Spitze seines Schwertes auf Zusas Handfläche. Er drückte zu. Zusa schrie und Alyssa auch.

»Ich mache es!«, schrie sie. »Bitte, nicht … Tötet sie nicht. Ich werde alles unterzeichnen, was Ihr von mir verlangt.«

Warrick grinste über das ganze Gesicht. »Ein kluges Mädchen. Holt einen Federkiel.«

Sie lösten die Fesseln um ihre Handgelenke, und einer der Seeleute musste sie festhalten, damit sie stehen blieb. Ihre Hände zitterten so heftig, dass Stern eine Fackel holte und sie unter ihre Handgelenke hielt, um sie zu wärmen. Alyssa starrte die ganze Zeit Zusa an, sah den Schmerz auf ihrem Gesicht, während das Blut aus ihrer Handfläche sickerte. Torgar drehte die Klinge hin und her, offenbar aus keinem anderen Grund als aus boshaftem Vergnügen. Zusa schrie diesmal jedoch nicht, und als das Gefühl in Alyssas Finger zurückkehrte, unterdrückte sie selbst einen Schmerzensschrei, trotz der Qual, die ihr das bereitete.

Als sie schließlich den Federkiel halten konnte, hielten sie die Schriftrolle hoch. Aber bevor sie unterzeichnen konnte, stieß einer der Männer einen Ruf aus, und die anderen blickten nach Norden. Eine große Abteilung Soldaten marschierte in ihre Richtung, und Alyssa schöpfte neue Hoffnung. Sie kannte das Banner. Es gehörte Lord Edgar, einem der mächtigsten Lords, der Lord Ingram Treue geschworen hatte. Sie waren bewaffnet, als wollten sie in die Schlacht ziehen, und sie hatte keinen Zweifel daran, wer ihr Feind war. Ingram hatte endlich seine Männer losgeschickt, um die Händlerbarone auszurotten. Jetzt endlich bewies er, dass er Engelhavn regierte und nicht sie. Sie wollte ihn anrufen, ihm zujubeln, aber sie war so müde, und außerdem drückte Torgar weiterhin seine Klinge in Zusas Hand und hatte seinen Fuß nach wie vor auf ihren schlanken Hals gesetzt.

Zudem schien Warrick Edgars Auftauchen nicht sonderlich zu bekümmern, und das ließ sie innehalten. Als sich die Soldaten näherten, traten die anderen Männer zur Seite und ließen Lord Edgar ohne Probleme zu Warrick Sunn gehen. Er trat vor den Händler, zog sein Schwert und … kniete sich hin. Als sein Knie das Holz der Pier berührte, erstarb die letzte Hoffnung in Alyssas Herzen.

»Die Stadt gehört Euch«, erklärte Edgar und stand wieder auf. »Ingram ist tot.«

»Das habt Ihr sehr gut gemacht.« Warricks Lächeln wurde noch strahlender. »Ihr wurdet bereits außerordentlich großzügig belohnt, aber Ihr werdet noch viel mehr bekommen. Das Volk ist zu uns übergelaufen, und in diesem Chaos werden wir diejenigen sein, die die Ordnung wiederherstellen. Wenn es soweit ist, wird selbst der König meine Ernennung zum Lord und Beschützer von Engelhavn akzeptieren. Ich verspreche

Euch, Edgar, Ihr werdet erheblich reicher belohnt werden, als wenn Ingram Euch abgefunden hätte.«

»Fangen wir damit an, dass Ihr mir Yorrs Ländereien überschreibt«, antwortete Edgar. »Er ist nämlich jüngst verstorben, weil er sich an meinem Schwert verschluckt hat.«

»Selbstverständlich.« Warrick wirkte ekelhaft amüsiert. »Selbstverständlich.«

Edgar sah Alyssa an und verbeugte sich tief. »Verzeiht mir, wenn ich ... störe«, sagte er und grinste.

»Ihr stört ganz und gar nicht«, antwortete Stern. »Alyssa wollte gerade eine Vereinbarung unterzeichnen, und Ihr seid ein ausgezeichneter Zeuge, falls sie versuchen sollte, sie später vor dem König zu widerrufen.«

»Aber gern. Dann nur zu, Alyssa. Unterzeichnet den Vertrag. Wir sind alle da.«

Alyssa fühlte sich gefangen und hilflos. Sie nahm den Federkiel und die Schriftrolle und las sie noch einmal durch. Jeder einzelne Satz bedeutete die Auflösung von jahrhundertelangem Handel. Er bedeutete das Ende der günstigen Preise für den Erwerb des größten Teils ihrer Waren. Er bedeutete das Ende der Sicherheit und der Stärke der Trifect. Sie waren jetzt auf sich allein gestellt, mussten mit den anderen wetteifern und sich bemühen, sich von alldem zu erholen, während die Händlerbarone nach Norden ausschwärmen und versuchen würden, ihnen selbst die letzten Goldmünzen zu rauben.

Den Vertrag nicht zu unterzeichnen bedeutete, dass sie ihr Leben verlieren würde und auch das von Zusa verwirkte. Sie würde ihren Sohn niemals wiedersehen. Wie stark sie auch sein mochte, das hatte jetzt nichts mehr zu bedeuten. Sie nahm den Federkiel, setzte ihren Namen unter das Dokument und ließ es dann auf das Holz der Pier fallen.

»So«, sagte sie, »es ist vollbracht. Jetzt lasst mich und Zusa gehen.«

»Nicht so hastig.« Warrick nickte Torgar zu. Der Mann lachte leise, zog sein Schwert zurück und zog es der Gesichtslosen über den Bauch. Vor Alyssas Augen explodierte die Welt in roter Gischt. Sie kreischte und stürzte sich auf Torgar, aber der ließ einfach nur sein Schwert los und packte sie an der Kehle.

»Du willst mich angreifen, Hure?« Er schlug ihr die Faust in den Bauch. Als sie sich zusammenkrümmte und würgte, hörte sie, wie Warrick mit Lord Edgar redete.

»Schickt sie zu den Elfen«, befahl der alte Mann. »Wir müssen diese Leute besänftigen, damit wir unsere Kontrolle über den Ramere festigen können. Ein besseres Versöhnungsgeschenk kann ich mir nicht vorstellen.«

»Nein.« Alyssa war außerstande, die Ungerechtigkeit all dessen zu akzeptieren.

»Hast du gehört?« Torgar zog sie dichter an sich, damit er ihr ins Ohr knurren konnte. »Du wirst deinen Kopf verlieren, weil du diese süße kleine Elfenschlampe angegriffen hast. Und weißt du, was das Beste daran ist? Ich war es, mit meinem Schwert. Du wirst für meine Verbrechen sterben, du dumme Metze, während ich Lauries Vermögen in die Finger bekomme. Ich kann mir kein besseres, angemesseneres Schicksal für eine hochfahrende Hochwohlgeborene wie dich vorstellen.«

Damit ließ er sie wieder auf die nassen Holzplanken fallen.

»Torgar, das genügt!«, schrie Stern, als der Söldner wieder nach ihr griff. Verschwommen sah Alyssa, wie die beiden Männer sich finster musterten, verstand aber den Grund nicht. Dann richtete sie ihren Blick auf Zusa, die dicht neben ihr lag und sie ansah. Sie zitterte. Eine tuchumwickelte

Hand presste sie auf die blutende Bauchwunde, mit der anderen griff sie nach ihr. Alyssa streckte ihre Hand aus, und ihre Finger berührten sich.

»Es tut mir so leid«, flüsterte Alyssa.

»Ihr drei da.« Stern winkte die Männer zu sich. »Packt sie.«

Die Männer ergriffen sie und rissen sie hoch. Dann schleppten sie sie weg, zur Burg, in das Verlies. Als sie fast außer Sichtweite waren, gelang es ihr, noch einen Blick zurückzuwerfen. Zusa lag immer noch auf der Pier, in einer Pfütze von ihrem eigenen Blut, als hätte man sie vergessen.

25. KAPITEL

Der Schemen flüchtete über die Straße, verfolgt von Dieredon. Der Elf wünschte sich sehnlichst, er hätte seinen Bogen mitgenommen, statt ihn vor der Stadt zu verstecken. Einen Feind wie Graeven erledigte man am klügsten aus der Ferne, und das war auch das Sicherste. Jetzt jedoch musste er ihn stellen, und als Graeven auf die Dächer kletterte, blieb ihm nichts anderes übrig, als ihm zu folgen. Sie sprangen über die Dächer, immer weiter weg vom Hafen. Die Häuser kauerten sich aneinander, und ihre Dächer bildeten einen schrägen, unebenen Weg, über den sie balancieren mussten. Als Graeven eine Straße erreichte, spannte er sich an, als wollte er auf die andere Seite springen. Stattdessen fuhr er jedoch herum. Dieredon ließ seine Langmesser in den Händen wirbeln. Die meisten Elfen hielten ihn für den besten Kämpfer ihres Volkes. Er würde keine Furcht zeigen und nicht zögern, ungeachtet seines Widersachers.

Sie prallten aufeinander, und diesmal hatten sie weit mehr Platz, um sich zu duellieren, als in dem engen Haus. Trotz des unebenen Bodens fühlte sich Dieredon unter freiem Himmel besser. Eigentlich hätte es ihm einen Vorteil verschaffen sollen, dass er zwei Klingen hatte, während Graeven nur über ein Schwert verfügte, aber der Schemen griff unaufhörlich an und schlug mit so viel Wucht zu, dass Dieredon die Hiebe nicht mit nur einer Hand blocken und sie ebenso wenig mit seinen dünnen, leichten Langmessern einfach parieren konnte. Seine einzige Hoffnung bestand in einem Gegenangriff, aber jedes Mal wenn er sich unter einem Schlag wegduckte und sich anschickte zu attackieren, war Graeven bereits zurückgewichen oder hatte den Winkel seiner Klinge verändert, um zuzustoßen.

Dieredon machte trotzdem weiter und weigerte sich, aufzugeben. Aber er blutete und hatte bereits etliche Wunden bei dem Kampf mit Haern und Zusa davongetragen. Während sie fochten und jede Sekunde für ihn eine Quälerei und ein Wirbelwind aus Paraden und Stößen, Schlägen und Ausweichmanövern war, bestätigte sich, was er schon immer gewusst hatte: Graeven war mindestens genauso gut wie er, wenn nicht sogar besser.

Er brachte einen tiefen Schlag mit seinem Schwert an, und als Dieredon ihn mit beiden Klingen abblockte, versuchte er gleichzeitig den Abstand zwischen ihnen mit einem Schritt zu überwinden. Graeven jedoch drückte weiter zu und zwang Dieredon dazu, seine Klingen tief zu halten. Dann stieß er mit dem Kopf vor und rammte seine Stirn gegen Dieredons Nase. Sterne explodierten vor seinen Augen, und er versuchte zurückzuspringen, aber Graeven erwischte ihn mit seiner Faust. Mit dem Ellbogen wehrte er Dieredons Stoß ab und rammte ihm dann den Unterarm gegen die Kehle. Geblendet und würgend versuchte Dieredon einen letzten Stich anzubringen, der jedoch verpuffte. Graeven brachte sich mit einem Salto rückwärts aus der Gefahrenzone, und dabei krachte sein Fuß gegen Dieredons Kinn. Die Wucht rammte ihm die Zähne aufeinander, und er spürte, wie ein Stück seiner Zunge aufplatzte. Blut spritzte warm durch seinen Mund.

Dieredon sank auf ein Knie und spuckte einen winzigen

Fleischbrocken aus. Er atmete keuchend und sah Graeven wütend an, der langsam näher kam. »Du beschämst uns alle«, erklärte er.

»Ich tue nur, was getan werden muss. Was wir schon vor Jahrhunderten hätten tun sollen. Wir können die Bedrohung nicht länger ignorieren, die die Menschen für uns darstellen, und auch die Augen nicht vor dem Bösen verschließen, das sie in ihren Herzen tragen. Sieh, was sie unseren Brüdern in Dezrel angetan haben. Sie haben den Pöbel losgeschickt, mit Feuer und Eisen, und trotz all unserer Fähigkeiten, all unserer Magie mussten wir fliehen. Ich war dabei, Dieredon. Ich habe zugesehen, wie sich die Rauchwolken Hunderte Meilen lang ausdehnten. Ich habe mit angesehen, wie unsere Kinder von Tausenden von Pfeilen niedergestreckt wurden. Und jetzt drängt das Volk von Engelhavn gegen unsere Grenzen, und viele von uns wollen sich einfach niederknien und den Kopf neigen, was es unseren Henkern noch einfacher machen würde. Das werde ich nicht zulassen, verdammt, ich werde es nicht zulassen!«

Dieredon riss seine Langmesser hoch, als Graeven mit seinem Schwert zuschlug. Bei dem Aufprall erzitterten seine Arme, und er spürte, wie sich die Muskeln in seinem Hals und seiner Brust anspannten, als er verzweifelt dagegen ankämpfte, dass sich die Klinge seinem Hals näherte. Graeven legte sein ganzes Gewicht hinein und hatte seine Füße so gestellt, dass er ausweichen konnte, falls Dieredon auf die Idee kam, ihm gegen die Beine zu treten. Die Spitze des Schwertes näherte sich immer mehr dem Hals des Elfen, und er veränderte diese Stoßrichtung, sodass er direkt auf sein linkes Auge zielte. Dann stieß er zu, und Metall kreischte, als die Schneide des Schwertes über die der Langmesser fuhr.

Die Spitze bohrte sich jedoch in das Dach, weil Dieredon sie im letzten Moment hinaufgestoßen hatte. Er trat nach Graevens Knie, aber sein Fuß traf nur Luft. Sie waren beide schlecht positioniert und mussten um ihr Gleichgewicht kämpfen, doch Graeven erholte sich als Erster. Das Schwert schnitt zweimal über Dieredons Brust, und als der Elf zurücktaumelte, trat Graeven vor und versetzte ihm einen Schlag gegen das Bein. Der Schmerz war nahezu unerträglich. Dieredon sank auf ein Knie und versuchte sich zu verteidigen, aber Graeven schlug seine Langmesser beiseite, als wäre es Spielzeug. Wieder fügte er ihm eine Schnittwunde zu, diesmal am Arm.

Dieredon sank auf den Rücken, und Graeven stand hoch aufgerichtet über ihm. Er lächelte aus seiner dunklen Kapuze hervor.

»Ich sagte dir ja, dass ich der Bessere bin«, erklärte er. »Es ist nur schade, dass niemand anders das jemals erfahren wird.«

Dieredon warf seine Messer, aber Graeven lenkte sie mit seinem Schwert zur Seite. Dann schlug er ihm mit der flachen Seite der Klinge ins Gesicht, als wollte er einen Schüler tadeln.

»Mag sein«, erwiderte Dieredon, der seinen Kopf auf das Dach sinken ließ. »Aber du hast jemand vergessen.«

Mit flatternden Umhängen tauchte der Wächter auf. Im blassen Licht der Sterne sah er aus wie Graevens Spiegelbild.

Haern landete auf dem Dach. Er hatte seine Säbel gezückt, und das Blut rauschte ihm in den Ohren. Dieredon war offensichtlich besiegt, aber er schien noch am Leben zu sein, wenigstens etwas. Er spreizte die Beine und bereitete sich auf einen Angriff vor, sollte Graeven auch nur die kleinste drohende Bewegung in Richtung Dieredon machen.

»Tritt zurück!«, befahl er dem Schemen.

Graeven lachte. »Warum? Bedeutet er dir etwas? Hast du ihn schon jemals zuvor gesehen? Er ist unser Spürhund, unser Jagdhund. Du solltest über seinen Verlust nicht trauern.«

»Ich sagte, tritt zurück!«

Graeven setzte die Spitze seines Schwertes an Dieredons Hals. »Du bist nicht in der Position, Forderungen zu stellen, Wächter.«

Haern machte einen Schritt auf ihn zu, wobei er Dieredon ebenso scharf beobachtete wie Graeven. Noch ein Schritt, und die Spitze grub sich fester in die Haut des Elfen.

»Die Sache wird anders ausgehen, als du denkst«, erklärte Haern.

»Das sehe ich anders.«

Dieredon sah Haern an und nickte kaum merklich, womit er ihm das Zeichen zum Angriff gab. Haern sprang vor, doch bevor Graeven den anderen Elfen erstechen konnte, hatte Dieredon das Schwert mit den Armen zur Seite geschlagen und war dem tödlichen Stoß entgangen. Da der Elf sich sofort wegrollte, konnte Graeven ihm nicht folgen, denn jetzt griff Haern ihn an. Seine Säbel klirrten gegen Graevens langes Schwert, und der schrille Lärm klang in Haerns Kopf wie eine Totenglocke. Seine Instinkte übernahmen die Kontrolle. Er schlug mit seinen Säbeln zu, hoch und tief, und Graeven parierte den tiefen Schlag, während er sich unter dem anderen wegduckte. Er wirbelte herum und schlug nach Haerns Knien, aber der wich aus und schleuderte Graeven seinen Umhang ins Gesicht.

Graeven griff an, sobald er wieder sehen konnte, und nutzte seine größere Reichweite. Haern parierte etliche Schläge mit beiden Säbeln und versuchte, sich auf die unglaubliche Geschwindigkeit des Elfen einzustellen, bevor er dann seinerseits in die Offensive ging. Seine Säbel zischten durch die Luft, aber er hatte den Schlag nicht genau abgeschätzt. Graeven schlug beide beiseite, trat näher und rammte Haern den Ellbogen gegen den Hals. Als er zu würgen begann, schlug Graeven erneut zu; diesmal hämmerte er ihm den Griff seines Schwertes auf den Schädel. Haern sank auf die Knie und erwartete den stechenden Schmerz, wenn der Elfenstahl ihm das Leben nahm, aber nichts geschah.

Stattdessen stolzierte Graeven vor ihm auf und ab, gerade außerhalb der Reichweite seiner Säbel.

»Warum kämpfen wir eigentlich?«, fragte er. »Ich schwöre dir, Mensch, deine Blindheit ist manchmal wirklich verblüffend.«

»Du bist ein herzloser Mörder.« Haern rappelte sich langsam wieder auf. »Warum sollte ich dich am Leben lassen?«

Graeven lachte. »Ich werde am Leben bleiben, ganz gleich was du tust. Aber begreifst du denn nicht, wie ähnlich wir uns sind? Sieh dich um! Erkennst du nicht, was ich bereits erreicht habe?«

Überall in der Stadt brannten Feuer, Stadtwachen patrouillierten in dem Gebiet rund um Ingrams Burg, und am Hafen hing Alyssa, gebunden und geknebelt, und wartete auf Zusa, damit sie sie rettete. *Oh ja,* dachte Haern, *ich kann das sehr genau erkennen.*

»Gar nichts hast du erreicht«, erwiderte er. »Und wir beide sind uns nicht im Geringsten ähnlich.«

»Versuch zur Abwechslung einmal, die Augen zu öffnen, vielleicht siehst du es dann anders.«

Haern trat zur Seite, täuschte einen Stoß vor und stürzte sich dann auf Graeven, während er mit aller Kraft zuschlug.

»Was kannst du schon von mir wissen?«, schrie er, während seine Säbel durch die Luft zischten und das Klirren des Eisens über die Dächer hallte, als Graeven jeden einzelnen Schlag mit einer geschickten Wendung seiner Klinge parierte. Haern versuchte verzweifelt eine komplizierte Reihe von kurzen Stößen, die er von einem seiner vielen Trainer gelernt hatte. Die Idee dahinter war, seinen Widersacher mit Angriffen zu überwältigen, sodass, wenn endlich ein Schlag die Verteidigung durchdrang, Haern seine ganze Kraft hinter den Stoß legen konnte. Nur war Graeven kein normaler Widersacher und wich Schritt um Schritt bei jedem Stoß zurück. Er parierte die Schläge nur, wenn Haern versuchte, sich ihm zu nähern. Als er die Angriffe nicht weiter aufrechterhalten konnte, versuchte er sich zurückzuziehen, und in dem Moment griff Graeven an.

Haern riss seine Säbel hoch, als der Elf zuschlug, was jedoch seine Flanke öffnete, und Graeven nutzte das sofort. Haern stolperte über seinen Fuß und landete krachend auf dem Dach. Der Aufprall nahm ihm den Atem. Wieder erwartete er den tödlichen Schlag, aber Graeven trat zurück und ließ sein Schwert durch die Luft wirbeln, als würde er sich langweilen.

»Ich weiß so viel über dich, Haern«, sagte er. »Ich kenne die Rolle, die du im Kampf zwischen den Gilden und der Trifect gespielt hast. Gerüchte über diesen armseligen kleinen Krieg drangen an meine Ohren. Sie gaben den Aktionen eines einzelnen Mannes die Verantwortung, und ich hatte nur Spott dafür übrig. Aber der Waffenstillstand dauerte an, also schlich ich mich in Verkleidung nach Veldaren. Stück um Stück, Geschichte um Geschichte erfuhr ich, was du getan hattest. Ich hörte, wie der Abschaum der Stadt deinen Namen aussprach. Du warst ein Vorbild für mich, eine Hoffnung in dieser sterbenden Welt. Meine Rasse ist den Menschen zahlenmäßig hoffnungslos unterlegen, und sie wird jeden Tag weniger, während die Menschen sich wie eine unaufhaltsame Seuche ausbreiten. Aber eure Städte, der wahre Ort eurer Macht, sind auch gleichzeitig eure Schwäche. Also dachte ich, wenn ich es schaffe sie zu vernichten, dann können wir vielleicht überleben. Und du, du warst ein einziger Mensch, der eine ganze Stadt in seinem Griff hatte.

Ich dagegen war in Engelhavn, das seine blutigen Finger nach unseren Wäldern ausstreckte. In allen Fraktionen, selbst unter meinem eigenen Volk, tötete ich jene, die es nach Frieden verlangte, die lieber Abmachungen und Konzessionen machen wollten, als der wahren Hässlichkeit des Konfliktes ins Auge zu sehen, der ausgefochten werden musste, wenn wir das nächste Jahrhundert überleben wollten. Als ich dein blutiges Auge zum ersten Mal benutzte, war das als Hommage gemeint, es war kein Ruf. Aber stell dir mein Entzücken vor, als du dann tatsächlich hier auftauchtest. Ich glaubte, du könntest mir helfen, ich dachte, du würdest die Notwendigkeit dessen sehen, was ich tat. Engelhavn ist viel schlimmer, als Veldaren jemals gewesen ist. Die Stadt kann nicht gerettet werden, sie hat kein Verlangen nach Frieden und keine Hoffnung auf etwas Besseres. Hier herrschen nur Gier und Hass, nichts anderes.«

Haern stand wieder auf, und Graeven griff ihn mit einer solchen Wut an, dass er sich zurückziehen musste. Die lange Klinge zischte durch die Luft, jeweils kaum einen Zentimeter von seinem Körper entfernt.

»Du hast die widerwärtige Dunkelheit in Veldaren gezähmt«, sagte der Elf, während er Haern über das Dach jagte. »Du hast Hunderte getötet, um eine letzte Konfrontation zu erzwingen und die Schuldigen zu unterwerfen. Hilf mir, dasselbe hier zu tun. Alles, was ich getan habe, galt nur dem Zweck, einen Krieg zu erzwingen. Einen Krieg, der nötig ist, um den Nationen Klarheit zu verschaffen. Mein Volk wird diese Stadt niederbrennen, in einer glorreichen Reinigung, die ganz Dezrel, sowohl das Dezrel der Elfen als auch das der Menschen, so dringend benötigt.«

»Ich bin nicht du!« Haern versuchte einen Gegenangriff, der rasch abgeblockt wurde. »Ich werde keine Unschuldigen ermorden!«

»Du ermordest die ganze Zeit über Unschuldige mit deinen Taten, du verdammter Narr. Du sorgst dafür, dass Kinder verhungern, Frauen keinen Schutz mehr haben und die Gilden so schwach sind, dass andere sie in Stücke reißen können. Celestia sei mir gnädig, bist du wirklich so naiv?«

Haern versuchte, ihn zum Schweigen zu bringen, die Worte zu ignorieren, die seine eigenen Gedanken zu wiederholen schienen, die die Schuld aufs Neue weckten, die er seit Jahren mit sich herumschleppte und die er so gut wie möglich verdrängt hatte. Graeven sah seinen inneren Aufruhr, und er kämpfte sich dichter an Haern heran, erzwang eine Lücke in seiner Verteidigung, sodass er ihm eine oberflächliche Wunde auf der Brust zufügen konnte. Während Haern zurücktaumelte und sein Hemd sich blutrot färbte, schüttelte Graeven die Tropfen von seinem Schwert.

»Wir sind gleich, Wächter. Ich bin dein Spiegelbild, dein Schatten, die natürliche Weiterentwicklung des Wesens, als das du begonnen hast. Wirf dein Leben nicht grundlos weg. Sieh, was wir beide alleine bereits erreicht haben, durch Manipulation und pure, brutale Kraft. Stell dir vor, was wir zusammen noch vollbringen könnten! Wir könnten Licht in die

Dunkelheit der Menschen bringen. Wir könnten all die Ecken und Winkel aufspüren, in denen sich die Krankheiten verbergen, und sie bis auf die Grundmauern niederbrennen. Hilf mir! Kämpfe neben mir. Wir haben dieselben Ziele, dieselben Methoden. Begreifst du das nicht?«

»Unsere Methoden mögen dieselben sein.« Haern sammelte seine letzte Kraft. »Aber ich habe Veldaren niemals zerstören, sondern nur retten wollen. Ich werde nicht das Monster sein, das du aus mir machen willst.«

Graeven schüttelte den Kopf. »Dann muss ich als Nächstes nach Veldaren gehen. Ich werde beenden, was du angefangen hast. Ich werde jeden jagen, den du kanntest, den du liebtest, und ihn zur Strecke bringen. Niemand betrügt mich, Wächter. Welches Vermächtnis du auch immer hinterlassen haben magst, ich werde es zerstören und es durch mein eigenes ersetzen.«

Haern hatte das Gefühl, als würde die Zeit langsamer laufen, als er Kampfposition einnahm. Er stellte sich vor, wie der Schemen in Veldaren wüten würde, wie er Priester, Diebe und Söldner abschlachtete, und das nur, um Chaos und Aufstände zu provozieren. Er stellte sich vor, wie jeder Schritt, den er in seinem Leben getan hatte, entwertet wurde, wie der gefährdete Friede brach und ein Gemetzel folgte, schlimmer als jemals zuvor. Er dachte an Tarlak und Brug, die versuchten, dagegen anzukämpfen, nur um am Ende überwältigt zu werden. Vor allem aber dachte er an Delysia, die durch die Hände des Schemens sterben würde.

»Nein.« Er verlagerte sein Gewicht auf das hintere Bein. »Das wirst du nicht tun.«

Hilf mir, Ashhur, betete er, als Graeven sein Schwert durch die Luft wirbeln ließ. *Nicht meinetwegen, sondern um ihretwillen.*

Der Elf griff an, und Haern warf sich ihm entgegen. Sie krachten in der Luft zusammen, eine brutale Kollision aus Tritten und Schlägen. Das Schwert des Elfen riss ihm eine Wunde am Schenkel, und der Schmerz war beinahe unerträglich. Er traf mit seinem Absatz Graevens Kiefer, und die Klinge seines Säbels zog eine blutige Spur über die Knöchel des Elfen. Sie landeten Rücken an Rücken. Graeven schlug hinter sich und verdrehte seinen Körper, während er seine Füße fest auf dem Boden ließ. Haern bog sich nach hinten, und die Klinge zischte unmittelbar über seine Brust hinweg. Dann richtete er sich wieder auf und stieß mit beiden Säbeln zu, aber der Elf schlug die Klingen zur Seite.

Sie standen sich wieder gegenüber und duellierten sich weiter. Haern wurde von einer Wut angetrieben, die dem Wahnsinn glich. Er griff unaufhörlich an, wirbelte und stieß mit einer solchen Präzision zu, dass selbst sein Vater stolz auf ihn gewesen wäre, wie er unwillkürlich dachte. All seine Bedenken, all seine Zweifel verblassten, als seine Säbel das Lied der Gewalt sangen. Er hatte sich einmal selbst für ein Monster gehalten, doch jetzt hatte er es mit einem wahren Monster zu tun, einem Wesen, das sich dem Tod und der Vernichtung verschworen hatte, das Leben nur nahm, nicht beschützen wollte. Er überwand alle Grenzen, die er kannte, trotz der Schmerzen seiner Verletzungen, trotz des Bluts, das über seine Umhänge rann.

Aber Graeven fiel nicht, und schließlich war Haerns Kraft fast erschöpft. Er hatte nur noch einen letzten Trick in die Waagschale zu werfen, den Schattentanz, auf den er sich schon all diese Jahre verlassen hatte. Graeven hatte ihn zwar trotzdem schon einmal besiegt, aber Haern vertraute darauf, er wusste, wie der Elf reagieren würde, wenn er ihn ein zweites Mal anwendete. Er wich zurück und begann, sich zu drehen, während sich seine Umhänge teilten und in einem bizarren Muster flatterten, um seine Waffen und die Position seiner Hände und Füße zu verbergen. Als Haerns Blickfeld einen winzigen Moment durch die Umhänge verhüllt war, puffte Rauch auf, wie er es erwartet hatte. Graeven hatte sich nach links gewendet, bevor er verschwand, und Haern trotzte allen Instinkten, allen Informationen, die er aufgrund der Haltung des Elfen bekommen hatte, aufgrund seines Blicks und auch seiner Bewegungsrichtung, wirbelte herum und stieß mit seinen Säbeln blindlings nach rechts.

Graevens Schwert schnitt in seinen Arm, und Blut spritzte, aber es war nicht der tödliche Hieb, den er hatte führen wollen. Dann riss der Elf die Augen auf, und sein Schwung trug ihn direkt bis in Haerns Arme, so als wollte er ihn umarmen. Er riss den Mund auf, und seine Lippen zitterten. Haern verdrehte die Handgelenke und riss seine Säbel aus Graevens Bauch. Metall klapperte und Kleidung raschelte, als der Elf auf dem Boden landete. Er lag auf dem Rücken. Haern stand neben ihm und beobachtete ihn, während das Blut von seinen Säbeln tropfte.

»Mich zu töten wird es nicht verhindern.« Graeven hustete, und Blut quoll über seine Lippen. »Euer Krieg und euer Hass sind eine Seuche, die euch zerstören wird, eine Flamme, die euch am Ende verzehren wird. Selbst ohne mich werdet ihr Menschen euch gegenseitig vernichten.«

»Ich weiß.«

»Warum dann das hier, Wächter? Warum hältst du mich auf?«

Haern kniete neben Graeven und sorgte dafür, dass der Elf das Glühen in seinen Augen sehen konnte. »Weil ich es muss.

Ich werde dagegen ankämpfen, bis zu meinem letzten Atemzug. Ich werde gegen unser Scheitern und unsere Schwächen kämpfen, gegen unseren Hang zur Zerstörung. Ob ich nun Erfolg damit habe oder nicht, ich werde nicht einfach untätig danebensitzen und zusehen, wie unsere Welt brennt. Es gibt Gutes in uns, auch wenn du das nicht erkennen kannst. Und irgendwie werde ich einen Weg finden, um dieses Gute zu retten.«

Graeven rollte sich auf den Bauch und kroch dorthin, wo Dieredon immer noch kniete. Der Meisterspäher hatte den ganzen Kampf und auch den Wortwechsel verfolgt.

»Sie werden uns verschlingen«, sagte Graeven. Seine Stimme wurde schwächer. »So wie sie sich selbst verschlingen. Aber müssen wir wirklich mit ihnen sterben?«

Dieredon schüttelte den Kopf. »Darüber hast du nicht zu befinden, Graeven. Stirb jetzt, und möge Celestia dir die Gnade gewähren, die ich dir nicht geben kann.«

Haern setzte seinen Säbel auf den Rücken des Elfen, die Spitze über dem Herzen. »Leb wohl.« Er stieß zu.

Graeven keuchte auf, seine Hände zuckten, und dann rührte er sich nicht mehr.

Dieredon stand langsam auf, wobei er darauf achtete, sein verwundetes Bein so wenig wie möglich zu belasten. Haern nahm derweil die Kapuze seines Umhangs und schnitt sie mit seinem Säbel ab. Dann warf er das Stück Tuch beiseite und nahm Graevens Kapuze. Er hielt sie in seinen Händen. Es waren Blutflecken darauf, aber sie waren in dem dunklen Material kaum zu erkennen. Er holte tief Luft und setzte sie auf. Sofort legten sich Schatten über sein Gesicht, und als er sprach, veränderte sich seine Stimme. Die subtile Magie legte sich über sein Gesicht und seine Worte.

»Es ist zu Ende«, sagte er.

Dieredon runzelte die Stirn. »Du willst ihm noch im Tod solche Ehre erweisen?« Er deutete auf die Kapuze.

Haern schüttelte den Kopf. »Keine Ehre, und ich mache das auch nicht seinetwegen«, gab er zurück. »Es ist eine Erinnerung, damit ich es nie vergesse.«

»Was?«

Haern blickte auf Graevens Leiche. »Wir sind Menschen, keine Götter, ganz gleich, wie viel Leben wir auch nehmen mögen. Kannst du laufen?«

Dieredon schüttelte den Kopf. »Geh voraus. Suche deine Freunde am Hafen. Ich werde nicht weit hinter dir sein.«

»Ich werde warten.«

Haern rannte nicht und sprang auch nicht vom Dach. Sondern er kletterte umständlich hinab, bis er endlich festen Boden unter den Füßen hatte, und humpelte dann zum Hafen.

26. KAPITEL

Der Morgen war nicht mehr weit entfernt, und die Nacht war wie immer um diese Zeit besonders dunkel, als Haern sich langsam dem Hafen näherte. Schon von weitem sah er etwas, das ihn bestürzte. Er biss die Zähne zusammen und klammerte sich an einen letzten Rest Hoffnung.

»Nein«, flüsterte er. »Bitte, Ashhur ... Nein, so kann es nicht enden. So darf es nicht enden!«

Und doch lag Zusa so regungslos da.

Er schlang die Umhänge fester um sich, weil ihm plötzlich so schrecklich kalt war, aber er ging weiter. Von Alyssa war nichts zu sehen. Selbst die vielen Schiffe an der Pier wirkten verlassen. Haern konnte sich vorstellen, wohin sie gegangen waren. Sehr wahrscheinlich in Ingrams Burg. *Sollen sie doch um die Stadt kämpfen,* dachte er. Was ihn anging, konnten sie sie haben.

Als er Zusa erreichte, kniete er sich hin und legte seine Hand an ihren Hals. Er hielt den Atem an und schloss die Augen, weil er die blutige Wunde auf ihrem Bauch nicht betrachten und sich nicht vorstellen wollte, wer dafür verantwortlich war.

Er fühlte einen Puls.

»Danke, Ashhur«, flüsterte er.

Er riss ein Stück Tuch von seinem Umhang ab und stopfte den saubersten Teil, den er finden konnte, auf die Wunde, um die Blutung zu stillen. Nachdem er den provisorischen Verband festgebunden hatte, hob er sie ganz vorsichtig an. Sie stöhnte, als er sie bewegte, und er sah, wie sie die Augen aufschlug. Behutsam entfernte er die Tuchbahnen von ihrem Gesicht, damit er sie besser sehen konnte. Einen Moment später schien sich ihr Blick zu fokussieren, und sie sah ihn an. Trotz ihrer Schmerzen flog ein schwaches Lächeln über ihr Gesicht.

»Wusste … du würdest kommen.« Ihre Stimme klang heiser.

»Still!«, befahl er und widmete sich der Aufgabe, die Wunde zu verbinden. »Bleib ruhig liegen, bis ich das besser untersuchen kann. Ich kann kaum glauben, dass du überhaupt noch lebst.«

Er hörte leise Schritte auf dem Holz hinter sich und sah sich um. Dieredon kam langsam näher. Er hatte sein verletztes Bein verbunden und einen langen Stock gefunden, den er als Krücke benutzte.

»Wo ist Lady Gemcroft?« Der Elf sah sich auf der leeren Pier um.

»Sie haben sie mitgenommen.« Zusa musste mehrmals schlucken, damit ihre Stimme nicht brach.

»Wer?«, wollte Haern wissen.

»Die Händler … Sie wollen sie den Elfen ausliefern.«

Dieredon schüttelte den Kopf und murmelte ein paar Worte auf Elfisch. »Ich kann sie retten, wenn ich schnell handle. Könnt ihr alleine aus der Stadt entkommen?«

»Wir müssen sie zuerst heilen«, entgegnete Haern. »Wenn du mir eine Stunde Zeit gibst, dann glaube ich, dass ich uns hier rausschaffen kann.«

Der Elf nickte. »Ich darf mich nicht im hellen Tageslicht

blicken lassen«, erklärte er. »Ich glaube nicht, dass die Stadtwachen sonderlich erfreut auf meine Anwesenheit reagieren würden.«

Haern lachte unwillkürlich. »Wo werden wir dich dann finden?«

»Ich werde euch finden«, erwiderte Dieredon. »Darin bin ich am besten. Bleibt einfach nur auf den Straßen. Viel Glück, Wächter.«

Damit entfernte er sich, und das bemerkenswert schnell, dafür dass er eine Krücke benutzen musste. Haern sah ihm nach und richtete seine Aufmerksamkeit dann wieder auf Zusa. Ihre dunkle Haut war bleich, und er wusste, dass die Zeit knapp wurde.

»Allmählich sollte ich daran gewöhnt sein, dich zu tragen«, murmelte er, als er sie in die Arme nahm.

»Aber … es gefällt dir immer noch nicht«, meinte sie, und trotz allem, was sie in dieser Nacht erlebt hatten, musste er lachen.

Ein Schritt nach dem anderen, sagte er sich, als er sie über die verlassene Straße trug. *Ein Schritt nach dem anderen.*

Am Eingang zum Tempel drückte er die Klinke der Tür, aber sie war verschlossen. Haern schlug mit den Fäusten dagegen und wartete. Er lehnte sich an die Wand, um sein Gewicht und das von Zusa leichter halten zu können. Als ihm nur Schweigen antwortete, versuchte er es erneut, dann ein drittes Mal. Er weigerte sich, sich einfach abweisen zu lassen. Schließlich öffnete sich die Tür, zuerst nur einen Spalt, dann wurde sie weit aufgerissen, als Nole erkannte, wer davorstand.

»Wir konnten nirgendwo anders hin«, erklärte Haern. »Sie muss versorgt werden, und zwar rasch. Wirst du uns helfen?«

Nole kaute an seiner Unterlippe. »Du würdest mir vertrauen?«

»Wie ich schon sagte, ich habe keine Wahl.«

Der Priester nickte. »Bring sie herein.«

Haern trug Zusa in den leeren Tempel.

»Ich habe Logan nach Hause geschickt, als die ersten Brände aufflammten«, meinte der Priester und deutete auf die nächste Bank. »Ich hielt es für das Beste, wenn er bei seiner Familie ist, falls etwas passiert. Diese Stadt wird mit jedem Tag schlimmer. Was ist Zusa geschehen?«

»Sie wurde von einem Schwert verletzt«, antwortete Haern und trat zur Seite, um sich an eine Wand zu lehnen. Er atmete keuchend und abgehackt, denn Zusa zu tragen hatte die letzte Kraft gekostet, die er besaß. Nole untersuchte die Wunde. Seine Miene war düster.

»Ich bin nicht sicher, ob ich das heilen kann«, sagte er.

»Du solltest es besser versuchen!«

»Das verstehst du nicht. Mein Glaube in den letzten Jahren ist … sehr schwach gewesen. Ich fürchte, diese Verletzung übersteigt meine Fähigkeiten. Ashhur erhört meine Gebete möglicherweise nicht.«

Haern trat auf ihn zu, dann sprang er plötzlich vor und packte den Priester an seiner Kutte. Er zog ihn zu sich, sodass sich ihre Nasen fast berührten.

»Das kümmert mich nicht«, sagte er. »Hast du verstanden? Es ist mir gleichgültig, was du getan hast, dass du mich hintergangen hast oder wie sehr du zuvor versagt hast. Du wirst dich jetzt dorthin knien und sie heilen. Und lass Ashhur keine andere Wahl, als dich zu erhören, verstanden?«

Nole nickte und wirkte sichtlich erleichtert, als Haern ihn losließ. Der Priester drehte sich zu Zusa zurück, kniete sich hin und legte seine Hände über ihre Wunden. Dann senkte er den Kopf und begann zu beten. Haern hatte zu viel Angst um die Gesichtslose, als dass er hätte zusehen können, also schloss er die Augen und wartete. Und hoffte.

Schließlich hörten die Gebete auf. Haern zögerte immer noch hinzusehen, und wartete mit gesenktem Kopf, bis eine Hand sein Gesicht berührte. Er öffnete die Augen. Zusa stand vor ihm. Ihre blutigen Verbände lagen noch auf der Bank, und ihre nackte Haut war vernarbt, aber geheilt. Nole saß neben ihr, verwirrt und in Tränen aufgelöst.

»Danke«, sagte sie zu beiden und legte sanft den Kopf an Haerns Brust, während sie ihn umarmte. »Ich … ich danke dir.«

»Wir haben wenig Zeit«, erwiderte er. »Kannst du gehen?«

Sie nickte.

Haern legte seine Hand auf Noles Schulter, drückte sie und ließ ihn auf dem Boden kniend zurück, während er mit Zusa langsam aus dem Tempel und zu der Stadtmauer humpelte.

Lord Edgar und der neu ernannte Lord von Engelhavn, Warrick Sunn, befanden sich in der Burg und diskutierten, als ein Lakai an die Tür klopfte.

»Ja?«, rief Warrick.

Der Bedienstete trat ein und verbeugte sich tief. Er wirkte unglaublich nervös. Er war einer von vielen Lakaien, die ursprünglich in Ingrams Diensten gestanden hatten, und es machte den Eindruck, als würden alle ohne Ausnahme glauben, dass sie nur einen Wimpernschlag von einer Hinrichtung entfernt waren, sollten sie einen Mangel an Geschicklichkeit zeigen.

»Mylord, wir haben eine Botschaft von Eurem Boten erhalten, der zu den Elfen geschickt worden ist.«

»Jetzt schon?«, fragte Edgar. »Es ist doch kaum eine Stunde her.«

»Ich weiß«, antwortete der Bedienstete und leckte sich die Lippen. »Euer Botschafter sagte, ein Abgesandter der Elfen hätte vor der Stadt gewartet, als hätten sie mit seiner Ankunft gerechnet. Der Elf sagte, er würde Euer … Euer Geschenk akzeptieren.«

Edgar zuckte mit den Schultern. »Nicht sonderlich überraschend. Soll ich sie holen?«

»Nein«, antwortete Warrick. »Das muss ich selbst machen. Das erscheint mir nur gerecht. Du da …«

»Jarl«, erwiderte der Lakai.

»Schön, Jarl. Geh und sag diesem Elfen, dass wir ihm Alyssa bringen, wenn er freundlicherweise auf uns warten möchte.«

Der Bedienstete verbeugte sich tief und eilte davon. Warrick versprach Edgar, er würde schon bald zurückkehren, dann ging er hinab auf das Gelände der Burg. Sie hatten zwar die meisten Leichen bereits weggeschleppt, aber überall war noch Blut zu sehen. *Das Gras wird im nächsten Frühjahr besonders gut wachsen*, dachte er mit morbidem Humor. Die Bediensteten, von denen es eindeutig zu wenig gab, huschten überall umher und versuchten alles wieder so in Ordnung zu bringen, als hätte diese Schlacht niemals stattgefunden. Natürlich würden sie damit keinerlei Erfolg haben. Jetzt hatte Warrick hier die Macht. Die Dinge würden niemals wieder so sein, wie sie einst gewesen waren, und der Stadt würde es damit viel besser gehen.

Am Eingang zum Verlies verbeugten sich die Stadtwachen tief. Die beiden Männer wirkten ziemlich beklommen. Warrick wusste, dass Ingram bei der Bevölkerung nicht sonderlich beliebt gewesen war, aber im Vergleich zu ihm war Warrick jemand vollkommen Unbekanntes, eine furchteinflößende Größe, die plötzlich an die Macht gekommen war. Er würde ihre gestammelten Worte und ihre unsteten Blicke eine Weile übersehen. Aber irgendwann musste er sie entweder auf seine Seite ziehen oder sie durch Furcht gefügig machen.

»Geht und holt mir Alyssa!«, befahl er ihnen. »Und achtet darauf, dass man ihr nichts antut.«

Der erste Soldat verbeugte sich tief und eilte dann hastig in den Kerker. Während Warrick wartete, rief er einen anderen Soldaten zu sich und befahl ihm, eine Eskorte zusammenzustellen. Er würde sich nicht ohne den Schutz von Schilden und Klingen durch die Stadt begeben, nicht, wo die Feuer und die Aufstände noch so frisch in seiner Erinnerung waren. Er hatte natürlich das meiste davon selbst verursacht, aber das spielte keine Rolle.

Als der Wachsoldat mit Alyssa zurückkehrte, verbeugte sich Warrick so tief, wie sein steifer Rücken es erlaubte. »Ich hoffe, Euer Aufenthalt hier war angenehm«, sagte er.

Alyssas Gesicht und ihr Kleid waren vollkommen verschmutzt, und sie hatte blaue Flecken von dem Amüsement am Hafen letzte Nacht. Aber sie lächelte so reizend bei seinen Worten, dass man hätte glauben können, er hätte sie zum Tee aus Veldaren hierherbestellt.

»Eine wirklich höchst exquisite Örtlichkeit«, erwiderte sie. »Ich hoffe, dass Ihr selbst bald die Möglichkeit bekommt, ihre Vorzüge kennenzulernen.«

Warrick lachte. »Eines Tages vielleicht, aber ich fürchte, dass ich eher sterbe, als Zeit in einer dieser Zellen zu verbringen.«

»Dann bleibt uns ja noch Hoffnung.«

»Hebt Euch etwas von Eurem Charme für die Elfen auf. Ihr werdet ihn brauchen, wenn Ihr Euren Kopf behalten wollt.«

Er nickte seinen Soldaten zu, und sie verließen mit Alyssa in Ketten das Gelände und gingen zu den Stadttoren. Unterwegs betrachtete Warrick die Stadt mit anderen Augen. Die verschiedenen Geschäfte waren nicht länger einfach nur Handelspartner oder die Schänken Orte, in denen seine Untergebenen ihren Sold verplempern konnten. Das alles gehörte ihm, sie alle standen unter seinem Schutz, waren seine Diener. Sie würden ihm Steuern zahlen, vor ihm niederknien und ihm Respekt erweisen, weit größeren Respekt als den, den er als gemeiner Seemann erfahren hatte, der auf der Jagd nach Reichtum über alle Meere gesegelt war. Selbst die Menschen kamen ihm jetzt anders vor, denn es waren jetzt seine Untergebenen.

Natürlich würden die anderen Händlerbarone mitreden wollen, und jeder würde Land in der Umgebung zugewiesen bekommen. Schließlich gehörte der Ramere jetzt ihnen.

An den Toren grüßten die Soldaten und machten Platz.

»Wo ist der Elf?«, erkundigte sich Warrick, als sie einen Moment unter dem Steinbogen des Tores stehen blieben.

»Wenn Ihr scharfe Augen habt, könnt Ihr ihn von hier aus sehen.« Der Soldat deutete auf einen entfernten Hügel. Warrick schüttelte den Kopf. Er sah nur eine undeutliche Erscheinung, aber er wusste auch, dass seine Augen nicht mehr so gut waren wie in seiner Jugend. Damals hatte er im Krähennest gesessen und die Flaggen von fernen Schiffen ausgerufen. Allerdings konnte er die Hügel deutlich erkennen. Er ging mit seiner Eskorte darauf zu. Die Minuten verstrichen, und die einzigen Geräusche waren das Klappern der Rüstungen und

Waffen seiner Eskorte und das Klirren von Alyssas Ketten. Als sie näher kamen, sah Warrick zwar den Elfen, aber er erkannte ihn nicht.

»Seid gegrüßt, Elf von Quelnassar!«, rief er.

»Seid gegrüßt, Lord von Engelhavn!«, erwiderte der Elf.

Warrick lächelte. Wenigstens war er höflich. Sie gingen auf ihn zu, und jetzt konnte er ihn besser sehen. Der Elf hatte langes braunes Haar, das sorgfältig zu Zöpfen geflochten war, damit es ihm nicht in die Augen fiel. Diese Augen funkelten, als er sich tief verbeugte, sich jedoch nicht von der Stelle rührte.

»Ich muss mich für all unsere Missverständnisse entschuldigen.« Warrick verbeugte sich ebenfalls, aber nicht zu tief. »Ich bin jetzt der Herr von Engelhavn und werde versuchen, begangenes Unrecht wiedergutzumachen. Ich glaube, Euer Volk hat verlangt, dass man ihm Lady Alyssa ausliefert, um ihr den Prozess zu machen. Ich bin gekommen, um sie Euch als Geschenk zu übergeben, auf dass unsere Völker freundschaftliche Bande knüpfen können.«

Der Elf nickte ernst. »Ich akzeptiere dieses Geschenk und werde sie nach Quelnassar bringen, wo sie vor Gericht gestellt werden mag. Befreit sie von ihren Ketten.«

Warrick hob eine Braue. »Wäre es nicht besser, sie gefesselt zu lassen, bis Ihr Euren Wald erreicht habt?«

»Beleidigt mich nicht. Ich bin nicht allein, und sie kann uns nicht entkommen, nicht hier in der Wildnis.«

»Selbstverständlich nicht. Verzeiht.« Warrick verbeugte sich wieder mühsam. Dann sah er seine Soldaten an. »Nehmt ihr die Ketten ab.«

Sie lösten die Schellen von ihren Handgelenken und Knöcheln. Alyssa rieb sich unwillkürlich die schmerzende Haut, während sie zögernd einen Schritt auf den Elfen zu machte. Warrick war froh, dass er sie los war. Nach allem was geschehen war, zweifelte er nicht an ihrem Schicksal. Sobald die Elfen ihr den Kopf abgeschlagen hatten, würde die Trifect auseinanderfallen, da dann nahezu jeder starke Anführer unter ihnen tot war. Und danach würden seine Kameraden und er nach Norden expandieren und die Reste aufsammeln.

»Lebt wohl.« Der Elf verbeugte sich erneut tief. Aber er ging nicht weg, sondern blieb mit Alyssa an seiner Seite stehen, als warte er darauf, dass Warrick ging. Der fragte sich, ob das eine dieser Elfensitten war, die er nicht kannte, und beschloss, mehr über die Elfen in Erfahrung zu bringen. Denn seine Verhandlungen mit ihnen würden in den nächsten Jahren von größter Bedeutung sein. Nachdem er Alyssa übergeben hatte, hatte er das Gefühl, ein großes Gewicht wäre ihm von den Schultern genommen worden, und als er Engelhavn wieder erreichte, lächelte er.

Alyssa wartete neben dem Elfen, bis Warrick und seine Eskorte außer Sicht waren. Dann trat sie von ihm weg und verschränkte die Arme vor ihrer Brust.

»Ich habe mich schon einmal dem Recht der Elfen verweigert«, erklärte sie. »Und vor wen werde ich jetzt gebracht? Wird Laryssa mich heimlich aufhängen, oder gehen wir nach Quelnassar, um dort eine Farce von einem Prozess durchzuführen?«

Der Elf drehte sich zu ihr herum und ihr fiel auf, dass er stark humpelte. »Nicht ganz«, erwiderte er und lächelte, als er zwei Finger an die Lippen setzte und pfiff.

Am Fuß des Hügels, von Engelhavn aus nicht zu sehen, war ein großes Gebüsch. Haern und Zusa traten aus ihrem

Versteck hervor. Als Alyssa sah, dass Zusa lebte und gesund zu sein schien, wurde sie von Erleichterung überwältigt und brach in Tränen aus. Sie rannte in halsbrecherischer Geschwindigkeit den Hügel hinab, und als sie Zusa erreichte, warf sie sich ihr an den Hals.

»Vorsichtig«, meinte Zusa und wich etwas zurück. »Meine Verletzungen schmerzen noch.«

Alyssa lachte, dann drehte sie sich zu Haern herum, umarmte ihn und küsste ihn auf die Wange. »Ich danke euch, euch beiden«, sagte sie.

Der Elf war mittlerweile zu ihnen gehumpelt, und Haern senkte respektvoll den Kopf.

»Wir können dir nicht genug danken, Dieredon«, sagte er.

»Ich stehe in eurer Schuld«, erwiderte der Elf. »Ceredon wird es nicht gerne hören, aber er muss von Laryssas Fehlverhalten erfahren, so wie auch von Graevens Manipulation der Ereignisse. Ich habe zwar das Gefühl, dass die Spannungen zwischen unseren Rassen niemals verschwinden werden, aber wenigstens könnte uns das zumindest eine Weile vor einem Krieg bewahren.«

Dieredon holte eine Krücke aus dem Busch, grüßte sie alle und machte sich dann auf den Weg nach Quelnassar. Alyssa sah ihm einen Augenblick nach, dann rief sie seinen Namen.

»Ich habe Laryssa nicht angegriffen«, sagte sie, als er zurücksah. »Aber ich weiß, wer es war. Es war Torgar, ein Söldner, der jetzt das Oberhaupt der Familie Keenan ist. Er hat es mir gesagt, als er noch glaubte, dass ich sterben würde.«

Dieredon erstarrte, und sein Blick war eisig. Ohne ein weiteres Wort zu sagen, drehte er sich um und ging weiter. Jetzt fühlte sich Alyssa besser, und sie wandte sich zusammen mit Zusa nach Norden, nach Hause. Zu ihrer Überraschung folgte Haern ihnen jedoch nicht, sondern stieg stattdessen den Hügel nach Engelhavn hinauf.

»Wohin gehst du?«, fragte sie ihn.

Er sah zu ihr zurück. Sein Blick war verstörend leer. »Wie können wir einfach so verschwinden?«, wollte er wissen. »Wir gehen nach Hause, geschlagen, blutig und so schrecklich gescheitert?«

Alyssa stellte sich vor, dass sie noch einmal einen Fuß nach Engelhavn setzen sollte, und ihr Widerwille dagegen war fast überwältigend. »Nein«, sagte sie. »Lass sie in Ruhe. Dort gibt es nichts für uns zu tun, nicht mehr.«

»Da bin ich anderer Meinung.«

Haern lief zurück zu den Mauern der Stadt, und Alyssas Herz schmerzte bei diesem Anblick. »Was will er denn jetzt noch erreichen?«

»Geben wir ihm eine Nacht«, meinte Zusa, die ihm nachsah. »Dieredon hat mir genug Gold gegeben, damit wir auf der Reise zurück nach Veldaren Nahrung und Unterkunft bezahlen können und ein Transportmittel. Wir brauchen uns nicht zu beeilen. Lass ihn suchen, was er finden muss. Aber er wird zu uns zurückkehren, das weiß ich.«

Alyssa umklammerte Zusas Hand, und die beiden Frauen umarmten sich noch einmal. »Tu mir das nie wieder an«, sagte sie.

»Ich versuch's.«

Sie gingen nach Norden, bis sie so viel Abstand zu Engelhavn hatten, dass sie sich wohlfühlten. Dann schlugen sie neben der Straße ein improvisiertes Lager auf, um die Nacht abzuwarten und dem Wächter die Chance zu geben, zu ihnen zurückzukehren.

27. KAPITEL

Trotz des Mangels an den vielen luxuriösen Bequemlichkeiten, die aus seinem alten Haus hierhergeschafft werden mussten, verbrachte Warrick diese Nacht auf Ingrams Burg. *Meine Burg,* rief er sich ins Gedächtnis, als er einen dicken Morgenmantel anzog. Es würde gewiss etliche Wochen dauern, bevor er aufhörte, all das für Ingrams Besitz zu halten, aber er musste es versuchen. Er war ein alter Mann, und an Veränderungen war er nicht besonders gut gewöhnt.

Das Bett war nahezu absurd groß und hatte Vorhänge, die an den Bettpfosten befestigt waren. Wenigstens war es im Winter warm, sagte sich Warrick, als er Gesicht und Hände in einem Waschbecken mit kaltem Wasser wusch. Als er sich die Hände an einem wollenen Handtuch abtrocknete, hörte er ein leises Knarren, so leise, dass er es sich auch eingebildet haben konnte. Als er sich umsah, wurde ihm klar, dass ihm seine Ohren keinen Streich gespielt hatten. Ein Mann kniete vor dem Fenster, seine Waffen in der Hand. Er erkannte das schattige Gesicht, obwohl das charakteristische Lächeln fehlte.

»Weshalb bist du gekommen, Schemen?« Warrick versuchte, nicht allzu ängstlich zu klingen.

»Der Schemen ist tot.« Der Eindringling schüttelte den Kopf. Warrick runzelte die Stirn und trat einen Schritt näher. Ihm war klar, dass er keine Chance hatte, diesem Mann zu entkommen, der geschickt genug gewesen war, um an seinen

Wachen vorbeizukommen, die Mauern zu übersteigen und sich durch sein Fenster in sein Schlafgemach zu schleichen. Also konnte er genauso gut versuchen, vor seinem Tod so viel wie möglich in Erfahrung zu bringen.

»Wenn du nicht der Schemen bist«, überlegte Warrick laut, »dann bist du vielleicht Veldarens Wächter?«

»Der bin ich.« Die Stimme des Mannes war ein kaltes Flüstern, und sie klang so hart, dass Warrick keinen Zweifel daran hatte, was er vorhatte. Sein Mund wurde plötzlich trocken, aber er versuchte, ruhig zu bleiben. Er war ein alter Mann und hatte keine Angst vor dem Tod. Aber die Aussicht, alles zu verlieren, was er erreicht hatte, und das noch in derselben Nacht seines Triumphes, widerstrebte ihm zutiefst. Nur eine grausame Welt würde so etwas zulassen.

»Warum bist du hier, Wächter?«, erkundigte er sich. »Bist du gekommen, um mich zu töten?«

»Der Gedanke ist mir in der Tat in den Sinn gekommen.«

»Und warum willst du das tun? Ich habe dich nie zuvor getroffen und habe kein Verbrechen gegen dich begangen. Wir können doch sicherlich vernünftig reden ... Es sei denn natürlich, man hat dich für diesen Mord bezahlt. Selbst dann könnte ich dir eine erheblich größere Summe bieten.«

Der Wächter lachte leise, als würde ihn dieser Vorschlag amüsieren. Aber in seinen Augen, die unter der Kapuze glühten, war nichts von Belustigung zu sehen. »Du hast Alyssa verraten und sie dem Tod ausgeliefert. Warum solltest du leben?«

Warrick seufzte. »So siehst du das? Die Elfen sind in unsere Stadt eingedrungen, als wären unsere Mauern gar nicht existent. Glaubst du etwa, dass Engelhavn noch eine zweite Nacht wie diese überstehen könnte? Natürlich habe ich sie ausgeliefert. Und wenn sie sie hängen wollen, werde ich ihr auch keine Träne nachweinen. Aber es interessiert mich genauso wenig, ob sie sie nach Veldaren zurückschicken, nachdem sie ihr einfach nur den Hintern versohlt haben. Die Trifect ist eine sterbende Bestie, mit oder ohne Alyssa.«

Der Wächter schüttelte den Kopf. »Du und deinesgleichen seid eine Plage für Dezrel, Heuschrecken, die alles verzehren und nichts aufbauen. Ich kann nicht zulassen, dass ihr die Herrscher des Ramere bleibt.«

»Warte!« Warricks Wut überwog seine Panik. »Wer hat dir das erzählt? Wer urteilt so über uns? Du bist von weit her in unsere Stadt gekommen, Wächter. Wer hat dir dieses Urteil über uns ins Ohr geflüstert, Alyssa? Laurie, bevor er starb? Die Trifect wagt zu behaupten, dass wir nur ernten und nicht säen? Wie können sie so etwas behaupten, wo sie Könige unter ihrer Fuchtel haben und jeden vernichten, der sich ihnen widersetzen könnte. Sie sind alles andere als unschuldig, Wächter, und auf keinen Fall sind sie unschuldiger als wir. Ingram war ein Narr und ein Feigling. Er hätte eines Tages Engelhavn in einen Krieg gegen die Elfen gezogen, auch ohne unser Zutun. Seine Stadtwache war korrupt, seine Rechtsprechung kurzsichtig und brutal. Wie viele Menschen hat er in deinem Namen an den Galgen gebracht, Wächter? Und doch kommst du und hältst mir dein Schwert an den Hals?«

»Was ist mit dem Violet? Ich habe gesehen, was es anrichten kann. Es ist eine Gefahr, und ihr hättet fast einen Krieg verursacht, weil ihr es unbedingt haben wollt.«

Warrick setzte sich auf sein Bett und sah, wie der Wächter jeden seiner Schritte gespannt verfolgte.

»Das gebe ich zu; es wäre eine wundervolle Waffe gegen die Trifect gewesen«, räumte er ein. Es gab keinen Grund, diesen sonderbaren Mann zu belügen. »Mit dem Violet hätten wir die letzten Reste von Keenans Handelsimperium vernichtet, denn selbst ein paar Monate Unterbrechung seines Rotblatthandels hätten einen nicht wiedergutzumachenden Schaden bewirkt. Aber das Violet kann nicht außerhalb der Elfenwälder kultiviert werden, und du warst ja letzte Nacht hier in Engelhavn. Du hast gesehen, was nur eine Handvoll dieser Elfen angerichtet haben. Sie haben Hunderte abgeschlachtet, und das, obwohl Ingrams Soldaten auf den Angriff vorbereitet waren. Du kannst mir vertrauen, wenn ich dir sage, dass unsere Hoffnungen auf einen lohnenden Handel mit Violet erloschen sind.«

»Das bedeutet nicht, dass ihr nicht erneut einen Krieg riskieren würdet, wenn ihr das Gefühl hättet, ihr bekämt eine Chance, diese Pflanze erneut in eure Gewalt zu bringen.«

Warrick schüttelte den Kopf. »Du bist so engstirnig. Ich will Frieden, vielleicht sogar mehr, als Ingram es je wollte. Wir sind Händler, keine Ritter oder Könige. Solange ich dafür sorgen kann, dass Gold in meine Kasse fließt, bin ich glücklich. Engelhavn gehört uns. Die Ländereien und Titel, die man uns immer vorenthalten hat, werden uns endlich zugestanden. Wir können mit der Trifect in Wettbewerb treten, und wir werden sie allmählich zerstören, aber jetzt auf Augenhöhe. Krieg? Ich bin zu alt für einen Krieg. Die Drohung damit war alles, was wir brauchten, eine drohende Krise, damit die Leute in Panik gerieten und aufgaben, was sie sonst nicht getan hätten. Aber jetzt muss ich eine Stadt regieren, und alle Ländereien des Ramere werden schon bald unter mein Zepter gestellt werden. Vorausgesetzt natürlich, unser glorreicher König ist nicht so dumm wie sein Ruf behauptet. Was kümmert mich da noch ein berauschendes Kraut? Warum sollte ich deswegen einen Krieg vom Zaun brechen, der all das, was ich mir hart erarbeitet habe, zu Asche verbrennt?«

Darauf wusste der Wächter nichts zu erwidern, und Warrick lachte, weil das alles so unglaublich dumm war.

»Du bist hergekommen und warst nicht besonders gut informiert, Wächter. Du hast nur aufgrund dessen gehandelt, was du gehört hast. Leute lügen, Leute übertreiben. Sie sehen die Welt durch gefärbtes Glas, und sich selbst sehen sie in einem vergoldeten Spiegel. Hast du wirklich geglaubt, du könntest wie irgendein finsterer Schnitter in diese Stadt kommen und über uns richten? Du kannst nicht ganz Dezrel heilen, und ich wage zu behaupten, dass dir das auch verdammt noch mal nicht zusteht. Du wärst ein Narr, wenn du etwas anderes angenommen hast. Und jetzt bring mich um, wenn du immer noch glaubst, du hättest das Recht dazu. Und danach sieh zu, wie Engelhavn in Anarchie versinkt, weil die restlichen Händlerbarone um die Herrschaft kämpfen und Lord Edgar versucht, sie für sich selbst zu gewinnen, sobald ihm klar wird, dass er seine versprochene Belohnung nicht erhält. Sieh zu, wie die kleinen Adligen am Rand vom Ramere aus Angst Allianzen bilden und dann hierherkommen, um die Stadt zu erobern. Übe deine blinde Justiz und sieh zu, wie Tausende deshalb leiden werden. Entweder das, oder lass mich gefälligst meine verdammte Stadt regieren.«

Der Wächter stand da, nicht mehr ganz so übermächtig wie bei seinem Eintreten. Er schob seine Säbel in die Scheiden. »Du glaubst wirklich, dass du diese Stadt regieren und ihr Frieden bringen kannst?«

»Weit besser jedenfalls als dieser paranoide Ingram, ja.«

»Dann kehre ich nach Veldaren zurück. Aber du solltest wissen, dass ich meinen Blick nach Süden wende und die Ohren offen halte. Solltest du oder irgendein anderer Lord des Ramere beginnen, die Grenzen der Elfen wegen des Violet zu verletzen …«

»Deine Drohungen sind vollkommen überflüssig«, unterbrach ihn Warrick.

»Keineswegs.« Der Wächter hob eine Schriftrolle hoch, auf der Warricks Siegel in frisches Wachs gepresst war. Es war eine Schriftrolle, die eigentlich in seinem Schrank hätte liegen sollen. Langsam und Streifen um Streifen zerriss er sie in Dutzende Schnipsel. »Betrachte den Vertrag, den du Lady Gemcroft unter der Folter entrissen hast, als nicht existent, Warrick. Alyssa geht nicht zu den Elfen, sondern nach Hause. Wenn dir dein Leben lieb ist, dann greifst du nicht noch einmal zu einem solchen Plan.«

»Einverstanden«, erklärte Warrick. »Obwohl es vielleicht amüsant gewesen wäre, sie zu benutzen, ist diese Schriftrolle nicht wirklich notwendig. Wie ich schon sagte, die Trifect ist ein waidwundes Tier, auch wenn Alyssa überlebt hat. Sie braucht unsere Hilfe nicht, um zu sterben. Und jetzt geh nach Hause. Hier wird dich niemand vermissen.«

Der verhüllte Besucher sprang aus dem Fenster auf das Dach und verschwand in der Nacht. Warrick stieß einen Seufzer der Erleichterung aus und schwor sich dann, als Erstes am nächsten Morgen das Fenster zumauern zu lassen.

Haern sah das Feuer auf seinem Weg nach Norden, aber fast wäre er nicht dorthin gegangen. Er glaubte nicht, dass es die beiden Frauen sein könnten, nicht so dicht an der Stadt. Wären sie in stetigem Tempo nach Norden weitergereist, hätten sie schon etliche Meilen vor ihm sein müssen. Trotzdem ging er zum Feuer und sah Alyssa und Zusa nebeneinanderliegen. Nur ihre aneinander geschmiegten Körper und das Feuer hielten sie in der kalten Nacht warm. Haern setzte sich neben sie und warf ein paar Zweige in die Flammen, damit sie wieder aufloderten. Zusa lag auf der anderen Seite von Alyssa, bewegte sich und setzte sich im nächsten Moment alarmiert hoch, als hätte sie gar nicht fest geschlafen.

»Oh.« Mehr sagte sie nicht, als sie ihn sah.

Haern zog die Kapuze vom Kopf und warf sie neben sich auf die Erde.

»Warum habt ihr auf mich gewartet?«, erkundigte er sich nach einem Moment unbehaglichen Schweigens.

Darüber musste Zusa lachen. »Leg dich schlafen, Wächter«, sagte sie. »Und stell keine dummen Fragen.«

Ihre beiläufige Rüge entspannte ihn. Er benutzte seine Umhänge als Decke, rollte sich ein und schlief neben dem lodernden Feuer.

EPILOG

»Und ich habe wirklich keine Wahl?«, erkundigte sich Torgar bei dem ältesten seiner neu ernannten Ratgeber, einem dürren Mann namens Yates oder Bates oder so ähnlich. Ihm brummte der Schädel von den vielen Namen und Menschen und Orten, an die er sich plötzlich erinnern sollte. Sie standen im Arbeitszimmer des Anwesens der Keenans, er am Kamin und der Ratgeber neben einem großen Stapel von Büchern, in denen er den größten Teil des Tages herumgekritzelt hatte.

»Angesichts der prekären Lage, in der sich unser Haus befindet«, erklärte der Mann, während er von einem Fuß auf den anderen trat, als wäre er immer so nervös, »dürfte es das Beste sein, wenn Ihr ihn möglichst rasch trefft. Wenn Ihr jetzt Frieden mit den Händlerbaronen schließen könntet, würde das sehr viel für …«

»Also lautet deine Antwort ja?« Torgar warf ihm einen finsteren Blick zu. »Schön. Verschwinde. Ich weiß, wohin ich gehen muss, und ich brauche ganz bestimmt keinen Aufpasser.«

Nachdem der alte Mann verschwunden war, ging Torgar in sein Zimmer und holte sein Schwert. Er warf einen Blick auf seine Rüstung und verdrehte die Augen. Er fühlte sich auch so schon erschöpft genug. Und sich die Mühe zu machen, sie anzulegen, schien sich irgendwie nicht zu lohnen. Also schlang er sich einfach sein Schwert über den Rücken und machte einen kurzen Abstecher in Toris Zimmer.

»Isst sie immer noch gut?«, fragte er Lily, die das Baby in den Armen hielt.

»Sie weint mehr, als sie trinkt.« Lily zog ihr Mieder hoch, um ihre nackte Brust zu bedecken. »Ich glaube, sie bekommt einen Zahn.«

Torgar fuhr mit der Hand durch die spärlichen Haare auf Toris Kopf und lachte, als sie zu ihm hochsah. »Dummes Balg«, sagte er. »Iss schön, hast du gehört?«

Er überließ es Lily, sich um das Baby zu kümmern, als die Kleine weiter weinte. Dann verließ er das Haus und ging zum Tor. Es hinter sich zuzuschlagen war ungeheuer befriedigend, denn es verlieh ihm das Gefühl, dass er seiner Verantwortung ledig war, wenn auch nur für eine kurze Zeit. Dafür zu sorgen, dass alles richtig lief, kam ihm viel schwieriger vor, als es für Laurie oder sogar für Madelyn gewesen zu sein schien. So viele Leute wollten etwas von ihm, machten ihm Angebote und trieben Schulden ein. Ganz gleich, wie viel Gold sie laut Torgars neuen Ratgebern angeblich besaßen, es schien nie zu genügen.

»Verdammt schade, dass Madelyn dich getötet hat«, murmelte Torgar, während er sich vorstellte, dass Lauries Geist neben ihm schlenderte. »Denn du solltest das hier regeln, nicht ich.«

Er ging über die dunkle Straße. Es war bewölkt, und die Sonne würde bald untergehen. Aber sie beruhigten ihn, diese stillen Straßen unter freiem Himmel. Selbst ein bisschen Regen hätte seine Stimmung nicht dämpfen können, solange nicht ein Blitzstrahl herunterfuhr und ihm hallo sagte. Als er sich dem Hafen näherte, achtete er sorgfältiger auf seine Umgebung, bis er schließlich das *Hafen und Heuer*-Gebäude fand. Es war unbewacht, und die Tür war nicht verschlossen.

Torgar trat ein und ging durch die schmale Diele in den großen ovalen Raum. Nur ein paar Kerzen auf dem Tisch spendeten dämmriges Licht, und in einem der Stühle saß Stern Braggwaser. Er war allein. Als Torgar eintrat, stand er auf, obwohl er blieb, wo er war, und ihm auch nicht zum Gruß die Hand reichte.

»Du hast entschieden zu lange gebraucht, dich zu diesem Treffen einzufinden«, erklärte Stern.

»Meckre so viel du willst«, erwiderte Torgar, nahm das Schwert in der Scheide vom Rücken und legte es auf den Tisch. Das Eisen klapperte auf dem dunklen Holz. »Aber ich habe einiges zu tun, wie du dir denken kannst.«

»Das kann ich«, räumte Stern ein. »Aber ich bin Toris Großvater. Mich von ihr fernzuhalten ist respektlos und widerspricht dem, was du mir vorher zugesagt hast.«

Torgar zog einen Stuhl an den Tisch und ließ sich hineinfallen. An dem Tisch zu sitzen, der nur für die Händlerbarone reserviert war, amüsierte ihn, und er legte zu allem Überfluss noch seine schmutzigen Stiefel auf die Platte. Seine Absätze stießen gegen den Griff des Schwertes und drehten es etwas herum.

»Jetzt bin ich ja da«, antwortete Torgar. »Was ist denn so schrecklich wichtig, dass wir mitten in der Nacht darüber reden müssen?«

Draußen hörte man das erste Donnern eines Gewitters, dem das Heulen der warmen, südlichen Winde folgte.

»Ich weiß nicht, wie du Madelyn dazu gebracht hast, dieses Dokument aufzusetzen«, erklärte Stern, »aber wir wissen beide, dass du bis zum Hals in Schwierigkeiten steckst.«

»Das hat mich noch nie aufgehalten.«

»Aber damit muss jetzt Schluss sein. Überlasse mir die Erziehung von Tori. Gib deinen Status als ihr Vormund auf und erlaube mir, ihr Vermögen zu verwalten. Ich kann das erheblich besser als du.«

Torgar schnaubte. »Ich habe mir schon gedacht, dass du so etwas versuchen würdest«, sagte er. »Aber wie du siehst, habe ich ein großes Schwert, und du bist ein lästiger, verweichlichter Kaufmann. Du kannst mir keine Angst einjagen, und du wirst mich auch nicht überreden. Alles was Laurie und Madelyn besessen haben, gehört jetzt mir, und selbst wenn ich ein Dutzend Ratgeber engagieren müsste, die mir sagen, unter welche Schriftrolle ich mein Zeichen setzen soll, dann mache ich es. Tori gehört nicht dir, ihr Geld gehört nicht dir, und wenn du so etwas noch einmal versuchst, sorge ich dafür, dass du bis zu ihrem achtzehnten Geburtstag kein einziges Wort mehr mit ihr sprichst. Habe ich mich klar ausgedrückt?«

Stern warf einen Blick auf das Schwert auf dem Tisch und dann auf Torgars triumphierendes Grinsen.

»Vollkommen klar«, erwiderte er. »Und jetzt ist es an mir, mich klar auszudrücken. Dieses Dokument, das du da besitzt, besagt gar nichts. Es ist ein Fetzen Papier mit der Unterschrift einer Toten. So etwas mag vielleicht hier in Engelhavn mehr wert sein als irgendwo anders, aber ich möchte behaupten, dass ich von unseren Gästen aus Veldaren ein oder zwei interessante Sachen erfahren habe …«

Ein tieferes Donnern war draußen zu hören, als der Sturm vom Ozean her langsam über das Land zog. Im selben Moment flog die Tür zu dem Raum auf, und ein Elf trat ein. Sein Gesicht war mit Tarnfarbe bemalt und seine Kleidung eine Mischung aus Grün- und Brauntönen. In der Hand hielt er einen riesigen Bogen, auf dem ein Pfeil eingenockt war. Allerdings war die Sehne noch nicht gespannt.

»Sei gegrüßt, Torgar«, sagte der Elf, während der Donner das Gebäude erzittern ließ.

»Was willst du?« Torgar versuchte mehr gereizt zu klingen als ängstlich.

»Das solltest du eigentlich wissen. Ich habe mit Alyssa gesprochen, und sie hat mir eine sehr interessante Geschichte erzählt, über eine Prahlerei, die Stern ebenfalls gehört hat, wie er bestätigte.«

Torgars Schwert lag immer noch auf dem Tisch und der Griff neben dem Absatz seines Stiefels. Er hatte keine Chance, es rechtzeitig zu erreichen.

»Ach, scheiß drauf!«, sagte er, als der Pfeil flog.

Haern saß auf dem Hügel vor dem Turm und starrte auf die fernen Lichter von Veldaren. Die Kapuze des Schemens lag in seinem Schoß, und neben ihm im Gras lagen seine Säbel. Er stützte das Kinn in seine Hand und hatte den Ellbogen auf das Knie gesetzt. Er hörte, wie Delysia sich ihm näherte, noch bevor er sie sah. Mit einem leisen Rascheln ihrer Gewänder, die im Licht der Sterne silbrig schimmerten, setzte sie sich neben ihn. Sie schlang ihren Arm um ihn, und dann spürte er ihren Kopf an seiner Schulter.

»Geht es dir gut?«, fragte sie. »Du bist so einsilbig, seitdem du zurückgekehrt bist, und ich glaube, du bist doch keine einzige Nacht auf Patrouille gegangen.«

Haern wollte etwas zu seiner Verteidigung sagen, aber er unterließ es. Stattdessen lehnte er sich gegen sie und schloss die Augen, während er sich zwang, sich zu entspannen.

»In Engelhavn … Ich habe dort einen Mann getroffen, einen Mann, der mir vor Augen geführt hat, wie ich auch hätte werden können. Einen Mann, der glaubte, die Stadt gehöre ihm, der der Meinung war, er könnte jede Gruppierung einfach nur durch einen Stoß seines Schwertes kontrollieren. Tief in seinem Inneren hat er wirklich geglaubt, dass er das Recht hätte zu tun, was er tat. Er hat jene beschützt, die er liebte, seine Freunde und seine Familie in Quelnassar. Deshalb hat er getötet und sich an seinem Hass gegen die Menschen berauscht, die er für schuldig befand. Und jetzt komme ich hierher zurück, wo ich getötet habe, um die Ordnung durchzusetzen, wo ich gemordet und alle bestraft habe, um meine eigenen Freunde und meine eigene Familie zu beschützen …«

Er deutete mit der Hand auf die Lichter von Veldaren. »Ich habe angefangen, Veldaren für meine Stadt zu halten. Aber das sind nicht meine Gedanken. Diese Gedanken gehören zu jemandem wie dem Schemen. Oder zu jemandem wie meinem Vater. Bin ich denn wirklich etwas Besseres geworden? Sogar Unschuldige sind durch meine Hände gestorben. Und alles nur wegen meiner Wut und meines Hasses auf die Diebesgilden.«

»Glaubst du das wirklich?«, erkundigte sich Delysia.

Haern schüttelte den Kopf. »Ich weiß es nicht.«

Er fühlte plötzlich ihre Lippen an seiner Wange, und die Zeit schien langsamer zu verstreichen.

»Du hast die Gilden niemals wirklich gehasst, Haern. Ich kenne dich besser. Du hast nie wirklich gegen sie gekämpft. Und du hast niemals wirklich gekämpft, um die Trifect zu vernichten. Du wolltest Veldaren vor der Welt retten, der du entkommen bist. Du wolltest, dass die Menschen ohne Furcht leben. Du hast es nie um deinetwillen getan. Solange du das nicht vergisst, vertraue ich dir. Geh und tu, was getan werden muss, und wir werden hier sein, wenn du uns brauchst.«

Haern umschlang sie und küsste sie auf den Mund. Dann

hielt er sie fest, und er begann am ganzen Körper zu zittern. Seine Schuldgefühle schienen von ihm abzufallen. Er umklammerte sie, wie ein Mann in einem Sturm auf dem Meer ein Stück Treibholz umklammern würde.

»Sei immer für mich da«, flüsterte er. »Solange du da bist, solange du in der Lage bist, mir zu vergeben, kann ich weitermachen. Denn dann weiß ich, dass ich immer noch ich selbst bin, dass es immer noch etwas gibt, das zu retten sich lohnt …«

Sie küsste ihn erneut und reichte ihm dann die Kapuze. Er setzte sie auf, und als die Schatten sein Gesicht verhüllten, packte er seine Säbel und hakte sie an seinen Gürtel. Er verabschiedete sich mit einem Winken von Delysia und lief nach Veldaren, zu den vielen geheimen Wegen, die ihn über die Mauern und in die Höhlen der Diebe und Adligen führten. Es lag Trost in diesen Schatten, eine Freiheit, als er von der Mauer auf das Dach des nächsten Hauses sprang. Er würde durch die Nacht schleichen und mit seiner Entschlossenheit die Furcht anfachen, die er jenen einflößte, die ihre Klingen gegen die Unschuldigen einsetzten. Das Gemetzel der Vergangenheit, die Aufstände, der Betrug … All das geschah nicht, nicht hier, nicht schon wieder. Nicht, solange er wachte.

Warrick hatte Recht gehabt. Er konnte nicht ganz Dezrel rächen. Aber Veldaren war sein Zuhause, seine Vaterstadt, die Stadt seiner Freunde.

Über die Dächer lief der Wächter, mit flatternden Umhängen, die blanken Säbel in der Hand.

ENDE

ANMERKUNG DES AUTORS

Nachfolgende Info könnte einige von euch vielleicht amüsieren. Als ich damals, vor langer Zeit, die Handlung dieses Buches niederschrieb, war das Ende … Na ja, es war völlig anders. Statt dass Dieredon Alyssa auf dem Weg zu den Elfen abfing und sie dann frei ließ, wurde sie in Warricks Kerker festgehalten. Die Elfen wollten nach wie vor ihre Hinrichtung, trotz allem, und Warrick wollte ihnen den Wunsch erfüllen, sowohl um den Frieden zu sichern, als auch um sie loszuwerden. Die Exekution sollte erfolgreich verlaufen. Ich hatte vor, Haern und Zusa zusehen zu lassen, und dann würde Zusa trotz Haerns Versuch, sie zu hindern, auf die Plattform springen, um Alyssa zu befreien. Sie sollte sterben, durchbohrt von Dutzenden von Pfeilen. Haern wäre nach Veldaren zurückgeschlichen, alleine und vollkommen besiegt.

Ich weiß nicht, warum ich so entschlossen war, dieses Buch so … trübselig enden zu lassen. Damals sollte *Shadowdance (Schattentänzer)* nur eine Trilogie werden, und ich glaube, ich bin der Vorstellung aufgesessen, dass das Ende dieses Buchs dunkel, brutal und deprimierend sein müsste, wenn es ein angemessenes und endgültiges Ende sein sollte. Denn so endet doch eine ordentliche Trilogie, richtig? Zum Teufel, der ursprüngliche Titel des Buchs war *A Dance of Death.* Ich habe diesen Titel kaum einen Monat nach Erscheinen des Buches gehasst. Außerdem halfen mir Zusas und Alyssas Tod als Erklärung, warum sie nicht später in meinen Halb-Ork-Romanen auftauchten. Alle sind tot, das ist doch eine nette, einfache Erklärung. Aber ich habe meinem guten Freund Rob Duperre den ganzen Plot erzählt. Seine Reaktion? In eigenen Worten?

»Das wäre klasse! Aber dir ist schon klar, dass du das nicht machen kannst, oder?«

»Was? Warum nicht?«

»Willst du wirklich Alyssas Geschichte so enden lassen? Das kommt mir irgendwie sinnlos vor, echt, und deprimierend.«

Das war es auch. Im Rückblick begriff ich, dass sie durch den Tod ihres Vaters an die Macht gekommen war, dass ihr Sohn gekidnappt und verstümmelt wurde, dass ihr Verehrer versucht hat, sie zu töten, und als sie dann nach Engelhavn kommt, endet sie am Galgen, weil sie versucht hat, durch eine List einen Krieg zu verhindern, und ihre beste Freundin Zusa stirbt sogar noch vor ihr. Vielleicht ist das also alles in einer alternativen Zeitebene von Dezrel geschehen, aber ich konnte das so nicht durchziehen. Es fühlte sich nicht richtig an, nicht angemessen. Sie hatten beide etwas Besseres verdient und, wichtiger noch, ich wollte die Möglichkeit nicht ausschließen, noch weitere Geschichten mit den beiden zu erzählen. Ich hatte diesen Fehler schon einmal gemacht und wollte ihn nicht wiederholen.

Natürlich, einige von euch denken jetzt vielleicht: »Das wäre episch gewesen!« Und vielleicht habt ihr recht. Wenn ihr also dieser Lösung nicht zustimmt, na gut, dann ist es eben Robs alberne Idee.

Jedenfalls, obwohl ich das Ende etwas entschärft habe, was Depression und Endgültigkeit angeht, hatte meine Originalversion (die Prä-Orbit-Ausgabe, wenn ihr so wollt) noch einen ziemlich guten Downer am Ende. Engelhavn hatte Haern besiegt, ließ ihn geschlagen und verwirrt zurück. Und wenn ich jetzt das Buch mit etwas Abstand betrachte, könnte ich euch wirklich nicht mehr sagen, warum ich das eigentlich so gemacht habe. Wahrscheinlich entsprach es meiner Entschlossenheit, irgendeine unheilvolle Schwere hineinzubringen. Haern liefert am Ende einen Bericht der Ereignisse, und als ich das las, fragte ich mich, in welchem Buch er eigentlich mitgemacht hat. Es war jedenfalls nicht das, das ich tatsächlich geschrieben habe. Also habe ich das Ende noch einmal ziemlich drastisch umgeschrieben. Es ist zwar nicht alles eitel Sonnenschein und Ringelpiez geworden, aber es ist auch nicht der entsetzliche Verlust, den ich zuerst im Sinn hatte. Haern sah immer noch ein Spiegelbild von sich selbst, hat gesehen, was aus ihm hätte werden können. Aber er hat es auch überwunden.

Und Delysia ist immer noch da, bereit, die Scherben mit ihm zusammenzusetzen.

Wo wir gerade von Delysia sprechen … Als ich die Geschichte beim ersten Mal beendete, waren viele Leute sauer auf mich, weil sie sich fragten, was mit Zusa und Delysia passiert sei, wie ihre Beziehung mit Haern funktioniert hätte usw. Also, als ich mit dem neuen Buch anfing, dem *Shadowdance* Nummer vier, schwor ich, diese Beziehung weiter auszuarbeiten. Ich hatte die Idee in der Originalversion ebenfalls fallen lassen, aber – hey, genau das war eben dieser ganze Prozess bei Orbit für mich, zu lernen, alles auf den Punkt zu bringen, es richtig zu machen, den redaktionellen Überblick zu bekommen, den ich wirklich brauche. Denn ich bin faul und bereit, Mist durchzuwinken, wenn ich glaube, dass ich damit durchkomme. Glücklicherweise lässt Devi, meine Redakteurin, mir gar nichts durchgehen. Außer vielleicht diese Anmerkungen des Autors. Hier habe ich freie Hand, huahuahua.

Genau. Stereotypes, boshaftes Lachen.

Jedenfalls hatte ich immer das Gefühl, dieses Buch wäre das beste der ersten drei, aber mit der Zeit wurde mir klar, dass *Dance of Blades (Tänzer der Klingen)* das am besten konzipierte Buch und das stringenteste war, was Ton und Geschichte angeht. Nachdem ich jetzt aber *Dance of Mirrors* überarbeitet, die ganzen losen Fäden verknotet und das Ende umgearbeitet habe, die verschiedenen Mitspieler weit besser herausgearbeitet habe ... da glaube ich, dass dies wieder mein Lieblingsbuch der Serie ist. Vor allem Graeven zu schreiben war eine Herausforderung, erst recht, nachdem er als Schemen enttarnt war und seine Argumente sowohl Haern als auch Dieredon vortragen konnte. Mit ein paar kleinen Tricks hätte ich ihn zu einem Helden machen können, und genau das war das kniffelige Problem.

Ah, und zu guter Letzt: solltet ihr euch wundern, wo zum Teufel Thren Felhorn abgeblieben ist, dann verspreche ich euch, dass er im vierten Buch wieder eine wichtige Rolle spielt. Ich habe ihn nicht vergessen. Im Gegenteil, er wird sogar eine noch größere Rolle spielen als zuvor, und wenn ich etwas oder jemanden liebe, dann diesen verrückten, rücksichtslosen Mistkerl ...

Noch schnell meinen Dank an jene, die ihn verdienen: Devi, die ich, glaube ich, endlich überzeugt habe, dass ich lernfähig bin, Rob für all seine Ratschläge, Michael, weil er sich den Kopf über Verträge und Termine und all das zerbrochen hat, damit ich das nicht machen musste, und Sam, die unsere beiden wunderschönen Töchter großzieht und sich deshalb den Kopf zerbricht, während ich in der Bibliothek sitze und schreibe.

Und natürlich danke ich euch, liebe Leser. Ich hoffe, ich habe euch Charaktere geschenkt, die euch gefallen, an die ihr euch erinnert und die euch daran erinnern, warum ihr überhaupt Fantasy-Romane lest. Wenn ich die Sache weiter ordentlich durchziehen kann, dann bekommt ihr hoffentlich noch viele, sehr viele chaotische Anmerkungen wie diese hier von mir in der fernen Zukunft zu lesen.

David Dalglish

Der sensationelle E-Book-Bestseller aus den USA – endlich auch auf Deutsch!

544 Seiten. ISBN 978-3-442-38322-1

Thren Felhorn ist der berüchtigste Assassine seiner Zeit. Er vereint die Diebesgilden unter seiner Kontrolle und erklärt einer Allianz reicher und mächtiger Adliger den Krieg. Seinen Sohn Aaron hat Thren seit dessen Geburt zum Nachfolger ausgebildet. Doch als er den Auftrag erhält, die Tochter eines Priesters zu töten, beschließt Aaron stattdessen, sie zu beschützen – und riskiert dabei sein Leben und Threns Zorn. Denn Aaron hat einen Blick auf eine Welt jenseits von Gift, Klingen und der eisernen Kontrolle seines Vaters erhascht.

Lesen Sie mehr unter: **www.blanvalet.de**